„Eine Revolution ist eine Meinung, die auf Bajonette trifft."

Napoleon Bonaparte, *Feldherr und französischer Kaiser*

STEFAN ROTHBART

1809 – Die letzte Festung

Historischer Roman

Stefan Rothbart, »1809 - Die letzte Festung«

3. Auflage © 2017: 26Twentysix-Verlag, eine Kooperation zwischen der
Verlagsgruppe Random House und BoD – Books on Demand

© 2015 Stefan Rothbart

Alle Rechte vorbehalten

Satz: Stefan Rothbart

Umschlaggestaltung: Max Werschitz

Umschlagsbilder: Steiermärkisches Landesarchiv

Lektorat: Heike Lang, www.redpen.at

Herstellung und Verlag:

BoD – Books on Demand, Norderstedt

Gefördert von: Land Steiermark Kultur, Stadt Graz Kultur, Startnext Crowdfunding

ISBN 978-3-7407-3123-6

VORSPIEL

„Heute vor genau 20 Jahren ist es geschehen", begann der alte Mann mit seiner Erzählung.

Ehe er fortfuhr, nahm er einen Stock und rührte damit in der Glut des Kaminfeuers herum. Es knackte und zischte und einige Funken stiegen auf. Er mochte es, wie die beiden Kinder vor ihm immer unruhiger wurden und wie er die Spannung aus ihren Augen ablesen konnte. Als er fand, dass die dramatische Pause lange genug gedauert hatte, drehte er sich auf seinem Schemel wieder zu den beiden Jünglingen hin. „Ich erinnere mich noch, als wäre es gestern gewesen", fuhr er fort.

„Jetzt sag schon, was war vor 20 Jahren, Opa?", wollte der jüngere der beiden Buben wissen.

Sanft streichelte der alte Mann das blonde Haar des Kindes und lächelte. „Habt ihr schon einmal von Napoleon gehört?", fragte er dann.

Die beiden Buben blickten sich zuerst unschlüssig an und nickten dann brav. „Das war der böse Franzosenkaiser, der so schlimme Sachen gemacht hat", antwortete der Jüngere wieder mit naiver Stimme.

„Richtig. Aber habt ihr auch schon einmal von Major Hackher gehört?", fragte der Alte erneut.

Diesmal zuckten die beiden Burschen nur unwissend mit den Schultern.

„Ja, ja. Das dachte ich mir", fuhr der Alte fort. „Geschichte wird von Siegern geschrieben und die Heldentaten der Verlierer geraten nur allzu oft in Vergessenheit. Und die Heldentaten von damals sind es wahrlich nicht wert, in Vergessenheit zu geraten."

„Wer war denn dieser Hackher?", fragte der Jüngere erneut.

Der Blick des Alten wurde ernst und wanderte in die Ferne, als sehe er dort die Vergangenheit vorbeiziehen. „Ich habe stets ein bescheidenes Leben geführt, habe dieser Stadt gedient und bin in meinem Leben auch nie wirklich weit weggekommen. Ich weiß nicht, wie es in Italien aussieht, oder in Bayern. Selbst unsere schöne Kaiserstadt Wien habe ich nie besucht. Aber ich weiß über diesen Ort hier dafür umso besser Bescheid. Und dennoch hatte ich das Glück, in meinem Leben einen Mann wie diesen kennenzulernen und unter ihm zu dienen."

Der Großvater beugte sich zu den beiden Enkelkindern vor, um seiner Erzählung mehr Eindringlichkeit zu verleihen. „Dem Major Hackher haben wir es zu verdanken, dass Grätz damals nicht dem Erdboden gleichgemacht wurde. Er hat nicht weniger getan, als diese Stadt vor dem Untergang zu retten."

„Aber was ist damals passiert, vor 20 Jahren?", fragte der Junge abermals.

„Ich will es euch erzählen", fuhr der Alte fort. „Was sich damals zutrug, hat keine Generation zuvor oder danach erlebt. Behaltet die Geschichte immer gut im Gedächtnis, denn bald wird keiner mehr unter uns weilen, der sie selbst miterlebt hat. Und damit sie niemals ganz vergessen wird, müsst ihr sie dann später irgendwann euren Kindern und Enkeln weitergeben, damit diese sie wieder weitergeben können."

Die beiden Buben nickten angespannt. Der alte Mann rührte noch einmal das Feuer und begann zu erzählen. „Es begann im Februar 1809, als auf dem Schloßberg noch eine stolze Festung stand und von den Ruinen noch keine Spur war. Doch eigentlich begann damals alles in Wien ..."

HAUPTAKT

Prolog - Planspiel

Februar 1809, Wien

Trommelwirbel dröhnte vom Vorplatz der Wiener Hofburg zu des Kaisers Ohr hinauf.

Es war ein verschneiter Tag im Februar des Jahres 1809. Dicke, wulstige Schneeflocken tänzelten dicht an dicht am Fenster vorbei. Die Dächer Wiens waren weiß und der Februarfrost hing an den Hauswänden.

Sein Atem war langsam und gleichmäßig und gefror zu Hauch an der Fensterscheibe. Franz der Erste, durch Gottes Gnaden Kaiser von Österreich, starrte auf eine Abteilung Grenadiere, die im Hof exerzierten und trotz der Kälte, in ihren prachtvollen weißen Waffenröcken und den buschigen Helmen, eine stolze Figur abgaben.

Die große zweiflügelige Tür schwang auf und ein Diener im barocken Kostüm trat ein und servierte Kaffee. Die weißen Porzellantassen klimperten und Franz wurde aus seinen Gedanken gerissen. Langsam drehte sich der Kaiser um, fasste sich an den Kragen und lockerte ihn ein wenig, um sich Luft zu verschaffen. Als der Diener den Raum demütig wieder verlassen und als sich die Tür wieder geschlossen hatte, setzte sich Franz auf den herrschaftlich verzierten Holzstuhl und blickte auf sein Gegenüber.

Carl Ludwig Johann Laurentius von Österreich, Herzog von Teschen, hatte es sich auf einer roten Bank vulgär gemütlich gemacht. Ein Affront in der Gegenwart des Kaisers, doch dieser war sein Bruder und in solch privaten Kreisen war das

Benehmen Carls tolerierbar. Neben ihm saß sein jüngerer Bruder, der stocksteife Johann und sein gelangweilt dreinblickender Cousin Ferdinand d'Este. Alle drei waren Erzherzöge von Österreich und engste Berater des amtierenden Kaisers Franz, der sein Reich – wie jeder anständige Habsburger – als Familienunternehmen ansah.

Diese Zusammenkunft war dem Monarchen unangenehm. Schwierige Entscheidungen standen an und er fühlte sich nie sonderlich wohl dabei, solche treffen zu müssen. Doch ein Habsburger zu sein, hieß vor allem, einer Familientradition gerecht zu werden. Eine Familie, die sich auf jahrhundertelange unbegrenzte Machtausübung stützte, die es als selbst auferlegtes Recht ansah, über die Welt herrschen zu dürfen und die stets Europas erstes Haus war.

Doch die Zeiten waren schon einmal besser gewesen. Ein Monstrum trieb seit einigen Jahren sein Unwesen in Europa und verbreitete Chaos und Schrecken. Napoleon Bonaparte stammte von einer unbedeutenden Familie auf der kargen, felsigen Insel Korsika ab. Ein Emporkömmling, ein Despot wider die göttliche Ordnung und eine Plage für die Menschheit.

Diese kleine Figur eines Mannes hatte es geschafft, zum Erzfeind der edelsten und höchsten Familie zu werden: dem Hause Habsburg. Einfach unerhört war das. Franz hasste diesen Franzosen und fürchtete ihn noch mehr. So viel hatten die Habsburger in den ersten vier Koalitionskriegen schon an Verlusten hinnehmen müssen. Das Heilige Römische Reich, einst Mittelpunkt des Abendlandes, existierte seit drei Jahren nicht mehr. Tausend Jahre heilige Ordnung in wenigen Jahren durcheinandergebracht. Nun befanden sich die deutschen Staaten unter Napoleons Knechtschaft. Nur Österreich und Preußen fügten sich nicht dem Korsen, der als bester General der Geschichte galt und dem der Nimbus der Unbesiegbarkeit anhaftete. Wie konnte es nur so weit kommen, dass ein dahergelaufener Korporal den heiligen Machtanspruch von Habsburg infrage stellte?

Erzherzog Carl richtete sich auf der Bank auf und räusperte sich laut. Wieder wurde Kaiser Franz aus seiner Gedankenwelt, die sich um das Vermächtnis der Habsburger drehte, gerissen.

„Was ist jetzt, Franzl?", fragte Carl keck, in einem Tonfall, der jeden anderen Bürger des Reichs vermutlich den Kopf kosten würde.

Franz rutschte unruhig von einer Seite des Stuhls auf die andere. Carl setzte nach.

„Die Gelegenheit war nie günstiger als jetzt. Wir wissen, dass ein Großteil der französischen Truppen in Spanien gebunden ist, um dort die Insurrektion zu zerschlagen. Wir haben jetzt endlich einmal die Gelegenheit, Napoleon in einen Zweifrontenkrieg zu zwingen."

Schon den ganzen Vormittag berieten die Herren über einen neuerlichen Waffengang gegen die Franzosen. Der letzte Krieg war zwar gerade mal zwei Jahre her und Österreich fehlte es an einer schlagkräftigen Armee und an ausreichend finanziellen Mitteln, doch tatsächlich war die Gelegenheit sehr günstig. Im Mai des vergangenen Jahres hatten sich die spanischen Adeligen gegen Joseph Bonaparte, einen Bruder Napoleons, den dieser als spanischen König eingesetzt hatte, erhoben. Nun operierte ein britisches Expeditionsheer unter Wellington in Spanien und unterstützte die Aufständischen. Ein Kriegseintritt Österreichs würde Frankreich in einen Zweifrontenkrieg stürzen und Napoleon müsste seine gewaltige Armee teilen.

„Wir würden einen teuer erkauften Friedensvertrag aufs Spiel setzen", antwortete Franz und kratzte sich wieder am Kragen.

„Ich bin jederzeit bereit, einen Vertrag zu brechen, um diesen korsischen Lümmel auf seinen rechtmäßigen Platz zu verweisen", konterte Carl.

„Ich bin skeptisch", äußerte sich Johann. „Wir sind nicht gerade in der Verfassung, uns in ein längeres militärisches Abenteuer zu stürzen. Das muss eine schnelle Sache werden, ansonsten laufen wir Gefahr, uns auszubluten. Und so leid es mir tut, es sagen zu müssen, Napoleon verfügt über wesentlich mehr Ressourcen als wir. Er kann neben der Armee Frankreichs die Heere von Bayern, Württemberg, Sachsen, Westfalen und Italien aufbieten. Und wir müssten unseren Gegner komplett in die Knie zwingen, ansonsten würde ein Friedensschluss unmöglich werden."

„Mein lieber Hansl, dein Repertoire an geschlagenen Schlachten ist nicht gerade groß genug, um dich als Experte in militärischen Fragen behaupten zu können. Dein Engagement in Ehren, aber genau diese vorsichtige, zaudernde Einstellung hat uns in der Vergangenheit fast Kopf und Kragen gekostet."

Carl sprang auf, trat hinter den Stuhl von Kaiser Franz und beugte sich zu dessen Ohr vor. „Napoleon, so sehr ich ihn auch verachte, hat nicht gezögert bei Marengo, bei Hohenlinden oder bei Austerlitz. Ach, ich vergaß, du warst ja nicht anwesend bei der Schlacht von Austerlitz, mein lieber Franzl."

Carl blickte zu Johann auf. „Und die Niederlage bei Hohenlinden ist wohl eindeutig dein Verdienst, mein lieber Hansl, obwohl du um 20.000 Mann in der Überzahl warst, aber es sei dir verziehen, du warst noch jung."

Johann blickte beschämt zu Boden. Bei der Schlacht von Hohenlinden war er erst 18 gewesen und hatte wenig militärisches Geschick bewiesen. Es war eine vernichtende Niederlage und das österreichische Heer musste sich in voller Auflösung zurückziehen. Danach war man nicht mehr in der Lage, den französischen Vormarsch zu stoppen. Johann musste zu seiner Schande den Oberbefehl an Carl abgeben, der zu retten versuchte, was noch zu retten war, doch ohne Erfolg. Kaiser Franz war daraufhin gezwungen gewesen, einen Waffenstillstand zu schließen und die linksrheinischen Gebiete an Frankreich abzutreten.

„Man sticht nicht in alte Wunden", ermahnte der Kaiser seinen Bruder. Carl unterließ es daraufhin, weitere Sticheleien abzugeben und stellte sich ans Fenster.

„Ich meine nur, dass wir etwas wagen müssen, um etwas zu gewinnen."

Franz blickte auf die zusammengerollten Karten und Schriftstücke, die auf dem kleinen Tisch neben ihm lagen. Er hatte die vorgeschlagenen Strategien seiner Militärs studiert, doch er wollte nicht riskieren, noch mehr von seiner Macht einzubüßen, als er ohnehin schon musste. Nur mit Mühe konnte er überhaupt die Kaiserwürde für Habsburg retten, indem er einfach das Kaisertum Österreich ausrief, nachdem das Heilige Römische Reich nicht mehr zu retten war. Ein Souverän sollte sich in seinen Entscheidungen sicher sein, doch wie konnte er diesem Anspruch gerecht werden, wenn eben nichts sicher war? Franz hätte aus der Haut fahren können. Es herrschte Frieden mit Frankreich, sollte er diesen wirklich brechen? Er würde junge Männer erneut in den Krieg schicken müssen und das Land würde erneut unter der Kriegssteuer leiden. Und was, wenn dieser Feldzug wieder ein Desaster werden würde? Welche Länder konnte er denn noch an Napoleon abgeben? Es gab nur mehr die österreichischen Stammlande, und diese zu veräußern – für einen weiteren fragilen Frieden – würde die Integrität des Hauses Habsburg gefährden und alles aufs Spiel setzen, was über Jahrhunderte beharrlich an Besitz zusammengetragen wurde.

Franz faltete die Hände vor dem Gesicht, als würde er auf eine Eingebung durch den Allmächtigen hoffen. „Carl, wir können nicht einfach einen Friedensvertrag brechen und einem Gegner quasi in den Rücken fallen, was würden denn die anderen Monarchen über uns denken, so etwas ist unritterlich."

„Welche Monarchen? Es gibt doch kaum noch welche, und was diese napoleonischen Marionetten in München, oder sonst wo, über uns denken, ist mir völlig wurscht", polterte Carl zurück. „Ich wiederhole es noch einmal. Wir haben die einmalige Chance, Napoleon in den Rücken zu fallen, und wir wären dumm, würden wir diese Gelegenheit nicht nutzen." Carl wandte sich vom Fenster ab, griff sich eine der Landkarten und rollte sie auf dem Tisch aus. „Wenn wir jetzt angreifen, überraschen wir Napoleons Truppen an allen Fronten. Ich schlage vor, mit einer Hauptarmee nach Böhmen und Süddeutschland zu ziehen. Wir werden rasch vorstoßen und den Rheinbundtruppen keine Zeit geben, sich zu formieren. Bevor der Krieg richtig begonnen hat, wird er auch schon wieder vorbei sein, weil wir dann schon mitten in feindlichem Territorium stehen werden. Es wird ihnen nichts anderes übrig bleiben, als zu kapitulieren. Mit zwei Nebenarmeen stoßen wir gleichzeitig nach Italien vor und marschieren Richtung Polen, um uns den Rücken freizuhalten." Carl schielte geringschätzig zu Johann. „Mit Italien dürftest sogar du fertig werden, Hansl. Wer schon einmal gegen einen sich zurückziehenden Gegner eine Schlacht verloren hat, wird auch vor dir erzittern."

Johann erwiderte nichts auf diese Provokation. Er war die Sticheleien und den Geltungsdrang seines älteren Bruders schon gewöhnt. Sich gegenseitig herauszufordern und bei Gelegenheit niederzumachen, war üblich in der Familie. Wäre es nach ihm gegangen, hätte Johann sowieso nie eine militärische Laufbahn eingeschlagen, er interessierte sich vielmehr für Technik und die Naturwissenschaften, aber als Sprössling des Erzhauses hatte man gefälligst das zu tun, was einem vorgegeben wurde. Individualismus war schließlich eine Krankheit. Dennoch fühlte er sich aufgefordert, dem Ego seines Bruders etwas entgegenzusetzen.

„Und welche Truppen gedenkst du, mein geschätzter Carl, für dieses Unterfangen heranzuziehen? Zwangsrekrutierungen?"

Carl blickte mit einem leichten Grinsen zu seinem jüngeren Bruder. Es hatte schon etwas Verspieltes, wie dieser versuchte, ihn aus dem Konzept zu bringen. „Mein lieber Hansl, glaubst du, ich würde unserem lieben Franzl, dem Kaiser, diesen Vorschlag machen, wenn nicht schon alles genauestens von den Militärs vorbereitet worden wäre? Wir haben neun Armeekorps und zwei Reservekorps für diese Operation vorgesehen. Die Verteilung der Truppen ist so gewählt, dass wir auf jedem Kriegsschauplatz dem Feind überlegen sein werden." Carl nahm eine Feder und zeichnete imaginäre Truppenverbände auf die Karte. „Das I. bis VI. Korps plus die zwei

Reservekorps werden die Hauptarmee bilden. Insgesamt etwa 180.000 Mann. Demgegenüber stehen etwa 170.000 Mann der Rheinbundtruppen, die noch dazu aus allen Himmelsrichtungen zusammengezogen werden müssen, bevor man sie eine Armee nennen kann. Das VII. Korps marschiert gegen Polen, um diesen Poniatowski in Schach zu halten. Der Rest, also das VIII. und das IX. Korps, marschiert gegen Italien. Das wären etwa 46.000 bis 48.000 Mann." Carl blickte erneut von der Karte zu Johann auf und schien eine spitze Bemerkung auf der Zunge zu haben, verkniff sich diese aber.

„Der Vizekönig hat 70.000 Mann in Italien", meldete sich Johann.

„In Süditalien, mein lieber Hansl", antwortete Carl sofort. „Der Vizekönig wird mehrere Wochen brauchen, um eine Armee zu formieren. Bis dahin haben wir längst den Po überschritten und können uns in Oberitalien festsetzen." Carl machte eine abwertende Geste mit der Hand. „Aber um dir ein ruhiges Gewissen zu bereiten, können wir die steirische Landwehr ausheben und für die Italienoperation hinzuziehen. Dann ist es ausgeglichen."

Als er fertig war, legte Carl die Feder unsanft beiseite, pustete leicht über die Karte, um die Tinte schneller trocknen zu lassen und reichte sie anschließend an den Kaiser weiter, der ein prüfendes Auge darauf warf. Während der Monarch die skizzierten Pläne seines Bruders studierte, herrschte Schweigen im Raum. Carl stand mit einem selbstgefälligen Gesichtsausdruck neben Franz und hatte die Arme hinter dem Rücken verschränkt.

Johann beneidete seinen Bruder für dessen Überzeugungskraft. Er hielt einen neuerlichen Krieg mit Frankreich für falsch, zumindest für verfrüht. Nicht, dass er Angst davor hatte, sich in einer weiteren Schlacht beweisen zu müssen; seit Hohenlinden waren einige Jahre vergangen und Johann war in seinem Selbstvertrauen und in Sachen militärische Führung gereift. Er sorgte sich nicht um sich selbst, sondern vielmehr um sein Volk, vor allem um die Tiroler, denen er sehr verbunden war. Gäbe es Krieg, so würden sich die Tiroler unter Andreas Hofer ebenfalls gegen die bayrische Fremdherrschaft in ihrem Land erheben, das war bereits abgesprochen. Es war ein strategischer Vorteil, die Bevölkerung Tirols auf seiner Seite zu haben, das wusste Johann. Eigentlich hatte Carl völlig recht, wenn er meinte, dass die Gelegenheit nie günstiger war. Seit Napoleon sich selbst zum Kaiser gekrönt hatte, dachten viele Leute anders über den Revolutionär, der zuvor von den meisten Gelehrten Europas hochgelobt worden war. Nun betrachteten sie den kleinen Korsen nur mehr als Verräter an den Idealen der Französischen Revolution. Der Rückhalt der Bevölkerung in den deutschen Landen war inzwischen geschwunden und Napoleon war für viele nun ein Feindbild, der nicht aufhören wollte, Europa mit Krieg zu überziehen. Dennoch wusste Johann auch, wenn der Erfolg ausbleiben sollte, würden ausgerechnet seine geliebten Tiroler darunter am meisten zu leiden haben. Gegnerischen Soldaten wurde Pardon gewährt, wenn sie sich ergaben, doch ein Aufständischer, ein Rebell, der konnte sich nicht ergeben, er würde auf dem Schlachtfeld sterben oder als Verräter hingerichtet werden.

Franz räusperte sich und legte die Karte beiseite. Zweifelsohne würde der Kaiser bald eine Entscheidung treffen und Johann fiel kein intelligenter Satz ein, um ihm von einem Krieg abzuraten, der einem Gegenargument von Carl standhalten würde.

Plötzlich sprang Franz auf und ging aufrecht einige Schritte hin und her. „Ihr machts mich noch ganz wahnsinnig!", polterte der Kaiser. „Der Carl säuselt mir ständig in die Ohren, ich soll den Franzosen endlich wieder den Krieg erklären, der Hansl meint, es wäre zu früh und du, Ferdinand, sagst gleich gar nix."

Mit diesen Worten schien der bisher schweigsame Cousin des Brudertrios aus seiner Passivität gerissen worden zu sein. Er räusperte sich und schien sich plötzlich aufgefordert zu fühlen, etwas zu sagen, konnte aber keine Worte finden und raunzte nur etwas Unverständliches.

„Wieso könnt ihr euch nicht einmal einig sein?", fuhr der Kaiser fort. „Wie soll mir das helfen, eine vernünftige Entscheidung zu treffen?"

„Ich bin nicht gegen einen Krieg", warf Johann ein. „Es ist nur so, dass ich skeptisch bin, ob wir alles bedacht haben."

„Der Plan ist gut! Perfekt wird er sowieso nie", antwortete Carl.

„Wir sollten zuerst einmal abwarten, wie sich die Lage in Spanien entwickelt. Wenn wir Wellington noch bis zum Sommer Zeit geben, könnte sich Spanien von Frankreich lösen und Napoleon wäre gezwungen, alle Kräfte für die Verteidigung des französischen Kernlandes zu konzentrieren."

„Wellington könnte im Sommer schon aufgerieben sein, wenn wir noch länger warten", gab Carl schroff zurück. „Die Zeit, einen Krieg vorzubereiten, ist jetzt! Und je früher wir mit der Offensive beginnen, desto eher haben wir das Überraschungsmoment auf unserer Seite. Bis zum Sommer zu warten, würde bedeuten, dass wir frühestens Anfang Herbst die Kampfhandlungen aufnehmen können und dann müssten unsere Truppen in den Winter hinein marschieren. Das wäre wohl eine kaum zu verantwortende Schwächung der Armee und aus militärischer Sicht auch vollkommen strategischer Blödsinn, mein lieber Hansl!"

„Ruhe!"

Die autoritäre Stimme von Kaiser Franz brachte das Wortgefecht zwischen Johann und Carl zum Schweigen. Alles blickte gespannt zum Monarchen, der plötzlich sehr entschlossen wirkte.

„Wir werden abstimmen", befahl Franz und setzte sich wieder auf seinen Stuhl.

„Abstimmen?" Carl dachte zunächst, er habe sich verhört. „Wie bei diesen Demokraten?"

„Nein", kam es sehr entschieden aus dem Kaiser hervor. „Das ist eine Abstimmung unter Brüdern", er blickte zu Ferdinand, „und Cousins."

Carl wirkte nicht begeistert über diese ungewöhnliche

Form der Entscheidungsfindung. Er erwartete, dass Johann gegen ihn stimmen würde, es hing also alles von Ferdinand ab, der sich an der Diskussion kaum beteiligt hatte.

„Also gut", fuhr der Monarch fort. „Wer ist für die Kriegserklärung?"

Carl hob die Hand und war sich in dem Moment nicht ganz sicher, ob das die angebrachte Geste bei einer Abstimmung war. Er blickte gespannt zu seinem jüngeren Bruder Johann und seinem Cousin. Keiner von beiden hob die Hand. Carl bemerkte, dass sich beide unsicher waren. Johann wartete vermutlich darauf, wie sich Ferdinand entscheiden würde und dieser wiederum wartete auf die Wahl Johanns. Er musste also etwas nachhelfen.

„Ferdinand, wie entscheidest du dich?", fragte Carl auffordernd.

Es war, als hätte der Erzherzog d'Este nur die ganze Zeit darauf gewartet, dass ihn endlich mal jemand fragen würde. Entschlossen hob er den rechten Arm nach oben. Carl war zufrieden.

Johann sah, wie sein Cousin die Hand hob und in dem Moment war die Entscheidung bereits getroffen. Zwei Erzherzöge waren für den Krieg. Johanns Gegenstimme würde nichts mehr bewirken. Franz würde sich der Mehrheit fügen, um die Last der Verantwortung von sich zu nehmen. Wenn sie den Krieg verlieren würden, so wäre es dann nicht seine alleinige Schuld gewesen. Johann seufzte innerlich. Sich nun anders zu entscheiden, kam ihm wie Hochverrat vor. Wer war er schon, dass er sich gegen seine Familie, gegen seinen älteren Bruder, auflehnen konnte? Er war ein Erzherzog von Habsburg und musste tun, was die Familie von ihm verlangte und diese hatte soeben eine Entscheidung getroffen. Es gab nur eine Möglichkeit, seine Ehre zu bewahren. Zögerlich hob Johann die Hand und blickte dabei starr zu Boden.

„Gut. Damit ist das Ergebnis einstimmig", verkündete Franz. „Österreich wird Frankreich den Krieg erklären. Die nötigen Vollmachten sind umgehend auszufertigen und alle nötigen Vorbereitungen sind zu treffen."

Franz erhob sich, ging zu dem wuchtigen Holzschreibtisch am anderen Ende des Raumes und begann, ein Schreiben aufzusetzen. Carl und Johann blickten aneinander vorbei. „Carl wird das Kommando über die Hauptarmee führen. Ferdinand wird sich um Polen kümmern und der Hansl bekommt die Südarmee", bestimmte der Monarch.

Mit der Unterschrift des Kaisers war es amtlich. Österreich würde erneut gegen Napoleon in den Krieg ziehen.

Kapitel 1 - Rückzug

11. Mai 1809, San Daniele, Oberitalien

Johann stand auf dem kleinen Hügel außerhalb der Stadt und blickte in das steinige Flussbett des Tagliamento hinunter. Irgendwo aus der Ferne war Kanonendonnern zu hören und er wusste, dass es die italienische Artillerie war, die das Feuer auf die Nachhut seiner Truppen eröffnet hatte. Der Fluss trug um diese Jahreszeit stellenweise wenig Wasser, sodass man das weit gestreckte Flussbett gut überqueren konnte. Johann blickte auf einen Zug von Soldaten, der soeben übersetzte. Seine Armee war nur mehr ein zersprengter, unorganisierter Haufen. Seit Tagen waren sie auf dem Rückmarsch und immer wieder kam es zu verlustreichen Gefechten mit den Truppen des italienischen Vizekönigs Eugèn de Beauharnais und des französischen Divisionsgenerals Macdonald, die hartnäckig die Verfolgung aufgenommen hatten.

Dabei hatte alles so vielversprechend begonnen. Zwar waren die Kampfhandlungen viel zu früh begonnen worden – Johann hätte sich noch einen Monat Zeit gewünscht, um alles besser organisieren zu können –, doch der Feind war dennoch völlig überrascht worden. Johann konnte ohne größeren Widerstand zwischen dem 8. und 10. April in Oberitalien einmarschieren. Am 11. April war er bei Venzone das erste Mal mit den feindlichen Truppen zusammengestoßen und konnte sie ohne größere Probleme zum Rückzug zwingen. Wenige Tage später gelang ihm bei der Schlacht von Fontana Fredda sogar der erste österreichische Sieg in diesem Jahr. Johann war stolz gewesen, als er die Erfolgsmeldung nach Wien dem Kurier übergab. Alles war bestens gelaufen und Johann hätte sich in Italien bestimmt behauptet, wäre am 29. April nicht die Nachricht eingetroffen, dass ausgerechnet sein Bruder Carl bei Regensburg mit der Hauptarmee in eine missliche Lage geraten war. Johann war daraufhin gezwungen gewesen, den Rückzug anzutreten, um Carl zu unterstützen. Nun liefen sie mehr davon, als sich geordnet zurückzuziehen. Für den jungen Erzherzog war klar, dass der Krieg bereits verloren war. Er hatte es kommen sehen. Man hätte mehr Zeit gebraucht und alles besser vorbereiten müssen. Es war einfach zu früh gewesen. Nun würde der Kampf nach Österreich kommen und aus dem Angriffskrieg würde ein Verteidigungskrieg werden. Statt Napoleon durch einen Zweifrontenkrieg in Bedrängnis zu bringen, wurde nun das Kaisertum von mehreren Seiten bedrängt.

Johann wandte sich von der Landschaft ab und stapfte zu seinem Kommandozelt zurück. Er hatte sein Feldlager unweit der Stadt San Daniele aufschlagen lassen, um den Rückzug besser koordinieren zu können. Schon vor Tagen hatte er die schlecht ausgebildeten Landwehrverbände heimgeschickt. Diese undisziplinierten und unerfahrenen Männer, die man erst kurz vor Beginn des Krieges eingezogen hatte, waren ohnehin nicht fähig, einen geordneten Rückzug zu bewerkstelligen. Sie sollten sich auf die Verteidigung von Heim und Herd bereit machen, hatte Johann bestimmt.

Ein immer lauter werdendes Pfeifen kündigte eine heranfliegende Kanonenkugel an und schlug wenige Augenblicke später einen Steinwurf vom jungen Erzherzog entfernt in eine Baumgruppe ein.

„Querschläger, Eure Hoheit", meldete Graf Gyulai, der seinem Oberbefehlshaber aus dem Zelt entgegengekommen war.

Johann hatte instinktiv die Hände über den Kopf gehoben und bemerkte erst jetzt, wie sinnlos diese Reaktion von ihm war, sollte ihn tatsächlich eine Kugel treffen.

„Wie ist die Lage, Feldmarschall?", wollte Johann wissen und begab sich in das Zelt.

„Macdonald hat mit seinen Truppen aufgeholt. Unser Rückzug geht viel zu langsam vonstatten. Die Nachhut ist zerstreut und steht bis drei Kilometer flussabwärts in schweren Gefechten."

Johann beugte sich über eine Landkarte, die auf einem klapprigen Holztisch ausgebreitet worden war und versuchte, sich ein Bild von der Lage zu machen. Mit Tinte waren unzählige Truppenbewegungen auf dem Stück Papier verzeichnet worden. Hastiges, teilweise unleserliches Gekritzel war darauf zu sehen und sollte eigentlich dazu dienen, ein aktuelles Bild über die verschiedenen Truppenbewegungen zu liefern. Johann hatte Mühe, sich zu konzentrieren.

„Die Armee ist zu schwerfällig für einen schnelleren Rückzug", bemerkte der Erzherzog. „Die Linie unserer Truppen ist zu lang und es braucht zu viel Zeit, die einzelnen Einheiten durch die Engstellen bei den Flüssen und durch die Pässe zu bringen."

Gyulai wusste, wovon sein Befehlshaber da sprach. Durch das unwegsame Gelände Richtung der Alpen wurde der Rückmarsch empfindlich verlangsamt, da zu viele Truppen gleichzeitig durch die Täler geschickt werden mussten. Außerdem war es notwendig, die Nachhut ausreichend zu versorgen und den Anschluss nicht zu verlieren. Diese hatte die Aufgabe, das Vorrücken des Feindes wiederum zu verlangsamen und den eigenen Truppen für den Rückzug den Rücken freizuhalten. Ein geordneter Rückzug war ein kompliziertes Planspiel, das sehr genaues Manövrieren der Einheiten verlangte. Die Nachhut musste zum richtigen Zeitpunkt nachrücken, während eine andere Einheit in den hinteren Linien wiederum den Rückzug der Nachhut decken musste, bis diese sich wieder neu formiert hatte und nun wieder selbst für Rückendeckung sorgen konnte. Dabei musste man immer darauf achten, dass die nachrückenden Kampflinien ausreichend versorgt waren und genügend Kraft besaßen, um den Feind wirkungsvoll zu verlangsamen. Verlor die Nachhut den Anschluss an den Haupttross, so lief sie Gefahr, vom Feind überrannt und aufgerieben zu werden. Je langsamer der Rückzug allerdings war, desto länger mussten die hinteren Kampflinien im Gefecht verbleiben, was den Rückzug wiederum verlangsamte, da man Verstärkung und Versorgung aus dem Haupt der Armee zurückhalten musste. Würde der Rückzug zu langsam werden, drohte er irgendwann, zum Stillstand zu kommen. Das war der Albtraum eines jeden Generals. In diesem Falle hatte man keine andere Wahl, als die Armee zu wenden und gegen den Feind antreten zu lassen. Dieser hätte aber den Vorteil, bereits in Kampfformation vorzurücken, während man die eigenen Truppen erst in Abwehrstellung bringen musste. So ein missglückter Rückzug konnte die vollkommene Vernichtung einer Armee bedeuten.

„Wir müssen die Armee teilen", stellte Johann fest. „Graf Gyulai, ich möchte, dass Sie mit Teilen des IX. Korps Richtung Laibach schwenken, um die Verteidigung von Kroatien und der Krain zu organisieren. Veranlassen Sie die Aufbietung der kroatischen Insurrektion."

„Sehr wohl", bestätigte Gyulai. „Ich werde meine Kommandeure umgehend über den Richtungsschwenk informieren."

„Ich selbst werde mit dem Hauptteil über das Fellertal nach Kärnten marschieren. Feldmarschall Chasteler soll in Tirol durch eine zusätzliche Brigade verstärkt werden und das VIII. Korps übernehmen", fuhr Johann fort. Er tauchte eine Feder in ein Tintenfass und begann, weitere Truppenbewegungen auf die ohnehin schon unübersichtliche Karte zu zeichnen.

„Eure Majestät, ich gebe zu bedenken, dass dadurch unsere Armee ihre Schlagkraft verlieren wird."

„Es ist die einzige Möglichkeit, den Rückzug zu beschleunigen. Sonst laufen wir Gefahr, noch vor den Alpen vom Feind überrannt zu werden. Der Feind wird ebenfalls gezwungen sein, seine Kräfte aufzuteilen. So gewinnen wir vielleicht die nötige Zeit, um uns im eigenen Land durch frische Kräfte zu verstärken und für eine Abwehroperation zu formieren." Johann drückte Gyulai einen hastig geschriebenen Befehl in die Hand.

„Ihr habt das Siegel vergessen, Eure Majestät", bemerkte der Graf, woraufhin Johann etwas zittrig eine Kerze nahm und

Wachs auf das zerschlissene Stück Papier tröpfelte. Anschließend drückte er sein Siegel darauf und reichte den Befehl an Gyulai zurück. „Nun beeilen Sie sich mit dem Manöver."

„Sehr wohl." Gyulai salutierte kurz vor dem Erzherzog und eilte dann aus dem Zelt.

Johann blickte dem Grafen kurz hinterher und nahm dann sofort ein neues Stück Papier, um weitere Befehle aufzusetzen. Seine Hand zitterte beim Schreiben. Er musste ein paar Mal die Feder absetzen, um sich zu beruhigen. Dann rief er nach einem Kurier, der wenige Augenblicke später abgehastet in sein Zelt trat und schlampig aufsalutierte.

Johann kümmerte sich nicht darum. Schließlich gab es Wichtigeres zu tun, als einen Unteroffizier wegen Respektlosigkeit zu rügen. Er drückte dem Kurier mehrere Schriftstücke in die Hand. „Diese Befehle müssen unverzüglich den Kommandanten der Festung von Grätz sowie der Sperre von Malborghet und Predil überbracht werden."

Der Kurier nickte und starrte den Erzherzog erwartungsvoll an.

„Wegtreten", befahl Johann, woraufhin der junge Mann schleunigst kehrtmachte und aus dem Zelt verschwand.

Die grenznahen Festungen und die Talsperren über die Alpen mussten so schnell als möglich alarmiert und befestigt werden. Hatte es die Armee erst einmal ins eigene Land zurückgeschafft, so würde es der Feind wesentlich schwerer haben, weiter vorzurücken. Johann würde seine Truppen im Schutz der befestigten Anlagen in Kärnten und der Steiermark heimführen. Diese sollten die feindlichen Kräfte lange genug binden, bis er sich mit Gyulai und Chasteler wieder vereinigen und eine neue Verteidigungslinie aufbauen konnte. Johann hoffte nur, dass sich die Lage der Hauptarmee nicht verschlimmern würde. Doch noch war nicht alles verloren. Er setzte alles auf die Festung von Grätz, die bedeutendste Stadt südlich des Semmering. Es war von größter Wichtigkeit, die veralteten Festungsanlagen auf dem Grätzer Schlossberg umgehend in Schuss zu bringen, um die Franzosen wirkungsvoll aufhalten zu können. Dafür hatte Johann genau den richtigen Mann im Auge. Major Franz Hackher vom Geniekorps. Er hatte ihm den Oberbefehl über die Festung erteilt. Mit der Hauptarmee würde Johann vermutlich um den 23. Mai in Grätz eintreffen können, wenn alles klappte. Bis dahin, so hoffte er, würde die Festung bereits einsatzbereit sein. In Grätz würde er seine Truppen dann mit der Division Jellacic' verstärken und neu verpflegen. Hackher sollte dann die feindlichen Truppen lange genug aufhalten, bis Johann seine Armee wieder vereinigen konnte. Der Zeitplan war sehr eng, das wusste der junge Erzherzog, doch es musste einfach funktionieren, sonst würde der Feind ungehindert bis nach Wien marschieren und sein Bruder, der Kaiser, müsste flüchten. Der Fortbestand der Dynastie stand nun auf dem Spiel. Diesmal durfte Johann nicht versagen. Er würde nicht versagen, er war ein Erzherzog von Habsburg und würde seine Pflicht tun oder im Kampf sterben.

Feldlager bei Altenmarkt

Hackher blickte in den großen Rundspiegel und strich sich vorsichtig mit dem Rasiermesser über seine Wange. Gekonnt und mit präzisen Zügen hantierte er mit der scharfen Klinge und säuberte sein Gesicht von unerwünschtem Bartwuchs. Nur den Backenbart ließ er stehen, trimmte ihn aber auf eine gepflegt aussehende Länge. Mit einem weißen Handtuch wischte er sich die letzten Schaumreste aus dem Gesicht und übergab das Barbierwerkzeug dann einem jungen Fähnrich und schickte ihn damit weg.

Es war früh am Morgen und eigentlich hätte es der Major Hackher vorgezogen, noch eine Stunde zu schlafen, ehe er den Dienst antreten wollte, doch im Morgengrauen war ein kaiserlicher Kurier eingetroffen. Hackher hatte es abgelehnt, den Boten auf der Stelle zu empfangen, sondern darauf bestanden, sich vorher zu waschen und zu rasieren. Ein Offizier sollte kein unrühmliches Bild vor der Mannschaft abgeben und dazu gehörte nun einmal ein gepflegtes Äußeres. Er knöpfte sich den Waffenrock zu, glättete ein paar Falten an den Ärmeln und trat dann aus seinem Zelt ins Freie.

Ein Spalier von Soldaten, ein Unteroffizier und der kaiserliche Bote auf einem weißen Schimmel erwarteten ihn. Sofort stieg der unsauber aussehende Mann ab, ging auf Hackher zu und beeilte sich, in angemessener Weise zu salutieren. Hackher erwiderte den Salut.

„Herr Major Hackher?", fragte der Kurier.

„Ja, steht vor Ihnen. Sie haben eine Botschaft von seiner Kaiserlichen Hoheit dem Erzherzog?"

„Sehr wohl, Herr Major. Der Erzherzog persönlich hat mir dieses Schreiben übergeben, mit der Anweisung, es sofort an den Herrn Major Hackher vom Geniekorps zu überbringen." Der Kurier griff in seine lederne Meldetasche und holte ein gefaltetes Schriftstück, mit dem Wachssiegel des Erzherzogs darauf, hervor und übergab es Hackher.

Dieser riss das Schriftstück auf und las es. Dann winkte er einen Unteroffizier heran und reichte diesem das Schreiben weiter. „Der Erzherzog hat mich nach Grätz beordert, um dort die Befestigung der Schlossbergfestung zu besorgen. Korporal, lassen Sie meine Feldtruhe packen und mein Pferd satteln. Ich gedenke, noch vor den Mittagsstunden aufzubrechen. Vermerken Sie meine Abkommandierung von Altenmarkt nach Grätz im Kompanieregister."

Der Korporal nickte kurz und schickte sich fort, um die Anweisungen des Majors auszuführen.

Hackher setzte ein Bestätigungsschreiben auf und übergab dieses dem Kurier, der im Eiltempo wieder davon ritt.

Die Anweisungen des Erzherzogs waren unmissverständlich und die Wahl seiner Worte ließ eine gewisse Dringlichkeit, ja sogar Wichtigkeit, erkennen. Grätz war zweifelsohne eine bedeutende Stadt und es war für Hackher eine Ehre, vom Erzherzog persönlich für deren Verteidigung bestimmt worden zu sein. Dennoch überkam ihn eine gewisse Wehmut. Als

Offizier wusste der Major, was dieser Befehl im Ernstfall zu bedeuten hatte. Es würde seine Aufgabe sein, die Franzosen so lange bei Grätz aufzuhalten, bis der Erzherzog ausreichend Vorsprung mit seiner Armee gewonnen hatte. Er würde eine Festungsstadt halten müssen. Im Regelfall würde man ihm zuerst die Kapitulation anbieten, die er nicht annehmen konnte, denn dies wäre unehrenhaft. Außerdem lautete der Befehl, die Stellung um jeden Preis zu halten. Hackher würde also die Stellung halten, bis der Ehre Genüge getan wäre. Da die Lage nicht gerade zum Besten stand, konnte er sich denken, was dies für ihn bedeuten würde. Der Erzherzog erwartete von ihm nicht weniger, als bis zum letzten Mann, bis zum eigenen Tod zu kämpfen. Wenn dies nötig war, um die Ehre des Rittergeschlechts der Hackhers zu bewahren, wenn dies sein gottgewollter Beitrag in diesem Krieg sein sollte, so würde er es genau so geschehen lassen. Doch leicht wollte er es den Franzosen gewiss nicht machen. Wenn er schon sein Leben geben sollte, so würden sie es ihm teuer abkaufen müssen.

Die Soldaten rund um ihn blickten schweigend zu ihrem Major. Jeder wusste, welches Opfer dieser nun bringen musste. Er trug es mit Fassung vor seinen Leuten, doch innerlich fühlte er Übelkeit aufsteigen.

Hastig trat er in sein Zelt zurück und sank mit schlotternden Knien auf seine Pritsche. Jetzt konnte ihn niemand sehen und er ließ seiner Angst freien Lauf. Sein Atem ging schwer, in seinem Bauch bildete sich ein Krampf. Unruhig wanderten seine Augen hin und her und fixierten schließlich ein großes Gemälde, welches neben der Feldtruhe und den persönlichen Habseligkeiten des Majors stand und das stattliche Porträt eines alten Mannes zeigte. Hackher starrte auf das Bild und übergab sich. Plötzlich wurde er ruhig. Sein Körper entspannte sich und er fühlte einen inneren Frieden. Er würde also in Grätz sterben. Dieses Schicksal war ihm so genehm wie jedes andere. Er akzeptierte sein Los. Als Soldat blieb ihm ohnehin nichts anderes übrig.

Cerrini schritt die Linie ab und blickte in die ängstlichen Gesichter der Männer, die in der Ebene im Tal zu drei Schützenreihen aufgestellt waren. Die Sonne brannte heiß und die Luft schien an diesem Tag zu stehen. Cerrini war groß, fast einen Meter und neunzig Zentimeter. Als Hauptmann war er also in den vorderen Reihen ein gutes Ziel. Er würde in die Hocke gehen, denn die Franzosen zielten mit Vorliebe auf den Brustkorb und feuerten in einer leichten Aufwärtsbewegung. So traf man am leichtesten den Kopf des Feindes. Ein Schuss in den Oberkörper musste nicht sofort tödlich sein. Oft drangen die Kugeln durch die dicken Mäntel der Soldaten nicht weit genug ein, sodass der Soldat trotz eines Treffers immer noch einsatzbereit war. Cerrini hatte schon gesehen, dass ein Soldat acht Kugeln eingesteckt hatte und immer noch feuern konnte, ehe ihn die neunte in den Hals traf. Auch war es ihm schon mal passiert, dass zwei Kugeln seine Westentasche getroffen hatten und dort stecken geblieben waren, die ansonsten seinen Magen durchlöchert hätten. Es soll auch schon vorgekommen sein, dass zwei Regimenter sich mit mehreren Salven beschossen, ohne dass ein einziger Mann aus der Reihe gefallen war. Doch die Franzosen würden treffen. Dies war einer der Gründe, warum Napoleons Armee so gefürchtet und fast nicht zu besiegen war. Die Soldaten waren ausgezeichnet ausgebildet und behielten selbst in der Hitze des Gefechts die Nerven, um in aller Ruhe auf den Feind anzulegen.

Cerrinis Männer waren Bauern und Handwerker, die man in aller Eile für die Landwehrregimenter rekrutiert hatte. Diese jungen Burschen hatten weder die Nerven noch das Können und die Kraft, einen präzisen Schuss abzugeben, geschweige denn, schnell genug nachladen zu können. Er würde seine Männer auf 70 bis 50 Meter an den Feind heranführen müssen, damit diese überhaupt etwas träfen. Die Franzosen allerdings schossen bereits aus 100, manche geübte Regimenter sogar aus 150 Meter Entfernung und konnten zwei Salven abfeuern, während der Feind noch nicht einmal die erste abgegeben hatte.

Es würde ein Gemetzel werden, soviel stand fest. Cerrini hob die Hand gegen die Sonne, um in der Entfernung etwas erkennen zu können.

Die Marschtrommeln und Flöten der französischen Lini-eninfanterie kamen bedrohlich näher und wirkten in ihrem fröhlichen Takt so gar nicht wie ein todbringender Feind.

Cerrini schätzte die Entfernung auf etwa 300 Meter. Noch einmal atmete er tief durch, um seinen nervösen Herzschlag zu beruhigen. In seinem Gürtel steckten zwei geladene Pistolen. Er würde die Männer im Laufschritt an den Feind heranführen und ein oder zwei Salven feuern lassen. Er selbst würde seine Pistolen leer schießen und dann – sofern er noch stand – mit dem Rest seiner Männer eine Bajonettattacke führen. Es war ein verzweifeltes Vorhaben, doch etwas Besseres fiel ihm nicht ein. Und Rückzug – was, bei Gott, bestimmt das Vernünftigste wäre – kam ihm einfach zu unsoldatisch vor. Cerrini bekreuzigte sich und zog dann seinen Säbel. „Männer, im Laufschritt, vorwärts. Marsch!"

Die 200 Männer kamen träge in Bewegung und liefen langsam mit geschulterter Muskete in Reih und Glied dem Feind entgegen. Cerrini hatte seinen Säbel vorgestreckt, als Zeichen des Angriffs. Während des Laufens versuchte er, die Distanz zwischen sich und dem Feind abzuschätzen. Die Linien der Franzosen waren nun deutlich sichtbar und kamen näher. Sie waren in der Überzahl. Das Trampeln der Männer war laut und die Waffengurte und Kugeltaschen klimperten beim Laufen. Dennoch versuchte Cerrini, auf die Befehle der französischen Offiziere zu hören. Er war einer der wenigen Hauptleute aufseiten der Österreicher, die der französischen Sprache mächtig waren. Ein entschiedener Vorteil, wenn man die Befehle des Feindes verstand und somit wusste, was er tun würde. Sobald er das Kommando *„En joue!"* hörte, wusste er, dass die Franzosen ihre Gewehre anlegten. Kurz darauf würde ein beherztes *„Faire!"* folgen. Dann würde Cerrini sich sofort auf den Boden werfen. Es mussten noch gut 150 Meter zum Feind sein.

Die Trommeln der Franzosen waren verstummt, was bedeutete, dass sie ihre Linien ausrichteten und in Schussposition gingen.

„Dérivée première! En joue!"

Cerrini sah, dass die erste Reihe der Franzosen ihre Gewehre nach vorne richteten. Er musste noch 50 bis 70 Meter schaffen, ehe er seine Männer ausrichten konnte.

„Faire!", ertönte es von den französischen Reihen. Kurz darauf knatterten die Musketen.

Cerrini wollte sich hinwerfen, doch er strauchelte und prallte hart auf dem staubigen Boden auf. Über ihn pfiffen mehrere Kugeln hinweg und schlugen in die Leiber seiner Männer ein. Cerrini wandte sich um und sah, dass fast die gesamte erste Reihe gefallen war. Er ergriff seinen Säbel und stand auf. „Ausrichten!", befahl er und deutete mit der Klinge dorthin, wo sich die Männer formieren sollten. Cerrini wollte wenigstens eine Salve abfeuern können, doch alles ging viel zu langsam. Bis die Reihe endlich einmal stand, knatterten schon wieder die Musketen der Franzosen. Cerrini duckte sich diesmal nicht. Die Geschosse schlugen rings um ihn ein. Wieder fiel eine beträchtliche Anzahl seiner Männer aus der Reihe und blieb leblos oder vor Schmerzen windend am Boden liegen. Cerrini zog mit der linken Hand eine Pistole und richtete sie aus. „Anlegen!", befahl er und der Rest seiner Männer spannte die Gewehre und legte unbeholfen an.

„Feuer!"

Ein unregelmäßiges Donnern folgte auf seinen Feuerbefehl. Gespannt blickte er auf die französischen Reihen und wartete auf das Resultat. Nur ein paar Dutzend Feinde fielen aus der Reihe. Er drückte den Abzug seiner Pistole und jagte eine Kugel in die Linien des Feindes, wo sie einen Soldaten von den Füßen riss.

„Laden!", befahl er und zog seine zweite Pistole.

Hecktisch zogen die Männer ihre Ladestöcke und begannen,

den Lauf mit Pulver zu füllen. Sie waren unbeholfen und panisch. Manche verschütteten ihr gesamtes Pulver, andere stopften gleich mehrere Kugeln hinein.

„Schneller, Männer!" Cerrini hatte den Ehrgeiz, den Franzosen zumindest noch eine zweite Salve entgegenzuschicken, doch er sah, wie die feindlichen Soldaten erneut zum Schuss ansetzten. Kein einziger seiner Leute hatte bereits fertig geladen, schon pfiffen ihm erneut die französischen Kugeln ums Ohr. Cerrini rechnete fest damit, diesmal getroffen zu werden, doch abermals blieb er verschont. Er feuerte seine zweite Pistole ab und warf sie dann weg, ohne zu kontrollieren, ob die Kugel etwas getroffen hatte. Das hatte keinen Sinn mehr. Die Hälfte seiner Männer war ausgefallen und die Reihen waren durchlöchert wie Schweizer Käse. So hatten seine Linien keine Schlagkraft.

Plötzlich ertönte in den französischen Reihen der Befehl, mit dem Bajonett anzugreifen. Die ersten beiden Reihen der Franzosen stürmten geordnet vor, während die dritte noch einmal feuerte. Jetzt verloren seine Männer die Nerven. Beim Anblick der anstürmenden Franzosen warfen sie die Gewehre weg und ergriffen die Flucht. Unkoordiniert rannten sie in alle Richtungen auseinander. Eine Handvoll stand noch tapfer da und war bereit, zu feuern.

„Feuer frei!", ordnete Cerrini an. Fünf einsame Schüsse lösten sich. Kein einziger Franzose fiel, die Kugeln hatten nicht getroffen. Es war vorbei.

„Rückzug! Rückzug, Männer!", schrie Cerrini sich aus der Seele und rannte zu den Verschanzungen am Berghang. Im Nu waren die Franzosen auf gleicher Höhe und überrannten die Linien. Einige seiner Leute waren tapfer genug und stellten sich dem Feind entgegen, wurden aber abgestochen wie die Hasen. Beinahe hätte sich ein Bajonett in seine Seite gebohrt, doch Cerrini konnte den Stoß des grimmigen Franzosen gerade noch mit seinem Säbel abwehren. Der Mann hatte damit nicht gerechnet und riss seine dunklen Augen weit auf. Im nächsten Moment schlitzte Cerrini ihm den Bauch auf und die Eingeweide klatschten auf den Boden. Sofort wandte er sich einem weiteren Franzosen zu, der soeben auf einen jungen Burschen einstach. Cerrini hieb auf seinen Kopf ein und hinterließ eine große klaffende Wunde am Hinterkopf des Soldaten. Der Mann stürzte mit seinem Bajonett leblos nach vorne und spießte den Jungen auf. Dieser war vielleicht gerade einmal 16 Jahre alt gewesen. Eigentlich viel zu jung, um auf so eine Art und Weise zu sterben, doch Cerrini konnte ihm nicht helfen. Er musste hier weg. Verwirrt blickte er sich um. Rund um ihn waren nur mehr Franzosen, die die österreichischen Stellungen überrannt hatten. Mitten im Getümmel erblickte er plötzlich ein Pferd, das sich wiehernd aufbäumte. Cerrini erkannte seine Chance, hastete durch das Kampfgeschehen, sprang auf den Rücken des Tieres und gab ihm die Sporen. Panisch ging das Tier durch und lief davon. Cerrini legte sich mit dem Oberkörper auf den Rücken des Pferdes, sodass es so aussah, als wäre er bereits tot.

Als sie das Schlachtengetümmel hinter sich gelassen hatten, brachte er das Ross wieder unter seine Kontrolle und lenkte es in ein kleines Waldstück. Diese verdammten Franzosen schlachteten seine Männer ab und zeigten nicht den Hauch von Gnade. Einem Feind, der sich zurückzog oder ergab, gewährte man Pardon, doch es schien, dass die französischen Offiziere ihre Männer nicht mehr unter Kontrolle hatten. Hier konnte er nichts mehr für sie tun. Sie waren nun auf sich allein gestellt. Jeder, der früh genug geflohen war, würde es vermutlich schaffen und sich in den Wäldern verstecken können. Auf Gefangenschaft hatte er keine Lust. Er wollte Genugtuung. Nach Norden gab es kein Durchkommen, erkannte Cerrini, doch wenn er durchritt, konnte er es in zwei bis drei Tagen nach Grätz schaffen. Dort würde man bestimmt für ihn Verwendung haben. Er riss das Pferd herum, galoppierte die staubige Straße nach Süden hinunter und ließ das Schlachtfeld zurück.

Dieser Sommer würde ungewöhnlich heiß werden, stellte Hackher fest und wischte sich mit einem Tuch den Schweiß von der Stirn. Die Bäume links und rechts der Straße, die er und sein Gefolge gerade entlang ritten, spendeten ein wenig Schatten und Kühlung. Die letzten zwei Tage allerdings waren sie unentwegt in der schwülen Sommerhitze geritten. Hackher war mit seinen zwei Kammerdienern und einem Dragoneroffizier als Begleitung aufgebrochen und musste nun kurz vor Grätz sein. Jedenfalls sagte ihm dies seine innere Orientierung, denn sie ritten schon seit einer halben Stunde durch den Wald und von der Umgebung rundherum konnte man nicht viel erkennen. Im Rücken allerdings sah man den flachen Berg, der Schöckl genannt wurde und um den sich hier in der Umgebung zahlreiche Schauergeschichten rankten. Hackher hielt nicht viel von derlei abergläubischem Humbug. Für ihn war der Schöckl ein Berg wie jeder andere auch, besonders geeignet für eine Befestigung, aber ansonsten unspektakulär. Jedenfalls lag Grätz nur wenige Kilometer in südlicher Richtung.

Schemenhaft kam zwischen den Bäumen nach einer Weile ein weiterer Berg in Sicht. Dieser war kahl und felsig und nicht so imposant wie sein großer Bruder, der Schöckl. Schemenhaft ragten Türme und Mauern zwischen dem Baumwerk hindurch.

„Grätz, Herr Major!", rief der Dragoner und deutete zwischen den Bäumen hindurch. Als sie aus dem Wald herauskamen und auf die offenen Felder entlang des Flusses Mur zuritten, offenbarte sich ihnen ein majestätischer Anblick. Vor ihnen lag die alte Festungsstadt Grätz, Hauptstadt der Steiermark. Auf einem hohen felsigen Berg thronte die alte Festung über den Dächern der Stadt. Einst war dort ein Schloss errichtet gewesen, in dem die alten Landesfürsten der Steiermark residierten, daher der Name Schlossberg. Doch während der Türkenkriege hatte man die alte Burg abgetragen und eine moderne Festung nach dem italienischen Bastionensystem erbaut. Trotz ihrer Größe und mächtigen Erscheinung war die Anlage aber in die Jahre gekommen und inzwischen nicht mehr auf dem neuesten Stand der Festungstechnik. Die Stadt Grätz, die man am Fuße des Berges auf der Südseite errichtet hatte, war von gewaltigen Mauern und Kanonenbastionen umgeben. Der Fluss Mur floss auf der Westseite dicht an der Stadt vorbei. Auf der gegenüberliegenden Flussseite hatte man eine kleine Vorstadt auf dem Lend errichtet, wie das karge Feld vor der Stadt genannt wurde. Doch Hackher wusste, dass dort hauptsächlich unerwünschtes Volk wohnte, das nicht den Schutz der Stadtmauern genoss. Die Vorstadt, oder auch Murstadt genannt, war mit einer alten Holzbrücke mit der anderen Stadtseite verbunden. Die Konstruktion war so angelegt, dass man bei Gefahr die Holzdielen entfernen konnte, wodurch die Brücke unpassierbar wurde, ohne sie im eigentlichen Sinne zerstören zu müssen. Mit dem schützenden Festungsberg im Rücken und dem nach Süden hin offenen Feld erkannte Hackher sofort, dass diese Stadt schwer zu nehmen war. Die Festung zu erstürmen, war überhaupt nur vonseiten der Stadt möglich. Alle anderen Seitenhänge waren viel zu steil und felsig, als dass dort eine Armee anrennen konnte.

Der Weg führte entlang des Flusses zum nördlichen Stadttor, dem sogenannten Sacktor. Dicht unterhalb des Schlossbergs verlief hier nur eine schmale Straße, die leicht bogenförmig direkt ins Zentrum der Stadt führte, gesäumt von dichten Häuserreihen.

Hackher betrachtete die felsige Nordseite des Festungsberges. Um diese Seite würde er sich keine Sorgen machen müssen. Das Gefälle war zu steil und die engen Gassen zwischen den Häuserreihen gaben wenig Platz, um Truppen aufmarschieren lassen zu können. Obwohl Grätz schon vor Tagen in Alarmbereitschaft versetzt worden war, stand das Sacktor offen. Nur zwei Soldaten des Bürgerkorps verrichteten nachlässig ihren Wachdienst. Dem Tor vorgelagert war ein kleiner Wassergraben, über den eine schmale Holzbrücke führte. An das Torhaus angegliedert, befand sich die sogenannte Sackbastion, die, ebenso wie das Tor, nach der bogenförmigen Straße, die ins Zentrum führte, benannt war. Die Bastion wurde als Truppenquartier und als Geschützstellung verwendet, um den nördlichen Zugang zur Stadt zu sichern, doch die Anlage war lange unbenutzt gewesen und in schlechtem Zustand.

Hackhers Augen blieb die bauliche Kondition der Gebäude nicht verwehrt. Er hatte schon viele Festungsbauten geleitet und als Genieoffizier einen sechsten Sinn für Schwachstellen.

Als sie unter dem Torbogen durchritten, wehte ein kühler Luftzug. Die beiden Wachposten starrten Hackher und sein Gefolge tatenlos an und ließen sie, ohne Fragen zu stellen, passieren. Normalerweise hätte er als Major so eine Nachlässigkeit nicht toleriert, doch die Männer waren eigentlich Zivilisten, die man für den städtischen Wachdienst verpflichtet hatte und von denen man kein anständiges, militärisches Benehmen verlangen konnte.

Die Stadt wirkte wie ausgestorben. Die Bürger hatten offenbar schon Vorbereitungen für den Fall einer Belagerung getroffen. Die meisten Fenster in den unteren Häuserebenen waren mit Holzbrettern vernagelt worden. Auf den Straßen war, außer streunenden Katzen, niemand zu sehen. Aus irgendeinem Hinterhof drang der Lärm spielender Kinder auf die Straße. Vermutlich hatten die Stadtbehörden Ausgangsbeschränkungen erlassen. Im Schatten der Bürgerhäuser und Palais war es angenehm kühl.

Hackher genoss für einen Moment diese Frische nach dem langen Ritt. Irgendwie hätte die Stimmung in der Stadt etwas Idyllisches, schwebte über all dem nicht die Gefahr einer herannahenden französischen Armee.

Die Sackstraße endete nach einigen 100 Metern direkt am Hauptplatz der Stadt. Der große dreieckige Platz vor dem Rathaus war ansonsten sehr belebt und mit Marktständen bevölkert. Da alle wichtigen Torstraßen an diesem Punkt zusammenliefen, traf man an normalen Tagen hier auf hektische Menschenmengen, die allerhand Besorgungen zu tätigen hatten oder am öffentlichen Leben der Stadt teilnahmen, indem sie sich dem neuesten Tratsch hingaben. An diesem Tag allerdings war der Platz trostlos leer. Am großen Brunnen schlief ein Wachmann in der prallen Sonne und nahm keine Notiz von der Ankunft der vier Reiter.

Hackher hielt sein Pferd an und blickte sich um. Aus einigen Fenstern starrten neugierige Gesichter herunter und huschten davon, sobald er in ihre Richtung schaute. Aus der Schmiedgasse, die rechts neben dem Rathaus verlief, konnte man das Hämmern aus den dortigen Eisenwerkstätten hören, ein Zeichen dafür, dass doch nicht alles in der Stadt stillstand. Hackher vermutete, dass die provisorische Landeskommission und der städtische Magistrat angeordnet hatten, dass alle handwerklichen Betriebe, Bäcker und Weber genügend Materialien und Vorräte bereitzustellen hatten.

Aus dem Rathaus traten nach einer Weile drei Männer auf den Platz und marschierten zielstrebig auf Hackher zu. Es handelte sich um den Bürgermeister der Stadt, der die Begrüßungsdelegation anführte, den Oberst Kaltern, Kommandant der Schlossbergfestung, den Hackher ablösen sollte, und den Kommandeur der städtischen Bürgerwehr, Hauptmann Dobler.

„Herr Major Hackher, nehme ich an?", begrüßte der Bürgermeister den Genieoffizier. „Als Bürgermeister heiße ich Sie im Namen der Stadtregierung willkommen."

Hackher stieg ab und machte einige Schritte, um dem kleinen, molligen Herrn die Hand zu reichen.

„Major Franz Hackher, zu Ihren Diensten, Herr Bürgermeister."

Der Händedruck war dem Stadtregenten wohl etwas zu fest ausgefallen, denn dieser wurde leicht rot im Gesicht und lächelte zaghaft. Hackher salutierte ordentlich vor dem Oberst auf und begrüßte auch den Hauptmann des Bürgerkorps.

„Herr Major, Sie hatten bestimmt einen anstrengenden Ritt. Darf ich Sie und Ihre Gefolgschaft auf Kosten der Stadt erst einmal verköstigen lassen?", fragte der Bürgermeister in einschleimender Weise.

„Vielen Dank, Herr Bürgermeister. Meine Leute werden dieser Einladung gerne nachkommen. Ich selbst möchte mich zuallererst um die militärischen Dinge kümmern", entgegnete Hackher freundlich aber bestimmt.

Der Bürgermeister nickte und machte eine untertänige Verbeugung.

Oberst Kaltern trat vor und reichte Hackher ein Schriftstück. „Ich ernenne Sie hiermit auf Anordnung des Erzherzogs zum Kommandanten der Schlossbergfestung, Herr Major. Ich weiß nicht, ob ich Ihnen dazu gratulieren soll, oder nicht."

„Ich würde es nicht tun", meldete sich Hauptmann Dobler zu Wort. „Laut den letzten Meldungen, die wir erhalten haben, ist der Erzherzog auf dem Weg hierher und hat die ganze Franzosenbande im Nacken. So wie ich die feinen Herrn Generäle einschätze, werden sie die Vorräte der Stadt nehmen, sich dann fein davonstehlen und uns mit den Franzosen allein lassen. Und die verdammten Franzosen werden uns normale Leut' auf den letzten Tropfen auspressen, darauf können wir uns schon einmal einstellen!" Der Hauptmann sprach nicht wie ein Offizier, sondern eher wie ein Mann aus dem Volk, der er vermutlich auch war. Im Grunde waren alle Mitglieder des Bürgerkorps, auch die Hauptleute und Offiziere, normale Stadtbürger, die meisten davon einfache Handwerker.

„Dobler! Reiß dich z'ammen!", ermahnte der Bürgermeister den Hauptmann. „Wenn dich wer von den Leuten so reden hört, bricht am End noch eine Panik aus."

„Wieso? Es weiß sowieso jeder, was uns bevorsteht", antwortete Dobler patzig.

„Meine Herren!", fiel Hackher den beiden Männern ins Wort. „Wir werden die Stadt bestmöglich auf eine etwaige Belagerung vorbereiten und ich versichere Ihnen, Herr Bürgermeister, dass ich bei allen zu treffenden Maßnahmen stets zum Wohle der Stadt handeln werde."

Die Versicherung eines Majors reichte, um die beiden Herren vorerst zu beruhigen. Dobler wirkte zwar alles andere als glücklich, doch er schien ein gutes Gefühl bei Hackher zu haben.

Auch dem Bürgermeister schien es zu gefallen, dass der neue Festungskommandant Optimismus ausstrahlte. Nur Oberst Kaltern wirkte ernüchtert – vermutlich weil dieser über die militärische Lage am besten informiert war und offenbar wenig Hoffnung sah.

In dessen Gesichtszügen glaubte Hackher sogar Anzeichen von Resignation zu erkennen. Sein Blick war starr und abschweifend. Es wirkte, als wäre der Oberst insgeheim froh darüber, nicht die Verantwortung übernehmen zu müssen, und als wolle er eigentlich so schnell als möglich die Stadt verlassen.

„Wenn die Herren nichts dagegen haben, werde ich sofort mit der Inspektion der Festung beginnen", gab Hackher zu verstehen und stieg wieder auf sein Pferd.

„Darf ich fragen, wo der Herr Major gedenkt, Quartier zu beziehen?", fragte der Bürgermeister.

Hackher deutete auf die gigantischen Festungsmauern oberhalb der Stadt. „Dort oben, Herr Bürgermeister. Wo sonst?"

Mit diesen Worten riss Hackher sein Pferd herum und ritt eilig die schmale Sporgasse, die vom Hauptplatz weg zur Festung führte, hinauf. Die enge gewundene Gasse hatte ihren Namen von den Sporenmachern, die hier vorrangig ihre Gewerbe aufgemacht hatten. Die Straße war außerdem die steilste der Stadt. Sie führte knapp unterhalb der Festung hoch zum Platz der Karmeliter, wo sie in die Paulustorgasse überging, welche am östlichen Stadttor, dem Paulustor, endete. Die Sporgasse war wesentlich enger und älter als die meisten Straßen von Grätz und verlief genau auf einer alten Römerstraße. Aufgrund des holprigen Pflasters spotteten manche Bürger, man habe seit damals nie die Steine ausgewechselt.

Hackher ritt an hohen Bürgerhäusern, Bäckereien und Wirtshäusern vorbei und durch das innere Paulustor hindurch. Danach war es nicht mehr weit bis zum Karmeliterplatz.

Benannt nach dem geistlichen Orden, der in angrenzender Nachbarschaft ein Ordenshaus unterhielt, bot die offene Fläche vor allem Platz für Märkte und Feste. Von hier aus konnte man direkt hinauf zu den Festungsmauern sehen und hatte einen guten Blick auf den Uhrturm, der ein wenig oberhalb der Bürgerbastei auf die Stadt herabblickte. Die Bürgerbastei war eine dreiecksförmige Bastion am Südhang des Schlossbergs und der niedrigste Punkt der Festung. Der große Turm war ursprünglich ein Wachturm gewesen, bis man ihn einst mit einem Uhrwerk versehen hatte, damit jeder Stadtbürger leicht die Zeit ablesen konnte. Dazu hatte man sich sogar eines Tricks bedient: Da die Anzeige der Stunden für die Leute viel wichtiger war als die der Minuten, zeigte der große Zeiger – der aus der Entfernung viel besser zu sehen war – die Stunden an und der kleine die Minuten.

Hackher hielt in der Mitte des Platzes an und blickte hoch zu den Festungsmauern. Er erkannte sofort, dass hier eine Schwachstelle war. Die Bürgerbastei lag in der Tat nur knapp oberhalb der Hausdächer von der Sporgasse und den umliegenden Seitengassen und war daher gut einsehbar. Während die Artilleriebatterien auf der Bastei nicht tief genug zielen konnten, um die Straßen und Gassen direkt unterhalb einsehen zu können, konnten potenzielle Angreifer sich im Schutze der Häuserschluchten verstecken und die Besatzung der Bürgerbastei leicht anvisieren. Hackher würde sich etwas einfallen lassen müssen, damit den Franzosen diese strategische Schwachstelle nicht gleich zum Vorteil gereichen würde.

Er gab dem Pferd erneut die Sporen und ritt zwischen den Bürgerhäusern hindurch, den gewundenen Feldweg hoch zum Festungstor. Der Südosthang war völlig kahl und bei Weitem nicht so steil wie die anderen Hänge des Schlossbergs. Wenn überhaupt, dann war von dieser Seite mit einem Sturm zu rechnen. Der Feind konnte seine Bataillone auf dem darunter gelegenen Karmeliterplatz aufmarschieren lassen, war durch die Häuser ringsherum sogar einigermaßen vor Beschuss vonseiten der Festung geschützt, und konnte dann entlang der breiten Festungsstraße hochlaufen und sich mit Sturmleitern und Rammbock an den Festungsmauern und am Torwall zu schaffen machen. Im Falle einer Belagerung und einer Erstürmung durch die Franzosen würde er alles auf die Verteidigung des Südosthangs konzentrieren müssen, stellte Hackher fest.

Die Auffahrt zum Festungstor schlängelte sich wie eine Serpentine nach oben, machte nach der Hälfte des Weges eine starke Kurve und führte dann weiter hoch zum Torwall. Dadurch wurde ein zu rasches Anstürmen des Feindes erschwert. Sowohl die untere als auch die obere Straßenhälfte verliefen fast parallel zur Festungsmauer und konnten daher gut beschossen werden. Ein anstürmender Feind war also den ganzen Weg den Hang hinauf ständig unter Beschuss. Das letzte Stück der Straße verlief knapp unterhalb der Festungsmauer. Die lang gestreckte Ostseite des Bergs und die Festungsstraße wurden durch die sogenannte Lampelbatterie geschützt, die entlang der gesamten Ostmauer verlief. Vorgelagert war die *Flesche*, ein Wall aus Holzpalisaden, der mehrere Geschützstellungen verband und bis zum Ausläufer der Stadtmauer am äußeren Paulustor verlief. Hinter der Flesche hatte man noch einmal eine durch Mauern geschützte Stellung errichtet, die im Killian genannt wurde. Dadurch war die Ostseite wenigstens durch mehrere Verteidigungsebenen geschützt. Dennoch bemerkte Hackher bei seinem Ritt an den Festungswerken entlang, dass diese in keinem guten Zustand waren. Oberst Kaltern hatte zwar schon am 30. April den Befehl erhalten, den Schlossberg zu befestigen, bisher aber offensichtlich ohne sorgfältige Umsetzung. Die Geschützwälle mussten noch mit genügend Erdreich ausgebessert werden, um kugelsicher zu werden. Außerdem würde es notwendig sein, das Haupttor durch eine vorgelagerte Schanze zu sichern. Auch hier stand das große, eiserne Festungstor offen und Hackher wunderte sich, warum man keine größeren Sicherheitsvorkehrungen gegen das Eindringen französischer Spione getroffen hatte, die zweifelsfrei bereits in der Stadt waren. Am Torbogen standen zwei Wachsoldaten in weißen Uniformen, was bedeutete, dass sie zu einem regulären Infanterieregiment gehörten. Die Landwehrregimenter hatten nämlich graue Röcke mit grünen Aufschlägen. Die beiden Soldaten salutierten ordnungsgemäß vor Hackher, als dieser vorbei durch das Torhaus ritt, dem ein lang gestreckter Durchgang folgte, der langsam schräg anstieg. Auch dies hatte einen strategischen Sinn. Wenn der Feind durch den Torbogen stürmte, so konnte er in dem engen Durchgang weder links noch rechts ausscheren und wurde wie durch ein Nadelöhr gezwungen. Am anderen Ende der Steigung konnte man den Durchgang leicht unter Feuer nehmen und verlangsamte durch den Anstieg auch den Sturm des Feindes, während die Verteidiger abwärts anstürmten und so mit mehr Wucht angreifen konnten. Überall in den Wänden des Torhauses waren zudem Schießscharten, sodass die Angreifer im Durchgang zusätzlich von den Flanken aus beschossen werden konnten.

Hackher ritt aus dem Torhaus ins Freie auf den kleinen Platz, der dem Uhrturm vorgelagert war. Dieser befand sich unmittelbar neben dem Haupttor. An ihm vorbei machte die Festungsstraße erneut eine starke Kurve und bog weiter nach oben ab. Dieser Teil der Festung wurde die *untere Festung* genannt. Danach führte der Weg am Grad des Festungsberges hoch zur *Neustadt*, dem mittleren Festungsteil, der mit der noch höher gelegenen *oberen Festung* verbunden war. Gleich oberhalb des Torhauses führte die Straße über einen kleinen Vorplatz, auf dem zwei Blockhäuser standen, die als Munitionsdepots Verwendung fanden.

Hackher ritt langsam die Straße hoch und begutachtete akribisch die Anlagen und Gebäude. Vor den Depots sowie entlang der Festungsmauer lungerten mehrere Soldaten herum, die allesamt unvorbereitet aufsprangen und salutierten, als sie den Major auf dem Pferd vorbeireiten sahen. Es handelte sich teilweise um reguläre Soldaten, großteils jedoch um Landwehrtruppen, die kein sehr diszipliniertes und motiviertes Bild abgaben. Hackher gefiel das nicht. Oberst Kaltern hätte die Truppe besser anspornen müssen. Ein lasches Regiment zu führen, und das kurz vor einer bevorstehenden Belagerung, war alles andere als hilfreich. Normalerweise mussten die Männer jede freie Minute nutzen, um zu exerzieren, Abläufe zu üben und sich mit dem Terrain vertraut zu machen, damit später jeder Handgriff sitzen würde. Es gab nichts Schlimmeres als eine Festungsbesatzung, die sich bei einer Belagerung selbst über den Haufen rannte, weil keiner wusste, was wie zu tun war.

Hackher würde zuallererst die Truppe aufscheuchen müssen, bevor er hier etwas anderes anpacken konnte. Wenn die Männer nicht spurten, konnte er sich gleich ergeben, sollte der Franzose eintreffen.

Der weitere Weg führte an der Katze vorbei, jene durch eine zusätzliche Mauer geschützte Stellung, hinter der sich die Vorratslager und der tiefe Brunnen für die Frischwasserversorgung befanden. Warum die einzelnen Festungsteile so eigenwillig benannt waren, wusste Hackher auch nicht. Ab hier wurde die Verbauung der Gebäude dichter und führte in den mittleren Festungsteil. Dort ritt Hackher entlang der Geschützstellungen der Lampelbatterie, die auf die Ostseite des Berges gerichtet war und dicht an der Mauer lag. Gegenüberliegend befand sich ein langes Gebäude, welches die Mannschaftskaserne war. Dann ging es durch den vorderen Zwinger, ein weiterer Torbogen, der die Neustadt mit der oberen Festung verband. Anschließend machte die Straße wieder eine Kurve und führte auf den oberen Festungsplatz, welcher der höchste Punkt der Anlage war. Hier befanden sich die Zisternen, das Zeughaus und der Zugang zu den nordwärts gerichteten Artilleriebatterien, die Glöckchenbatterie genannt wurden. An der südlichen Seite des Platzes befanden sich das Festungsspital und das Kommandantenhaus. Dahinter erstreckte sich der Kasernplatz, wo weitere Mannschaftsgebäude, das Wachgebäude und die Kanonenhütte mit zwei weiteren Munitionsdepots angegliedert waren. Hinter dem Spital befand sich die kleine St. Thomas Kirche und der angebaute Glockenturm mit der großen Alarmglocke darin. Der Turm war das höchste Gebäude der Festung und von ihm aus konnte man die gesamte Umgebung der Stadt in alle Richtungen überblicken.

Hackher stoppte sein Pferd vor der Kommandantur und band es an einem Pfahl fest. Der Eingang zum Kommandohaus wurde ordnungsgemäß durch zwei Soldaten bewacht, die aufsalutierten, als Hackher sich näherte.

„Rühren, Männer!", befahl dieser, woraufhin die beiden Kerle erleichtert aufschnauften.

„Namen?", fragte Hackher mit autoritärer Stimme.

Die beiden Männer blickten sich kurz verdutzt an, als wären sie sich nicht sicher, wer auf die Frage antworten sollte. Der etwas kleinere Mann meldete sich dann.

„Soldat Stadlmayer und Soldat Fleischer, Herr Major."

Der andere stämmigere Kerl nickte bestätigend.

Hackher musterte beide und befand, dass sie einen anständigen Eindruck machten. „Major Hackher mein Name, ich bin der neue Festungskommandant. Wo sind die Offiziere vom Dienst?"

Die Aussage, er sei der neue Kommandant, löste bei den beiden Männern eine innerliche Panik aus. Beide zögerten mit der Antwort und blickten sich wieder unsicher an, so, als hätten sie Bedenken, auf die Frage zu antworten.

„Na, was ist? Habts vergessen, wo ihr eure Vorgesetzten hingesteckt habts?", setzte Hackher nun etwas schroffer nach. Schließlich antwortete der größere der beiden Männer deutlich verunsichert. „Die Hauptleute Rüstl und Mayer sind im Verpflegemagazin vom Kommandanten. Aber der Herr Major sollt sich auf einen unschönen Anblick gefasst machen."

Hackher runzelte verdutzt die Stirn ob dieser Antwort. „Sind die Herrn Hauptleute denn so grauslich zum Anschauen oder was?"

„Normalerweise nicht, Herr Major", meldete der Soldat Stadlmayer. „Aber ich fürcht, zurzeit sind die Herrschaften nicht in bester Verfassung, wenn der Herr Major versteht, was ich meine."

Hackher runzelte erneut die Stirn, die inzwischen tiefe Falten warf, welche ihn doch etwas ärgerlich wirken ließen. „Er versteht nicht, was er meint!", polterte er genervt. „Und jetzt Weg frei, bevor ich noch ungemütlich werd'."

Die beiden Soldaten erkannten in Hackhers ernster Miene, dass mit diesem Offizier durchaus nicht zu spaßen war, und traten zur Seite.

Die Räumlichkeiten des Kommandanten befanden sich am Ende eines langen Ganges im Obergeschoss des Gebäudes. Neben einem Schlaf- und Arbeitsraum hatte der Kommandeur der Festung auch einen eigenen Verpflegungsraum. Hauptsächlich wurden darin aber Spirituosen gelagert, deren Ausgabe und Verwahrung einzig und allein in der Autorität des Kommandanten lagen. Jeder Offizier wusste, dass man seine Männer hin und wieder mit einer Runde Schnaps oder einem Fass Bier belohnen musste, um die Moral der Truppe aufrechtzuerhalten. Außerdem war dies ein gutes Mittel, sich die Loyalität der Männer zu sichern. Der einfache Soldat musste es als Belohnung ansehen, wenn es ihm erlaubt wurde, Alkohol zu trinken. Darum durfte nur der Kommandant über die Ausschenkung bestimmen. Nur so war auch gewährleistet, dass die Truppe nicht ständig im Öl lag und die Trinkfreudigkeit etwas im Zaum gehalten wurde.

Mit schnellen, polternden Schritten marschierte Hackher auf die Tür des Verpflegungsraumes zu, die einen Spalt offen stand.

Heiteres Lachen war zu hören. Offensichtlich hatte irgendjemand seinen Spaß und bediente sich unerlaubterweise an den Vorräten des Kommandanten.

Hackher hatte natürlich geahnt, was die beiden Wachen vor der Kommandantur gemeint hatten, als sie sagten, dass die Hauptleute nicht in bester Verfassung wären, doch er tat absichtlich so, als könne er sich nicht vorstellen, dass sich ein Offizier im Dienst betrinken würde. Doch wer auch immer hier seinen Spaß hatte, der würde nun etwas erleben. Hackher stieß die Eisentür des Verpflegungsraumes mit so großer

Wucht auf, dass sie krachend gegen die Wand schlug. „Was zum Teufel ist denn hier los?!", brüllte Hackher so laut, dass man ihn bis in die untere Festung hören konnte.

Zwei Offiziere saßen an einem Tisch, auf dem bereits mehrere leere Wein- und Schnapsflaschen standen, und waren offensichtlich komplett betrunken. Da Hackher die Tür aber quasi einschlug, verstummten beide augenblicklich und hielten völlig schockiert die Luft an. Als beide die Majorsabzeichen sahen und ihnen nun bewusst wurde, dass sie es mit einem ranghöheren Offizier zu tun hatten, sprangen sie unverzüglich auf und bemühten sich, zu salutieren.

Hackher musterte die beiden Männer für einen Moment: Der eine war eher schmächtig und schlank, während der andere korpulent und verfressen aussah.

„Verzeihung, Herr Major", rülpste der Dickere hervor. „Entschuldigung."

„Können die Herren Hauptleute erklären, was sie hier verdammt noch mal machen?"

„Wir bitten untertänigst um Verzeihung, Herr Major, aber darf ich in Erfahrung bringen, was Sie hier machen?", fragte der andere förmlich und versuchte offenbar, mit einer Gegenfrage Herr der Lage zu werden.

„Ich bin Major Hackher, der neue Festungskommandant, und wer seids ihr?"

Derselbe panische Ausdruck, wie bei den Wachsoldaten zuvor, stand den beiden Hauptmännern ins Gesicht geschrieben, als Hackher sich vorstellte. Der Schlankere machte einen Schritt vor und schien zu einer längeren Erklärung der ganzen Situation ansetzen zu wollen. Augenscheinlich war ihm das alles sehr unangenehm.

„Herr Major, wir haben Sie heute noch nicht erwartet. Der Hauptmann Mayer und ich wollten nur nach dem Rechten sehen, damit bei Ihrer Ankunft alles zu Ihrer Zufriedenheit ist."

Hackher hob die Hand zum Zeichen, dass der Mann – der Hauptmann Rüstl sein musste – schweigen sollte. „Spart euch die Erklärung. Die Herrn Hauptleute sollten sich ordentlich genieren. Wir sind mitten im Krieg, der Feind ist im Anmarsch auf die Stadt und ihr saufts euch das Hirn aus dem Schädel! Ab jetzt herrscht hier ein anderes Regiment, meine Herren! Wer ab sofort betrunken im Festungsdienst angetroffen wird, dem droht die Prügelstrafe, egal, ob Soldat oder Offizier. Wer nicht Manns genug ist, bei klarem Verstand zu bleiben, wird behandelt wie ein Deserteur. Ab jetzt erwarte ich mir Disziplin und Einsatz, meine Herren – vor allem von Ihnen als Offiziere. So, und jetzt räumts hier auf und schauts zu, dass ihr nüchtern werds. Morgen Antreten der kompletten Mannschaft auf dem Festungsplatz zur Standeskontrolle nach dem ersten Glockenschlag, und wehe mir missfällt auch nur eine winzige Kleinigkeit, dann mache ich Sie beide dafür verantwortlich!" Hackher machte auf dem Absatz kehrt und stapfte aus dem Raum.

Rüstl und Mayer standen da wie zwei begossene Pudel. Die Standpauke hatte beide scheinbar so beeindruckt, dass sie es erst wagten, sich wieder zu rühren, als zu hören war, wie Hackher das Gebäude wieder verließ. Beide blickten sich wortlos an und machten sich dann hastig daran, alle Flaschen zu verstauen, als gäbe es noch eine Chance, alles ungeschehen zu machen, wenn sie nur schnell genug alles wieder sauber machten.

Gasthaus Zur Goldenen Pastete

Der Wirt Michael Spreng blickte aus dem Fenster des oberen Stockwerkes hinunter auf die Sporgasse, wo soeben ein Major der Armee vorbeigeritten war. Neugierig lehnte er sich aus dem Fenster und blickte dem Reiter nach, als seine Tochter Hermine in das Zimmer gerannt kam. Sie trug ein einfaches, braunes Kleid und hatte die kastanienbraunen Haare zu einem Zopf gebunden. Jedes Mal war Spreng überrascht, wenn er seine Tochter ansah. Von dem unschuldigen kleinen

Mädchen von früher war nicht mehr viel übrig. Zwar hatte seine Hermine noch denselben kindlichen Blick, doch äußerlich war sie zu einer jungen Frau herangereift, einer sehr schönen und aufreizenden jungen Frau. Vor einem Monat war sie 17 geworden und sie kam nun in ein Alter, in dem sich der alte Wirt langsam Sorgen um sie machte. Ihm war in letzter Zeit aufgefallen, wie die jungen Burschen und auch die alten Kerle in der Schankstube seine Tochter ansahen und die Art und Weise, wie sie es taten, gefiel ihm nicht.

„Was schaust du denn, Vater?"

„Nichts. Nur ein Offizier auf einem Pferd." Spreng wandte sich vom Fenster ab und nahm seine Tochter in die Arme. „Minerl", so nannte er seine Tochter liebevoll, „in den nächsten Tagen wirds in der Stadt ziemlich umgehen. Wenn es stimmt, was sich die Soldaten so erzählen, dann kommen die Franzosen in die Stadt und wer weiß, wie lang die bleiben." Spreng blickte seine Tochter für einen Moment sorgenvoll an und schien innerlich ein Stoßgebet abzuschicken, auf dass seine schlimmsten Vorstellungen nicht eintreten mögen. „Versprich mir, dass du dich von den Mannsbildern in den nächsten Tagen und Wochen fernhältst. Ich weiß, du redest gern mit den Leuten, aber ich will, dass dir nichts passiert."

Hermine blickte ihren Vater treuherzig an. Sie verstand nicht ganz, was er meinte. Was sollte denn schon so Schlimmes passieren, wenn sie mit den Gästen plauderte? Natürlich hatte auch sie längst bemerkt, dass die Männerwelt – vor allem die jungen Burschen von der Armee – ein gesteigertes Interesse an ihr zeigte, doch ihr gefiel das. Man hörte zwar immer wieder Geschichten, was mit manchen Frauen hin und wieder gemacht wurde, aber ihr würde so etwas nicht passieren. „Aber Papa, jetzt mach dir mal keine Sorgen. Ich kann schon auf mich aufpassen und die Kerle hab ich im Griff." Sie lächelte, um ihren Vater etwas zu beruhigen, doch sein Ausdruck war ernst.

„Das ist kein Spaß, Minerl. Soldaten sind unberechenbar, also versprich mir, dass du niemandem sofort schöne Augen machst, hörst du!"

Hermine rollte ebendiese. „Ich verspreche es dir zuliebe, Papa."

Ihr Vater drückte sie fest an sich. Die letzte Besetzung von Grätz durch die Franzosen war ihm noch sehr gut im Gedächtnis. Damals war es zu keinen Kampfhandlungen gekommen, aber die Franzmänner hatten sich am Reichtum der Stadt bedient und er wusste noch zu gut, was mit einigen Frauen geschehen war. Hermine war damals noch zu klein gewesen, um alles zu verstehen. Vermutlich erinnerte sie sich nicht einmal daran. Doch auch ihre Mutter war schön gewesen. Sie hatte dasselbe geschmeidige Haar und dieselben verführerischen braunen Augen wie Hermine.

1797, als die Franzosen das erste Mal in Grätz waren, war seine kleine Tochter gerade einmal fünf gewesen. Die Dinge ergaben damals für sie keinen Sinn. Eines Tages war Mutter weg und sie war furchtbar traurig darüber, doch sie gewöhnte sich schnell daran und ihr Vater tat alles, um ihr eine behütete Kindheit zu bescheren. Irgendwann vergessen Kinder, und Hermine hatte nie wieder nach ihrer Mutter gefragt. Spreng hatte seiner Tochter erzählt, dass sie krank geworden war und verstarb, und so war es auch in die Erinnerung der Tochter eingegangen. Den wirklichen Grund sollte Minerl niemals erfahren.

Ihre Mutter war damals unvorsichtig gewesen und musste sich zwei Franzosen hingeben, die ansonsten drohten, die ganze Familie zu töten. Spreng war zu der Zeit beim Bürgerkorps gewesen und war nicht zu Hause, als seine Frau vergewaltigt wurde. Er fand sie später blutend im Bett. Die Franzosen hatten sie übel zugerichtet, doch sie lebte noch. Hermine war zuvor zu den Großeltern aufs Land gebracht worden und kam erst zurück, als die Besetzung vorbei war. Ihre Mutter allerdings bekam in den Tagen nach der Vergewaltigung heftiges Fieber. Der Arzt meinte, sie habe innere Blutungen und er könne ihr nicht mehr helfen. Drei Tage darauf starb sie. Der einzige Trost für Spreng war, dass es ein Militärgericht gab und dass die beiden Verantwortlichen öffentlich hingerichtet wurden.

Die französischen Offiziere hatten sich bei ihm für die Tat entschuldigt und gemeint, dass sie so ein Verhalten ihrer Soldaten nicht ungestraft lassen würden, aber im Krieg käme so etwas leider hin und wieder vor. Auf dem Hauptplatz hatten sie die beiden Männer dann erschossen. Wenige Tage später waren die Truppen aus der Stadt abgezogen. Zwar hatten die Leute Mitleid, doch die Sache wurde einfach totgeschwiegen. Spreng sprach nie wieder mit jemandem darüber. Der Familie hatte er erzählt, dass seine Frau an einer Krankheit verstorben war und mit den Jahren wurde die Lüge zu einer Tatsache.

Der Wirt gab seiner Tochter einen Kuss auf die Stirn und ging dann hinunter in die Schankstube. Diese war ungewohnt leer. Das Gasthaus Zur Goldenen Pastete war eine fixe Adresse in der Sporgasse und für gewöhnlich immer gut besucht. Die legendären Pasteten, die dem Wirtshaus einst den Namen gaben, gab es zwar längst nicht mehr, aber dafür ein ausgezeichnetes Hausbier. Die Leute erzählten sich sogar die eine oder andere Schauergeschichte, wonach man früher Menschenfleisch benutzte, um die herzhaften Pasteten herzustellen, und dass sie darum so gut geschmeckt haben sollen, weil das Fleisch so süß war. Heute allerdings nahm solche Märchen keiner mehr ernst. Tatsächlich profitierte Spreng sogar von dem gruseligen Ruf, den sein Gasthaus hatte, denn es war in der ganzen Stadt bekannt.

Zurzeit war den Leuten allerdings nicht nach geselligem Saufen zumute. Jeder versuchte, sein Haus und sein Hab und Gut, so gut es ging, zu sichern. Die reichen Leute, jene, die irgendwo am Land ein kleines Schlösschen oder einen Hof besaßen, hatten die Stadt sowieso schon verlassen, nur ein paar patriotische Adelige und der große Rest der Stadtbevölkerung waren zurückgeblieben.

Spreng blickte sich in der düsteren Stube um. Die Holzbänke waren auf die Tische gekippt und die Bier- und Weinfässer hatte er im Keller verstaut. Die Fenster zur Straße hinaus waren mit Brettern vernagelt. Zwischen diesen schien nun das Sonnenlicht hindurch und warf sanfte Strahlen in den Raum.

Im Licht konnte man den aufgewirbelten Staub sehen. Neben der Theke lehnte eine alte Muskete. Spreng besaß sie noch aus seiner Zeit bei der Bürgerwehr. Normalerweise lagerte er sie im Keller in einer alten Truhe, zusammen mit den anderen Sachen von damals. Doch seitdem die Nachricht verbreitet wurde, dass die Franzosen im Anmarsch waren, hatte er sie wieder nach oben gebracht. Nun lehnte sie, mit einer Bleikugel geladen, am schweren Holztresen in Griffweite. Seine alte Pistole bewahrte er unter seinem Bett auf, zusammen mit dem rostigen Säbel. Man konnte nie wissen, was passieren würde, und im Notfall wusste er sich zu verteidigen.

18. Mai, Passsperre am Predil

Die Franzosen waren überall im Tal und auf dem kahlen Vorfeld aufmarschiert. Vizekönig Eugène war vor vier Tagen durch das Fellertal in Kärnten eingedrungen und stand nun am Predil, wo er sich gezwungen sah, die dortige Passsperre zu räumen. Erzherzog Johann hatte angeordnet, dass die Franzosen durch beherztes Verteidigen der Pässe am Weitermarsch gehindert werden sollten. Bislang war dies nicht gelungen. Am Vortag war die Sperre bei Malborghet gefallen, ohne nennenswerten Widerstand leisten zu können. Und so erwartete man auch jetzt ein energisches Vorgehen der Franzosen.

Die 250 Verteidiger am Predil hatten sich hinter die Erdwälle und die provisorischen Verhaue am Hang zurückgezogen und blickten auf die Übermacht der feindlichen Armee, die sich im Tal zum Angriff formiert hatte.

Der Soldat Franz Suller lud hastig seine zwei Pistolen und spähte immer wieder über den Erdwall. Neben ihm lag Soldat Köhler. Obwohl beide gerade Anfang 20 waren, hatten sie bereits viel Erfahrung und erledigten ihre tödliche Arbeit mit Routine. Sie waren als Knaben gemeinsam rekrutiert worden und hatten von Anfang an im selben Regiment gedient.

In der Mitte des Tals traf sich gerade der Kommandant der

Österreicher mit einem Vertreter der Franzosen. Suller blickte gespannt auf die Zusammenkunft hinunter. Ganz egal, was die Franzosen für Kapitulationsbedingungen anboten, es würde zum Kampf kommen. Niemand hier hatte Lust, zu sterben, doch allen war klar, dass Aufgeben in so einer schlechten militärischen Lage einem Verrat gleichkäme. Die Parlamentäre im Tal gingen auseinander.

„Ich glaub, jetzt werdens bald kommen", prophezeite Suller seinem Kameraden.

Köhler blickte unbeeindruckt drein und wetzte sein Bajonett. Er hatte ein paar Zacken hineingeschliffen, sodass man den Feind richtig aufschlitzen konnte. Die Offiziere sahen es nicht gern, wenn man das Bajonett derart bearbeitete. Sie hielten es für zu grausam und unzivilisiert. Köhler allerdings war das egal.

Der österreichische Kommandant war über den Erdwall gehüpft und ließ nun die Feldgeschütze ausrichten.

„Wenn wir Glück haben, dann schlagen wir den ersten Ansturm zurück und vielleicht wollen die Franzmänner dann wieder verhandeln", wagte Suller zu hoffen.

„Die verhandeln nix mehr, wenn wir mit denen fertig sind", antwortete Köhler grimmig.

Aus dem Tal waren plötzlich einige französische Befehle zu hören. Suller hatte keine Ahnung, was sie bedeuteten, denn er konnte kein Französisch, doch kurz darauf erklangen die Marschtrommeln und er wusste, dass die Franzosen sich in Bewegung gesetzt hatten und auf die Anhöhe zumarschierten. Er blickte erneut über den Erdwall und riss die Augen auf, als er dort eine lange Reihe von Linieninfanteristen, die auf ihn zukam, sah. In der ersten Linie konnte er bereits acht Kompanien erkennen, dahinter kamen drei weitere Linien. Suller versuchte, im Kopf auszurechnen, wie viele Soldaten die Franzosen hatten. Es mussten Tausende sein.

Die österreichische Artillerie eröffnete mit einem Donnergrollen das Feuer. Die leichten Feldgeschütze zielten mit Kartätschen auf das Zentrum der Franzosen, doch die Wirkung war gering. Kurz darauf antworteten die französischen Kanonen.

„Deckung!", rief Suller und drückte den Kopf von Köhler nach unten.

Dicht über ihnen zischten mehrere Sechskaliberkugeln hinweg und schlugen in den hinteren Reihen ein, wo sie detonierten. Die Blockhütten am oberen Hang, wo sich mehrere Feldgeschütze befanden, wurden mehrfach getroffen und gingen sofort in Flammen auf.

„Verdammte Granaten", zischte Köhler und konnte es kaum mehr erwarten, endlich selbst feuern zu können, doch noch hatte es der Offizier, der wenige Meter von ihnen entfernt ebenfalls hinter dem Erdwall hockte, nicht befohlen.

Die Franzosen gingen in den Laufschritt über und erreichten die Anhöhe. Nun waren sie in Reichweite der Gewehre. Der Offizier erhob sich und zog seinen Säbel. Suller und Köhler sowie alle anderen Soldaten hinter dem Wall taten es ihm gleich und legten ihre Gewehre an.

„Auf meinen Befehl!", brüllte der Offizier. „Feuer!"

Suller hatte unter den Franzosen die Fahnenträger gesucht und zielte nun auf den Offizier, der immer neben den Fähnrichen lief. Hatte man erst einmal die Offiziere erwischt, so war der Feind führungslos. Als der Feuerbefehl kam, schloss Suller die Augen, drehte seinen Kopf leicht zur Seite und drückte ab. Das Steinschloss klackte zusammen und löste einen Funkenregen aus, der Suller ins Gesicht sprühte. Im Lauf der Muskete entzündete sich die Pulverladung und explodierte. Die Bleikugel wurde durch den Druck aus dem Lauf getrieben und zischte ihrem Ziel entgegen. Wenige Augenblicke später schlug das Geschoss im Oberkörper eines französischen Offiziers ein, der durch die Wucht von den Beinen gerissen wurde.

Suller öffnete die Augen wieder und beobachtete zufrieden das Resultat. Sein Gesicht war voll mit schwarzem Pulverstaub. Der ganze Vorgang hatte gerade einmal eine Sekunde gedauert. Sofort ging Suller in die Hocke, spannte das Steinschloss, holte eine Papierpatrone hervor, riss sie mit den Zähnen auf und füllte die Zündpfanne mit dem sogenannten Zündkraut, einem sehr feinen Schwarzpulver, auf. Dann stopfte er den Rest der Patrone einfach in den Lauf. Früher musste man noch Kugel und Pulver getrennt nachladen, seit der Einführung der Papierpatronen ging der Ladevorgang wesentlich schneller vor sich. Dabei handelte es sich um eine Bleikugel, die zusammen mit einer Ladung Schießpulver in Papier eingewickelt wurde. Zum Laden musste der Schütze nun nur mehr das Papiertütchen aufreißen, ein bisschen Pulver auf die Pfanne leeren und den Rest einfach in den Lauf stopfen. Nachdem Suller dies getan hatte, stieß er mit dem Ladestock nach und presste die Kugel gegen die Pulvermischung, um diese zu verdichten. Je fester das Pulver im Lauf zusammengedrückt wurde, desto heftiger war der Druck der Explosion und die Kugel konnte weiter geschossen werden. Doch man musste aufpassen, das Pulver nicht zu fest hineinzudrücken, denn es konnte passieren, dass einem die Muskete in der Hand zerplatzte.

Suller war ein geübter Schütze und brauchte gerade einmal fünf Sekunden für das Nachladen. Er hatte diesen Vorgang schon so oft wiederholt, dass er ihn mit verbundenen Augen durchführen konnte. Den Ladestock ließ er neben sich liegen, in wenigen Augenblicken würde er ihn sowieso wieder benötigen. Der junge kaiserliche Soldat erhob sich und legte wieder über den Wall an. Er benötigte einen Moment, um ein Ziel zu finden und drückte erneut ab.

Die Kugel schlug im Hals eines Franzosen ein, der sofort zu Boden fiel und nach Luft rang, ehe ihn die Lebensgeister verließen.

Gerade wollte Suller wieder den Ladevorgang wiederholen, als links und rechts neben ihm auf einmal alles explodierte. Im nächsten Moment spürte er eine unglaubliche Hitze auf seiner Haut und sah dann nur noch Schwarz.

Mehrere Granatenladungen waren im Erdwall eingeschlagen und hatten große Breschen geschlagen. Ein paar Dutzend Männer waren durch die Explosionen erfasst und durch die Luft geschleudert worden. Die umherfliegenden Granatsplitter durchtrennten zahlreiche Gliedmaßen, zerfetzten Oberkörper und Bäuche oder rissen ganze Körper auseinander.

Suller war benommen. Die Druckwelle der Explosion hatte seine Ohren betäubt. Nur dumpf drangen die Schreie der Männer, das Knattern der Gewehre und das Donnern der Kanonen zu ihm durch. Als er die Augen wieder aufschlug, starrte er in Köhlers Gesicht. Für einen Moment war Suller froh, seinen alten Kameraden zu sehen, doch irgendwas stimmte nicht. Das Gesicht seines alten Freundes war seltsam verzerrt, kein Lächeln, wie Suller zunächst glaubte, sondern ein schmerzvolles Verzerren. Wie ein Hammerschlag drang plötzlich der Schlachtenlärm wieder in sein Ohr. Adrenalin schoss durch seine Adern und sein Verstand erkannte, dass er sich immer noch in Lebensgefahr befand.

Sofort sprang Suller auf und versuchte, die Orientierung wieder zu finden. Er hatte am Boden gelegen, gut fünf Meter vom Erdwall entfernt, bedeckt von einer Schicht Dreck. Vermutlich hatte ihn die Granatexplosion weggeschleudert. Neben ihm lag sein Freund Köhler. Arme und Beine waren unnatürlich verdreht, die Augen weit aufgerissen und das Gesicht zu einem Schmerzensschrei verzerrt. Suller blickte auf seinen Kameraden herab und erkannte, dass der Brustkorb geöffnet war. Ein Granatsplitter war durch den Oberkörper gedrungen und hatte ein großes Loch gerissen. Suller wusste, dass sein Kamerad tot war, doch er begriff es erst richtig, als er das warme Blut berührte. Augenblicklich wurde ihm übel und er übergab sich über den Leichnam seines Freundes. Im nächsten Moment war sein Hirn wie gelöscht. Er hatte nur mehr einen Gedanken im Kopf: *„Hau ab!"*

Einen Augenblick später rannte Suller auch schon den Hang hinauf, zwischen den Leichen und zerbombten Verschanzungen hindurch. Es war ihm alles plötzlich egal. Er hatte keine Ahnung, wo die Franzosen waren. Seit er die Augen wieder aufgeschlagen hatte, waren diese bereits über die Wälle gestürmt und töteten jeden, der noch lebte und dumm genug war, nicht die Flucht zu ergreifen. Suller war nicht so dumm.

Er rannte, so schnell er konnte. Irgendwie musste es ihm gelingen, über die Anhöhe zu kommen. Das Gelände wurde immer steiler und schließlich stand er neben dem brennenden Blockhaus unterhalb der Felswand.

Inzwischen hatten mehrere Verteidiger dieselbe Idee und versuchten zu flüchten. Alles löste sich ungeordnet in alle Windrichtungen auf. Die Franzosen überrannten die Stellungen beinahe ohne Widerstand. Mit ihren Bajonetten stürmten sie unaufhaltsam voran und stachen alles ab, was sich ihnen in den Weg stellte.

Suller wäre beinahe gegen die Felswand gelaufen. Er blickte hoch und bemerkte, dass er einen Fehler gemacht hatte. Sie waren in der Falle. Die steile Felswand blockierte ihre Flucht und die Franzosen würden sie hier wie Tiere in die Enge treiben und abstechen. Für einen Moment dachte Suller daran, sich einfach zu ergeben, vielleicht würde sein Leben dann verschont werden. Doch die Franzosen stürmten mit so einer Wucht den Hang hinauf, dass sie erst wieder unter Kontrolle zu bringen waren, wenn alle Verteidiger tot waren. Neben Suller drängten sich bereits Dutzende andere Soldaten an die Felswand und einige begannen zu klettern. Also kletterte Suller auch. Im nächsten Moment erfasste ihn große Zuversicht. Die Felswand war zwar steil, aber nicht sonderlich hoch. Er musste es nur hinaufschaffen, dann konnte er sich über alle Berge machen und die Franzosen würden ihn nicht verfolgen können.

Er kletterte schnell aber sicher. Jetzt bloß keinen Fehltritt machen, dann wäre alles umsonst gewesen. Die Wand war zerklüftet und es gab genügend Felsvorsprünge, um an ihr hoch zu kommen. Der Lärm der Schlacht schien leiser zu werden und langsam in die Ferne zu rücken. Euphorie erfasste Suller. Er entkam dem Tod! Die Franzosen würden ihn nicht erwischen, ihm würde die Flucht gelingen! Er blickte nach oben und konnte bereits das Ende der Felswand erkennen. Plötzlich hörte er ein beunruhigendes Knattern. Für einen Moment hielt er inne, so als könne er nicht glauben, was er zu hören glaubte. Im nächsten Augenblick wurde seine Vermutung bestätigt. Neben ihm schlugen Musketengeschosse in der Felswand ein.

„Verdammte Franzosen!", schrie Suller.

Unter ihm hatten diese mehrere Schützenreihen gebildet und feuerten dichte Salven auf die Kletterer. Mehrere Österreicher waren getroffen worden und stürzten tot zu Boden.

Nun kletterte Suller erneut um sein Leben. Diese verdammten Teufel würden ihn jetzt bestimmt nicht wie einen Gamsbock abschießen.

Er hätte schwören können, dass es noch ein ganzes Stück nach oben gewesen sein musste, doch plötzlich griff er über die Kante der Felswand und zog sich nach oben. Er hatte es geschafft! Ein weiterer Soldat erreichte nach ihm die Spitze und für einen Moment überlegte Suller, ob er dem Mann helfen sollte, doch dann knatterten erneut die Musketen und der arme Teufel stürzte ab.

Suller erschrak, als er den Mann abstürzen sah, drehte sich aber im nächsten Moment um und lief weiter.

„Nichts wie weg", sagte er beschwörend zu sich selbst.

Zur Spitze des Berges waren es noch einige 100 Meter, doch er war bereits sicher. Die Franzosen würden sich bestimmt nicht die Mühe machen und ihm über die Felswand folgen. Trotzdem lief er, so schnell er konnte, zwischen den vereinzelten Nadelbäumen hindurch über die trockene und felsige Almwiese hinauf.

Keuchend erreichte er die Spitze und fiel auf die Knie. Ihm war übel, seine Kehle brannte und verlangte nach Wasser. Er brauchte eine Weile, um wieder zu Atem zu kommen, dann drehte er sich um und blickte ins Tal hinunter. Niemand sonst war ihm gefolgt, vermutlich war er der einzige Überlebende, zumindest der Einzige, der es über die Felswand geschafft hatte. Wo einst die Blockhäuser und die Holzpalisaden standen, stiegen nun große Rauchsäulen auf. Suller überlegte, wohin er nun gehen sollte. Er konnte ins nächste Tal hinunter und sich irgendwo in einem Stall verstecken, doch was wäre er dann für ein Feigling? Gott hatte ihm bestimmt nicht das Leben gelassen, nur damit er sich zwischen Hühnern und Schweinen verstecken konnte. Er war immer noch Soldat und wäre er statt Köhler gestorben, sein Freund würde versuchen, ihn zu rächen. Suller fasste einen Entschluss. Mit den Franzosen war er noch lange nicht fertig.

19. Mai, Grätz

Hackher stand vor dem Spiegel und betrachtete seine Erscheinung. Der graue Uniformrock saß straff und korrekt. Um die Hüfte hatte er etwas zugelegt, wie er bemerkte, aber während der Belagerung würde er sich einfach in Entbehrung üben. Die schwarzen Lackstiefel waren aufpoliert worden und glänzten ebenso wie die goldene Gürtelschnalle, die Jackenknöpfe und der Offizierssäbel. Hackher war mit seinem Äußeren zufrieden, zumindest den Umständen entsprechend.

Durch das offene Fenster schien die Morgensonne und spendete willkommene Wärme. Draußen waren Trommel und Marschgeräusche zu hören. Leute schrien Befehle.

Hackher blickte abwartend ins Freie, dann ertönte plötzlich die Lisl, wie die große Glocke im Glockenturm genannt wurde. Der Major zählte die Schläge, setzte dann seinen Offiziershut auf und trat auf den Festungsplatz hinaus.

Die gesamte Garnison von Grätz war angetreten. Als Hackher aus der Kommandantur ins Freie trat, schrie einer der Offiziere „Habt Acht!" und die aufgereihten Kolonnen von Soldaten salutierten vor dem neuen Festungskommandanten.

Hackher trat vor und salutierte vor den Offizieren auf, die links von ihm Aufstellung genommen hatten. Insgesamt standen etwa 800 Mann auf dem Platz. Viel mehr hatte die Garnison derzeit nicht aufzubieten. In der ersten Reihe standen die drei Linieninfanterieregimenter Nummer 45, 16 und 27. Es handelte sich dabei um Depot- und Reservekompanien. Diese waren jeweils zu vier Linien angetreten. Im rechten Winkel zu ihnen hatten vor dem langen Zeughaus das 1. Grätzer Landwehrbataillon und das 3. Depot der Grätzer Landwehr Aufstellung genommen. Gegenüber reihten sich die wesentlich kleineren Formationen des Mineurkorps, Sappeurkorps und der Artillerie sowie des Verpflegungspersonals und des Sanitätskorps auf.

Hackher musterte seine Truppe genau. Die regulären Linieninfanteristen machten ein einigermaßen anständiges Bild. Die weißen Uniformen waren sauber und die Männer sahen gut genährt und ausgeruht aus. Die Leute von der Landwehr standen eher unbeholfen da. So recht schien keiner von ihnen eine Ahnung zu haben, was er hier eigentlich verloren hatte.

Hackher räusperte sich. „Männer! Ich, Major Franz Hackher, wurde von seiner Hoheit Erzherzog Johann mit der Verteidigung des Grätzer Schlossbergs beauftragt. Die Südarmee befindet sich auf dem Rückzug von den italienischen Schlachtfeldern und wird den Krieg direkt zu uns führen. Ein französisches Heer hat die Verfolgung aufgenommen. Diese Festung ist entscheidend für den Rückzug unserer Truppen. Es ist unsere Aufgabe, die Franzosen hier zu binden und aufzuhalten. Jeder Mann unter Waffen hat sein Möglichstes dazu beizutragen, den Schlossberg zu alarmieren und zu verteidigen. Und damit sich niemand falsche Vorstellungen macht! Wenn es zur Belagerung der Stadt kommt, werde ich auf keinen Fall eine Kapitulation akzeptieren! Es wird gekämpft bis zum letzten Mann und zur letzten Patrone. So lautet der Befehl des Erzherzogs!"

Ein besorgtes Flüstern ging durch die Reihen.

„Der wird uns alle umbringen, sag ich euch", raunte ein hagerer Soldat, in den hinteren Linien der Regulären, leise vor sich hin.

„Halts Maul, Taschler! Mit dem Major täte ich es mir nicht verscherzen", wies ihn ein anderer Soldat zurück. Soldat Stadlmayer, der bereits am Vortag mit Hackher am Eingang zur Kommandantur Bekanntschaft gemacht und seither großen Respekt vor dem Major hatte, stand direkt hinter dem Soldaten namens Taschler.

„Haltets beide eure *Goschn*!", schimpfte ein weiterer Mann dazwischen. Soldat Selcher stand neben Stadlmayer und fühlte sich extrem unwohl. Kapitulation schien ihm das einzig Vernünftige. „Wenn die Franzosen da sind, wird der Major schon die Federn kriegen und alles hinschmeißen."

Stadlmayer gab Selcher einen Stoß in die Seite, dem daraufhin kurz die Luft wegblieb. „Sei du lieber still. Wenn wer von den Offizieren hört, was du schwafelst, dann landest gleich in der Bastei. Ich sag dir, mit dem Major ist nicht zu spaßen."

„*... und deshalb erwarte ich, dass jeder seine Pflicht für das Vaterland erfüllt!*" Hackher hatte seine Ansprache beendet. In die Reihen der Soldaten war Unruhe eingekehrt. Der neue Festungskommandant hatte ein ernüchterndes Bild der Lage geschildert. Viele hatten erwartet, dass man die Stadt preisgeben würde, weil sie mit so wenigen Männern nicht zu verteidigen sei. Die entschlossenen Worte Hackhers, eine Kapitulation betreffend, hatten die meisten vor den Kopf gestoßen. Man hatte gehört, was am Predil und bei Malborghet geschehen war. Dort hatten die Franzosen, so lautete die Kunde, ein richtiges Massaker angerichtet. Keiner sei lebend davon gekommen. Dem Kommandanten der Festung Laibach hätten die Franzosen gedroht und auf das Schicksal von Malborghet und Predil hingewiesen, woraufhin der dortige Kommandant ohne Widerstand kapitulierte. Daher hatten viele der Soldaten in Grätz geglaubt, auch der neue Kommandant würde eine Kapitulation der kompletten Vernichtung vorziehen. Tatsächlich war auch ein Aufgeben von einer gewissen strategischen Bedeutung, denn der Feind war gezwungen, genügend Kräfte für eine angemessene Bewachung der Gefangenen abzustellen, was seine kämpfenden Einheiten schwächen würde.

Doch Hackher war anscheinend aus einem anderen Holz geschnitzt. Seine Worte hatten die Männer verunsichert. Er konnte die Angst förmlich riechen, die alle erfasst hatte und Angst war gut, denn sie motivierte einen Soldaten und spornte ihn zur Wachsamkeit an. Hackher machte kehrt und marschierte auf die Gruppe von Offizieren zu.

„Hauptmann von Rüstl, Hauptmann von Mayer, vortreten!", befahl er.

Die zwei Männer traten aus der Reihe, gingen auf Hackher zu und salutierten vor ihm. Sie schienen ihren Rausch von gestern ausgeschlafen zu haben. Beide wirkten hellwach und angespannt. Offenbar wollten sie es auf keinen Fall auf eine neuerliche Konfrontation mit Hackher ankommen lassen.

„Meine Herren, lassen Sie die Mannschaften zum Dienst abtreten. In 30 Minuten haben sich alle Offiziere im Kartenraum zur Lagebesprechung einzufinden. Ab, meine Herren!"

Rüstl und Mayer salutierten, machten kehrt und gaben die Befehle an die anderen Offiziere weiter, die anschließend ihre jeweiligen Regimenter zum Dienst abtreten ließen.

Hackher zog sich in die Kommandantur zurück. Fürs Erste war alles zu seiner Zufriedenheit verlaufen. Er hatte sich den Respekt der Männer eingehandelt. Von nun an würde es wesentlich leichter sein, hier Fortschritte zu machen.

Die Soldaten des Linieninfanterieregiments Lusignan Nr. 45 waren nach dem Abtreten in die Mannschaftsunterkünfte zurückgekehrt. Das 27. hatte die erste Wache zu verrichten, den Männern des 45. blieb also nichts anderes übrig, als den ganzen Vormittag die Zeit totzuschlagen.

Oberleutnant Schlichtnig hatte die Soldaten im Laufschritt in die Unterkünfte marschieren lassen. Anschließend übergab er die Aufsicht an Soldat Prammer und machte sich zur Offiziersbesprechung auf.

„Also wenn ihr mich fragt, dann ist der neue Festungskommandant unser Untergang. Denkts einmal nach. Wir haben ein paar 100 Leut', wie will er da die ganze Stadt gegen ein paar 1000 Franzosen verteidigen?", äußerte sich der Soldat Selcher in der Mannschaftsunterkunft.

Die meisten Männer hatten sich gelangweilt in ihre Hängematten geworfen und wollten lieber noch ein paar Stunden

Schlaf finden, doch eine kleine Gruppe rund um Selcher hatte sich zusammengesetzt und debattierte über die Lage.

„Und was willst dagegen machen, Selcher? Wir sind nur einfache Soldaten und müssen den Befehlen gehorchen", sagte einer der Männer.

„Desertieren", antwortete Selcher ernst.

„Desertieren? Aber wie?", fragte Soldat Tressivo mit italienischem Akzent. Er war einer der wenigen nicht deutschstämmigen Soldaten in der Truppe, stammte aus Venetien und gehörte eigentlich zum 16. Regiment.

„Am besten während der Wache, wenn es dunkel wird. In der Dämmerung wird es niemand sofort bemerken und dann können wir uns durch das Sacktor aus der Stadt schleichen. Den Leuten vom Bürgerkorps wird es wurscht sein, wenn ein paar Reißaus nehmen."

Die Männer blickten gespannt auf Selcher und schienen ihm recht zu geben. Besser, man machte sich davon, solange man noch konnte. Wenn die Franzosen einmal in Sichtweite waren, würden die Stadttore verschlossen werden, dann gab es kein Entrinnen mehr.

Selcher blickte entschlossen in die Gesichter seiner Kameraden. Er konnte erkennen, dass sein Vorschlag nicht auf taube Ohren gestoßen war, und fühlte sich ermutigt. Er allein würde die Flucht nicht wagen, dazu war er zu feig. Er hoffte, dass sich ihm ein paar Männer anschlossen. „Also, was ist? Wer ist dabei?", fragte Selcher.

So recht traute sich niemand, die Hand zu heben. Als Erster meldete sich Tressivo. Auch zwei weitere Soldaten wollten gerade den Arm nach oben strecken, als plötzlich Soldat Prammer neben der Gruppe stand. Der Mann hatte ein von den Pocken vernarbtes Gesicht und galt als brutaler Raufbold. Die Offiziere gaben ihm gern die Aufsicht, wenn die Männer in den Baracken waren, damit sie nicht sofort irgendwelchen Unsinn anstellten. Prammer selbst hatte Spaß daran, seine Kameraden zu malträtieren, vor allem, weil keiner unter ihnen war, der sich mit ihm anlegen wollte.

Als Prammer nun neben die Gruppe von potenziellen Meuterern trat, zuckten alle innerlich zusammen.

„Selcher, giftelst du schon wieder herum?" Prammer hatte das ganze Gespräch heimlich belauscht und nur auf den richtigen Moment gewartet, in Erscheinung zu treten. Die Offiziere würden ihn sicher mit einer Extraration oder einem Silberschilling belohnen, wenn er ihnen einen Deserteur präsentieren konnte.

„Wir haben nur geredet", versuchte Selcher sich zu verteidigen und zog sich kleinlaut in seine Hängematte zurück. Vor Prammer hatte er fast genau so viel Angst wie vor den Franzosen.

„Desertieren willst, ich habs doch gehört!", schrie ihn dieser an und trat heftig mit dem Fuß gegen den Liegenden. Der Tritt war so kräftig, dass die Gurte der Hängematte rissen und Selcher mitsamt seiner Schlafstätte an die Wand geschleudert wurde.

Sofort herrschte Unruhe in der Unterkunft. Von dem Lärm war auch der am friedlichsten schlafende Soldat aufgewacht und alles befand sich nun auf den Beinen. Eine Schlägerei war immer eine willkommene Abwechslung und keiner wollte den Anfang verpassen, wenn zwei Streithähne aneinandergerieten.

Selcher lag am Boden und wand sich vor Schmerzen.

Prammer wandte sich nun Tressivo zu. „Du kleine italienische Made. Willst also auch abhauen, was?"

Tressivo schüttelte panisch den Kopf und brachte in dem Moment nur gestammeltes Italienisch hervor. Im nächsten Augenblick packte ihn auch schon die kräftige Hand von Prammer und hob ihn hoch. Dieser holte mit der anderen Faust weit aus und schlug, einem Rammbock gleich, auf Tressivos Gesicht ein. Es knackte, das Nasenbein brach und ein Schwall Blut ergoss sich über den Boden. Der eher schwächliche Italiener wurde durch die Wucht des Schlages fast zwei Meter durch den Raum geworfen und blieb blutend liegen.

„Prammer, du Schwein!", ertönte es plötzlich durch den

Raum. Selcher hatte sich aufgerichtet und zielte mit einer Pistole auf seinen Peiniger. Dieser begann aber nur, höhnisch zu lachen.

„Du willst mich z'ammschießen? Du kleiner Scheißer? Na los! Beweise, ob du Manns genug bist, jemanden abzumurksen!" Prammer ging gelassen auf Selcher zu.

Dieser begann plötzlich, am ganzen Leib zu zittern. Die Pistole in der Hand wurde schwer und er hatte Mühe, sie zu halten. Selcher schloss die Augen und wollte abdrücken, als er plötzlich am Armgelenk einen Druck verspürte.

Prammer hatte seine Hand gepackt und drückte die Pistole zu Selchers Brust. „Na los, drück doch ab, worauf wartest du?" Der stämmige Bär von einem Mannsbild grinste höhnisch und drückte den Lauf der Pistole zwischen Selchers Rippen.

Dieser winselte vor Schmerzen auf und durchlitt panische Todesangst. Die wulstigen Finger seines Gegners bahnten sich ihren Weg zum Abzug und drückten seine Hand fest zusammen.

„Prammer, bitte! Hör auf!", schrien ein paar andere Soldaten, die mit dem armen Selcher bereits Mitleid hatten, doch dieser schien seine Kameraden nicht zu hören. Er lachte diabolisch und drückte die Pistole weiterhin so fest gegen Selchers Brust, dass dieser langsam zu Boden ging.

„Bist du zu schwach, um abzudrücken? Soll ich das vielleicht für dich machen?", verhöhnte er sein Opfer. „Hast wohl geglaubt, du kannst dich einfach aus dem Staub machen, was? Wir sollen hier alle verrecken und du haust ab wie ein feiger Hund!" Prammer presste Selchers Hand so fest gegen den Griff der Pistole, dass es plötzlich klick machte. Alle hielten in dem Moment den Atem an. Der Abzug war durchgezogen worden, doch es löste sich kein Schuss.

Selcher hatte die Augen nach oben verdreht und schien der Ohnmacht nahe zu sein.

Prammer begann, laut zu lachen und ließ die Hand los. „Da hat wohl jemand vergessen, Pulver einzufüllen." Er stellte sich über Selcher, der zitternd am Boden lag. „Was kannst du eigentlich, Selcher? Wenn du wegrennst, wärs wirklich kein Schaden für uns." Er öffnete die Knöpfe seiner Hose und holte sein Glied hervor. „Ich pisse auf so einen lausigen Deserteur wie dich!"

Unter den geschockten Blicken der restlichen Soldaten urinierte Prammer auf Selchers Gesicht. Dieser war wie weggetreten und ließ diese finale Demütigung einfach über sich ergehen. Nach diesem Vorfall dachte niemand mehr vom 45. Linieninfanterieregiment ans Desertieren.

Selcher lag in der stinkenden Pfütze und hatte die Augen geschlossen. Auch er dachte nicht mehr an Flucht, er würde es allen beweisen, dass er ein richtiger Mann und zum Töten fähig war. Ja, er würde jemanden töten, er wollte töten. Im Moment wünschte er sich nichts mehr, als Prammer eine Kugel durch den Kopf zu jagen. Er würde diesen Mann töten und wenn es das Letzte war, was er in seinem Leben tun würde.

Hackher stand neben dem großen Kartentisch und blickte in die Gesichter seiner Offiziere.

Insgesamt hatten sich 19 Männer im Raum eingefunden. Rüstl und Mayer standen links und rechts des Schlossbergkommandanten. Am gegenüberliegenden Ende des Tisches hatten sich der bullige Kapitänsleutnant Michael Kandelbinder und Oberleutnant Nikolaus Schlichtnig vom 45. Linieninfanterieregiment aufgereiht. Daneben standen Kapitänsleutnant Johann Vorbeck und Oberleutnant Josef Graf Lodron, beide vom 27. und Oberleutnant Schottelius vom 16. Regiment. Die anderen Offiziere der Landwehrbataillone hatten sich dahinter aufgereiht und versuchten, über die Schultern der Erstgereihten auf die Karte zu spähen.

Hackher musterte jeden einzelnen der Männer auf seine Tauglichkeit. Mayer und Rüstl hatten sich zwar als Trunkenbolde herausgestellt, waren aber ansonsten verlässlich und erfahren. Ebenfalls einen guten Eindruck machte der Kapitänsleutnant Kandelbinder. Hackher hatte sich sagen lassen, dass dieser ein hervorragender Kanonier war und seine Mann-schaften gut im Griff hatte. Das Funktionieren der Artillerie würde von entscheidender Bedeutung sein. Von Oberleutnant Schottelius war Hackher nicht sonderlich begeistert. Er hatte gemerkt, dass die Soldaten nicht gut auf diesen zu sprechen waren, was ein moralisches Defizit darstellte. Vorbeck hinge-gen war alt, etwas dicklich und augenscheinlich nicht sonder-lich scharfsinnig. Außerdem murmelte er nur, anstatt deutlich zu reden. Graf Lodron hingegen machte den Eindruck eines verwöhnten Adelssprosses. Hackher hatte Männer dieses Schlages schon oft erlebt und schätzte Lodron deshalb nicht gerade für sonderlich fähig ein. Auch dieser Schlichtnig war nicht unbedingt ein Paradeoffizier, dafür war er einfach eine zu schmächtige Gestalt.

Die Offiziere der Landwehr machten überraschenderweise einen besseren Eindruck. Hauptmann Baron Eck, der weiter hinten stand, war eine Wucht von einem Mann. Nicht son-derlich kultiviert, aber bestimmt jemand, der die Männer im Gefecht anspornen konnte. Auch dieser Leutnant König, der sich offenbar mehr als Anhängsel von Hauptmann Eck ver-stand, sah auf den ersten Blick vielversprechend aus. Beide waren vom 1. Bataillon und um dieses würde sich Hackher also nicht viele Sorgen machen müssen.

Prekärer war die Situation beim 3. Landwehrbataillon. Fähnrich Gödl war der einzige Offizier seiner Einheit und ei-gentlich viel zu jung, um dieses führen zu können.

Für eine Belagerung war dies allerdings keine optimale Mannschaft. Es gab keinen unter den Männern, den Hackher als seinen Stellvertreter in Betracht zog und sobald der Erz-herzog in Grätz eingetroffen war, würde er ihn um qualitativen Ersatz bitten. Um eine Festung halten zu können, brauchte er vor allem gute Offiziere.

Der Festungskommandant räusperte sich und das Getu-schel der Offiziere verstummte. „Die Armee des Erzherzogs ist nur mehr wenige Tagesmärsche von Grätz entfernt. Ich habe mir die Festungsanlagen angesehen und bin alles andere als zufrieden. Meine Herren, wir werden uns ins Zeug legen müssen." Hackher tauchte eine Feder in ein Tintenfass und begann, auf der großen Karte, die eine Darstellung der Festung zeigte, Dinge einzuzeichnen. „Die Eskarpenmauern müssen ausgebessert werden. Im Festungsinneren müssen Traversen und Plattformen errichtet werden, um die Verteidigung zu erleichtern. Die Munitionshäuser müssen explosionssicher gemacht und die Erdwälle an den äußeren Werken noch mindestens einen Meter höher aufgeschüttet werden."

„Herr Major, die Arbeiten wurden vor allem dadurch behindert, dass wir zu wenig Erdreich haben, um die Aufschüttungen voranzutreiben", meldete sich Hauptmann Rüstl.

„Wenn wir das benötigte Material nicht auf der Festung haben, dann muss es von der Stadt angeliefert werden. Die provisorische Landeskommission hat das zu bestellen. Rüstl, Sie kümmern sich darum!"

„Jawohl, Herr Major."

„Gut, weiter im Text", fuhr Hackher fort. „Ein weiteres Problem stellt die Bürgerbastei dar. Sie kann von den umliegenden Hausdächern unter Beschuss genommen werden. Auch dort ist für entsprechende Deckung zu sorgen."

„Herr Major, entschuldigen S' die Frage, aber was ist mit dem gedeckten Gang?", äußerte sich der Kanonier Kandelbinder.

„Welcher Gang?" Hackher blickte verwirrt auf.

Kandelbinder deutete auf der Karte auf eine Stelle unterhalb der Bürgerbastei, wo eine schmale Mauer mit den unteren Häusern verbunden war. „Es führt von der Bürgerbastei ein geheimer Gang in den Saurauschen Garten, Herr Major. Normalerweise benutzen wir diesen für den Verpflegungstransport."

Hackher blickte gebannt auf die Stelle. Er erinnerte sich nun, dass der Schlossberg zahlreiche solcher geheimen Gänge hatte. Es gab ein weitverzweigtes Labyrinth von Stollen, die durch den Felsen getrieben wurden. Daran hatte er bisher noch gar nicht gedacht. Es wäre ein Leichtes für die Franzosen, die Festung durch diese Tunnel zu stürmen. „Wurde dieser Gang bereits verbarrikadiert?", fragte Hackher dann.

„Nur unzureichend, Herr Major", meldete Kandelbinder zurück.

„Dieser Zugang ist unverzüglich unpassierbar zu machen und zu verrammeln. Der Franzose darf diese Schwachstelle nicht entdecken, haben Sie mich verstanden?"

Kandelbinder nickte gehorsam. „Jawohl, ich erledige das."

Hackher nickte zufrieden. Der Mann hatte mitgedacht. Wäre diese Stelle übersehen geblieben, nicht auszudenken, was das für Folgen gehabt hätte. „Gut. Es ist weiters nicht sonderlich gut um unsere Verpflegung bestellt. Das Verpflegemagazin ist für mindestens 30 Tage aufzufüllen. Wie sieht es mit der Bewaffnung aus?"

Mayer rollte eine Schriftrolle aus und las vor. „Als Infanteriebewaffnung stehen uns 288 Infanteriegewehre, zwölf Doppelhaken, 24 Windbüchsen und nochmals zwölf Jägerstutzen zur Verfügung sowie Munition von 50 Schuss pro Mann. Als Artillerie haben wir vier 12-Pfünder, sechs 6-Pfünder und vier 3-Pfünder Kanonen sowie vier 7-Pfünder Haubitzen. Dazu noch die vier alten ständischen Alarmkanonen, die aber unbrauchbar sind."

Kandelbinder meldete sich erneut. „Herr Major, betreffend der Artillerie muss ich ebenfalls anmerken, dass die Stückmannschaften nicht ausreichend sind. Ich habe gerade einmal 84 Handlanger zum Ausrichten der Kanonen sowie je Rohr nur zwei Kanoniere zur Verfügung. Besser der Herr Major rechnet daher nicht mit einer besonders hohen Feuerrate."

Auch von dieser Meldung war Hackher nicht sonderlich erfreut. Die Franzosen würden vermutlich mit einer zehnmal so starken Geschützmannschaft hier ankommen und die Festung unter Dauerfeuer nehmen können. Der Major legte die Feder beiseite und blickte ernst in die Gesichter der Offiziere. „Sie sehen also, die Lage ist nicht zum Besten bestellt. Dennoch haben wir unsere Befehle und wie schon erwähnt, Kapitulation kommt nicht infrage, also machen wir uns besser Gedanken darüber, wie wir eine Belagerung überstehen. Für die nächsten Tage hat sich jedes Regiment am Festungsbau zu beteiligen. Hauptmann Rüstl wird die Einteilung vornehmen. Unterrichten Sie Ihre Männer. Wegtreten!"

Die Offiziere salutierten und verließen nach und nach den Raum.

Hackher drehte sich zum Fenster und blickte auf die Festungsmauern hinab. So widrig hatte er sich die Umstände nicht vorgestellt. Nicht nur, dass die Festung Mängel aufwies, auch die Männer, die er anführen sollte, mussten erst geformt und geschliffen werden. Wenn er die ganze Sache überstehen sollte, dann würde dies zweifelsohne der Höhepunkt seiner Karriere sein.

„Herr Major, hier ist jemand, der Sie gerne sprechen möchte", meldete plötzlich eine Stimme und Hackher wandte sich rasch um. Mayer stand in der Tür und hatte Haltung angenommen.

„Ein Hauptmann Cerrini, Herr Major. Er ist gerade angekommen und hat sofort verlangt, den Festungskommandanten zu sprechen", fuhr er mit der Meldung fort.

„Er soll eintreten", befahl Hackher und verschränkte die Arme hinter dem Rücken, um autoritärer zu wirken.

Mayer trat zur Seite und winkte einen Mann herein. Vollkommen außer Atem, schmutzig von oben bis unten und mit durchgeschwitzter Uniform trat der Hauptmann ein. So gut es ging, salutierte er vor Hackher auf. Die Haut in seinem Gesicht war braun gebrannt und ausgetrocknet.

„Hauptmann Carl Graf Cerrini de Monte Varchi, zu Ihren Diensten, Herr Major!", brachte Cerrini keuchend hervor.

„Mein Gott, wo kommen Sie denn her? Und was wollen Sie?", fragte Hackher etwas schockiert.

„Bitte gnädigst um Verzeihung für mein unfeines Erscheinen, Herr Major. Ich komme direkt von den Verschanzungen am Semmering, wo die Franzosen vor zwei Tagen durchgebrochen sind. Ich konnte der Gefangennahme entgehen und bin bis Grätz durchgeritten."

Cerrini machte einen Schritt auf Hackher zu. „Herr Major,

nach meinem Wissensstand steht die Lage nicht zum Besten. Ich wurde über die Befehle des Erzherzogs informiert und ich kann mir vorstellen, dass der Herr Major jeden Mann gebrauchen kann. Ich biete hiermit meine Dienste als Offizier des Ingenieurskorps an."

Hackher musterte Cerrini für einen Moment. „Sie sind doch der Sohn des Ingenieuroberst Cerrini, wenn ich mich nicht täusche?"

„Das ist korrekt, Herr Major."

„Dann war er bei der Blockade von Sevona beteiligt und hat demnach Erfahrung im Festungskampf?"

„Das ist abermals korrekt. Ich geriet damals mit meinem Vater, dem Herrn Oberst, in Kriegsgefangenschaft. Ich wurde wegen dieser Angelegenheit sogar dem Generalgeniedirektor empfohlen. Außerdem war ich als Adjutant des damaligen Generalmajors De Vaux bei Donauwörth und bei der Schlacht von Hohenlinden dabei."

Hackher nickte kurz. Cerrini schien ihm zu gefallen und tatsächlich eilte diesem jungen Hauptmann ein sehr guter Ruf voraus. Eben hatte er sich noch beklagt, keinen fähigen Mann an seiner Seite zu haben, da tauchte plötzlich dieser Cerrini auf und bot seine Dienste an – einen besseren Zufall konnte es nicht geben.

„Ich denke, ich kann Sie gebrauchen", sagte Hackher nachdenklich. „Spricht der Herr Hauptmann zufällig Französisch?"

„Allerdings, Herr Major", antwortete Cerrini.

„Ausgezeichnet. Ich brauche nämlich einen qualifizierten Ingenieur und einen Offizier, der dem Französischen mächtig ist. Mayer!" Hackher winkte den immer noch strammstehenden Mayer heran. „Sie sorgen dafür, dass der Hauptmann Cerrini Unterkunft bekommt."

„Jawohl, Herr Major."

„Und Sie, Cerrini, besorgen sich erst einmal eine frische Uniform und stärken sich. Bei der Hitze so weit zu reiten ist ja eine Höllenqual. Anschließend melden Sie sich wieder bei mir."

„Sehr gerne, Herr Major", antwortete Cerrini und salutierte zum Abtreten.

„Schauen Sie zu, dass Sie wieder zu Kräften kommen, Herr Hauptmann. Vor uns liegt ein Haufen Arbeit und wir haben nur noch wenige Tage Zeit, bis der Erzherzog eintrifft."

Cerrini, der sich schon halb umgedreht hatte, blickte in Hackhers Richtung und nickte. „Sehr wohl. Der Herr Major kann auf meinen vollen Einsatz zählen."

Cerrini verschwand durch die Tür und ließ Mayer und Hackher im Raum zurück. Der Festungskommandant wollte sich schon wieder an seinen Schreibtisch setzen, als er zum korpulenten Mayer aufblickte, der immer noch erwartungsvoll in förmlicher Haltung neben der Tür stand.

„Und, worauf warten Sie noch?", fragte Hackher salopp.

„Auf nichts, Herr Major."

„Na dann, wegtreten, Mayer! Zeigen S' dem Cerrini alles, was er wissen muss."

„Natürlich, Herr Major, bin schon weg."

Mayer schlug die Stiefel zusammen und marschierte mit einer gekonnten Drehung aus dem Raum.

„'Jawohl!' heißt das immer noch!", rief ihm Hackher hinterher.

„Jawohl, Herr Major", kam es aus dem Gang zurück.

Hackher schüttelte den Kopf und wandte sich wieder zum Fenster. Was für ein Glück, dass dieser Cerrini aufgetaucht war, dachte er sich. Somit hatte er zumindest einen ausgezeichneten Offizier an seiner Seite.

Von der steinigen Decke hing ein Tropfstein und ließ erneut einen kalten Wassertropfen zu Boden fallen, der genau in Simon Holzers Gesicht landete. Verstört wachte er auf und kroch zur Seite.

Das Festungsverlies war ein dunkles Loch. 25 Häftlinge drängten sich in dem kalten, feuchten Raum zusammen und waren zum Warten verdammt. Bereits Anfang Mai hatte man die Gefangenen aus Grätz abtransportiert. Die tauglichsten und vor allem mildesten Verbrecher hatte man zum Arbeitsdienst für die Festung bestimmt.

Simon Holzer war ein kräftiger Bursche. Vor ein paar Monaten war er noch ein geachtetes Mitglied der Gesellschaft gewesen. Er war Holzfällerknecht und hatte im Winter die schweren Baumstämme mit dem Schlitten durch die verschneiten Waldpfade ins Tal gebracht. Eine äußerst gefährliche Arbeit, die einen wachen Verstand und vor allem starke Hände erforderte. Der Lenker des Schlittens musste das Gewicht der Stämme ständig abbremsen und lenken können. Wurde man zu schnell, so geriet das Gefährt auf den oftmals vereisten Pfaden ins Schleudern und hatte man erst einmal die Kontrolle verloren, so konnte man auch leicht sein Leben verlieren. Holzer hatte diesen Winter leider Pech gehabt. Die Bremse seines Schlittens brach und er konnte vor einer Kurve nicht mehr abbremsen. Es gelang ihm, noch rechtzeitig abzuspringen, ehe die gesamte Ladung in einen Wildbach stürzte. Daraufhin hatte der Förster seinen Lohn, als Ausgleich für die verlorene Fracht, einbehalten. Holzer wollte sich damit nicht abfinden und hatte seinen Arbeitgeber bestehlen wollen, wurde dabei aber erwischt und zu einer Gefängnisstrafe verurteilt.

Nun saß er hier in der Festung und wartete, bis man ihn zum Arbeiten aufforderte. Wenn sie keine Probleme machten und fleißig anpackten, so würde jedem Häftling Straffreiheit gewährt werden, hatte es geheißen. Darauf machte er sich nicht viel Hoffnung. Er war zwar ein Dieb, aber kein Dummkopf. Es bestand eine hohe Wahrscheinlichkeit, dass man die Häftlinge erschießen würde, sobald es zur Belagerung kam, um Rationen zu sparen. Und sollte doch alles gut überstanden werden, so würde man sich später bestimmt nicht an das gegebene Versprechen erinnern können. Wenigstens gab es Fleischrationen. Das war allemal besser als der abgestandene Haferschleim, den man sonst serviert bekam.

Durch das eiserne Gitter in der Decke fiel warmes Sonnenlicht in den ansonsten kalten Raum. Schon seit dem Vormittag war rege Aktivität von der Festung zu vernehmen. Immer wieder hörte man Leute vorbeimarschieren, Befehle wurden geschrien und schwere Objekte wurden bewegt. Anscheinend hatte man seit den Morgenstunden die Arbeiten an der Festung wieder aufgenommen. Der Hektik nach zu urteilen, mit der die Bautätigkeiten vonstattenzugehen schienen, konnten die Franzosen nicht mehr weit sein, schlussfolgerte Holzer. Die Wachen munkelten etwas von einem neuen Festungskommandanten, der sich anscheinend gehörigen Respekt verschafft hatte. Holzer blickte empor zum Eisengitter und versuchte, etwas zu erkennen. Dem starken Sonnenschein nach musste es bereits Mittag sein, es würde also bald etwas zu Essen geben.

Von der Treppe waren plötzlich Schritte zu hören und die Häftlinge sprangen allesamt angespannt auf. Zwei Uniformierte kamen die Stufen herunter. Holzer erkannte anhand der Abzeichen, dass es sich um einen Soldaten der Infanterie und um einen Hauptmann des Ingenieurkorps handelte. Wie viele junge Männer war auch Holzer vor einigen Jahren in den ersten Koalitionskriegen für das steirische Landwehrregiment eingezogen worden, daher kannte er sich mit militärischen Dingen etwas aus. Den Soldaten kannte er. Er hieß Jakob Stadlmayer und war beim 27. Linieninfanterieregiment. Holzer hatte in den letzten Tagen einige Male mit ihm geplaudert, als dieser Wachdienst im Verließ hatte. Stadlmayer war recht umgänglich und es stellte sich heraus, dass sich ihre Väter gekannt hatten. Den Hauptmann allerdings hatte Holzer bisher noch nie gesehen. Er war groß gewachsen und wirkte adrett und stattlich.

„Das sind die Männer, Herr Hauptmann", sagte Stadlmayer und deutete ins Innere des Verlieses.

Der Offizier trat an die Gitterstäbe heran und räusperte sich. „Mein Name ist Hauptmann Cerrini. Mir wurde gesagt, dass Sie für Festungsarbeiten ausgewählt wurden. Mir wurde auch gesagt, dass Ihre Taten keine schweren Delikte waren, weshalb wir Ihnen die Möglichkeit geben, sich zu rehabilitieren."

Holzer hatte das Wort „*rehabilitieren*" noch nie zuvor gehört und wusste dessen Bedeutung nicht, doch er lauschte dem Hauptmann aufmerksam.

„Es gibt sehr viel zu tun. Wir erwarten die Ankunft der französischen Armee in wenigen Tagen. Ich gebe Ihnen mein persönliches Ehrenwort als Edelmann: Wenn Sie gute Arbeit leisten, dann sind Sie nach dem Krieg wieder freie Männer. Sind Sie damit einverstanden?"

Die Häftlinge blickten sich unsicher gegenseitig an, doch die meisten begannen, zustimmend zu nicken.

Holzer war skeptisch und trat vor. „Der Krieg kann noch lange dauern und was passiert mit uns, wenn die Franzosen die Festung belagern? Wer garantiert uns, dass man uns arme Teufel nicht einfach abmurkst, damit die Soldaten mehr zum Essen haben?"

Die anderen Häftlinge stimmten Holzers Worten murrend zu.

„Als Offizier Seiner Majestät würde ich ein solch ehrloses Verhalten nicht dulden", antwortete Cerrini.

„Ja, ja, das mag schon stimmen, Herr Hauptmann, aber wenn's hart auf hart kommt, dann wird Ihnen das Essen lieber sein als die Ehr."

Cerrini schüttelte den Kopf. Auf eine Verhandlung hatte er sich nicht eingestellt, doch zusätzliche Arbeitskräfte wurden dringend benötigt und es war allemal besser, die Häftlinge für Nützliches heranzuziehen, als sie sinnlos in den Gemäuern einzusperren. „Ich gebe mein Versprechen im Namen des Festungskommandanten, dass die Herren, nach getaner Arbeit, die Wahl haben werden, entweder auf der Festung zu bleiben und bei der Verteidigung zu helfen, wofür man Sie mit einer gesicherten und ausreichenden Verpflegung entlohnen wird, oder vor die Stadt gesetzt zu werden, wohl als freie Männer, aber ohne den Schutz der Mauern. Aber vorerst werden Sie uns helfen und dann können Sie sich entscheiden, einverstanden?"

Die anderen Häftlinge blickten alle erwartungsvoll zu Holzer, der wohl gerade zu ihrem Redensführer geworden war. Die Wahl zu haben, war immer noch besser, als keine Wahl zu haben, befand dieser.

„Einverstanden", antwortete Holzer. Die anderen Gefangenen nickten zustimmend.

„Gut. Man wird Ihnen in Kürze etwas zu Essen bringen. Stärken Sie sich und danach wird man Ihnen Ihre Arbeit zeigen. Mahlzeit." Cerrini drehte sich auf der Stelle um und marschierte mit Stadlmayer wieder nach oben.

Holzer wurde von den anderen inhaftierten Männern beklatscht. Er hatte Mut bewiesen, diesem Hauptmann verbal entgegenzutreten, und tatsächlich bessere Bedingungen für sich und die anderen Gefangenen aushandeln können. Es konnte sich ohnehin nur mehr um wenige Tage handeln, bis die Franzosen die Stadt erreichen würden, dann würde er sich für die Freiheit entscheiden und sich davon machen. Schutz der Mauern? Pah! Holzer fragte sich, wer wohl besser dran sein würde.

Bereits den ganzen Tag über war das Werken in der Festung bis in die Stadt hinunter zu hören. Der Wirt Michael Spreng machte sich zusehends Sorgen. Wenn die Arbeiten mit solcher Raschheit vorangetrieben wurden, konnte das nur bedeuten, dass man die Franzosen bald erwartete. Spreng war mit einem Fuhrkarren zur Festung unterwegs. Man hatte allen Bäckern, Wirten und Handwerkern aufgetragen, Proviant und Material auf den Schlossberg zu bringen. Auf der Ladefläche seines Karrens befanden sich mehrere Fässer Wein, die der neue Festungskommandant geordert hatte. Spreng kannte das noch von seiner Zeit beim Bürgerkorps. Vor einer Schlacht gab man den Soldaten etwas Wein oder Bier, damit sie die Hemmungen und die Angst verloren und in der Schlacht wagemutiger wurden, aber man durfte ihnen nicht zu viel geben.

Spreng erreichte den Karmeliterplatz unterhalb der Festung und bog zur Festungsstraße hinauf. Zahlreiche Arbeiter

waren damit beschäftigt, die Erdwälle der äußeren Werke auf-
zuschütten und zu verstärken. Man hatte in der ganzen Stadt
in aller Eile Arbeitskräfte rekrutiert. Es handelte sich großteils
um Lohnarbeiter, aber auch viele patriotische Freiwillige hatten sich gemeldet. Entlang der Festungsstraße hatte man in
regelmäßigen Abständen große Gesteinsbrocken positioniert,
die den Feind beim Ansturm behindern sollten. Spreng beobachtete die Arbeiter. Einige Soldaten und Kanoniere waren
gerade dabei, den Hang zu vermessen und brachten alle 100
Meter eine Markierung an. Spreng wusste, dass dies dazu
diente, später die Kanonen besser ausrichten zu können. Weiter oben sah er eine Gruppe Sträflinge, die gerade dabei war,
Laufgräben zwischen den vorderen Werken auszuheben. Seit
in den frühen Morgenstunden die Arbeiten aufgenommen
worden waren, war einiges weitergegangen. Dieser neue Festungskommandant, über den sich die Leute bereits Geschichten erzählten, schien seine Pflicht sehr ernst zu nehmen. Alles
lief sehr effizient und geordnet ab.

Als Spreng das Festungstor erreichte, wurde er von zwei
Wachen gestoppt. Es handelte sich um Soldaten des 3. Land-
wehrbataillons. Spreng kannte die Männer. Der eine hieß
Maierhofer und war ein Schmiedgeselle aus Grätz, der des
Öfteren in der *Goldenen Pastete* anzutreffen war. Der andere hieß Zimmermann und war ein bekannter Zimmerer, der
eine Tischlerei in der Murvorstadt besaß. Beide waren Mitte
20 und somit im wehrfähigen Alter, weshalb man sie für die
steirische Landwehr eingezogen hatte.

Die beiden Soldaten schienen sehr erfreut, als sie Spreng
mit seinem Karren ankommen sahen.

„Schau, schau, der Spreng, was bringt er uns denn?", rief
der Maierhofer dem Wirt entgegen, der seinen Wagen vor
dem Tor zum Stehen brachte.

„Grüß euch Gott! Fünf Fassln Wein. Hat euer Kommandant bestellt", antwortete Spreng.

„Na, da schau her", sagte Zimmermann und begutachtete
die Fracht auf der Ladefläche.

„Bei der Hitz' werds was Anständiges zum Trinken brauchen", sagte Spreng im Plauderton.

„Ihr habt viel zum Arbeiten, wie man sieht. Weit werden die Franzosen nicht mehr sein, wie?"

Maierhofer und Zimmermann machten ein wenig begeistertes Gesicht.

„Der neue Kommandant, Major Hackher, der hat gemeint, dass die Franzosen nur mehr ein paar Tag' entfernt sind", antwortete Maierhofer.

„Der wird uns alle in den Tod schicken, des sag ich dir. Kapitulation kommt nicht infrage, hat er gesagt, der Depp!", warf Zimmermann wütend ein.

„Der wird eben seine Befehle haben", versuchte Spreng zu beschwichtigen.

„Dem seine Befehle sind mir wurscht. Wir sind ein paar 100 Leut' und die Franzosen kommen zu Tausenden. Was willst denn da großartig verteidigen? Die Stadt kann er nie und nimmer halten", sagte Zimmermann aufgebracht.

„Vielleicht will er ja nur die Festung verteidigen, euer Kommandant", sagte Spreng.

„Was soll das bringen? Dann sind wir ja komplett eingeschlossen", äußerte sich Maierhofer und kaute nervös Kautabak.

„Der wird schon wissen, was er macht, der Hackher". Spreng versuchte, zuversichtlich zu wirken.

„Wir haben eh keine Wahl", sagte Zimmermann resignierend und winkte Spreng weiterzufahren. Der Wirt hob seinen Hut zum Gruß und trieb die zwei Haflingerpferde an.

Auch in der Festung waren die Arbeiten voll im Gange. Soldaten bemühten sich, Sandsäcke und Erdreich rund um ein Munitionsdepot aufzuhäufen, um es granatensicher zu machen. Spreng hielt seinen Wagen auf dem unteren Festungsplatz.

Ein mürrischer, dicker Mann mit einem in Leder gebundenen Buch kam auf ihn zu. Spreng erkannte ihn als den Militärverpflegeadjunkt Daler, ein griesgrämiger und unguter Mensch.

„Was hat er da?", rief ihm dieser unfreundlich entgegen.

„Die Weinfässer für den Kommandanten", antwortete Spreng.

Daler kam näher, blickte in sein Buch und inspizierte dann die Ladung. „Das sind nur fünf Fassln! Der Major hat zehn bestellt."

„Mehr hab ich nicht lagernd gehabt", antwortete Spreng.

„Sakrament noch einmal!", schimpfte Daler. „Alle Weile passt was nicht. Zuerst kommen die Bäcker und jammern, dass sie nicht des ganze Brot liefern können, weil die Leut in der Stadt ja auch was brauchen, dann gibt's zu wenig Eisen und Blei und jetzt auch noch der Wein. Und ich armer Teufel kann das dann ausbaden."

Spreng blickte den zornigen Beamten an und zuckte mit den Schultern. „Wenn nicht mehr da ist, können wir auch nichts machen."

„Ja, ja. Für die Franzosen habt ihr dann wahrscheinlich noch genug", lästerte Daler und notierte sich etwas in seinem Buch.

Spreng hatte tatsächlich nicht seine ganzen Vorräte preisgegeben, so wie vermutlich viele Bürger der Stadt. Jeder wusste, dass die Franzosen äußerst ungehalten sein würden, wenn sie nichts mehr zur Verpflegung vorfinden würden. Auf eine brutale Plünderung der Stadt wollte es niemand ankommen lassen.

„Ist das der Wein?", rief plötzlich eine schroffe Stimme, die Spreng zusammenzucken ließ.

Von der Festungsstraße kam eine Gruppe Offiziere auf ihn zu. Es handelte sich um drei Hauptmänner und einen Major. Das musste dieser Hackher sein, dachte sich Spreng.

Daler verfiel sofort in Hektik und lief rot an. „Herr Major, jawohl, der Wein!", meldete dieser. „Aber es ist nur die Hälfte der Fässer geliefert worden, angeblich gibt es nicht mehr."

Hackher stoppte vor dem Wagen und sah zu Spreng hoch. Der Festungskommandant hatte einen sehr eindringlichen und entschlossenen Blick, der dem Wirt sofort Respekt abverlangte. Hackher schien zu versuchen, in Sprengs Gesicht zu erkennen, ob dieser wirklich seinen gesamten Vorrat geliefert hatte. Die Augen des Majors schienen fast in ihn einzudringen, so kam es Spreng vor. Der Blick war so scharf, dass der erfahrene Wirt ihm nicht standhalten konnte und wegblickte.

Hackher nickte stumm und wandte sich dann an den Verpflegeadjunkt. „Dann ist es eben so", sagte er zu Daler. „Lassen Sie die Fässer einbunkern!"

Spreng wusste, dass der Major ihn durchschaut hatte und trotzdem ließ er es durchgehen. Er fühlte sich beschämt, einen solch integren Mann belogen zu haben.

„Herr Major?", meldete sich Spreng zögerlich.

Hackher, der sich schon wieder abgewandt hatte, um sich einem neuen Problem zu widmen, drehte sich zu Spreng um und blickte ihn erwartungsvoll an. Spreng schluckte.

„Der Major wird, wenn es zur Belagerung kommt, bestimmt Kontakt zur Hauptarmee halten wollen? Ich bin zwar nur ein Wirt, aber ich war jahrelang beim Bürgerkorps und kenne die Festung in und auswendig. Wenn der Herr Major Bedarf hat, würd ich Ihm anbieten, als Kontaktmann zu Diensten zu stehen."

Hackher blickte Spreng für einen Moment musternd an. Er schien abzuschätzen, ob er diesem Mann vertrauen konnte und ob er dieser Aufgabe gewachsen sein würde. Spreng hatte das Bedürfnis, etwas beitragen zu müssen, schließlich war auch er früher in ähnlichen Situationen gewesen.

Hackher war skeptisch. „Wie will er das anstellen?"

„Mein Gasthaus, das *Zur Goldenen Pastete*, ist genau gegenüber vom Palais Saurau. Wie gesagt, ich kenn' die Festung und ich weiß auch vom verdeckten Gang vom Garten des Palais zur Festung. Wenn der Major Nachrichten hat, dann kann er sie mir von einem Kurier übergeben lassen. Ich find dann schon einen Weg, um sie aus der Stadt zu bringen."

Hackher nickte. „Na gut. Ich nehme das Angebot an. Ich hoffe, der Wirt ist sich bewusst, wie gefährlich so etwas ist?"

Spreng nickte und dachte gleichzeitig an seine Tochter. Wenn die Franzosen ihn erwischen würden, dann war ihm der Tod sicher und seine Minerl würde allein klarkommen müssen. Doch er war klug genug, um sich nicht erwischen zu lassen, redete er sich ein.

„Der Herr Major kann sich auf mich verlassen. Einem Wirt wird man so etwas schon nicht zutrauen", sagte er dann.

„Wollen wir es hoffen", sagte Hackher und wandte sich erneut von Spreng ab.

Ein paar Soldaten kamen gerannt und luden die Fässer vom Wagen. Danach machte Spreng kehrt und fuhr den ganzen Weg zur Stadt wieder hinunter. Was hatte er da eben gemacht? Ihm gingen plötzlich Tausende von Horrorgeschichten durch den Kopf, was die Franzosen wohl mit ihm und seiner Tochter anstellen würden. Wie konnte er nur so dumm sein und sich auf so etwas einlassen. Er hatte doch ein Heim und ein Kind zu beschützen und jetzt setzte er sich dieser Gefahr aus. Aber ein Zurück gab es jetzt nicht mehr. Der Major würde sich auf ihn verlassen und diesen Mann wollte Spreng nicht enttäuschen.

Als er in den Hof seiner Gaststätte einfuhr, lief ihm bereits seine Tochter entgegen. Spreng kamen bei ihrem Anblick die Tränen. Hermine blickte ihren Vater verschreckt an, als sie sein trauriges Gesicht sah.

„Was ist denn passiert, Papa?", fragte sie sorgenvoll.

Spreng stieg vom Wagen und umarmte seine Tochter liebevoll. „Nichts. Mir ist nur grad etwas warm ums Herz."

Die Worte ihres Vaters beruhigten Hermine und sie schenkte ihm ein zartes Lächeln. „Ich dachte schon, etwas Schlimmes sei auf der Festung passiert", sagte sie.

„Noch nicht, mein Kind. Noch nicht", antwortete der alte Wirt wehmütig und ging mit seiner Tochter ins Haus.

In der Nacht konnte er kein Auge zutun. Immer und immer wieder sah er seine Frau vor sich, wie sie von zwei Franzosen geschändet wurde. Er versuchte, ihr zu helfen, doch er konnte sie nicht erreichen. Das von Schmerz verzerrte Gesicht seines

Weibes wurde zum zarten Anblick seiner Tochter. Sie schrie um Hilfe und weinte bitterlich. Spreng wälzte sich unruhig im Schlaf. Dann sah er, wie man seiner Minerl die Kleider vom Leib riss und wie gierige Männerfratzen sich an ihr labten und an ihr zerrten.

Schreiend und schweißgebadet wachte Spreng auf. Instinktiv hatte er nach der Pistole unter seinem Bett gegriffen, doch das Zimmer war leer und dunkel. Er atmete tief ein und aus, um sich zu beruhigen. Die Balken am Fenster waren offen und frische, nächtliche Sommerluft drang von draußen herein. Spreng stand auf, stellte sich ans Fenster und blickte zur Festung empor. Zahlreiche Lichter brannten auf den Mauern und schienen auf die Franzosen zu lauern. In der Stadt war es ruhig. Eine geisterhafte Stimmung war zu spüren. Spreng schlug sich die Hände vor das Gesicht. Was hatte er nur getan?

23. Mai, Grätz

Den ganzen Vormittag über hatte es geregnet, was eine willkommene Abkühlung nach der Hitze der vergangenen Tage war. Trotz des schlechten Wetters wollte Hackher die Arbeiten an der Festung nicht unterbrechen lassen, die Männer mussten also im strömenden Regen die Befestigung vorantreiben. Die meisten unter ihnen hatten es verständnisvoll hingenommen, schließlich durfte man keine Zeit verlieren, doch es gab immer noch einige Querulanten unter den Soldaten, die schlechte Stimmung verbreiteten. Als Hackher von der Schlägerei zwischen Prammer und Selcher erfuhr, hatte er einen Wutausbruch bekommen und die Offiziere ordentlich zusammengestaucht, sie sollten gefälligst für Ordnung unter den Mannschaften sorgen. Prammer wurde zu zehn Schlägen mit dem Stock verurteilt und Selcher bekam zwei Tage Kerker verordnet, denn Prügel hatte er schon genug eingesteckt.

Tags darauf hatte Hackher wieder eine gefürchtete Ansprache beim Morgenappell gehalten. Er hatte sogar angedroht, bei einem weiteren disziplinären Zwischenfall dieser Art die beteiligten Personen erschießen zu lassen. Die Standpauke hatte bei den Männern gesessen und fortan gab es kein Raunen und Jammern mehr. Der deutsche Soldat sei von Natur aus standhaft, treu und zuverlässig. Dem Österreicher müsse man schon mit scharfen Worten dazu verhelfen und bei allen anderen halfen in der Regel nur ein paar Prügel, zitierte Hackher vor seinen Offizieren.

Die Arbeiten an der Festung waren inzwischen weit fortgeschritten. Die äußeren Werke konnte man bereits fertigstellen, auch die Sicherung der Depots und der meisten anderen Festungsgebäude waren beinahe abgeschlossen, obwohl man, immer noch an Materialmangel leidend, viele Kompromisse machen musste, was Hackher etwas missfiel.

Zu Mittag hatte es aufgelockert und die Sonne schob sich zwischen den Wolken wieder hervor. Am frühen Nachmittag war es wieder unerträglich warm und die feuchte Luft hing wie ein Schleier über der Stadt. Nun schwand bei einigen Männern auch wieder die Motivation.

Soldat Wallner, vom 45. Regiment, erzählte schon seit Stunden die absonderlichsten Schauergeschichten und hielt damit die Männer immer wieder vom Arbeiten ab. Hauptmann Cerrini musste ihm bei einem Kontrollgang schließlich das Maul verbieten. Soldat Knoll hatte den ganzen Tag verdünntes Bier statt Wasser getrunken und wankte zwischendurch wie eine Eiche im Sturm. Aber ein paar Eimer kaltes Wasser hatten ausgereicht, um den ansonsten tüchtigen Soldaten wieder nüchtern zu machen.

Befriedigt vernahm Hackher das Hämmern und Werken. Er blickte aus seinem Arbeitszimmer hinab auf die untere Festung. Der Berg kam ihm inzwischen wie ein Ameisenhügel vor, auf dem hunderte Arbeiter auf und ab rannten. Er erblickte Cerrini am unteren Festungsplatz, wie er ein paar Soldaten anspornte. Hackher war froh, dass er in dem jungen Hauptmann einen kompetenten Stellvertreter gefunden hatte. Auch Mayer und Rüstl rissen sich seit ihrer Standpauke or-

dentlich am Riemen. Die Alkoholvorräte hatte der Festungs-
kommandant trotzdem versperren lassen. Nur einmal am
Tag gab es verdünnten Wein oder Bier, damit die Männer bei
Laune blieben.

Der Kommandant kratzte sich am Kinn und wandte sich
vom Fenster ab. Er hatte den Vormittag genutzt, endlich sein
Arbeitszimmer einzurichten, wofür er die letzten Tage nie Zeit
gefunden hatte. In der Mitte des halbrunden Raumes stand
ein schwerer Holzschreibtisch, der aus einem exotischen Holz
gefertigt war. Darauf lagen wohlgeordnet einige Schreibuten-
silien und ein Stoß Papier. In dem kleinen Wandregal hatte
Hackher einige wenige Bücher platziert. Antike Literatur. In
seiner spärlichen Freizeit, die er als Ingenieuroffizier in den
letzten Jahren hatte, beschäftigte er sich mit dem Studium der
Gallischen Kriege von Julius Cäsar. Neben dem Regal hing ein
altes Ölgemälde, das Hackhers Großvater in Uniform zeigte.
Dieser hatte noch unter Prinz Eugen gedient. Die Familie
blickte auf eine lange Tradition militärischer Würdenträger
zurück und Hackher war stolz auf sein Vermächtnis. Seine
Kindheit war geprägt gewesen von heldenhaften Geschichten
seiner Vorfahren und genau das machte ihm in diesem Moment Angst. Würde man über ihn auch einmal berichten? Wie
würde man sich an ihn erinnern? Als standhaften Verteidiger
von Grätz oder als Idioten, der glaubte, er könne Napoleons
Armee Widerstand leisten? Er war sich klar, dass seine Entscheidungen über Leben und Tod von tausenden Menschen
bestimmten. Nicht nur die Verantwortung über die Festung
und die darin befindlichen Soldaten oblag ihm, sondern auch
der Schutz der Stadt und ihrer Bürger. Eine falsche Entscheidung konnte im schlimmsten Fall den Tod vieler unschuldiger
Zivilisten bedeuten. Wie würde man ihn dann in Erinnerung
behalten? Als den närrischen Major von Grätz?

Hackher strich sanft mit der Hand über die rauen Konturen des Ölgemäldes. Sein Großvater war ein aufrechter Mann
gewesen, der am Ende seines Lebens mit mehr Ansehen und
Ehre dastand, als er sich das am Beginn ausmalen hätte kön-

nen. Von da an war es mit den Hackhers ständig nach oben gegangen. Vom einfachen Rittergeschlecht zur angesehenen Offiziersfamilie und vielleicht irgendwann auch zum Adel.

Oder würde alles mit ihm enden? Selbstzweifel waren eine Schwäche und dennoch, so sehr er sich auch immer wieder ermahnte, wurde Hackher sie nicht los. Dabei konnte er auf genügend Erfahrung im Festungskampf zurückgreifen. Zahlreiche Belagerungen hatte er bereits miterlebt, sowohl als Verteidiger als auch als Angreifer. Hackher wusste also ganz genau, worauf es im Ernstfall ankam. Er war bei Valenciennes, bei Mantua, Cuneo und Ulm gewesen und hatte sich jedes Mal hervorgetan. Er hatte bisher alle Koalitionskriege dank seines scharfen Verstandes und seiner Tüchtigkeit überstanden, er war wegen seiner Leistungen sogar mehrmals belohnt und befördert worden. Demnach hatte er überhaupt keinen Grund, an sich zu zweifeln.

Egal welcher französische General ihm gegenüberstehen würde, es müsse schon Napoleon selbst sein, um ihn in Geschick und Erfahrung übertrumpfen zu können, sagte Hackher zu sich selbst. Und dennoch erinnerte er sich nur zu gut an seine Zeit als Unterleutnant und an den letzten Türkenfeldzug von Kaiser Josef II. Nach Jahren der beständigen Siege sollte dieser letzte Aufmarsch den Osmanen den Rest geben. Die Operation endete in einem heillosen Desaster, bei dem Hackher um Haaresbreite sein Leben verloren hätte. Seit damals wusste er, wie nahe Erfolg und Misserfolg, Leben und Tod nebeneinanderlagen.

1788, Serbien

Es war die Nacht vom 20. auf den 21. September. Eine denkbar ungünstige Jahreszeit für einen Feldzug. Es hatte geregnet, die Luft war feucht, die Erde durchnässt und ein nebeliger Schleier lag in der Luft. Der junge Unterleutnant Franz Hackher stieß einen warmen Hauch Luft aus und zog sich den Dreispitz tief ins Gesicht. Ihn fröstelte. Die Armee war in Marsch gesetzt worden, um bei Karansebes Stellung zu beziehen. Der allgemein schlecht geplante Feldzug hatte die Moral der Truppe auf einen Tiefstand gebracht. Kaiser Josef II. führte die Armee persönlich an und hatte sich äußerst ungeschickt in der Heerführung angestellt.

Hackher hatte nasse Stiefel, doch er konnte nicht reiten. Seit einem Tag lahmte sein Pferd und er musste es schonen. Er war in Gedanken bei Sofie. Sie würde auf ihn warten, bis der Feldzug vorbei war, hatte sie gesagt, und dennoch plagten ihn Zweifel, ob seine erst kürzlich versprochene Geliebte Wort halten würde. Als junger Offizier war er eigentlich keine gute Partie für die Grafentochter, doch sie war seinem jugendlichen Charme verfallen. Töte ein paar Türken für mich, hatte sie ihm beim Abschied gesagt, dann war Hackher davon geritten, und als er sich ein letztes Mal umdrehte, sah er Sofie mit einem anderen Mann in unangebrachter Nähe miteinander plaudern. Wer war er? Hatte dies etwas zu bedeuten?

Hackher bekam ein mulmiges Gefühl im Bauch. Etwas stieg in ihm hoch und er musste sich übergeben. Schon seit Tagen plagte ihn der Brechreiz. Ohnehin war ein Großteil der Männer krank geworden.

„Alles in Ordnung, alter Junge?", fragte ihn die Stimme seines Kameraden, Josef Laurenzi.

Sie kannten sich seit der Ingenieurakademie in Wien. Laurenzi war ein kleiner, schlanker Bursche, einige Jahre jünger als Hackher, mit einem zarten, knabenhaften Äußeren. Irgendwie kam es, dass sie sich gut verstanden und zumeist dieselben Interessengebiete aufwiesen.

„Ja, geht schon wieder", antwortete Hackher hüstelnd. Laurenzi reichte ihm eine Flasche Brandwein. „Hier, trink das, das tut dir gut."

Hackher nahm einen kräftigen Schluck und würgte das brennende Getränk hinunter. Es fühlte sich an, als würde sein Magen kurz vor der Zersetzung stehen, doch die Übelkeit schwand für den Moment.

Schreie und vereinzelte Schüsse waren zu hören und Hackher blickte sich erschrocken um. Das einfließende Adrenalin schärfte augenblicklich seine Sinne.

„Was war das?"

In den hinteren Reihen war ein Tumult ausgebrochen. Im Schein der Fackeln konnte man nicht viel erkennen, doch es schien um Streitigkeiten unter den Soldaten zu gehen.

„Vermutlich wieder eine Schlägerei", antwortete Laurenzi und gab sich unbeeindruckt.

„Mitten in der Nacht?", fragte Hackher unsicher. Sein Instinkt mahnte ihn zur Vorsicht. Die Armee marschierte ganz in der Nähe des türkischen Heers. Kein Soldat würde so dumm sein, mitten in der Nacht Schüsse abzugeben und damit riskieren, die Position der Kolonne preiszugeben.

Plötzlich erklangen aufgeregte Rufe. „*Türki! Türki!*"

Erneut fielen Schüsse. Unter den marschierenden Soldaten brach Hektik aus. Ein berittener Offizier galoppierte an Hackher und Laurenzi vorbei. Sein Gesicht trug panische Züge.

„Ein türkischer Überfall!", schrie jemand und plötzlich war die Hölle los. Die Soldaten rannten aus der Formation und urplötzlich kam es zu einem verwirrenden Schusswechsel.

„Zu den Waffen! Zu den Waffen, Männer!", schrie der berittene Offizier und die Meldung wurde rasch an die vorderen Reihen weitergegeben.

Jetzt dämmerte es auch Hackher. Die Türken hatten die Marschkolonne des Heers in der Nacht ausfindig gemacht und überfielen nun die hinteren Reihen. „Ein nächtlicher Überfall!", rief Hackher und zog augenblicklich Säbel und Pistole.

Sofort sprangen er und Laurenzi auf ihre Pferde und rissen die Zügel herum, um bei der Abwehr des Angriffs zu helfen. Die Nacht war allerdings zu dunkel und man konnte kaum die Hand vor Augen erkennen. Hackher blickte auf eine Gruppe Soldaten, die sich ohne Offizier zu einem Kreis formiert hatten und nicht wussten, was sie tun sollten. „Schützenlinie bilden!", schrie Hackher und zeigte den Männern an, wo sie sich positionieren sollten. Diese reagierten sofort und bildeten zwei Reihen.

Nur wenige Meter von ihnen entfernt züngelten die Mündungsfeuer mehrerer Gewehre auf und rings um Hackher wurden Männer von tödlichen Kugeln getroffen und zu Boden gerissen.

„Verdammt!", schrie Laurenzi auf. „Mich hat es erwischt!"

Hackher sah zu seinem Kameraden, der langsam vom Pferd glitt und ins feuchte Gras fiel. Er befahl den Soldaten, ebenfalls zu feuern und stieg dann ab, um nach Laurenzi zu sehen. Er hatte eine Kugel in die Brust bekommen und blutete stark. Der Schusswechsel wurde heftiger und das allgemeine Chaos veranlasste die verwirrten Soldaten, einfach das Marschgepäck fallen zu lassen und davonzurennen. Hie und da versuchten Offiziere verzweifelt, die Ordnung aufrechtzuerhalten, flohen dann aber selbst, als sie zu erkennen glaubten, dass die Türken in der Überzahl waren.

Hackhers Pferd war getroffen und fiel zu Boden. Er musste hier schleunigst weg. Ganz in der Nähe musste ein kleines Waldstück sein, dort konnte er sich verstecken. Hackher packte Laurenzi und warf ihn sich über den Rücken. Dann nahm er alle Kraft zusammen und trug seinen Kameraden durch die finstere Nacht.

Das, was mit ein paar Schüssen begonnen hatte, war zu einer regelrechten Schlacht ausgeartet. Es war nicht zu erkennen, wer hier gegen wen kämpfte bzw. von wo die Feinde genau angriffen, doch inzwischen befand sich die halbe Armee in Gefechte verwickelt oder war panisch auf der Flucht.

Hackher musste etwa fünfzig Meter gelaufen sein, als er vor sich etwas aufblitzen sah. Er erkannte sofort, dass es sich um mehrere Säbel oder Bajonette handeln musste, die das Mondlicht reflektierten. Er legte Laurenzi ins Gras, zog seine Pistole und duckte sich. Dann hörte er mehrere Männer auf ihn zu marschieren und das Galoppieren eines Pferdes.

Wie aus heiterem Himmel tauchte plötzlich neben Hackher ein Reiter mit erhobenem Säbel auf, der drohte, jeden Moment auf den am Boden kauernden Unterleutnant einzuschlagen.

Instinktiv warf sich Hackher auf den Rücken, zielte, so gut es ging und schoss auf den Angreifer, der kurz darauf zu Boden stürzte. Für einen Moment herrschte Stille, dann stürmte aus der Dunkelheit ein Soldat mit dem Bajonett auf Hackher zu. Sofort zog der seinen Säbel, wehrte den Stoß des zweiten Angreifers ab und hieb ihm die scharfe Klinge in den Nacken. Mit einem Schmerzensschrei stürzte der Mann ins Gras. Erst jetzt erkannte Hackher, dass es sich nicht um einen Türken gehandelt hatte. Der angreifende Soldat trug einen weißen Uniformrock und einen Dreispitz als Kopfbedeckung. Er hatte soeben einen seiner eigenen Leute erschlagen, dämmerte es ihm, doch schon sah er den nächsten Angreifer auf ihn zustürmen.

„Halt, ich bin Deutscher!", rief Hackher sofort, der nun erkannt hatte, was vor sich ging.

Der Angreifer stoppte verwirrt vor ihm ab. Es war ein Soldat in Grenadieruniform. „Wo kommen Sie denn her?", rief dieser ihm zu.

„Weil in der Dunkelheit keiner etwas erkennen konnte, gingen schon die eigenen Leute aufeinander los. Irgendein Dummkopf hat Türki geschrien und eine Panik ausgelöst", sagte Hackher zu dem Soldaten. „Wir vernichten uns gerade gegenseitig." Als er zu dem getroffenen Reiter trat und ihn umdrehte, erkannte der junge Unterleutnant, dass es ebenfalls ein Österreicher war.

Der andere Soldat beugte sich neugierig über den Leichnam. „Das ist Major von Thun!", schrie dieser plötzlich auf. „Sie haben Major von Thun erschossen!" Sofort streckte der verwirrte Grenadier Hackher wieder das Bajonett entgegen. „Sie sind ein Verräter! Wir wurden aus den eigenen Reihen verraten!", schrie er.

Hackher versuchte zu beschwichtigen, doch plötzlich stieß der Mann auf ihn ein. Diesmal war er nicht schnell genug, den Stoß abzuwehren und die Spitze des Bajonetts drang in die Hüfte ein. Hackher schrie vor Schmerzen auf. Im nächsten Moment hob er seinen Säbel und stieß ihn dem Mann in den Bauch. Dieser spuckte augenblicklich Blut und brach keuchend zusammen.

Die eiserne Klinge war zum Glück nicht tief in Hackher eingedrungen, doch ein rasender Schmerz erfasste ihn und jegliche Kraft schien dahinzuschwinden. Er sackte auf die Knie und fiel benommen ins nasse Gras. Er zitterte am ganzen Körper und schien sein eigenes Ende auf ihn zukommen zu sehen.

Welch schändlicher Tod! Gefallen durch Freundeshand, doch hatte er es anders verdient? Auch er hatte drei der Seinen auf dem Gewissen. Ihm wurde schwarz vor Augen und er tröstete sich damit, dass er zum Glück nicht mehr mit dieser Schande leben musste. Der Tod kam ihm wie eine willkommene Ausrede vor. Dann schloss er die Augen und war bereit zu sterben. Der Schleier des Vergessens legte sich über ihn und er erwartete, jeden Moment das erlösende Licht der Ewigkeit zu erblicken.

1809, Grätz

„Herr Major, erbitte Meldung machen zu dürfen." Stadlmayer stand in Habtachtstellung in der Tür und salutierte vor Hackher.

Dieser wurde aus seinen Gedanken gerissen und wandte sich um. „Gestattet", sagte der Kommandant kurz und erwiderte den Salut.

Stadlmayer trat zwei Schritte vor und schlug die Stiefel zusammen. „Herr Major, bitte melden zu dürfen, dass Reiter vor der Stadt gesichtet wurden. Standarte des Erzherzogs, Herr Major."

Hackher riss erwartungsvoll die Augen auf. „Der Erzherzog, sagt er?"

„Jawohl, Herr Major", bestätigte Stadlmayer und ohne weitere Worte stürmte Hackher aus dem Zimmer und der verdutzte Stadlmayer hinterher. Fast im Laufschritt rannte der

Major den Gang bis zur Treppe und eilte auf den Festungsplatz hinaus. Dort ließen die arbeitenden Soldaten sofort alles liegen und stehen, als sie Hackher aus der Kommandantur kommen sahen, und bemühten sich, rasch zu salutieren.

„Cerrini!", rief der Major laut hörbar über den ganzen Platz. Vom anderen Ende des Platzes kam der groß gewachsene Hauptmann sofort angerannt. „Zu Diensten, Herr Major."

„Der Erzherzog ist im Anmarsch. Lassen Sie die Lisl läuten und die Mannschaften antreten!", befahl Hackher und schickte dann nach seinem Pferd. In alle Richtungen wurden plötzlich lauthals Befehle über den Platz gebrüllt und im Nu war alles in höchster Aufregung. Die große Alarmglocke ertönte und nun wusste jeder in der Stadt, dass etwas geschehen war.

Hackher ritt die Festungsstraße zum Haupttor hinunter. Dort traf er auf Mayer und Rüstl, die aus dem Torhaus gerannt kamen. Auch in der unteren Festung herrschte nun reges Treiben. Einige der Soldaten waren der Meinung, die Franzosen seien bereits im Anmarsch und dementsprechend verhielten sie sich auch.

Hackher stoppte sein Pferd vor den beiden Hauptmännern.

„Mayer, Rüstl, aufsitzen, Sie kommen mit mir."

Die beiden blickten den Major aufgeregt an.

„Sind die Franzosen im Anmarsch?", fragte Mayer, fast schon panisch.

„Nein, der Erzherzog", antwortete Hackher, woraufhin Mayer noch panischer wirkte.

Die beiden Hauptleute sprangen auf ihre Pferde, die neben dem Torhaus angebunden waren, und folgten Hackher die Festungsstraße hinunter.

Cerrini hatte die Ankunft des Erzherzogs an alle Offiziere weitergegeben und war nun zusammen mit dem Oberleutnant Schottelius, Graf Lodron und Schlichtnig in den Glockenturm gestiegen, um von dort die Ankunft der Reiterei zu beobachten. Obwohl das Läuten der Glocke einen Höllenlärm verursachte, hatte man im Glockengeschoss des Turms den besten Ausblick. Cerrini war kein Freund von schwindeligen Höhen und so erstarrte er kurz, als er vom Turm hinabblickte. Er sah Hackher sowie Mayer und Rüstl, die soeben den Süd-Osthang hinunterritten. In der Ferne konnte man auf der Straße nach Marburg eine Schwadron Reiter erkennen. Durch das Fernrohr war das wehende Banner des Erzhauses gut zu erkennen. Der Oberkommandant ritt an der Spitze einer Dreiecksformation, gefolgt von gut zwei Dutzend Dragonern.

„Sieht nicht so aus, als brächte der Erzherzog seine ganze Armee mit", kommentierte Cerrini seine Beobachtungen. Die anderen Herren hatten ebenfalls ausziehbare Fernrohre ausgepackt und spähten auf die weite Ebene vor der Stadt.

„Das kann nichts Gutes bedeuten, wenn er dem Haupttross so weit vorauseilt", sagte Schlichtnig.

„Das kann viel bedeuten, meine Herren", erwiderte Cerrini. „Für Mutmaßungen und Spekulationen ist jetzt nicht die richtige Zeit."

Der Hauptmann klappte das Fernrohr ein und wandte sich an seine Offiziere. „Oberleutnant Schottelius, Sie geben Baron Eck und Fähnrich Gödl Bescheid, dass die Landwehrbataillone sofort auszurücken und die Stadtmauern zu besetzen haben. Jegliches militärische Personal wird von den Arbeiten an der Festung abgezogen und die Festungsmauern sind sofort durch die regulären Regimenter zu bemannen. Graf Lodron, Sie stellen eine Ehrenkompanie für den Erzherzog zusammen! Abtreten, meine Herren", befahl Cerrini. Die Offiziere nickten und machten sich an die Ausführung.

Hackher war im schnellen Galopp die Sporgasse hinuntergeritten. Er hatte vor, den Erzherzog noch rechtzeitig beim Eisernen Tor im Süden der Stadt abzufangen. Mayer und Rüstl hatten gewisse Mühe, mit Hackher mitzuhalten, der für einen Ingenieuroffizier ein ziemlich guter Reiter war, was man von den beiden Hauptmännern nicht behaupten konnte. Vor allem der zur Fettleibigkeit neigende Mayer hatte alle Hände voll zu tun, um sich im Sattel halten zu können. Der Ritt der drei Offiziere verursachte auch Aufregung bei der Stadtbevölkerung. Sofort machten die ersten Gerüchte die Runde. Zunächst glaubten die meisten ebenfalls, die Franzosen seien gesichtet worden, doch bald wurde bekannt, dass es sich um Erzherzog Johann handelte, was allgemein freudige Erwartung weckte, aber auch schlimme Befürchtungen.

Am Ende der Sporgasse schwenkte Hackher nach links und ritt über den leeren Hauptplatz. Dort kam ihm der Kommandant der Bürgerwehr, Hauptmann Dobler, aufgeregt entgegengerannt.

„Sind die Franzoseng'fraster schon da?", fragte dieser.

„Der Erzherzog", erwiderte Hackher im Vorbeireiten und bog in die lange Herrengasse ein.

Vorbei an den herrschaftlichen Bürgerhäusern und an dem steirischen Landhaus erreichte der Festungskommandant wenig später das Torhaus des Eisernen Tores. Die dort stationierten Bürgerwehrsoldaten hatten bereits die Absperrung vor dem Tor entfernt – noch hatte man die Stadttore nicht verschlossen, sondern den Durchgang lediglich mit einer Kontrollsperre versehen – und läuteten die Signalglocke.

Hackher ritt über die Holzbrücke, die über den Graben vor der Stadtmauer führte, und stoppte wenige Meter danach. Der Erzherzog mit seinem Gefolge war bereits deutlich zu sehen und näherte sich rasch. Inzwischen waren auf den Stadtmauern Landwehrsoldaten aufmarschiert und die gelb-schwarze Flagge des Hauses Habsburg wurde zur Begrüßung gehisst. Einige jubelnde Bürger hatten sich ebenfalls auf den Mauern eingefunden.

„So, wie der Erzherzog daherprescht, könnte man meinen, er habe die Franzosen im Nacken", äußerte sich Mayer.

„Das ist vermutlich sogar zutreffend", sagte Hackher.

Die Schwadron Johanns von Österreich stoppte wenige Meter vor der Brücke und der Erzherzog ritt langsam auf die drei Genieoffiziere zu. Wie es sich gehörte, zog Hackher seinen Offizierssäbel und salutierte. Mayer und Rüstl taten es ihm gleich.

„Ich heiße Eure Majestät in Grätz willkommen", begrüßte der Festungskommandant seinen Oberbefehlshaber. Hackher bemerkte, dass der Habsburger, wie auch der Rest seiner Reiter, sehr mitgenommen aussah. Die ansonsten strahlend weiße Uniform war durchnässt und fleckig. Im Gesicht des Erzherzogs zeichneten sich starke Augenringe ab, die von wenig Schlaf und den Strapazen der letzten Tage und Wochen zeugten.

Johann ritt bis auf wenige Schritte an Hackher heran und nahm zum Gruße seinen Hut ab. „Er sei mir ebenfalls gegrüßt, Major. Ich hoffe, er befindet sich wohl und kann uns zufriedenstellend über den Ausbau der Festung berichten."

Hackher verbeugte sich respektvoll im Sattel. „Ich kann Seiner Majestät berichten, dass die Arbeiten gut vorangeschritten sind und ihren baldigen Abschluss erleben werden."

Der Erzherzog atmete erleichtert auf. Er schien auf eine halbwegs positive Nachricht, nach all den Niederlagen und Verlusten der letzten Wochen, gehofft zu haben. „Ich wusste, auf Sie ist Verlass, Hackher. Doch so sehr es mich freut, von Ihrer frohen Kunde zu hören, muss ich gestehen, mit weniger guten Nachrichten anzukommen."

Die Mienen von Hackher, Mayer und Rüstl verfinsterten sich augenblicklich. Es war zu erwarten gewesen, dass es schlechte Neuigkeiten geben würde. Nach all dem, was man über den Rückzug aus Italien erfahren hatte – viel war es ohnehin nicht gewesen –, waren die Verluste verheerend.

„Ich würde Seiner Majestät ja gerne empfehlen, sich erst einmal auszuruhen nach dem langen Ritt, doch ich nehme an, die Umstände verlangen eine sofortige Lagebesprechung", sagte Hackher.

„Ich fürchte, damit haben Sie recht, mein lieber Major", antwortete Johann. „Lassen Sie uns gemeinsam in die Stadt ziehen und reiten Sie an meiner Seite, zum Zeichen meiner Wertschätzung."

Hackher nickte. Der Erzherzog gab seinem Gefolge Zeichen, ihm zu folgen. In der Kolonne ritten sie durch das Tor in die Stadt ein. Auf der breiten Herrengasse hatten sich zahlreiche Menschen eingefunden, die dem Erzherzog zujubelten. Auch aus den Fenstern der Häuser lugten einige Schaulustige hervor. Das Bürgerkorps und die Landwehrsoldaten gaben zur Begrüßung Salutschüsse ab. Johann winkte, doch der freudige Empfang schien ihm unangenehm zu sein. Hackher konnte den jungen Habsburger gut verstehen. Es gab weder etwas zu feiern noch etwas zu bejubeln, doch die Grätzer Bevölkerung begrüßte ihren Erzherzog wie einen Kriegshelden. Der Erwartungsdruck auf Johann wurde dadurch nur größer.

Im Armeelazarett herrschte ein erbärmlicher Gestank nach Schweiß, geronnenem Blut und menschlichen Exkrementen. Die Kranken und Verwundeten waren auf dem Boden aufgereiht worden und wurden von Ordensschwestern der Elisabethiner versorgt.

Oberleutnant Franz Hastreiter kämpfte mit einer Verwundung am Bein. Die Verletzung hatte sich zunächst entzündet, war angeschwollen und eiterte jetzt. Der Arzt hatte ihm die Wade aufgeschnitten, um die angesammelte Flüssigkeit und den Eiter abzulassen. Anschließend wurde die Wunde mit irgendwelchen Kräutern und übel riechenden Salben behandelt. Hastreiter hatte schon gefürchtet, sein Bein zu verlieren, doch die Verletzung war Gott sei Dank gut genesen und er war auf dem Weg der Heilung. Aufsteigen konnte er trotzdem noch nicht richtig. Der Muskel war geschwächt und von der Schwellung verhärtet. Das Bein ließ sich noch nicht richtig abbiegen und jedes Mal gab es einen stechenden Schmerz, wenn er auftrat. Obwohl er sich körperlich ansonsten wieder fit fühlte, musste Hastreiter noch einige Wochen im Lazarett verbringen, bis die Wunde vollständig geheilt war. Das sinnlose Umherliegen und Nichtstun machte ihn wahnsinnig. Zum Glück lag er neben dem Fenster, wodurch sich der Gestank etwas leichter ertragen ließ. Inzwischen war es Abend geworden. Die Sonne hatte sich gesenkt und es legte sich langsam die Dämmerung über die Stadt. Am frühen Nachmittag hatte es einen großen Aufruhr gegeben. Erzherzog Johann sei eingetroffen, hieß es. Hastreiter wäre liebend gern beim Einzug dabei gewesen. Er kam sich so nutzlos vor. Das Kaiserreich befand sich im Krieg und er war dazu verdammt, in einem Krankenbett zu versauern. Von anderen Soldaten hatte er erfahren, dass die Franzosen im Anmarsch auf Grätz waren und dass es vermutlich zu einer Belagerung kommen würde. Der neue Festungskommandant würde jeden Mann brauchen, hatte es geheißen. Daraufhin hatte Hastreiter einen Brief an Major Hackher aufgesetzt und ihn darin um eine aktive Aufgabe gebeten. Der Festungskommandant hatte abgelehnt. Er könne keine halb kranken Offiziere gebrauchen. Selbst seinen Regimentskameraden, Oberleutnant Graf Lodron, hatte Hastreiter gebeten, für ihn Fürsprache zu halten, aber es hatte nichts genutzt. Er musste sich damit abfinden, diesen Krieg vom Krankenbett aus zu erleben.

„Hastreiter, wie geht's Ihnen denn?", fragte eine bekannte Stimme. Kapitänsleutnant Johann Vorbeck war neben der Pritsche von Hastreiter aufgetaucht.

Dieser war so in Gedanken versunken gewesen, dass er seinen Offizierskollegen vom 27. Regiment nicht bemerkt hatte. Etwas erschrocken wandte er sich zu Vorbeck um. „Das Bein schmerzt noch, aber es wird von Tag zu Tag besser", antwortete Hastreiter.

„Das freut mich zu hören", sagte Vorbeck und setzte sich auf einen Stuhl neben der Pritsche. „Ich nehme an, du hast gehört, dass der Erzherzog eingetroffen ist? Ich komme soeben von einer Lagebesprechung mit ihm", fuhr Vorbeck fort.

Hastreiter richtete sich interessiert auf. „Eine Lagebesprechung sagst du? Und? Wie schaut's aus?"

„Nicht gut. Der Erzherzog hat sich sehr besorgt über die militärische Lage geäußert. Dem Major Hackher hat er aufgetragen, die Festung um jeden Preis zu halten, das sei entscheidend für den weiteren Kriegsverlauf, hat er gesagt. Daraufhin verlangte Hackher mehr Truppen."

Hastreiter hörte aufmerksam zu. „Und? Bekommt er mehr?", fragte er nach.

„Nein. Vermutlich nicht", antwortete sein Gegenüber. „Der Erzherzog will die Ankunft von Feldmarschall Jellacic abwarten und seine Truppen mit ihm vereinigen. Diese sollen morgen in der Stadt eintreffen."

Hastreiter ließ sich resignierend wieder in die Pritsche fallen. „Verdammt! Draußen gehts um und ich schlag hier noch Wurzeln."

„Sei froh. So wie es aussieht, sind die Franzosen zehnfach überlegen. Der Erzherzog hat zum Hackher gleich gemeint, er soll sich überhaupt nur auf die Verteidigung des Schlossbergs konzentrieren. Wenn es zum Äußersten kommt, dann sitzen wir in der Bergfestung in der Falle."

„Und was passiert dann mit der Stadt?", fragte Hastreiter.

„Die wird wahrscheinlich an die Franzosen fallen, etwas anderes bleibt Hackher ja nicht übrig, als sie ihnen zu überlassen." Vorbeck klopfte Hastreiter freundschaftlich auf die Schulter. „Aber mach dir keine Sorgen. Die französischen Offiziere sind Ehrenmänner, die tun den Verwundeten nichts."

„Um die Offiziere mache ich mir auch keine Sorgen", antwortete Hastreiter zynisch, „und froh bin ich keinesfalls, dass ich hier festsitze, aber der verdammte Major will mich ja nicht einsetzen."

Vorbeck lachte laut und grunzend auf. „Das habe ich mir schon gedacht, dass dir eine ordentliche soldatische Handarbeit lieber ist, darum habe ich das hier mitgebracht." Der Kapitänsleutnant holte ein ledernes Bündel hervor und legte es Hastreiter auf die Pritsche.

Dieser blickte fragend auf das Päckchen. „Was ist das?"

„Ich nehme an, du wirst Verwendung dafür haben." Vorbeck stand auf, zog seine Uniform zurecht und wandte sich dann zum Gehen. „Ach, übrigens. Der gedeckte Gang vom Hof des Palais Saurau soll morgen früh komplett verrammelt werden. Man kann nur hoffen, dass niemand die Gelegenheit nutzt und sich heute noch in die Festung schleicht. Leb wohl, für den Fall, dass wir uns nicht mehr sehen."

Mit diesen Worten ging Vorbeck und ließ Hastreiter etwas verdutzt zurück. Doch dieser hatte den Wink mit dem Zaunpfahl verstanden. Sein Offizierskollege wollte ihm soeben eine Möglichkeit geben, wie er doch noch in die Festung kommen konnte. Wenn es also stimmte, dass die Franzosen nur mehr wenige Tage entfernt waren, musste sich Hastreiter nur irgendwo auf der Festung versteckt halten, bis die Belagerung begann. Dann konnte man ihn unmöglich ins Lazarett zurückschicken.

Begierig öffnete er das Bündel. Es befanden sich ein grauer Waffenrock darin sowie eine Pistole, ein kurzer Säbel und ein Stück Hartkäse. Hastreiter grinste erregt. Er würde Vorbeck einen Gefallen schuldig sein, wenn dies alles hier vorbei war. Hastig schnürte er das Bündel wieder zusammen und vergewisserte sich, dass ihn niemand beobachtet hatte, was nicht der Fall war, da die meisten Kranken nur an ihrer eigenen Genesung interessiert waren oder aber sowieso nichts mehr mitbekamen. Hastreiter schob das Bündel unter seine Pritsche. Er nahm sich vor, sich, sobald das Licht durch die Oberschwester ausgemacht worden war, über das offene Fenster in den Hof davonzustehlen. Bis zum Palais Saurau war es nicht weit und er wusste, wie er dort unbemerkt hinkommen konnte. Hastreiter rechnete damit, dass die Franzosen vielleicht drei bis vier Tage entfernt waren. So lange konnte er sich bestimmt irgendwo auf der Festung versteckt halten und sich vom Hartkäse ernähren. Innerlich erleichtert und mit der beflügelnden Aussicht, diesen Krieg nicht als nutzloser Invalide zu verpassen, legte sich Oberleutnant Franz Hastreiter wieder auf seine Pritsche.

Die Abenddämmerung war über die Stadt hereingebrochen. Langsam kam die Aufregung in den Straßen und Gassen zum Erliegen und wich einem geisterhaften Schweigen. Die Ankunft des Erzherzogs hatte für einigen Trubel gesorgt. Sofort war eine Lagebesprechung im Landhaus angesetzt worden, die mehrere Stunden andauerte. Alle Eventualitäten für eine Belagerung wurden geklärt und geregelt. Der Erzherzog hatte Major Hackher anschließend unter vier Augen gesagt, dass er sich nur auf die Verteidigung des Schlossbergs zu konzentrieren brauche. Das Hauptheer wurde für den nächsten Tag erwartet.

Cerrini hatte sich in seine Kammer zurückgezogen. Er war erschöpft und wünschte sich nichts mehr, als ein paar Stunden Schlaf zu finden. Sein Diener Josef Obermayer übernahm die abgetragene Kleidung und brachte ihm eine frische Uniform für den nächsten Tag. Die Arbeiten an der Festung waren fast fertig. Die Bürgerbastei bereitete ihm noch etwas Sorgen, aber auch darum würde man sich noch kümmern. Das Wichtigste jedenfalls war geschafft.

Cerrini legte sich auf das Bett und versuchte einzuschlafen, was ihm allerdings nicht gelang. Die Nacht war ungewöhnlich warm und die Luft feucht. Kein angenehmes Klima, um Schlaf zu finden. Nachdem er sich mehrmals hin- und hergewälzt hatte, gab er es auf und beschloss, einen Spaziergang zu machen. Barfuß und nur mit einer leichten Hose und einem weißen Nachthemd bekleidet, ging er ins Freie und schlenderte zur Bürgerbastei hinunter. Ein paar Kanoniere schliefen bei ihren Kanonen und nahmen deshalb keine Notiz von Cerrini, was ihm nur recht war.

Er stellte sich an die Brüstung und blickte über die Stadt. In den meisten Häusern waren die Lichter bereits ausgegangen, nur vereinzelt waren die Laternen der Nachtwächter zu sehen, die durch die Straßen schlichen, um nächtliche Rumtreiber aufzuspüren. An den Stadtmauern brannten in regelmäßigen Abständen Laternen. Der Anblick war friedlich. Grätz war eine schöne Stadt, dachte sich Cerrini. Anders als die meisten Städte in den deutschen Landen. Nicht so starr und symmetrisch gebaut, wie es etwa Wien war. Grätz war ein verschlungenes

Netz aus verwinkelten Gassen und Straßen, die sich durch die Häuserschluchten herrschaftlicher Palais, einfacher Bürgerhäuser, von Kirchen und Handwerkergebäuden schlängelten. Dazwischen gab es immer wieder abgeschiedene und romantische Plätze und stille, kühle Hinterhöfe, in denen alte Bäume wuchsen und über die Dächer emporragten. Die meisten Straßen und Plätze waren mit Steinen gepflastert. Dementsprechend sauber wirkte die Stadt auch, bis auf die Murvorstadt, wo die Straßen nur aus sandigem Untergrund bestanden und bei Regen zu regelrechten Schlammlawinen wurden.

In der Ferne waren die schwachen Lichter der umliegenden Dörfer zu sehen. Das Wasser der Mur spiegelte das Mondlicht und floss mit einem sanften Plätschern dahin. Im Südwesten waren die vier Türme des Schlosses Eggenberg zu erkennen, welches abseits der Stadt lag und von hübschen Gärten und Feldern umgeben war.

Während Cerrini verträumt in die Nacht hinausblickte, entdeckte er plötzlich eine einsame Gestalt durch die Sporgasse huschen, die direkt unter der Bürgerbastei verlief. Zunächst vermutete Cerrini, es handle sich um einen Nachtwächter, doch die Art und Weise, wie sich die Person bewegte, machte ihn skeptisch.

Die Gestalt trug einen schwarzen Umhang und bewegte sich schleichend von einem Hauseck zum anderen. Dann sah Cerrini, wie der nächtliche Rumtreiber in einer besonders schmalen Feuergasse verschwand. Jene Gassen waren gerade einmal so breit, dass ein ausgewachsener Mann hindurchpasste, und waren zwischen den Häusern angelegt worden, damit im Falle eines Feuers dieses nicht sofort auf die Nachbarhäuser überspringen konnte. Außerdem sollte es den Feuerwehrmännern dazu dienen, leichter den Brandherd erreichen zu können. In der Praxis waren diese Gassen allerdings wenig effektiv, wie Cerrini wusste. Stattdessen dienten sie nur allzu oft als Versteck für zwielichtige Gestalten und waren deshalb normalerweise durch ein Gitter oder einen Balken verschlossen.

Die Gestalt war aus dem Blickfeld der Bürgerbastei verschwunden und der Hauptmann kümmerte sich nicht mehr darum. Es war nicht Cerrinis Aufgabe, Bürgern nachzustellen, die das nächtliche Ausgangsverbot missachteten, dafür gab es die Nachtwächter. Vielleicht war es auch nur ein Betrunkener gewesen, der etwas zu lange in einem Gasthaus verweilt hatte und sich deshalb möglichst unbemerkt nach Hause schleichen wollte.

Cerrini überkam endlich die notwendige Müdigkeit und so machte er sich auf zu seiner Unterkunft.

Franz Hastreiter seilte sich mit seinem Bettlaken nach alter Schule aus dem Krankensaal im Obergeschoss des Lazaretts ab. Nach wenigen Metern landete er auf dem kleinen Hinterhof. Vorsichtig blickte er sich um und warf sich dann seinen schwarzen Mantel über. Es hatte ihn niemand beobachtet, so konnte er sich ungestört durch das hintere Tor auf die Straße schleichen. Die Stadt war menschenleer. Hastreiter vergewisserte sich abermals, dass keine Nachtwächter in der Nähe waren und lief dann, so gut er mit seinem Bein konnte, auf die andere Straßenseite und verschwand in einer der engen Seitengassen. Der humpelnde Oberleutnant versuchte, keine Ratten oder Katzen aufzuscheuchen, die seinen nächtlichen Weg eventuell verraten hätten, und schlich langsam und gebückt durch die Gasse.

Es war so dunkel, dass er nicht erkennen konnte, wohin er trat, doch etwa 50 Meter vor ihm konnte er das Licht einer Laterne erkennen. Hoffentlich handelte es sich um keinen Nachtwächter, der eine kurze Rast machte. Doch nach mehreren Minuten in Verharrung hatte sich das Leuchten nicht bewegt, was Hastreiter annehmen ließ, dass es sich um eine Hauslampe handelte. Die Gasse mündete in die Sporgasse, knapp oberhalb des inneren Paulustores. Wieder vergewisserte er sich, dass niemand in der Nähe war. Der Torbogen war offen und keine Wachen waren zu sehen, was entweder hieß, dass diese schliefen, oder dass die inneren Tore unbewacht waren. Das Leuchten stammte von der *Goldenen Pastete*. Über dem Eingang hing eine Lampe mit einer Kerze darin, die das hölzerne Schild oberhalb der Tür beschien. Schräg gegenüber lag das Palais Saurau, in dessen Hinterhof Hastreiter gelangen wollte. Das große Eingangstor war, wie erwartet, verschlossen, doch er würde sich durch die Feuergasse schleichen und über die schmale Mauer klettern, hinter der der Garten des Palais lag.

Der Zugang zur Feuergasse war durch ein eisernes Gitter versperrt, doch jemand hatte den Bolzen aus dem Schloss geschlagen und die Tür nur angelehnt. Vorbeck hatte wirklich an alles gedacht, ging es Hastreiter durch den Kopf. War er erst einmal in der engen Schneise zwischen den Häusern, so konnte ihn niemand mehr entdecken, dafür war es dort viel zu dunkel. Es blieb nur zu hoffen, dass im Innenhof keine Hunde angekettet waren, die ihn verraten würden.

Hastreiter spähte noch einmal in alle Richtungen und wollte soeben zum Eingang der Feuergasse laufen, als er plötzlich tapsende Schritte hörte. Sofort presste er sich an die Wand und versuchte, sich im Schatten der schmalen Seitengasse so unsichtbar wie möglich zu machen. Trotz seiner Aufregung achtete er darauf, leise zu atmen. Die Nachtwächter waren oft gewiefte Burschen, die genau wussten, auf welche Geräusche sie achten mussten, um einen Rumtreiber aufspüren zu können.

Angespannt blickte Hastreiter auf die Straße hinaus. Die Schritte kamen näher und plötzlich huschte eine dunkle Gestalt, ebenfalls durch einen Mantel verhüllt, durch sein Blickfeld. Das war kein Nachtwächter gewesen, sagte sich Hastreiter. Viel zu schnell und gewandt waren die Bewegungen dieser Person. Vorsichtig blickte der Oberleutnant um das Hauseck.

Die verhüllte Gestalt hatte sich durch das Torhaus geschlichen und tauchte erst wieder unter dem Lampenschein beim Gasthaus *Zur Goldenen Pastete* auf. Dort verharrte die Person einen Moment und verschwand dann im Hinterhof. Es musste ein französischer Spion sein, anders konnte sich Hastreiter dies nicht erklären. Oft suchten Agenten und heimliche Informanten Unterschlupf in Gaststätten. Dort fielen sie in der Regel nicht so stark auf und es wurde viel getratscht, sodass man leicht an nützliche Informationen kommen konnte.

Was sollte Hastreiter jetzt nur tun? Er könnte dem Spion einfach folgen und ihn anschließend stellen, doch er war durch das verletzte Bein kein überzeugender Gegner. Wenn er jedoch schnell genug war, konnte er die verhüllte Person mit der Pistole erwischen.

Hastreiter griff in sein Bündel, welches er auf dem Rücken trug, und zog die Steinschlosspistole hervor. Sie war geladen und hatte Pulver. Der Schuss würde bestimmt die ganze Stadt alarmieren, doch wenn er einen französischen Spion erschoss, würde man ihm das bestimmt hoch anrechnen. Vielleicht würde Hackher ihn dann sogar offiziell in seine Dienste stellen. Von dieser Vorstellung beflügelt, schlich Hastreiter mit gezogener Pistole aus der Seitengasse und rannte, so schnell und leise er konnte, durch den Torbogen.

Im Schatten einer Mauernische suchte er Deckung und blickte sich nach der geheimnisvollen Person um. Wo war sie hin? Hastreiter erkannte, dass der Spion weder durch die Eingangstür ins Gasthaus verschwunden, noch in den Hinterhof gelangt sein konnte, da das Tor geschlossen und die Mauer zu hoch für einen Menschen war. Die Person musste sich also irgendwo versteckt haben.

Plötzlich überkam Hastreiter eine innere Panik. Was, wenn der Spion ihn entdeckt hatte und nun in einer dunklen Ecke nur darauf wartete, ihn hinterrücks erdolchen zu können? Verunsichert blickte er sich um. Er wollte sich nicht von der Stelle rühren, solange er nicht wusste, von wo er mit einer Gefahr rechnen musste. Die verhüllte Gestalt war irgendwo unterhalb des Tores, denn sie konnte unmöglich wieder an ihm vorbeigeschlichen sein. Der Torbogen war mehrere Meter dick und zu jeder Seite mit Fackeln ausgeleuchtet. Hastreiter hätte die Gestalt auf jeden Fall bemerkt, wenn sie wieder durch das Tor zurückgeschlichen wäre. Auf keinen Fall wollte er sich allerdings in seiner Verfassung auf einen Kampf einlassen und entschloss sich deshalb, langsam zurückzuschleichen und in der Feuergasse zu verschwinden. Mit jedem Schritt, den er machte, fühlte er sich zunehmend verunsichert. Die Gestalt beobachtete ihn vermutlich schon die ganze Zeit und wartete nur auf einen günstigen Moment.

Hastreiter hatte es durch den Torbogen geschafft, sprang mit einem Satz zum Eingang der Feuergasse und schloss das Gitter hinter ihm mit dem Bolzen ab. Der Spion würde ihm nicht folgen können, denn die Verriegelung ließ sich nur von einer Seite öffnen.

Langsam kam er wieder zur Ruhe. Sein Atem wurde wieder regelmäßig und sein Verstand wieder klar. Wer auch immer die Gestalt war, sie kümmerte ihn nicht mehr. Hastreiter wollte nur noch in die Festung eindringen, dort würde er sicher sein. Doch dazu musste er noch ein ganzes Stück schaffen. Die Feuergasse war so eng, dass er sich nur mit Mühe hindurchzwängen konnte. Seine Schultern waren zu breit, also musste er sich seitlich vorwärts bewegen. Dicke Spinnfäden wickelten sich immer wieder um sein Gesicht und die Wände waren mit Taubendreck beschmiert. Nach etwa zehn Metern hatte er die Mauer erreicht. Sie war gut zwei Meter hoch und es war unmöglich, hochzuklettern.

Hastreiter stemmte sich mit dem Rücken gegen die eine Wand und drückte seine Beine gegen die andere. Langsam schob er sich so in der engen Gasse nach oben. Jetzt bloß nicht abrutschen! Sein verletztes Bein begann, bereits nach den ersten Schritten zu schmerzen und beinahe hätte ihn die Kraft verlassen, doch er erreichte rechtzeitig den Mauervorsprung und zog sich das letzte Stück mit den Händen hoch.

Schnell atmend verharrte er einen Moment auf der Mauer und blickte in den Innenhof. Keine Hunde waren zu sehen. Die großen Bäume verstellten die Sicht und würden seinen Sprung decken. Springen. Hastreiter musste zwei Meter die Mauer herunter, und ob sein Bein das überstehen würde, war fraglich. Dennoch musste er es riskieren. Er ließ sich langsam hinabgleiten und landete unsanft im Gras. Obwohl er versucht hatte, den Sturz hauptsächlich mit seinem gesunden Bein abzufedern, schoss ihm ein stechender Schmerz durch sein verletztes. Er rappelte sich auf, presste sich an den Stamm einer Eiche und verharrte für einige Minuten, bis das Stechen in seiner Wade nachgelassen hatte.

Am anderen Ende des Platzes befand sich eine Stiege, die zu einem Rundgang hochführte. Neben der Stiege war eine Tür, die – so wusste Hastreiter – in den Keller des Gebäudes führte, von wo der geheime Gang durch den Felsen hinauf in die Festung führte. Vorsichtig richtete er sich auf und humpelte über den Hof. Die Tür war nicht abgeschlossen und Hastreiter musste sie nur leicht aufdrücken. Eine schmale Treppe führte einige Meter nach unten, an deren Ende eine schwache Lampe brannte.

Die Stufen waren feucht und glitschig. Unten angekommen, nahm Hastreiter die Spanlampe und ging leise durch den Keller. Weinfässer standen vereinzelt umher und zwischen ihnen tummelten sich einige Ratten. In einer Ecke hatte man Gerümpel auf einen Haufen geworfen und dahinter erkannte Hastreiter einen schmalen Durchgang. Einfache Holzdielen versperrten ihm den Weg, doch noch hatte man diese nicht angenagelt und er musste sie nur beiseiteschieben, um hindurchzukommen.

Der felsige Gang war zunächst gerade einmal einen Meter hoch und Hastreiter musste gebückt vorwärtsgehen. Er musste aufpassen, um nicht über spitze Felsen zu stolpern oder auf losem Geröll auszurutschen. Der Gang ging leicht bergauf und machte nach etwa 100 Metern eine Kurve. Danach wurde der Tunnel breiter und höher. Es war offensichtlich, dass dieser geheime Pfad lange nicht mehr benutzt worden war. Ursprünglich war er als geheimer Versorgungsgang angelegt worden, der noch von der mittelalterlichen Festung übrig geblieben war. Seit damals schien dieses unterirdische Netzwerk aus Gängen und Tunnel allerdings in Vergessenheit geraten zu sein. Hastreiter wusste, dass die Stollen ein Labyrinth bildeten, in dem man sich leicht verlieren konnte. Aus Erzählungen wusste er allerdings auch ungefähr, wo er lang musste.

Immer wieder stieß er auf Felskammern, die vollgestopft mit uralten Kisten, Fässern und sogar altem Kriegsmaterial waren. Er erreichte das steinerne Gewölbe einer alten Kapelle, die vermutlich noch zur Römerzeit erbaut worden war, danach ging es einen breiten Gang steil bergauf bis zu einem großen runden Schacht. Hastreiter blickte nach oben und konnte erkennen, dass er mindestens vier bis fünf Meter hoch war. Von irgendwo tropfte Wasser herunter, was bedeutete, dass es eine Öffnung geben musste. Tatsächlich befand sich an der Wand eine veraltete Treppe. Holzpflöcke waren in den Fels geschlagen worden und bildeten einen Aufgang zu einem weiteren Tunnel. Hastreiter musste etwa drei Meter hochklettern, ehe er den Zugang erreichte. Obwohl die Holzbalken morsch waren, hielten sie sein Gewicht locker. Der obere Stollen war nun wesentlich breiter und führte wieder steil nach oben, wobei er sich serpentinenartig durch den Fels schlängelte. Schon mehr als eine Stunde war Hastreiter nun unterwegs und inzwischen fragte er sich, ob er wohl den richtigen Gang erwischt hatte, doch nach weiteren 20 Minuten erreichte er schließlich eine Öffnung, die ebenfalls mit Holzbrettern verstellt worden war. Hastreiter schlüpfte hindurch und fand sich in den unteren Gewölben der Festung. Eine gemauerte Treppe führte weiter nach oben und Hastreiter konnte an ihrem Ende eine Tür erkennen, die vermutlich ins Freie führte. Er folgte jedoch einem schmalen Rinnsal Wasser, das durch eine Öffnung im Felsen austrat und den Westhang des Schlossbergs hinunterrann. In einer trockenen, versteckten Felsnische warf Hastreiter sich auf seinen Mantel. Hier würde er es ein paar Tage aushalten. Er hatte Zugang zu Wasser und hier unten würde vermutlich selten jemand nach dem Rechten sehen. Außerdem bot ihm der Spalt im Felsen einen Ausblick über die Stadt. So würde er sofort erkennen können, wann die Franzosen ankamen.

Vor wenigen Sekunden hatte Franz Suller beobachtet, wie eine verhüllte Gestalt humpelnd in einer Feuergasse verschwunden war. Beruhigt steckte er sein Messer wieder ein. Offensichtlich hatte es die fremde Person nicht auf ihn abgesehen. Suller hatte sich vor wenigen Tagen auf ein Pferdefuhrwerk geworfen und war als blinder Passagier bis nach Spielfeld mitgereist. Danach war er zwei Tage lang entlang der Mur nordwärts gelaufen und hatte Grätz vor Einbruch der Abenddämmerung erreicht. Bis zur Nacht hatte er sich in den Wäldern im Süden versteckt und war dann in die Stadt geschlichen. Er kannte Grätz von seiner Kindheit. Damals war er mit seinem Vater öfters hier gewesen. Viel hatte sich seitdem nicht verändert. Suller hatte vor, einen alten Freund seines Vaters aufzusuchen und hoffte, dass dieser noch immer im selben Haus wohnte.

Er musste für ein paar Tage eine Bleibe finden und konnte unmöglich einfach zur Festung hoch spazieren, das würde irgendwie verdächtig wirken. Die Vordertür des Gasthauses *Zur Goldenen Pastete* war verschlossen, dies hatte er bereits feststellen müssen. Nun kauerte Suller in einem dunklen Winkel neben dem Torhaus und überlegte, wie er ins Innere der Gaststätte gelangen konnte. Dann erinnerte er sich, dass es einen alten Kohleschacht gab, der straßenseitig lag. Es war nicht schwer, das Gitter aufzuschieben. Die Öffnung war auch gerade so breit, dass Suller hindurchpasste.

Leise landete er im dunklen Kohlekeller. Dieser war leer, so viel konnte man zumindest erkennen. Erst jetzt fiel ihm auf, wie dumm es eigentlich war, hier einfach einzudringen. Man würde ihn doch sofort für einen Dieb halten. Umkehren konnte er jetzt jedenfalls nicht mehr. Die Rutsche war zu steil und er würde beim Versuch hochzuklettern, mehr Lärm machen als eine Kompanie Dragoner bei einer Parade. Leise schlich er sich also zur Kellertür vor, unter der ein matter Lichtschein hindurchkam. In der Gaststube war also noch jemand. Innerlich legte Suller sich schon einmal eine gute Ausrede parat, warum er durch den Kohlekeller und nicht durch die Vordertür eintrat und kam zu dem Schluss, dass, egal welche Erklärung er bringen würde, keine sonderlich vertrauensvoll klingen würde.

Er wollte soeben nach dem Türriegel greifen, als die Tür plötzlich mit einem Ruck aufgerissen und ein Gewehrlauf auf Suller gerichtet wurde.

„Wer zur Hölle bist du?", begrüßte ihn eine äußerst raue und unfreundliche Stimme. Spreng hatte vor nicht ganz einer Minute ein seltsames Geräusch gehört und war sofort alarmiert aus seinem Bett gesprungen. Nun stand der alte Wirt mit seiner geladenen Muskete vor dem Eingang zum Kohlekeller und richtete die tödliche Ladung auf den unerwünschten Eindringling.

„Mein Name ist Franz Suller." Die Antwort kam verschreckt und zögerlich.

„Suller? Mein Gott, du bist der Franzl, hab ich recht?"

Das wütende Gesicht des Wirts wirkte nun erstaunt. Suller war erleichtert. Er hätte nicht damit gerechnet, dass man ihn sofort erkennen würde, schließlich war es mehr als zehn Jahre her, als er das letzte Mal mit seinem Vater hier gewesen war.

„Ja, der bin ich", antwortete er.

Spreng nahm das Gewehr endlich aus Sullers Gesicht und stellte es ab. „Maria und Josef, der Bua vom alten Suller Sepp", sagte Spreng, immer noch voller Verwunderung. „Wie kommst du denn da her?"

„Lange Geschichte, aber ich hab nicht gewusst, wo ich sonst unterkommen kann", sagte Suller.

Spreng brachte ihn erst einmal in die Gaststube und stellte ihm einen Krug Bier und geselchtes Fleisch mit Brot vor die Nase. Suller bemerkte erst jetzt, wie groß sein Hunger eigentlich war. Seit Spielfeld hatte er nichts mehr gegessen.

Spreng setzte sich ebenfalls an den Tisch. „Jetzt erzähl, was machst denn mitten in der Nacht in meinem Keller?"

Suller würgte hastig ein Stück Brot hinunter, ehe er antwortete. „Ich hab bei Predil gegen die Franzosen gekämpft und hab gerade noch meine Haut retten können. Dann hab ich mich bis Grätz durchgeschlagen, um mich hier wieder den Truppen anzuschließen."

Spreng nickte. „Bist also Soldat geworden wie dein Vater. Wie gehts eigentlich deinem alten Herren?"

„Keine Ahnung", antwortete Suller. „Ich war, seit ich 15 bin, nicht mehr zu Hause."

„Vater, wer ist das?", ertönte plötzlich eine weibliche Stimme. Hermine stand auf der Treppe, im Nachtgewand und mit einer Kerze in der Hand, und blickte verschlafen drein.

„Der Sohn eines alten Freundes", antwortete Spreng und blickte liebevoll zu seiner Tochter. „Geh ruhig wieder schlafen, Minerl."

Suller blickte verlegen zur Stiege. Er konnte sich wage an Hermine erinnern, doch in seiner Vorstellung war sie noch ein kleines Mädchen, das unentwegt auf die Nase fiel, aber immer ein fröhliches Lächeln hatte. Nun stand dort eine junge, reife Frau auf der Treppe. Das Nachthemd war etwas durchsichtig und im Schein der Kerze konnte man darunter die schlanke Silhouette von Hermines Körper erkennen. Ihre braunen, gewellten Haare waren zerzaust und ließen sie verwegen aussehen. Suller schluckte und merkte, wie er beim Anblick der Wirtstochter zunehmend erregt wurde.

Dann drehte sie sich schlaftrunken um und ging die Treppe nach oben. Als Spreng sich wieder zu seinem Gast drehte, bemerkte er dessen gierigen, nachstellenden Blick, was ihm sofort missfiel. Ein junger, offensichtlich gut gebauter Bursche, der zudem noch Soldat war, unter einem Dach mit seiner Tochter. Bei Spreng läuteten alle Alarmglocken.

„Wie lange willst du bleiben?", fragte der Wirt plötzlich ernst.

Suller löste seinen Blick von der Treppe und wandte sich verlegen wieder seinem Essen zu. „Bis die Truppen in der Stadt sind, dann schließe ich mich irgendeinem Regiment wieder an", antwortete er.

„Du kommst morgen früh mit mir mit, ich bringe eine Lieferung auf die Festung und ich kann eine zusätzliche starke Hand gebrauchen. Dann stelle ich dich dem Kommandanten vor, er wird dir eine Aufgabe geben", sagte Spreng entschlossen.

Suller blickte seinen Gastgeber für einen Moment an. Irgendwas sagte ihm, dass er diesem Mann besser nicht widersprechen sollte. Der Tonfall des Gastwirts hatte etwas Endgültiges. Suller wollte auf keinen Fall undankbar erscheinen und nickte zustimmend. Vielleicht war das auch nicht so schlecht. Würde er auf die Truppen warten und sich dann bei irgendeinem Regimentskommandanten vorstellen, der weder wusste, wer er war, noch was er bereits erlebt hatte, könnte er sich höchstens einen niederen Posten ausrechnen. Wenn Spreng ihn aber dem Festungskommandanten persönlich vorstellen würde, dann kam das einer Empfehlung gleich und Suller bekam vielleicht eine angemessene Aufgabe.

„Gut. Du kannst im Bedienstetenzimmer schlafen", sagte Spreng.

Suller beendete sein Mahl baldigst und legte sich dann zur Ruhe. Das Zimmer, welches ihm zugeteilt wurde, war klein und er musste in den Hof hinaus und durch einen separaten Eingang, aber es würde für eine Nacht genügen. Schon nach wenigen Minuten schlief er ein und träumte von einer engelhaften Frau im Nachthemd.

24. - 26. Mai, Grätz

Das geschäftige Treiben in der Stadt hatte früh am Morgen wieder seinen Anfang genommen. Mit den ersten Sonnenstrahlen wurden bereits die Arbeiten an der Festung wieder begonnen und Dutzende Wagenladungen Proviant auf den Schlossberg gebracht.

Spreng hatte Suller in aller Früh aus den Federn gescheucht. Zum Frühstück gab es geselchten Speck, Bier und altes Brot. Bei der Morgenwäsche am Brunnen im Hof hatte er erneut eine kurze Begegnung mit Hermine. Sie hatte ihr durchsichtiges Nachthemd gegen ein Dirndl eingetauscht und zwinkerte ihm zu, als er sich, nur mit einer Hose bekleidet, einen Eimer Wasser über den Kopf schüttete. Als Soldat hatte Suller schon viele Frauen kennengelernt und er wusste, wie sie sich verhielten, wenn sie Gefallen an ihm gefunden hatten. Das Zwinkern hatte etwas Aufforderndes an sich. Ihm war auch aufgefallen, wie sie ihn heimlich von unten nach oben gemustert hatte. Er war zweifelsohne gut gebaut. Sein Oberkörper war muskulös und von einigen Narben geprägt, die er sich im Kampf zugezogen hatte. Frauen fanden dies oft anziehend, hatte Suller früher schon bemerkt. Auch Hermine schien dies zu gefallen.

Der alte Spreng verlor allerdings an diesem Morgen keine Zeit. Hastig wurde der Karren beladen und dann ging es hinauf zur Festung. Dort wurde Suller dem Kommandanten vorgestellt, einem gewissen Major Hackher, und Spreng hatte versichert, dass Suller ein anständiger Bursche sei und als Soldat gut zu gebrauchen war. Hackher hatte ihm daraufhin in ein Regiment einschreiben lassen und ihn mit Ausrüstung versorgt. Seine erste Aufgabe war der Wachdienst am Haupttor.

Schon am Morgen war absehbar, dass es wieder besonders heiß werden würde. Im Laufe des Tages waren dann auch die Truppen des Erzherzogs eingetroffen und hatten ihr Lager am Rande der Stadt aufgeschlagen. Die Armee war in keinem guten Zustand. Die Männer waren durch den langen Marsch erschöpft, teilweise ausgehungert und fast am Verdursten. Dennoch regte sich Hoffnung unter den Soldaten. Es hieß, Feldmarschall Jellacic sei mit 8000 Mann im Anmarsch und würde in wenigen Tagen eintreffen. Der Erzherzog wollte die Truppen dann vereinen und so seine Mannschaften mit frischen und ausgeruhten Männern auffüllen. Hackher allerdings plädierte dafür, seinerseits mehr Truppen für die Verteidigung des Schlossbergs zu bekommen, was Erzherzog Johann nicht so einfach gewähren wollte.

Unterdessen wurden die Repressalien für die Stadtbevölkerung immer einschneidender. Jetzt, wo das Hauptheer eingetroffen war, mussten die städtischen Backstuben nicht nur die

Schlossbergbesatzung versorgen, sondern auch die Armee des Erzherzogs. Immer wieder gab es Lagebesprechungen unter den Offizieren und den Stadtobersten. Hackher ritt mehrmals mit dem Erzherzog die Festung und die äußeren Stadtmauern ab, um strategisch wichtige Punkte zu lokalisieren.

Hauptmann Cerrini erhielt am 25. Mai den Befehl, die Grätzer Brücken abzutragen. Die nördlich gelegene Weinzierlbrücke wurde abgebrannt, die alte Brücke in der Stadt wurde bis auf einen kleinen Durchlass verrammelt und die neue Brücke südlich der Stadt wurde abgetragen.

Der Morgen des 26. Mai des Jahres 1809 sollte schließlich mit einer schlechten Nachricht beginnen. Hackher saß im großen Speisesaal der Offiziere und frühstückte mit dem Erzherzog, als Cerrini eilig in den Raum gestürmt kam.

„Eure kaiserliche Majestät, Herr Major, ein Kurier ist eingetroffen."

Der Erzherzog legte besonnen die Gabel beiseite und wischte sich den Mund mit einer Seidenserviette ab. „Lassen Sie eintreten, Hauptmann Cerrini", befahl er.

Cerrini winkte den kaiserlichen Kurier herein. Dieser näherte sich der Tafel auf acht Schritte und salutierte dann. Hackher stand auf und nahm die Meldung entgegen. Sein Gesicht verfinsterte sich augenblicklich.

Johann erkannte den Stimmungswechsel im Ausdruck des Festungskommandanten sofort. „Lesen S' doch bitte vor, mein werter Major", forderte er Hackher auf.

Der Festungskommandant ließ den Kurier wegtreten und wandte sich dann an seinen Oberbefehlshaber. „Ich fürchte, ich habe schlechte Nachrichten. Die französische Armee unter General Macdonald ist in Marburg einmarschiert."

„Marburg?!", rief Cerrini erstaunt dazwischen. „Aber das ist ja nur mehr zwei Tagesmärsche von Grätz entfernt."

„Es kommt noch schlimmer", ergänzte Hackher, „Feldmarschall Jellacic, auf deren Verstärkung wir alle so dringend hoffen, ist nördlich von hier gegen den Feind angetreten, hat sich der Division Seras entgegengestellt und wurde im darauffolgenden Gefecht des Platzes verwiesen. Die Division Jellacic hat schwere Verluste erlitten und befindet sich nun auf der Flucht Richtung Grätz." Hackher faltete den Brief wieder zusammen und knallte ihn auf den Tisch.

Johann hatte die Meldung schweigend hingenommen und schien äußerlich sehr ruhig. Tatsächlich aber stieg in dem jungen Erzherzog ein Hauch von Panik auf. Er hatte auf die Verstärkung Jellacics gesetzt und diese Entwicklung brachte nun seinen ganzen Operationsplan in Gefahr. „Dieser Jellacic", schnaufte Johann. „Ich habe ihm ausdrücklich Order gegeben, sich nicht beirren zu lassen und auf dem schnellsten Wege nach Grätz zu marschieren. Und nun erfahre ich, dass er sich, gegen meine Befehle, in ein Gefecht verwickeln hat lassen."

Für einige Minuten herrschte Schweigen. Keiner schien nun so recht zu wissen, wie man handeln sollte.

„Halten wir fest", sagte Hackher dann, „die französische Italienarmee ist nur mehr zwei Tagesmärsche von Grätz entfernt und die Obersteiermark sowie der Norden Österreichs werden bereits von französischen Kräften bestreift. Wir haben aufgrund dessen höchstens drei Tage, ehe es in der Stadt zur Belagerung kommen wird. Eure Majestät, gedenken Sie, abzumarschieren, oder dem Feinde im Grätzer Felde entgegenzutreten?"

Johann saß weiterhin stumm da und schien sich unschlüssig zu sein, was er tun sollte.

Bisher hatte der Rückzug einigermaßen gut funktioniert. Er hatte die Korps erfolgreich aus Italien heraus gebracht, doch der Feind schien ihm nun zuvorzukommen. Süden, Norden und Westen waren bereits blockiert. Er konnte daher nur mehr Richtung Osten ausweichen. Trotz der Verschlechterung der Lage begann der intelligente Habsburger sofort, sich einen neuen Plan auszudenken. Wenn es etwas gab, was jeder Habsburger schon sehr früh lernte, dann war es, niemals aufzugeben. Schließlich stand er auf und blickte zum Fenster hinaus, so wie sein älterer Bruder Kaiser Franz dies immer tat. „Wie weit sind die Reste Jellacics' nun von Grätz entfernt?", fragte Johann.

„Der Kurier hat einen Vorsprung von einem halben Tagesritt", antwortete Cerrini.

„Dann ist das Eintreffen der Division in den Abendstunden zu erwarten", schlussfolgerte der Erzherzog, drehte sich zu seinen beiden Offizieren um und nahm eine entschlossene Haltung an. „Wir dürfen nun kein Risiko mehr eingehen. Die Stadttore sind umgehend zu schließen und durch Wachmannschaften zu besetzen. Ich werde meine Truppen für den Abmarsch vorbereiten. Unsere einzige Möglichkeit besteht nun darin, mich möglichst schnell mit den Truppen Feldmarschall Gyulais in Ungarn zu vereinigen, um dem Feind wieder schlagkräftig gegenüberstehen zu können. Mein lieber Hackher, es ist in weiterer Folge unerlässlich, dass Sie von der Grätzer Festung aus unseren Rückzug so lange und effektiv decken, bis der Zusammenschluss mit Gyulai abgeschlossen ist."

Hackher verneigte sich in treuer Geste. „Eure kaiserliche Majestät haben meine Zusicherung, dass ich alles in meiner Macht Stehende tun werde."

„Davon bin ich überzeugt, mein werter Major. Lassen Sie uns außerdem hoffen, dass die Division Jellacics' nicht allzu angeschlagen ist." Der Erzherzog wandte sich nun an Cerrini. „Hauptmann Cerrini, trotz dessen, dass Sie als Offizier Teil der Südarmee sind, gebe ich Ihrem Ersuchen, unter das Kommando Major Hackhers gestellt zu werden, statt. Ich denke, der Herr Major wird damit mehr als einverstanden sein."

Cerrini verbeugte sich ebenfalls als Zeichen seiner Zustimmung. Obwohl Hackher ihm schon erlaubt hatte, bei der Verteidigung der Festung zu helfen, war die Bestätigung durch den Erzherzog bislang noch ausgeblieben.

„Erzherzog, gestatten Sie mir noch eine Frage", sagte Cerrini. „Ist an den Gerüchten eines Sieges über Napoleon durch

Euren Bruder Erzherzog Carl etwas Wahres dran?"

Johann drehte sich wieder zum Fenster. Es war ihm unangenehm, über seinen Bruder Carl zu sprechen, schließlich machte er ihm immer noch Vorwürfe. Dessen militärische Arroganz hatte schließlich die negative Entwicklung des ganzen Feldzugs bewirkt. Wäre Carl mit der Hauptarmee in den deutschen Landen nicht in Bedrängnis geraten, wäre der Rückzug aus Italien gar nie notwendig gewesen. Johann würde stattdessen bereits in Turin oder Mailand sitzen und auf den italienischen Vizekönig hinabblicken. „Ich habe noch keine Meldung über einen Sieg erhalten", antwortete der Erzherzog. „Bei Gott, wie sehr würde ich es begrüßen, wenn sich diesmal ein Gerücht als wahr erweisen würde."

Zu viele Geschichten waren derzeit unter den Leuten im Umlauf. Obwohl die Post und der Nachrichtendienst kaum bis gar nicht funktionierten, kamen immer wieder angebliche Neuigkeiten durch Händler und Reisende in Umlauf. Seit ein paar Tagen ging das Gerücht um, dass Napoleon eine Niederlage an der Donau erlitten habe, doch bislang konnte man von offizieller Seite keine Bestätigung dafür bekommen.

„Ich würde an Ihrer Stelle nicht allzu viel auf Gerüchte geben, mein lieber Cerrini. Es werden dadurch nur falsche Hoffnungen geschürt. Ein guter Feldherr hofft auf das Beste, rechnet aber mit dem Schlimmsten", fügte Johann hinzu.

Von der Aufregung, die in den folgenden Stunden in der Stadt herrschte, bekam Oberleutnant Hastreiter nicht viel mit. Durch das kleine Loch im Felsen konnte er von seinem unterirdischen Versteck in der Festung nur wenig erkennen. Dennoch blieb ihm nicht verborgen, dass etwas vor sich ging. Er hatte am Tag zuvor bereits beobachtet, wie die Brücken der Stadt verbarrikadiert und einige sogar abgetragen wurden. Ein sehr deutliches Zeichen, dass man sich nun auf einen feindlichen Angriff vorbereitete. Das verletzte Bein schmerzte inzwischen wieder höllisch und Hastreiter bereute es fast, nicht im Lazarett geblieben zu sein. In der kalten, feuchten Umgebung seines Verstecks konnte die Wunde nicht richtig austrocknen und nässte daher wieder. Um seinen Körper zu schonen und bei Kräften zu bleiben, versuchte er, möglichst viel zu schlafen. Im Grunde konnte er sowieso nichts wesentlich Aufregenderes tun.

„Hab mir schon gedacht, dass du hier unten rumhockst."

Hastreiter fuhr hoch und griff instinktiv nach seiner Pistole. Neben ihm war die massige Gestalt von Kapitänsleutnant Vorbeck aufgetaucht.

„Mein Gott, ich hätte dich fast erschossen", antwortete Hastreiter und war erleichtert.

„Das glaube ich nicht, dein Pulver ist nass geworden." Vorbeck deutete auf Hastreiters Pistole. „Ich dachte mir, du kannst etwas Anständiges zu Essen gebrauchen." Aus einer Tasche zog Vorbeck eine Flasche Wein und ein in Stoff gewickeltes Stück Speck und gab es seinem Kameraden.

„Was macht das Bein, alter Freund?"

„Ach, es geht schon", antwortete Hastreiter und verstaute seinen neuen Proviant in einer Felsnische.

„Ich dachte, es würde dich außerdem interessieren, dass die Franzosen bei Marburg stehen."

Hastreiter horchte auf. „Bei Marburg? Aber dann sind sie in weniger als drei Tagen hier."

„Der Erzherzog hat die Truppe in Alarmbereitschaft versetzt. Die Stadttore sind zu, nichts kommt mehr rein oder raus."

Die Nachricht über die baldige Ankunft der Franzosen ließ Hastreiter einerseits hoffen, bald aus seinem feuchten Versteck kommen zu können, andererseits war dies natürlich keine so gute Nachricht. Ab jetzt würde es also ernst werden. Die Armee des Erzherzogs brauchte mindestens ein bis zwei Tage, um sich zum Abmarsch bereit zu machen. In dieser Zeit würde der Feind gefährlich nahe herankommen.

„Lass es mich wissen, wenn es soweit ist", sagte Hastreiter zu Vorbeck.

Dieser klopfte ihm freundschaftlich auf die Schulter. „Keine Sorge, das werde ich."

Der korpulente Kapitänsleutnant machte kehrt und verließ Hastreiter wieder. Auf dem Weg durch den Stollen zur Stallbastei vergewisserte er sich, dass ihn niemand bemerkt hatte. Vorbeck konnte sich nicht zu lange dort unten aufhalten, seine Abwesenheit würde sonst auffallen. Schleunigst machte er sich wieder auf den Weg zum Haupttor, wo die wachhabenden Soldaten ordnungsgemäß vor ihm salutierten.

Seine Aufgabe war die Aufsicht der Arbeiten an den vorderen Werken. Fast alle Soldaten des 27. Regiments waren dafür eingeteilt worden. Da die Truppen des Erzherzogs wesentliche Versorgungselemente der Stadt derzeit für sich beanspruchten, ging der Festungsausbau wieder nur sehr langsam voran.

In den letzten Tagen hatte man fast alle Fuhrwerke und Arbeiter für die Errichtung des Feldlagers vor den Toren der Stadt benötigt. Aufgrund der großen Anzahl an Soldaten, die nun versorgt werden mussten, war es zu erheblichen Engpässen gekommen. Daher waren die Wachmannschaften auf ein Minimum reduziert worden, um so viele Kräfte wie möglich für die Festungsarbeiten abtreten zu können.

In der Nachmittagshitze schwitzten die Männer, hoben im Akkord Gräben aus und luden das Erdmaterial in Säcke, in denen es zu den gebrauchten Stellen gebracht wurde. Vor allem die wichtigsten Gebäude der Festung, wie die Munitionsdepots, waren immer noch nicht bombensicher. Auch die 25 Häftlinge hatte man an den vorderen Werken eingesetzt, deren Fertigstellung nun oberste Priorität hatte.

Simon Holzer war bereits von oben bis unten mit Dreck bedeckt. Der Laufgraben zwischen den Palisaden musste mindestens zwei Meter tief sein, sonst würde er keinen ausreichenden Schutz bieten. Inzwischen wurde das Graben durch den steinigen Untergrund erschwert. Sein Sträflingshemd hatte Holzer beiseite geworfen. Mit nacktem Oberkörper ließ sich die Hitze wesentlich besser ertragen. Im Grunde machte ihm die Arbeit nicht viel aus. Er war die Anstrengung gewohnt, doch die Anspannung unter den Männern war unerträglich. Es ging das Gerücht um, dass die Franzosen nur mehr zwei Tage entfernt waren und dementsprechend nervös waren sie alle. Jeder konnte spüren, dass es bald ernst werden würde. Die Offiziere trieben die Männer immer wieder an, schneller zu arbeiten und brüllten nun öfters.

Am Berg bekam man zwar nicht viel mit, aber schon den ganzen Vormittag konnte man beobachten, dass im Lager des erzherzoglichen Heers, auf dem Glacis vor der Stadt, Aufbruchsstimmung herrschte. Die Zelte wurden abgebrochen und Dutzende Karren Proviant, Waffen und Ausrüstung für den Abtransport bereit gemacht.

„Der Erzherzog wird alles mitnehmen, ihr werdet es schon sehen". Der Kommentar kam von einem anderen Häftling, der neben Holzer im Graben stand und immer wieder neugierig den Berg hinunterblickte.

„Das soll uns nicht kümmern. Wenn wir fertig sind, lassen die uns sowieso frei und dann nichts wie weg."

„Hast schon gehört, dass sie jetzt hart gegen die Landstreicher vorgehen? Hab von den Regulären erfahren, dass der Erzherzog bestimmt haben soll, dass die Deserteure und das ganze Gesindel, welches bei den Bauern fladert, sofort aufzuknüpfen sei. Ohne Verurteilung."

Der Mann nervte Holzer. Anstatt zu arbeiten und sich seine Freiheit zu verdienen, laberte er nur den ganzen Tag herum. „Wenn die Franzosen hier sind, wird der Erzherzog andere Sorgen haben. Mach dir darüber mal keine Gedanken und glaub mir, vor der Stadt bist du dann besser dran als drinnen."

Plötzlich knallte ein harter Schlag auf Holzers Rücken und dem des anderen Häftlings nieder.

Vorbeck stand mit einem Offiziersstock über ihnen und hatte sie beim Schwätzen erwischt. „Besser ihr arbeitet, als euch beim Reden zu verausgaben, denn wenn die Werke nicht fertig sind, wenn die Franzosen ankommen, geht von euch niemand wo hin."

Holzer und sein Zellengenosse begannen wieder, eilig zu schaufeln. Vorbeck hatte dieses Pack immer im Auge. Als zuständiger Offizier stand er genauso wie alle anderen unter Druck. Wer seinen Abschnitt nicht fertig bekam, konnte sich ordentlich etwas vom Festungskommandanten anhören und vor Hackher hatten sie alle Respekt. Zum einen deswegen, weil der Major einen Tonfall aufziehen konnte, dass es einem die Haare aufstellte, und zum anderen, weil jeder wusste, dass dieser einen guten Draht zum Erzherzog hatte. Wer als Offizier also auf eine Belobigung hoffte, war gut beraten, sich in den Augen Hackhers als tüchtig zu erweisen.

Vorbeck schritt den Laufgraben ab und begutachtete den Fortgang. Die Männer hatten beinahe die vorgeschriebene Tiefe erreicht und die Erdwälle waren inzwischen hoch genug. Doch es fehlte an Holzplanken, um die Werke zu befestigen. Diese waren bereits angefordert und lagen auf den Murflößen an den Kais der Stadt bereit, doch es fehlte an Fuhrwerken, um die Planken den Berg hochzubringen. Der Erzherzog brauchte diese für seine Zwecke. Provisorisch hatte man daher begonnen, die Erdwälle mit Steinen gegen das Abrutschen zu sichern.

Aus der entgegengesetzten Richtung konnte Vorbeck Hauptmann Cerrini erkennen, der schnellen Schrittes auf ihn zukam.

„Kapitänsleutnant Vorbeck!", rief dieser ihm entgegen.

Vorbeck blieb stehen und salutierte zackig. „Zu Befehl, Herr Hauptmann."

Cerrini war gut einen Kopf größer und stellte mit seinem schlanken, stattlichen Körper das genaue Gegenteil zum wesentlich älteren und figurbezogen weniger vorteilhaften Vorbeck dar.

„Vorbeck, das muss schneller gehen hier. Die Gräben sind noch nicht einmal planiert. Beim ersten Beschuss bröckelt hier alles zusammen und wir brauchen keine Gräber für die

Männer mehr auszuheben, also sehen sie zu, dass ihre Leute etwas weiterbringen. Die Planken kommen morgen und dann muss der Graben komplettiert sein!"

Vorbeck schluckte und nickte dann stumm zu Cerrini. Der Hauptmann war als Hackhers Stellvertreter ebenfalls eine Autorität, die es nicht zu enttäuschen galt. „Jawohl, Herr Hauptmann. Ich lasse die Männer antreiben."

Cerrini nahm die Antwort zur Kenntnis und schritt, ohne sich weiter um Vorbeck zu kümmern, den Graben entlang. Vom Kommandanten hatte er den Auftrag bekommen, die Arbeiten zu inspizieren und in einer halben Stunde Bericht zu erstatten. Obwohl die Befestigungsanlagen überall auf dem Schlossberg beinahe fertiggestellt waren, kamen die finalen Arbeiten nur sehr langsam voran. Inzwischen machte sich auch Cerrini um den Zeitplan Sorgen. Hackher selbst hatte schon an den Planungen Abstriche zugelassen, da einfach nicht genügend Material und Arbeiter vorhanden waren, um alle gewünschten Arbeiten durchführen zu können.

Cerrini schritt durch das Haupttor, salutierte im Vorbeigehen bei den Wachsoldaten und schritt neben dem Uhrturm, dem alles überblickenden Wahrzeichen der Stadt, Richtung Bürgerbastei hinunter.

Die niedrigste Stelle der Festung war immer noch ihre größte Schwachstelle und die dort stationierten Kanonenbatterien waren kaum geschützt. Auch Hackher hatte bereits bei seiner Ankunft in Grätz erkannt, dass die Bastei von den umliegenden Häusern aus unter Beschuss genommen werden konnte und dass der Justierungswinkel der Kanonen nicht ausreichte, um die Gassen und Gebäude direkt unterhalb der Bastei mit Feuer bedrohen zu können.

Vom schnellen Marsch erwärmt, kam der adrette Hauptmann auf dem dreieckigen Vorplatz an, der die Bürgerbastei bildete. Die Kanonen standen hier auf freier Fläche und wurden nicht einmal durch Brustwehren geschützt. Kapitänsleutnant Kandelbinder, der Kommandant der Festungsartillerie, war gerade dabei, mit einer Stückmannschaft ein Feldgeschütz auszurichten, als er Cerrini ankommen sah. Sofort stürmte er auf den Hauptmann zu.

„Hauptmann Cerrini, bei allem Respekt, aber das ist reiner Wahnsinn!"

„Nur die Ruhe, Kandelbinder, wo brennt's denn?", beschwichtigte Cerrini ihn besonnen.

„Meine Leut' sind schon alle völlig aus dem Häusl. Auf der Bürgerbastei sind meine Stückmannschaften ohne Deckung. Wenn die Franzosen nur einen guten Stückmeister haben, und bei Gott, sie haben bestimmt einen, dann schießen sie uns runter wie Tauben von einem Hausdach!"

Cerrini blickte an Kandelbinder vorbei auf die Kanonenstellungen. Tatsächlich waren diese völlig ungedeckt. Um das Grätzer Vorfeld möglichst gezielt bestreichen zu können, mussten die Stücke bis an den Rand der Mauer vorgeschoben werden. Doch genau dort gaben die Kanoniere und Batteriemannschaften ein ideales Ziel ab. Kandelbinder hatte völlig recht. Die Bürgerbastei war eine tödliche Falle. Die Franzosen brauchten nicht einmal Scharfschützen einzusetzen, eine gut platzierte Batteriestellung konnte jede einzelne Kanone wie einen Vogel vom Platz schießen, ganz zu schweigen vom Gewehrfeuer, welches aus den darunterliegenden Häusern abgegeben werden konnte.

„Ich stimme Ihnen zu, Kandelbinder. Ich werde mich mit dem Major sofort über Ihre Situation beraten, wir müssen hier Abhilfe schaffen."

Die Zusicherung des Hauptmanns beruhigte den erfahrenen Artilleristen.

„In der Zwischenzeit richten Sie sich hier ordentlich ein", fuhr Cerrini fort. „Die Franzosen kommen von Süden herauf und da wird die Batterie auf der Bürgerbastei viel zu tun haben. Der Major will, dass Sie hier Ihre besten Kanoniere und Stückmannschaften einsetzen."

„Darüber braucht sich der Herr Hauptmann keine Sorgen zu machen. Den Franzosen werden wir schon zeigen, wo der Bartl den Most holt."

Etwas verwundert über die doch sehr bäuerliche Redensart des Kapitänsleutnants wandte Cerrini sich mit einem kurzen Salut ab und stapfte die Stufen wieder hoch zum unteren Festungsplatz. Er musste mit Hackher sprechen, der sich wahrscheinlich immer noch in einer Besprechung mit dem Erzherzog in der Kommandantur befand.

Cerrini ließ sich bei der Torbastei, welche dem Festungstorhaus angeschlossen war, ein Pferd geben und ritt den ganzen Weg hinauf. Die Munitionsdepots auf dem unteren Festungsplatz waren zur Hälfte mit Erdwällen bedeckt, dennoch ragten die verwundbaren Dächer immer noch schutzlos hervor. Entlang der Kurtinenmauer, wo die Lampelbatterie positioniert war, waren Artilleriemannschaften damit beschäftigt, Pulver und Munition an die einzelnen Stücke zu verteilen. Hier war bereits alles am Laufen und die Männer waren eingespielt wie ein Uhrwerk.

Auf den engen Festungsstraßen musste sich Cerrini durch das Getümmel kämpfen, denn auf diesem schmalen Abschnitt der Festung blieb nicht viel Platz zum Manövrieren, wenn die Kanonen mit den Stückmannschaften voll besetzt waren. Die letzten Tage des Drills und der harten, gemeinschaftlichen Arbeiten hatten bewirkt, dass der Großteil der Truppen nun gut eingespielt war, zumindest was die Artillerie und die regulären Regimenter betraf. Die Landwehrbataillone bestanden zwar nach wie vor aus ungeschickten Bauerntölpeln, die kaum eine Muskete gerade halten konnten, doch die Männer hatten zweifelsohne Gemeinschaftssinn entwickelt, was vielleicht die stärkste Waffe gegen die Franzosen sein würde. Hackher hatte in diesem Punkt bereits die halbe Schlacht gewonnen, wie Cerrini erkannte.

Auf dem oberen Festungsplatz angekommen, eilte er sofort in das Kommandantenhaus, lief die Holztreppe in den zweiten Stock hoch und klopfte am Ende des Ganges am Arbeitszimmer des Schlossbergkommandanten.

Hackher befand sich mit dem Erzherzog und einigen seiner Offiziere in einer Besprechung. Alle waren über einen großen

Kartentisch gebeugt. Cerrini drängte sich demütig durch die Tür und wartete, bis der Major Zeit für ihn hatte. Alle lauschten soeben den Ausführungen des Erzherzogs, der mit Tinte und Federkiel militärische Zeichnungen auf die Landkarte schrieb.

„Der Haupttross wird planmäßig auf der ungarischen Straße Richtung Sankt Leonhard und Gleisdorf abrücken. Die Nachhut hat mir binnen sechs Stunden zu folgen. Daraufhin sind die Stadttore durch Mannschaften der Festungsgarnison zu besetzen und erst zum spätestmöglichen Zeitpunkt zu räumen." Johann wandte sich an den neben ihm stehenden Major Hackher. „Ich mache nochmals deutlich, mein lieber Herr Major, dass Ihre Anstrengungen in erster Linie der Festung zu gelten haben. Der Feind wird sich in Grätz nicht vollständig einnisten können, solange er die Festung nicht kontrolliert. Er kann nicht einfach an der Stadt vorbeiziehen, ohne weiträumig unter Beschuss zu stehen. Er kann sie aber auch nicht großräumig umgehen, das würde ihn enorm weit von den wichtigen Versorgungsstraßen entlang der Mur abbringen. Der Franzose muss also die Stadt nehmen und er wird gezwungen sein, den Vormarsch zu verlangsamen und genügend Kräfte für die Belagerung der Festung zu binden. Seine Truppen werden für den Weitermarsch ins Landesinnere dadurch ausgedünnt und angreifbar werden."

„Eure kaiserliche Hoheit können versichert sein, dass ich die Grätzer Festung unter keinen Umständen preisgeben, sondern bis zum letzten Mann verteidigen werde", antwortete Hackher mit militärischer Inbrunst.

„Sehr gut, Hackher. Mit Gottes Segen werfen wir diese aufmüpfigen Korsen schon wieder raus."

Die abfällige Anspielung auf die Herkunft Napoleons erntete Gelächter unter den Anwesenden. Die kaiserlichen Militärs stammten zu einem großen Teil aus alten Adelsfamilien mit langer ritterlicher Tradition, so wie auch Hackher. Für viele war der Herrscher der Franzosen einfach nur ein Despot, der nichts anderes als Geringschätzung verdiente. Dennoch fürchteten sie alle Bonaparte und seine Armee. Das revolutionäre Frankreich hatte zweifelsohne eine Dynamik, mit der die veralteten militärischen Strukturen des Kaisertums nicht mithalten konnten.

„Eure kaiserliche Hoheit seien auch daran erinnert, dass die Garnison der Grätzer Festung überwiegend aus schlecht ausgebildeten Leuten besteht", warf Hackher plötzlich salopp ein. „Ich möchte daher plädieren, dass Seine kaiserliche Hoheit einem teilweisen Austausch durch Linientruppen zustimmt, um die Qualität der mir auferlegten Pflicht garantieren zu können."

Cerrini war über diese selbstbewusste Forderung des Majors überrascht. Hackher wählte seine Worte zwar sehr respektvoll, doch der Tonfall erinnerte eher an einen Vater, der seinen Sohn ermahnt.

„Wir verstehen das Anliegen des Herrn Major", erwiderte Johann sofort, „doch bei der derzeitigen Situation bin ich weiterhin nicht bereit, ihm ein Zugeständnis zu machen, solange wir nicht wissen, wie es um die Reste der Division Jellacic bestellt ist. Damit muss er sich vorerst begnügen."

Der Erzherzog sah plötzlich mit scharfem Blick in Cerrinis Richtung. Offenbar war es ihm nicht entgangen, dass dieser eingetreten war. „Außerdem haben Sie mit dem Hauptmann Cerrini ohnehin einen hervorragenden Mann an Ihrer Seite, mein lieber Hackher."

Der Festungskommandant nickte gehorsam. Dass Hauptmann Cerrini Hackher unterstellt wurde, war letztendlich die Entscheidung des Erzherzogs gewesen und mit diesem schlichten Hinweis hatte Johann sehr deutlich gemacht, dass er keine weitere Diskussion über einen Truppenaustausch wünschte, sollte Hackher seinen Stellvertreter behalten wollen.

Die Botschaft war angekommen.

Johann richtete sich auf und verschränkte seine Arme autoritär hinter dem Rücken. „Sie alle kennen Ihre Order. Wegtreten, meine Herren!"

Die Offiziere salutierten und verließen anschließend geordnet den Raum. Cerrini ging auf Hackher und den Erzherzog zu und grüßte militärisch, was die beiden ihm gleichtaten.

„Erbitte, Bericht über den Fortgang der Festungsausbauten erstatten zu dürfen", sagte Cerrini.

„Gestattet, Herr Hauptmann", erwiderte Hackher.

„Nun, die Arbeiten sind gut vorangeschritten und beinahe beendet. Dennoch treten durch den Mangel an Transportmitteln Engpässe bei der Materialbeschaffung ein. Die Planken für die Wälle und Palisaden fehlen noch", fuhr Cerrini fort. „Des Weiteren muss ich den Herrn Festungskommandanten auf Empfehlung des Herrn Kapitänsleutnants Kandelbinder darauf hinweisen, dass die Bürgerbastei völlig unzureichend geschützt ist. Der Artilleriekommandant hat schwere Bedenken um die Sicherheit der Stückmannschaften und Kanoniere. Ich möchte dringend empfehlen, die Bürgerbastei mit Brustwehren zu versehen."

Hackher hörte aufmerksam zu und nickte zustimmend. Er kannte das Problem ja bereits, doch aufgrund des Mangels an Baumaterialien war die Befestigung der Bürgerbastei schwierig.

„Cerrini, das Problem ist mir bekannt. Doch es fehlen uns die Mittel. Aber Sie haben völlig recht. Die Bürgerbastei ist ein Schwachpunkt, vor allem, weil sie von keinem anderen Werk aus verteidigt werden kann. Lassen Sie sich etwas einfallen, aber Priorität haben weiterhin die Flesche und die vorderen Werke."

Cerrini nickte, salutierte und trat ab.

Der Erzherzog hatte stumm dagestanden und zugehört. Nun drehte er sich zu Hackher. „Mein lieber Hackher, ich möchte Sie um eine ehrliche Einschätzung bitten. Denken Sie, dass Sie einer Belagerung standhalten werden?"

Hackher schnaufte auf und stützte sich am Tisch ab, als wäre die Antwort auf diese Frage schwer wie ein Sack Steine. Er war sich unsicher. Angesichts des desolaten Zustands der Festung, der verhältnismäßig geringen Truppenstärken, die ihm zur Verfügung standen und in Anbetracht dessen, dass sie nicht einmal wussten, wie groß die französische Armee tatsächlich war und wie gut sie ausgerüstet sein würde, war es reines Glücksspiel, auf eine erfolgreiche Verteidigung zu setzen. Hackher musste an Serbien denken und alte Versagensängste stiegen wieder in ihm hoch. Doch aufgeben konnte er jetzt nicht mehr. Es war wichtig, aufrecht zu stehen und, wenn unvermeidbar, aufrecht zu sterben. Hackher gingen die Worte seines Vaters durch den Kopf, die dieser immer und immer wieder zu sagen pflegte, obwohl er selbst kein Soldat war: Junge, wer Angst und Schwäche zeigt, hat sich bereits dem Feind ergeben. Stehe immer deinen Mann.

Sein ganzes Leben lang war Hackher eingebläut worden, nicht zu versagen und die Familienehre hochzuhalten. Jetzt stand er als Kommandant dieser Festung an einem Punkt im Leben, an dem sich genau dieses Schicksal erfüllen würde. Hackher spürte es genau. Wenn er an dieser Aufgabe scheitern sollte, dann wäre sein Leben damit gebrandmarkt. Er würde als Verlierer von Grätz in die Geschichte eingehen, der den Rückzug von Erzherzog Johann nicht decken hatte können und diesem damit eine Niederlage bescherte. Männer und Frauen würden einmal sagen, hätte der dumme Major doch nur kapituliert, so wären wenigstens viele Leben verschont geworden. Doch Kapitulation stand nicht zur Debatte. Dieses Wort konnte Hackher nicht akzeptieren, es machte ihn wütend, wenn er es nur hörte.

Der Festungskommandant stieß sich vom Tisch ab wandte sich an den Erzherzog. „Die Ehrlichkeit gebietet mir, ohne Umschweife und Ausflüchte zu sprechen und so muss ich Eurer kaiserlichen Hoheit sagen, dass die Lage alles andere als ideal ist. Der Feind ist uns vermutlich zehnfach überlegen, besser exerziert und ausgerüstet. Mir ist der hohe Stellenwert meiner Pflicht bewusst und als treuer Offizier erfülle ich sie mit Freuden, doch ich kann dem Erzherzog nicht mit reinem Gewissen ein Versprechen abliefern, dass meine unermüdlichen Bemühungen, die Stellung zu halten, von Erfolg gekrönt sein werden. Doch, wie die Geschichte auch immer ausgehen mag, der Ehre wird auf jeden Fall Genüge getan werden."

Johann musterte den Major und versuchte, eine versteckte Gefühlsregung in dessen Zügen zu entdecken. Dann klopfte er ihm auf die Schulter. „Gut gesprochen, Hackher. Sie werden sehen, die Sache wird gut ausgehen."

Der Habsburger hatte natürlich selbst Zweifel an einem positiven Ausgang. Doch auch ihm war bewusst, wie wichtig die Aufrechterhaltung der Moral war. Als Spross des Erzhauses, als Bruder des Kaisers, musste er auch eine gewisse Illusion der Unangreifbarkeit und der weisen Voraussicht aufrechterhalten.

„Ich kehre nun zu meinen Truppen zurück. Mein lieber Major, ich wünsche Ihnen alles Glück der Welt und Gottes Segen." Mit diesen Worten wandte sich der Erzherzog ab und verließ den Raum.

Hackher wusste in diesem Moment, dass von jetzt an alles auf ihn ankam.

1788, Ungarn

„Oberleutnant Hackher!", brüllte der Richter über den Kasernenplatz.

Aus den Reihen der aufgestellten Offiziere trat der junge Hackher vor und ging in den Zeugenkobel.

Die Anhörung dauerte schon den ganzen Tag und nicht einmal die Hälfte der zu befragenden Zeugen war bisher aufgerufen worden. Seit dem bitteren Ende des letzten Türkenfeldzugs bemühte man sich, in elendslangen Militärgerichtsverfahren die Lage aufzuklären.

Hackher hatte sich die ganze Woche auf diesen Tag vorbereitet, an dem er seine Aussage machen musste. Er war nervös und schwitzte, obwohl es ein kalter Novembertag war.

Der militärische Sachverständige, ein großer, breitschultriger Mann mit eindrucksvollem Backenbart, ging zwischen der Richterbank und dem Zeugenstuhl auf und ab. Hackher hatte Respekt vor diesem Mann, der die Untersuchung leitete und am liebsten alle Offiziere wegen Hochverrats drankriegen wollte. „Oberleutnant, führen Sie aus, wie sich die Geschehnisse in der Nacht des 20. auf den 21. September aus Ihrer Sicht zugetragen haben!", wurde Hackher aufgefordert.

„Ich marschierte mit meiner Kolonne, als ich und Oberleutnant Laurenzi einen Tumult in den hinteren Reihen bemerkten. Zunächst dachten wir, es handele sich um eine Schlägerei. Das kam vor. Die Moral der Truppe war in dieser Nacht nicht sehr gut. Wir hatten schlechtes Wetter und die meisten Männer waren mit dem Verlauf des Feldzugs nicht zufrieden", begann Hackher seine Ausführungen und merkte, wie eine unangenehme Hitze in ihm aufstieg.

„Warum war die Moral der Truppe schlecht?", unterbrach ihn der Sachverständige.

Hackher hüstelte und fuhr fort. „Für die meisten dauerte der Feldzug bereits zu lange und war bisher ohne Feindberührung abgelaufen. Generell herrschte schlechte Stimmung darüber, dass man immer mehr in die kalte Jahreszeit marschierte und dass die Heeresführung wenig über die Lage des Feindes aufgeklärt war. Viele Soldaten und auch Offiziere waren der Meinung, dass die ganze Operation halbherzig geplant war."

„Waren Sie auch dieser Ansicht?", wurde Hackher erneut unterbrochen.

„Ich … ich denke, nicht", antwortete Hackher zögernd.

„Waren Sie der Ansicht? Ja oder nein?"

„Es steht mir als treuer Offizier Seiner Majestät nicht zu, die Planung eines Feldzugs infrage zu stellen", antwortete der Befragte.

„Der Zeuge soll ohne Umschweife antworten. Hatten Sie Vorbehalte oder nicht?", brüllte der Untersuchungsleiter.

„Ich weiß es nicht. Vielleicht war ich mit einigen Dingen unzufrieden, aber es steht mir nicht zu, darüber zu urteilen."

„Der Zeuge hatte also Vorbehalte gegen den Feldzug."

„Ich … Nein!", versuchte Hackher verdattert, sich zu verteidigen.

„Was nun?"

„Ich hatte keine Vorbehalte gegen den Feldzug. Ich litt in jener Nacht an Brechreiz und war vermutlich deshalb schlechter Stimmung", antwortete Hackher zackig.

Der Untersuchungsleiter ging auf den jungen Oberleutnant zu und baute sich direkt vor ihm auf.

„So, so. Brechreiz hatte der Herr Oberleutnant. Gut, erzählen Sie uns, wie es weiterging."

Hackher versuchte, dem Blick seines Gegenübers auszuweichen und fuhr fort. „Wir bemerkten also den Tumult. Plötzlich brach Panik unter den Leuten aus und mehrere Schüsse waren zu hören. Irgendjemand schrie dann: Türki! Ich und Oberleutnant Laurenzi glaubten daher an einen nächtlichen Überfall der Türken und waren bereit, uns in den Kampf zu werfen. Doch in der Nacht konnte man kaum etwas erkennen. Ich befahl einer Gruppe Soldaten, in Richtung der Angreifer das Feuer zu eröffnen. Kurz darauf wurde dieses erwidert und Oberleutnant Laurenzi tödlich verwundet. Da ich erkennen musste, dass die Soldaten panisch auseinanderrannten und der Feind nicht zu lokalisieren war, beschloss ich, Laurenzi aus dem Gefahrenbereich zu schaffen."

„Sie geben also zu, desertiert zu sein?", warf der Untersuchungsleiter dazwischen.

„Nein", antwortete Hackher, „ich sah nur unter diesen Umständen keine Möglichkeit, die Stellung zu halten, und das Leben meines Kameraden war mir in diesem Moment wichtiger. Ich wollte Laurenzi zuerst in Sicherheit bringen."

„Sie sagten doch gerade, dass Oberleutnant Laurenzi tödlich getroffen wurde."

„Ja, aber er lebte noch, also versuchte ich, ihn beiseitezuschaffen."

Der Untersuchungsleiter strich über seinen Backenbart und ging langsam auf und ab, wie ein ungeduldiges Raubtier.

„Also gut. Was geschah danach?"

„Ich schleppte Laurenzi zu einem nahen Waldstück und ich wurde aus der Dunkelheit von einem Reiter attackiert, doch ich konnte entkommen. Oberleutnant Laurenzi konnte ich leider nicht mehr helfen, er war inzwischen an seinen Verletzungen verstorben."

Der Untersuchungsleiter blickte skeptisch zu Hackher. „Ist es korrekt, dass man Sie mit einer Verwundung neben dem Leichnam von Oberleutnant Laurenzi gefunden hat?"

Hackher schluckte und versuchte sich zu erinnern, doch es klaffte ein großes schwarzes Loch in seinem Gehirn. Die Ereignisse verschwammen nun zu einem unklaren Nebel in seinem Kopf. Er griff sich instinktiv auf die Narbe am Bauch, wo ihn das Bajonett des Soldaten getroffen hatte.

„Ja, ich denke, das ist korrekt, doch ich kann mich nur mehr vage daran erinnern", antwortete er.

Der Untersuchungsleiter kam auf Hackher zu und blickte ihm erneut streng in die Augen. „Dann lassen Sie mich Ihrem lückenhaften Gedächtnis auf die Sprünge helfen", begann er. „Man hat Sie am nächsten Morgen verwundet neben der Leiche Laurenzis gefunden. Aus Ihren eigenen Aussagen entnehme ich, dass Sie bei dem Versuch zu flüchten, angegriffen und in weiterer Folge vermutlich verwundet wurden, stimmen Sie dem soweit zu?"

Hackher nickte, ohne ein Wort darauf zu erwidern.

„Ist Ihnen auch bekannt, dass man ganz in Ihrer Nähe die Leichen zweier Grenadiere und die von Major von Thun gefunden hat?" Der breitschultrige Mann kam ganz nahe an Hackher heran, sodass er dessen Atem riechen konnte. Er stank nach starkem Fleischgenuss, wie ein hungriges Tier. „Vielleicht können wir Ihrem Gedächtnis noch einmal auf die Sprünge helfen, Oberleutnant. Können Sie ausschließen, dass Sie vielleicht nicht von türkischen Marodeuren, sondern von ihren eigenen Leuten angegriffen wurden? Und kann es vielleicht auch sein, dass Sie infolge des Kampfes für den Tod der Grenadiere und, noch viel schwerwiegender, für den Tod Major von Thuns verantwortlich waren?"

Hackher schluckte und plötzlich wurde ihm schlecht. Sein Blut geriet in Wallung und dicke Schweißperlen rannen ihm die Stirn hinunter. Der Untersuchungsrichter blickte ihn erwartungsvoll an, doch Hackher brachte kein Wort mehr heraus.

Am Abend des 26. Mai 1809, Grätz

Hackher schreckte aus einem unangenehmen Traum hoch. Er war neben seinem Schreibtisch eingeschlafen. Vor ihm lag sein Tagebuch. Eine halb beschriebene Seite war aufgeschlagen und der Federkiel hatte einen Tintenfleck auf dem Papier hinterlassen. Ein Blick zum Fenster verriet Hackher, dass es Abend geworden war. Lärm drang durch das offene Fenster an sein Ohr. Befehle wurden geschrien und Männer und Pferde liefen aufgeregt umher.

Plötzlich klopfte es an der Tür und dem Festungskommandanten fiel wieder ein, weswegen er aufgewacht war. Schon eine ganze Weile pochte jemand an die Tür des Kommandantenzimmers. Hackher brachte den Schreibtisch in Ordnung und bemühte sich nicht auszusehen, als hätte man ihn gerade aus dem Schlaf gerissen.

„Eintreten!", befahl er dann.

Cerrini trat mit bitterer Miene ein. „Herr Major, schlechte Nachrichten", begann er zu melden.

Hackher stand in angespannter Erwartung auf.

„Die Division Jellacic ist soeben in der Stadt angekommen", fuhr Cerrini fort.

„Und? Wie viele Verluste?", wollte Hackher wissen.

„Die Division hat nur mehr 3000 Mann. Die Hälfte davon verwundet und arg mitgenommen. Ein schreckliches Bild, Major."

Hackher schlug mit der geballten Faust auf den Tisch. „Kruzitürken!", fluchte er. Dann griff er sich seinen Offiziershut und eilte aus dem Zimmer, mit Cerrini auf seinen Fersen.

„Wo wollen Sie hin, Major?", fragte dieser.

„Ich muss zum Erzherzog", antwortete der Kommandant.

Beide verließen die Kommandantur und ließen sich zwei Pferde geben, mit denen Sie hinunter zum Glacis ritten, jenem Feld vor der Stadt, auf dem die Truppen des Erzherzogs lagerten. In der Festung war helle Aufregung ausgebrochen. Die Ankunft der geschlagenen Truppen der Division Jellacic hatte sich wie ein Lauffeuer herumgesprochen. Jeder wusste, wie wichtig die Verstärkung für den Erzherzog war, und dementsprechend beunruhigt waren die Männer nun.

Hackher und Cerrini ritten die Festungsstraße hinunter, bogen am Fuße des Berges nach links in die Paulustorgasse ein und verließen die Stadt durch das anschließende Stadttor.

Das Lager des Erzherzogs war unmittelbar vor dem Graben aufgeschlagen worden. Es herrschte panische Aufregung. Soldaten und Offiziere liefen umher und schienen es nun besonders eilig zu haben, sich für den Abmarsch fertig zu machen. Hackher und Cerrini wurden sofort zum Zelt des Erzherzogs gebracht.

Der junge Habsburger befand sich gerade in einer Lagebesprechung mit einigen Generälen. Unter den Anwesenden war auch der abgekämpft aussehende Feldmarschall Jellacic, der zusammengekauert auf einem Stuhl hockte und wirkte, als würde er gleich in Tränen ausbrechen. Hackher war beim Anblick des Mannes sofort betroffen. So musste ein Offizier aussehen, der sich die Schuld für den Tod seiner Männer gab. Der Erzherzog schien verzweifelt zu sein und ging unentschlossen auf und ab. Offenbar hatte keiner damit gerechnet, dass es die Truppen Jellacics so schlimm getroffen hatte.

„Hackher, kommen Sie rein", sagte der Erzherzog, als er den Festungskommandanten und seinen Stellvertreter am Zelteingang bemerkte. „Ich nehme an, Sie sind soeben unterrichtet worden?"

Hackher nickte und blickte mitleidig zu Jellacic. „Ja, gerade eben. Feldmarschall Jellacic, Sie haben meine vollste Anteilnahme", sagte Hackher.

„Was haben Sie nun vor, Eure kaiserliche Hoheit?", fragte Cerrini, der hinter dem Major eingetreten war.

Der Erzherzog blieb stehen, stemmte die Hände in die Hüfte und seufzte laut hörbar auf. „Ich werde, wie geplant, möglichst schnell abziehen. Es bleibt uns ja nichts anderes übrig. 13.000 Mann sind nicht genug, um sich den Franzosen zu stellen. Ich kann nur hoffen, dass Gyulai keine Schwierigkeiten bei seinem Manöver hatte."

Die Stimmung war jetzt komplett im Keller. Der Anblick der geschlagenen Truppen Jellacics hatte auch viele Soldaten verunsichert und ihnen die Hoffnung auf einen guten Ausgang genommen. In den nächsten Minuten herrschte andächtiges Schweigen im Zelt. Niemand wollte etwas sagen, denn jeglicher Versuch, aufmunternde Reden zu schwingen, schien vergebene Mühe zu sein.

Hackher fühlte, dass dies der Moment war, den er am meisten gefürchtet hatte. Der kämpferische Wille der Generäle und vor allem des Erzherzogs schien geschwunden zu sein. Wenn ein Kommandant keine Hoffnung mehr sah und ihm der Wille für das Weitermachen fehlte, so war es unmöglich, die Moral der Truppen aufrechtzuerhalten.

Hackhers Auftrag lautete, den Feind vor Grätz zu binden, um den Rückzug des Erzherzogs zu decken, damit dieser sich mit Feldmarschall Gyulai vereinigen und mit einer gestärkten Armee gegen die Franzosen antreten konnte. Wenn die Männer aber spürten, dass die Lage nun hoffnungslos war und dass der Oberkommandant der Armee seinen Kampfeswillen verloren hatte, würden viele die Verteidigung der Festung für sinnlos halten. Für Hackher war dies der gefährliche Moment, in dem sich der Krieg entscheiden konnte. Würde die Moral der Männer halten oder würde sie hier und jetzt fallen?

Der Major dachte einen Moment nach und ergriff dann das Wort. „Eure kaiserliche Hoheit, noch ist nichts verloren. Gut, wir haben viele Niederlagen erleiden müssen, doch dies hier ist unser Land. Wir haben die Bevölkerung auf unserer Seite, wir kennen die Geografie. Wir können den Feind immer noch aus dem Land werfen, und wenn dazu das ganze Volk aufstehen muss, so wie in Tirol."

Alles blickte zu Hackher und schien abzuwarten, was der Schlossbergkommandant als Nächstes sagen würde, doch dazu kam es nicht mehr. Plötzlich eilte ein Kurier in das Zelt und übergab schnaufend eine Schriftrolle mit kaiserlichem Siegel an Johann. Der Erzherzog betrachtete erstaunt das rote Wachszeichen mit dem draufgestempelten Doppeladler, das heilige Zeichen der Habsburgerdynastie. Die Männer begannen zu tuscheln und blickten erwartungsvoll zu ihrem Oberbefehlshaber.

Johann atmete ein paar Mal tief durch und ließ in Gedanken ein stilles Stoßgebet gegen den Himmel, es möge sich zur Abwechslung einmal um keine schlechten Neuigkeiten handeln.

Vor dem Zelt des Erzherzogs hatten sich hunderte Soldaten versammelt und blickten neugierig zum Eingang. Die Ankunft des kaiserlichen Kuriers hatte sich sofort im Lager herumgesprochen und jeder wollte sogleich erfahren, welche Nachricht dem Erzherzog überbracht worden war. Alle hofften inständig, dass es sich um die lang erwartete Siegesnachricht oder um die Zusage von baldiger Verstärkung handelte, doch die meisten erwarteten etwas Unheilvolles. Nicht wenige unter den Männern hofften sogar auf eine Kapitulationserklärung des Kaisers oder auf die Nachricht eines Waffenstillstandes, denn dann würde ihnen weiteres Kämpfen und womöglich der eigene Tod erspart bleiben.

Vom Inneren des Zeltes waren Stimmen zu hören. Keiner von den umstehenden Soldaten konnte genau hören, was da gesagt wurde, aber es klang aufgeregt. Plötzlich trat Erzherzog Johann gefolgt von Hackher, Cerrini und einigen Generälen aus dem Zelt. Er blickte ernst und zunächst befürchteten alle, es müsse etwas Schreckliches passiert sein, doch der Erzherzog wirkte nicht niedergeschlagen, sondern auf seltsame Art und Weise motiviert. Er rollte die Schriftrolle aus und das Geflüster und Getuschel unter den Männern verstummte sofort.

Jeder wollte hören, was der Habsburger zu verkünden hatte.

„Männer! Soeben hat mich eine Nachricht meines Bruders, des Kaisers, erreicht", begann Johann, und die Gesichter der Männer wurden schlagartig ernst. „Er teilt mir mit, dass Napoleon Bonaparte am 19. dieses Monats bei Aspern über die Donau gesetzt hat", fuhr er fort, und vielen stand schon das blanke Entsetzen im Gesicht. „Das Hauptheer unter meinem Bruder Erzherzog Karl hat sich ihm in einer zweitägigen Schlacht tapfer entgegengestellt."

Viele Soldaten und Offiziere blickten in diesem Moment bereits betrübt zu Boden, denn sie erwarteten zu hören, dass das Hauptheer zerschlagen worden war und dass der Kaiser daraufhin kapituliert habe.

„Infolge dieser Schlacht wurden den französischen Truppen so große Verluste zugefügt, dass sie sich zurückziehen mussten. Napoleon wurde besiegt und befindet sich auf dem Rückzug", verkündete der Erzherzog, und augenblicklich brach ohrenbetäubender Jubel im Lager aus.

Die Männer warfen ihre Hüte in die Luft, gaben Salutschüsse ab und schwenkten das Habsburgerbanner hoch. Niemand hatte solch eine freudige Nachricht erwartet. Napoleon geschlagen und auf dem Rückzug? Es klang wie ein Märchen. Der Nimbus der Unbesiegbarkeit des Korsen war damit endlich gebrochen. Vor lauter Freude und Erleichterung sanken einige Soldaten auf die Knie und brachen in Tränen aus.

Hackher stand neben dem Erzherzog und grinste bis über beide Ohren. Soeben hatten sie alle noch gedacht, es wäre bereits alles verloren und dann kam die Nachricht eines Sieges über Napoleon wie ein Segen Gottes daher. Eine bessere Motivation weiterzukämpfen gab es für die Männer nicht.

Nun hatte man den Beweis, dass der Franzosenkaiser besiegt werden konnte, und es waren nicht die Engländer oder die Preußen, die ihm seine erste Niederlage beibrachten, nein, es war ein österreichisches Heer gewesen und diese Tatsache erfüllte alle mit Stolz.

Die Nachricht über den Sieg sofort vor den Männern zu

verkünden, war die Idee des Festungskommandanten gewesen. Als Johann im Zelt bereits ungläubig die Schriftrolle verlas, hatte Hackher ihm empfohlen, keine Zeit zu verlieren und es den Soldaten mitzuteilen. Nichts war wichtiger, als den Männern jetzt eine frohe Kunde zu überbringen.

Cerrini stand neben seinem Kommandanten und betrachtete lächelnd dessen Grinsen. So hatte er den ansonsten stets ernst wirkenden Major noch nie gesehen. Er beugte sich zu Hackher vor, um in dessen Ohr zu flüstern. „Denken Sie, der Krieg ist nun gewonnen?", fragte er.

Hackher schmunzelte und wandte sich an den Hauptmann. „Noch ist nichts entschieden, aber der Fall Napoleons hat soeben seinen Anfang genommen."

Lieber Hansl,

Es freut mich, Dir über den Erfolg unseres Bruders Karl berichten zu können.

Am 19. und 20. hatte Napoleon den größeren Arm der Donau überquert und sich auf der Insel Lobau massiert. Zur Offensive war die Passierung des schwächeren Donauarms notwendig. Unser lieber Karl beschloss, den Übergang nicht zu hindern, sondern den Feind unmittelbar danach anzugreifen. Die Schlacht begann am 21. um 3 Uhr nachmittags. Napoleon versuchte, mit seiner ganzen Kavallerie das Zentrum zu durchbrechen und unterstützte diesen Angriff mit 60.000 Mann Infanterie und mehr als 100 Feuerschlündern. Es war umsonst. Unsere Bataillone wiesen die feindlichen Reitermassen ab, unsere Kürassiere warfen die gepanzerten Reiter, unsere leichte Kavallerie brachte den Tod in seine Flanken, die auf Aspern und Esslingen gestützt waren. Es war ein Riesengefecht. Mehr als 200 Kanonen waren im Streite. Zehnmal wurde Aspern gewonnen, verloren und wieder erobert. Esslingen konnte nicht behauptet werden. Um 11 Uhr nachts standen die Dörfer in Flammen. Wir waren Meister des Schlachtfeldes, der Feind eingeengt, mit der Donau und der Insel Lobau im Rücken. Die Nacht unterbrach den Kampf. Durch brennende Fahrzeuge hatte Erzherzog Karl die Brücken über die große Donau durchbrechen lassen.

Napoleon zog in der Nacht alle seine disponiblen Truppen von Wien und der oberen Donau an sich und arbeitete mit äußerster Anstrengung an der Herstellung der großen Brücke. Am 22. um vier Uhr früh begann mit einer wütenden Kanonade der Angriff. Bis sieben Uhr abends dauerte das kolossale Ringen, das mit einer vollkommenen Niederlage Napoleons endete. Das Phantom seiner Unbesiegbarkeit ist vernichtet. Sein Verlust ist ungeheuer, das Schlachtfeld mit Leichen übersät; bis jetzt wurden 6000 Verwundete geborgen. Der Ausweis über die Trophäen ist noch ausständig. Napoleon ist im Rückzuge, den er durch Besatzung der Insel Lobau deckt. Er wird verfolgt.

Gez,
Franz 1.
Kaiser von Österreich

Die Meldung von der Schlacht bei Aspern wurde auf dem Hauptplatz von Grätz verkündet. Noch am selben Abend hatte man eine Siegesparade veranstaltet. Der Erzherzog hatte gemeint, jetzt sollen es alle wissen, mein lieber Bruder Karl hat Napoleon in seine Schranken gewiesen.

Dicht gedrängt standen Publikum, Adel und Bürgerschaft, das Schauspiel betrachtend. Von den Generälen, dem Vizepräsidenten Baron Hingenau, dem Landeshauptmann Grafen Attems und den Ständen empfangen, sprengte der Erzherzog daher und nahm die Parade ab. Den Truppen wurde der Armeebefehl des Erzherzog-Generalissimus und das kaiserliche Handschreiben an den genialen Heerführer verlesen und die Musikkapelle intonierte *„Gott erhalte Franz, den Kaiser"*, die Kanonen auf dem Schlossberg donnerten, die Infanterie gab ein dreimaliges Lauffeuer ab und dann brummten die Kanonen des Lagers ihren Salut, die Menge schrie *„Vivat"* und war des Jubels. So ausgelassen die Siegesfeier auch war, der junge Erzherzog Johann wusste, dass der Sieg seines Bruders vorläufig nichts an seiner eigenen Situation änderte. Die französische Armee marschierte weiterhin von Süden her auf Grätz zu. Trotz der Freude, die er empfand, schwelgte auch ein gewisser Neid in den Gefühlen Johanns mit. Wieder einmal war es sein Bruder gewesen, der die Lorbeeren ernten durfte. Zu Anfang war der Kaiser noch voll des Lobes über Johann gewesen, wegen seiner Siege und seines schnellen Vorstoßes nach Italien, doch Karl hatte seinen jüngeren Bruder wieder einmal überboten. Geschwisterneid war auch einem Sprössling des Hauses Habsburg nicht fremd. Doch seine persönlichen Gefühle waren nicht von Bedeutung. Es zählte nun einzig und allein die Motivation der Truppen.

Unter den Soldaten und der Bevölkerung kam nun wieder Hoffnung auf, doch wieder einmal brachte all das Johann in eine schwere Lage. Trotz des Sieges über Napoleon war der Krieg nicht gewonnen. Es war nur ein Triumph gewesen. Einer, dem Dutzende Niederlagen gegenüberstanden und nach wie vor war die französische Armee überlegen. Die Lage in Grätz würde sich kein bisschen dadurch verbessern, gestand sich Johann ein. Im Gegenteil. Napoleon würde nun seine Generäle antreiben, noch schneller und noch entschiedener nach Wien vorzustoßen, um den Druck auf Kaiser Franz I. wieder zu erhöhen. Wenn er, Johann, nun im Süden nicht bestehen konnte, würde man ihm alles anlasten. Karl war nun der Held, der Napoleon geschlagen hatte. Dass es er gewesen war, der mit seinem übereilten und unbedachten Vorgehen den ganzen Feldzug erst in Gefahr gebracht hatte, interessierte nun niemanden mehr. Es war das übliche Dilemma für Johann. Die Erwartungen in seine Person waren wieder einmal gestiegen, sein Bruder hatte den Triumph vorgelegt und Johann sollte es ihm nun gleichtun. Die Nacht verbrachte der Erzherzog allein in Zurückgezogenheit. Er stand am Rande des Feldlagers und blickte nach Süden, auf die Felder und Wiesen vor der Stadt. Der Vollmond schien hell und alles wirkte friedlich. Doch es war die Ruhe vor dem Sturm. Vor seinem inneren Auge konnte der Habsburger bereits die französische Armee sehen, wie sie durch die wehenden Weizenfelder schritt und Tod und Zerstörung brachte.

Hackher biss in den Apfel und der süße Fruchtsaft tröpfelte ihm übers Kinn. Hastig nahm er eine Stoffserviette und wischte sich den Mund ab. Vor ihm stand eine lange Tafel, voll gedeckt mit allerlei Köstlichkeiten aus der Region. Der Schlossbergkommandant war zu einem letzten Frühstück mit dem Erzherzog geladen worden, welches sie beide im Palais Attems einnahmen. Der Landespräsident der Steiermark hatte das üppige Morgenmahl spendiert.

„Ich fürchte, in den nächsten Tagen werden Sie so schnell keinen Apfel mehr zu essen bekommen", äußerte sich der Erzherzog amüsiert über Hackher.

„Da haben Eure kaiserliche Hoheit vermutlich recht", antwortete der Festungskommandant und griff sich ein weich gekochtes Ei aus einer Porzellanschale. Er köpfte es gekonnt mit einem Hieb seines Messers und verschlang gierig den Inhalt. Kurz darauf pochte es an der Flügeltür und ein Hausdiener trat ein.

„Eure kaiserliche Hoheit erlauben, melden zu dürfen, dass ein Eilbote eingetroffen ist", berichtete der Diener und ließ den Boten dann eintreten.

Hackher und Johann blickten erwartungsvoll auf den stämmigen Kurier in weißer Dragoneruniform. Dem scharfsinnigen Major fiel sofort auf, dass der Mann einige Kampfspuren und Reste von Pulverrückständen auf seiner Kleidung hatte, was bedeutete, dass er aus einem Gefecht kam. Diese Feststellung sollte alsbald bestätigt werden. Hackher nahm wie immer für den Erzherzog das Meldeschreiben entgegen und überflog es, während er den Kurier wieder wegtreten ließ. Die Nachricht war ernst, doch der Major nahm sie diesmal wesentlich gelassener auf, als er es noch vor zwei Tagen getan hätte. Innerlich war er bereits auf diese Entwicklung eingestellt. Er drehte sich zum Erzherzog.

„Eure kaiserliche Hoheit. Die französische Armee wurde südlich von Grätz gesichtet und befindet sich noch einen halben Tagesmarsch entfernt. Unsere Vorposten stehen bei Feldkirchen bereits in Gefechten, um den Feind zu verlangsamen."

Der Erzherzog nahm die Nachricht ebenfalls gelassen auf. Auch er hatte sie bereits erwartet und war darauf vorbereitet. „Ich verstehe. Dann ist es also bald so weit, mein lieber Hackher."

„Möchten Sie, dass ich die Garnison alarmiere, Erzherzog?", fragte der Kommandant.

„Natürlich, Major", antwortete ihm Johann, woraufhin Hackher sich schon zur Tür wenden wollte.

„Aber ich sehe keinen Grund, warum wir dieses köstliche Morgenmahl nicht in aller Ruhe beenden sollten", sagte der Erzherzog. Die Gelassenheit des jungen Habsburgers imponierte dem erfahrenen Major.

„Wie Sie wünschen", antwortete Hackher und setzte sich wieder.

Dorf Feldkirchen, südlich von Grätz

Oberstleutnant Goldlin stand auf einer Anhöhe und blickte mit einem Fernrohr auf die Felder hinab. Am Horizont waren bereits die Fahnen und Banner des französischen Armeetrosses zu sehen. Das Heer marschierte entlang des rechten Murufers auf der Marburgerstraße. Goldlin schätzte die Zahl auf etwa 10.000-15.000 Mann.

Nur einige 100 Meter von seiner Anhöhe entfernt stand das kleine Dorf Feldkirchen. Zwischen den Bauernhöfen und den kleinen Bürgerhäusern lieferten sich Linieninfanteristen mit französischen Kürassieren heftige Feuergefechte. Es war zwar gelungen, die Vorhut des Feindes zurückzudrängen, doch je näher das Hauptheer kam, desto größer wurde der Druck auf die österreichischen Verteidigungsstellungen.

Goldlin hatte soeben den Rückzug seiner Kompanie angeordnet und beobachtete nun das Manöver. Im Dorf waren durch die Kämpfe Brände ausgebrochen und es schien keinen Sinn mehr zu machen, diesen Posten länger zu verteidigen. Die Bürger und Bauern waren bereits allesamt nach Grätz geflohen, wo sie sich Schutz durch die Stadtmauern erhofften, oder hatten sich in den Wäldern versteckt. Inzwischen loderten hohe Flammen aus den in Brand geratenen Häusern empor und die Rauchschwaden waren kilometerweit zu sehen.

Goldlin fuhr sein Fernrohr ein und steckte es in seine Satteltasche. Der Rückzug verlief planmäßig. Die französische Reiterei war zurückgewichen, was den Österreichern Gelegenheit gab, das Schlachtfeld zu räumen. Goldlin war über das Manöver zufrieden. Gegend Abend würde er wieder in Grätz sein. Der Oberstleutnant gab seinem Pferd die Sporen und schloss sich seinen marschierenden Truppen an.

Einige Kilometer südlich trabte ein französischer General auf seinem Pferd und betrachtete die Rauchsäulen von Feldkirchen. General Emanuel Grouchy war von kleiner Statur, aber unter seinem Waffenrock zeichneten sich breite Schultern und ein muskulöser Oberkörper ab, was ihn zu einem stattlichen Anblick machte. Der erfahrene General gehörte zur alten Garde unter Napoleons Heerführern und war bereits 1797 in Grätz gewesen, als Napoleon noch ein einfacher General und noch kein selbsternannter Kaiser war. Der Korse hatte damals die Stadt ohne Widerstand besetzen können und Grouchy fragte sich, ob es diesmal wieder so einfach sein würde. Die markanten Gesichtszüge des Franzosen und die zusammengekniffenen, spähenden Augen verliehen seiner Skepsis Ausdruck.

Die Armee marschierte seit Tagen und war inzwischen ausgelaugt und erschöpft. Der Vizekönig wollte den Druck auf den Habsburgerprinzen erhöhen und hatte seine Generäle mehrmals angewiesen, mit größtmöglicher Schnelligkeit dem österreichischen Heer nachzusetzen. Doch der österreichische Heerführer hatte seinen Rückzug geschickt manövriert.

Dieser Gegner war nicht mehr so unerfahren und laienhaft wie noch vor einigen Jahren. Die Nachricht von Napoleons Niederlage bei Aspern hatte eine Schrecksekunde unter den französischen Generälen ausgelöst und Grouchy ahnte bereits, dass die Österreicher diesmal nicht zu unterschätzen waren. Sie kämpften mit der Kraft der Verzweiflung. Offenbar wollten sie mit allen Mitteln verhindern, dass ihnen das Wenige, was ihnen von ihrer Monarchie geblieben war, auch noch genommen wurde. Grouchy verstand diese Motivation sehr gut. In den Anfängen der Revolution hatte auch er so gekämpft. Sein Land war zerrüttet und von einem inkompetenten Adel ausgepresst worden, und die junge Republik musste sich gegen jede europäische Monarchie zur Wehr setzen. Er kannte die Angst um das Fortbestehen der eigenen Nation nur zu gut.

Inzwischen war es nicht mehr wie früher. Grouchy musste in den letzten Monaten immer mehr erkennen, dass er längst nicht mehr für die Ideale der Revolution und für die Freiheit der Menschen kämpfte, sondern auch nur um Macht, Land und Reichtum. Seit Napoleon sich selbst zum Kaiser gekrönt hatte, dachten viele französische Offiziere nicht mehr so vorbehaltlos positiv über den genialen Heerführer wie einst. In Italien ging es doch auch nur um uralte Ansprüche Frankreichs, die auf Karl den Großen zurückgingen. War es rechtens, ein Land zu erobern, nur weil es vor 1000 Jahren einmal einem fränkischen König gehörte?

Grouchy versuchte, sich nicht allzu viele Gedanken darüber zu machen, denn solche Überlegungen machten ihn depressiv und anfällig für Alkohol. Er war französischer Offizier und würde seine Pflicht tun, so oder so.

Dennoch machte er sich genau in diesem Augenblick Kopfzerbrechen darüber, was ihn in Grätz erwarten würde. Er kommandierte die Vorhut der Armee und es war seine Entscheidung, das Schlachtfeld zu wählen. Würde ihn der Feind vor den Toren angreifen oder würde man ihm die Stadt einfach übergeben, so wie damals? Ein Gegner konnte nicht ewig flüchten, sagte sich Grouchy und rechnete fest damit, dass es diesmal Widerstand geben würde.

Ein Melder kam angeritten und berichtete dem General über den Rückzug der österreichischen Vorposten. Das war ein gutes Zeichen, dachte Grouchy sich. So knapp vor einer Stadt zog man sich für gewöhnlich nicht mehr zurück, wenn man vorhatte, auf offenem Feld zu kämpfen.

Hätte Johann beabsichtigt, sich der französischen Armee auf dem Grätzer Feld zu stellen, so hätten die Vorposten ihre Position gehalten, um der Hauptarmee genügend Raum zum Manövrieren zu lassen. Es wäre unklug, wenn der österreichische Erzherzog sich zu weit Richtung Stadt zurückdrängen ließe, denn dann wären seine Truppen förmlich zwischen der französischen Armee im Süden und der Stadt im Norden eingezwängt. Nein, so dumm war dieser junge Heerführer nicht. Grouchy war überzeugt, dass Johann nach Norden weiterziehen werde, und dies konnte nur bedeuten, dass er nicht vorhatte, dem französischen Heer entgegenzutreten. Noch nicht, jedenfalls.

Für eine offene Feldschlacht war nur das Gelände südlich von Grätz gut geeignet. Gegen Norden hin wurde der Platz durch die umliegenden Berge und Hügel begrenzt, sodass keine Armee aufmarschieren konnte. Dies bedeutete jedoch nicht automatisch, dass Grouchy kampflos in die Stadt einziehen konnte.

Mit einem Wink befahl er einen Melder zu sich und gab diesem die Anweisung, der leichten Kavallerie den Befehl zu übermitteln, auf dem Grätzer Feld auszuschwärmen, um die Bewegungen des Feindes im Auge behalten zu können. Grouchy wollte kein Risiko eingehen und sich nicht unvorbereitet der Stadt nähern.

Grätz

Es war Nachmittag geworden und der Abmarsch der erzherzöglichen Truppen hatte begonnen. In der Stadt machte sich Anspannung breit. Jeder wusste, dass es sich nur mehr um wenige Stunden handeln konnte, bis die Franzosen eintreffen würden. In aller Eile wurden letzte Vorräte und Materialien in die Festung gebracht. Hackher hatte bereits am Vormittag die Schlossberggarnison in Alarmbereitschaft versetzt. Die letzten Arbeiten an der Festung waren noch mit Hochdruck im Gang.

In der Stadt und auf dem Schlossberg war alles auf den Beinen. Überall wurden Türen und Fenster in aller Eile vernagelt, Wertsachen in Sicherheit gebracht und letzte Lebensmittelvorräte verstaut. Auf Anordnung Hackhers hatten die Artilleriemannschaften mit dem Exerzieren begonnen und übten jeden Handgriff immer wieder. Die Bürgerbastei hatte man inzwischen behelfsmäßig gesichert. Mit Sandsäcken und alten Eisenverschalungen wurde eine provisorische Brustwehr geschaffen, um den Kanonenstellungen Deckung zu geben.

Simon Holzer hockte mit den anderen Sträflingen hinter den Erdwällen und Holzpalisaden, bei dessen Errichtung sie die letzten Tage geholfen hatten. Die Stimmung war schlecht. Inzwischen war klar, dass die Franzosen nur mehr wenige Stunden entfernt waren, doch bisher hatte niemand das Versprechen eingelöst, die Häftlinge nach getaner Arbeit freizulassen.

Seit mehreren Stunden gab es für Holzer nichts mehr zu tun. Am Morgen hatte man ihnen noch Brot und Käse gebracht, danach hat sich keiner mehr um die 25 Männer gekümmert. Einfach aufzustehen und wegzulaufen, hätte in dieser Situation auch nicht viel gebracht, obwohl einige der Meinung waren, man solle es einfach tun. Holzer hatte den Leuten allerdings vermitteln können, dass die Soldaten eventuell das Feuer eröffnen würden, wenn die Sträflinge plötzlich aus heiterem Himmel abhauen würden. Es war einfach vernünftiger, auf einen Offizier zu warten, der sie offiziell entließ, doch dieser kam nicht. Inzwischen ärgerte sich Holzer darüber, dass er vorhin für das Abwarten plädiert hatte.

Immer wieder blickte er hinüber zum Festungstor, doch

dieses blieb verschlossen. Da er mittlerweile das sinnlose Warten in der Nachmittagshitze satthatte, stand er auf und ging zu den Soldaten an den Palisaden. Vermutlich hatte man nur auf die Häftlinge vergessen, schließlich würden die Offiziere jetzt wesentlich Wichtigeres im Kopf haben, also wollte Holzer seiner Freiheit etwas nachhelfen.

An den Wällen standen Soldaten des 45. Regiments und der Landwehrbataillone.

„Hey, ‚tschuldigung!", rief Holzer einem der Soldaten zu, der den Eindruck machte, hier etwas anschaffen zu können.

Der grimmig dreinblickende Prammer drehte sich langsam und mürrisch um. „Was ist?", fragte er ungehalten und Holzer merkte sofort, dass er womöglich an den Falschen geraten war.

„Ich bin der Sprecher der Häftlinge. Wir haben eine Abmachung mit dem Festungskommandanten, dass man uns freilässt, wenn wir unsere Arbeit beendet haben, aber bis jetzt ist noch niemand gekommen, um uns abtreten zu lassen."

Prammer verdrehte argwöhnisch das Gesicht. „Mir ist wurscht, welche Abmachung ihr mit dem Kommandanten habt, setz dich wieder hin und halt dein Maul!", brüllte er soldatisch.

Holzer allerdings war entschlossen, nicht nachzugeben. „Ich setze mich wieder hin, wenn jemand beim Festungskommandanten die Bestätigung einholt, dass wir gehen können", sagte er.

Im nächsten Moment traf ein Gewehrkolben seine Magengrube und er taumelte rückwärts.

„Hinsetzen und kusch!", fauchte Prammer, der seine Aggression nicht mehr zurückhalten konnte und mit dem Kolben seiner Muskete nach Holzer gestoßen hatte. „Das nächste Mal machst du Bekanntschaft mit meinem Bajonett!"

Holzer hatte genug. Benommen taumelte er zu den anderen Sträflingen zurück und ließ sich auf den warmen Felsen fallen. Es brachte nichts, sich mit den Soldaten auf eine Diskussion einzulassen, diese waren im Moment so angespannt, dass die kleinste Reizung sie zum Auszucken brachte. Es half nichts. Holzer musste weiterhin warten, doch plötzlich öffnete sich das Festungstor und ein groß gewachsener Offizier kam hindurch. Es war Hauptmann Cerrini, wie Holzer sofort erkannte. Hinter ihm trotteten mehrere Soldaten her, die das Bollwerk unterhalb des Tores, die sogenannte Flesche, besetzten. Cerrini gab Anweisungen an die Soldaten und es dämmerte Holzer, dass er nicht wegen der Häftlinge aus der Festung gekommen war. Jetzt oder nie, dachte er sich. Er musste den Hauptmann auf die Abmachung ansprechen, vermutlich würde es seine letzte Chance sein.

„Herr Hauptmann!", rief Holzer zum Torwall und zog sofort die Blicke aller Männer an den Palisaden auf sich. Cerrini hatte den Ruf offenbar überhört und machte keine Anstalten, in Holzers Richtung zu blicken. Er musste also zu ihm hinübergehen, befand der Sprecher der Sträflinge und richtete sich auf.

Im nächsten Moment bemerkte er Prammer, der wie ein Teufel mit dem Bajonett auf ihn zustürmte. Dieser Mann war offenbar wirklich leicht außer Kontrolle zu bringen.

Reflexartig rannte Holzer über die Felsen hinweg Richtung Cerrini und hoffte, diesen zu erreichen, bevor Prammer ihn abstechen konnte.

Die Szene hatte die Männer ringsum aufgeschreckt. Auch Cerrini blieb der plötzliche Tumult nicht verborgen. Er blickte zu den Palisaden und sah einen panischen Holzer, der auf ihn zu rannte, und Prammer, mit dem Blick eines Verrückten, hinter ihm herlaufen.

Sofort holte Cerrini tief Luft und brüllte so laut, dass jeder in der Umgebung augenblicklich erstarrte. „Was zum Teufel geht hier vor!"

Holzer stolperte wenige Meter vor dem Hauptmann und schlug hart auf dem felsigen Untergrund auf.

Prammer wollte in seinem Wahn schon auf ihn einstechen, als Cerrini rechtzeitig dessen Arm packte und ihn daran hinderte.

„Auf ihren Posten, Soldat!", brüllte der Hauptmann Prammer an, der wie eine Salzsäule plötzlich erstarrte.

„Aber, Herr Hauptmann, der Häftling wollte fliehen", versuchte er, sich zu rechtfertigen.

„Na und?", fuhr Cerrini autoritär zurück. „Es hat Ihnen niemand befohlen, Ihren Posten zu verlassen. Zurück mit Ihnen, bevor ich Sie zum Spießrutenlauf verdonnere!"

Prammer schlich gedemütigt zurück an seinen Platz.

„Vielen Dank, Herr Hauptmann", keuchte Holzer und rappelte sich auf.

„Nun zu Ihnen", sagte Cerrini, immer noch mit soldatischem Tonfall. „Was rennen Sie hier herum wie ein Gestörter?"

Holzer fand schnell wieder zu seiner Entschlossenheit. „Herr Hauptmann, ich wollte Sie an unsere Vereinbarung erinnern. Wir warten seit Stunden darauf, dass man uns Häftlinge entlässt. Die Arbeit ist getan."

Cerrini blickte sein Gegenüber ärgerlich an, einerseits, weil er im Moment andere Sorgen hatte, als sich um die Bedürfnisse von Inhaftierten zu kümmern, andererseits, weil er tatsächlich die Abmachung vergessen hatte. „Sie können die Stadt nicht mehr verlassen. Tut mir leid, die Tore sind zu", sagte Cerrini. „Entweder Sie entscheiden sich, in der Festung zu bleiben, oder Sie versuchen, in der Stadt irgendwo unterzukommen."

Holzer war sprachlos. Es gab also keine Möglichkeit mehr, die Stadt zu verlassen. Er merkte, wie Wut in ihm aufstieg, doch es half nichts. Ihm wurde bewusst, dass es keinen Sinn hatte, weiter zu diskutieren, man würde die Tore bestimmt nicht mehr öffnen, und in der Stadt eine Bleibe zu finden, war so gut wie ausgeschlossen.

„Na gut, Herr Hauptmann. Dann geben Sie uns wenigstens eine Aufgabe", sagte er und blickte wütend zu Cerrini auf.

Dieser schien einen Moment über die Ernsthaftigkeit von Holzers Aussage nachzudenken und darüber, ob es nicht klüger wäre, die Männer einfach wegzuschicken. Dann winkte er einen Wachsoldaten vom Tor herbei. „Soldat Suller! Bringen Sie diese Männer in die Festung zu Hauptmann Rüstl. Er soll ihnen eine Aufgabe zuteilen."

Der herbeigeeilte Suller nickte und trieb dann die Häftlinge in die Festung. Holzer machte den anderen klar, dass es keinen Sinn hatte, jetzt aufzubegehren, also gingen alle brav mit.

Rüstl befand sich im Zeughaus der Festung, welches am oberen Festungsplatz angesiedelt war. Während Suller schweigend neben den Männern herging und ein wachsames Auge hatte, betrachtete Holzer seine Umgebung genauer. Die Kanonenstellungen entlang der Lampelbatterie waren alle bereits besetzt und die Kanoniere schienen mit Anspannung auf die Ankunft des Feindes zu warten. Auf den Mauern standen in regelmäßigen Abständen Schützen und Wachposten und überall waren Munitionskisten und Wassereimer bereitgestellt. Die Fenster der meisten Gebäude waren entfernt und mit Holzbalken versehen worden. Für Holzer war das einleuchtend. Das filigrane Glas wäre sowieso bei der ersten Detonation zersplittert und stellte nur eine unnötige Verletzungsgefahr für die Soldaten dar.

Nach zehn Minuten erreichte der Trupp die obere Festung. Suller informierte den Hauptmann Rüstl, welcher recht verwirrt dreinblickte, da er offenbar nicht wusste, was er mit den Häftlingen anfangen sollte.

„Bringen Sie die Leute runter ins Lazarett. Früher oder später wirds dort schon was zu tun geben", sagte dieser zu Suller.

Plötzlich ertönten zwei Kanonenschüsse und jedem stockte der Atem.

„Das war die Alarmbatterie", stellte Rüstl fest und rannte sofort aufgeregt Richtung Kanonenhütte, von wo die Schüsse abgefeuert wurden.

Wenige Minuten später eilte ein keuchender und schwitzender Rüstl durch den Korridor zum Zimmer des Kommandanten und stürmte ohne Klopfen in den Raum. Hackher stand am Kartentisch zusammen mit dem Hauptmann Mayer, welcher sich die Mühe gemacht hatte, einen detaillierten Fortifikationsplan der Festung anzufertigen, der bei der effektiven Verteidigung helfen sollte.

„Herr Major, entschuldigen S' mein saloppes Eindringen, aber eine Meldung von Kapitänsleutnant Kandelbinder", berichtete Rüstl, nach Luft ringend.

Hackher verschränkte die Arme hinter dem Rücken und nahm eine autoritäre Pose ein. „Jetzt salutieren Sie einmal ordentlich und dann erstatten Sie Meldung, so viel Zeit muss sein", befahl der Major.

Rüstl riss sich sofort am Riemen und schlug zackig die Stiefel zusammen. „Herr Major, erbitte, Meldung machen zu dürfen."

Hackher nickte zufrieden und deutete dem schnaufenden Hauptmann fortzufahren.

„Soeben hat die Alarmbatterie erste Feindsichtung vernommen. Französische Reiterei ist im Süden auf dem Grätzer Feld gesichtet worden. Es scheint sich um eine Abteilung leichter Kavallerie zu handeln, die auf der rechten Murseite patrouilliert", berichtete Rüstl weiter.

Hackher griff sofort nach seinem Offiziershut und eilte aus dem Zimmer. Mit einem Wink befahl er den beiden Hauptleuten, ihm zu folgen. Die Sichtung der französischen Vorhut bedeutete, dass das Haupttheer nicht mehr weit sein konnte. Hackher stieg in den Glockenturm und blickte mit dem dort stationär aufgebauten Fernrohr gegen Süden.

Bei Wildon konnte man tatsächlich einzelne Reiterabteilungen ausmachen, die offenbar das Gelände erkundeten. Allerdings waren sie nur auf der rechten Seite des Flusses Mur zu sehen.

Hackher schwenkte nach links, wo er in einiger Entfernung eine Kompanie Österreicher erblickte, die auf die Stadt zumarschierte. Hierbei handelte es sich offenbar um die Vorposten, die bei Feldkirchen gestanden haben mussten und sich inzwischen auf dem Rückzug befanden. Der Festungskommandant richtete das Fernrohr weiter nach Süden, um erkennen zu können, ob dort Verfolger zu sehen waren, doch diese waren nicht auszumachen.

„Der Franzose kommt am rechten Murufer entlang herauf", kommentierte Hackher seine Beobachtung. „Womöglich bringt uns das in eine vorteilhafte Lage", fuhr er fort. „Er wird keine ideale Angriffsstellung vorfinden und so nahe der Stadt gibt es keine Brücke mehr, über die er übersetzen kann. Er wird also zunächst um die Stadt verhandeln, um nicht gleich aus einer unvorteilhaften Position in ein Gefecht verwickelt zu werden."

Er rang sich ein leichtes Grinsen ab. Da sich der Franzose auf der falschen Seite des Flusses näherte, konnte er die Stadt nicht so leicht nehmen, wie ursprünglich angenommen. Wäre er entlang des linken Murufers gegen Grätz marschiert, so wäre es ihm ein Leichtes gewesen, die städtischen Tore zu bestürmen. Hackher hätte in diesem Fall sowieso keine Möglichkeit gehabt, diese zu verteidigen, dafür fehlten ihm die Männer. Doch um in die Stadt einmarschieren zu können, musste der Feind nun über die Mur setzen und dies erlaubte zunächst kein gewaltsames, militärisches Vorgehen gegen die Stadt.

„Wir werden auf Zeit spielen", sagte Hackher und wandte sich wieder vom Fernrohr ab. „Geben Sie den Regimentskommandeuren Bescheid", befahl er und ließ Rüstl und Mayer abtreten.

Zurück in seinem Arbeitszimmer setzte Hackher sofort ein Schreiben an den städtischen Magistrat und an die provisorische Landeskommission auf, worin er diese über die Sichtung der französischen Vorhut informierte.

Kaum hatte er den Kurier wegtreten lassen, betrat Cerrini das Kommandantenzimmer. Der Hauptmann wirkte erschöpft, was Hackher nicht wunderte, schließlich war sein Stellvertreter die letzten Tage unentwegt und teilweise ohne Schlaf im Einsatz gewesen, um die Festungsarbeiten zu beaufsichtigen.

„Herr Major, ich wurde soeben über die Sichtung der französischen Vorhut informiert", sagte Cerrini und wirkte dabei sehr aufgeregt. Hackher setzte sich und versuchte, Gelassenheit auszustrahlen.

„Nur mit der Ruhe, Cerrini. Noch sind sie nicht hier. Wie sind die Arbeiten an der Festung fortgeschritten?", fragte er.

„Die Arbeiten sind allerorts abgeschlossen, so gut als möglich jedenfalls. Verpflegung und Munition ist alles sicher deponiert und die Männer sind motiviert und in Erwartung des Feindes", sagte Cerrini.

„Ausgezeichnet. Das Hauptheer der Franzosen scheint auf der rechten Seite der Mur heraufzuziehen. Das bringt uns Zeit und eine bessere Verhandlungsposition", sagte der Festungskommandant.

„Was gedenken Sie zu tun, Herr Major", fragte der hünenhafte Hauptmann.

Hackher blickte nachdenklich zum Gemälde seines Großvaters an die Wand. Er musste Zeit gewinnen. Mit jeder Stunde, die er herausschlagen konnte, gewann der Erzherzog mehr und mehr Vorsprung.

„Ich habe den ausdrücklichen Befehl, mich nur auf die Verteidigung der Festung zu konzentrieren, aber das müssen wir den Feind ja nicht sofort wissen lassen", sagte Hackher dann. „Wir werden ihn zunächst glauben lassen, dass wir die Stadt zu halten gedenken. Der Franzose wird also verhandeln wollen und wir werden ihn so lange wie möglich hinhalten."

„Was ist, wenn der Franzose gedenkt, an der Stadt vorbeizuziehen?", fragte Cerrini skeptisch nach.

„Das wird er nicht tun", antwortete Hackher. „Wir würden ihm unsere Geschosse um die Ohren schießen und ihn im Vorbeimarsch abknallen wie Freiwild. Nein, so dumm ist der Franzose nicht. Er muss die Stadt nehmen, um seine Versorgungslinien aufrecht halten zu können. Wenn wir ihn nur ein bis zwei Tage am Weitermarsch hindern, so ist der Vorsprung für den Erzherzog bereits groß genug."

Cerrini verstand den Gedankenansatz seines Kommandanten. Der Franzose war vielleicht in keiner so guten Lage, wie angenommen, schließlich stand er unter Zeitdruck, das österreichische Heer zu verfolgen und rechtzeitig auf Wien marschieren zu können. Hackher hatte die Lage also völlig richtig erkannt, wenn er meinte, die Franzosen durch Verhandlungen hinhalten zu müssen. Das war genau das, was der Feind nicht gebrauchen konnte.

„Wie gedenken Sie überhaupt, die Kommunikation mit dem Erzherzog aufrecht zu halten?", fragte Cerrini dann. „Wenn die Franzosen erst in der Stadt sind, werden sie bestimmt jede unserer Nachrichten abfangen."

„Dieser Gastwirt scheint als Kurier zuverlässig zu sein. Wir brauchen nur einen Mann mit genügend Verstand und Ortskenntnis, der den Botengang zwischen Festung und Gasthaus übernimmt", äußerte sich der Major nachdenklich.

„Was ist mit diesem Suller?", fragte Cerrini. „Er ist doch ohnehin mit diesem Wirt bekannt und scheint außerdem ein kluger Bursche zu sein. Soweit ich weiß, hat er sich von der Talsperre am Predil bis Grätz durchgeschlagen, was beweist, dass der sich nicht leicht erwischen lässt."

Hackher dachte einen Moment nach. Er konnte sich noch an Suller erinnern und Spreng hatte ihn als verlässlichen Burschen und guten Schützen empfohlen. Vielleicht war das keine so schlechte Idee. „Also gut. Bringen Sie mir diesen Suller her", befahl Hackher.

Cerrini nickte und verließ schnellen Schrittes die Kommandantur.

Das Lazarett der Festung befand sich in einem unterirdischen Gewölbe und war nichts anderes als ein langer steiniger Gang, in dem man ein Krankenlager eingerichtet hatte. Der Oberarzt hieß mit Nachnamen Müller und war ein alter skeptischer Mann, der so gebrechlich wirkte, dass er vermutlich selbst bald ein Krankenbett brauchte. Ihm zur Seite standen nur eine Handvoll Sanitätshelfer, die in aller Eile in die medizinischen Grundkenntnisse der Wundversorgung im Felde eingeführt worden waren. Das Gewölbe war kalt und feucht und es roch muffig nach Schimmel.

Suller wünschte sich beim Betreten des Raumes sofort, hier nie landen zu müssen. Lieber zog er einen schnellen Tod auf dem Schlachtfeld vor. Die 25 Sträflinge waren ebenfalls wenig begeistert, hier untergebracht zu werden. Suller unterrichtete den Oberarzt darüber, dass die Häftlinge als Sanitätsgehilfen einzusetzen seien, woraufhin dieser die Hände verzweifelt über dem Kopf zusammenschlug.

Nach einer kurzen Diskussion kehrte der Soldat zu den Männern zurück und berichtete ihnen, was er in Erfahrung gebracht hatte. „Also gut. Ihr werdet hier unten bleiben und bei Bedarf bei der Versorgung der Verwundeten helfen. Das ist zwar nicht der beste Ort, aber zumindest ist man vor Beschuss hier unten sicher."

Holzer nickte nach kurzer Überlegung bestätigend. Er versicherte Suller, dass er die Verantwortung für die Männer übernehmen werde und dass keiner weglaufen würde. Es war zwar nicht die Freiheit, die er sich gewünscht hatte, aber hier würde er wenigstens nicht beschossen werden. Weiters würden die Franzosen einen Sanitätsgehilfen mit weitaus mehr Respekt behandeln als einen gemeinen Soldaten. Vielleicht war dies gar nicht mal so schlecht, dachte Holzer. Wenn die Festung eingenommen wird, wären sie als medizinisches Personal sicher besser dran als alle anderen. Jede Lage hatte also auch etwas Positives.

Kurz darauf kam der Soldat Stadlmayer die Treppe heruntergelaufen und berichtete Suller, dass dieser sich beim Festungskommandanten melden solle. Daraufhin verschwanden beide wieder nach oben.

Suller konnte sich beim besten Willen nicht vorstellen, was Hackher von ihm wollte, doch es schien wichtig zu sein. Der kürzeste Weg vom Lazarettsaal zur Kommandantur war durch einen unterirdischen Stollen, der mit dem Festungsspital verbunden war, welches wiederum an das lang gestreckte Kommandantengebäude angebaut war. Im Laufschritt legte er den Weg zurück. Immer wieder begegnete er einzelnen Soldatentrupps. Durch eine Treppe stieg er in das Erdgeschoss des Festungsspitals hoch, welches komplett leer geräumt war. Da das Gebäude nicht bombensicher gemacht werden konnte, hatte man die Einrichtung in die unterirdischen Stollen verlegt. Sowohl das Spital als auch die Kommandantur waren in eine der Kasematten, eine Vertiefung, durch die das Gebäude besser vor Artilleriebeschuss geschützt war, eingebaut worden.

Wenig später klopfte Suller an die Tür des Kommandanten, welcher sofort eintreten ließ.

„Soldat Suller meldet sich wie befohlen", sagte er.

Hackher saß hinter seinem Schreibtisch und war gerade dabei, ein Schreiben aufzusetzen. Der Festungskommandant beäugte den strammstehenden Soldaten nur kurz, nahm sich aber dann die Zeit, das Dokument fertigzustellen, ehe er seine Aufmerksamkeit Suller schenkte.

Dieser war aufgeregt und atmete schnell. Hackher wurde von allen Soldaten sehr respektiert und auch ein wenig gefürchtet. In den ersten Tagen nach seiner Ankunft hatten nicht wenige mit der strengen und fordernden Art des Festungskommandanten Bekanntschaft gemacht. Jede kleinste Unaufmerksamkeit oder Schlamperei wurde sofort geahndet. Sogar die Offiziere mussten sich des Öfteren ordentliche Standpauken vor versammelter Mannschaft gefallen lassen. Inzwischen war von Laschheit unter den Soldaten keine Spur mehr. Die große Mehrheit von ihnen war sogar äußerst zufrieden mit dem straffen Regiment. Ein Soldat musste nur wissen, wie er bei einem Kommandanten dran war. Hackher gehörte eben zur strengen Sorte. Wenn man das wusste, so brauchte man sich nur angemessen zu verhalten. Suller wartete also geduldig und in Habtachtstellung ab, bis der Major sich ihm zuwandte.

„Nun, Suller", begann Hackher zu sprechen, „ich habe eine Aufgabe von großer Wichtigkeit für Sie angedacht und ich will von Ihnen wissen, ob Sie sich dieser gewachsen fühlen."

„Jede Aufgabe werde ich mit besten Kräften ausführen", sagte Suller etwas einschleimend.

„Nur nicht so schnell. Zuerst sollten Sie hören, worum es geht", sagte Hackher. „Der Gastwirt Michael Spreng hat sich bereit erklärt, mir als Kurier dienlich zu sein. Ich brauche jedoch einen verlässlichen Mann, der meine Nachrichten durch die unterirdischen Stollen zum Gasthaus bringen kann, ohne sich von den Franzosen erwischen zu lassen", fuhr der Kommandant fort und beugte sich zu Suller vor, um seinen Worten Ausdruck zu verleihen. „Das ist eine äußerst gefährliche Sache. Wenn Sie erwischt werden, wird man Sie aufknüpfen. Sie fungieren nicht als offizieller Meldegänger, sondern verdeckt, quasi als Spion. Darum muss ich wissen, ob Sie sich imstande sehen, diese Aufgabe zu übernehmen?", fragte Hackher.

Suller schluckte und wollte eigentlich sagen, dass er ja nicht verrückt sei, sich auf so eine selbstmörderische Aufgabe einzulassen, doch dann kam ihm Hermine, die Tochter des Wirts, ins Gedächtnis. Er hatte wieder das Bild vor sich, als sie mit dem weißen Nachthemd auf der Treppe stand. Sie war so wunderschön und aufreizend gewesen, dass der bloße Gedanke daran Suller verrückt machte. Wenn er zustimmte, die Botengänge zu machen, so konnte er auch Hermine wieder sehen – und vielleicht auch etwas mehr als das. Von dieser Vorstellung erregt, nickte Suller zustimmend.

„Der Major kann sich auf mich verlassen", sagte er.

„Sehr gut, Suller. Ich werde Sie rufen lassen, sobald ich erste Nachrichten für Sie zu überbringen habe", sagte Hackher und war froh, dass er jemanden für diese schwierige Aufgabe gefunden hatte.

„Sie können wegtreten", befahl er, und Suller trat salutierend ab.

Der Schlossbergkommandant stand auf und blickte aus dem Fenster Richtung Süden. Es war im Fall einer Belagerung von äußerster Wichtigkeit, mit dem Erzherzog in Verbindung zu bleiben. Dieser Suller schien eine gute Wahl zu sein, Hackher hoffte nur, dass er sich nicht in dem Mann täuschte, denn wenn er es vermasseln würde, bestand die Gefahr, dass die Franzosen den verdeckten Gang entdecken und die Festung stürmen könnten. Doch Hackher musste dieses Risiko eingehen. Inzwischen war es Abend geworden und die Sonne begann, sich langsam wieder zu senken. Im Morgengrauen würde das französische Heer hier sein, das konnte Hackher spüren.

Er blickte auf die Felder vor der Stadt und versank in Gedanken. Würde er die richtigen Entscheidungen treffen? Hatte er alles gut vorbereitet? Sein alter Freund, der Selbstzweifel, stieg wieder in ihm hoch. Die Unsicherheit der Dinge war etwas Unerträgliches. Hackher hatte immer versucht, alles zu kontrollieren und zu steuern, doch er wusste, dass die beste Vorbereitung, der beste Plan, immer nur Theorie blieb. Was, wenn der Franzose sich gänzlich anders verhalten würde? Fragen über Fragen gingen ihm durch den Kopf.

„Schluss jetzt!", sagte er sich und ballte die Hände zu Fäusten. „Ich werde nicht scheitern, ich werde nicht scheitern", redete er sich ein und drückte seine Finger so fest zusammen, dass es knackte.

Dann drehte er sich um, blickte zum Bildnis seines Großvaters empor und sagte: „Das verspreche ich dir."

Kapitel 2 - Belagerung

30. Mai 1809, Grätz

Ein ohrenbetäubendes Donnergrollen riss Hackher aus dem Schlaf. Mit weit aufgerissenen Augen blickte er verwirrt um sich. Sein nackter Oberkörper war verschwitzt und im Zimmer herrschte drückende Hitze.

Der Festungskommandant hatte kaum geschlafen, viel zu groß war mittlerweile die Anspannung. Jedes kleinste Geräusch ließ ihn hellhörig werden, doch das Donnern hatte ihn förmlich aus dem Bett katapultiert. Zunächst dachte Hackher an ein schweres Sommergewitter, doch es herrschte klare Nacht. Der Himmel hatte begonnen, sich rot zu färben und die Dämmerung stand kurz bevor.

„Die Alarmkanonen", schoss es dem Major plötzlich durch den Kopf. Das Donnern kam von der Wachbatterie, die gegen Süden gerichtet war. Das Abfeuern der alten Eisengussrohre galt als Alarmsignal für die Festung und die Stadt. Diese alten Kanonen aus dem 17. Jahrhundert waren zwar als Artilleriewaffen unbrauchbar, doch ihr Feuer war so dermaßen laut, dass man es noch im Umkreis von Dutzenden Kilometern hören konnte.

Plötzlich klopfte es an der Tür. Hackher sprang sofort auf und warf sich sein Hemd und den Uniformrock über.

„Herein!", rief er, und ein aufgebrachter Cerrini stürmte ins Zimmer.

„Herr Major, sie sind da. Die Franzosen sind da!"

„Du lieber Himmel, wie spät ist es?", wollte Hackher wissen.

„Es ist drei Uhr früh, Herr Major."

„Zu so einer unchristlichen Zeit kommen s' daher. Haben die keinen Anstand?", polterte der Festungskommandant und knöpfte hastig die Uniform zu.

„Im Krieg ist man nicht Herr der Zeit, Herr Major", sagte Cerrini.

„Trotzdem. Um drei Uhr in der Früh. Ein bis zwei Stunden später wäre auch schon wurscht gewesen", sagte Hackher und stiefelte aus dem Raum.

„Herr Major, Ihre Befehle?", rief ihm der Hauptmann hinterher.

„Stadtmauern besetzen! Und lassen S' mir ein Frühstück bringen. Nur weil die Franzosen einen Stress machen, lass ich mich sicher nicht in aller Früh hetzen!"

Cerrini blieb stehen, war kurz verwundert und schüttelte dann grinsend den Kopf. „Sehr wohl, Herr Major."

Suller war durch das Kanonenfeuer der Alarmbatterie aufgewacht. Er war im Stehen neben dem Torhaus eingeschlafen und hatte nun eine äußerst unangenehme Nackenverspannung. Die Kameraden rings um ihn waren ebenfalls auf den Beinen und Aufregung machte sich breit.

Der kräftig gebaute Soldat Fleischer stand oben auf der Festungsmauer und blickte Richtung Süden. „Die Franzosen! Maria und Josef, die Franzosen!", rief er aufgebracht hinunter.

Alles blickte angespannt zu Fleischer empor. Die beiden Landwehrsoldaten Sackbauer und Sorger machten ein mehr als besorgtes Gesicht.

„Dann ist's jetzt soweit", sagte Sackbauer prophetisch.

„Alles mit der Ruhe, Burschen", versuchte Suller, die Gemüter zu beruhigen und blickte zu Fleischer hinauf.

„Wie weit sind die Franzosen noch weg?"

Dieser warf einen spähenden Blick über die Mauer und versuchte, die Entfernung abzuschätzen.

„Die Vorhut steht quasi schon vor den Stadtmauern", rief er hinunter.

Diese Meldung versetzte alle in leichtes Entsetzen. Die

Franzosen mussten die Nacht durchmarschiert sein, um bereits so früh an den Stadtmauern stehen zu können. Zwar hatte jeder deren Ankunft in den Morgenstunden erwartet, doch nun waren sie doch wesentlich früher eingetroffen als angenommen.

Die gesamte Szenerie erschien Suller irgendwie irreal. Die friedliche Stille der Nacht war von einer Sekunde auf die andere wie weggeschwemmt. Nun brach hektisches Treiben auf der Festung aus.

Mehrere Offiziere kamen auf den unteren Festungsplatz gelaufen, Trompeten und Trommeln ertönten und von überall kamen Soldaten gerannt.

Eilig kam auch die pompöse Erscheinung Hauptmann Cerrinis anmarschiert. „Ausfallkompanie, sammeln!", schrie er.

Sofort formierten sich die Soldaten zu mehreren Reihen und nahmen Aufstellung. Die Offiziere Schottelius, Lodron, Schlichtnig, König und Gödl sammelten sich bei Cerrini. Einigen stand noch deutlich die Müdigkeit ins Gesicht geschrieben. Vor allem der junge Fähnrich Gödl, der als einziger Offizier das 3. Landwehrbataillon zu führen hatte, schien es nicht gewohnt zu sein, so früh geweckt zu werden.

„Meine Herren, die französische Armee steht unmittelbar vor den Toren der Stadt. Auf Anordnung Major Hackhers sind die Stadtmauern umgehend zu besetzen. Oberleutnant Schottelius, Sie besetzen zusammen mit Graf Lodron die südliche Mauer. Schlichtnig, Sie die Ostmauer, und Gödl und König besetzen mit ihren Kompanien zusammen mit mir die Westmauer."

Cerrini wartete auf ein bestätigendes Nicken der Herren und ließ dann ausrücken. Das Festungstor wurde geöffnet und im Laufschritt marschierten die sechs Ausfallskompanien, insgesamt 240 Infanteristen, los.

Unter den stampfenden Füßen der Männer bebte der Boden, Ausrüstung und Säbel der Soldaten klirrten beim Laufen. Suller befand sich in der Kompanie von Hauptmann Cerrini und lief in der Mitte der ersten Reihe. Der junge Soldat war zwar kein Experte in militärischen Taktiken, doch er wusste, wie riskant ein Ausfallmanöver sein konnte, wenn der Feind bereits so nahe an den Stadtmauern stand. Wenn etwas schief ging, so konnte man sehr schnell vom Feind überrannt werden, und Suller hoffte inständig, dass niemand Mist bauen würde.

Auf dem Karmeliterplatz angekommen, teilte sich der Tross aus Soldaten. Ein Teil bog Richtung Hauptplatz ab, ein anderer Teil marschierte zur östlichen Stadtmauer Richtung Paulustor.

Inzwischen waren auch die meisten Bürger der Stadt aufgewacht und blickten neugierig und aufgeregt aus den Fenstern der Häuser. Das Vorbeiziehen der Soldaten zog zahlreiche Schaulustige an, die auf die Straßen gerannt kamen, um nichts zu verpassen.

Cerrini wäre es lieber gewesen, wenn die Leute in ihren Häusern bleiben würden, immerhin konnte es nun sehr schnell gefährlich werden. Außerdem konnte er keine Menschenansammlungen gebrauchen, die ihre infantile Neugierde befriedigen wollten und nur im Weg standen. Hackher hatte ihn angewiesen, die Mauern solange besetzt zu halten, bis das Signal zum geordneten Rückzug in die Festung gegeben wurde. In erster Linie war es eine Demonstration der Entschlossenheit, um die Franzosen zu verunsichern.

Cerrini lief mit seiner Truppe über den Hauptplatz. Dort hatte sich eine Abteilung der Bürgerwehr formiert und vor dem Rathaus Aufstellung genommen, um mögliche Verstöße gegen die öffentliche Ordnung zu verhindern. Dann ging es durch die schmale Murgasse, die am Murtor endete, welches er anschließend besetzen ließ. Die Holzbrücke, die über den Fluss in die Vorstadt führte, war komplett abgetragen worden und nur die Stützpfeiler ragten noch aus dem Wasser.

Inzwischen hatte sich die Sonne östlich der Stadt über die Hügel geschoben und tauchte das Grätzer Becken in eine rot glühende Morgenlandschaft. Cerrini bestieg das Torhaus und blickte auf das andere Flussufer. Wie eine wilde Ameisenhorde waren die Franzosen in die kleine Vorstadt einmarschiert und nahmen sie in Besitz. Tausende Fackeln waren in den schmutzigen Straßen zu sehen. Der Strom an Soldaten reichte noch mehrere Kilometer flussabwärts und es würde vermutlich noch Stunden dauern, bis die gesamte französische Armee angekommen und aufmarschiert war. Ihm stockte der Atem. Es war unmöglich, die genaue Anzahl des Feindes einzuschätzen, doch es mussten Tausende sein. Zwischen den Häuserzeilen blitzten die Bajonette der Soldaten und die glänzenden Brustharnische der Kürassiere im Morgenlicht auf. Die Franzosen verloren keine Zeit, wie Cerrini bemerkte, denn sie waren bereits dabei, Kanonen und Mörser herbeizuschaffen, doch dies waren vermutlich nur Drohgebärden. Cerrini wusste genau, dass die Franzosen ihre Kanonen gegen die Festung von der rechten Murseite aus nicht einsetzen konnten.

„Was jetzt?", fragte plötzlich der junge Leutnant König, der neben Cerrini getreten war und nun ebenfalls über den Fluss blickte.

„Abwarten", antwortete der Hauptmann.

Kaum hatte er dies gesagt, konnte er auch schon erkennen, wie eine Parlamentärsflagge auf der anderen Flussseite gehisst wurde. Cerrini war irgendwie erleichtert. Hackher hatte mit seiner Einschätzung richtig gelegen. Die Franzosen wollten verhandeln. Wahrscheinlich hatten sie bereits bemerkt, dass ihre Position in der Murvorstadt nicht besonders günstig für eine Belagerung war und sie wollten es offenbar nicht riskieren, noch während des Aufmarsches unter Feuer vonseiten der Festung zu geraten.

„Nachricht an den Festungskommandanten. Die Franzosen wünschen zu verhandeln", sagte Cerrini zu König, der sofort einen Melder zu Hackher losschickte.

General Grouchy stand unweit des Murufers auf seinem Pferd und blickte über den Fluss auf die Stadt Grätz. Noch lag der blaue Schleier der Morgendämmerung über den Ziegeldächern, sodass sein spähendes Auge nicht viel erkennen konnte. Mit Missfallen hatte er bereits zur Kenntnis nehmen müssen, dass die Brücken abgetragen waren. Auf den Stadtmauern konnte man eindeutig die weißen Röcke von Soldaten erkennen und hoch oben in der Festung brannten zahlreiche Fackeln.

„Mais cette fois il y a une resistance", diesmal also Widerstand, sagte Grouchy zu sich selbst.

Er hatte es erwartet, doch glauben konnte er es nicht. Der Erzherzog war mit seinen Truppen abmarschiert, so hatten die französischen Aufklärer berichtet, und er ließ eine wehrlose Stadt mit einer nur sehr kleinen Garnison zurück. Trotzdem wollten sich die Österreicher anscheinend nicht ergeben.

Stures Pack, dachte Grouchy. Bei Malborghet und am Predil haben wir sie komplett vernichtet und nun stellen sie sich wieder so töricht der französischen Armee in den Weg.

Verärgert hob der General die Hand zum Zeichen, die Parlamentärsflagge zu hissen. Er hatte keine Lust darauf, diese aus seiner Sicht klägliche Stadt gewaltsam zu nehmen, sie sollte sich der französischen Übermacht fügen, ohne den kalten Stahl spüren zu müssen.

Grouchy sah am anderen Flussufer ebenfalls eine weiße Fahne aufsteigen. Die Österreicher stimmten Verhandlungen also zu. Vielleicht war dies doch kein so schlechter Morgen, dachte sich der General und wendete mit einem zufriedenen Gesichtsausdruck sein Pferd.

31. Mai 1809

Mein Herr Géneral und Commandant des Armée Corps vor Grätz! Meine Pflichten erlauben mir in keinem Falle, den Schlossberg zu übergeben, aber um die Welt zu überzeugen, dass die Verantwortlichkeit des Unglücks, welches Sie, Herr Géneral, der Stadt androhen, mich nie treffen kann, bin ich bereit, heute 3 ¼ Uhr nachmittags die Stadt Grätz zu räumen und trage Ihnen in dieser Rücksicht noch einmal den ruhigen Besitz

derselben und die freye ungehinderte Herstellung der Brücken an; mit der
Bedingniß, daßauch Sie mich von Seiten der Stadt auf keine Weise be-
unruhigen. Dadurch werden Sie, mein Herr Géneral, beweisen, dass auch
Ihnen das Wohl der interessanten Stadt Grätz und Ihrer guten Bürger
am Herzen liegt.

Mit der nochmaligen Versicherung, daß ich den Schlossberg unter je-
dem Verhältniß meinen bestimmten Befehlen gemäß auf das hartnäckigste
vertheidigen werde,

habe ich die Ehre, zu seyn

Hackher
Major Festungs Commandant.

Cerrini betrachtete das Schriftstück und las es sorgfältig durch. Hackher saß hinter dem Schreibpult und wartete gespannt auf die Meinung des Hauptmanns. Er und Cerrini hatten die Franzosen mit Verhandlungen bereits einen ganzen Tag hingehalten. Diese hatten einen Parlamentär in die Stadt geschickt, den man mit einem Floß über die Mur und anschließend mit verbundenen Augen in die Festung gebracht hatte. Der Franzose stellte sich als ortskundig heraus und Hackher unterhielt sich mehrere Stunden mit ihm, wobei Cerrini übersetzte.

General Grouchy, der Kommandant der Franzosen, hatte Hackher in einem Schreiben aufgefordert, die Stadt und die Festung zu übergeben und dabei mit Nachdruck darauf hingewiesen, dass er andererseits Grätz niederbrennen lasse, sollte ihm dies verwehrt werden. Dabei machte er auf das Schicksal der Besatzungen von Malborghet und Predil sowie von Feldkirchen aufmerksam. Letzteres Dorf war tags zuvor von der französischen Vorhut in Brand gesteckt worden. Nach einigem Hin und Her hatte der Major zugestimmt, Grätz zu räumen, aber den Schlossberg, gemäß seiner Befehle, besetzt zu halten.

Es war ein geschickter Schachzug von Hackher, den Franzosen zuerst Entschlossenheit vorzuspielen und dann doch den Forderungen weitgehend nachzugeben. Darauf zu bestehen, dass vonseiten der Stadt keinerlei Kampfhandlungen erfolgen sollten, war hingegen mehr taktisches Kalkül als Besorgnis über die ach so braven Bürger. Hackher und Cerrini hatten sich in den Tagen zuvor genauestens mit den Gegebenheiten der Festung und dem Terrain rund um die Stadt vertraut gemacht. Beide wussten, dass der Schlossberg nur vonseiten der Stadt ernsthafter Gefahr ausgesetzt war. Dies war General Grouchy allerdings nicht bekannt, und wenn er der kleinen Vertragslist zustimmte, so hatte er in weiterer Folge keine Möglichkeit, Hackher effektiv zu beunruhigen. Nicht von der Stadt aus angreifen zu können, bedeutete, dass die Franzosen auf dem Glacis und auf den Feldern rund um Grätz Aufstellung nehmen mussten, doch von dieser Position aus war der Berg zu hoch, um ihn effektiv beschießen zu können und ein Sturm war wegen der felsigen Anhöhen völlig ausgeschlossen.

Das Antwortschreiben auf die französische Forderung war höflich, fast unterwürfig formuliert. Hackher wollte nicht nur, dass sich Grouchy etwas geschmeichelt fühlte, sondern appellierte auch direkt an dessen Ehre, weshalb dieser das Angebot nicht ausschlagen konnte.

Der Festungskommandant musterte den groß gewachsenen Hauptmann, der immer noch das Stück Papier mit der kleinen, kaum leserlichen Schrift Hackhers in der Hand hielt.

Dies war ein weiteres Kalkül, welches sich der erfahrene Major im Laufe der Jahre angewöhnt hatte. Bei Korrespondenz mit dem Feind versuchte er, immer so klein und verschlungen wie möglich zu schreiben, damit dieser möglichst lange brauchte, um den Text zu übersetzen. Grouchys Handschrift hingegen war groß, verziert und verspielt, als wolle er damit die Exklusivität seiner Worte illustrieren.

„Und, wie finden Sie es?", fragte Hackher schließlich, da er nicht mehr länger auf eine Äußerung Cerrinis warten wollte.

„Angemessen", antwortete dieser.

„Wie soll ich denn das verstehen?", hakte der Major nach.

„Glauben Sie, dass dieser Grouchy darauf eingehen wird?" Cerrini legte das Stück Papier auf den Tisch und blickte skeptisch zu Hackher.

„Ich bin mir ziemlich sicher. Diese französischen Generäle sind alles eitle Pinkel. Wenn man denen mit ihrer Ehre kommt, dann setzt rationales Denken aus. Außerdem hat dieser Grouchy bestimmt andere Sorgen: wie er zum Beispiel seine Soldaten versorgen soll. In der Murvorstadt wird er nicht viel finden. Aus diesem Grund hat er ein aktives Interesse daran, in die Stadt zu kommen, egal auf welchem Weg", erklärte Hackher.

„Wenn er darauf eingeht, dann ist Ihnen ein guter Schachzug gelungen, Herr Major."

„Loben Sie mich nicht zu früh, Cerrini. Damit ist noch nichts überstanden."

Hackher faltete das Schriftstück zu einem Brief zusammen und gab dann sein Siegel darauf.

„Gut, dann lassen Sie diesem eitlen Franzosen die Nachricht überbringen", sagte Hackher, nicht ohne leicht triumphierend zu grinsen.

Cerrini überbrachte das Schriftstück dem französischen Parlamentär, den man inzwischen mit Speis und Trank versorgt hatte, und brachte ihn anschließend zurück zu seinen Leuten.

Grouchys Truppen lungerten auf den Feldern des rechten Murufers herum und langweilten sich. Nach dem langen Marsch hatte niemand Lust, sich auf eine Belagerung vorzubereiten. Der erfahrene General hatte einige Haubitzen in Stellung gebracht, um Druck auf Hackher auszuüben. Zeitweilig waren ihm die Verhandlungen mit diesem sturen Major entschieden zu langatmig gewesen. Zuerst die unnötigen Torturen, die sich sein Parlamentär gefallen lassen musste. Mit verbundenen Augen hatte man ihn wie einen Gefangenen auf die

Festung gebracht. Dann galt es, zunächst zu klären, auf welche Verhandlungssprache man sich festlegen sollte. Dieser Hackher hatte darauf bestanden, seine Nachrichten ausschließlich auf Deutsch zu übermitteln, was Grouchy als Affront ansah, schließlich gab es keine höhere Sprache als das Französische. Deutsch war ihm entschieden zuwider, nur Russisch war noch schlimmer anzuhören.

Der General hatte sein Quartier in einem Bürgerhaus bezogen und gönnte sich ein einfaches Frühstück, das aus Käse, Brot und Früchten bestand. Grouchy war üppiges Essen seit seinen Tagen als einfacher Soldat der Revolutionsarmee nicht mehr gewohnt.

Als ihm die Rückkehr des Parlamentärs gemeldet wurde, ließ er diesen eintreten. Ohne sonderliche Sorgfalt riss er das Schreiben Hackhers auf und las es mit steigender Zufriedenheit.

Dieser störrische Major hatte also doch noch Einsicht bewiesen, obwohl er noch immer nicht bereit war, seine Position auf dem Festungsberg zu räumen. Grouchy konnte den Österreicher gut verstehen. Dieser Hackher hatte vermutlich deutliche Befehle erhalten und wollte zumindest seine Ehre gewahrt wissen. Er selbst würde vermutlich ähnlich handeln, dachte sich der Franzose. Wichtig war allerdings nur, dass er, Grouchy, nun in die Landeshauptstadt einziehen und dies vor Napoleon als seinen Verdienst darstellen konnte. Der klein gewachsene Korse führte nämlich genauestens Buch über die Leistung seiner Generäle. Die Festung blieb ein Schönheitsfehler, doch damit würde sich ohnehin dieser schweinsgesichtige Macdonald herumschlagen müssen. Grouchy mochte den eitlen General nicht, der nicht einmal ein echter Franzose war.

Jacques Macdonald war ein Sprössling einer schottischen Familie, die nach Frankreich geflüchtet war, nachdem die Stuarts den schottischen Thron verloren hatten. Er hatte den Oberbefehl über die Armee und war bereits im Anmarsch auf die Stadt. Grouchy hingegen hatte Order bekommen, nach der Kontaktaufnahme mit Macdonald den Anschluss an Vizekönig Eugen zu suchen, worüber er nicht sonderlich unglücklich war. Dieser Major Hackher war anscheinend ein ernst zu nehmender Gegner, mit dem sich ruhig Macdonald herumschlagen sollte.

Grouchy wollte seine Leistungsbilanz nicht mit einer blutigen Belagerung beschmutzen. Er ließ sich Papier und Federkiel bringen, bestätigte Hackhers Angebot mit seiner Unterschrift und wandte sich dann wieder in aller Ruhe seinem Morgenmahl zu.

Mit lauten Glockenschlägen erklang die Lisl. Dies war das vereinbarte Signal für die Truppen, sich in die Festung zurückzuziehen. Hackher hatte in einem Schreiben das Gubernial sowie die Stadtverwaltung von seiner Übergabe der Stadt informiert. Diese zeigten sich äußerst froh darüber, dass es dank Hackhers Verhandlungsgeschick zu keinen Kämpfen in der Stadt kommen würde.

Inzwischen waren die Franzosen eifrig dabei, die Brücken wieder gangbar zu machen, um in die Stadt einrücken zu können. Von einer Abordnung wurde dem mittlerweile eingetroffenen General Macdonald der Schlüssel der Stadt Grätz übergeben.

In der Festung kam in den Abendstunden bereits Lagerkoller auf. Einige Soldaten äußerten sich unzufrieden darüber, dass man die Stadt kampflos übergeben hatte, doch die erfahrenen unter ihnen wussten, dass eine Verteidigung sowieso aussichtslos gewesen wäre.

Hackher und Cerrini standen auf der Bürgerbastei und blickten in die Stadt hinunter. Die Franzosen setzten soeben über die Brücken über und schwärmten mit Fackeln durch die Stadt. Es herrschte ein Tumult in den Straßen und Gassen, der Hackher an der Richtigkeit seiner Vereinbarung zweifeln ließ. Die französischen Soldaten erpressten rücksichtslos Vorräte von den Bürgern der Stadt und beschlagnahmten alle Lagerhallen. In den Feldern um Grätz waren ebenfalls massive Truppenbewegungen zu erkennen. Die Reiterei der Franzosen lagerte in der Nähe des Schlosses Eggenberg und hatte die Felder zertrampelt und verwüstet.

„Was für ungehobelte Burschen, diese Franzosen", stammelte Hackher vor sich hin.

Cerrini nickte zustimmend und bemerkte den Zweifel im Gesicht seines Kommandanten. „Hoffen wir, dass es besser wird, wenn Durst und Hunger erst einmal gestillt sind", sagte er.

„Für die Leut' dort unten wird es trotzdem keine einfache Zeit werden, mein lieber Cerrini. Wir können nur hoffen, dass die Nachricht vom Einmarsch der Franzosen möglichst bald den Erzherzog erreicht und er mit einem Ersatzheer anmarschiert."

Die Stimmung war deutlich getrübt, obwohl es am Nachmittag, als Grouchys Bestätigung eintraf, noch so ausgesehen hatte, als hätte man einen kleinen Sieg über die Franzosen errungen. Doch Hackher fragte sich, ob sie damit der Bevölkerung wirklich Leid erspart hatten. Die Franzosen nahmen sich auch so, was sie wollten und er konnte nur tatenlos zusehen.

Wenn er auf die Straßen hinabblickte und mit ansehen musste, wie französische Soldaten alles beschlagnahmten, was ihnen irgendwie nützlich erschien, kam es ihm fast ein wenig so vor, als habe er die Stadt und ihre Bewohner im Stich gelassen.

„Machen Sie sich keine Vorwürfe, Herr Major. Ihre Entscheidung war richtig. Wir hätten die Stadt mit so wenigen Männern nicht verteidigen können, es hätte nur ein unnötiges Blutbad gegeben. Die Franzosen mögen die Bevölkerung auspressen, doch sie lassen die Menschen wenigstens am Leben", sagte Cerrini und versuchte, Hackhers Gewissen zu beruhigen.

„Vielleicht haben Sie recht, doch mich stört die Tatsache, dass wir nicht einmal versucht haben, die Stadt zu halten. Welche Meinung sollen denn die Menschen dort unten jetzt von mir haben?", antwortete der Major, sichtlich mit sich selbst im Zwiespalt.

Cerrini konnte sehen, wie sehr der Kommandant mit seiner eigenen Entscheidung haderte, und legte ihm die Hand auf die Schulter. „Herr Major, wenn Sie mich fragen, haben Sie die Stadt vor ihrer Zerstörung bewahrt. Diese Belagerung wird irgendwann enden und dann wird man Ihnen dafür dankbar sein, dass es nicht schlimmer gekommen ist."

Hackher blickte zu seinem Stellvertreter und war für die aufmunternden Worte dankbar.

Plötzlich kam ein aufgeregter Kapitänsleutnant Vorbeck angerannt. „Herr Major! Ein Verwundeter!"

Hackher und Cerrini drehten sich erschrocken um.

„Ein Verwundeter? Wie ist das denn möglich?", wollte der Festungskommandant wissen.

„Es geht um Oberleutnant Hastreiter, Herr Major. Er sieht nicht gut aus", meldete der aufgebrachte Vorbeck.

„Hastreiter?", versuchte Hackher sich zu erinnern. „Der sollte doch unten im Lazarett sein. Was macht denn der hier auf der Festung?"

„Er hat sich offenbar hier versteckt. Ein paar Soldaten von der Landwehr haben ihn soeben in einem der unterirdischen Stollen entdeckt und ihn sofort ins Lazarett gebracht", antwortete Vorbeck.

„*Kruzitürken* noch mal!", schrie Hackher wütend und marschierte mit Vorbeck und Cerrini im Schlepptau zum Lazarett.

Hastreiter lag auf einer Bahre am Boden und fieberte offenbar. Simon Holzer kniete über dessen Bein und säuberte es mit einem in Alkohol getränkten Laken. Die Wunde an Hastreiters Bein hatte sich entzündet und eiterte nun wieder stark.

Hackher bemerkte den beißenden Geruch sofort, als er das Lazarett betrat und auf Hastreiter zumarschierte.

„Sind Sie vollkommen bescheuert, Hastreiter? Was zum Kuckuck machen Sie hier?", polterte der Major sofort los.

„Bitte, Herr Major, der Patient braucht jetzt Ruhe", ermahnte ihn Holzer sofort, der offenbar seine Tätigkeit als Sanitätsgehilfe sehr ernst nahm.

„Mund halten", befahl Hackher schroff, packte Hastreiter am Kragen und zog ihn hoch.

„Herr Major, ich bitte untertänigst um Verzeihung, aber meine Ehre als Offizier gebot mir, mich auf die Festung zu stehlen, um Ihnen doch noch meine Dienste anbieten zu können", brachte Hastreiter verlegen hervor.

„Sind Sie verrückt? Sie hätten sterben können mit so einer Wunde", schimpfte Hackher weiter. „Was fällt Ihnen eigentlich ein, meine ausdrückliche Anweisung, im Spital zu verweilen, zu missachten?"

Cerrini schritt ein und bedrängte Hackher, den Verwundeten loszulassen. „Herr Major, das hat jetzt keinen Sinn."

Mürrisch ließ dieser von Hastreiter ab und wandte sich zum Gehen. „Dann sehen Sie zu, dass Sie gesund werden, Hastreiter. Mit dem krummen Haxen kann ich Sie nicht gebrauchen."

„Vielen Dank, Herr Major, ich werde meine Bemühungen zur Genesung erhöhen", rief ihm Hastreiter mit schwacher Stimme hinterher.

Cerrini folgte Hackher aus dem Lazarett. „Herr Major, haben Sie vor, den Herrn Oberleutnant auf der Festung verweilen zu lassen?", fragte er, während er versuchte, mit Hackher Schritt zu halten.

„Jetzt, wo er schon mal hier ist, kann er sich ruhig nützlich machen", antwortete dieser.

Auf halbem Weg zurück zur Kommandantur kam ihnen Hauptmann Rüstl entgegen. „Herr Major, soeben hat ein Parlamentär der Franzosen ein Schreiben an Sie abgeliefert", meldete dieser und reichte Hackher ein Stück Papier.

„Wer zur Hölle ist denn dieser Adjoint Sion jetzt schon wieder?", fragte der Major, immer noch etwas aufgeregt von der Sache mit Hastreiter, als er den Brief aufriss.

Es handelte sich offenbar um einen unwichtigen französischen Offizier, der meinte, eigenmächtig mit Hackher etwas aushandeln zu müssen.

„Egal, was schreibt er?", fragte Cerrini neugierig.

„Keine Ahnung, ist Französisch", sagte Hackher und drückte dem Hauptmann den Brief in die Hand.

„Die Franzosen wollen wissen, ob Sie sich bei Beachtung der Vorpostenlinie um die Festung bewegen dürfen."

Cerrini blickte Hackher etwas perplex an, nachdem er den Brief gelesen hatte. „Wir haben doch gar keine Vorpostenlinie", murmelte er dann.

Der Festungskommandant sah in dem Schreiben sofort eine Gelegenheit, den Druck auf die Franzosen zu erhöhen. Er war so sehr mit der Sicherung der Festung beschäftigt gewesen, dass er an Vorposten gar nicht gedacht hatte. Die Anfrage der Franzosen gab ihm die Möglichkeit, dies nun zu korrigieren.

„Cerrini, nehmen Sie sich ein paar Männer und lassen Sie die Gebäude am Fuße des Schlossbergs besetzen. Deklarieren Sie diese als unsere Vorposten und vereinbaren Sie mit den Franzosen eine Pufferlinie."

„Sehr wohl, Herr Major." Cerrini salutierte und tat, wie ihm befohlen wurde.

Noch am selben Abend wurden sechs Häuser am Fuße des Berges durch mehrere Dutzend Soldaten besetzt. Nun konnte Hackher jeden Schritt der Franzosen aus nächster Nähe beobachten.

Gasthaus zur Goldenen Pastete

Der alte Wirt Michael Spreng stand hinter der Theke seiner Gaststube und blickte mürrisch auf die Dutzenden Franzosen, die halb besoffen irgendwelche patriotischen Lieder sangen. Die erste Nacht war schlimm gewesen. Es gab Plünderungen und auch einige Schlägereien. Spreng war gezwungen worden, eine Kompanie in seinem Wirtshaus aufzunehmen und zu verpflegen. Die Franzosen hatten in der ersten Nacht, in der sie ihren Einmarsch feierten, mehr Wein versoffen, als er ansonsten in einem ganzen Monat ausschenkte. Im Grunde konnte sich der Wirt nicht beklagen, schließlich waren die ungewollten Gäste zumindest so anständig und bezahlten alles, dennoch hatte Spreng ein ganz ungutes Gefühl. Mit grimmigem Blick spähte er durch die Gaststube und musterte jeden Franzosen einzeln.

Es waren viele junge Burschen unter ihnen. Fein herausgeputzt und nicht unschön anzusehen, wie er zugeben musste. Allesamt willige Männer mit einem ausgeprägten Jagdinstinkt für das Weibliche. Spreng hatte seiner Tochter befohlen, in ihrem Zimmer zu bleiben, solange die Franzosen sich betranken, doch er machte sich auch deswegen Sorgen, da seine geliebte Hermine in letzter Zeit ebenfalls eine gewisse Zuneigung für junge, gut aussehende Burschen entwickelt hatte. Bereits bei diesem Suller war ihm aufgefallen, dass seine Minerl Sympathie für ihn empfand. Nun war das ganze Haus voll von diesen schnell schießenden Soldaten.

Und da war noch etwas, worüber sich der alte Wirt Sorgen machte. Er erwartete für heute Nacht erstmals eine geheime Nachricht von Major Hackher, die er an Erzherzog Johann weiterleiten sollte. Wachsam spähte Spreng deshalb immer wieder zur Tür und hoffte, dass der Bote, wen auch immer Hackher schicken würde, nicht so dumm war und ausgerechnet jetzt aufkreuzte, wo das Gasthaus voll mit Franzosen war. Die meisten der Soldaten hatten inzwischen zwar genug gesoffen, sodass sie ohnehin nichts mitbekommen würden, doch nicht unweit des Eingangs saß dieser Leutnant Jacques Pirrot, ein junger, stattlicher Offizier, der das Kommando über die Männer hier hatte.

Spreng hatte bereits mit Besorgnis festgestellt, dass dieser Pirrot nicht trank, sondern stets wachsam seine Umgebung im Auge behielt, als rechne er fest mit geheimen Machenschaften in diesem Gasthaus. Seine gute Menschenkenntnis ließ bei Spreng deshalb alle Alarmglocken läuten. Dieser Mann war gefährlich und es galt, ihn ebenso akribisch zu beobachten.

Momentan saß er mit einigen seiner Männer an einem Tisch und hatte einen Krug Wasser vor sich stehen. Während der Rest seiner Leute fröhlich feierte, war Pirrot ungewöhnlich still und beteiligte sich in keinster Weise an dem ausgelassenen Treiben.

Plötzlich wurde Sprengs Aufmerksamkeit durch ein dumpfes Geräusch von dem Offizier abgelenkt. Der Lärmpegel der Franzosen war viel zu hoch, als dass diese es gehört haben konnten, dennoch vergewisserte sich Spreng für einen Moment, dass auch wirklich niemand darauf aufmerksam geworden war.

Das Geräusch war eindeutig aus dem Kohlekeller gekommen. Es klang, als wäre etwas Schweres auf die Holzplanken gesprungen, die am Boden des Raumes verlegt waren. Der Wirt kniff die Augen zusammen. Da war doch tatsächlich wieder jemand in seinen Kohlekeller gehüpft. Die Vermutung lag nahe, dass es sich um den Kurier von Hackher handelte. Dieser musste bemerkt haben, dass es in der Gaststube von Franzosen nur so wimmelte, und hatte sich deshalb in den Kohleschacht geworfen.

Noch einmal blickte sich Spreng um und vergewisserte sich, dass niemand ihn beobachtete. Dann entfernte er sich unauffällig von der Theke und ging nach hinten zur Kellertür.

Wie schweres Blei griff plötzlich eine Hand auf Sprengs Schulter und ließ ihn innerlich zusammenzucken.

„Wo wollen Sie hin?", fragte die Stimme von Leutnant Pirrot mit französischem Akzent.

„In den Kohlekeller", antwortete der Wirt, ohne nachzudenken.

„Warum?" Pirrot musste etwas mitbekommen haben, denn sein Tonfall war sehr bestimmt.

Spreng musste sich schnell eine plausible Ausrede einfallen lassen. Er konnte es nicht riskieren, das Misstrauen dieses Mannes noch weiter zu steigern.

„Ich brauche Kohle für den Herd. Eure Männer werden

doch eine warme Mahlzeit haben wollen, oder?"

Pirrot musterte Spreng mit durchdringendem Blick. Die Augen des Franzosen waren rabenschwarz und wirkten so scharf wie die eines Falken.

„Brauchen Sie Hilfe?", fragte er dann.

„Oh, nein, danke, das schaffe ich schon alleine."

„Seien Sie nicht so bescheiden. So ein Kohlesack ist schwer. Lassen Sie mich helfen, das ist das Mindeste, was ich tun kann, um mich für Ihre Gastfreundschaft zu revanchieren."

Spreng pochte das Herz bis zum Hals. Pirrot machte gute Miene zum bösen Spiel. Er musste das Geräusch definitiv bemerkt haben, anders war seine Hartnäckigkeit nicht zu erklären. Wenn er nun einen österreichischen Kurier im Keller entdeckte, würde der Verdacht sofort auf Spreng zurückfallen. Pirrot war keinesfalls dumm und er würde sofort die richtigen Schlüsse ziehen, nämlich, dass Spreng mit der Besatzung der Festung kollaborierte, worauf die Franzosen die Todesstrafe verhängt hatten.

Pirrot klopfte Spreng auf die Schulter. „Na kommen Sie. Ich helfe Ihnen, die schwere Kohle zu tragen."

Ohne, dass der Wirt noch etwas erwidern konnte, drängte ihn der Franzose zum Eingang des Kohlekellers. Zittrig und mit rasendem Puls holte Spreng den Schlüssel hervor und steckte ihn unter strenger Beobachtung in das Schloss, um die Tür aufzusperren.

Knarrend schwang diese auf und gab den Blick in den dunklen Keller frei.

„Na, wo haben Sie ihre Kohlesäcke nun?", fragte der Offizier süffisant. Er schien sich offenbar über Sprengs Anspannung zu amüsieren.

Mit einem Streichholz zündete der Gastwirt ein kleines Holzstück an, klemmte es in eine Spanlampe ein und schritt die Stufen hinab.

Der Schein der Lampe leuchtete den gesamten Raum schemenhaft aus.

Pirrot kam ebenfalls die Treppe hinunter und spähte durch

den Keller wie ein hungriges Raubtier.

Spreng klopfte das Herz nun so schnell und fest, dass er kaum atmen konnte. Er rechnete jeden Augenblick damit, dass der Offizier den Kurier entdeckte und Alarm auslöste. Vorsichtig schielte er über die Schulter und versuchte, Pirrot im Auge zu behalten, der nun seitlich hinter ihm stand.

Dessen Hand war langsam hinunter zum Griff seines Säbels gewandert, wo sie nun angespannt verweilte, jederzeit bereit, die blanke Klinge zu ziehen und einen tödlichen Hieb auszuführen.

„Ah, da sind ja Ihre Kohlesäcke", rief der Franzose plötzlich und blickte freundlich lächelnd zu Spreng. Dieser nickte erleichtert, packte mit Pirrot einen der Säcke und zerrte ihn nach oben.

Wieder in der Gaststube schickte der Wirt innerlich ein Gebet an den Himmel. Gott sei Dank war niemand im Keller. Das Geräusch war vermutlich irgendetwas anderes gewesen, eine Katze vielleicht, die ein warmes Quartier für die Nacht suchte. Erleichtert brachte Spreng die Kohle in die Küche. Pirrot spielte Freundlichkeit vor, doch er hatte bewiesen, dass nichts vor ihm verborgen blieb. Spreng musste nun doppelt auf der Hut sein. Diesmal war vielleicht noch alles gut gegangen, doch nächstes Mal würde er weniger Glück haben und sich an Pirrot verraten.

1. Juni 1809, Grätz

Divisionsgeneral Jean-Babtiste Broussier schritt den langen Gang entlang, an dessen Ende sich eine große weiße Flügeltür befand. Stolz und schnellen Fußes eilte er auf dem Marmorboden dahin. Seine Stiefel waren blank poliert worden. Zweimal hatte er seinen Burschen angetrieben, keine Stelle auszulassen. Seine Uniform glänzte in voller Farbenpracht und ließ seinen stattlichen Körper gut zur Geltung kommen. Broussier war eine eindrucksvolle Erscheinung: ein französischer Offizier wie aus dem Ei gepellt. Er war auf dem Weg zu General Macdonald, der ihn zu sich bestellt hatte.

Broussier grinste immer noch leicht, denn dies konnte nur bedeuten, dass der Oberkommandant ihm das Kommando über Grätz übergeben wollte. Auf diesen Tag hatte sein Ehrgeiz hingearbeitet. Er, General Broussier, würde die Festung nehmen dürfen, die sich so stur weigerte, sich der französischen Militärmacht zu ergeben.

Macdonald hatte Grouchy wild verflucht, als er davon erfuhr, dass dieser akzeptiert hatte, die Festung durch die Österreicher besetzen zu lassen. Der alte Grouchy war auch nicht mehr jener Offizier, der er einmal war, dachte Broussier und schritt durch die Tür.

Im barocken Saal saß Macdonald hinter einer langen Tafel, die er als Arbeitstisch nutzte, einem König gleich auf einem thronartigen Stuhl. Die massige Gestalt des Generals wirkte autoritär. Dieser enge Vertraute Napoleons war launisch und streng, aber korrumpierbar. Alle Offiziere buhlten um seine Gunst, denn Macdonald zu gefallen, hieß, auch Napoleon zu gefallen.

Broussier holte tief Luft, trat ein und salutierte mit gekonnter Präzision vor seinem General. „Monsieur Général, melde mich wie befohlen."

„Bonjour Général", antwortete Macdonald mit tiefer brummender Stimme. Im nächsten Moment warf er abfällig ein Stück Papier auf den Tisch. Es war die von Grouchy mit Hackher getroffene Vereinbarung über die friedliche Besetzung der Stadt.

„Dieser *Crétin* Grouchy hat uns in eine unbequeme Lage gebracht, indem er mit diesem Commandant Hackher diesen lumpigen Vertrag geschlossen hat. *Scandale!*", schimpfte Macdonald dann.

Broussier nickte leicht. Bei den meisten Befehlshabern hatte sich Grouchy ziemlich unbeliebt gemacht. Inzwischen war er mit seiner Division längst wieder abmarschiert, um sich dem Vizekönig anzuschließen, der weiter die Verfolgung der Österreicher aufnahm. Man warf ihm deshalb vor, nur die Lorbeeren für die Besetzung der Stadt einheimsen zu wollen, ohne einen Gedanken daran zu verschwenden, dass andere sich mit der Festung herumschlagen mussten. Macdonald hätte Grouchy dafür an die Guillotine gewünscht, doch Vertrag war Vertrag und musste nun eingehalten werden, so verlangte es schließlich die Ehre.

„Ich übertrage Ihnen das Kommando über die Stadt Grätz und all ihrer Truppen. Bombardieren Sie mir diesen opportunen Major Hackher vom Platz. Ich will, dass diese Festung fällt, egal mit welchen Mitteln. Kapitulation oder Sturm ist mir gleichgültig.“

„*Oui, bien sûr*, Général“, antwortete Broussier sofort.

„Ich werde in Kürze mit meiner Division abziehen. Napoleon verlangt einen schnellen Marsch gegen Wien, da bleibt keine Zeit, sich um so eine unwichtige kleine Festung zu kümmern, das überlasse ich ganz Ihnen, Broussier“, sagte Macdonald und machte eine abfällige Handbewegung.

Broussier fühlte sich fast etwas in seinem Stolz verletzt, dass sein Gegenüber es für eine zu geringe Aufgabe hielt, sich selbst um die Schlossbergfestung zu kümmern. Was fällt diesem arroganten Fettsack eigentlich ein, dachte sich Broussier. Schließlich war er selbst auch General und kein niederer Offizier, den man vielleicht mit Geringschätzung strafen konnte.

„Ich werde dieses Fort in die Knie zwingen, Monsieur Général können sich darauf verlassen“, antwortete er mit einem leicht zynischen Unterton.

Macdonald nickte und wandte sich wieder seinen Unterlagen zu, ohne Broussier noch eines Blickes zu würdigen. Dieser verstand nach einer Weile, dass dies die stumme Aufforderung war, nun zu gehen, salutierte und verließ den Raum.

Sein Stolz war deutlich angekratzt. Offenbar hatte Macdonald ihm das Kommando der Stadt nur gegeben, weil es für einen anständigen General ohnehin zu gering war. Broussier kochte vor Ärger. Diesem arroganten Schwein würde er zeigen, wie schnell er die Festung nehmen konnte, dann würde er nicht mehr so abwertend auf ihn herabsehen. Der ehrgeizige Divisionsgeneral und nunmehriger Stadtkommandant war fest entschlossen, Grouchys Fehler wettzumachen und damit allen zu zeigen, dass er die Lage wieder in Ordnung gebracht hatte.

„Dieser Commandant Hackher wird mich noch kennenlernen", murmelte Broussier vor sich hin und stellte sich bereits vor, wie Napoleon persönlich ihn als Bezwinger der Grätzer Festung auszeichnen würde.

Hackher stand im Glockenturm der Festung, blickte auf die Stadt hinunter und beobachtete mit steigender Beunruhigung die Bewegungen der Franzosen. Diese hatten rund um den Schlossberg damit begonnen, Laufgräben und Batteriestellungen auszuheben. Was Hackher dabei am meisten beunruhigte war, dass er bei Weitem nicht alle Bewegungen des Feindes einsehen konnte. Auch hatte er es mit einem neuen Gegner zu tun. Am Vormittag war ein Schreiben von einem General Broussier eingetroffen, welcher ihn erneut in scharfem Ton aufforderte, die Festung zu übergeben. Hackher hatte dies sofort abgelehnt und eine entsprechende Antwort zurückgeschickt. Seither war keine weitere Nachricht der Franzosen eingetroffen. Der Festungskommandant hatte auf Anraten von Cerrini eine Kopie des Vertrags mit Grouchy zu Broussier geschickt und auf dessen Einhaltung gepocht, doch die Reaktion der Franzosen konnte Hackher nun in den Straßen der Stadt mit eigenen Augen beobachten.

Im Osten hatte der Feind begonnen, auf dem Vorfeld vor den Mauern zwei Haubitzenbatterien in Stellung zu bringen. Ebenso im Norden und im Süden. Von seinen Kundschaftern wusste Hackher, dass die Franzosen auch schon Leitern und Steigeisen bestellt hatten und diese für den Sturm bereithielten.

„Diese Halunken", sagte sich der Major und bemerkte gar nicht, wie Cerrini sich von hinten genähert hatte.

„Gibt es Neuigkeiten, Herr Major?", fragte er.

„Ich glaube, dieser Broussier ist nicht gewillt, sich an unsere Vereinbarung zu halten", antwortete der Festungskommandant.

„Ein Vertragsbruch wäre unerhört", ereiferte sich Cerrini.

„Broussier scheint von gänzlich anderem Schlag zu sein als dieser Grouchy. Kaum ist der eine weg, fordert der andere auch schon wieder unsere Kapitulation. Was für ein arroganter Bastard! Sollen sie nur kommen, diese Franzmänner, dann zeigen wir ihnen, wo der Bartl den Most holt!"

Cerrini musterte Hackher. Der Festungskommandant war in keiner guten Stimmung, wie er bemerkte, und dass sich die Franzosen offenbar nicht an den Vertrag halten wollten, schien ihm ordentlich aufzustoßen.

„Herr Major, ich muss Ihnen zudem von einigen Meinungsverschiedenheiten unter den Männern berichten", sagte er dann zögerlich.

Hackher horchte sofort auf und warf Cerrini einen scharfen Blick zu. „Was meinen Sie?"

„Die Männer sind beunruhigt. Viele haben Familien in der Stadt und einige sind seit dem Einzug der Franzosen besonders besorgt um ihre Verwandten. Es gehen Gerüchte über Desertion umher."

Hackhers Herz schlug schneller. Wieder hatte er es mit ein paar Aufmüpfigen zu tun, die nicht parieren wollten. „Lassen Sie die Unruhestifter ausforschen und bestrafen", ordnete er augenblicklich an.

„Herr Major, Sie wissen, dass Sie auf meine uneingeschränkte Loyalität zählen können, doch halten Sie eine so strenge Vorgehensweise für notwendig? Sollten wir nicht abwarten, wie sich die nächsten Tage entwickeln?", fragte Cerrini vorsichtig.

„Auf keinen Fall!", brüllte Hackher. „Wenn es unter den Männern solche Feiglinge gibt, will ich sie aussortiert haben, sonst rebelliert mir in ein paar Tagen die ganze Truppe. Dieser Broussier würde wahrscheinlich nichts lieber sehen, als dass wir uns hier oben gegenseitig an die Gurgel gehen, darauf zielen doch seine Drohungen ab. Also bringen Sie die Männer zur Vernunft, Cerrini."

Der Hauptmann salutierte und trat auf der Stelle ab. Cerrini hatte in den Tagen vor der Belagerung wesentlich mehr direkten Kontakt zu den Soldaten gehabt als der Kommandant. Hackher wurde gefürchtet, Cerrini hingegen geschätzt. Innerlich tat sich der gesellige Hauptmann schwer, die strengen Befehle von Hackher auszuführen, doch er wusste, dass es keine andere Option gab. Die Ordnung auf der Festung musste mit allen Mitteln aufrechterhalten werden. Dennoch widerstrebte es Cerrini, so hart gegen die Männer vorgehen zu müssen. Er konnte sich gut in die Lage der jungen Rekruten versetzen, denen die Anspannung und das Warten schön langsam über den Kopf wuchsen. Um eine Belagerung durchstehen zu können, brauchte es einen kühlen Verstand, den Hackher zweifelsohne besaß. Auch Cerrini war einst in einer solch misslichen Lage gewesen, als er 1796 bei Dego zusammen mit seinem Vater in Kriegsgefangenschaft geriet. Er wusste daher nur zu gut, wie es sich anfühlte, dem Feind ausgeliefert zu sein und das wollte er keinesfalls ein zweites Mal erleben.

Cerrini stieg den Glockenturm hinab und machte einen Rundgang durch die Festung. In den Gesichtern der Soldaten konnte man die Angst erkennen, denn keiner wusste, was die nächsten Tage bringen würden. Es lag eine Totenstille über der Stadt. Die Geräusche des Arbeitens und Werkens der Franzosen drangen auf die Festung herauf und ständig blickten die Soldaten neugierig über Mauer und Wälle, um etwas erkennen zu können. Zudem war es wieder unangenehm heiß geworden. Während die Franzosen großteils in den engen Gassen der Stadt lagerten und genügend Schatten durch die Häuser bekamen, waren die Männer auf dem Schlossberg der brütenden Hitze schutzlos ausgesetzt. Es gab keine Bäume oder Unterstände, die für Schatten gesorgt hätten. Auf dem Kasernplatz und dem oberen Festungsplatz saßen die Soldaten in der Hitze und versuchten, sich die Zeit mit Kartenspielen zu vertreiben.

Cerrini beobachtete beim Vorbeigehen eine kleine Gruppe von Linieninfanteristen, die vor dem langen Zeughaus auf kleinen Fässern hockten und sich leise unterhielten. Als er an ihnen vorbei kam, salutierten sie und unterbrachen ihr Gespräch sofort, als wollten sie nicht, dass Cerrini etwas davon mitbekam. Ein paar Mal war es ihm bereits gelungen, einige Soldaten zu belauschen, wenn diese über ihre Unzufriedenheit mit der Lage sprachen. Er hatte die Männer immer sofort ermahnt. Vermutlich hatte sich inzwischen schon herumgesprochen, dass Cerrini ein waches Ohr hatte und die Männer in seiner Gegenwart deshalb vorsichtiger sein mussten.

Cerrini begrüßte die Soldaten ebenfalls im Vorbeigehen und schritt dann zur Neustadt hinunter.

Der zierliche Soldat Selcher blickte Cerrini misstrauisch hinterher und wandte sich dann wieder seinen Kameraden zu, als dieser sich weit genug entfernt hatte. „Ich sag' euch, diesem Cerrini ist auch nicht zu trauen. Der ist Auge und Ohr für den Major", sagte er konspirativ zu den anderen.

Tressivo, der Halbitaliener, nickte Selcher stumm zu.

Die Soldaten Sackbauer und Maierhofer, beides Landwehrsoldaten, warfen Cerrini ebenfalls einen misstrauischen Blick hinterher.

„Auge und Ohr für den Major", kicherte Tressivo, dem der Reim zu gefallen schien.

„*Pssst*! Nicht so laut, du Idiot", fuhr ihn Selcher an und gab ihm eine Kopfnuss. „Wenn einer von den Offizieren bemerkt, dass du dich über sie lustig machst, dann gibts wieder die Rute."

Tressivo zog beleidigt den Kopf ein und machte ein schmollendes Gesicht.

Sackbauer kaute mürrisch seinen Tabak und spuckte eine pechschwarze Fontäne aus. „Ich hab gehört, dass die Franzosen einen neuen Kommandanten haben. Der *Groschi* ist mit seinen Leuten abgezogen und der Neue will angeblich den Vertrag mit dem Major nicht einhalten. Der Stadlmayer hat neulich Wache vor dem Kommandantenzimmer geschoben und er hat mir erzählt, dass der Hackher komplett narrisch g'worden ist, als ihn dieser neue General erneut zur Kapitulation aufgefordert hat. In 1000 Fetzen hat er das Schreiben zerrissen", sagte er beunruhigt.

„Der Hackher kapituliert nie und nimmer, eher lasst er uns alle abschlachten, das sag ich euch", presste Selcher leise hervor.

„Ich kämpf sicher nicht", sagte Maierhofer. „Dem ersten Franzosen werf ich meinen Schießprügel vor die Füße und geh' heim."

„Wenn dich die Franzosen nicht abknallen, dann macht das bestimmt unser Major", sagte Selcher spitzzüngig.

„Das soll er einmal versuchen", gab Maierhofer halbstark zurück.

„Im Eifer des Gefechts kann viel passieren", sagte Selcher. „Wenn die Franzosen angreifen, verirrt sich in der Aufregung vielleicht eine Kugel in den Kopf vom Hackher. Wer kann dann noch behaupten, die Kugel wäre nicht von den Franzosen gekommen?"

Die Männer nickten zustimmend, auch wenn keiner von ihnen die Äußerung so ernst genommen hatte, wie Selcher es tat. Mittlerweile hasste dieser den Dienst auf der Festung. Nicht nur, dass er ständig vor Prammer auf der Hut sein musste, er wurde auch immer von den Offizieren schikaniert. Er war fest davon überzeugt, dass man gegen den Major meutern sollte, bevor es zum ersten Sturm kam.

Kapitänsleutnant Kandelbinder lehnte sich gegen den Lauf einer 6-Pfünder und blickte hinunter auf die Straßen der Stadt. Von der Bürgerbastei aus konnte man das Treiben der Franzosen am deutlichsten verfolgen. Gäbe es nicht die Vereinbarung, welche Feindseligkeiten vonseiten der Stadt aus verbot, so würde er eine gute Zielscheibe abgeben.

Kandelbinder hatte, pflichtbewusst wie er war, den Aufbau

der französischen Artilleriestellungen genauestens beobachtet. Nach bloßem Augenmaß hatte er die Kanonen auf die feindlichen Stellungen ausrichten lassen. Zu schade, dass es ihm nicht erlaubt war, die Batterien einschießen zu lassen, doch das hätte den Franzosen wohl ausgereicht, um ihrerseits das Feuer zu eröffnen.

„Noch zwei Grad nach links!", brüllte Kandelbinder.

Neben ihm standen einige Kanoniere und packten sofort die Lafette, um sie ein wenig in die gewünschte Richtung zu verschieben.

„Wollen wir mal hoffen, dass Sie gut im Schätzen sind", sagte Unterleutnant Navarra, der neben Kandelbinder stand. Der staksige, etwas lächerlich wirkende Mann stand trotz der glühenden Hitze in voller Montur da. Längst hatten alle Soldaten, selbst die Offiziere, ihre Waffenröcke abgelegt, um sich etwas Kühlung zu verschaffen.

„Hätten Sie nur halb so oft eine Kanone abgefeuert wie ich", sagte Kandelbinder zu Navarra, „dann wüssten Sie auch, wie sie ein Geschütz ausrichten müssen, um den größten Schaden beim Feind anzurichten."

„Ich bezweifle ja keinesfalls die Stärke Ihrer Augen, aber ich würde es dennoch vorziehen, die Flugbahn berechnen zu können."

„Das habe ich ja getan, Navarra. Mit meinem Daumen", antwortete Kandelbinder und lachte dabei.

Inzwischen hatten die Kanoniere die 6-Pfünder neu ausgerichtet und alle wischten sich voller Erleichterung den Schweiß von der Stirn. Zwar handelte es sich hier um ein vergleichsweise leichtes Geschütz, doch mit dem aus Gusseisen gefertigten Rohr und der schweren Holzlafette wog die Apparatur dennoch beinahe eine Tonne.

Kandelbinder ordnete eine Pause für seine Männer an, was mit zustimmendem Murren freudig zur Kenntnis genommen wurde. Die meisten Artilleristen waren erfahrene Burschen, die Kandelbinder persönlich ausgebildet hatte. Navarra hingegen war eher unerfahren und konnte noch nicht viele hitzige

Gefechte aufweisen, dennoch mochte der Artilleriemeister den eitlen Pinkel. Irgendwie amüsierte ihn dieser Mann, der mit seiner langen hageren Statur unter den kräftigen und muskelbepackten Kanonieren so fehl am Platz wirkte wie ein Eisbär in der Wüste.

An die Mauer gelehnt, hatte sich der dicke Kessler auf seinen Hintern plumpsen lassen. Dieser Kanonier war ein ungustiöser Anblick. Sein Gesicht war von den Pocken vernarbt, faulige Zähne standen in alle Richtungen aus seinem Mund hervor und er stank wie ein nasser Hund. Dennoch gehörte Kessler zu den besten Kanonieren unter Kandelbinder.

Auch Unterleutnant Hofer zählte zu den Veteranen, auf die sich der Artilleriekommandant verlassen konnte, obwohl dieser Hofer ein wenig vom Pech verfolgt wurde. Schon zweimal hatte er sich beim Verrücken einer Kanone den Fuß gequetscht, sodass er nun durch die Gegend humpelte.

Dann gab es da noch den Kanonier Anton Siegl, einen verschlossenen, ruhigen Mann, der jede freie Minute dazu nützte, in sein Tagebuch zu schreiben.

Ein wenig Sorgen machte sich Kandelbinder nur um den jungen Peters, ein 16-jähriger Bursche, der nicht wusste, wo er zupacken sollte. Der Kapitänsleutnant hatte eine mitfühlende Art und nahm den Jungen deshalb nicht so hart ran. Er versuchte stattdessen, ihm in Ruhe das nötige Handwerk beizubringen. Zum Beispiel, wie tief man den Pfropfen in den Lauf rammen musste, oder wo man ganz einfach nicht stehen durfte, wenn die Kanone feuerte. Kandelbinder hoffte nur, dass der Bursche die Nerven behalten würde, sollte es zur Beschießung des Schlossbergs kommen. Momentan sah es zumindest ganz danach aus.

Plötzlich sprangen alle Kanoniere auf und salutierten. Cerrini war herangetreten und grüßte die Männer ebenfalls in seiner freundlichen, ungezwungenen Art. „Was tut sich in der Stadt, Kandelbinder?", fragte der Hauptmann.

„Ein schönes Grüß Gott, Herr Hauptmann. Ich wage zu behaupten, dass die Franzosen etwas planen", antwortete der

Kapitänsleutnant.

Cerrini trat an die Brüstung heran und warf einen prüfenden Blick hinunter. „Da können Sie Gift darauf nehmen", sagte Cerrini. „Dieser neue General bei den Franzosen, Broussier heißt er, nimmt den Vertrag mit dem Major offenbar nicht sonderlich ernst. So wie es aussieht, müssen wir fast auch damit rechnen, dass die Franzosen von der Stadt aus angreifen könnten."

„Das ist ja ungeheuerlich. Einen rechtsgültigen Vertrag zu brechen ist ehrlos und barbarisch", meldete sich Navarra empört.

„Ja, das ist es. Aber vergessen Sie nicht, wir sind im Krieg und da gibt es keine rechtsgültigen Verträge", antwortete Cerrini.

„Aber in welchen Zeiten leben wir denn, wenn man sich nicht einmal mehr auf das Wort eines Generals verlassen kann? Da fallen wir ja sofort zurück ins Mittelalter."

„Krieg ist zu allen Zeiten weder zivilisiert noch gerecht. Ich traue mich zu behaupten, dass die alten Ritter ihren Feinden sogar mehr Ehrerbietung entgegengebracht haben, als wir es heute tun."

Navarra rümpfte abwertend die Nase über Cerrinis Bemerkung. „Ach, brutale Barbaren waren das damals."

„Erwähnen Sie das bloß nicht vor dem Major", warf Kandelbinder ein. „Die Hackhers sind auch ein altes Reichsrittergeschlecht und so wie ich unseren Kommandanten kenne, nimmt er solche Bemerkungen schnell persönlich."

Cerrini lachte amüsiert und klopfte Navarra auf die Schulter – wohl etwas zu fest für den zierlichen Unterleutnant, dem fast die Puste wegblieb. „Da kennen Sie den Major aber gut, der nimmt weit geringere Anlässe persönlich."

Dass es schwierig werden würde, hatte er sich gedacht, allerdings nicht so schwierig. Suller hatte die ganze Nacht im Kohlekeller verbracht und konnte sich erst am nächsten Tag, als alle Franzosen außer Haus waren, hervorwagen. Von oben bis unten mit Kohlestaub verdreckt, blickte er sich in der Gaststube um. Sowohl die Franzosen als auch der Wirt waren nirgendwo zu sehen. Draußen auf den Straßen konnte er das Marschieren und Waffengeklirr der Soldaten vernehmen. Kein guter Zeitpunkt, um sich jetzt wieder auf die Festung zu wagen.

Suller schlich sich stattdessen zu einem Fenster und lugte vorsichtig hinaus, um festzustellen, was auf den Straßen vor sich ging. Die gesamte Sporgasse war gesäumt mit französischen Wachposten. Überall waren Barrikaden aus großen Strohballen und Wachfeuer errichtet worden. Das innere Paulustor war zwar geöffnet, aber Suller konnte mindestens zehn Franzosen ausmachen, die vor dem Durchgang patrouillierten. Auch einige Soldaten des Bürgerkorps waren unter ihnen. Diese waren verpflichtet worden, zusammen mit den französischen Besatzern den Wachdienst in der Stadt zu versehen, damit es vonseiten der Bevölkerung zu keinen Ausschreitungen kommen konnte. Der alte Spreng war auch beim Bürgerkorps gewesen, vielleicht hatte man ihn wieder eingezogen. Dies war zumindest eine halbwegs logische Erklärung, warum der Wirt nicht anwesend war.

Suller schreckte augenblicklich zurück, als er Schritte an der Tür hörte. Hektisch blickte er sich nach einem Versteck um, doch die Gaststube bot nicht viele Möglichkeiten, und unter einen Tisch zu kriechen, hielt er nicht für sonderlich schlau. In seiner Panik tat er jedoch genau dies.

Das Schloss der Tür klickte und die Türschnalle drehte sich nach unten, just in dem Moment, als Suller sich unter den massiven Eichentisch warf und hoffte, dass sein Poltern niemand bemerkt hatte. Vorsichtig zog er einen Dolch aus seinem

Stiefel und hielt ihn griffbereit. Sollte ein Franzose durch die Tür kommen, würde er ihm vermutlich die Kehle aufschlitzen müssen, damit seine Mission nicht sofort aufflog, auch wenn er Spreng damit später in erhebliche Erklärungsnot bringen würde. Doch als sich die Tür öffnete, stand dort Hermine, die Tochter des Wirts, mit einem Korb Brot in den Armen.

Suller war erleichtert und dennoch aufgeregter als zuvor. Ihr Haar war wieder so wunderschön wie damals in jener Nacht. Unter ihrem Dirndl stellte er sich ihre schlanke Figur und ihre prallen Brüste vor, und ihre Augen wirkten noch verführerischer als zuvor.

Der Anblick der Wirtstochter hatte ihn so in den Bann gezogen, dass er vor lauter Träumerei seinen Dolch fallen ließ. Klirrend landete die Klinge auf dem Boden.

Hermine erschrak augenblicklich, ließ den Korb fallen und fuhr blitzschnell zu Suller herum.

„Wer ist da? Zeig dich oder ich schreie so laut, dass die halbe französische Armee angerannt kommt!", rief sie energisch in den Raum.

„Bitte nicht!", rief Suller flehend zurück und beeilte sich, rasch hervorzukriechen, wobei er sich in seiner Hektik den Kopf an der Tischkante stieß.

„Nicht schreien! Bitte. Ich tue dir nichts", stammelte er hervor.

Minerl blickte ihn immer noch erschrocken an, musste aber kichern, als Suller sich den Kopf anstieß. Sie erkannte ihn natürlich sofort.

„So, so. Du tust mir also nichts", sagte sie und stemmte herausfordernd die Hände in die Hüften. „Und warum versteckst du dich dann mit einem Dolch unter dem Tisch?"

Suller blickte zu seiner Waffe auf dem Boden und steckte sie verlegen weg.

„Ähm, ja, gute Frage. Ich schätze, ich habe einen Franzosen erwartet und nicht eine junge Schönheit wie dich", sagte er dann und zwinkerte ihr schelmisch zu.

Minerls Herz schlug augenblicklich etwas schneller, als

Suller sie als Schönheit bezeichnete. So direkt hatte das noch kein Mann zu ihr gesagt, außer ihr Vater und bei ihm hatte es nicht diese schmeichelnde Wirkung. Schon als sie Suller mit nacktem Oberkörper am Brunnen erwischte, hatte sie diesen Anblick als sehr spannend empfunden. Sie wusste nicht recht, wie sie das Gefühl einordnen sollte, doch irgendwie spürte sie eine Art Zuneigung. Er gefiel ihr.

„Ein Kavalier mit einem Dolch bist du also", stellte sie fest und musterte ihr Gegenüber von oben bis unten. „Und warum siehst du aus, als hättest du in einem Kohlekeller geschlafen?"

„Weil ich in einem geschlafen habe", lächelte Suller. „Um genauer zu sein: in deinem Kohlekeller."

Minerl blinzelte kurz verführerisch mit den Augen und kam dann langsam auf Suller zu.

„Und warum versteckt sich ein Kavalier mit Dolch in meinem Kohlekeller? Ich denke, ich sollte doch etwas Angst vor dir haben, wenn ich mir das so überlege."

„Hmm, auch eine gute Frage. Eigentlich sollte ich deinem Vater eine Nachricht überbringen", antwortete Suller und warf einen prüfenden Blick aus dem Fenster. „Vom Major Hackher für den Erzherzog. Doch ich schätze, ich habe einen schlechten Zeitpunkt für die Überbringung der Nachricht erwischt und musste mich die Nacht über im Kohlekeller verstecken, damit mich die Franzosen nicht erwischen."

„So, so. Vor den Franzosen hast du dich also versteckt. Ich dachte schon, du lauerst unschuldigen jungen Mädchen in dunklen Kellern auf", sage Minerl süffisant.

„Nein, würde mir nicht im Traum einfallen", antwortete Suller und stellte sich in diesem Moment genau das vor. Er biss sich auf die Lippe und gab sich innerlich einen Tritt, um das Bild von ihm und Minerl allein in einem dunklen, verlassenen Kohlekeller aus dem Kopf zu bekommen.

„Ist dein Vater zu Hause?", fragte er dann verlegen, um von der deutlich erregenden Spannung abzulenken, die sich ohne Zweifel langsam zwischen ihm und der Wirtstocher aufbaute.

„Nein, ist er nicht. Er besorgt Wein und wird vor dem

Abend nicht zurück sein", antwortete Minerl und machte wieder ein paar Schritte auf ihn zu, wobei sie anmutig die Hüften bewegte.

„Oh, dann warte ich besser auf ihn", stammelte Suller hervor.

Im nächsten Moment stand Hermine ganz nah bei ihm und blickte in seine Augen. Er konnte ihren Atem auf seinen Lippen spüren. Sie hatte ihren Mund leicht geöffnet und ihr Herz pochte so heftig, dass man es förmlich hören konnte. Langsam hob sie die Hand und strich ihm sanft über das Gesicht.

Suller zuckte zusammen, als ihre Finger seine Wangen berührten. Er stand komplett steif da und wusste nicht, was er tun sollte. Vor lauter Aufregung hatte er gar nicht bemerkt, dass er eine Erektion bekommen hatte.

„Du hast doch nicht etwa noch einen Dolch da unten versteckt?", fragte Minerl mit verführerisch sanfter Stimme.

Suller lief sofort rot an, und obwohl es ihm peinlich war, dass sie sein erigiertes Glied in der Hose bemerkt hatte, steigerte dies seine Erregung nur noch. Für ihr junges Alter wusste sie wirklich, mit den Waffen einer Frau umzugehen, musste er sich eingestehen. Für einen kurzen Moment herrschte völlige Stille im Raum und es schien, dass zwischen den beiden in den nächsten Sekunden alles möglich war.

Plötzlich wurde der Augenblick durch einen lauten Ruf von draußen zerschnitten. Befehle wurden auf Französisch geschrien und Schritte von schweren Reiterstiefeln waren bedrohlich nahe zu vernehmen.

„Mademoiselle Hermine!", rief eine Stimme von draußen herein.

Minerl riss erschrocken die Augen auf.

„Versteck dich", flüsterte sie zu Suller.

„Aber wo?"

Panisch blickte sie sich um.

„Im Kohlekeller!", kam es ihr spontan.

„Was? Nein."

„Dann hinter der Theke, beeil dich!"

Hermine zerrte Suller an der Hand und gab ihm einen Schubs Richtung Theke. Suller warf sich sofort hinter dem Tresen in Deckung und versuchte, langsam zu atmen.

„Ah, da sind Sie ja, *Mademoiselle*", erklang die Stimme kurz darauf.

Hermine drehte sich erschrocken und etwas verängstigt zur Tür um. Erst jetzt fiel ihr auf, dass diese während des ganzen Gesprächs mit Suller offen geblieben war und sie jeder hätte sehen können, der zufällig vorbeigegangen wäre.

Leutnant Pirrot lehnte leger am Türrahmen und zwirbelte seinen Schnurrbart.

„Sie haben das Brot fallen lassen, ist Ihnen etwas passiert?", fragte er schleimend.

„Oh, ja. Ich bin nur gestolpert. Alles in Ordnung", antwortete Minerl verunsichert.

Pirrot lächelte und verzog im nächsten Moment sein Gesicht zu einer ernsten und stoischen Miene.

„Sind Sie sicher, dass hier alles in Ordnung ist?", fragte er plötzlich mit scharfem Ton. „Ich könnte schwören, dass ich laute Stimmen vernommen habe."

„Ja, das war ich", antwortete Hermine verlegen. „Ich habe geflucht, wissen Sie. Weil ich den Korb hab fallen lassen."

„So, so. Sie haben geflucht", sagte Pirrot süffisant und ging langsam auf die junge Frau zu. „Hat Ihr Vater Ihnen nicht gesagt, dass man nicht fluchen soll? Das ist unchristlich, mein Kind."

„Ja, Sie haben recht. Ich werde mich bemühen, es nicht mehr zu tun."

Pirrot blickte Hermine mit scharfen, weit aufgerissenen Augen an. Dem bohrenden Blick dieses zynischen Mannes konnte sie nicht standhalten. Verlegen wandte sie sich ab und bückte sich, um hastig das Brot aufzuheben und wieder in den Korb zu legen.

Der Leutnant folgte ihr mit seinem Blick und bemerkte den Kohlestaub auf ihrer Hand, den sie zuvor Suller aus dem Gesicht gewischt hatte. Plötzlich packte er sie fest an der

Hand, sodass Hermine heftig erschrak. Langsam zog er sie zu sich hoch.

„Sie haben sich schmutzig gemacht. Sie sollten ihre Hände vorher waschen, bevor sie das Brot damit angreifen. Sie wollen doch nicht etwa, dass meine Männer Ruß auf ihrem Brot haben, oder?", fragte Pirrot zynisch.

Verängstigt und eingeschüchtert blickte Minerl den französischen Offizier an. „Ich werde sie schnell waschen gehen", stammelte sie verunsichert hervor.

Pirrot lächelte falsch. „Am besten beim Wasserfass hinter dem Comptoir", sagte er und deutete auf die Theke.

Hermine schlotterten die Knie und sie blickte angsterfüllt zum Holztresen hinüber. Hatte er etwa alles mit angesehen? Er musste es gesehen haben, sonst würde er nicht solche Anspielungen machen, schoss es ihr durch den Kopf.

„Besser, ich nehme das Fass im Hof, das ist sowieso nur Regenwasser", sagte sie dann und versuchte abzulenken.

In diesem Moment fiel Pirrots Blick auf ein paar schwarze Schlieren auf dem Fußboden, die hinter die Theke führten. Auch Hermine sah voller Entsetzen auf die Kohlestaubspuren am Boden und befürchtete nun das Schlimmste. Pirrot würde hinter die Theke gehen und Suller entdecken. Sie merkte, wie der Griff um ihre Hand fester wurde und sich der Körper des Leutnants anspannte. Er ahnte es, dachte sie. Nein, er weiß es! Doch ein plötzlicher Ruf von draußen lenkte Pirrots Aufmerksamkeit ab.

„Pirrot!", schrie die Stimme eines anderen französischen Offiziers, der schnellen Schrittes durch die Tür kam. Sofort ließ Pirrot Hermines Hand los und wandte sich um.

„Colonel?", stieß er reflexartig hervor und salutierte.

Ein französischer Oberst war eingetreten und blickte streng zu Pirrot. Der Anblick war auch zu eindeutig. Ein Offizier hielt ein hübsches junges Mädchen fest an der Hand, überall auf dem Boden Brotlaibe verstreut.

Hermine erkannte den Mann sofort. Es war Colonel Jean Luc De Montenaux. Ein groß gewachsener Mann mit enorm breiten Schultern und kantigem Gesicht. Er war Kommandant der Einheit, in der auch Pirrot diente und ein ebenso übler und verschlagener Bursche wie dieser selbst. Dennoch war Minerl froh, dass er da war.

„Pirrot, zurück auf Ihren Posten!", brüllte Montenaux auf Französisch. Unterwürfig salutierte der Leutnant und trat weg. Hermine schloss sofort die Tür, als beide wieder weg waren und sackte dann erleichtert zu Boden.

Suller sprang besorgt hinter der Theke hervor und eilte zur Wirtstochter. „Alles in Ordnung?", fragte er und kniete sich zu ihr hin.

Plötzlich begann sie, bitterlich zu weinen und warf sich ihm an den Hals. „Halt mich fest", sagte sie weinerlich und klammerte sich verzweifelt an ihn.

Suller spürte ihre Wärme auf seinem Körper, doch in diesem Moment erregte ihn die Berührung nicht. Was für ein Dummkopf war er nur gewesen? Wegen seiner Leichtsinnigkeit hatte er Hermine und auch ihren Vater in Lebensgefahr gebracht. Die Zuneigung zu ihr hatte ihn alle Vorsicht und Wachsamkeit vergessen lassen.

„Ich muss zurück", sagte er und wollte sich aus ihrer Umklammerung lösen.

„Nein, halt mich fest, bitte", sagte sie.

„Jede Sekunde, die ich länger hierbleibe, bringe ich dich noch mehr in Gefahr."

Suller zückte einen zusammengefalteten Brief aus seiner Manteltasche und steckte ihn Hermine zu.

„Gib diese Nachricht deinem Vater, versprich es mir!"
Sie nickte und wischte sich die Tränen aus dem Gesicht.
„Leb wohl."
Suller richtete sich auf und wandte sich zum Gehen.

„Warte, wo willst du hin?", rief sie ihm nach. „Du kannst jetzt nicht zurück auf die Festung, auf den Straßen sind überall Soldaten!"

„Ich weiß", antwortete er, „aber hierbleiben kann ich auch nicht mehr."

Im nächsten Moment war Suller durch die Hintertür in den Hof verschwunden. Hermine blickte ihm mit Tränen in den Augen nach.

4. Juni 1809, Grätz

Auf dem Hauptplatz der Stadt herrschte an diesem Morgen ein großer Tumult. Eine Menschenmenge hatte sich vor dem Rathaus versammelt und schrie aufgebracht Parolen. Michael Spreng hatte Besorgungen in der Stadt getätigt und war zufällig auf die Ansammlung aufmerksam geworden.

Bauern aus der Umgebung hatten mehrere französische Soldaten gefangen genommen und beschuldigten diese der Plünderung. Da General Macdonald seiner Truppe ausdrücklich verboten hatte, sich an dem Hab und Gut der Bevölkerung zu vergreifen, erregte es die Gemüter der Bürger, dass es immer wieder zu Übergriffen durch Soldaten kam.

Hauptmann Dobler und seine Bürgerwehrsoldaten hatten alle Hände voll zu tun, die Menge unter Kontrolle zu halten. Aus Angst vor einem Aufstand hatte Macdonald sofort angeordnet, die Marodeure hinrichten zu lassen.

Drei französische Soldaten, welche der Plünderung angeklagt waren, wurden herbeigebracht und an die Wand gestellt. Die wütenden Stadtbürger bewarfen sie mit Steinen und faulen Eiern. Spreng hielt sich abseits und beobachtete das Spektakel genau.

Seit dem Einzug der Franzosen waren nun vier Tage vergangen und die Stimmung unter der Bevölkerung war zunehmend aufgebracht. Die Bäcker und Handwerker litten unheimlich unter den Repressionen der Besatzer und mussten alles zur Verfügung stellen, was diese anforderten. Auch unter den Soldaten machte sich Anspannung breit. Inzwischen hatte Broussier den ganzen Schlossberg umstellen lassen und die verfeindeten Parteien lagen sich tatenlos in ihren Laufgräben und hinter ihren Mauern gegenüber und beobachteten einander. Abends, wenn sich die Franzosen in seinem Gasthaus besoffen, konnte der raffinierte Wirt dem einen oder anderen Offizier die Zunge mit Wein lockern und wichtige Details erfahren, die er sofort an Hackher meldete. Durch einen alten Kanalisationsschacht, welcher vom Keller der *Goldenen Pastete* in eines der von den Österreichern besetzten Häuser am Fuße des Schlossbergs führte, konnte Spreng ungehindert, auch am helllichten Tag, Nachrichten an Hackher übermitteln. So hatte er erfahren, dass die Franzosen befürchteten, Hackher könnte einen Volksaufstand anzetteln. Broussier sollte darüber sehr beunruhigt sein.

Andererseits kursierten auch unter den Bürgern der Stadt inzwischen wilde Gerüchte. Angeblich hatten die Franzosen Hackher eine Unsumme für die Kapitulation geboten. Spreng wusste natürlich, dass der Festungskommandant so ein Angebot nie erhalten hatte. Die entschlossene Haltung des Majors gegenüber den Franzosen hatte ihm inzwischen weitreichende Sympathie unter der Bevölkerung eingebracht. Während der gemeine Mann sich den Repressalien der Franzosen tagtäglich beugen musste, gefiel es den Leuten anscheinend, dass es oben in der Festung jemanden gab, der den Besatzern die Stirn bot und sich nicht alles gefallen ließ. In den zahlreichen Kirchen der Stadt wurde deshalb auch für das Wohl Major Hackhers und der tapferen Männer vom Schlossberg gebetet.

Die Menschenmenge jubelte auf und Spreng wurde aus seinen Gedanken gerissen.

Den Marodeuren hatte man die Augen verbunden, eine Abteilung Füsiliere war angetreten und hatte Aufstellung genommen. Ein Offizier gab den Befehl, die Gewehre in Anschlag zu nehmen und erteilte dann die Order zu schießen.

Fast gleichzeitig knatterten die Musketen. Die drei angeklagten Soldaten wurden förmlich durchlöchert und fielen wie Kartoffelsäcke leblos zu Boden. Die Menge applaudierte und löste sich dann langsam auf. Der Gerechtigkeit war Genüge getan worden. Das statuierte Exempel würde Plünderungen in Zukunft hoffentlich verhindern, denn jetzt wusste jeder

Franzose, was ihn zu erwarten hatte, wenn er sich nicht an seine Befehle hielt.

Spreng wandte sich von dem grausigen Schauspiel ab. Broussier hatte die Hinrichtung ganz bewusst in aller Öffentlichkeit abgehalten, um den Grätzer Bürgern die Vollstreckung der Justiz zu beweisen.

Der Wirt suchte das Weite, marschierte schnellen Schrittes über den offenen Platz und bog dann in die Sporgasse ein. Die ganze Straße hoch zu seinem Gasthaus war gesäumt mit französischen Soldaten, die überall ihre Wachposten aufgeschlagen hatten und stellenweise einfach nur gelangweilt herumsaßen. Es gab für die Männer nichts weiter zu tun, als zu warten und einigermaßen für Ordnung zu sorgen. Tagsüber schlugen sie die Zeit mit Würfelspielen tot und nachts betranken sie sich in den Gaststätten der Stadt.

Kurz vor der *Goldenen Pastete* vernahm Spreng plötzlich mehrere laute Schüsse. Diese kamen vom Karmeliterplatz, der etwas weiter oberhalb lag. Der Wirt zuckte innerlich zusammen und sein erster Instinkt war, sich sofort im eigenen Haus zu verschanzen. Doch die Schüsse waren zu sporadisch, als dass es sich um wirkliches Gefechtsfeuer handeln konnte. Außerdem machten die Franzosen in den Straßen nicht gerade den Eindruck, als ob sie sich für einen Angriff bereit machten.

„Wer zum Henker pfeffert denn da herum?", schrie der Wirt und stapfte aus bürgerlicher Empörung und Neugierde durch das innere Paulustor hoch zum Karmeliterplatz. Dort hatten sich schon ein paar Schaulustige eingefunden.

Drei hitzköpfige und offenbar betrunkene Franzosen machten sich einen Spaß daraus, auf die Festung zu schießen. Die Entfernung vom Platz aus war natürlich viel zu groß, als dass sie auch nur ansatzweise etwas treffen konnten, dennoch schien die übermütige Schießerei die Garnison in der Festung zu provozieren. Spreng konnte laute Rufe vom Schlossberg ausmachen.

„Diese Dummköpfe", sagte sich der Wirt leise und blickte

sich nach einem Offizier um, doch er konnte nirgendwo einen entdecken. Die Langeweile war einigen Soldaten wohl zu Kopf gestiegen, genauso wie der billige Wein, den sie bekamen.

„Wenn die so weiter machen, dann *kleschts* bald", sagte einer der Passanten, der neben Spreng stand und ebenfalls das Treiben beobachtete.

Dem konnte der Wirt nur zustimmen. Das Verhalten der Soldaten war nicht gerade klug. Die gedankenlose Schießerei konnte bewirken, dass jemand in der Festung die Nerven verlor und das Feuer auf die Franzosen eröffnete. Das konnte für diese Anlass genug sein, den Vertrag zu brechen und mit dem Sturm auf die Festung zu beginnen. Spreng musste etwas tun und diese Trunkenbolde zu Vernunft bringen. Doch ehe er etwas unternehmen konnte, geschah auch schon das Unheil.

Die drei Franzosen hatten sich zu nahe an eines der besetzten Häuser am Fuß der Festungsauffahrt herangewagt und provozierten die österreichischen Schützen mit lauten Spottrufen auf Französisch.

Einige der Österreicher lehnten sich aus dem Fenster und schrien aufgebracht und mit den Fäusten drohend zurück. „Trauts euch nur!" und „Euch reißen wir den Arsch auf!", war von österreichischer Seite zu hören.

Plötzlich legte in der Hitze des Wortgefechts ein Franzose mit der Muskete an und feuerte auf das Vorpostenhaus. Im nächsten Moment stand die Zeit förmlich still. Der Schütze blickte geschockt auf und ihm wurde anscheinend bewusst, wie dumm seine Handlung gerade gewesen war.

Die Kugel schlug direkt neben einem Fenster ein, aus dem ein Österreicher herausblickte. Dieser sah entsetzt drein und konnte es offenbar kaum fassen, dass soeben auf ihn geschossen worden war.

Die übrigen Franzosen auf dem Platz waren alle aufgesprungen und hatten zu den Waffen gegriffen, doch vor lauter Anspannung rührte sich keiner. Die drei Männer, welche sich dem Vorposten genähert hatten, standen da wie Salzsäulen und wagten es offenbar nicht, davonzurennen.

Spreng erkannte sofort, was als Nächstes passieren würde. Alles geschah für ihn wie in Zeitlupe und geistesgegenwärtig drückte er den nächsten Passanten zu Boden.

„Deckung!", rief er und warf sich hinter einen Mauervorsprung.

Plötzlich brach Panik aus. Die neugierigen Zuseher warfen sich hinter den nächstbesten Gegenstand, der Schutz bot, oder rannten auseinander. Die Franzosen verschanzten sich hinter ihren Holzpalisaden und warfen sich in ihre Laufgräben.

„Feuer!", ertönte es plötzlich aus dem Vorpostenhaus. Sofort krachte es und mehrere Feuerblitze züngelten aus den Fenstern des Gebäudes.

Die drei französischen Provokateure wurden getroffen. Spreng sah alles nur aus dem Augenwinkel und konnte zunächst nicht genau erkennen, ob sich die Männer nur auf den Boden geworfen hatten oder von Kugeln niedergestreckt wurden.

Erst als er es wagte, aufzublicken, sah er die drei Männer in einer Blutlache regungslos auf der Straße liegen. Spreng dachte nur noch, dass es dies nun gewesen war. Die Vorposten hatten drei französische Soldaten erschossen, jetzt würde die Besatzer nichts mehr halten. Er erwartete in den nächsten Augenblicken den Beginn eines erbitterten Feuergefechts, doch plötzlich galoppierten mehrere französische Reiter, angeführt von einem Colonel, auf den Platz. Es war De Montenaux, der den Tumult bemerkt haben musste und nun herangeprescht kam, um die Situation zu entschärfen.

„Feuer einstellen!", schrie er laut und deutlich über den Platz. Augenblicklich war die Lage gebannt. Die Reiter hatten den Platz in Besitz genommen und langsam kamen die Leute wieder hinter ihren Verstecken hervor. Ein weiterer Schusswechsel blieb aus.

„Was hat diese Insurrektion hier zu bedeuten?", brüllte De Montenaux, als sein Blick auf die drei Leichen vor dem Vorpostenhaus fiel.

Spreng fühlte sich verpflichtet, dem französischen Oberst

die Lage zu schildern, bevor dieser falsche Schlüsse aus dem ihm dargebotenen Bild zog.

„Diese drei Soldaten haben sich unerlaubt den Vorposten genähert", rief Spreng zum Colonel.

„Dafür muss es einen Grund gegeben haben", polterte De Montenaux zurück.

Die umstehenden Leute murrten und stimmten Spreng zurückhaltend zu.

Plötzlich öffnete sich die Tür des Vorpostenhauses, ein österreichischer Offizier kam mit einer weißen Fahne hervor und ging auf die Franzosen zu.

Cerrini hätte sich gewünscht, diese Eskalation verhindern zu können, doch er hatte nicht schnell genug reagiert. Nun konnte er nur mehr versuchen, die Wogen zu glätten.

Gebannt blickte alles auf den stattlichen Hauptmann, der selbstbewusst über den Platz schritt und vor De Montenaux salutierte.

„Herr Oberst, meine Name ist Hauptmann Cerrini und ich übernehme die Verantwortung für den Vorfall. Ich drücke Ihnen mein Beileid für den Verlust Ihrer Soldaten aus", sagte er.

„Hatten Ihre Männer Anlass zu feuern?", fragte De Montenaux salopp.

„Das hatten sie!", rief Spreng dazwischen, der mittlerweile aufgestanden war und nun die Aufmerksamkeit auf sich zog.

„Wenn Herr Oberst erlauben, meine Wenigkeit hat den Vorfall aus nächster Nähe miterlebt", sagte Spreng, während er auf die Offiziere zutrat.

„Dann berichte uns, Bürger", forderte der Colonel den Wirt auf.

„Ihre Soldaten haben sich äußerst unrühmlich verhalten und sich in provokanter Weise zu nahe den Vorposten genähert. Einer Ihrer Männer hat dann den ersten Schuss abgegeben. Die Österreicher hatten also allen Grund, einen Angriff anzunehmen und das Feuer zu erwidern."

De Montenaux wendete sein Pferd nervös hin und her und blickte zu seinen Soldaten, ob jemand eine andere Sicht der

Ereignisse vorbringen konnte, doch es meldete sich niemand zu Wort.

„Wenn dem so ist, dann waren Sie im Recht, Hauptmann Cerrini. Die Erschießung der Soldaten wird keine Konsequenzen von unserer Seite folgen lassen."

Erleichtert atmete Cerrini auf. Gott sei Dank hatte sich die Lage schnell entschärft. Anerkennend nickte er zu Spreng und verneigte sich anschließend kurz vor De Montenaux

„Haben Sie Dank, Colonel. Es ist Ihnen gestattet, Ihre toten Männer unbehelligt zu bergen."

Der französische Oberst schien alles andere als glücklich zu sein. Er empfand eine gewisse Wut über diesen Cerrini, den er wegen des Todes seiner Männer nicht einmal zur Rechenschaft ziehen konnte, denn die Zeugenlage war zu eindeutig. Die Schilderung von Spreng musste der Wahrheit entstammen, sonst hätten seine Leute dagegen protestiert. Andererseits war er auch wütend auf seine Soldaten, die sich so schändlich verhalten hatten. Es war eine Demütigung für die Franzosen, im Unrecht zu sein – und dies vor so vielen Zeugen.

„Beten Sie, dass so ein Vorfall nicht wieder geschieht", fauchte er Cerrini an.

Der Hauptmann kehrte wortlos um, während die französischen Offiziere die Bergung der toten Männer anordneten.

De Montenaux blickte dem groß gewachsenen Hauptmann giftig hinterher und wendete dann sein Pferd, um Broussier Bericht zu erstatten.

Spreng wurde von einigen Bürgern beglückwünscht, dass er die Lage so bravourös entschärft hatte, doch er wusste, dass sie diesmal nur Glück gehabt hatten. Wäre De Montenaux nicht so einsichtig gewesen, hätte es auch schnell zu einem Gemetzel kommen können.

Dem Wirt schlotterten die Knie, als die drei toten Männer an ihm vorbeigezogen wurden. Dies sollten bestimmt nicht die letzten Opfer gewesen sein. Er konnte spüren, dass die Anspannung stetig stieg. Lange konnte es nicht mehr dauern, bis die Franzosen die Nerven verloren und die Festung angreifen würden. Einem der Männer war ein großes Loch in den Schädel geschossen worden und der Anblick erinnerte Spreng sofort wieder an die schrecklichen Bilder von damals, als er seine Frau verloren hatte. Und plötzlich fühlte er Genugtuung gegenüber den Franzosen.

„Gut g'schossen, Burschen", sagte er sich leise und verließ dann den Platz.

7. Juni 1809, Grätz

Die Hitze der letzten Tage wurde durch heftige Regenfälle abgelöst – einerseits eine willkommene Abkühlung, andererseits waren die Soldaten nun völlig durchnässt. Wenigstens waren bei so einem Wetter keine Angriffe der Franzosen zu erwarten. Seit dem Zwischenfall mit den drei toten Männern auf dem Karmeliterplatz ging die Furcht vor einem französischen Vergeltungsschlag um, auch wenn die Offiziere ständig versuchten, damit zu beruhigen, dass die Sache mit den Franzosen einvernehmlich geklärt worden war und dass es zu keiner Revanche kommen würde.

Es war Mittagszeit und der schwere Regen prasselte laut auf das Dach der Mannschaftsunterkünfte. Es roch nach gekochtem Fleisch und abgestandenem Bier. Nicht gerade eine verlockende Kost für die Soldaten, die sich in Reih und Glied an der Essensausgabe anstellten. Den Männern stand die Müdigkeit ins Gesicht geschrieben. Der lange Wachdienst, der ständige Nervenkitzel und die Angst vor einem Angriff hatten die meisten körperlich strapaziert. In den Gesichtern konnte man die Anstrengung und die Entbehrung ablesen, die sich inzwischen bemerkbar machten. Die meisten Soldaten hatten deutlich an Gewicht verloren. Es gab bereits erste Krankheitsfälle. Vor allem Durchfall machte sich unter den Männern breit, da das Wasser nicht sonderlich sauber war und das Essen oft nicht richtig durchgekocht wurde.

Auch Cerrini kränkelte etwas vor sich hin. Seine ständigen Bemühungen, überall gleichzeitig zu sein und Hackher gute Dienste zu erweisen, hatten ihn sichtlich erschöpft. Das heiße Wetter der vergangenen Tage und nun der plötzliche Wetterumschwung führten dazu, dass sich der Hauptmann eine lästige Erkältung zugezogen hatte, und seit gestern plagte ihn auch noch eine gewisse Übelkeit.

Im großen Speisesaal war es zwar trocken und warm, aber es roch dennoch nach Schweiß und Essen, was Cerrini zusätzlich nicht bekam. Er saß auf der Offiziersbank und brachte keinen Bissen hinunter. Als Hauptmann stand es ihm zwar zu, separat zu speisen, doch es war ihm wichtig, den Kontakt zu den Männern zu pflegen.

„Bei Ihnen alles in Ordnung, Hauptmann?", erkundigte sich Unterleutnant Hastreiter, der neben Cerrini auf der Bank saß und bemerkt hatte, dass dieser kaum einen Bissen zu sich nahm.

„Es ist nichts, nur mein Magen rebelliert etwas", antwortete der Hauptmann.

Hastreiter nickte und löffelte gierig die dünne Fleischsuppe in sich hinein. Dem machte es offenbar nichts aus, die halb gekochten Rinderbrocken hinunterzuwürgen, und auch das etwas angeschimmelte Brot aß er ohne Bedenken.

Cerrini wandte seinen Blick ab und versuchte, gleichmäßig zu atmen, um der Übelkeit Herr zu werden. Es herrschte ein unerträglicher Dunst im Speisesaal. Er schloss einfach die Augen und stellte sich eine beruhigende Parklandschaft vor.

Soldat Tressivo stand in der Schlange vor der Essensausgabe und hatte soeben einen Witz erzählt. Der Halbitaliener aus Mantua erntete aber nur mürrische Blicke. Taktgefühl und Anpassung waren nicht gerade die Stärken dieses Mannes. Die Soldaten waren gereizt und müde. Eigentlich wollte jeder nur seinen Hunger stillen und in Ruhe gelassen werden, doch Tressivo redete wie ein Wasserfall.

Hinter ihm stand der Landwehrsoldat Maierhofer, der die Augen rollte und dem Tressivo schon gewaltig auf die Nerven ging.

„Kannst du net einfach einmal die *Goschn* halten?", fauchte er seinen Vordermann aggressiv mit bellendem Dialekt an.

Der Italiener drehte sich um und verstand gar nicht, warum man ihn so unfreundlich behandelte. „Ich rede, wann es mir gefällt und wenn du damit ein Problem hast, dann geh doch woanders hin", erwiderte er.

„Ich geh mit dir gleich woanders hin!", gab Maierhofer drohend zurück.

„Immer mit der Ruhe, Männer", sagte plötzlich ein weiterer Landwehrsoldat zu den beiden. Zimmermann war ein älterer Handwerker aus Grätz und versuchte immer wieder, Streitigkeiten unter seinen Kameraden zu schlichten, was dem gutmütigen Soldaten in der Regel auch gelang.

Maierhofer knurrte, schwieg dann aber. Als Nächstes kam Tressivo bei der Ausgabe an die Reihe. Der Küchenjunge klatschte ihm einen undefinierbaren braunen Brei aus Weizenkleie und Fleischstückchen auf den Teller und Tressivo verzog angewidert das Gesicht.

„Was setzt man uns denn heute wieder für einen Fraß vor?", äußerte er sich mit gespielter Empörung.

Der Küchenjunge blickte den Italiener an, grinste fies, zog im nächsten Moment seinen Rotz durch die Nase und spuckte einen gelben Patzen auf Tressivos Teller.

„So, jetzt besser?", fragte der Junge provokant.

Tressivo blickte ungläubig auf seinen Teller und warf ihn im nächsten Moment dem Küchenburschen ins Gesicht.

„Friss den Dreck doch selber!", brüllte er.

Der Junge blickte wutentbrannt auf und stürzte sich über den Fleischkessel hinweg auf Tressivo. Der große Gusseisentopf schwappte über und die braune, brennend heiße Brühe ergoss sich auf dem ganzen Boden. Der Küchenjunge und der Italiener taumelten in die Menge der hungrigen Soldaten und rissen einige von ihnen mit sich.

„Seids deppert!?", schrie plötzlich Maierhofer, auf dem die beiden Streithähne gelandet waren. Er packte Tressivo und verpasste ihm einen so kräftigen Faustschlag in die Magengrube, dass sich der Italiener augenblicklich übergab.

So schnell konnte man gar nicht schauen, keilten sich plötzlich ein halbes Dutzend Soldaten und eine handfeste Schlägerei war entstanden.

Die Offiziere waren augenblicklich von ihren Bänken aufgesprungen und versuchten, den Tumult zu schlichten.

„Sofort aufhören!", schrie der zierliche Oberleutnant Schlichtnig, der mutig zwischen die Streitparteien ging und als Antwort sofort einen Fausthieb ins Gesicht bekam.

Die aufgestaute Wut der Soldaten entlud sich nun endgültig. Jeder ging auf den anderen los. Die Küchenjungen warfen sich für ihren Kameraden ins Gefecht, die Landwehrsoldaten halfen ihrem Kollegen Maierhofer, während die Linieninfanteristen für Tressivo in die Bresche sprangen.

Die Offiziere versuchten verzweifelt, vereinzelt die Männer auseinanderzutreiben und gerieten dabei nur mitten ins Gefecht. Teller flogen umher, Bänke wurden durch den Raum geworfen und auf Schädel wurde eingedroschen.

„Aufhören!" brüllte Cerrini verzweifelt, packte einen Soldaten kräftig am Hacken und zog ihn aus dem Tumult. Aber sofort warf sich ein anderer in die Lücke und teilte wütende Schläge aus. Auch Kapitänsleutnant Vorbeck wollte dazwischengehen, bekam aber einen heftigen Schlag auf die Schläfe und musste blutend von Oberleutnant Lodron und Hastreiter aus dem Gefecht gezogen werden. Auch Cerrini bekam in der Hitze der Schlägerei einiges ab, aber der große Hauptmann hielt sich wacker auf den Beinen und versuchte, Ordnung zu schaffen.

Inzwischen lagen bereits mehrere Verwundete mit blutenden Platzwunden am Boden. Der Rest der Offiziere machte sich erst gar nicht die Mühe, einzuschreiten und betrachtete das Schauspiel aus sicherer Entfernung.

„Wachen! Holt die Wachen!", rief Cerrini immer wieder.

Schließlich stürmten von draußen einige bewaffnete Soldaten herein und blickten entsetzt auf die Schlägerei, die mittlerweile schon gefechtsmäßige Ausmaße angenommen hatte.

Schließlich verlor Oberleutnant Schottelius die Nerven, zog seinen Säbel und hieb wie von Sinnen auf die Männer ein. Hastreiter und Schlichtnig konnten den rasenden Oberleutnant gerade noch rechtzeitig packen, bevor dieser jemandem den Schädel abschlug.

Cerrini kämpfte sich verzweifelt aus dem Tumult frei und stand dem Ganzen plötzlich hilflos gegenüber. Es war nichts zu machen. Die Situation war außer Kontrolle geraten. In den Männern hatte sich zu viel Frust aufgestaut, der sich nun explosionsartig entlud. Gut 50 Mann schlugen sich in der Halle die Schädel breit und Cerrini musste hilflos zusehen. In diesem Moment glaubte der Hauptmann, versagt zu haben. Er hätte Hackhers Befehle mit viel größerem Nachdruck verfolgen müssen. Er war zu nachgiebig gegenüber den Soldaten gewesen, nur so konnte es zu so einer unkontrollierten Ausschreitung kommen. Hackher hatte gewusst, dass es soweit kommen würde, wenn man die Männer nicht ständig an der kurzen Leine hielt. Cerrini dachte, mit etwas Nachsicht und Milde würde die Moral steigen, doch stattdessen hatten die Männer alle Disziplin über Bord geworfen. Eine kleine Auseinandersetzung hatte ausgereicht, um das Fass zum Überlaufen zu bringen.

Cerrini starrte mit Entsetzen auf das sich ihm bietende Bild und fühlte sich mit einem Mal entmachtet und hilflos. Als Offizier hatte er versagt. Plötzlich fiel der Blick des Hauptmanns auf die große Holztür am anderen Ende des Raumes.

Dort stand Major Hackher und blickte mit steinerner Miene in Cerrinis Richtung. Der Blick des Kommandanten war scharf und anklagend und sprach Bände.

Cerrini fühlte sich beschämt.

Immer mehr Männer bemerkten Hackher und dessen vernichtenden Gesichtsausdruck. Binnen einer Minute war die gesamte Szenerie erstarrt und alles blickte ehrfürchtig zum Schlossbergkommandanten.

Cerrini konnte es nicht glauben. Hackher hatte die Hände hinter dem Rücken verschränkt und stand einfach nur da wie ein Fels in der Brandung. Seine weit aufgerissenen Augen schienen vor Wut zu brennen und jeden einzelnen Mann im Raum abzustrafen. Einige Augenblicke herrschte Stille.

Der Festungskommandant stand da wie das Jüngste Gericht und rührte sich nicht. Dann brach das gefürchtete Donnerwetter los.

„Ich glaub' es nicht!", brüllte Hackher in einer Intensität, dass es vermutlich sogar den Franzosen in der Stadt in diesem Moment die Haare aufstellte. „Bei Gott! Was geht hier vor?"

Kein einziger Mucks war mehr von den Männern zu hören.

„Ja, seid ihr alle wahnsinnig geworden?", polterte der Major weiter. „Während einer Belagerung einen derartigen Tumult anzuzetteln, das grenzt ja an Meuterei! Vor den Mauern hockt der Franzose und wartet nur darauf, dass er uns seine Kugeln um die Ohren schießen kann und was geschieht hier? Die eigenen Schädel werden niedergedroschen!"

Hackher stapfte langsam auf die erstarrten Streiter zu.

„Seid ihr Soldaten des Kaisers oder seid ihr dreckige Ratten? Euch passt es offenbar nicht, hier sein zu müssen? Würdet wohl lieber bei euren Frauen sein und ihnen den Busen lecken, wie? Würdet euch lieber verkriechen wie verschreckte, lumpige Hunde? Ihr glaubt, ihr seid schlecht dran? Erzählt das einmal den braven Bürgern unten in der Stadt. Die müssen ihr letztes Hemd für die Franzosen ausziehen und anstatt eure patriotische Pflicht zu erfüllen und aufrichtig die Stellung zu halten, damit unsere braven Leute bald von der feindlichen Last befreit werden können, haut ihr euch einander die Köpfe ein!"

Hackher stemmte die Hände wütend in die Hüfte und blickte starr in die Reihen der Männer.

Cerrini konnte die Enttäuschung in den Augen des Majors deutlich erkennen und empfand plötzlich große Achtung vor diesem Mann. Die integre Standhaftigkeit Hackhers verlangte auch allen anderen im Raum Respekt ab. Seine scharfen Worte hatten Wirkung gezeigt.

„Wenn ihr richtige Männer seid, dann ertragt eure Lage mit Würde und Disziplin. Oder wollt ihr als meuternde Feiglinge in die Geschichte eingehen? Wollt ihr, dass die Leute sagen, dass ihr nicht Manns genug wart und schon vor dem ersten Beschuss die Nerven weggeworfen habt wie kleine Kinder und alte Weiber? Reißt euch am Riemen und zeigt, dass ihr es wert seid, die Uniform des Kaisers zu tragen. Jeder in der Stadt zählt auf euch und ihr führt euch auf wie ein Haufen treuloses Diebesgesindel!"

Beschämt blickten die Männer auf den Boden. Niemand wollte als Feigling oder als unehrenhaft abgestempelt werden. Hackher hatte mit seinen Worten genau den wunden Punkt der Soldaten getroffen. Doch so standhaft der Major nach außen wirkte und die Lage durch seine bloße Ausstrahlung und Anwesenheit unter Kontrolle gebracht hatte, so bebte er innerlich vor Enttäuschung und Zweifel. Tief in ihm gab es eine Stimme, die ihn für all das verantwortlich machte. Er war ein schlechter Kommandant und hatte seine Leute nicht unter Kontrolle. Wäre er ein guter Offizier, wäre es gar nie so weit gekommen, sagte er sich innerlich. Verzweiflung quoll in ihm hoch wie unverdauter Mageninhalt. Was hatte er nur falsch gemacht, fragte sich Hackher und brachte plötzlich keinen Ton mehr hervor. Sein Hals schmerzte von der wütenden Ansprache und fühlte sich an, als hätte er soeben Reißnägel verschluckt. Wie er so dastand, begannen seine Knie, zittrig zu werden und im nächsten Moment hoffte er, dass dies niemand bemerkt hatte. Der Major blickte zu Boden und wandte sich um.

„Cerrini, lassen Sie hier aufräumen und dann alle beteiligten Männer zum Exerzierdienst auf dem Kasernplatz antreten. Die Rationen für heute sind gestrichen!"

Mit gesenktem Kopf verließ Hackher den Raum. Alles im Saal blickte dem Major gebannt hinterher. Jeder Einzelne empfand Scham. Cerrini fasste sich als Erster wieder und erteilte Befehle, das Chaos zu beseitigen. Der Druck war draußen, der angestaute Dampf abgelassen. Brav und reumütig machten sich die Streithähne daran, aufzuräumen und entschuldigten sich untereinander.

Trotz dessen, was soeben vorgefallen war, fühlten sich alle irgendwie erleichtert. Es war, als hätte man ein Ventil geöffnet, das kurz vor dem Platzen war. Eben noch hatten sich alle geprügelt wie die schlimmsten Erzfeinde, nun klopfte man sich wieder freundschaftlich und verzeihend auf die Schulter und fühlte sich den Kameraden plötzlich irgendwie ein Stück mehr verbunden als vorher.

Hackher eilte sofort nach dem Vorfall in sein Arbeitszimmer und schloss sich dort ein. Dann brach es auch aus ihm hervor. Wütend schlug er mehrmals auf den Tisch und konnte seine Verzweiflung nicht mehr zurückhalten. Heftig wehrte er sich gegen die aufkommenden Tränen, doch der Major konnte sie nicht mehr stoppen. Seit Tagen versuchte er, den Männern ein standhaftes Vorbild zu sein und stets so zu tun, als habe er alles unter Kontrolle. Er traf täglich gewichtige Entscheidungen, die vielleicht über Leben oder Tod und über Erfolg und Ausgang dieses Krieges entscheiden konnten, ja sogar über die weitere Existenz seines Landes. Jedes Mal versuchte er, Sicherheit auszustrahlen und so zu tun, als könne er alles beeinflussen, jedes Ereignis kontrollieren, doch letztendlich versuchte er nur ständig, seine Unsicherheit über dieses Kommando, über die Bürde, die er zu tragen hatte, zu verbergen.

Der Kommandant stützte sich auf seinen Schreibtisch und kämpfte mit der Verzweiflung. In diesem Moment hatte ihn seine ganze Kraft verlassen und er wäre am liebsten vor allem davongerannt. Jede Träne versuchte er krampfhaft zurückzuhalten, doch es gelang ihm nicht.

„Herr Major?", erklang plötzlich die erschreckte Stimme Cerrinis.

Augenblicklich riss sich Hackher zusammen, wischte sich die feuchten Augen aus und richtete sich auf. „Ja, was ist?", antwortete er ungehalten, aber mit zittriger Stimme.

Cerrini stand etwas entsetzt im Türrahmen. Hatte er das Schloss nicht versperrt, fragte sich Hackher. Die Tür musste wieder aufgesprungen sein, ohne dass er es gemerkt hatte.

„Alles in Ordnung, Herr Major?", sagte Cerrini und machte einen vorsichtigen Schritt in den Raum. Es hatte keinen Sinn mehr, sich zu verstellen, der Hauptmann hatte längst alles mitbekommen.

Hackher drehte sich um und schnaufte erschöpft auf. „Es ist nichts, Cerrini. Ein kurzer Anfall von Schwäche, nichts weiter", gestand der Major und versuchte, es herunterzuspielen.

„Herr Major, kann ich etwas für Sie tun?", fragte Cerrini einfühlend.

„Nein, nichts. Sind die Männer angetreten?", gab Hackher zurück.

„Mayer und Rüstl kümmern sich um alles. Ich wollte Ihnen nur sagen, dass ich den Vorfall unendlich bedaure und hoffe, Ihr Vertrauen dadurch nicht verloren zu haben."

„Habe ich versagt, Cerrini?", fragte Hackher plötzlich ganz offen.

„Nein, Major. Ganz im Gegenteil."

Der Festungskommandant hatte einen leeren Blick bekommen und es schien ihm so einiges durch den Kopf zu gehen. So aufgelöst hatte Cerrini den Major noch nie erlebt und es erschütterte ihn. Doch gleichsam berührte es ihn zu sehen, dass dieser standhafte, strenge Mann auch von ach so menschlichen Gefühlen bewegt war.

„Herr Major, erlauben Sie mir, nicht als Hauptmann, sondern als Freund zu Ihnen zu sprechen", sagte Cerrini dann und legte seine Hand auf Hackhers Schulter. „Ich denke, niemand kann nachempfinden, wie schwer es ist, so in der Verantwortung zu stehen, wie Sie es gerade tun, und als Mensch haben Sie daher meine aufrichtigste Hochachtung. Und wenn man es mir zugesteht, darüber urteilen zu können, dann sage ich Ihnen, dass niemand sonst an Ihrer Stelle stehen und mit der gleichen Würde und Stattlichkeit diese Verantwortung tragen könnte. Der Erzherzog hat Ihnen dieses Kommando übergeben, weil er Vertrauen in Sie hat. Genauso, wie ich Ihnen vertraue und wie auch die Männer Ihnen vertrauen. Was auch immer kommen mag, Sie sind der Kommandant und man wird Ihnen folgen. Und ich habe noch nie erlebt, dass die bloße Anwesenheit eines Mannes ausgereicht hat, um den Soldaten derart Respekt abzuverlangen. Wir stehen alle hinter Ihnen, Herr Major."

Die Worte von Cerrini hatten Hackher berührt und er blickte reuig zu Boden. „Ich hoffe nur, dass ich nie Ihr großzügiges Vertrauen enttäuschen muss, mein lieber Cerrini", antwortete er dann.

Anschließend sagte niemand mehr ein Wort. Es herrschte die unausgesprochene freundschaftliche Zuneigung unter Männern.

Dann lachte Cerrini. „Wenn die Männer nur halb so beherzt auf die Franzosen losgehen, wie sie es eben aufeinander taten, dann müssen wir uns ja keine Sorgen mehr machen."

Hackher musste ebenfalls schmunzeln und dann lachen. „Cerrini, Sie wissen gar nicht, wie froh ich bin, dass Sie an meiner Seite stehen", sagte der Kommandant.

Der Hauptmann wusste das Kompliment zu würdigen und wurde etwas verlegen.

Plötzlich waren aus dem Gang schnelle Schritte zu hören und kurz darauf stand Suller völlig durchnässt in der Tür und salutierte. „Herr Major, bitte melden zu dürfen: eine Nachricht vom Erzherzog."

Der Soldat zückte einen feuchten Zettel und streckte ihn den beiden Offizieren entgegen. Sofort war Hackher wieder gefasst und Herr der Lage. Entschlossen nahm er das Schreiben an sich und öffnete es.

Cerrini blickte dabei erwartungsvoll zwischen dem Major und dem Schriftstück in seiner Hand hin und her. „Schlechte Neuigkeiten?", fragte er.

Hackhers Ausdruck war ernst, lockerte sich aber schnell auf und wich der Erleichterung. „Nein, diesmal nicht", antwortete er, „der Erzherzog lässt mich wissen, in Tyrol geht es gut, Croatien hält, Saxenburg hält. Halten Sie durch, in einigen Tagen sind Sie befreit."

Cerrini blickte erstaunt. Bestand also tatsächlich Hoffnung auf baldigen Entsatz?

Hackher grinste und fühlte neue Zuversicht in sich aufsteigen. In einigen Tagen waren sie befreit, schrieb der Erzherzog. Der Major sah Licht am Ende des Tunnels. Er konnte es also schaffen, alles heil zu überstehen. Er würde seine Pflicht erfüllen können. Diese Aussicht durchdrang ihn mit großer Zufriedenheit. Sein Blick wanderte über die Köpfe von Suller und Cerrini hinweg, zum Bildnis seines Großvaters an der Wand. Stolz schien er auf Hackher herabzublicken.

Schnell, entschlossen und aufgebracht marschierte Broussier den langen Gang entlang zum Arbeitszimmer von General Macdonald. In respektvollem Abstand folgte ihm Colonel De Montenaux. Dieser hatte Broussier über den Vorfall mit den drei toten Soldaten informiert, worüber sich der General maßlos erregt zeigte.

Schwungvoll stieß der stattliche Franzose die breite Flügeltür auf und schritt auf den pompösen Schreibtisch Macdonalds zu. Dieser saß, wie immer, in Stein gehauen gleich in seinem Stuhl und blickte mürrisch und dekadent drein. Der Oberkommandant der französischen Südarmee hatte soeben ein schweres Mahl beendet und rülpste erschrocken, als er Broussier und De Montenaux eintreten sah. Missfallend über die unangemeldete Störung blickte Macdonald zu den beiden Offizieren und verengte die Augen zu Schlitzen in der Erwartung einer guten Erklärung für das plötzliche Eindringen.

Broussier beeilte sich, zackig zu salutieren. Seine Aufgeregtheit war ihm deutlich anzusehen. „Mon Général, verzeihen Sie mein überfallartiges Eindringen, aber ich verlange Ihre Erlaubnis, sofort einen Gegenschlag auszuführen!", polterte Broussier hervor.

„*Contenance*, mein lieber Broussier", antwortete Macdonald mit brummender Stimme. „Weshalb machen Sie so eine *révolte*?"

Der Stadtkommandant schnappte nach Luft.

„Der Feind hat vor wenigen Stunden drei unserer Soldaten an der Vorpostenlinie erschossen. Ich bin nicht gewillt, diesen Affront einfach so hinzunehmen. Ich fordere Sie auf, die Waffenstillstandsvereinbarung mit diesem Major Hackher sofort aufzukündigen."

„Wie kam es zu diesem Vorfall?", wollte Macdonald wissen.

Broussier merkte sofort, dass er den scharfsinnigen General mit seinem empörten Gehabe nicht zu vorschnellem Handeln verleiten konnte.

De Montenaux trat vor und ergriff das Wort. „Schändlicherweise haben drei unserer Soldaten, welche vermutlich betrunken waren, die Vorpostenlinie ohne Befehl überschritten und den Feind provoziert. Ich habe Général Broussier bereits darauf hingewiesen, dass für die Vorposten Anlass zum Feuern gegeben war. Es gibt leider genügend Zeugen, die dies bestätigen können. Unter diesen Umständen war ich gezwungen, den Österreichern ihr Recht zuzugestehen und versicherte ihnen, dass die gemeinsame Vereinbarung dadurch nicht in Gefahr sei."

Broussier warf dem Colonel einen scharfen Blick zu und gab ihm zu verstehen, dass er dessen ehrliche Aussage nicht förderlich fand.

„Wegen so einer *bagatelle* stören Sie mich beim Mittagessen, Broussier?", sagte Macdonald.

„Mon Général, ich halte dies keinesfalls für eine Bagatelle", antwortete Broussier verteidigend. „Wir haben mit diesem Vorfall erheblich an Ansehen bei der Bevölkerung eingebüßt. Wir riskieren einen Aufstand, wenn wir uns derartige Schwächen leisten."

Macdonald wuchtete seine massige Gestalt aus dem Sitz und erhob sich autoritär. „Wir riskieren noch viel mehr einen Aufstand, wenn wir uns nicht an Verträge halten!", brüllte er wie ein röhrender Hirsch hervor. „Sorgen Sie besser dafür, dass keine Disziplinlosigkeit Einzug bei den Soldaten findet und dass sich so ein Vorfall nicht wiederholt!"

Broussier blieb für einen Moment die Sprache weg. Macdonald schaffte es doch tatsächlich, die Sache so zu drehen, als wäre es am Ende noch Broussiers Schuld gewesen. Doch der eitle General ließ sich so einfach nicht aus der Fassung bringen und holte zum verbalen Konterargument aus.

„Niemand hat den Beginn der Auseinandersetzung an der Vorpostenlinie genau beobachtet. Wir können also nicht mit Sicherheit sagen, dass unsere Männer nicht bereits zuvor provoziert worden waren. Erkennen Sie es nicht? Das ist eine geschickte Strategie des Gegners, uns vor den Augen der Bevölkerung zu entblößen. Sie verleiten unsere Soldaten gezielt durch Provokation zur Unachtsamkeit und berufen sich danach kriechend und demütig auf diesen lächerlichen Vertrag, den wir Grouchy zu verdanken haben."

„Ich kann meine Entscheidungen nicht nach Indizien richten. Ein französischer Offizier sollte seine Befehle stets auf der nüchternen Grundlage der Fakten erteilen", antwortete Macdonald belehrend und hob dabei beschwörend seinen wulstigen Zeigefinger. „Grouchy ist ein gedankenloser Dummkopf und dennoch ein Général in Napoleons Armee, und jede Vereinbarung, die er trifft, trifft er im Namen des *Empereurs*. Es ist sein Name, unter dem wir handeln und unsere Taten fallen auf Bonaparte zurück, und ich bin nicht gewillt, zu versuchen, den Namen des Kaisers mit Vertragsbruch und Ehrlosigkeit in Verbindung zu bringen."

Broussier wich empört einen Schritt zurück, fühlte er sich doch durch die Bemerkung Macdonalds bemüßigt zu glauben, dieser wolle ihn beleidigen, indem er ihm vorwarf, leichtfertig mit der Ehre Napoleons umzugehen.

De Montenaux war das Wortgefecht zwischen den beiden Generälen inzwischen recht unangenehm geworden und er fühlte sich, als stünde er äußerst unpassend zwischen den Fronten. Auf der einen Seite musste er seines Verstandes wegen Macdonald recht geben, doch vordergründig galt seine Loyalität Broussier, unter dem er diente und dessen Gunst er sich erhalten musste, wenn er es in der Armee weiter nach oben schaffen wollte. Gerade als der Colonel in die Debatte einsteigen wollte, wurde er auch schon wieder von Broussier unterbrochen.

„Aber ist es nicht auch ein Vergehen, Bonaparte mit Schwäche vor dem Feind zu brandmarken? Sollen wir uns in Zukunft auch noch nachsagen lassen, die französische Armee toleriere die *abattage* an ihren Soldaten, ohne Genugtuung zu fordern? Napoleon führt doch genauestens Buch. Was glauben Sie, wie er die Sache wohl aufnehmen wird, wenn man ihm zuträgt, dass seine Soldaten durch Feindeshand fallen und seine Générals keinen Finger krümmen?", sagte Broussier spitzzüngig.

„*Cela suffit!*", brüllte Macdonald und ließ seine geballte Faust wuchtig auf den Tisch niederknallen, sodass die Holzbeine krächzten. Broussier hatte geschickt die Beleidigung zurückgespielt und sich mit seiner Opposition weit aus dem Fenster gewagt, doch er hatte es geschafft, Macdonalds Gelassenheit aufzubrechen.

„Ich toleriere keine weitere Diskussion!", schrie der General aufgebracht, um seine Autorität gewahrt zu wissen.

Der plötzliche Wutausbruch hatte Broussier und auch De Montenaux überrascht, doch für Ersteren war es Kalkül gewesen. Macdonald war kompromittierbar, man musste nur die richtigen Worte wählen.

Der gewichtige General schnaufte vor Erregung und ließ sich dann ungalant wieder in seinen Stuhl fallen. „Ich werde morgen mit meinen Divisionen die Stadt verlassen, um gegen Wien zu ziehen. Dann sind alle Entscheidungen Ihre Entscheidungen", sagte Macdonald abfällig und stellte klar, dass er sich der weiteren Verantwortung entzog. „Und jetzt verschwinden Sie!"

Broussier nahm den rüden Befehl wortlos zur Kenntnis, drehte auf dem Absatz um und verließ den Saal, gefolgt von De Montenaux. Kaum hatte Broussier sich abgewandt, verzogen sich seine Mundwinkel zu einem selbstgefälligen Grinsen. Er hatte erreicht, was er wollte. Morgen schon war er der alleinige Herr in der Stadt und er würde sich seinen Ruhm bestimmt nicht nehmen lassen.

8. Juni 1809, Grätz

Ein Strom aus hunderten Fackeln zog in der Dunkelheit der Nacht über die Riesstraße nach Ungarn ab. Major Hackher stand im Glockenturm und blickte durch das Fernglas. Cerrini stand neben dem Kommandanten und hatte die Hände steif hinter dem Rücken verschränkt.

General Macdonald hatte mit dem Abzug seiner zwei Divisionen Lamarque und Pully begonnen. Wie ein brennender Lindwurm schlängelte sich der Zug der Soldaten aus der Stadt und am Schlossberg vorbei. Hackher wusste nicht so recht, was er von diesen Truppenbewegungen halten sollte, aber er war beunruhigt. Die Marschrichtung deutete nach Osten, in Richtung des Erzherzogs. Dieser würde sich bald einer Übermacht an Verfolgern stellen müssen. Hackher hoffte nur, dass es dem Habsburger inzwischen gelungen war, mit Feldmarschall Gyulai Kontakt herzustellen, doch seit der letzten Nachricht hatte man keine neuen Informationen vom Erzherzog bekommen.

„Was haben diese Franzosen nur vor?", sagte der Festungskommandant mehr zu sich selbst.

„Soll ich feuern lassen?", fragte Cerrini kühl. „Die Truppen haben die Stadt verlassen, die Konvention würde das nicht beeinflussen."

Hackher schüttelte leicht den Kopf.

„Ich weiß nicht so recht, ob uns das einen Vorteil bringen würde", antwortete er.

„Herr Major, ich empfehle zumindest die französische Nachhut sporadisch unter Feuer zu nehmen, um deren Nachschub zu verlangsamen. Damit würden wir die Reichweite des Feindes begrenzen."

„In der Nacht wäre der Beschuss nicht sonderlich effektiv,

wir hätten keine Trefferkontrolle. Nein, lasst sie abziehen!"

Cerrini nahm die Antwort Hackhers zur Kenntnis, auch wenn er nicht ganz einverstanden war. Wäre es nach ihm gegangen, hätte er das Feuer eröffnet. Es schien ihm eine passende Gelegenheit zu sein. Mit den ostwärts gerichteten Batterien konnte man Macdonalds Truppen auf voller Länge bestreichen, was zweifelsohne zu großen Verlusten unter den Franzosen geführt hätte. Zudem war der Feind gezwungen, gut ein bis zwei Kilometer über das offene Vorfeld der Stadt zu ziehen, bis er in den angrenzenden Wäldern wieder einigermaßen Deckung hatte. Für Cerrini war dies eine einmalige Gelegenheit, den Feind zu schwächen und er sah dies auch als seine Pflicht an.

Hackher klappte das Fernrohr zusammen und ging nachdenklich einige Schritte auf und ab. Fieberhaft versuchte er, die französischen Pläne zu ergründen. Da Macdonald ostwärts zog, konnte dies nur im Zusammenhang mit dem Erzherzog stehen. Vermutlich wollten sie den Druck auf ihn erhöhen, um eine Kapitulation zu erzwingen. Vielleicht stand der Erzherzog aber auch schon mit den Divisionen des italienischen Vizekönigs in Gefecht und Macdonald wurde als Verstärkung angefordert. In diesem Fall wäre es seine Pflicht gewesen, seinerseits den Feind zu behindern. Doch zwei Divisionen waren nicht genug, um wirklich entscheidend in eine Schlacht einzugreifen. Die Zusammensetzung der Truppen und deren Stärke veranlasste Hackher eher zu glauben, dass es Macdonald nur um einen möglichst raschen Vorstoß ginge, als sich ernsthaft für ein Gefecht bereit zu machen.

Dann blieb der Major plötzlich stehen und blickte zu Cerrini auf. „Ich denke, die Franzosen haben uns soeben einen glücklichen Vorteil beschert", sagte Hackher voller Zuversicht. „Der Abzug der zwei Divisionen bedeutet eine empfindliche Reduzierung der Besatzungstruppen in der Stadt. Das Kräfteverhältnis wird dadurch so verringert, dass kein vernünftiger Kommandant unter diesen Umständen einen Angriff auf eine Festung wagen würde."

Cerrini blickte verdutzt drein und es dauerte einige Augenblicke, bis er verstand, worauf der Major hinauswollte. Aus militärischer Sicht benötigte man für die Einnahme einer Festung etwa die zehnfache Anzahl an Männern. Macdonalds Abzug bedeutete in der Tat eine Ausdünnung der Truppen in der Stadt.

„Sie meinen, die Franzosen haben kein Interesse an einem Sturm auf die Festung?", fragte Cerrini.

„Anders ließe sich diese Strategie nicht erklären. Sie wollten vermutlich von Anfang an nur die Stadt als Versorgungspunkt. Ihre Besatzungsstärke ist einfach nicht groß genug, als dass sie ernsthaft einen Angriff in Erwägung ziehen würden", antwortete Hackher.

„Dann besteht also keine akute Gefahr mehr?", fragte Cerrini.

„Nicht so voreilig. Ich sagte nur, dass die Bedingungen für die Franzosen suboptimal sind. Allerdings sollten wir diesen Broussier nicht falsch einschätzen. Nach allem, was ich von ihm gehört habe, ist er ein eitler Karrierist und solche Leute geben sich selten mit einem Unentschieden zufrieden."

„Worauf wollen Sie hinaus, Major?", fragte der Hauptmann.

„Broussier wird angreifen", antwortete Hackher beschwörend und blickte über die Dächer der Stadt. „Er wird angreifen, weil er sich durch mich herausgefordert fühlt."

Irgendwo in der Nähe zirpte eine Grille. Das nächtliche Konzert übertönte das leise Rascheln des feuchten Grases, als sich Suller kriechend dem kleinen Lager der Franzosen näherte.

Rings um ihn herrschte Dunkelheit. Der nächtliche Himmel war bewölkt und ließ kein Mondlicht durch. Der erfahrene Soldat musste sich voll und ganz auf seine Sinne verlassen und konnte sich nur anhand des Lagerfeuers der Franzosen etwas orientieren.

Nachdem ein Teil der Besatzungstruppen noch in der Nacht aus Grätz abmarschiert war, hatte er von Hackher den Auftrag bekommen, die Lager der Franzosen auszuspionieren. Suller hatte einen der Bürgerwehrsoldaten am Paulustor bestochen. So konnte er sich an den Wachen vorbei aus der Stadt schmuggeln. Die nächtliche Dunkelheit kam seiner Mission sehr zugute. Im Schutz der hohen Gräser hatte er sich bis auf 100 Meter an die Batteriestellung herangewagt, die gut gedeckt hinter einer Baumallee verborgen lag. Eine Feldstraße führte dicht an den französischen Kanonenstellungen vorbei und Suller hatte sich in dem parallel zur Straße verlaufenden Wassergraben versteckt. Sein dunkler Ledermantel schützte ihn vor der Nässe und ließ ihn mit der nächtlichen Umgebung verschmelzen.

Stimmen drangen an sein Ohr, die irgendetwas auf Französisch sagten. Auf der Straße polterte ein Fuhrwerk direkt neben Suller vorbei und hielt über das Feld auf die Kanonenstellung zu. Schemenhaft konnte der Soldat zwischen den hohen Gräsern erkennen, dass der Wagen hielt und mehrere französische Artilleriesoldaten herankamen, um schwere Kisten und Säcke abzuladen. Vorsichtig hob Suller den Kopf, um besser sehen zu können, was die Männer dort trieben. Er konnte mehrere Dutzend Soldaten erkennen, die in großer Eile den Wagen entluden. Die Holztruhen schienen besonders schwer zu sein, denn sie mussten jeweils von zwei Mann getragen werden, welche diese direkt neben den Haubitzen abstellten.

„Granaten", sagte Suller leise zu sich selbst.

Behutsam senkte er wieder den Kopf und schlich sich dann langsam, immer darauf bedacht, möglichst keine Geräusche zu machen, in Richtung der Kanonen. Er musste näher heran, um Details ausmachen zu können. Inzwischen war ein weiterer Wagen angerollt, der nun auch entladen wurde.

Suller näherte sich bis auf wenige Meter den Verschanzungen, hinter denen die Haubitzen positioniert waren. Völlig unbemerkt lag er im hohen Gras zwischen den Bäumen der

Allee und beobachtete mit Argusaugen das Treiben der Franzosen. Ein Dutzend Stücke konnte er zählen, die jeweils mit zwei Kisten aufmunitioniert wurden. Weiters konnte Suller mehrere Wassereimer und Pfropfenladungen erkennen, die aufgereiht neben jeder Haubitze standen.

Die Batterie wurde gefechtsklar gemacht, schlussfolgerte Suller schließlich und zog sich leise im Schutz der Dunkelheit zurück. Er musste seine Entdeckung schnellstmöglich an Hackher melden, damit dieser sich seinerseits vorbereiten konnte.

In der Deckung der hohen Gräser schlich er sich entlang der Feldstraße zurück zum Paulustor. Er musste vorsichtig sein, denn auf dem Glacis hatten die Franzosen ebenfalls zwei Stellungen ausgehoben und er würde sich dicht an ihnen vorbeischleichen müssen. In dieser Nacht waren deutlich mehr Franzosen auf den Beinen als üblich. Auch bei den ostwärts liegenden Batteriestellungen herrschte reges Treiben. Mehrmals musste Suller sich in den Graben legen, als erneut Munitionswägen an ihm vorbeiratterten. Die Franzosen versuchten, ihre nächtlichen Vorbereitungen geschickt zu verschleiern, indem sie kaum Fackeln verwendeten. Die Fuhrwerke hatten keine Beleuchtung und waren in der Schwärze der Nacht vom Schlossberg aus vermutlich nicht zu entdecken. Außerdem fuhren sie sehr langsam, um möglichst wenige Geräusche zu machen. Beinahe hätte Suller einen der Wagen übersehen und konnte nur dank seiner eigenen dunklen Verkleidung unerkannt im Straßengraben verharren. Die Kutscher rechneten natürlich nicht damit, dass ihnen ein Spion auflauern würde, außerdem konzentrierten sie sich auf die Straße, um in der Dunkelheit nicht vom Weg abzukommen, weshalb sie nicht auf jede Silhouette in der Umgebung achteten.

An der sogenannten Meerscheinbatterie, die man so genannt hatte, weil sie direkt neben dem kleinen Meerscheinschloss positioniert worden war, bog die Straße gegen Westen ab. Das barocke, kleine Jagdschloss diente den Franzosen als Unterkunft. Aus den Fenstern strahlte Licht in die Nacht hinaus und Suller konnte ein turbulentes Gelage im Inneren erkennen. Lautes Lachen und Grölen waren aus dem Schloss zu vernehmen. Als Soldat wusste Suller dies sofort zu deuten. Es war die letzte Nacht vor einem Kampf, in der man nach alter Soldatentradition ausgelassen feierte, um womöglich noch ein letztes Mal die sinnlichen Freuden des Lebens in vollen Zügen zu genießen. Auch Suller hatte schon zahlreiche solcher Trinkgelage hinter sich, doch bis jetzt war ihm das Glück hold geblieben und er war aus jeder Schlacht zurückgekehrt. In einer dieser Nächte hatte er einst seine Unschuld verloren, eine besonders wichtige Angelegenheit, die vor allem die jungen Rekruten, welche oft noch keine 16 Jahre alt waren, unbedingt erledigen wollten, bevor sie das erste Mal dem Tod auf dem Schlachtfeld gegenübertreten würden.

Suller schlich sich am Schloss vorbei und gelangte nach einigen 100 Metern wieder zum Paulustor. Der bestochene Bürgerwehrsoldat hatte ihm zuvor auch die Rotation der Wachablöse verraten. Suller wartete in einem Gebüsch neben der Straße, bis die zwei französischen Wachen vor dem Tor von ihren Kollegen abgelöst wurden. Der Moment der Übergabe bedeutete immer einige Minuten der Ablenkung für die Wachmannschaft, denn sie musste ein kurzes Zeremoniell durchführen. Die alte Wachmannschaft salutierte vor der neuen auf und musste eine Meldung über die Vorkommnisse abgeben. Danach bestätigte die neue Wachmannschaft die Übernahme des Postens.

Suller rannte gebückt aus seiner Deckung, als die Übergabe vor dem Tor begann. So leise als möglich begab er sich zum Wassergraben, der um die komplette Stadtmauer verlief, und ließ sich lautlos ins Wasser gleiten. Um keine Wellen auf der Oberfläche zu schlagen, tauchte er unter und schwamm durch den Graben bis zur Mauer. Sein Ledermantel war hinderlich, aber er saugte sich zumindest nicht so schnell voll wie ein Wollmantel. Doch Suller musste schnell sein. Ihm blieben vielleicht zwei bis drei Minuten, wenn er dieses Zeitfenster verpasste, musste er zwei Stunden im Wasser bis zur nächsten Wachablöse ausharren. Abgesehen von der Kälte und dem Dreck, der im Graben trieb, konnte Suller sich unmöglich mit seiner ganzen Kleidung so lange über Wasser halten. Früher oder später würde ihm die Kraft ausgehen.

Doch rechtzeitig tauchte er behutsam unterhalb der Torbrücke wieder auf. Durch den schmalen Spalt zwischen den Holzdielen konnte er die französischen Soldaten erkennen.

An einer der Holzstützen, die direkt an der Mauer befestigt waren und die Brücke trugen, kletterte er hoch. Die Stadtmauern waren nicht komplett senkrecht in die Höhe gebaut worden, sondern wiesen eine leichte Schräge auf, die es Suller natürlich erleichterte, sich hochzuziehen. Das Torhaus war groß, besaß einen langen Hauptdurchgang und zwei kleinere Nebendurchgänge, die mit dicken Säulen voneinander abgetrennt waren. Suller zog sich an der Brücke hoch, kletterte zwischen den Verstrebungen des Holzgeländers durch und schlich unbemerkt durch einen der Nebengänge. Die Wachablöse endete gerade in dem Moment, als Suller am anderen Ende des Torhauses um die Ecke huschte.

Er hatte es geschafft und war wieder unbemerkt in die Stadt gekommen. Ein schneller Blick um die Ecke zeigte ihm die alte Wachmannschaft, die durch das äußere Tor zurückkam und die Türflügel wieder schloss.

In der Stadt war es seltsam ruhig. Viele der Wachposten auf den Straßen waren nicht besetzt und die Feuer waren gelöscht. Auch das Treiben in den Gassen sollte vom Schlossberg aus möglichst verborgen bleiben. In den besetzten Häusern der Franzosen konnte Suller ebenfalls geselliges Treiben vernehmen. Auch hier wurde gefeiert. Praktisch, denn so konnte er sich völlig unbemerkt an den Häusern vorbeischleichen.

Kurz vor den österreichischen Vorposten am Karmeliterplatz hielt er hinter einer Hauswand inne. Er blickte über den Platz zum inneren Paulustor und konnte dahinter das Gasthaus Zur Goldenen Pastete erkennen. Im oberen Stock des Torhauses konnte Suller lautes Treiben vernehmen. Die Wachen gaben sich ebenfalls dem Feiern hin und ließen das

Tor unbehelligt. Plötzlich kam ihm Hermine in den Sinn und er erinnerte sich an seine eigenen Saufgelage, in denen junge Dirnen stets Freiwild für die Soldaten gewesen waren. Bestimmt fand auch im Gasthaus des Wirts Spreng ein Gelage statt. Plötzlich verspürte Suller den starken Drang, nach der Wirtstochter zu sehen. Er wollte wissen, ob es ihr gut ging oder ob sie bereits das willige Opfer eines lüsternen Franzosen geworden war. Die Vorstellung, irgendein schmieriger, besoffener Soldat könnte es mit Hermine treiben, löste große Sorge in ihm aus.

Nein, er musste auf die Festung und Hackher Bescheid geben. Er durfte sich nicht durch persönliche Gefühle ablenken lassen, diesmal nicht. Doch er war hin- und hergerissen.

„Verdammt noch mal!", sagte er leise zu sich, sprang aus seinem Versteck hervor und rannte rasch über den Platz.

„*Bière!*", riefen die Männer lautstark an den Tischen. Michael Spreng kam kaum mit dem Ausschenken nach, so trinkfreudig waren seine einquartierten Franzosen in dieser Nacht. Die Gaststube war voll bis zum Dach. Es hatten sich auch zahlreiche Soldaten anderer Regimenter eingefunden, um mit den Kameraden zu feiern.

Spreng blickte missbilligend auf die ausschweifend feiernden Gäste, während er den Zapfhahn eines Bierfasses öffnete. Einige Dutzend junge Frauen, meist professionelle Huren, aber auch arme Bauersfrauen, die sich durch den Verkauf ihres Körpers genügend Geld erhofften, um die Familie durch den nächsten Monat zu bringen, tummelten sich zwischen den Franzosen. Die drallen Brüste in ihren eng geschnallten Steirer-Dirndln wirkten magisch anziehend auf die Männer, die gierig die Körper der Frauen berührten. Spreng hatte den Eindruck, dass es einigen der Weiber sogar gefiel, die Franzosen galten ja allgemein als gute Liebhaber und junge Soldaten standen generell im Ruf, äußerst wild und ausdauernd zu sein. Seine Tochter hatte er in die Küche verbannt. Sie sollte sich in der Gaststube auf keinen Fall blicken lassen. Am liebsten wäre es Spreng gewesen, wenn er sie in ihr Zimmer einschließen hätte können, doch er konnte auf ihre Hilfe beim Ausschenken der Getränke nicht gänzlich verzichten.

In der Gaststube stank es bereits nach Körperausdünstungen, abgestandenem Bier und Wein. Es war schon nach Mitternacht und Spreng begann, sich ernsthaft zu fragen, wann die Franzosen endlich genug hatten. Sie einfach rauszuwerfen, wie er es sonst mit Gästen tun würde, die einfach keinen Anstand hatten zu gehen, wäre wohl keine sonderlich gute Idee.

Der Wirt hatte gerade eine Handvoll große Bierkrüge ausgeteilt, als plötzlich Leutnant Pirrot neben ihm an der Theke stand. Der Offizier lehnte sich leger gegen das Holz und zwirbelte seinen Schnurrbart. Spreng hatte sich ein wenig erschrocken, als Pirrot so plötzlich neben ihm stand. Dieser Mann hatte ein Talent, äußerst unerwartet aufzutauchen und augenblickliches Unbehagen zu verbreiten.

„Es scheint mir, als hätten Sie heute viel zu tun?", fragte Pirrot mit einem gekünstelten Lächeln.

„Wie kommen Sie darauf?", gab Spreng sarkastisch zurück und versuchte, das Gespräch abzuwürgen.

„Wo ist denn Ihre reizende Tochter?"

„Sie ist in der Küche und dort wird sie auch bleiben", gab Spreng in scharfem Ton zurück.

Pirrot verzog das falsche Lächeln zu einem Grinsen.

„Aber natürlich, Frauen gehören in die Küche", sagte er und entfernte sich dann. Spreng würde diesem aufgeblasenen, schleimigen Mann am liebsten seinen alten Säbel in den Rücken rammen.

Plötzlich kam Pirrot mit zwei anderen Soldaten zurück. „Mein lieber Wirt, ich und meine beiden Freunde hier haben gehört, dass Sie auch einen ausgezeichneten Wein führen."

Spreng blickte ihn griesgrämig an und griff dann zu einem Weinfass. Plötzlich packte ihn Pirrot am Arm.

„Nein, nein, nicht diesen billigen *vinasse*", sagte der Leutnant. „Haben Sie denn nicht einen Flaschenwein?

Pirrot grinste Spreng süffisant an. Dieser warf dem Franzosen einen verärgerten Blick zu.

„Was gucken Sie so, für meine Leute eben nur das Beste", sagte Pirrot, der sich an Sprengs Abneigung sehr amüsierte.

„Gut, ich hole einen", sagte der Wirt und wollte sich aus dem Griff des Franzosen lösen, doch dieser hielt ihn fest.

„Nein, das kann doch auch Ihre Tochter machen. Ihr Platz ist in der Gaststube. Was ist, wenn meinen braven Soldaten inzwischen das Bier ausgeht? Wer ist dann da, um ihnen nachzuschenken? Ich möchte, dass Sie Ihre Tochter schicken!", sagte Pirrot freundlich, aber mit einem ernsten Unterton.

Spreng begann wieder, das Herz zu pochen und auf seiner Stirn bildeten sich ein paar Schweißperlen. Was hatte dieser Pirrot jetzt schon wieder im Sinn? Es war ein simples Machtspiel, dachte sich Spreng. Er wollte einfach klarstellen, dass er hier das Regiment führte. Auch wenn es sich um eine lächerliche Sache handelte, wie zum Beispiel, wer den Wein holen sollte, hielt Spreng es in dem Moment nicht für klug, dem Offizier zu widersprechen.

Der Wirt drehte sich um und rief in die Küche. „Minerl! Hol eine Flasche Rotwein aus dem Keller!"

Die Wirtstochter blickte kurz aus der Küche hervor und ging dann schüchtern durch die Gaststube zur Hintertür, die in den Hof führte. Gierig blickten ihr die Soldaten hinterher und nun erkannte Spreng, was Pirrot erreichen wollte. Er wollte die Wirtstochter seinen Männern vorführen.

Der Wirt fühlte sich schlecht und schämte sich, so ohne Weiteres zugelassen zu haben, dass seine Tochter wie ein Lustobjekt vorgeführt wurde. Er blickte Pirrot wutentbrannt an, doch dies schien den sadistischen Leutnant nur noch mehr zu amüsieren. Es war eine blanke Demütigung für den Wirt.

Pirrot hingegen ergötzte sich an der Angst Sprengs um dessen Tochter. Er hatte genau mitbekommen, dass Spreng ständig dafür sorgte, dass Hermine so wenig Kontakt wie möglich zu den einquartierten Franzosen hatte. Pirrot konnte die Angst um das Wohlergehen der Tochter förmlich riechen und es gefiel ihm maßlos, die Fürsorge des Vaters auszureizen und zu provozieren. Der Leutnant war auch nur ein Mann und wie alle Männer, wie alle Soldaten, verspürte er Lust auf das weibliche Geschlecht. Die Tochter des Wirts hatte es Pirrot angetan. Das Machtspiel mit dem überfürsorglichen Vater machte die ganze Sache natürlich doppelt interessant. Der Reiz des Verbotenen haftete der Wirtstochter an und gerade das, neben ihren körperlichen Vorzügen, machte sie anziehend. Pirrot genoss den Anblick von Hermine, wie sie von allen Seiten begafft durch den Raum gehen musste und schließlich durch die Tür am Ende der Gaststube verschwand.

Dann wandte er sich wieder zu Spreng und lächelte falsch. „Ihre Tochter ist so ein reizendes Ding, hat Ihnen das schon einmal jemand gesagt?"

Spreng knirschte mit den Zähnen und überlegte ernsthaft, alle Vernunft über Bord zu werfen, den Säbel unter dem Tresen zu greifen und ihn diesem Scheusal von Mensch ins Herz zu rammen.

Pirrot lachte über Sprengs Zorn, den er in den Augen des alten Wirts ablesen konnte. „Den Mann, den sie eines Tages heiraten wird, kann man nur beglückwünschen", sagte Pirrot und wandte sich mit seinen beiden Kameraden endgültig von der Theke ab.

Hermine war heilfroh, als sie den Hinterhof betrat. Normalerweise mochte sie es, wenn ihr Männer hinterherblickten, doch die gierigen und starrenden Augen der betrunkenen Soldaten hatten ihr Angst gemacht.

Im Hof brannte eine Fackel und spendete ein wenig Licht. Die Wirtstochter tastete sich vorsichtig über das nasse Gras zum Stallgebäude vor, wo sich der Weinkeller befand. Sie hoffte nur, auf keinen schlafenden Franzosen zu treffen, der sich vor lauter Betrunkenheit ins Freie gelegt hatte. Doch der Hof war menschenleer. Die frische Luft tat ihr gut und sie hielt kurz inne, um verträumt zu den Sternen hoch zu blicken und ein paar Mal tief durchzuatmen.

In der Gaststube war es stickig und in der Küche herrschte eine unangenehme Mischung aus abgestandenen Gerüchen. Es tat gut, für ein paar Minuten im Freien zu sein.

Plötzlich hörte sie hinter sich ein Geräusch und als sie sich blitzschnell umdrehte, wurde sie gepackt und eine Hand wurde auf ihren Mund gepresst. Hermine entfuhr ein leises Keuchen. Im nächsten Moment wurde sie aus dem Schein der Fackel in eine dunkle Ecke gezerrt. Die Wirtstochter versuchte, sich mit Händen und Füßen zu wehren, doch wer auch immer sie gerade festhielt, tat dies mit besonderer Kraft, sodass Hermine nur leicht zappeln konnte.

„*Pssst*, Hermine. Ich bin es", sprach plötzlich eine leise Stimme in ihr Ohr. Hermine erkannte sie sofort, drehte sich überrascht um und blickte in das verhüllte Gesicht von Suller.

„Was machst du hier?", war ihre erste Reaktion, doch trotz des Schreckens, der noch in den Knochen saß, war sie erfreut, ihn zu sehen.

„Ich wollte wissen, ob es dir gut geht", sagte Suller und entfernte den Stehkragen seines schwarzen Ledermantels, damit sie ihn besser sehen konnte.

„Ich wusste es, du entführst junge Mädchen", säuselte sie ihm amüsiert ins Ohr.

„Bitte entschuldige mein Auftreten, aber ich musste sichergehen, dass du dich nicht erschreckst und zu schreien beginnst", sagte er.

Sie lächelte und blickte dann vorsichtig zum Eingang der Gaststube.

„Komm mit, hier draußen könnte uns wer sehen", sagte sie und packte Suller am Arm. Lautlos verschwanden beide durch die Holztür im Stallgebäude. Kaum hatte Hermine die Tür hinter sich wieder verschlossen, warf sie sich Suller um den Hals und küsste ihn.

„Ich dachte, ich sehe dich nie wieder", sagte sie und drückte ihn fest an sich.

Auf diese Reaktion von ihr war er nicht vorbereitet gewesen. Der Kuss kam so plötzlich, dass er sich im nächsten Moment wünschte, er hätte sich dabei besser angestellt.

„Ich musste einfach kommen", sagte er, „ich konnte es nicht ertragen, nicht zu wissen, ob alles in Ordnung ist."

Sie lächelte ihn verspielt an. „Du bist süß. Ehrlich gesagt bin ich froh, dass du hier bist. Ich habe mir solche Sorgen gemacht, nachdem du letztes Mal so plötzlich gegangen bist."

„Du hast dir Sorgen gemacht?", fragte Suller verblüfft.

„Ja", sagte sie und blickte ihn dann mit ihren großen Rehaugen an.

Suller hatte ein eigenartiges Gefühl im Bauch. Da stand er nun, völlig im Dunklen in einem Stall und umarmte die Tochter von Spreng. Zum ersten Mal fühlte er ihren Körper ganz nah bei sich. Es war anders als noch vor wenigen Tagen in der Gaststube, als sie beide von Pirrot überrascht wurden. Hier konnte sie niemand entdecken. Der Augenblick war wesentlich intimer.

Hermine starrte ihm mit sehnsüchtigem Blick in die Augen. Sie hatte sich schon lange nicht mehr so geborgen gefühlt, wie in diesem Moment. Die Umarmungen ihres Vaters lösten nicht so starke Gefühle bei ihr aus wie die sanfte Umklammerung von Suller. Ihr Herz pochte ganz laut und sie verspürte den Drang, weiter zu gehen. Was war das nur bei diesem Mann, frage sie sich.

„Ich glaube, ich liebe dich", sagte sie plötzlich leise und verunsichert.

Sullers Herz machte einen Satz und im nächsten Moment fühlte er, wie er weiche Knie bekam.

„Du … du liebst mich?", fragte er stotternd.

Schüchtern nickte sie und blickte ihn verträumt aber auch leicht unsicher an. War sie zu weit gegangen? Plötzlich schossen ihr 1000 Gedanken durch den Kopf und sie fühlte sich entblößt und verletzlich. Was, wenn er ihre Gefühle nicht teilte? Was, wenn er sie unreif und kindlich fand?

„Ich denke, das tue ich auch", sagte er plötzlich.

„Wirklich?"

Er nickte.

Im nächsten Moment hatte Hermine ihre Unsicherheit wieder komplett vergessen und drückte ihren Busen ganz fest an seinen Oberkörper.

„Wo waren wir letztes Mal stehen geblieben?"

„Ich weiß nicht", antwortete Suller verlegen.

„Ich schon", sagte sie und fuhr mit ihrer Hand an seinem Bauch hinunter. Suller keuchte leise auf, als sie sein Glied berührte, das sofort steif wurde.

„Küss mich", sagte sie.

Das ließ er sich nicht zweimal sagen. Seit er sie das erste Mal im Nachthemd auf der Treppe gesehen hatte, hatte er sich jede Nacht genau dies vorgestellt, was er nun im Begriff war, mit ihr zu tun.

Er presste seine Lippen auf ihre. Sie stöhnte leise auf und er konnte ihre Begierde und Sinnlichkeit spüren. Langsam öffnete sie ihren Mund und schob ihre Zunge in seinen.

Zuerst war Suller etwas überrascht und verwirrt. So hatte er noch nie eine Frau geküsst, doch es fühlte sich verdammt gut an. Ihre Zungen umkreisten sich und ihre Hände tasteten begierig den Körper des jeweils anderen ab. Er warf seinen Mantel ab und es dauerte keine zwei Minuten, da hatte er auch schon ihr Kleid geöffnet und massierte ihre Brüste.

Die zärtlichen Berührungen von Suller versetzten sie in einen Rausch. So intensiv hatte sie sich das nicht vorgestellt. Ihre Finger öffneten die Knöpfe seiner Hose und glitten dann langsam hinein. Als sie sein hartes Glied spürte, konnte sie sich nicht mehr halten.

Im nächsten Moment zog sie ihm die Hose herunter. Auch Suller konnte sich jetzt nicht mehr beherrschen. Sie beide wollten es. Er packte sie an den Schenkeln, hob sie hoch und presste sie an die Wand. Plötzlich spürte er sein Glied auf ihrer Vagina. Es war ein großartiges Gefühl und ihr leidenschaftlicher Blick zeigte ihm, dass auch sie nicht mehr länger warten wollte.

Langsam drang er in sie ein. Hermine stöhnte sinnlich auf. Zuerst schmerzte es ein wenig, doch dann fühlte es sich gut an. Sie drückte sich fest an seinen Leib, um ihn noch intensiver zu spüren. Langsam bewegte er sich in ihr und küsste sie dabei. Die Lust steigerte sich mit jeder Bewegung und seine Stöße wurden schneller und heftiger. Mit jedem Mal stöhnte sie auf und schließlich erreichten sie beide den Höhepunkt. Es war ein überwältigendes Gefühl und Hermine war wie von Sinnen, als sich sein Samen in ihr entlud. Sie konnte an nichts mehr denken, ihr ganzer Körper vibrierte und ihr Herz pochte wie eine Dampfmaschine. Erschöpft und erleichtert sanken beide zu Boden.

Als Hermine zurückkkam, waren etwa 15 Minuten vergangen. Ihr Vater hatte sie zwar gefragt, wo sie so lange geblieben war, doch sie konnte sich damit herausreden, dass es dunkel gewesen war und sie so lange brauchte, um den Wein zu finden.

Was Hermine allerdings nicht wusste, war, dass Pirrot ihr heimlich in den Hof gefolgt war und das Liebestreiben mit angehört hatte.

9. Juni 1809, Grätz

Broussier hatte den Barocksaal, den Macdonald vor wenigen Stunden noch selbst genutzt hatte, zu seinem Arbeitszimmer gemacht. Der General hatte seine Stiefel auf dem Tisch übereinandergeschlagen und lehnte sich leger in dem Stuhl zurück, während er ein Schreiben von Major Hackher las.

Im Raum aufgereiht, wie Zinnsoldaten, standen Oberst Gambin, der von Broussier das Kommando über die Belagerungstruppen bekommen hatte, Oberst Fieret, der Chef der Artillerie und De Montenaux sowie einige niedere Offiziere aus verschiedenen Regimentern.

Unter den französischen Befehlshabern hatte sich herumgesprochen, dass Hackher auch das letzte Kapitulationsangebot von Broussier ausgeschlagen hatte. Damit gab es keine andere Alternative mehr als den Kampf. Obwohl die

Nichtangriffskonvention nach wie vor in Kraft war, gingen die Vorbereitungen in der Stadt und auch auf dem Festungsberg unbeirrt weiter. Auf beiden Seiten wurde permanent exerziert und gedrillt. Es kursierten auch Gerüchte, resultierend aus unbestätigten Berichten, wonach zwei österreichische Armeen womöglich auf Grätz marschierten. Broussier hatte diesbezüglich einige Meldungen erhalten, wollte diese aber nicht an alle Kommandeure weitergeben. Während unter Macdonald die Belagerung nur mit wenig Nachdruck betrieben wurde, hatte Broussier gleich in den ersten Stunden seines Kommandos alle Hebel in Bewegung gesetzt, um möglichst bald für einen Sturm auf die Festung bereit zu sein.

Die Nachricht von Hackher ließ die Hände des Generals zittern und alles blickte gebannt auf dessen sich augenblicklich verschlechternde Miene.

„*Bâtard*!", rief Broussier plötzlich, sprang auf und zerfetzte das Stück Papier wie ein Berserker.

Gambin, der eine ähnlich massige Gestalt wie Macdonald hatte und in seiner engen Uniform wie eine aufgeblähte Knackwurst aussah, runzelte die Stirn. „Darf ich annehmen, *Sire*, dass der Inhalt des Schreibens nicht Ihren Erwartungen entsprach?", sagte dieser in aristokratisch ausgedrücktem Französisch.

„Dieser *Hybride* besitzt doch tatsächlich die Frechheit, gegen den Bau unserer gedeckten Artilleriestellungen zu protestieren", antwortete Broussier empört.

Die Offiziere blickten sich untereinander fragend an. Eigentlich hatte man die Errichtung dieser Stellungen vor Hackher verbergen wollen. Die Tatsache, dass er nun doch davon erfahren hatte, ließ nur den Schluss zu, dass er in der Stadt Spione unterhielt, die ihn mit Informationen versorgten.

Broussier ging um den großen Tisch herum und vor seinen Offizieren auf und ab.

„Wie lauten Ihre Befehle, mon Général?", fragte De Montenaux.

„Fieret, die Karte!", rief Broussier und fuchtelte mit der

Hand herum.

Der Oberst mit dem schwarzen gekräuselten Haar und dem südlichen Teint rollte eine Landkarte auf dem Tisch aus. Broussier beugte sich über das Pergament und zeichnete mit einem Federkiel rasch einige Symbole darauf.

„Gambin, positionieren Sie Ihre Truppen hier, hier und hier", sagte der General und deutete dabei auf die jeweiligen Stellen auf der Karte.

„Fieret, sorgen Sie dafür, dass Ihre Batterien genügend Munition für ein mehrstündiges Dauerfeuer haben. Wir werden mit starkem Beschuss beginnen und zuerst einige leichte Scheinangriffe durchführen, um ihre Verteidigung zu testen. De Montenaux, finden Sie ihre Schwachstelle heraus. Major Hackher befehligt zum großen Teil nur unerfahrene, lächerliche Bauern, die keine Ahnung vom Kriegshandwerk haben. Es dürfte ein Leichtes sein, ihre Verteidigung zu demoralisieren und zu zerstreuen. Sie werden sehen, ein paar Stunden unter Dauerbeschuss und diese Bauerntölpel werfen die Nerven über Bord."

Fieret, Gambin und De Montenaux nickten zustimmend und prägten sich die taktischen Anweisungen ihres Generals ein.

„*Sire*, was ist mit der Stadtbevölkerung? Sollen wir diesbezüglich Vorbereitungen treffen?" fragte Gambin.

„Lassen Sie den Beginn der Kampfhandlungen offiziell verkünden. Die Bürger der Stadt sollen sich in ihren Häusern aufhalten, wer dagegen zuwiderhandelt, wird der Kollaboration mit dem Feind beschuldigt und beschossen. Das dürfte für die meisten abschreckend genug sein", antwortete Broussier und grinste dabei selbstgefällig.

Fieret räusperte sich und kratzte sich nachdenklich am Kinn. „Mon Général, ich gebe zu bedenken, dass wir für einen effektiven Beschuss der Festung nicht das optimale Gerät zur Verfügung haben. Da wir nur über Feldartillerie und über keine eigentlichen Belagerungsgeschütze verfügen, wird es einige Zeit brauchen, um die Kanonen einzuschießen. Außerdem sind einige unserer Stellungen vor feindlichem Feuer nicht hinreichend geschützt."

„Dann lassen Sie sich etwas einfallen, um effektiver feuern zu können", herrschte ihn Broussier an. „Mit Verlusten wird zu rechnen sein, doch ihre Artilleriemannschaften sind stark unterbesetzt. Hackher wird nicht einmal halb so schnell feuern können wie wir. Nutzen Sie das als Vorteil."

„*Oui, bien sûr*, Général!", antwortete Fieret pflichtbewusst.

„Wann gedenken Sie, den Angriff zu starten", fragte De Montenaux dann.

Broussier wirkte kurz nachdenklich und blickte dann zu seinen Offizieren auf. „Colonel Gambin, wie viel Zeit brauchen Sie, um die Truppen in Stellung zu bringen?"

„Die Aufstellung ist binnen eines Tages zu bewerkstelligen, allerdings müssen wir noch eine erhebliche Anzahl an Leitern und Steigeisen requirieren, um für den Sturm auch wirklich gerüstet zu sein. Ich gehe davon aus, dass wir in drei bis vier Tagen so weit sein werden."

Broussier kniff kurz die Augen zusammen. Er hätte sich einen früheren Zeitpunkt gewünscht, verstand aber das Problem mit der Ausrüstung. Es hatte keinen Sinn, angreifen zu lassen, wenn es noch an erforderlichen Materialien fehlte. Der General hoffte nur, dass ihm diese paar Tage nicht später fehlen würden, denn die Belagerung war inzwischen zu einem Wettlauf mit der Zeit geworden. Es bestand die Gefahr, dass bald ein Entsatzheer eintreffen könnte und in diesem Fall wäre die Stadt nicht zu halten, ohne nicht vorher die Festung eingenommen zu haben. Broussier war sich dieser Lage bewusst, doch er teilte diese Information zum jetzigen Zeitpunkt nicht mit seinen Kommandeuren. Sie sollten den Eindruck haben, als habe er die Lage vollständig unter Kontrolle. Broussier war allerdings immer mehr bewusst, dass er eine äußerst undankbare Aufgabe übernommen hatte. Das ganze französische Heer operierte zersplittert überall im Feindesland. Die Versorgungslage war kritisch und wurde immer wieder durch den Widerstand der Bevölkerung unterbrochen. Noch dazu hatten sich inzwischen starke österreichische Kräfte gesammelt und bereiteten sich auf einen Gegenschlag vor. Wenn er nicht aufpasste, konnte seine Belagerung auch zur Farce werden und sein ersehnter Ruhm würde ausbleiben.

„Der Angriff beginnt am 13. Juni um Punkt zwölf Uhr Mittag. Lassen Sie dies verkünden!", sagte Broussier schließlich. Die Kommandeure nickten bestätigend.

„Meine Herren, zeigen wir diesen Österreichern, mit wem sie es zu tun haben", sagte der General motivierend und erntete begeisterte Zustimmung aus den Reihen seiner Offiziere.

Kapitel 3- Sturm

13. Juni 1809, Grätz

Hackher stand vor dem Spiegel und straffte seine Uniform. Am Bauch saß sie nicht mehr so eng wie noch vor einigen Wochen, was er positiv zur Kenntnis nahm. Sein Gesicht allerdings hatte Falten geworfen und wirkte etwas abgekämpft. Schließlich legte er seinen Offizierssäbel an und setzte seinen Hut auf.

Schon früh am Morgen war der Festungskommandant von seinen Vorposten über verstärkte Truppenaufmärsche der Franzosen unterrichtet worden. Vor wenigen Minuten wurde ihm schließlich die Ankunft eines Parlamentärs gemeldet, der eine Nachricht von Blockadekommandant Colonel Gambin überbringen sollte. Hackher hatte befohlen, den Kurier unter strengsten Sicherheitsvorkehrungen zu ihm zu führen. Es lag etwas in der Luft, das konnte er spüren.

Hackher wandte sich vom Spiegel ab und trat durch die Tür in sein Arbeitszimmer, wo Cerrini bereits auf ihn wartete. Der Major nahm hinter seinem Schreibtisch Platz und wies den Hauptmann an, den Parlamentär hereinzuführen.

Der Franzose trat ein und salutierte vor Hackher mit allen militärischen Ehren. Der Major erwiderte den Gruß und ließ sich die Nachricht übergeben. Nach einer kurzen Draufsicht reichte er sie an Cerrini weiter, da der Text in Französisch verfasst worden war.

Der hünenhafte Hauptmann räusperte sich und begann mit der Übersetzung. „Oberst Gambin, Kommandant der Blockade, lässt Sie wissen, dass General Broussier keine weiteren Anweisungen von Divisionsgeneral Macdonald bekommen hat, die vereinbarte Nichtangriffskonvention fortzuführen. Der Herr Major Festungskommandant sei darauf hingewiesen, dass die Konvention mit Grouchy geschlossen wurde und dass er, General Broussier, sich deshalb nicht verpflichtet fühle, sich an diese binden zu müssen. Er lässt daher wissen, dass die Konvention mit dem heutigen Tage um Punkt zwölf Uhr mit dem Glockenschlag aufgekündigt wird. Sofern Ihre Vorposten bis dahin nicht zurückgezogen wurden, wird man mit dem Sturm auf dieselbigen beginnen. Gezeichnet, Oberst Gambin, Blockadekommandant."

Cerrini reichte das Schreiben an Hackher zurück, der die Nachricht mit stoischer Miene vernommen hatte. Der Major quittierte den Empfang, reichte das Schriftstück wortlos an den Parlamentär zurück und ließ diesen wegtreten.

Als sich der Franzose schon halb umgewandt hatte, fügte Hackher noch hinzu: „Richten Sie Broussier aus, um die Verwundeten beiderseits zu schonen und diese nicht unter Beschuss zu nehmen, sollen die Spitalseinrichtungen mit einer schwarzen Fahne gekennzeichnet werden."

Der Parlamentär nickte bestätigend und trat dann ab.

Für einen Moment stand Hackher starr und wortlos im Raum und blickte nachdenklich zu Boden, die Hände hinter dem Rücken verschränkt.

„Ihre Befehle, Major?", fragte Cerrini.

„Nachricht an alle Regimentskommandanten, um zwölf Uhr Beginn der Kampfhandlungen. Lassen Sie die Vorposten räumen und die Garnison in Alarmbereitschaft versetzen."

„Jawohl, Herr Major", bestätigte der Hauptmann die Order und wollte bereits abtreten, als ihn Hackher zurückhielt.

„Cerrini, auf diesen Tag habe ich gewartet."

„Wir alle haben auf ihn gewartet, Major", gab Cerrini zurück.

Kurz vor zwölf Uhr

Als die Meldung über den Rückzug in den besetzten Häusern am Fuß des Schlossbergs einlangte, wurde soeben auf allen Plätzen der Stadt öffentlich der Beginn der Feindseligkeiten verkündet.

Suller war völlig unsanft durch den Tritt eines Kameraden in den Magen geweckt worden. Er war erst vor wenigen Stunden von seiner nächtlichen Erkundungsmission zurückgekehrt und wachte nun mit einem verschlafenen Gesicht auf.

„Komm, aufstehen, du alter Hurenbock", sagte der schnurrbärtige Soldat Knoll zu ihm, dem er den Tritt zu verdanken hatte. Der Mann war vom 45. Linieninfanterieregiment und immer leicht betrunken. Suller hatte zwar nichts über das, was in der Nacht mit Hermine passiert war, erzählt, doch der Tatsache, dass er mehrere Stunden später als vereinbart zurückgekehrt war, wussten die anderen Soldaten so einiges anzudichten.

„Sie ist keine Hure", fauchte Suller halb verschlafen zurück. Knoll lachte.

„Ach, tatsächlich. Wusste ichs doch, dass du einen kurzen Betthüpfer gemacht hast, du alter Bock, du."

Es war Suller im Schock des Aufwachens unbewusst rausgerutscht, eigentlich hatte er die Sache geheim halten wollen. Hermine war keine beliebige Soldatenbraut, die man einmal benutzte, um seine Triebe abzureagieren. Die Nacht hatte ihm wirklich etwas bedeutet und deshalb wollte er nicht, dass die Sache zum Tratsch seiner Kameraden wurde.

„Halts Maul!", fuhr er Knoll an und stand endlich auf, um seine Sachen zu packen.

Die anderen Soldaten waren gerade dabei, sich abmarschbereit zu machen. Oberleutnant Schottelius beaufsichtigte den Rückzug und blickte ungeduldig zum Uhrturm empor.

Die großen Zeiger des Ziffernblatts zeigten an, dass es fünf Minuten vor zwölf war.

„Bewegung, Männer!", schrie er und teilte ein paar Schläge mit seinem Offiziersstock aus, um die Soldaten anzutreiben.

„So eine Schnarchpartie hab ich ja noch nie erlebt! Ihr steigt ja alle herum wie ein Haufen fußkranker alter Weiber! Zack zack, oder ihr könnt euch gleich hier und jetzt die Kugel geben, dann nehmt ihr den Franzosen wenigstens die Arbeit ab!"

Die Männer taten schneller und in weniger als zwei Minuten befand sich die Truppe im Laufschritt auf dem Rückmarsch. Hackher hatte alle Kräfte in die Festung zurückgezogen. Die vordere Flesche sollte mit 50 Mann besetzt werden und den verlorenen Posten darstellen. Jeder hoffte, dass die Franzosen es nie so weit den Berg hoch schaffen würden, doch sollte dieser Fall eintreten, so hatte man Anweisung, bis zum letzten Mann das Festungstor zu verteidigen.

Es war heiß und das schwere Marschgepäck und der wenige Schlaf machten Suller zu schaffen. Mit großer Anstrengung quälte er sich den Berg hoch. Die Festungsstraße war trocken und der Marsch der Vorpostenmannschaft wirbelte eine Staubwolke auf.

„Vorwärts!", brüllte Schottelius immer wieder und trieb die Männer mit dem Stock an. Der Oberleutnant war einer der gefürchtetsten Schleifer unter den Offizieren. Seit dem Vorfall im Speisesaal behandelten die Kommandanten ihre Männer generell mit gesteigerter Härte. Der Offiziersstock war ein übliches Befehlsmittel geworden, von dem Schottelius inflationär Gebrauch machte.

Erschöpft blieb Suller für einige Augenblicke stehen und warf einen Blick hinunter in die Stadt. Tausende Franzosen hatten rund um den Schlossberg in quadratischen Formationen Aufstellung genommen. In den Laufgräben wuselten die Kanoniere und Mineure herum wie Ameisen. Zivilisten waren längst keine mehr zu sehen, die Straßen waren gesäumt von Militärs. Die Schlachtordnung der Franzosen funktionierte präzise wie ein Uhrwerk, stellte Suller fest.

Plötzlich knallte der harte Schlag eines Offiziersstocks auf seinen Rücken nieder.

„Wirst du weitermarschieren!", brüllte ihn Schottelius an. „Na warte, dir mache ich noch Beine!"

Suller steckte den brennenden Schmerz weg und lief weiter. Kurz vor zwölf erreichten sie das Festungstor und marschierten hinter die schützenden Mauern. Auf dem Wehrgang neben dem Torhaus standen Hackher und Cerrini und beobachteten den Fortgang der französischen Schlachtordnung. Plötzlich schwenkte der große Zeiger des Uhrturms auf zwölf und das dumpfe Läuten der Lisl im Glockenturm ertönte.

„Jetzt ist es soweit", sagte Hackher prophetisch zu Cerrini.

Dieser blickte ernst zu seinem Kommandeur und brüllte aus Leibeskräften. „Alle Mann auf ihre Posten!"

Sofort wurden die Mauern besetzt und die Artilleriebatterien bemannt. Alles wartete gebannt auf den bevorstehenden Sturm. Das Läuten der Glocke verstummte und nichts hatte sich getan.

Hackher blickte etwas perplex zum Ziffernblatt des Uhrturms, das bereits einige Minuten nach zwölf Uhr anzeigte.

„Die Franzosen verspäten sich offenbar", kommentierte er süffisant.

„Vielleicht haben sie es sich anders überlegt", antwortete Cerrini.

„Ich bezweifle, dass wir ihnen diese Weisheit zutrauen sollten", gab Hackher zurück und grinste leicht.

Plötzlich war ein donnernder Schuss zu vernehmen und ehe der Major reagieren konnte, schlug eine französische Kanonenkugel in die Ostwand des Uhrturms ein.

„Ob sie das treffen wollten?", fragte Cerrini.

„Ich denke eher, wir dürfen dies als Startschuss verstehen", antwortete Hackher und wurde im nächsten Moment in seiner Annahme bestätigt. Ein Donnergrollen, wie während eines schweren Gewitters, ertönte und rund um den Schlossberg blitzten die Feuerzungen der französischen Kanonen und Haubitzen auf.

„Deckung!", schrie Cerrini und warf sich hinter der Brustwehr auf den Boden. Hackher blieb aufrecht stehen und stemmte die Hände in die Hüften.

Kurz darauf war das Zischen heranfliegender Geschosse zu hören, welche entweder krachend im Felsen oder über den Berg hinweg in der darunterliegenden Stadt einschlugen.

Hackher blickte zu den Häusern hinab und sah, wie das

Landhaus durch zwei Treffer Feuer gefangen hatte.

Als die Männer bemerkten, dass keine einzige Kugel wirklich getroffen hatte, standen sie auf und begannen zu jubeln. Hackher verzog die Mundwinkel zu einem Lächeln. „Lernt erstmal zielen, ihr Amateure", sagte er leise zu sich selbst und half Cerrini wieder auf die Beine.

„Keine Schäden, Herr Major. Der Feind hat gekonnt nichts getroffen", meldete der Hauptmann und klopfte sich den Staub von der Uniform.

„Ich habe es ja gesagt, die Franzosen verfügen über die falschen Geschütze", kommentierte Hackher feststellend.

„Herr Major, sollen wir eventuell zurückfeuern?", fragte Cerrini.

„Ja, sicher! Was glauben S', was wir sonst hier machen?", gab Hackher kokett zurück. „Feuer frei, Cerrini!"

Der Hauptmann bestätigte und gab den Feuerbefehl an die Artilleriestellungen weiter. Kurz darauf krachten die Geschütze des Schlossbergs und feuerten ihrerseits tödliche Ladungen gegen den Feind.

Hackher beobachtete den Einschlag der Geschosse und stellte zufrieden fest, dass bereits die erste Salve gut gezielt war. Die französische Batterie am Wurmbrand'schen Garten war schwer in Bedrängnis geraten. Hackher konnte erkennen, dass zumindest eine Kanone direkt getroffen worden und explodiert war. Auch konnte er mehrere Tote ausmachen. Noch war die Stellung nicht vernichtet, aber bereits mit dem ersten Schuss angeschlagen.

„Richten Sie Kandelbinder mein Kompliment aus. Hervorragend geschossen."

„Seinen Daumen wird es freuen", antwortete Cerrini. Der Hauptmann salutierte, marschierte schnellen Schrittes die Stufen von der Mauer herunter und rannte im Laufschritt zur Bürgerbastei.

Lange ließen sich die Franzosen durch den Beschuss von der Festung nicht beirren und feuerten ihre zweite Salve ab. Wieder krachten rund um den Schlossberg die Geschützbatterien. Die französischen Kanoniere hatten ihre Kanonen nachjustiert und die zweite Ladung traf bereits wesentlich besser. Zwar gingen die meisten Kugeln erneut in den Fels, doch mehrmals wurde auch die Mauer der Lampelbatterie getroffen. Der Jubel der Soldaten verstummte wieder und jedem wurde bewusst, dass es nach wie vor ein tödliches Spiel war, in dem sie steckten.

Cerrini erreichte die Bürgerbastei, wo die Stückmannschaften gerade energisch dabei waren, die Geschütze nachzuladen.

„Ein Kompliment vom Herrn Major", meldete Cerrini an Kandelbinder.

„Hää? Was?", schrie dieser dem Hauptmann entgegen. „Der Herr Hauptmann muss lauter sprechen, die Kanonen, Sie wissen schon!"

Cerrini rollte kurz mit den Augen und brüllte dem Artilleriekommandanten das Kompliment nochmals um die Ohren.

„Ah. Vielen Dank. Meine Empfehlung an den Major", antwortete Kandelbinder.

Plötzlich schlugen rund um Cerrini kleine Bleikugeln ein. Der Hauptmann warf sich sofort flach auf den Boden und versuchte festzustellen, woher der Beschuss kam.

„Musketen!", brüllte Kandelbinder.

Zwei Männer aus der Stückmannschaft waren getroffen worden und fielen blutend zu Boden, der Rest hatte sich ebenfalls auf den Boden geworfen oder war hinter den Lafetten der Kanonen in Deckung gegangen.

Cerrini blickte auf und versuchte, die Lage zu erfassen. Nur wenige Meter von ihm entfernt krochen die verletzten Männer herum und wanden sich vor Schmerzen am Boden. Der Hauptmann richtete sich auf und rannte zu einer Kanone nach vorn, um dort in Deckung zu gehen. Vorsichtig lugte er über den Rand des Mauervorsprungs.

Von den Hausdächern direkt unterhalb der Bürgerbastei blitzten immer wieder Mündungsfeuer auf.

„Die Franzosen haben sich in den Häusern verschanzt und

schießen zwischen den Dachziegeln hindurch", rief Cerrini zu Kandelbinder.

„Das ließe sich mit ein paar Granaten recht schnell beheben, Herr Hauptmann", gab dieser zurück.

Cerrini schüttelte den Kopf. „Das ist keine Option. Wir können nicht einfach die Stadt in Schutt und Asche legen. Lassen Sie erstmal die Verwundeten wegschaffen!"

Der Artilleriekommandant winkte ein paar Männer herbei und ließ diese die Verwundeten ins Lazarett bringen.

„Was sollen wir tun?", rief Kandelbinder zu Cerrini.

Immer wieder prasselten die Bleikugeln der Franzosen auf die Bürgerbastei nieder. Inzwischen waren alle Männer irgendwo in Deckung gegangen und es kam vorerst zu keinen weiteren Verletzungen. Dennoch hielt das feindliche Feuer die Kanoniere davon ab, die Kanonen nachzuladen.

„Lassen Sie die Stücke weiter zurückfahren und dann nachladen!", befahl Cerrini.

Kandelbinder nahm die Order zur Kenntnis und herrschte seine Männer an, die Kanonen vom Mauervorsprung wegzuschieben.

Cerrini wartete auf eine Ladepause der Franzosen und lief dann geduckt zum unteren Festungsplatz hinauf. Inzwischen herrschte ein ohrenbetäubender Lärm. Die Franzosen feuerten nun ununterbrochen und aus allen Richtungen flogen tödliche Geschosse heran. Zwar gelang es dem Feind nur vereinzelt, effektive Treffer zu landen, doch allein der Lärm und das Zischen der Geschosse reichte aus, um die Männer nervös werden zu lassen.

Hackher allerdings blieb nichts schuldig. Cerrini fand den Festungskommandanten bei der lang gestreckten Lampelbatterie, die mit hoher Schussfolge die östlichen Stellungen der Franzosen aufs Korn nahm.

„Feuer!", brüllte Hackher und streckte seinen Säbel energisch in Schussrichtung aus. Wie ein schweres Donnergrollen krachten die Geschütze. Der Lärm war enorm und Cerrini verlor für einen Moment die Orientierung. Unter der Wucht der Kanonen vibrierte der Boden und sein Kopf fühlte sich an, als würde er von innen heraus gleich explodieren.

Der Hauptmann hielt sich die Ohren zu und die gesamte Ostmauer der Festung verschwand unter einer Rauchwolke. Beißender Pulvergeruch lag in der Luft. Cerrini konnte kaum atmen, riss sich aber zusammen und eilte zu Hackher. Dieser stand aufrecht zwischen den Kanonen und kontrollierte nach jedem Schuss die Trefferresultate. Der Lärm und der Rauch schienen den Major jedoch kalt zu lassen.

„Cerrini, da sind Sie ja. Sie verpassen die ganze Vorstellung", sagte Hackher, als er seinen Stellvertreter bemerkte.

„Wohl kaum, Herr Major. Ich komme soeben von der Bürgerbastei. Kapitänsleutnant Kandelbinder steht dort unter schwerem Beschuss durch Gewehrfeuer."

„Was? Sind die Franzosen an die Mauer gelangt?"

„Nein, Herr Major. Aber sie machen sich den Umstand zunutze, dass die Dachziegel der Häuser nicht in Mörtel gelegt sind. Die Franzosen schieben ihre Musketen einfach zwischen den Ziegeln hindurch und können somit aus voller Deckung auf unsere Kanoniere feuern."

„Sehen Sie zu, dass Sie dort ein paar Schützen hinbekommen. Die Kanonen der Bürgerbastei müssen weiterfeuern."

„Jawohl, Herr Major." Cerrini salutierte kurz und rannte dann zur Bürgerbastei zurück.

Inzwischen waren die Kanonen wieder nachgeladen worden und Hackher erteilte erneut inbrünstig den Feuerbefehl. Wieder spuckten die Geschosse Feuer und warfen ihre tödliche Ladung dem Feind entgegen. Zufrieden grinsend vernahm Hackher, wie eine der Batterien in der Nähe des kleinen Meerscheinschlosses in Rauch aufging. Die Antwort der Franzosen folgte auf dem Fuß.

Nur wenige Meter von Hackher entfernt brach eine Kugel durch die Brustwehr der Mauer und schlug hinter ihm in einem Gebäude ein, das sofort Feuer fing. Hastig stürmten mehrere Soldaten herbei und begannen mit den Löscharbeiten. Die überall bereitgestellten Wassereimer waren schnell vergriffen und so musste das Feuer schließlich mit Sand erstickt werden.

Hackher war in Deckung gegangen und richtete sich nun wieder auf, um über die Mauer zu blicken. Mit weit aufgerissenen Augen konnte er beobachten, wie die Franzosen mit mehreren Schützenlinien die Ostseite des Berges heraufkamen.

In der Flesche und in den vorderen Werken bemühten sich die Soldaten, vor allem die Köpfe unten zu lassen. Französische Geschosse schlugen immer wieder in dichter Folge in den Felsen ein und warfen herumfliegende Gesteinssplitter und Erdbrocken auf, die auf die Männer niederregneten.

Suller kam es so vor, als würden sich die Ereignisse für ihn gerade wiederholen. Er hockte hinter den Holzpalisaden und aufgeworfenen Erdhügeln und hielt den Kopf unten. Die Situation erinnerte ihn an das Gefecht am Predil, das er nur mit Glück überlebt hatte. Neben ihm hockte Soldat Knoll, der sich aus einem kleinen Fläschchen einen Schluck Schnaps gönnte und ununterbrochen lachte, als die französischen Granaten rund herum einschlugen. Zu seiner Linken der vollbärtige Wallner. Ein alter Haudegen und offenbar Knolls bester Kumpel, denn auch er amüsierte sich über das Feuerwerk, wie er es nannte, und griff immer wieder zur Flasche. Auf der anderen Seite konnte Suller drei Männer vom 16. erblicken. Hammerl, Binder und Sorger hießen die Soldaten und waren allesamt Professionisten. Suller wusste, dass sie schon zuvor in zahlreichen Gefechten waren und dementsprechend gelassen warteten sie den Beschuss hinter den Palisaden ab.

Oberleutnant Schottelius stand am Ende der Verschanzungen an die Mauer gelehnt und lugte vorsichtig aus seiner Deckung. Gerade war wieder eine Salve der Franzosen im Felsen eingeschlagen. Als sich der Rauch lichtete, konnte der Offizier schemenhaft die französischen Schützenreihen erkennen, die den Berg heraufmarschierten.

„Anlegen!", brüllte Schottelius in Richtung seiner Männer.

Sofort klapperten die Musketen und die Schützen richteten ihre Läufe über die Mauern auf den Feind aus.

„Feuer!"

Fast gleichzeitig feuerten alle Musketen. Die Palisaden waren sofort vom Rauch verhüllt. Die Schützen der ersten Linie gingen danach in Deckung und zogen sich zurück, um der zweiten Linie Platz zu machen. Diese rannte an die Palisaden heran und feuerte erneut eine Salve ab.

Ob die Männer etwas trafen, konnte Schottelius nicht beurteilen. Der gesamte Osthang des Schlossbergs war von einer dichten Rauchschwade verhüllt, doch er ließ sicherheitshalber immer weiterfeuern, um die Franzosen erst gar nicht näher herankommen zu lassen.

Auch auf der Bürgerbastei hatten Schützen der Landwehrbataillone inzwischen das Feuer auf die in den Häusern verschanzten Franzosen aufgenommen – mit wenig Erfolg. Doch das wechselseitige Beschießen gab den Kanonieren zumindest immer wieder die Gelegenheit, ihre Kanonen abzufeuern. Überall auf den Mauern hatten Infanteristen und Landwehrsoldaten ebenfalls das Feuer eröffnet. Die Amateure unter ihnen stellten sich allerdings äußerst unbeholfen beim Schießen an.

Hackher hatte sich auf die Mauer neben dem Festungstor begeben und versuchte, sich einen Überblick zu verschaffen. Ständig kamen Offiziere zu ihm gerannt und überbrachten Lageberichte. Obwohl das Bombardement andauerte, hielt die Verteidigung stand und bisher waren noch keine Verluste, nur einige Verwundete, zu beklagen gewesen. Die Franzosen hatten sich am Fuß des Schlossbergs formiert und machten immer wieder Anstalten, den Berg zu stürmen, doch sie zogen sich nach einigen abgefeuerten Salven wieder zurück.

Hackher erkannte darin den Versuch, seine Verteidigung zu testen und herauszufinden, wie hoch seine Feuerrate und wie geübt seine Schützen waren. Wie es um die Verluste des

Feindes stand, konnte der Major nur schätzen. Zwar hielt das Musketenfeuer von den Mauern die Franzosen auf Distanz, doch es war wenig effektiv, wie Hackher sich eingestehen musste. Am deutlichsten waren da noch die Erfolge der Artillerie. Bereits in der ersten Stunde des Beschusses war es gelungen, eine französische Batteriestellung zu zerstören.

Hackher blickte zu Cerrini, als dieser keuchend angerannt kam. „Wie ist die Lage auf der Bürgerbastei?", wollte der Festungskommandant wissen.

„Wir halten", antwortete der Hauptmann. „Allerdings können wir mit den Schützen dort so gut wie nichts ausrichten. Die Franzosen sind so gut gedeckt, dass wir nur unsere Munition verschwenden. Oberleutnant Schottelius hat die Flesche und die vorderen Werke die ganze Zeit durchfeuern lassen, obwohl die Franzosen nicht einmal in Schussweite gekommen waren. Herr Major, wir sollten aufpassen, dass wir nicht gleich am Beginn unsere ganze Munition verpulvern."

„Sie haben vollkommen recht, Cerrini", antwortete Hackher und nickte zustimmend. „Lassen Sie das Gewehrfeuer einstellen und die Feuerrate der Geschütze reduzieren."

„Jawohl, Herr Major", bestätigte Cerrini den Befehl.

Wieder donnerten die französischen Geschütze und diesmal schlugen mehrere Granaten auf dem unteren Festungsplatz ein. Zwei Landwehrsoldaten wurden durch die Druckwelle einer Explosion von den Beinen gerissen, schienen aber unverletzt geblieben zu sein.

„Sie zielen immer besser", murmelte Hackher.

„Herr Major, besser Sie kommen von dort oben runter", rief ein besorgter Hauptmann Rüstl zum Festungskommandanten hinauf. Neben ihm stand Hauptmann Mayer. Beide zappelten nervös herum und schienen den Angriff etwas panisch aufzunehmen.

„Wenn Sie getroffen werden, Jesus und Maria!", herrschte Mayer den Major auf der Mauer an.

Als eine Granate nur wenige Meter von Hackher entfernt in die Mauer einschlug, rümpfte dieser die Nase und stieg zu seinen beiden Offizieren herunter. „Gibts etwas zu berichten, meine Herren, oder warum stehen S' da so herum? Und haben S' das Salutieren schon wieder verlernt?"

Mayer und Rüstl schlugen schnell die Stiefel zusammen.

„Verzeihung, Herr Major", sagte der schmächtige Rüstl. „Wir waren lediglich um Ihre Gesundheit besorgt."

„Ja, ja, ist schon gut. Jetzt schauen S' zu, dass Sie wieder auf Ihre Posten kommen", antwortete Hackher.

„Sofort, Herr Major", bestätigten beide und eilten davon, wobei sich der dickere Mayer ein Holzbrett über den Kopf hielt, wie Hackher erst jetzt bemerkte. Über die beiden Witzfiguren den Kopf schüttelnd, machte er sich auf zur oberen Festung.

Inzwischen war das Musketenfeuer verstummt und die Soldaten hielten sich hinter den Mauern in Deckung. Die Männer sahen erschöpft aber zuversichtlich aus, wie Hackher bemerkte. Jeder war auf seinem Platz und tat seine Pflicht. Als der Kommandant an ihnen vorbeiging, grüßten die Soldaten respektvoll. Es war eine Geste des Vertrauens. Die harte Führung hatte sich nun belohnt gemacht und dies wussten die Männer auch. Es war in erster Linie Hackhers Verdienst, dass die Verteidigung so diszipliniert ablief, was auf den eisernen Drill der letzten Tage zurückzuführen war. Die Frage war nur, wie lange würden sie durchhalten?

Später Nachmittag

Eine dichte, schwarze Rauchsäule stieg dort auf, wo kurz zuvor noch eine Kanonenstellung der Franzosen gestanden hatte. In dichter Folge waren vom Schlossberg abgefeuerte Granaten eingeschlagen und durch die Detonationen war das Pulver explodiert. Die Stückmannschaften hatten keine Chance gehabt, sich in Sicherheit zu bringen. 35 Mann waren bei dem Beschuss umgekommen.

Broussier saß in der Nähe des kleinen Schlosses auf einem

Pferd, umringt von seinem Kommandostab, und beobachtete mit steigendem Missfallen den Fortgang des Bombardements. Das mehrstündige Beschießen der Festung hatte bisher nicht die erwünschten Erfolge gebracht. Die Verteidigung der Österreicher war effektiv gewesen und ihre Geschütze hatten den Franzosen zahlreiche Verluste zugeführt. Es schien nicht gerade so, als hätte Broussier Hackher in Bedrängnis gebracht.

Die erste Salve war überhaupt ein vollkommener Reinfall gewesen und Broussier hatte Fieret, den Kommandanten seiner Artillerie, mit Nachdruck angewiesen, die Geschütze besser zu justieren. Außerdem musste der General den Grätzer Bürgern eine Entschuldigung aussprechen, da mehrere seiner Geschosse zuerst in der Stadt eingeschlagen waren. Um nicht den Unmut der Bevölkerung auf sich zu ziehen – Broussier befürchtete, die Leute könnten sich gegen ihn erheben –, hatte er sofort mehrere Boten ausgeschickt, um die Schussbahn zu korrigieren. Die Folge war, dass seine Geschütze nun zu niedrig zielten und meistens in den Felsen schossen.

Broussier ärgerte sich darüber, dass seine Batteriestellungen taktisch so unklug positioniert worden waren und dass es ihm an richtigen Belagerungsgeschützen mangelte. Die einfachen Feldgeschütze, über die er nur verfügte, konnten nicht steil genug ausgerichtet werden, um die Gebäude auf der Festung zu treffen. Hackher war hingegen aufgrund seiner erhöhten Position auf dem Berg wesentlich im Vorteil. Broussier musste sich eingestehen, dass er die Fähigkeiten der österreichischen Artilleristen stark unterschätzt hatte. Deren Salven waren sehr präzise gezielt und hatten immer wieder effektive Treffer gelandet. Eine ganze Batteriestellung war dadurch vernichtet worden. Zwei weitere Stellungen waren überhaupt nicht brauchbar, wie sich herausgestellt hatte, da die Kanonen so schlecht ausgerichtet waren, dass man die Festung nicht treffen konnte. Broussier hatte das Feuer aus diesen Batterien überhaupt einstellen lassen, nachdem Fieret ihm mitgeteilt hatte, dass dies nur Munitionsverschwendung sei.

Mittlerweile war der gesamte Berg vom Pulverrauch verhüllt, sodass man ohnehin nichts mehr erkennen konnte. Auch die Felder vor der Stadt waren mit Einschusslöchern übersät und von Rauchschwaden so durchzogen, dass einem schon das Atmen schwerfiel.

„*Désastre!*", schimpfte Broussier und fuchtelte mit der geballten Faust herum.

„*Pardon*, mon Général", sagte Colonel Gambin unterwürfig, der neben ihm ebenfalls auf einem Pferd saß.

„Lassen Sie den Beschuss einstellen", herrschte Broussier seinen Untergebenen an. „Dieses Spektakel ist sinnlos und macht uns nur zum Gespött."

„Aber, Général!"

„Haben Sie nicht gehört, Gambin? Feuer einstellen! Dieser Hackher lacht doch über mich."

„*Excusez-moi*", sagte der Colonel und gab die Anweisung weiter, die Geschütze schweigen zu lassen.

Von Richtung des Paulustores kam De Montenaux mit einer Abteilung Reiter angaloppiert. „Mon Général, wir haben mehrere Dutzend Verluste erlitten, aber wir konnten mit unseren Schützen in den Häusern gute Erfolge erzielen."

„Verluste sind mir gleichgültig, De Montenaux!", brüllte Broussier. „Dieser Angriff war ohnehin nur ein Test."

Er machte eine abfällige Geste mit der Hand und versuchte, seinen Fehlschlag herunterzuspielen. „Die Österreicher mögen sich fürs Erste gut gehalten haben, doch es ist nur eine Frage der Zeit, bis Hackher nachgeben muss."

„Mon Général", sagte De Montenaux, „wenn Sie erlauben, mir ist während der Beschießung aufgefallen, dass die österreichische Artillerie zwar gut zielt, dass allerdings ihre Gewehrschützen dilettantisch ans Werk gehen. Obwohl ich meine Männer stets außer Reichweite hielt, feuerten die Musketen ununterbrochen von den Mauern der Festung, ohne auch nur einen einzigen Treffer zu landen. Es scheint mir, als wären diese leicht nervös zu machen."

Broussier riss die Augen auf und erkannte sofort eine mögliche Schwachstelle. „Eine ausgesprochen nützliche Beobachtung, Colonel. Mit anderen Worten, Hackhers Männer sind leicht zu verleiten, ihre Munition unnütz zu verschießen. Diesen Umstand sollten wir uns mehr zunutze machen."

„Ausgezeichneter Vorschlag", sagte Gambin einschleimend.

„Ach, tatsächlich?", gab Broussier zurück. „Ich erwarte mir, dass solch nützliche Informationen in Zukunft auch von Ihnen kommen."

Gambin blickte beschämt zu Boden und murmelte etwas Unverständliches.

Inzwischen hatten die Geschütze allerorts begonnen zu schweigen. Das stundenlange Beschießen war vorerst gestoppt. Langsam verzogen sich die dichten Rauchschwaden rund um den Berg und Broussier blickte mit zusammengekniffenen Augen scharf auf die Festung. Wie ein Raubtier beäugte er die Bastion seines Widersachers, Major Hackher.

„Er hält sich für besonders schlau und mir überlegen", murmelte Broussier vor sich hin. „Diesem frechen, kleinen Major werde ich schon zeigen, was es heißt, sich mit einem französischen General zu messen. Seine Arroganz, zu glauben, er könne es mit mir aufnehmen, wird ihm noch zum Leid geraten. Ja, blicke nur verächtlich auf mich herab, du österreichischer Bastard. Auch dein Tag wird kommen, an dem du fallen wirst, wie alle anderen zuvor auch. Du kleines deutsches Würstchen! Du Schaf, umzingelt von Wölfen, welches glaubt, sich den Raubtieren stellen zu können. Dein Fell werde ich dir scheren und dich nackt von deinem Felsen des Hochmuts stoßen!"

Broussier riss sein Pferd herum und wandte sich seinen Offizieren zu.

„Das Schaf ist nur am Tag wachsam, weil es mit dem Auge sieht. In der Nacht allerdings rottet es sich ängstlich in seiner Herde zusammen", begann der General. „Am helllichten Tag können ihre Kanonen vielleicht zielen, aber in der Dunkelheit sind sie blind und angreifbar. Diese Schwäche werden wir uns zunutze machen. Gambin, De Montenaux, bereiten Sie alles für einen nächtlichen Überfall vor. Wir werden die Schwärze der Nacht für einen Überraschungsangriff nutzen. Mal sehen, ob ihre Verteidigung dann immer noch so gelassen bleibt."

Die beiden Offiziere nickten bestätigend.

„Fieret soll um vier Uhr früh, kurz bevor die Dunkelheit aufreißt, mit neuerlichem Artilleriebeschuss beginnen. De Montenaux, Sie rücken mit Ihren Regimentern mit Sturmleitern und Steigeisen bis an die Mauern vor. Seien Sie entschlossen und hart. Der Angriff muss schnell und mit großer Kraft erfolgen, um die Verteidiger möglichst zu überraschen. Sie sollen keine Zeit haben, sich anständig zu formieren", fuhr Broussier mit seinen Anweisungen fort.

„Wenn deren Schützen weiterhin so stümperhaft schießen, werden meine Männer kaum in Bedrängnis geraten", antwortete De Montenaux. „Ich werde energisch stürmen lassen."

„Ich akzeptiere keinen schändlichen Misserfolg mehr, meine Herren", ermahnte Broussier seine Kommandeure ein letztes Mal. „Morgen werden wir diese Festung nehmen. Zwei Tage sind genug der Ehre für diesen Major Hackher."

Gambin und De Montenaux nickten und ritten davon, um die Befehle sofort in die Tat umzusetzen.

Die schmerzverzerrten Schreie der Verwundeten hallten durch die feuchten Hallen des Lazaretts. Vom Amputationstisch bahnte sich eine Blutlache ihren Weg durch die Ritzen zwischen den Pflastersteinen. Ein Sanitätshelfer streute Sand auf die rote Flüssigkeit, um diese zu binden. Das quietschende Geräusch der Knochensäge drang an das Ohr des Festungskommandanten und ließ ihn zusammenzucken. Mit einem dumpfen Klappern fiel der Arm in einen Eimer und wurde weggebracht.

Hackher stand auf der Treppe und starrte in die Halle hinab. Ein unerträglicher Gestank waberte zwischen den Kranken und Verwundeten. Cerrini hielt sich vor Ekel ein Taschentuch vor den Mund und hüstelte, als er hinter Hackher die Treppe herunterkam und ihm der Geruch die Luft zum Atmen raubte.

Der erste Tag des Angriffs hatte zwar keine Verluste und auch nur verhältnismäßig wenige Verwundete gefordert, trotzdem war das Lazarett überfüllt. Bereits seit Beginn der Belagerung waren immer wieder zahlreiche Soldaten an Durchfall und Übelkeit erkrankt, da das Wasser von minderer Qualität war und die Essensvorräte an den heißen Tagen schnell verdarben. Auch Hauptmann Cerrini hatte zwischendurch damit zu kämpfen gehabt und sich eigentlich noch nicht wirklich davon erholt. Beim Betreten der Halle wurde ihm schlagartig wieder schlecht, doch er wollte vor dem Major keine Schwäche zeigen und bemühte sich, standhaft zu bleiben und den Würgereflex zu unterdrücken.

Einigen Verwundeten mussten Gliedmaßen abgenommen werden, so wie dem Kanonier Reiner, der beim Beschuss der Bürgerbastei eine Kugel in die Schulter und eine direkt in den Ellbogen bekommen hatte. Oberarzt Müller konnte für den armen Kerl nichts mehr tun und musste amputieren. Auch zwei weiteren Richtschützen musste jeweils ein Bein abgenommen werden, und einen Infanteristen hatte das Wundfieber erwischt, nachdem er den halben Tag mit einem Granatsplitter im Hintern weitergekämpft hatte.

Oberleutnant Hastreiter humpelte die Stiege hoch zum Festungskommandanten. Zwar war das verletzte Bein gut verheilt, doch solange Hastreiter noch nicht wirklich einsatzfähig war, erklärte er sich bereit, bei der Wundversorgung zu helfen.

„Herr Major, ich entschuldige mich für den unschönen Anblick", begann der Oberleutnant mit erschöpfter Stimme zu sprechen. Sein weißes Hemd war an den Ärmeln blutgetränkt.

„Schon gut, Hastreiter", antwortete Hackher und blickte fast berührt vom Schicksal seiner Männer durch die Halle. „Werden die Männer durchkommen?", fragte der Major.

„Ich weiß es nicht", antwortete Hastreiter niedergeschlagen. „Die Leichtverletzten werden es schaffen, doch Doktor Müller ist nicht sehr zuversichtlich, was die Schwerverletzten anbelangt. Wir haben nicht genug Jod, um den Wundbrand zu stoppen und kaum frische Laken. Reiner und die beiden Richtschützen werden vermutlich die Nacht nicht überstehen. Beim Infanteristen mit Wundbrand wird es wohl noch ein paar Tage dauern."

Hackher nahm die Meldung wortlos zur Kenntnis. Die schrecklichen Folgen einer Schlacht hatte er schon viel zu oft miterleben müssen, und obwohl es ihn jedes Mal aufs Neue schockierte, war der Anblick zur Gewohnheit geworden.

„Die Männer haben sich tapfer geschlagen", hüstelte Cerrini.

„Fürs Erste", gab Hackher zurück. „Heute hat man uns nur getestet. Die nächsten Tage werden wesentlich schlimmer werden."

„Für die Verwundeten werden wir nicht viel tun können. Selbst wenn sie nicht gleich niedergestreckt werden, ist es wahrscheinlich, dass viele den Verletzungen erliegen werden", kommentierte Hastreiter.

„Ich befürchte, dass wir eine ganze Zeit hier oben ausharren müssen", sagte Cerrini. „Aber den Franzosen wird es nicht besser ergehen. Wir haben sie heute mindestens 50 bis 100 Mann gekostet."

„Ja, aber die Franzosen sind uns zahlenmäßig überlegen und haben Zugang zu wesentlich besserer medizinischer Versorgung", gab Hastreiter zurück. „Nach den gängigen militärischen Theorien ist eine Verlustrate von 30 Prozent akzeptabel, danach lohnt sich die Fortsetzung des Kampfs nicht mehr."

„Diese 30 Prozent werden wir wesentlich schneller erreicht haben als die Franzosen", sagte Cerrini.

„Dann sollten wir uns vielleicht fragen, wie lange es einen Sinn hat, die Festung zu halten", meinte Hastreiter und blickte ernst zu Hackher.

Dieser stand nachdenklich da, die Arme hinter dem Rücken verschränkt. Er wirkte distanziert, als ob ihn das alles rund um ihn herum nicht wirklich etwas anging.

„Das ist einzig und allein meine Entscheidung, Oberleutnant. Und noch ist es nicht so weit, um über derartige Schritte nachzudenken", äußerte sich der Major. „Mit Verlusten ist in einem kriegerischen Konflikt nun einmal zu rechnen. Es ist die Frage, ob der Zweck des Kampfes die Mittel heiligt? Es ist immer leichter aufzugeben und den Weg des geringsten Widerstandes zu gehen, doch damit wird man keine großen Siege erzielen. Wir kämpfen nicht nur, um diese Festung zu halten. Es geht nicht nur um diese Mauern aus Stein. Es geht um eine grundsätzliche Standhaftigkeit einem Feind gegenüber, der unsere schöne Welt, die gewohnte Ordnung der Dinge und unsere eingeschworene Lebensweise gefährdet. Wir kämpfen dafür, dass wir einmal unseren Kindern sagen können, dass wir nicht kampflos unser Land aufgegeben haben, ob wir nun siegen werden oder nicht. Es geht darum, uns selbst etwas zu beweisen und das Vermächtnis unserer Vorfahren zu bewahren."

Hackher warf Cerrini und Hastreiter einen scharfen, entschlossenen Blick zu. „Ich habe bereits von Anfang an gesagt, dass ich eine Kapitulation nicht zulassen werde und ich verbiete auch jegliche Diskussion darüber. Wir sind Soldaten des Kaisers und haben einen Eid geschworen, unser Land zu schützen oder beim Versuch ruhmreich zu sterben. Das ist unsere Pflicht. Unsere einzige Pflicht!"

„Natürlich, Herr Major", sagte Hastreiter mit einem leicht zynischen Unterton. „Wenn Sie mich jetzt entschuldigen, ich habe meine eigenen Pflichten zu tun. Das Leben von Verwundeten retten."

Mit deutlichem Missfallen drehte Hastreiter um und kehrte zu den Patienten zurück.

„Sein Sarkasmus war nicht zu überhören", sagte Cerrini zu seinem Kommandanten.

„Ich mache mir nichts aus derartigen Bemerkungen", antwortete Hackher und tat so, als würde ihn die Bemerkung des Oberleutnants nicht tangieren. Tatsächlich aber traf ihn diese kleine Spitze wie ein Nadelstich und löste wieder Zweifel in ihm aus.

Er war es, der all diese jungen Männer in den Tod schickte und plötzlich belastete ihn der Gedanke, man könne ihn dafür verantwortlich machen, wenn ein Soldat durch Feindeshand starb. Aber es war doch seine gottverdammte Pflicht, sie in den Tod zu schicken, wenn dies auch das unausweichliche Schicksal sein sollte. Plötzlich kam es ihm so vor, als würden die Schreie der Verwundeten ihn anklagen, ihn als Mörder verurteilen. Im Angesicht des Todes muss man standhaft bleiben, sonst hat man Ehre nicht verdient, hatte sein Großvater ihn einst ermahnt.

„Nur ein Feigling rennt vor seinem Schicksal davon und er hat nichts anderes verdient als ewiges Fegefeuer und die Verachtung Gottes. Junge, du bist unserer Linie nichts wert, wenn du eines Tages zurückweichen solltest!"

„Ja, Großvater."

1788, Wiener Neustadt

Die eiserne Hand holte zum Schlag aus und sauste mit einer Wucht auf das zarte, fast noch knabenhafte Gesicht des jungen Franz Xaver Hackher nieder. Rote Striemen bildeten sich auf der zarten Haut. Eine Träne des Schmerzes löste sich und rollte über die geschwollene Wange.

„Flennt wie ein Weib!", schrie der Großvater und wandte sich mit Verachtung ab.

Der junge Hackher kniete in der Mitte des Raumes und hatte den Kopf zum Boden gesenkt. Mit aller Kraft versuchte er, den Schmerz zu ertragen und seine Tränen zu unterdrücken. Er schämte sich, dass er es nicht schaffte. Die Verachtung des Großvaters, jenes Mannes, der ihn zum Offizier erzogen hatte, der ihm alles ermöglichte und dem er sich so verzweifelt zum Dank verpflichtet fühlte, strafte ihn wie die Verdammung Gottes.

Der alte Mann mit weißem Vollbart stellte sich mit verschränkten Armen ans Fenster. Seine Gesichtsmuskeln zuckten vor Wut und seine Augen blickten mit Verbitterung in die kalte Winterlandschaft hinaus. Auf dem verschneiten Feld beobachtete er mehrere Bauern beim Holzhacken.

Klägliche Kreaturen. Schafe! Verdammt zu einer niederen Existenz ohne höhere Bestimmung. Die Welt war nicht mehr die, die sie einst war. Die Zeiten waren in jedem Punkt eine Enttäuschung. Alles, woran der alte Mann je geglaubt hatte, wofür er sein Leben lang gekämpft hatte, schwand im Strudel der neuen Aufklärung dahin. Humanisten! Wertloses Pack!

„In dieser Welt gibt es nichts Gutes mehr", sagte der Großvater mit unendlicher Verbitterung. „Was ist uns schon geblieben von den glorreichen Tagen von einst. Schlesien haben wir wegen eines Haufens treuloser Halunken verloren! Wohin man blickt, nur mehr Schwäche! Der Kaiser macht sich zum Gespött von ganz Europa. Reformer nennt er sich. In Preußen lachen sie über uns, ins Frankreich lästern sie über uns, in Flandern hassen sie uns und in Italien belächeln sie uns!"

Hackher schluchzte über die Worte seines Großvaters. Er fühlte sich für das Leid und die Enttäuschung, die dieser Mann empfand, verantwortlich. „Wäre ich doch nur ein besserer Enkel, ein besserer Mensch", dachte er sich.

Der alte Mann drehte sich langsam um und blickte seinen Enkelsohn mit warmen, gutmütigen Augen an. „Es ist nicht dein Vergehen, dass du so voller Fehler bist", sagte er. „Die Welt hat dich mir verdorben. Wie soll ein junger Geist auch mit Anstand, Vernunft und Aufrichtigkeit heranwachsen, wenn ihm ständig dieses aufklärerische, jegliche Ordnung verachtende Geschwätz dieser verrückten französischen Denker ins Ohr gesäuselt wird – und dennoch will ich es nicht akzeptieren."

Im nächsten Moment brach wieder der blanke Hass durch und der Großvater packte den Jungen am Kragen. „Warum?", brüllte er. „Warum tust du uns das an?!"

Er ließ den schluchzenden Burschen auf den Boden fallen, der seine Tränen nun nicht mehr halten konnte. Angewidert wandte sich der Großvater wieder von seinem leidenden Enkel ab.

„Geflohen vor dem Feind …", sagte er leise und sprach es aus wie einen Fluch. Sein Blick fiel wieder auf die Bauern und seine Augen verengten sich.

„Bauern! Ehrloses Gesindel. Willst du so enden wie diese armen Kreaturen? Fühlst du dich nicht zu Höherem berufen, der Ehre verpflichtet? Sag mir, willst du deinem Stand denn nicht gerecht werden?"

Der Großvater drehte sich um und blickte den Enkel strafend an.

„Ich … ich bin nicht geflohen", stammelte der junge Hackher hervor.

„Was dann?", schrie ihn sein alter Herr an. „Warum bist du dann noch am Leben?"

„Ich habe versucht zu kämpfen, doch es war dunkel, ich konnte nichts sehen."

„Du lügst! Du verdammter Lügner", brüllte der Großvater und schlug dem Enkel mit der Faust ins Gesicht.

„Du Feigling! Anstatt dich dem Feind zu stellen, rennst du davon wie ein räudiger Hund, wendest deine Waffe gegen die eigenen Leute und lügst aller Welt vor, du wolltest doch nur einen Kameraden retten. Doch wo ist er denn geblieben, dein Kamerad? Den hast du auch zurückgelassen, wie totes Vieh! Eine Schande bist du, eine Schande für die ganze Familie!"

Hackher schluchzte bei dem Gedanken an seinen gefallenen Freund Laurenzi und fühlte sich auf einmal wirklich wie ein treuloser Feigling, der seinen Kameraden einfach zum Sterben zurückgelassen hatte. Seine Lippe blutete von dem Schlag ins Gesicht. Regungslos lag er mit dem Gesicht auf dem Boden und ließ den Hass und die Verachtung seines Großvaters über sich ergehen.

„Alle hast du belogen. Das Gericht, deine Vorgesetzten, deine Kameraden, ja sogar deiner Familie spuckst du mit deiner Unaufrichtigkeit ins Gesicht!", fuhr der alte Mann fort und drehte sich dann wieder zum Fenster.

„Du hast ein verdammtes Glück gehabt. Die Gerichte sind so milde geworden. Freigesprochen wegen Mangel an Beweisen. Weißt du, mein Sohn, zu meiner Zeit hätte man dich aufgeknüpft. Während der Urteilsverkündung hatte ich mir gewünscht, man hätte dich für schuldig erklärt, dann könnte ich zumindest meinen Frieden mit der Sache schließen."

Die Arme hinter dem Rücken verschränkt und mit leicht buckeliger Haltung drehte sich der bärtige alte Mann um und blickte in die Leere des Raumes.

„Vielleicht wäre es so besser gewesen", sagte er wehmütig und sein Blick fiel mitleidvoll auf den gequälten Enkel am Boden. „Aber du wirst es ertragen müssen, mein lieber Franz. Du wirst ein Leben lang mit dieser Schmach leben müssen und zumindest deine Familie wird immer wissen, welch wahre Schwäche sich in deinem Charakter verbirgt. Damit wirst du nun leben müssen. Versprich mir nur eines, dass du wenigstens versuchst, von nun an ein integrer Mensch zu werden, dass du dir wenigstens schwörst, dass du deine Familie nie wieder in eine so peinliche Situation bringst. Beweise mir, dass ich an dir nicht gänzlich versagt habe und dass aus dir eines Tages noch ein guter Offizier wird. Versprich es einem alten Mann, dem auf dieser Welt nur mehr so wenige Freuden geblieben sind. Bist du fähig genug, so ein Versprechen abzugeben?"

Hackher richtete sich auf und stellte sich stramm vor den Großvater. Sein Gesicht war geschwollen und mit Tränen und Blut verschmiert. „Ich verspreche, Euch nie wieder zu enttäuschen, Großvater. Ich schwöre es!"

Der alte Herr kam auf ihn zu und blickte ihm wehmütig in die Augen. Für einen Moment schien er den jungen Mann liebevoll umarmen zu wollen und sich versöhnlich zu zeigen, doch der Blick wurde kalt und wanderte ins Leere.

„Ach, Junge. Versprich nie etwas, was du nicht mit Sicherheit halten kannst, du enttäuschst doch nur wieder."

Der Großvater wandte sich ab und verließ langsam und gebückt den Raum.

Hackher blickte starr aus dem Fenster, seine Augen glühten vor Wut. Wut auf sich selbst, weil er so war, wie er nun eben war: nicht zum Gefallen des Großvaters.

13. Juni 1809, Grätz – Kurz vor Mitternacht

Eine gespenstische Ruhe war eingekehrt. Noch immer lagen Rauchschwaden und Pulverdunst in der Luft. Auf dem Schlossberg und auch in der Stadt brannten nur wenige Lichter. Niemand wollte sich dem Auge des Feindes preisgeben. Die Nacht war lau und es wehte ein leichter, angenehmer Wind.

Der erste Tag der Kampfhandlungen hatte auf beiden Seiten Opfer gefordert. Drei Verwundete waren noch in der Nacht im Lazarett der Festung gestorben. Bei den Franzosen war der Blutzoll ungleich höher gewesen, doch änderte dies kaum etwas an der deutlichen Überlegenheit der Belagerer. Im Moment schwiegen die Waffen, doch es herrschte Anspannung unter den wachhabenden Soldaten. Die Männer wussten, dass es jeden Moment wieder losgehen konnte.

Suller hatte den Tag überstanden. Nur ein paar leichte Prellungen, nichts, was ein Soldat nicht ohnehin gewohnt war. Die meisten Männer in den äußeren Werken schliefen, selbst jene, die eigentlich Wache halten sollten, doch der Erfolg des ersten Tages hatte viele zuversichtlich gestimmt und somit etwas leichtsinnig gemacht.

Suller war wach geblieben, hockte auf einem Felsen und blickte in die Nacht hinein. Die Franzosen würden sich mit einem Angriff nicht zufriedengeben, das wusste er, und vermutlich würden die nächsten Sturmattacken wesentlich heftiger ausfallen. Vor allem die jüngeren Rekruten und die Amateure von den Landwehrbataillonen fühlten sich nun etwas übermütig. Hackher hatte zur Belohnung der Männer Wein ausgeben lassen und einige hatten deutlich mehr getrunken, als erlaubt gewesen war.

Der Soldat Knoll, welcher an den Palisaden stand und eigentlich Wache halten sollte, war im Stehen eingeschlafen. Er hatte sein Gewehr stützend unter seine Schulter geklemmt. Im Stehen zu schlafen war ein alter Trick unter den Veteranen, so konnte man den Offizieren vortäuschen, Wache zu halten.

Suller erkannte aber sofort an den hin- und herwankenden Bewegungen von Knoll, dass dieser sich ein verbotenes Schläfchen gönnte. Er nahm einen kleinen Stein und warf ihm den Mann an den Rücken.

„Aufwachen, du Penner!", rief ihm Suller leise zu, als sich Knoll verwirrt umblickte.

„Halt doch selbst Wache!", rief dieser mürrisch zurück.

Dieser Knoll war zwar ein guter Schütze, doch nicht gerade der Verlässlichste, wie Suller aufgefallen war. Das kam oft vor unter Soldaten, die der Meinung waren, schon genügend Gefechte erlebt zu haben, um nicht unvorbereitet überrascht zu werden. Am besten versahen immer die neuen, unerfahrenen Rekruten ihren Wachdienst, weil sie vor lauter Aufregung nicht schlafen konnten und bei dem kleinsten Geräusch aufschreckten. Den Veteranen kümmerte der Wachdienst oft überhaupt nicht. Es würde sowieso nichts passieren, und wenn die Franzosen angriffen, dann bekämen es ohnehin alle mit. Der Alkohol machte die Männer zusätzlich schläfrig.

Suller wollte sich nicht länger mit Knoll befassen und blickte wieder in den nächtlichen Himmel. Kurz darauf riss ihn ein Geräusch aus seinen Gedanken. Es klang nach herabrollenden Steinen, als ob jemand über lose Felsen laufen würde. Sofort griff er zu seinem Gewehr, das neben ihm lag und versuchte festzustellen, woher das Geräusch gekommen war.

Knoll war bereits wieder weggedöst, also ging Suller zu ihm nach vorn und weckte ihn.

„Was ist denn?", sagte dieser verärgert und wollte sich schon auf eine kleine Auseinandersetzung mit Suller einlassen.

„Ich hab etwas gehört", sagte dieser.

Plötzlich war das Geräusch wieder da und diesmal vernahm es auch Knoll, der augenblicklich vollkommen wach war.

„Was war das?", frage er leise.

„Klang wie Schritte."

Angespannt warfen beide einen Blick über die Palisaden, doch es war viel zu dunkel, als dass man etwas hätte erkennen können. Doch plötzlich blitzte im Schein des Mondes etwas Metallenes auf. Eine Gürtelschnalle oder der Schaft eines Säbels.

„Franzosen!", rief Knoll und wollte schon feuern, als Suller ihn noch zurückhielt.

„Nein, warte! Wer immer das auch ist, er läuft den Berg hinab, nicht hinauf."

„Ein Spion?"

„Möglich, aber der würde sicher nicht so einen Lärm machen."

Suller und Knoll blickten sich fragend an und plötzlich traf sie beide gleichzeitig die Erkenntnis.

„Ein Deserteur?", sagten beide mit fragendem Ton.

Im nächsten Augenblick waren ein Schuss und kurz darauf ein Aufschrei zu hören. Suller und Knoll schreckten hoch und blickten über die Palisaden.

Der Schuss kam von der Flesche und hatte die Männer ringsum aufgeweckt. Stimmen waren zu hören und es brach Aufregung aus.

„Habt ihr was gesehen?", fragte plötzlich eine Stimme hinter Suller. Es war Oberleutnant Schottelius, der den beiden Männern verschlafen über die Schulter blickte.

„Wir wissen es nicht genau", antwortete Suller sofort. „Irgendjemand ist den Berg hinuntergelaufen und von der Flesche hat jemand gefeuert."

„Wir vermuten, es war ein Deserteur", fügte Knoll hinzu.

„Und, ist er getroffen worden?", fragte Schottelius.

„Irgendetwas ist, glaube ich, umgefallen", antwortete Knoll vage.

Der Oberleutnant rief zur Flesche hinüber, dass diese das Feuer einstellen sollten, dann schickte er Knoll und Suller zum Nachsehen.

Beide kletterten über den Erdwall und tasteten sich vorsichtig die Felsen hinunter. Immer wieder löste sich Geröll unter ihren Füßen und sie mussten aufpassen, auf dem schlüpfrigen Untergrund nicht abzurutschen. Nach wenigen Metern erkannten sie etwas Weißes vor ihnen auf der Festungsstraße liegen.

„Das ist einer von uns", stellte Suller fest, als er den leblosen Körper erreicht hatte. Ein Soldat mit weißer Uniform lag mit einem blutenden Einschussloch im Rücken im Staub.

„Den haben s' aber gut erwischt", sagte Knoll, als er sich zu dem Toten hinunterbückte.

„Regiment De Vaux Nummer 45", stellte Suller fest, als er die Aufschläge auf der Uniform erkannte. Gemeinsam drehten die beiden Männer den Deserteur um.

„Das ist ja der Selcher!", rief Knoll beinahe entsetzt auf. „Das war er", antwortete Suller und schloss dem armen Kerl mit der Hand die Augen.

Zusammen schleppten sie den toten Körper wieder hoch zu den Palisaden.

„Wen haben wir denn da?", fragte Schottelius strafend, als ob es der Deserteur nicht anders verdient hätte.

„Soldat Selcher vom 45.", antwortete Suller und hob den toten Körper mit Knoll über die Mauer. Durch den Aufruhr waren inzwischen alle Männer auf der Festung wieder aufgewacht. Vom Festungstor kam ein Bote mit einer Fackel gelaufen. „Der Hauptmann Cerrini bittet um einen Bericht", verkündete er.

„Melden Sie an den Hauptmann, dass wir einen Deserteur erwischt haben", gab Schottelius zurück und ließ den toten Selcher wegschaffen. „Nicht gerade ein großer Verlust", fügte der Oberleutnant hinzu.

Der Bote lief sofort wieder zurück. Suller war etwas schockiert. Er hatte Selcher nicht gut gekannt, doch die Tatsache, dass man ihn einfach so erschossen hatte, bestürzte ihn ein wenig, vor allem weil es nach dem erfolgreichen Tag gar keinen Grund zur Desertion gab.

„Der Selcher war ein Feigling. Der hat von Anfang an von nichts anderem als dem Desertieren geredet", sagte Knoll, der aus demselben Regiment stammte und sich unbeeindruckt abwandte.

Hackher war durch einen Schuss aufgewacht und verlangte sofort nach einem Bericht. Der Major hatte ohnehin nicht gut geschlafen, Träume über den Großvater ließen ihn sich unruhig hin- und herwerfen. Da er vier Stunden Schlaf außerdem für völlig ausreichend empfand, stand er auf und kleidete sich rasch an, was im Grunde nur bedeutete, seine Stiefel anzuziehen und die Uniformjacke überzuwerfen, denn der Kommandant pflegte in ständiger Bereitschaft zu ruhen. Kaum hatte er sich den Säbel umgeschnallt und sich kurz prüfend im Spiegel betrachtet, klopfte es auch schon hektisch an der Tür.

„Herein", rief der Major.

Ein aufgeregter Hauptmann Rüstl trat ein und wirkte außer Puste. Die schmächtige, hagere Gestalt des Offiziers wirkte auf Hackher immer wieder etwas verstörend. Er konnte nicht verstehen, wie ein Mensch nur so einen staksigen Körperbau haben und es dennoch zum Hauptmann bringen konnte.

„Herr Major, erbitte Bericht erstatten zu dürfen", keuchte Rüstl hervor.

Hackher schüttelte den Kopf. Er hatte es ihm schon 100-mal gesagt und immer noch schaffte es der Mann nicht.

„Salutieren!", sagte Hackher streng und stellte sich breitschultrig vor Rüstl auf.

Dieser schlug panisch die Stiefel zusammen und salutierte wie ein Blitz. „Bitte wie immer untertänigst um Verzeihung, Herr Major, ich vergess' das in der Aufregung immer, das müssen der Herr Kommandant verstehen."

„Ja, ja, ist schon gut Rüstl. Also was gibts?", sagte Hackher dann und unterbrach damit die Entschuldigungsrede des Offiziers.

„Es ist was vorgefallen, Herr Major", begann Rüstl.

„Ja, ja. Das hab ich mir schon gedacht, bei ihrer hektischen Schnauferei."

„Verzeihen S', Major, aber das Rauflaufen von der unteren Festung, das schafft mich immer so."

„Jetzt sagen S' doch endlich, was passiert ist, Rüstl, und reden S' nicht daher wie ein Pfaffe bei der Predigt."

Rüstl schlug noch einmal förmlich die Stiefel zusammen.

„Sehr wohl, Herr Major, berichte wie befohlen, es hat einen Schuss gegeben."

„Na, was Sie nicht sagen", karikierte Hackher seinen Hauptmann. „Aber was war der Anlass, kann er das auch berichten?"

„Natürlich. Der Oberleutnant Schottelius hat Meldung machen lassen, dass einer aus der Flesche offenbar desertiert ist und auf der Flucht erschossen wurde. Die Sau!"

„Na, na. Werden S' mir nicht ausfällig, Rüstl. Um wen handelt es sich?", fragte Hackher.

„Um den Soldaten Selcher vom 45. Linieninfanterieregiment."

Hackher nickte nachdenklich und verschränkte die Arme hinter dem Rücken. „Und wer hat den Schuss abgefeuert?"

„Einer der Wachleute in der Flesche. Oberleutnant Schottelius hat den Toten bergen lassen. Er lag schon auf der Festungsstraße."

„Haben die Franzosen in irgendeiner Form reagiert?", fragte Hackher dann.

„Bisher keine Anzeichen, Herr Major, obwohl ich mir sicher bin, dass der Schuss den einen oder anderen von den Franzmännern aufgeweckt haben wird."

„Das ist wohl anzunehmen", kommentierte Hackher und wollte gerade Rüstl wieder wegtreten lassen, als plötzlich das Donnern mehrerer Kanonenschüsse zu hören war.

„Ich schätze, das wird die Reaktion der Franzosen sein", stellte Hackher fest.

„Oder es ist wieder einer desertiert", fügte Rüstl hinzu.

„Dann hätte man aber äußerst unverhältnismäßig reagiert, meinen Sie nicht?", antwortete der Major und schob Rüstl beiseite, um den Raum schnellen Schrittes zu verlassen.

Wenige Augenblicke später war Hackher auch schon in den Glockenturm gestiegen und blickte auf die Stadt hinab. Was er sah, gefiel ihm überhaupt nicht. Hunderte Fackeln waren rund um den Schlossberg angegangen und aus allen Seiten flogen wieder Geschosse heran. Am Fuß des Berges hatten sich starke französische Sturmabteilungen in Aufstellung gebracht und marschierten im Schutze des Artilleriefeuers den Berg herauf. Hackher konnte sofort an der Massierung der feindlichen Kräfte erkennen, dass dies ein ernsthafter Sturm war und nicht einer dieser zaghaften Angriffe, die die Franzosen während des Tages stellenweise unternommen hatten.

Keuchend kam Rüstl den Turm hochgerannt und riss panisch die Augen auf, als er das Fackelmeer am Fuß des Festungsberges erblickte.

„Maria und Josef!", rief er hervor.

„Beten können S' später, Rüstl. Lassen Sie sofort Alarm schlagen!", befahl Hackher und rannte auch schon wieder die Stufen hinunter. Rüstl kam gar nicht mehr dazu, den Befehl zu bestätigen und beeilte sich, hinter dem Major nachzukommen.

Unten am Eingang des Turms wurde Hackher von Cerrini abgepasst.

„Herr Major, die Franzosen haben aus den Häusern wieder das Musketenfeuer eröffnet und sie marschieren den Osthang mit Sturmleitern herauf."

„Dann lassen wirs krachen", sagte Hackher energisch.

„Sehr wohl, Herr Major."

Cerrini salutierte und eilte dann im Laufschritt zum nächsten Stolleneingang, um die Abkürzung durch die unteren Festungsgemäuer zu nehmen.

Auf der Bürgerbastei waren die Männer erneut in Deckung gegangen, denn die Franzosen schossen wieder aus den Hausdächern der umliegenden Bürgerhäuser. Inzwischen hatte man aber spezielle Brustwehren angebracht, damit sich die Scharfschützen an den Rand der Mauer wagen konnten, um das Feuer zu erwidern. Die Dunkelheit der Nacht verhinderte, dass die Schützen beider Seiten genau zielen konnten und so wurde einfach munter und planlos hin- und hergeschossen.

Kandelbinder hatte an seine Artilleristen Pistolen und Doppelhaken ausgeben lassen, denn die Kanonen waren in der Nacht nicht zu gebrauchen, da man ohnehin nicht zielen konnte.

Es herrschte ein Höllenlärm. Fast im Sekundentakt krachten die Musketen und aus Angst, getroffen zu werden, krochen die Männer auf allen vieren umher. Ja nicht den Kopf über die Brüstung stecken, hieß das Motto.

Unterleutnant Navarra hüpfte aufgeregt von einer Kanone zur anderen, um sich Deckung zu suchen. Er schien sich aber nirgendwo wirklich sicher zu fühlen.

Die Schützen an den Mauern hatten sich hinter den Brustwehren zusammengekauert. Hin und wieder drang eine Kugel durch die Holzverschalungen und traf das Bein eines Soldaten. Kaum schrie einer der Männer auf, verfielen die anderen in Panik und schossen blindlings über die Mauer.

Der schweigsame Kanonier Anton Siegl hatte sich hinter einer Lafette niedergesetzt und schrieb bei schwachem Kerzenlicht während des Beschusses in sein Tagebuch. Er schrieb immer, wenn er Angst hatte. Wenige Meter von ihm entfernt lag der junge Bursche Peters flach auf dem Boden und hielt sich die Ohren zu. Er schien zu flennen, aber da er sich kaum rührte, blieb er in dem ganzen Tumult unbemerkt. Daneben hockte Navarra hinter einer Kanone.

Soeben hatte eine Kugel direkt vor seinem linken Fuß eingeschlagen. Panisch sprang der Unterleutnant auf und kreischte wie von Sinnen, bis ihn eine kräftige Hand packte und wieder zu Boden riss.

„Navarra, hüpfen S' nicht herum wie ein narrisches Hendl!", brüllte ihn der Kommandant der Artillerie, Kapitänsleutnant Kandelbinder, an.

„Die Franzosen werden uns alle abschießen wie die Tauben!"

„Wenn Sie herumwacheln wie ein narrischer Vogel, dann schon. Die Franzosen können nichts treffen, wenn wir die Köpfe unten lassen, haben S' mich verstanden?"

Navarra nickte eingeschüchtert. Kandelbinder schlich sich geduckt von der Kanone zur Brüstung nach vor. Dort hockte Unterleutnant Hofer, der einen Streifschuss ins Bein bekommen hatte und wie eine Schlachtsau blutete.

„Mein Gott, Hofer, passen S' doch auf", sagte Kandelbinder, als er den Unteroffizier sah.

„Das sagen Sie so leicht", antwortete dieser und biss die Zähne zusammen, während sich der Artilleriekommandant kurz die Wunde ansah.

„Da haben S' noch einmal Glück gehabt. Streifschuss", sagte Kandelbinder und verband die Wunde mit einem Stück Stoff, sodass die Blutung gestoppt wurde.

„Herr Kapitänsleutnant, wenn ich anmerken darf, wir treffen überhaupt nichts, nicht einmal ins Schwarze – und das heißt was bei der Dunkelheit", kommentierte Hofer den Gefechtserfolg.

Kandelbinder hockte sich neben den Unterleutnant und packte eine Stange Wurst aus seiner Hosentasche aus.

„Wollen S' auch ein Stück?", fragte er.

„Ich weiß nicht, ob jetzt der richtige Zeitpunkt für eine Jaus'n ist."

„Mag schon sein, aber ich hab' einen Hunger", antwortete Kandelbinder und biss ein Stück ab. „Außerdem, mit leerem Magen kann man nicht g'scheit kämpfen."

„Aber so spät soll man angeblich nichts essen, heißt's immer", kommentierte Hofer Kandelbinders Aussage.

„Geh! Wo haben S' denn den Blödsinn her?"

Kandelbinder schüttelte ungläubig den Kopf.

„*Avance!*", ertönte es einstimmig im Chor aus den Reihen der Franzosen. Leutnant Jacques Pirrot zog seinen Säbel und blickte hinauf zur Festung. In drei Schützenreihen hatte er seine Männer am Fuß des Berges antreten lassen. Über ihn hinweg flogen die Geschosse der Artillerie und schlugen rund um den Schlossberg ein.

Der Weg, der vor ihm lag, war steil und lang. Seine Männer würden schwer unter Beschuss genommen werden, doch es war alles gründlich geplant worden. Pirrot sollte mit der ersten Welle vormarschieren. Mit gliederweisen Feuerstößen und Pelotenfeuer sollte er vorrücken und den Verteidigern auf der Festung möglichst wenig Gelegenheit geben, das Feuer zu erwidern. Ihm würden in einigem Abstand drei weitere Kolonnen folgen. Hatte er die obere Kurve der Festungsstraße erreicht, so hatte er Order, stürmen zu lassen und die Leitern an die Mauer heranzuführen. Die Überzahl der Franzosen sollte ausgenutzt werden, um die Verteidiger zu überrennen. De Montenaux hatte Pirrot ausgewählt, die erste Welle zu führen, da er von dessen Skrupellosigkeit im Kampf wusste und nun genau so einen Offizier benötigte. Der junge, gerissene Offizier wusste, dass seine Männer wesentlich besser trainiert waren als die Österreicher in der Festung. Er würde die Mauern als erster französischer Offizier stürmen dürfen und seine Fahne hissen.

Pirrot wartete auf das Zeichen und umklammerte mit festem Griff seinen Säbel. Dann kam der Pfiff. Er streckte seinen Säbel in Marschrichtung, dem Festungshang entgegen.

„*Marche!*", schrie er und die Truppen setzten sich in Bewegung. Die schweren Stiefel der Soldaten marschierten im Gleichschritt den Berg hinauf und ließen die Erde beben. Pirrot richtete gespannt seinen Blick nach oben. Noch waren sie außer Reichweite der Schützen, doch er musste jederzeit mit Artilleriebeschuss rechnen, auch wenn dies aufgrund der Dunkelheit unwahrscheinlich war. Der felsige Boden war staubig und wurde zunehmend steiler, doch seine Männer kamen gut voran. Ein Blick zur Seite zeigte ihm, dass die Reihen durchwegs geschlossen waren und die Linie auf gleicher Höhe marschierte. Immer wieder riefen die Männer „*Avance!*"

Es waren mehrere 100 Meter vom Fuß des Berges bis zur

Kurve der Festungsstraße, doch ehe sich Pirrot versah, konnte er schon die Markierungssteine der Straße erkennen. Der Aufstieg war wesentlich schneller verlaufen, als er es sich gedacht hatte. Nur mehr wenige Meter und sie würden in Reichweite der Schützen sein.

„*Dérivée première. En joue! Fire!*", brüllte er.

Die erste Reihe seiner Soldaten legte an und feuerte auf die Festung. Dann ging sie in die Hocke, um nachzuladen. Währenddessen stürmte die zweite Reihe einige Meter nach vor, legte an und schoss ebenfalls. Dann folgte die dritte Reihe, und dann wieder die erste.

Pirrot war im Schlachtrausch. Er kam schnell voran und konnte bereits die vorderen Werke sehen. Seine Männer schossen ununterbrochen. Erst als sie die Hälfte der Strecke überschritten hatten, wurde das Feuer von der Festung erwidert.

Pirrot konnte überall zwischen den Palisaden und auf den Mauern Feuerblitze erkennen. Er bemerkte sofort, dass die Schüsse sporadisch und unkoordiniert abgegeben wurden. Es war keine einheitliche Feuerabgabe, sondern ein spontanes Aufflackern der Mündungsfeuer, viel zu unpräzise und zu weit verteilt, um damit die dichten Reihen seiner Soldaten aufbrechen zu können. Pirrot blickte zur Seite entlang seiner Linien und konnte erkennen, dass es keine Treffer gegeben hatte. Die Österreicher zielten zu hoch, dachte er. Diese Amateure berechnen das Gefälle nicht mit ein. Nur mehr knapp 100 Meter war er mit seinen Leuten von den vorderen Werken der Festung entfernt. Die hölzernen Palisaden und Erdwälle waren schwach besetzt, viel zu schwach, um der Masse an feindlichen Soldaten standzuhalten. Pirrot würde die Wälle im Handumdrehen gestürmt haben.

Das Abwehrfeuer der Verteidiger wirkte hoffnungslos und verzweifelt. Nur vereinzelt waren Pirrots Männer getroffen worden und die meisten marschierten trotz der Verletzung weiter. Fiel einer aus der Reihe, wurde die Lücke sofort von einem Ersatzmann wieder aufgefüllt. Präzises Kriegshandwerk.

Hacker blickte mit Entsetzen auf die herannahenden Franzosen, die nur mehr wenige Dutzend Meter von den vorderen Werken entfernt waren. Rings um ihn schossen seine Schützen, was das Zeug hielt, doch es schien nichts zu helfen.

„Zielen, Männer! Verdammt noch mal! Zielt, bevor ihr schießt!", brüllte Hackher energisch und schüttelte verzweifelt den Kopf, als er das teilweise stümperhafte Vorgehen seiner Männer ansehen musste.

Entlang der Kurtinenmauer, die den Osthang abdeckte, befanden sich großteils Landwehrsoldaten und nur wenige Professionelle. Direkt neben Hackher stand Soldat Rossbauer, ein bärtiger, muskulöser Mann, der leider mit schwachen Nerven ausgestattet war. Er gehörte zum 3. Landwehrbataillon, welches der junge Fähnrich Gödl kommandierte. Der unerfahrene Offizier hatte schon die ganze Zeit über Mühe gehabt, seine Männer anständig zu drillen. Auch wenn es mit der Disziplin der Soldaten inzwischen klappte, hieß dies nicht automatisch, dass sie auch ihr Handwerk beherrschten. Zwar gaben sich die Männer wirklich Mühe, doch Hackher konnte jedes Mal aus der Haut fahren, wenn er sah, dass ein Schuss meilenweit danebenging.

Rossbauer legte gerade wieder mit seiner Muskete an. Viel zu unruhig, viel zu hektisch, wie Hackher bemerkte. Der Soldat zitterte herum wie ein nervöses Kind und schoss letztendlich irgendwo hin. Sofort begann er in aller Eile nachzuladen. Hackher griff ihm fest auf die Schulter.

„Genau zielen, Soldat, verstanden!?", sagte der Major streng.

„Jawohl", kam es eingeschüchtert von Rossbauer zurück, doch er legte wieder viel zu hektisch an und vergeudete den Schuss abermals. Hackher biss sich auf die Lippe. Während eines Gefechts den Männern erstmal das Schießen beizubringen, hatte keinen Sinn mehr. Er blickte sich um. Entlang der Mauer konnte er noch die Soldaten Zimmermann und Maierhofer, ebenfalls vom 3. Landwehrbataillon, erkennen, die sich ebenso ungeschickt anstellten. Hackher suchte unter den

Männern nach Fähnrich Gödl und erblickte ihn schließlich weiter oben, wo er seine Soldaten anfeuerte. Hackher ballte seine Hände zu Fäusten und schritt energisch auf Gödl zu.

„Fähnrich!", rief er autoritär. „Sorgen Sie gefälligst dafür, dass Ihre Männer auch etwas treffen, haben Sie verstanden?"

Der junge Offizier blickte den Major nervös an. Seine Augen waren weit aufgerissen und Hackher erkannte sofort, dass dieser mit der Lage überfordert war. Er nahm einem Soldaten das Gewehr aus der Hand und legte selbst an.

„Gut aufpassen!", ermahnte Hackher den Mann. „Kimme und Korn ausrichten. Dann einatmen, Luft anhalten und langsam abdrücken."

Hackher zeigte die Handhabung der Muskete routiniert vor und drückte in aller Ruhe ab. Der Schuss löste sich und traf einen Franzosen in den Kopf.

Beeindruckt blickte der Soldat auf Hackher, als dieser ihm das Gewehr wieder zurückgab.

Dann blickte der Major wieder streng zum jungen Gödl.

„Machen Sie es Ihren Leuten vor, wenn es sein muss, aber die Männer müssen etwas treffen, sonst vergeuden wir nur Munition!"

Gödl nickte schweigend und versuchte sein Bestes. Für einen Moment beobachtete Hackher die engagierten Versuche des Fähnrichs, wandte sich dann wieder ab und schritt die Mauer entlang. Weiter unten konnte er den Soldaten Fleischer erkennen, der zwar zu den Professionellen gehörte, aber so plump mit einer Muskete umging, als handle es sich nur um ein wertloses Stück Holz.

„Fleischer, gottverdammt. Meine Großmutter im Grab würd' besser schießen als Sie!", brüllte ihn Hackher an und ging weiter. Auch die anderen Schützen schossen nicht zur Zufriedenheit des Festungskommandanten. Nur Soldat Stadlmayer schoss bravourös und Hackher klopfte ihm anerkennend auf die Schulter. Dennoch musste er etwas unternehmen. Die Franzosen waren nur mehr wenige Meter von den Palisaden entfernt und kamen immer näher. Plötzlich stand

Cerrini neben Hackher und wirkte sehr aufgeregt.

„Herr Major, schlechte Nachrichten!", verkündete er.

„Raus damit", befahl Hackher.

„Den Männern auf der Bürgerbastei ist die Munition ausgegangen. Außerdem schießen die Franzosen unsere Leute dort runter wie die Hasen. Wir haben schon wieder zahlreiche Verletzte."

„Kruzitürken!", brüllte Hackher verärgert. „So kann es ja nicht weitergehen."

Der Major überlegte für einen Moment und dann fiel sein Blick auf die aufgestapelten Granatkugeln, die neben den Kanonen gelagert wurden. Plötzlich kam ihm eine Idee. Es war zwar eine sehr brachiale Idee, doch in einer Lage wie dieser musste man erfinderisch sein.

„Cerrini, lassen Sie das Gewehrfeuer dort einstellen, wo wir keine sichtbaren Erfolge erzielen und verteilen Sie Steine und Rollgranaten an die Männer. Wenn unsere Leute nicht schießen können, dann sollen sie wenigstens ein paar Steine schmeißen."

Cerrini blickte verwundert drein. „Ist das Ihr Ernst, Herr Major? Den Feind mit Steinen zu bewerfen, erscheint mir doch recht verzweifelt, oder?

„Wenn sonst nichts hilft, Cerrini, also worauf warten Sie? Die Franzosen sind eh bald heroben!"

„Und was machen wir mit unseren Leuten auf der Bürgerbastei?", fragte Cerrini. „Sollen wir sie abziehen?"

„Ja, selbstverständlich!", polterte Hackher.

Cerrini nickte und gab den Befehl unverzüglich weiter. In Windeseile wurden die Granaten an die Männer verteilt. Keine Sekunde zu früh, wie sich herausstellte.

Als Hackher erneut über die Mauer blickte, konnte er bereits die erste Reihe der Franzosen erkennen, wie sie mit ihren Bajonetten angestürmt kamen. Der Kommandant schluckte und war sich plötzlich nicht mehr so sicher, ob seine Verteidigung halten würde. Die Franzosen gingen äußerst geschickt vor, das musste er sich eingestehen. Er hatte es mit einem

Feind zu tun, der ihm nicht nur zahlenmäßig überlegen war, sondern auch das Kriegshandwerk mit jeder Faser seines Körpers beherrschte. Mit normalen Mitteln würde er vermutlich gegen diesen Widersacher nicht bestehen können, dazu waren seine eigenen Leute einfach nicht gut genug trainiert. Es war zwar nicht sonderlich ehrenhaft, den Feind mit Granaten und Steinen zu bewerfen, doch er hatte den Befehl bekommen, die Stellung mit allen Mitteln zu halten.

„Granaten!", brüllten die Männer und zündeten die Lunten der runden Eisenkugeln an, um sie anschließend über die Mauer zu werfen. Wo keine Granaten zur Verfügung standen, stemmten die Soldaten große Gesteinsbrocken, die durch den Beschuss der Franzosen mittlerweile überall herumlagen, über die Mauer und rollten diese den Berg hinunter.

Kurz darauf wurde die gesamte Ostseite des Hangs von Explosionen erschüttert. Wie ein Orgelfeuer donnerten die Granaten und schlugen vernichtende Breschen in die Reihen der Franzosen. Sofort brach Panik unter den Angreifern aus. Schreie waren zu hören, dann wieder Explosionen.

Als Hackhers Männer erkannten, dass diese Art der Verteidigung wesentlich effektiver war, jubelten sie auf und gerieten in einen Tötungsrausch. Der Lärm war ohrenbetäubend, fast noch lauter als das Abfeuern der Kanonen.

Hackher drehte sich um, sank zu Boden und lehnte sich mit dem Rücken an die Mauer. Mit jeder Erschütterung spürte er, wie die Ziegelsteine im Mauerwerk erbebten und vibrierten. In kürzester Zeit war der Berg wieder in eine dichte Rauchschwade gehüllt. Hackher schloss die Augen und versuchte, den Lärm, die Explosionen und die verzweifelten Schreie der Franzosen auszublenden. Er wusste, dass dies nun ein einfaches Gemetzel war und keine geordnete Schlacht mehr. Milde konnte Hackher jetzt vermutlich nicht mehr von den Franzosen verlangen, dafür hatte er gerade seinerseits mit zu drastischen Mitteln geantwortet. Im Krieg, so sagte man immer, solle man dem Feind stets mit Respekt begegnen. Solange die Mittel der Kriegsführung einigermaßen zivilisiert blieben, konnte man sich auch vom Feind erwarten, zivilisiert behandelt zu werden.

Hackher öffnete die Augen wieder und blickte über die Mauer. Es war, als würde der Berg glühen. Wo sich vor wenigen Minuten noch eine dicht gereihte Schützenlinie der Franzosen auf dem Vormarsch befunden hatte, lagen nun zahllose, versprengte und auseinandergerissene Körper. Der Rest der Angreifer war heillos auseinandergerannt und befand sich auf dem Rückzug. Hackher hatte gesiegt, der Sturm war zurückgeschlagen worden. Die Männer riefen Vivat, jubelten und verhöhnten den geschlagenen Feind.

Cerrini trat neben den Schlossbergkommandanten und blickte stoisch über die Mauer. „Meinen Glückwunsch, Herr Major. Sie haben den Feind zurückgedrängt."

Hackher drehte den Kopf langsam zu seinem Hauptmann und machte ein wenig fröhlich wirkendes Gesicht. „Cerrini, Sie und ich wissen genau, dass dies nicht gerade die feine Art war, einen Feind zu behandeln."

„Herr Major, wenn ich anmerken darf, besser die als wir."

Hackher nickte.

„Eine Kapitulation werden die Franzosen uns jetzt aber nicht mehr so schnell anbieten, denke ich", sagte Cerrini dann fast etwas vorwurfsvoll.

„Die stand ohnehin nie zur Diskussion, also kann es uns auch egal sein", sagte Hackher und wandte sich ab.

Pirrot feuerte seine Pistole ab und traf einen österreichischen Soldaten an der Schulter. Er hatte seine Männer schnell den Berg heraufgeführt. Ein Sturmlauf wie im Lehrbuch war das gewesen. Die Reihen waren geschlossen geblieben und die Linie immer auf gleicher Höhe. Die hinteren Wellen waren in kurzem Abstand gefolgt. Die Regimenter waren schneller vorangekommen, als der Feind vermutlich angenommen hatte, und als die Verteidiger auf der Festung mit dem Abwehrfeuer begannen, war Pirrot mit seinen Leuten schon bis auf 100 Meter an die Palisaden herangerückt. Dann wurde der Sturm leicht gestoppt. Zwar trafen die Österreicher schlecht oder gar nichts, dennoch musste er für ausreichend Feuerschutz sorgen. Pirrot hatte also feuernd vorwärts marschieren lassen. Etwa 50 Meter vor den Palisaden zog er schnell drei Schützenreihen zusammen, ließ staffelweise feuern und nach jeder Salve eine Reihe weiter vorrücken. Die Verluste waren gering geblieben. Entweder waren die Österreicher alle blind oder einfach zu dumm, eine Muskete abzufeuern, denn obwohl von den Mauern mit hoher Schussfolge unentwegt geschossen wurde, fielen kaum Franzosen aus den Reihen. Kurz vor den Mauern musste Pirrot allerdings stoppen und warten, bis die Sturmleitern herbeigebracht wurden. Die Leiterträger marschierten in der zweiten und dritten Welle und stürmten nun vor. Pirrot ließ kräftig Feuerschutz für die Leitermannschaften geben. Er stand keine 30 Meter von den Palisaden entfernt und feuerte selbst mit seiner Pistole, als plötzlich für einen Augenblick das Gewehrfeuer von den Mauern verstummte. Für einen Moment war der kampferfahrene Leutnant verwirrt. Er konnte deutlich sehen, wie die Österreicher die Läufe ihrer Musketen zurückzogen. Das ergab keinen Sinn, doch vielleicht begingen die Verteidiger gerade einen entscheidenden Fehler, den es galt, auszunutzen.

Pirrot hängte sich den Pistolenschal um und zog seinen Säbel. Der Schal, den er trug, war eigentlich eine Erfindung der Marine. Dort benutzte man ihn für Enterangriffe, die einem Sturm auf eine Festung nicht unähnlich waren. An den beiden

Enden des Schals war jeweils eine Pistole festgeknüpft. Hatte man sie leergeschossen, hängte man sich den Schal um und konnte mit der Klinge weiterkämpfen, ohne seine Schusswaffen wegwerfen zu müssen.

Als er sah, dass die ersten Leiterträger durch die Reihen kamen und auf die Mauern zuliefen, streckte er den Säbel zum Zeichen des Angriffs aus, doch dazu kam es nicht mehr. Im nächsten Moment flogen Dutzende schwarze Eisenkugeln über die Mauer. Pirrot riss panisch die Augen auf, denn er erkannte sofort, was da auf ihn zukam.

„*Grenade!*", brüllte er aus Leibeskräften, um seine Männer zu warnen, doch seine Stimme ging im Schlachtenlärm unter. Die schwarzen faustgroßen Kugeln schlugen auf den Felsen auf und kullerten auf die geschlossenen Reihen der Franzosen zu wie ein Haufen Murmeln.

Als Pirrots tapfere Soldaten die Lage erfassten und geschockt zu Boden blickten, war es auch schon zu spät. Fast gleichzeitig explodierten die Granaten und sprengten die Reihen auseinander wie Herbstlaub, das durch einen starken Windstoß aufgescheucht wird.

Pirrot wurde durch eine Detonation in seiner Nähe zur Seite geschleudert und landete hart mit dem Kopf auf einem Stein. Für einen Moment verschwamm seine Umgebung zu einem unkenntlichen Schleier. Er merkte, wie sein Gehör dumpf wurde und der ganze Lärm sich plötzlich anhörte, als wäre er kilometerweit weg. Entspannung machte sich in seinem Körper breit und er fühlte eine selige Müdigkeit aufsteigen. Kein Schmerz war zu spüren, nur ein warmes Gefühl am Rücken. Für einige Augenblicke war Pirrot weit weg. Er war zu Hause in den Hügeln der Aquintanie. In der Ferne konnte er das alte Bauernhaus sehen, auf dem er aufgewachsen war. Er war ein kleiner Junge, der spielend durch die Felder lief und keine Sorgen kannte.

Im nächsten Moment drang die Wucht des Schlachtenlärms wieder in sein Gehirn und ließ ihn vor Schmerz aufschreien. Es fühlte sich an, als wäre ein schwerer Hammer auf seinen Kopf gedonnert. Pirrot blickte verwirrt auf. Dutzende Explosionen rund um ihn hatten Hunderte seiner Männer zerfetzt.

Ich verliere gerade das Gefecht, kam es ihm in den Sinn. Unter großen Schmerzen richtete er sich auf, dabei bemerkte er, dass ein Granatsplitter seinen Rücken getroffen und eine blutende Wunde zurückgelassen hatte. Pirrot biss die Zähne zusammen, er musste seine Männer kommandieren, er musste sie zum Sturm antreiben, bevor alles verloren war, doch als er sich umdrehte, sah er nichts mehr, was er hätte kommandieren können.

Die Granaten hatten die erste Welle der Franzosen weggesprengt. Dutzenden Männern hatten sie die Gebeine weggerissen und ihre stumpfen Körper lagen nun leblos auf einem Haufen. Jene, die nach den ersten Erschütterungen noch kampffähig geblieben waren, rotteten sich zusammen und versuchten, weiter vorzustürmen, als ihnen plötzlich große Gesteinsbrocken und Geröll entgegengeworfen wurden. Die Männer wurden unter dem Schutt von den Beinen gerissen oder von herabfallenden Steinen einfach erschlagen. Dazwischen waren immer wieder Granaten, die explodierten. Gesteinsbrocken und Eisensplitter flogen in alle Richtungen und durchlöcherten die Bäuche jener Soldaten, die noch tapfer die Stellung hielten. Von den Leiterträgern war nichts mehr zu sehen, sie hatte es vermutlich zuallererst erwischt.

Dann war die zweite Welle gekommen, doch so weit kam diese gar nicht mehr. Die herabgeworfenen Steine rollten wie tödliche Geschosse hinab und rissen die Männer einfach mit. Für die dritte Welle brauchten die Österreicher gar keine Granaten mehr. Die Wucht der Felsen und des Gerölls reichte aus, um die Franzosen mit einer einzigen Gesteinslawine vom Berg zu fegen. Wer noch aufrecht stand, rannte um sein Leben.

Pirrot war fassungslos. Es hatte doch alles so gut ausgesehen, die Mauer war schon zum Greifen nahe gewesen und nun rannten seine Männer ums Überleben. Es war zwecklos, der Sturm war fehlgeschlagen.

„*Retraite! Retraite!*", schrie Pirrot und lief den Berg hinunter, bevor ihn auch noch ein Felsen treffen würde.

Er stolperte über Dutzende leblose Körper. Der ganze Osthang war übersät mit toten Franzosen.

Der Aufstieg war ihm so schnell vorgekommen, doch nun kam es ihm vor, als liefe er Stunden bergab. Irgendwann erreichte er die ersten schützenden Häuser am Fuß des Schlossbergs. Er konnte es nicht fassen. Mit Steinen hatte man die französische Armee zurückgeschlagen, eine Schmach ohnegleichen. Als Pirrot sich umwandte und den Berg hochblickte, war dort niemand mehr. Kein einziger Franzose stand noch auf den Beinen, er war der Letzte, der es zurückgeschafft hatte. Wie in Trance marschierte Pirrot über den Karmeliterplatz und betrachtete die Dutzenden Verletzten, die sich hier zusammengerottet hatten, der klägliche Rest seiner Sturmlinien.

Über den Platz kam ihm De Montenaux mit völlig fassungslosem Gesichtsausdruck entgegen. Er hatte den Angriff vom Platz aus beobachtet, doch was genau auf dem Berg vor sich ging, konnte er aus der Entfernung nicht erkennen. Als die Explosionen aufblitzten, glaubte er zuerst, dass dies seine eigenen Mineure wären, die die Festungsmauer sprengten, doch dann waren die ersten Franzosen völlig panisch heruntergerannt und er begann zu ahnen, dass der Angriff zu scheitern drohte.

„Pirrot! Pirrot! Was ist passiert?", schrie De Montenaux seinen Offizier an.

Dieser blickte völlig traumatisiert in das Gesicht seines Kommandanten. „Wir wurden zurückgeschlagen. Zurückgeschlagen mit Steinen."

„*Putain de merde!*", brüllte Broussier und warf den nächstbesten Gegenstand, den er greifen konnte, an die Wand. „Wie kann er es wagen? Wie kann dieser *Bastard d'Autriche* es wagen!"

De Montenaux und Gambin standen einige Meter entfernt

und blickten betreten zu Boden, während Broussier seinem Wutanfall freien Lauf ließ.

„Dieser ehrlose Hund wirft meinen Männern einfach Steine auf den Kopf, was für eine Frechheit. Eine bodenlose Frechheit ist das!"

„Und Granaten, mon Général", warf Gambin dazwischen.

„Abgeschlachtet ohne Pardon. Das wird er mir büßen!", schrie Broussier und schlug mit der blanken Faust auf den Tisch. Dann beruhigte er sich, atmete tief durch und schnaufte dabei wie ein wütender Stier, der auf ein rotes Tuch zustürmt.

„Mon Général, es passierte völlig unvorhersehbar. Leutnant Pirrot hat die Truppen bis an die Mauer herangeführt, als die Österreicher plötzlich ihr Feuer einstellten und mit Granaten und Steinen zu werfen begannen. Da hatten unsere Männer keine Chance mehr. Es war wie eine Lawine, die die Männer mit sich riss", kommentierte De Montenaux, dem man den Schock der Ereignisse immer noch ansah.

„Wie hoch sind unsere Verluste?", fragte Broussier.

Gambin und De Montenaux blickten sich verunsichert an. Keiner wollte die Frage beantworten.

„Wie viele!?", brüllte Broussier, als die Antwort zu lange auf sich warten ließ.

„Wir wissen es noch nicht genau", sagte Gambin. „Wir zählen noch die Toten, aber wir haben vermutlich Hunderte."

„Putain!", brüllte Broussier und schlug abermals mit der Faust auf den Tisch, diesmal noch fester, sodass das Holz unter der Wucht einbrach. Für einen Moment blieb dem stolzen General die Luft weg. Er griff sich zum Kragen und öffnete den obersten Knopf. Hitzewallungen stiegen in ihm auf und er musste sich ans offene Fenster stellen. Ihm wurde ganz schwindelig bei dem Gedanken, dass er soeben erneut geschlagen wurde. Es war ein totaler Verlust, eine vollkommene Niederlage und diese Schmach steckte in seiner Brust wie ein rostiger Dolch.

„Ist Ihnen nicht wohl, Général?", fragte Gambin vorsichtig.

„Halten Sie die Klappe!", fauchte Broussier zurück und drehte sich um. „Diese Schmach hätte nicht passieren dürfen. Wir machen uns hier zum Gespött ganz Europas. Ein Haufen eingepferchter Bauern besiegt die französische Armee mit Steinen. Wenn Napoleon das erfährt, dann landen wir unter der Guillotine."

Broussier biss sich nervös auf die Faust und schien seine Finger essen zu wollen. Fieberhaft ging er hin und her, wobei er Unverständliches murmelte. Dann blieb er stehen und wandte sich zu Gambin und De Montenaux um.

„Er wird es einfach nie erfahren", sagte er konspirativ. „Lassen Sie die Toten in den Fluss werfen, noch heute Nacht, bevor die Stadtbürger sie sehen. Das Ganze war ein Scheinangriff. Ja, ich werde einen Scheinangriff vermerken."

Gambin und De Montenaux sahen sich verwirrt an und waren sich nicht sicher, ob ihr General dies gerade ernst gemeint hatte.

„Ein Scheinangriff, *Sire*?", fragte Gambin ungläubig.

„Haben Sie damit ein Problem?", fauchte Broussier zurück.

„Non, mon Général", antwortete Gambin sofort unterwürfig.

„Gut, dann führen Sie meinen Befehl aus. Wenn Napoleon davon erfährt, könnte er vielleicht versucht sein, Ihnen dafür die Schuld zu geben, Colonel Gambin. Sie sind schließlich der Kommandant der Blockade."

Der dickliche Franzose schluckte und verneigte sich schuldig. „Ihr Befehl wird sofort ausgeführt", sagte er.

Broussier drehte sich weg und stellte sich wieder ans Fenster. Er musste einen klaren Kopf bekommen. Mit wutentbrannten Augen blickte er auf den Schlossberg hinauf. Die Festung thronte noch immer dort oben und Hackher blickte verächtlich auf ihn herab. Er würde diesen Major nicht noch einmal unterschätzen, schwor sich Broussier. Von nun an gab es kein Pardon mehr, von nun an würde er keine Rücksicht mehr nehmen. Dieser Hackher würde es noch bereuen.

Broussier drehte sich wieder zu seinen Offizieren um.

„Ich will, dass der Feind keine Zeit hat, seinen Sieg zu bejubeln. Ich will, dass die Festung unter Dauerfeuer genommen wird. Keiner soll dort oben Schlaf finden, in ständiger Angst sollen sie leben, wie zitternde Schafe vor dem Wolf. Keine Atempause will ich diesem Hackher gönnen. Wir beschießen sie so lange, bis seine Männer den Verstand verlieren. Ich werde keine weitere Niederlage hinnehmen, habe ich mich klar ausgedrückt?"

Die beiden Colonels nickten.

„Er hat mich gedemütigt, also brauche ich auch keine Rücksicht mehr zu nehmen. Seine Niederlage wird die größere Schmach werden, das schwöre ich."

14. Juni 1809

Hackher wachte schweißgebadet und schwer atmend auf. Draußen war es noch Nacht. Er hatte kaum ein Auge zugedrückt, obwohl er von den Strapazen des Gefechts so erschöpft war, dass er sich kaum bewegen konnte. Heftige Albträume durchzogen seine Gedanken. Immer wieder hatte er dieselben Bilder im Kopf. Eine gigantische Wand aus französischen Leibern stürmte über die Mauer und tötete jeden, der sich ihnen in den Weg stellte. Grausame Tierfratzen hatten die feindlichen Soldaten und er sah die Gesichter der Toten, wie sie sich quälten, vor Schmerzen wanden und ihn anklagten.

Hackher griff nach einem Tuch und wischte sich sein Gesicht ab. Im Raum war es drückend heiß, obwohl das Fenster offen stand. Draußen roch es nach Pulverdampf und verbranntem Holz. Es war kaum drei Stunden her, als der erste Sturmangriff der Franzosen zurückgeschlagen wurde. Auf der Festung war Ruhe eingekehrt, die Erschöpfung war so groß, dass manche Männer einfach zum Schlafen umgekippt waren, nachdem die Franzosen sich zurückgezogen hatten. Von der Stadt herauf konnte man das Wehklagen der Verwundeten hören. Vielleicht hatte der Major deshalb so schlecht geschlafen.

Hackher war innerlich aufgewühlt. Sein Geist hatte sich noch nicht beruhigt und spulte die Bilder des Kampfes ständig vor seinen Augen ab. Im Traum hatte er dem feindlichen General Broussier in die Augen sehen können, so als wäre er direkt vor ihm gestanden.

„*Du wirst fallen!*", hatte dieser zu Hackher geflüstert, als wäre es sichere Gewissheit.

Noch einmal stiegen die Bilder des Traumes in ihm hoch, dann schüttelte der Major den Kopf und spritzte sich kaltes Wasser aus einem Eimer ins Gesicht. Nun war er wach.

Obwohl es im Raum dunkel war, konnte er die starren Augen seines Großvaters erkennen, dessen Gemälde an der Wand hing und abwertend auf ihn herabblickte. Für eine Weile starrte Hackher es an.

„Zufrieden?", fragte er das Bildnis anklagend.

Der Großvater schwieg. Sein steinerner Gesichtsausdruck wirkte wie die Ewigkeit. In stolzer Paradeuniform war er abgebildet, die Arme vor dem Körper verschränkt und vom Betrachter leicht weggedreht, als gehe ihn die Welt nichts an. Selbst das Porträt schien sich von Hackher abzuwenden, genau wie das reale Vorbild. Der alte Mann, den es zeigte, war schon seit Jahren tot. Er war gestorben ohne ein Wort der Liebe. Als es zu Ende ging, war Hackher an seinem Sterbebett gewesen. Ein letztes Mal hatte ihn der Großvater ermahnt, bevor er sein Leben endgültig aushauchte. „*Enttäusch' mich nicht!*", sagte er vorwurfsvoll, legte dann den Kopf zur Seite und verstarb. Kein einziges Wort der Liebe und der Anerkennung war dem einstigen Ziehvater über die Lippen gekommen, was sich Hackher so sehr gewünscht hätte. Der Enkel war so lange am Bett geblieben und hatte die Hand gehalten, bis diese kalt und steif geworden war, dann wandte er sich enttäuscht ab.

Trotz der Kälte, die Hackher erfahren hatte, war dies jener Mann gewesen, dem er all sein Wissen und Können zu verdanken hatte. Er war der Grund, warum er hier war und noch aufrecht stand.

Hackher warf sich die Uniformjacke um und trat aus dem Zimmer. Er musste an die frische Luft.

Die Wachen vor der Kommandatur salutierten, als der Major ins Freie trat. Der obere Festungsplatz wirkte gespenstisch. Hackher schritt über den Platz und sog die frische Luft in seine Lungen. Nach einer Schlacht konnte die Nacht so unermesslich ruhig sein, stellte er fest.

An den Mauern erkannte er die Umrisse der Wachmannschaften, die im Mondschein wie Schauergestalten aussahen. Hackher schlenderte die Festungsstraße hinunter, vorbei an der Lampelbatterie und dem lang gestreckten Mannschaftsgebäude. Überall schliefen die Männer, den Säbel oder das Gewehr immer fest umklammert. Gerüstet, um jeden Moment durch einen Schuss aufzuwachen und kampfbereit zu sein. Vereinzelt glühten noch die Feuerstellen und stießen kleine Rauchschwaden aus.

Hackher war in Gedanken versunken und nahm wenig Notiz von seiner Umgebung. Nach einer halben Stunde war er erfrischt und erreichte das Festungstor. Er stieg hoch zur angrenzenden Mauer, von wo man einen guten Blick auf die Stadt hatte. Die Häuser schienen hier besonders nahe zu sein und wäre es helllichter Tag gewesen, so hätte man die Franzosen durch die Fenster in ihren Betten liegen sehen. Hackher fragte sich, ob sein Kontrahent Broussier schlafen konnte oder ob er ebenfalls unruhig umherging.

„Schöne Nacht, nicht wahr?", sagte Cerrini und stellte sich neben Hackher an die Mauerbrüstung.

„Sie wäre schön, könnte man sie doch nur mit ruhigem Gewissen genießen", antwortete der Major.

„Wem ist das schon vergönnt?", fragte Cerrini etwas zynisch, ohne darauf wirklich eine Antwort haben zu wollen.

„Was meinen Sie?"

„Ein ruhiges Gewissen. In Zeiten wie diesen scheint es wohl niemanden zu geben, der ein solches besitzt.

Hackher blickte etwas erstaunt zu dem Hauptmann und war über dessen poetische Anwandlung verwundert. „Ich nehme an, Sie können auch nicht schlafen", sagte er dann.

„Die Räumlichkeiten sind ungewöhnlich stickig. Und Sie, Herr Major? Warum trifft man Sie zu so später Stunde hier an?"

„Stickig", antwortete Hackher und blickte in den Nachthimmel.

„Auf eine blutige Schlacht folgt eine sternenklare Nacht", zitierte Cerrini und blickte mit einem verschmitzten Lächeln zum Major.

„Dann muss sie sehr blutig gewesen sein", antwortete Hackher.

„Man sagt, die vielen Sterne seien die Seelen der Gefallenen, die in den Himmel aufsteigen."

„So Gott will und ihnen der Himmel vergönnt ist."

Hackher blickte eine Weile stumm auf das Sternenzelt, und je länger er es betrachtete, desto mehr leuchtende Punkte konnte er sehen.

„Schlechte Träume".

Cerrini blickte verwundert zu Hackher.

„Was meinen Sie?"

„Der wahre Grund, warum ich nicht schlafen konnte. Ich hatte Albträume von der Schlacht", antwortete der Major, ohne seinen Blick von den Sternen abzuwenden.

„Ich denke, da werden Sie nicht der Einzige sein."

„Haben Sie jemals die Toten sprechen hören, Cerrini?", fragte Hackher und wandte sich zu seinem Hauptmann hin.

Dieser blickte ihn nur verwirrt an.

„Ich sehe die Gefallenen in meinen Träumen. Sie klagen mich an. Wie viele Franzosen haben wir heute wohl in den Tod geschickt? Es war nicht gerade ein fairer Kampf, den wir ihnen bereitet haben. Granaten und Steine auf einen Feind zu werfen, ist mittelalterlich", fuhr der Kommandant fort.

„Sie taten, was Sie tun mussten", antwortete Cerrini. „Die Franzosen waren zu nahe an die Mauer vorgerückt. Sie mussten etwas unternehmen, um den Sturm zurückzuschlagen und manchmal sind dazu eben verzweifelte Mittel notwendig."

„Sie nennen es also eine Verzweiflungstat?", fragte Hackher.

„Verzeihen Sie, Major. Ich wollte nicht wertend klingen", kam es von Cerrini sofort entschuldigend zurück.

„Nein, Sie haben recht. Es war die pure Verzweiflung, die mich veranlasst hat, den Befehl zu geben. Ich dachte mir, Hauptsache ist, wir können unsere Stellung halten. Ich hatte nicht die Menschenleben im Kopf, sondern nur meine Befehle. Halten bis zum letzten Mann."

„Klagen Sie sich nicht selbst an, Herr Major. Die Franzosen sind die Aggressoren und müssen ihre eigenen Verluste verantworten können."

„Ich klage mich nicht wegen der Franzosen an, Cerrini, sondern wegen meiner eigenen Männer. Wir haben das Parkett des ehrenhaften Kampfes verlassen. Wir haben den Franzosen gezeigt, dass wir unsere Stellung mit allen Mitteln halten werden und das verdient keine weitere Schonung mehr. Broussier ist bisher doch ein Ehrenmann gewesen. Die Verluste bis zu diesem Sturm waren doch kaum der Rede wert. Doch nun hat er eine bittere Niederlage einstecken müssen und seine Antwort wird ohne Gnade erfolgen. Nein, ich sorge mich nicht um die Franzosen. Ich sorge mich, dass meinen Männern kein Pardon mehr gewährt wird."

„Ich denke, niemand hat jemals ernsthaft mit Pardon gerechnet. Sie haben doch von Anfang an sehr deutlich gemacht, dass die Festung keinesfalls kapitulieren wird, komme was wolle", antwortete Cerrini.

„Vielleicht war diese Haltung zu egoistisch", sagte Hackher mit einem Hauch Wehmut in der Stimme. „Aber das spielt jetzt keine Rolle mehr. Ein weiteres Kapitulationsangebot wird es wohl nicht mehr geben. Einen Achtungssieg wird Broussier auf keinen Fall dulden. Um seine Ehre zu bewahren, wird er auf einen vollständigen Sieg plädieren."

„Ich wünschte, ich könnte Ihnen in diesem Punkt widersprechen, aber ich fürchte, Sie haben recht."

„Sehr aufbauend, Cerrini", antwortete Hackher mit einem

leichten Lächeln.

„Normalerweise mögen Sie es doch, wenn man Ihnen recht gibt, oder waren meine Beobachtungen in diese Richtung falsch?", konterte Cerrini sarkastisch.

„Zu meinem Eingeständnis muss ich Ihre Auffassungsgabe wohl loben."

„Vielen Dank, Herr Major. Ein Lob hört man gerne."

„Lassen Sie es sich nicht zu Kopf steigen, Cerrini. Lob verdirbt, hat mein Großvater immer gesagt."

„Muss ein weiser Mann gewesen sein."

„Bei Gott, das war er nicht!", prustete Hackher lachend hervor.

Cerrini warf dem Festungskommandanten einen verwunderten Blick zu und musterte ihn für einen Moment.

„Ich dachte, Sie würden Ihren Großvater verehren?"

Hackher lachte zynisch laut auf.

„Verehrung hat viele Gesichter", sagte der Major.

„Aber haben Sie nicht ein Porträt in Ihrem Arbeitsraum aufgehängt?"

„Ja, das habe ich. Es ist wohl Ausdruck einer sadistischen Ader in mir, dass ich dieses Götzenbild ständig bei mir führe."

„Gehen Sie jetzt mit Ihrem Großvater nicht zu hart ins Gericht? Soll man seine Vorfahren nicht ehren?", sagte Cerrini leicht brüskiert.

„Ich will Ihnen etwas erzählen, Cerrini. Als ich noch ein junger Leutnant war, da gab es einen Vorfall. Ich wurde wegen Fahnenflucht und Mord an einem Offizier angeklagt. Es war natürlich ein Missverständnis und man sprach mich schließlich frei, da es keine Beweise gab. Doch für meinen Großvater reichte allein die Anklage aus, um mich zu verurteilen. Zeit meines Lebens hat er mich mit Verachtung gestraft, da ich in seinen Augen keine weiße Weste mehr hatte und nicht mehr seinem Ideal eines Ritters und Offiziers entsprach. Egal was ich auch tat, um mir seine Gunst wieder zu verdienen, es war alles wertlos. Ich denke, mein Großvater hat den Schrecken nie überwunden, den ihm diese Anklage damals bereitet hatte. Er hatte panische Angst davor, dass die Familienehre für immer besudelt sein könnte, und selbst der Freispruch hat seine tiefe innere Angst nicht tilgen können. Er entstammte einer Generation, die mehr zu verlieren hatte, als alle anderen vor ihr."

Hackher drehte sich zu Cerrini um und klopfte ihm ein paar Mal auf die Schulter. „Wissen Sie, einen Mann, der noch mit Prinz Eugen geritten war, der Maria Theresia wie eine Göttin verehrt hatte, der in der Hochblüte des Reichs aufgewachsen war, dem Status und Repräsentation über alles gingen, kann ein gewöhnlicher Mensch nicht befriedigen. Wenn Sie der Enkel eines solchen Mannes sind, dann erwartet man von Ihnen nicht weniger als ein zweiter Eugen oder Ludwig zu werden."

Etwas betreten blickte Cerrini zu Hackher, der sich wieder abwandte und in den Nachthimmel blickte.

„Und sehen Sie mich heute an, Cerrini. Nur ein einfacher Major steht vor Ihnen."

„Als einfach würde ich Sie nicht bezeichnen", antwortete der Hauptmann. „Außerdem, sind wir denn nicht alle gleich? Wer bestimmt, was einen großen Mann ausmacht? Herkunft? Rang? Verdienst? Ich glaube, den unfehlbaren Menschen gibt es nicht und vor Gott sind wir alle Sünder."

Hackher blickte Cerrini an.

„Sie klingen fast wie ein Revolutionär. Würde ich es nicht besser wissen, würde ich sagen, ein Jakobiner spricht aus Ihnen."

„Um ehrlich zu sein, Herr Major, ich empfand lange Zeit Sympathie mit den Vertretern der französischen Aufklärung."

„Tatsächlich? Das hätte ich einem Grafen de Monte Varchi nicht zugetraut", sagte Hackher schmunzelnd.

„Nicht jeder Adelige ist ein Verfechter seines Standes. Meine Familie war Josef II. immer sehr zugetan."

„Mein Großvater nicht", antwortete Hackher. „Wenn es

nach ihm gegangen wäre, hätte man ihn mit seiner Schwester köpfen sollen. Vielleicht wäre uns dann viel erspart geblieben."

„Wäre die Ermordung des Kaisers nicht eher ein Kriegsgrund gewesen?", fragte Cerrini.

„Auch nicht viel mehr als die Ermordung seiner Schwester und seines Schwagers", konterte Hackher.

„Man sollte Franz für diese unvernünftige Kriegserklärung köpfen", sagte Cerrini und schmunzelte.

„Franz und Napoleon", gab Hackher zurück.

Beide lachten kurz.

„Vielleicht sollten wir zu Broussier hinuntergehen und ihm diesen Vorschlag unterbreiten, um dem Ganzen ein Ende zu setzen", sagte Cerrini darauf.

„Mein Großvater wäre bestimmt stolz", antwortete Hackher lachend.

Cerrini lachte auch.

Nur einige Meter von ihnen entfernt schlug der große Stundenzeiger des Uhrturms zur vierten Stunde.

Plötzlich zuckten rund um den Schlossberg Feuerzungen auf, die wie kurze Lichtblitze aussahen. Hackher und Cerrini verstummten sofort und blickten einander gebannt an. Im nächsten Moment war ein entferntes Donnergrollen zu hören, worauf ein immer lauter werdendes Zischen heranfliegender Geschosse folgte.

„Deckung!", schrien Cerrini und Hackher im Chor, warfen sich mit einem Satz von der Mauer und landeten flach am Boden.

Wo die beiden Offiziere eben noch gestanden hatten, durchbrach einen Wimpernschlag später eine Kanonenkugel die Mauerbrüstung und sauste über sie hinweg, um einige Meter entfernt krachend im Felsboden einzuschlagen. Erneut zuckten Feuerblitze auf und ein mehrtöniges Donnern war zu hören.

Hackher und Cerrini richteten sich sofort auf und wunderten sich für einen Moment, dass sie noch am Leben waren.

„Ein Angriff!", stieß der Major dann hervor. „Alarm!"

In dichter Folge schlugen erneut Geschosse überall auf der Festung ein. Obwohl es nicht mehr wirklich nötig war, rannte Cerrini zum Torhaus und schlug heftig die Alarmglocke.

Blitzartig wurden der Schlossberg und seine Garnison aus dem Dornröschenschlaf gerissen. Die Männer sprangen auf und rannten sofort zu ihren Posten.

„Ein paar Stunden mehr Ruhe hätten Sie uns aber ruhig gönnen können", stöhnte Hauptmann Mayer, der aus dem Torhaus gewankt kam.

„Meckern Sie nicht herum, Mayer!", rief Hackher ihm im Vorbeilaufen zu.

„Jawohl, Herr Major. Nicht meckern!"

Oberleutnant Franz Hastreiter warf sich unter einen Operationstisch, als plötzlich ein Teil der Decke einstürzte. Ein Geschoss hatte das Lazarettgebäude getroffen und war durch die Decke geschlagen. Obwohl die Verwundeten alle in den unterirdischen Stollen untergebracht waren, war der Druck der Explosion groß genug gewesen, um auch hier unten Schäden anzurichten.

Eine Staub- und Geröllwolke hatte sich von der Decke gelöst und war auf zwei auf Pritschen liegende Verwundete heruntergeprasselt.

Hastreiter kroch unter dem Tisch hervor und blickte sich um. Er konnte kaum etwas erkennen, denn im Krankensaal hatte sich die dichte Staubwolke ausgebreitet. Mehrmals musste er husten und hielt sich dann die Ärmel vor den Mund. Schreie waren zu hören und panisch rannten mehrere Sanitätshelfer durch die trübe Nebelsuppe. Immer wieder waren erneute Erschütterungen von Einschlägen zu spüren. Hastreiter tastete sich vor und erreichte die Einsturzstelle.

Simon Holzer und der Oberarzt Müller waren bereits bei den Verschütteten und zogen einen der Männer aus dem Geröllhaufen hervor. Der Mann schrie wie am Spieß und blutete heftig an mehreren Stellen. Immer mit einer Hand vor dem Mund, um nicht zu ersticken, suchte Hastreiter nach dem zweiten Verschütteten und erkannte, dass es für diesen keine Rettung mehr gab. Ein größerer Gesteinsbrocken war direkt auf seinen Schädel gefallen und hatte ihn zertrümmert wie einen Tonkrug.

Für einen Moment hielt Hastreiter inne, denn vom Lärm und von dem Staub war ihm schwindelig geworden. Er ging in die Knie und versuchte, Luft zu bekommen, was sofort zu einem Hustenanfall führte. Hätte nicht plötzlich eine Hand nach seiner Schulter gegriffen und ihn weggezerrt, wäre er bewusstlos zusammengebrochen.

„Alles in Ordnung, Oberleutnant?", brüllte ihn eine Stimme an. Verwirrt blickte Hastreiter um sich und starrte dann in das dreckverschmierte Gesicht von Simon Holzer. Schweiß und Blut klebten auf seiner Wange und hatten zusammen mit dem Staub eine braune Masse gebildet, die dem Sanitätshelfer vom Gesicht rann.

Hastreiter nickte, war aber noch sichtlich benommen.

„Wir müssen die Türen und Verschläge öffnen, damit die Luft abziehen kann", sagte Holzer energisch und tätschelte dabei Hastreiters Gesicht, um sicherzustellen, dass dieser ihm zuhörte.

„Ja, einverstanden", sagte der Oberleutnant.

„Die Schlüssel!", rief Holzer. „Wo haben Sie die Schlüssel?

„Was?"

„Die Schlüssel für die Verschläge!"

Hastreiter griff an seinen Gürtel, wo ein Eisenring mit mehreren Schlüsseln hing. Er löste den Ring und gab ihn Holzer.

Eine weitere Detonation erschütterte den Berg und abermals rieselte Staub von der Decke. In der Angst, es könnte einen weiteren Einsturz geben, warfen sich beide sofort unter den Operationstisch.

„Der Beschuss ist heftiger geworden!", schrie Holzer.

Als es wieder sicher schien, kroch er erneut hervor und rannte zu den Verschlägen, um diese zu öffnen. In die Felsaußenwand waren in regelmäßigen Abständen kleine Fenster geschlagen worden, die aus Sicherheitsgründen mit starken Eisenplatten verschlossen waren.

Holzer sperrte die Verriegelung auf und schob die Platten beiseite, sodass die staubige Luft abziehen konnte. Langsam lichtete sich der Nebel im Lazarett.

Hastreiter kam wieder zur Besinnung und kroch nun unter dem Tisch hervor. Jetzt, wo sich der Staub verzog, konnte er eine Übersicht bekommen. Den Verschütteten, der zuvor gerettet wurde, hatte man auf eine Bahre gelegt und er bekam von Oberarzt Müller gerade den Arm amputiert. Die Kranken in ihren Betten husteten alle erbärmlich und die Helfer hatten alle Hände voll zu tun, um sie zu versorgen.

Durch die Tür wurden Verletzte von ihren Kameraden hereingeschleppt. Hastreiter ging auf die Neuankömmlinge zu und zeige den Soldaten, wo sie ihre verwundeten Mitstreiter ablegen sollten.

Der kräftige Soldat Fleischer schleppte zusammen mit Stadlmayer den Halbitaliener Tressivo herein, den es offenbar schlimm erwischt hatte. Das linke Bein hing nur mehr an ein paar Hautfetzen und das komplette Kniegelenk schien zu fehlen.

Hastreiter winkte sofort nach Müller, dieser war aber noch beschäftigt, sodass er dem armen Tressivo vorerst nur ein Mundstück gegen die Schmerzen zwischen die Zähne klemmen konnte. Mit einem Messer ritzte Hastreiter die Hose des Verletzten auf, um die Wunde besser sehen zu können. Beinahe hätte er sich übergeben, als er den Oberschenkelknochen plötzlich aus dem Fleisch ragen sah.

„Mein Gott, wie ist das passiert?"

„Eine Kanonenkugel hat ihm das Bein fast weggerissen", sagte Stadlmayer. „Dort oben ist die Hölle los, die Franzosen schießen aus allen Rohren."

Hastreiter tastete unbeholfen das Bein ab und wusste eigentlich nicht, was er tun sollte. Seine Kenntnisse waren nur oberflächlich, aber sein Hausverstand sagte ihm, dass dieser

Mann nicht mehr zu retten war. Der offene Knochenbruch würde nicht mehr heilen und der Blutverlust würde bald zum Tod führen.

Diese Einschätzung bestätigte sich, als Müller Hastreiter unsanft zur Seite schob, einen Blick auf Tressivo warf und dann nur mehr den Kopf schüttelte.

„Da ist nichts mehr zu machen", sagte er zu Hastreiter und Stadlmayer.

Ein Priester in Mönchskutte kam herbei und führte die Letzte Ölung durch. Tressivo hatte zuvor noch heftig geschrien, doch nun war er ganz ruhig geworden. Fleischer und Stadlmayer wendeten den Blick nicht von ihrem sterbenden Kameraden.

Hastreiter hatte dies schon zu oft gesehen und blickte zu Boden. Der Mönch zeichnete das Kreuz auf Tressivos Stirn und reichte ihm ein kleines Holzkruzifix, das an einer Halskette hing. Tressivo küsste es und hatte in dem Moment einen ganz friedlichen Ausdruck in den Augen. Noch einmal weiteten sich seine Pupillen, als würde er etwas Helles und Prächtiges erblicken. Im nächsten Moment rührte er sich nicht mehr.

„*Ego te absolvo a peccatis tuis in nomine Patris et Filii et Spiritus Sancti.* Amen", sagte der Mönch, bekreuzigte sich und schloss dem Verstorbenen die Augen.

Fleischer und Stadlmayer blickten geschockt drein. Beide waren noch jung und die Erfahrung des Todes war etwas, woran sich ihr Geist noch gewöhnen musste.

Hastreiter blickte zu den beiden auf. „Es hilft nichts. Ihr müsst wieder dort rauf. Wenn man den Tod zu lange anschaut, dann zieht man ihn an, also schaut, dass ihr wieder raufkommt."

Die beiden lösten ihre Blicke und hatten es plötzlich sehr eilig, wegzukommen.

„Feuer!", brüllte Kandelbinder aus vollem Leib.

Im nächsten Moment krachten die Kanonen und schleuderten ihre tödlichen Geschosse in die Nacht hinaus.

„Nachladen!", befahl der Artilleriekommandant.

Sofort führten die Stückmannschaften den Ladevorgang aus. Der lange Putzkolben wurde hastig in das Rohr gestoßen und aus Zeitgründen nur einmal durchgezogen. Dann kam die Pulverladung in den Schaft, eine mit Papier ummantelte Kartätsche, die das treibende Zündgemisch beinhaltete. Eine 6-Pfund Eisenkugel wurde anschließend hineingerollt und mit dem Ladestock festgedrückt. Aus einem Füllhorn goss der Kanonier anschließend eine kleine Prise Schwarzpulver auf die Zündpfanne und spannte den Hahn. Sofort packten die Männer die Lafette und schoben sie wieder in die Ausgangsposition.

„Feuer!", ertönte erneut der Ruf.

Die Kanoniere zogen an den Reißleinen und entriegelten damit das Schloss mit dem Zündstein, welcher auf die mit Pulver gefüllte Zündpfanne niederdonnerte und Funken schlug.

Das Gemisch entzündete sich sofort und brannte sich sekundenschnell in den Laderaum durch, wo es die Treibladung zur Explosion brachte. Der Druck der Detonation trieb die Kugel aus dem Lauf und spuckte in einer Feuerfontäne die tödliche Ladung aus. Dabei drückte der Rückstoß der Kanone die Lafette nach hinten, bis diese von den Halteseilen gestoppt wurde.

Die Kugel sauste auf ihrer parabolischen Flugbahn durch die schwarze Nacht und glühte rötlich von der Hitze der explodierenden Treibladung.

Nach wenigen Augenblicken hatte das Geschoss den Scheitelpunkt erreicht, verlagerte vom Steigflug in den Sinkflug und schlug wenig später in einem flachen Winkel auf nassem Gras auf. Durch die Wucht des Einschlages wurde die Erde weggesprengt, die Kugel prellte vom Boden wieder ab und schlug noch dreimal wie ein flacher Stein auf dem Wasser auf, ehe sie mit voller Wucht in eine Holzpalisade des Feindes krachte.

Die Kugel schlug voll hindurch und traf schließlich auf den dicken Eisenmantel eines französischen Haubitzenrohres. Mit einem unglaublichen Krach wurde die Geschützstellung in die Luft gewirbelt. Der Aufschlag des Geschosses ließ das dicke Eisenrohr bersten und in Dutzende Splitter auseinanderplatzen. Sofort explodierten die Pulverladungen in einem gigantischen Feuerball, der die umstehenden Kanoniere wie Porzellanfiguren auseinanderriss.

Von der Bürgerbastei aus beobachtete Kandelbinder den aufsteigenden Feuerball. Die Stückmannschaften brachen sofort in Jubel aus.

Unterleutnant Navarra begnügte sich damit, förmlich den Treffer zu beklatschen.

„Das nenne ich einen Glückstreffer", sagte er.

„Das war eiskalte Berechnung, Navarra", antwortete Kandelbinder stolz.

„Von Ihrem Daumen?"

„Jetzt werden S' nicht frech", lachte der Artilleriechef und klopfte dem schmächtigen Navarra wieder einmal zu fest auf den Rücken.

„Berichten S' dem Major, dass wir diese lästige Kanonenstellung endlich zamg'schossen haben."

„Jawohl, sehr gerne", bestätigte der Unterleutnant und machte sich davon.

An der östlichen Mauer war soeben eine gut platzierte französische Granate eingeschlagen und hatte zwei Männer umgerissen, die sogleich von ihren Kameraden weggezerrt wurden.

„Jesus und Maria! Das nächste Mal erwischts uns!", rief der Landwehrsoldat Maierhofer panisch hervor, der an der Mauer lehnte und den das Geschoss nur knapp verfehlt hatte.

Neben ihm kauerte der junge Peter Sorger vom 1. Landwehrbataillon und hielt sich kreischend die Ohren zu. Der Bursche war der kleine Bruder von einem der professionellen

Soldaten und hatte stets ein verklärtes Bild vom Krieg gehabt. Der Soldat Heinz Sorger war um zehn Jahre älter und war einer der Veteranen auf dem Schlossberg. Sein kleiner Bruder hatte ihn immer angehimmelt und wollte ihm nacheifern. Doch die Wirklichkeit eines Gefechts hatte den zarten Jungen gebrochen. Verzweifelt rannen ihm Tränen über das zarte Gesicht und er plärrte hysterisch wie ein kleines Kind. Für den jungen Peter war dies alles deutlich zu viel geworden, er wirkte wie gelähmt.

„Hör auf zu flennen, Bursche!", brüllte ihn Maierhofer an. „Glaubst, du bist der Einzige, der Angst um sein Leben hat? Reiß dich zusammen!"

Die unsanften Worte des Handwerkers, der seine Familie in der Stadt zurücklassen musste, verstörten den jungen Sorger noch mehr.

Im nächsten Moment knallte eine flache Hand in das zarte Gesicht des Burschen.

„Ich schlag dich tot, wenn du nicht sofort aufhörst!", brüllte Maierhofer und wirkte dabei ebenso aufgelöst wie der Junge selbst.

Sofort hob Sorger sein Gewehr auf und versuchte, sich zusammenzureißen, doch er konnte kaum die schwere Waffe halten.

„Wegen dir krepieren wir hier alle noch!", plärrte Maierhofer weiter und versetzte dem Jungen einen weiteren Schlag.

Da löste sich plötzlich ein Schuss aus der Muskete. Die Kugel schlug nur wenige Zentimeter vor den Füßen des Handwerkers ein. Dieser bekam einen panischen Gesichtsausdruck, riss dem jungen Sorger das Gewehr aus der Hand und drosch es ihm über den Schädel.

„Du depperter Bua! Meine Familie ist unten in der Stadt! Willst, dass meine Kinder ohne ihren Vater aufwachsen? Du Trottel erschießt noch deine eigenen Leut!"

Peter Sorger ging zu Boden und hatte eine blutende Wunde auf der Stirn. Jetzt verlor der Junge komplett die Nerven, rappelte sich auf und rannte einfach weg. Plötzlich schlug eine

Granate direkt vor den Füßen des Burschen ein und riss ihn von den Beinen. Der zarte Körper wurde weggeschleudert und blieb regungslos auf den harten Pflastersteinen der Festungsstraße liegen.

Maierhofer blickte schockiert auf den Körper des Jungen, der sich nicht bewegte, und begann zu weinen. Hektisch wischte er sich das feuchte Gesicht ab und drehte sich dann einfach weg, so als wäre nichts gewesen. Jetzt hockte er verzweifelt neben der Mauer und war wie paralysiert.

Die Moral der Männer war am Boden. Der Beschuss der Franzosen wurde immer heftiger und das ständige Dröhnen und Donnern brachte jeden um den Verstand. Man konnte keinen Schritt machen, ohne dabei Gefahr zu laufen, im nächsten Moment von einem Geschoss getroffen zu werden. Entlang der Kurtinenmauer kauerten sich die meisten Männer daher an die Mauer und hofften, dass diese stark genug war, um ein Geschoss abfangen zu können.

Maierhofer war nicht der Einzige, der aufgelöst und panisch herumsaß, die meisten der Landwehrsoldaten waren inzwischen völlig fertig. Einige wenige schossen völlig grundlos über die Mauer, doch es war kein Franzose in Reichweite, den sie hätten treffen können.

Erneut explodierten zwei Granaten auf der ungeschützten Festungsstraße. Der ebenso junge wie unerfahrene Fähnrich Gödl kam gerade auf einem Pferd angeritten und saß im Galopp ab.

Er hatte seine Truppe allein gelassen, um Befehle von Hackher einzuholen, der sich wieder in die Kasematten zurückgezogen hatte. Inzwischen waren die Männer führungslos gewesen.

Gödl strich sich den Schmutz aus dem Gesicht. Sein ansonsten so korrekt und charmant wirkender Haarzopf hing nur mehr zerzaust herunter. Entsetzt blickte der Fähnrich auf seine Truppe, die sich beinahe aufgelöst hatte. Ohne Führung waren die Landwehrsoldaten nicht in der Lage, eine Stellung zu halten. Sie verloren viel zu leicht die Nerven, verließen ihre

Posten und versteckten sich irgendwo in den Stollen.

Er sah den Soldaten Maierhofer, der sich an sein Gewehr klammerte und apathisch den Kopf gegen die Mauer schlug. Weiter unterhalb erblickte er die Soldaten Zimmermann und Rossbauer, die unnötig Munition verschwendeten und über die Mauer schossen, und dann fiel sein Blick auf den leblos daliegenden Sorger.

Sofort rannte Gödl zu dem Jungen und drehte ihn auf den Rücken. Sein Gesicht war arg zerschunden und wies Brandspuren auf, doch der Junge lebte noch.

Gödl wusste nicht recht, was er tun sollte. Seine Leute wirkten wie versteinert. Keiner hatte dem Jungen geholfen und ihn wenigstens von der Straße weggezerrt. Jederzeit hätte eine zweite Granate einschlagen und seinen endgültigen Tod bedeuten können.

Der junge Offizier wusste, dass er etwas unternehmen musste. Er war doch ihr Kommandeur, alles lag an ihm. Gödl biss die Zähne zusammen.

„Halte durch, Junge!", sagte er zu Sorger und zog ihn zur schützenden Mauer. Dann blickte er sich nach seinen Leuten um.

„Maierhofer!", brüllte er. „Sie bringen den Jungen sofort zum Lazarett, aber schnell!"

Der Grätzer Handwerker blickte verschreckt zu dem jungen Fähnrich auf und schlotterte, als würde er abfrieren.

„Maierhofer, haben Sie nicht gehört? Der Junge braucht einen Arzt! Also reißen Sie sich zusammen, sonst stirbt er vielleicht!"

Gödl packte den Mann und zerrte ihn zum verletzten Peter Sorger. Erst jetzt fasste sich Maierhofer wieder und schulterte den Jungen, um ihn wegzubringen. Das wäre erledigt. Gödl blickte zu der Gruppe um Zimmermann und Rossbauer und lief zu ihnen. Etwa zehn bis 15 Landwehrsoldaten hatten sich zusammengescharrt und schossen blindlings über die Mauer.

„Sofort aufhören! Feuer einstellen!", brüllte Gödl.

„Aber wir tuen die Feind' erschießen", äußerte sich einer

der Männer verwundert.

„Da ist kein einziger Franzose auf dem Hang. Ihr schießt ins Leere! Zimmermann, lassen Sie die Gewehre einsammeln, ziehen Sie sich mit den Leuten in die Unterkunft zurück und suchen Sie Deckung."

Der ältere Soldat mit dem Backenbart nickte. Zimmermann war ebenfalls ein Handwerker aus Grätz, aber wesentlich besonnener als seine Kameraden. Deshalb vertraute Gödl ihm die Aufsicht der Leute an. Es hatte keinen Sinn, die Männer hier draußen dem Beschuss auszusetzen. Solange es nichts abzuwehren gab, waren die Landwehrsoldaten unnütz.

Gödl glaubte, richtig gehandelt zu haben. Sofort machte sich Erleichterung unter den Männern breit, als sie in die Unterkunft zurückbeordert wurden, wo sie wesentlich sicherer sein würden. Einigen unter ihnen war die Scham darüber, dass man sie aus dem Gefecht nahm, zwar deutlich anzusehen, aber sie mussten sich damit abfinden, dass sie hier draußen nichts ausrichten konnten und nur die Krankensäle füllten. Auch Gödl war erleichtert, er hatte das Gefühl, eine gute Entscheidung getroffen zu haben.

Hackher kritzelte mit zittriger Hand seine Unterschrift auf ein Stück Papier. Vor wenigen Minuten hatte er nach dem Soldaten Suller rufen lassen, der für die Kurierdienste eingeteilt war, doch stattdessen trat ein keuchender Soldat Stadlmayer ein. „Herr Major, Hauptmann Cerrini lässt ausrichten, dass der Soldat Suller im Lazarett ist."

„So ein Mist!", brüllte Hackher auf und stapfte aus dem Zimmer. Stadlmayer rannte dem Kommandanten hinterher.

„Herr Major, wo wollen Sie hin?"

„Ins Lazarett."

„Aber, Herr Major, es ist derzeit keine gute Idee, nach draußen zu gehen. Der Beschuss ist gerade sehr heftig."

„Sagen Sie mir nicht, was ich tun soll und was nicht, Stadlmayer!", brüllte Hackher. „Ich muss eine Nachricht rausschicken."

Hackher hastete die Treppen hinunter und bog den Gang nach links ein. Die Kommandantur war in den Kasematten versenkt und deshalb etwas schwerer zu treffen als die anderen Gebäude der Festung, doch das Dach war trotzdem nicht bombensicher. Hackher betrat den Lazaretttrakt und stieg in die unteren Gewölbe hinab, wo man die Verwundeten untergebracht hatte. Die Treppen hinunter zum Krankensaal waren bereits blutverschmiert von den vielen Verletzten, die man über diesen Weg nach unten gebracht hatte. Zwar wurden Sand und Stroh ständig nachgeschüttet, um die Stufen nicht zur tödlichen Rutschgefahr zu machen, doch aus dem Gemisch hatte sich ein brauner Matsch gebildet, der erst recht glitschig war.

„Vorsichtig, Herr Major. Nicht, dass Sie mir ausrutschen", rief Stadlmayer, der hinter dem Festungskommandanten hertrottete.

„Ich bin ja kein Volltrottel!", kam es von Hackher zurück. „Ich seh ja selbst, dass es hier so rutschig ist wie im Schlachthaus."

Mit festem Tritt und ohne sein Tempo zu verlangsamen, schritt Hackher die Stufen hinunter.

Der Krankensaal war zum Bersten voll, doch der Major ließ sich von dem entsetzlichen Anblick der vielen Verwundeten nicht abschrecken und marschierte sofort auf die Pritsche zu, auf der Suller aufgebahrt lag.

Cerrini, Hastreiter, Oberarzt Müller und der Gehilfe Holzer standen herum und blickten alle sehr besorgt drein.

„Sie sind verletzt?", fragte Hackher, als er bei Suller ankam. Dieser war allerdings gerade nicht in der Lage zu sprechen, denn er biss unter großen Schmerzen auf ein Holzstück, während Müller mit einer Zange irgendetwas aus einer klaffenden Wunde am Oberschenkel herausholte.

„Granatsplitter ins Bein", sagte Cerrini zu Hackher. „Er hat aber Glück gehabt. Der Splitter ist ganz geblieben und hat keine wichtigen Arterien zertrennt."

„Verdammt, ich muss eine Nachricht an den Erzherzog rausschicken, bevor sich die Lage noch mehr verschlechtert."

Hastreiter blickte zum Major auf. „Der Suller ist erstmal für ein paar Tage außer Gefecht. Da ist nichts zu machen. Mit etwas Glück kann er in ein bis zwei Tagen zumindest wieder stehen. Dann können Sie ihn wieder als Schützen an der Mauer einsetzen, aber durch Tunnel klettern, das spielts nicht."

„Dann brauchen wir einen Ersatz", sagte Cerrini.

„Es gibt sonst keinen, der sich in den Stollen auskennt. Außerdem kann ich von den Soldaten einfach keinen entbehren."

„Was ist mit Ihnen, Hastreiter? Sie sind ja auch durch die Stollen gekommen", sagte Cerrini und blickte zu dem Oberleutnant.

„Bei allem Respekt, Herr Hauptmann. Mein Bein ist auch noch nicht komplett genesen und die Sanitätsmannschaft ist so spärlich besetzt, dass ich ungern den Posten hier verlassen würde."

„Der Hastreiter kann nicht weg", sagte Hackher und verschränkte die Arme. „Ich kann ja keinen Offizier als Kurier verschwenden."

„Da haben wir das Trumm", rief plötzlich der Arzt auf und präsentierte stolz den blutigen Eisensplitter, den er mit der Zange hielt.

Simon Holzer verband Sullers Wunde mit einem Laken und blickte dann zu Hackher auf. Er hatte die Debatte mit angehört und witterte endlich eine Chance, aus diesem Höllennest herauszukommen. Auch wenn er Mitleid mit den vielen Soldaten hatte und ihnen gerne helfen würde, musste er doch auch an sich denken. Wenn es eine Chance gab, hier rauszukommen, dann wollte er sie nutzen.

„Herr Major, bei allem Respekt, ich kenne mich auch ein wenig in den Stollen aus und ich bin kein Soldat. Als Zivilist würde ich weniger auffallen."

Hackher und Cerrini blickten sich unschlüssig an.

„Wie heißen Sie?", fragte der Major dann.

„Simon Holzer, ich bin einer der Häftlinge, die auf der Festung geblieben sind."

„Tatsächlich?", äußerte sich Hackher verwundert.

„Ich kenne den Mann", sagte Cerrini. „Er hat mit den anderen Häftlingen beim Ausbau der Befestigungsanlagen geholfen und gute Arbeit geleistet."

„Ich kann doch nicht einem Häftling eine Nachricht an den Erzherzog anvertrauen", raunte Hackher skeptisch.

„Herr Major, es liegt auch in meinem Interesse, dass wir hier alle überleben. Ich kenne die Stollen und ich kenne den Wirt Spreng – flüchtig zwar, aber ich war schon einige Male in seinem Gasthaus. Ich möchte nur, dass Sie das Versprechen einlösen, dass Sie uns gegeben haben. Ich möchte Straffreiheit."

Holzer blickte zu Cerrini.

„Cerrini? Wovon redet der Mann?", sagte Hackher.

Der Hauptmann blickte kurz beschämt zu Boden. Er hatte die Vereinbarung mit den Häftlingen ohne Absprache mit dem Festungskommandanten getroffen und bei der ganzen Aufregung war er später nie dazu gekommen, es anzusprechen.

„Die Sache ist die, Herr Major, ich habe den Häftlingen eigenmächtig Straffreiheit angeboten, sollten sie uns beim Festungsbau helfen, weil wir Arbeitermangel hatten. Leider zwangen uns die Umstände, die Männer auf der Festung zu belassen. Ich denke, es ist nur fair, wenn wir uns nun revanchieren."

„Einverstanden", murrte Hackher. „Aber wenn Sie flüchten oder Mist bauen, dann winkt der Galgen", fuhr er fort und fuchtelte drohend mit dem Zeigefinger vor Holzers Gesicht herum.

So hatte sich dieser das nicht vorgestellt. Dass man ihn eines viel größeren Verbrechens beschuldigen könnte und ihn sogar auf den Galgen hängen würde, sollte er abhauen, hatte er nicht bedacht, doch jetzt konnte er keinen Rückzieher mehr machen.

„Dann ziehen Sie sich etwas anderes an. Wenn Sie so blutverschmiert durch die Stadt laufen, weiß jeder sofort, woher Sie kommen, oder man hält Sie für einen Verrückten."

„Natürlich", sagte Holzer.

„Cerrini, Sie besorgen dem Mann eine offizielle Meldetasche. Ich will, dass die Nachricht noch in dieser Stunde zum Spreng gebracht wird. Mit etwas Glück kann der Wirt diese gleich morgen aus der Stadt bringen."

„Jawohl, Herr Major. Was ist so wichtig, dass die Nachricht solche Eile hat?", fragte Cerrini.

„Der Erzherzog muss schnellstens über unsere Lage informiert werden. Er muss ein Entsatzheer schicken, denn ich glaube nicht, dass wir dem gesteigerten Druck der Franzosen sehr lange standhalten können. Die schießen uns sturmreif, Cerrini. Wir brauchen Entsatz und zwar möglichst bald."

Das ernste Gesicht von Hackher hatte eine beunruhigendere Wirkung auf die umstehenden Männer, als ihm lieb war, doch er hatte erstmals anklingen lassen, dass er die Lage für kritisch hielt.

Gasthaus „Zur goldenen Pastete"

An der Decke baumelte eine matt schimmernde Spanlampe und tauchte das Zimmer in ein gespenstisches Schattenkabinett. Pirrot lag auf dem kratzigen Strohbett und blickte mit weit geöffneten Augen zur Lichtquelle empor. Die ganze Nacht war er im Fieberrausch gewesen. Die Wunde auf seinem Rücken hatte sich entzündet und für eine kurze Weile glaubten die Ärzte nicht, dass er den nächsten Morgen erleben würde. Doch er hatte es überstanden.

Schweißgebadet lag er da, halb nackt, nur mit einem dünnen Laken bedeckt. Sein Körper hatte die ganze Nacht gekämpft und konnte die Infektion schließlich austreiben. Pirrot war noch geschwächt und lag bereits mehrere Minuten, nachdem er aufgewacht war, einfach nur da. Er hörte das dumpfe Grollen der Kanonen. Es klang wie ein nicht enden wollendes

Orgelspiel. Schon seit Stunden dauerte der Beschuss an. Das Bewerfen hatte vor Sonnenaufgang begonnen. Nun brach bereits wieder die Abenddämmerung herein und die tief stehende Sonne strahlte ein letztes Mal wärmend durch die Scharten der Holzbalken.

Pirrot hatte kein Zeitgefühl. Er wusste nicht, ob er einen Tag oder eine Woche geschlafen hatte. Er brauchte auch eine Weile, um sich zu orientieren. Er lag in einem der Gästezimmer des Gasthauses *Zur Goldenen Pastete*. Das Haus schien leer zu sein, denn obwohl die Tür offen stand, konnte er keine Stimmen aus der Gaststube vernehmen. Vermutlich war sein Regiment im Einsatz und man hatte nur die Kranken und Verwundeten zurückgelassen.

Langsam begann er sich aufzurichten und tappte vorsichtig einige Schritte aus dem Zimmer. Ein etwa zehn Meter langer Gang erstreckte sich vor ihm und endete an der Treppe, die in die Gaststube hinunterführte. Pirrots Zimmer war am Ende des Korridors. Die Wunde am Rücken schmerzte etwas beim Gehen, doch Pirrot hatte schon Schlimmeres überstanden. Er kehrte ins Zimmer zurück und zog sich vorsichtig an. Aus einem Krug schüttete er sich Wasser ins Gesicht und wusch den Schweiß oberflächlich weg. Dann trat er wieder in den Gang hinaus und marschierte zittrig zur Treppe. Beim Vorbeigehen bemerkte er, dass die anderen Zimmer alle leer waren. Weder Gäste noch Soldaten waren in diese einquartiert worden. Pirrot vermutete, dass man den Großteil der Verletzten ins städtische Lazarett gebracht hatte und nur er als Offizier ein komfortables Einzelzimmer bekommen hatte. Der Holzboden knarrte etwas unter seinen Füßen, und als er die erste Stufe der Treppe betrat, hörte er plötzlich Stimmen aus der Gaststube. Er hörte, wie der Wirt Spreng mit irgendjemandem sprach. Den Inhalt konnte Pirrot nicht verstehen, doch anhand der Tonlage vermutete er, dass es sich nicht um ein übliches Wirtshausgeplauder handelte. Lautlos schlich er einige Stufen hinab, sodass er ein wenig Einsicht in die Gaststube bekam, doch dort war niemand. Die Stimmen mussten also von woanders kommen. Pirrot tapste in die Gaststube hinunter und versuchte, die Quelle ausfindig zu machen. Plötzlich bemerkte er, dass die Tür zum Kohlekeller offen stand. Allem Anschein nach kamen die Stimmen von dort unten.

Im nächsten Moment endete das Gespräch auch schon und Pirrot konnte Schritte hören, die die Stufen vom Kohlekeller hochkamen. Er war sich sicher, dass dieses Gemunkel etwas zu bedeuten hatte. Als er sich vorsichtig wieder die Treppe hochschleichen wollte, bevor die Person aus dem Kohlekeller heraufkommen konnte, erblickte er durch das Fenster einen Mann, der über die Straße lief und durch das Tor des Palais Saurau verschwand. Pirrot wusste, dass direkt neben dem Fenster die kleine Öffnung für die Kohlerutsche lag. Der Mann musste also dort herausgeklettert sein. Dies war äußerst seltsam. Pirrot wusste zwar, dass sich in diesem Gasthaus Spione rumtrieben – er selbst hatte die Wirtstochter mit einem der Boten im Stall beobachtet –, doch es war ihm bisher nicht gelungen, den Schleichweg ausfindig zu machen, den die Kuriere benutzten, um zwischen der Stadt und der Festung hin- und herzukommen.

Pirrot hatte das nächtliche Liebespaar damals nicht auffliegen lassen, weil er sich erhofft hatte, dem Spion folgen zu können, um die geheimen Zugänge zur Festung in Erfahrung zu bringen, die es zweifelsohne geben musste. Es war sonst nicht zu erklären, wie es Major Hackher schaffte, unbemerkt Nachrichten aus der Festung zu bringen. Es musste also unterirdische Tunnel geben. Pirrot war sich sicher, dass er soeben Zeuge einer weiteren Übergabe geworden war und er hatte den Boten gesehen, wie er im gegenüberliegenden Palais Saurau verschwunden war. Dieses Gebäude lag genau unterhalb der Bürgerbastei, rief sich Pirrot ins Gedächtnis. Es führte sogar eine kleine Begrenzungsmauer vom Palais zur Außenmauer der Bastei hoch. Natürlich! Dort musste es irgendwo einen geheimen Verbindungsgang geben. Das Palais war ja jenes Gebäude, das der Festung am nächsten stand.

Pirrot wartete einen Moment ab und sah, wie Spreng in der

Küche verschwand. Dann schlich er sich zum Ausgang und überquerte die Straße.

Das Palais Saurau war die Stadtresidenz irgendeines Adeligen, der jedoch vor der Belagerung abgereist war. Nur eine Handvoll Bediensteter war in dem Haus. Das innere Tor war nicht versperrt und Pirrot lugte in den Innenhof. Es war ideal, dachte er sich. Das Gebäude war groß genug, um irgendwo einen geheimen Gang anlegen zu können. Die Lage direkt gegenüber dem Gasthaus war ebenso von Vorteil, da der Wirt aufgrund seines Gewerbes auch den Postdienst übernahm. Zwar wurde die offizielle Post der Stadt streng kontrolliert, doch bei den vielen Lieferungen, die der Wirt bekam, wäre es ihm ein Leichtes, einfach eine Nachricht aus der Stadt herauszuschmuggeln. Die Bevölkerung war kaisertreu und es mangelte bestimmt nicht an willigen Fuhrmännern und Bauern, die die Nachricht an die österreichischen Heerlager weiterleiten konnten.

Pirrot schlich sich in den Innenhof und bemerkte sofort eine verschalte Kellertür, die offen stand. Der Spion war zuvor über das nasse Gras des Hofs gelaufen und vor dem Eingang konnte Pirrot nun feuchte Schuhabdrücke entdecken.

Er vergewisserte sich, dass er unbeobachtet war, und warf dann einen Blick in den Keller hinunter. Er konnte nicht viel erkennen, nur alte Weinfässer, doch in einer Ecke sprang ihm eine verdächtige Holzverriegelung ins Auge. Man hatte Holzbalken an die Wand gelehnt und es wirkte, als wolle man etwas verdecken. Die nassen Fußabdrücke waren auf dem staubigen Boden des Kellers gut zu erkennen. Der Bote war eindeutig zu den Holzbalken gelaufen und war dahinter verschwunden. Beim Näherkommen bemerkte Pirrot, dass die Bretter lose waren. Dahinter erkannte er einen schmalen, felsigen Tunnel, der gerade groß genug war, damit ein Mann hindurchpasste. Der junge französische Offizier konnte es kaum glauben. Er hatte soeben einen geheimen Zugang entdeckt und er war sich sicher, dass dieser zur Festung führte. Vorsichtig spähte er hinein. Die enge Stelle war nur wenige Meter lang, dann erkannte er, dass der Tunnel breiter wurde. Sofort entwickelte sein Verstand eine Strategie.

Wenn es gelänge, genügend Männer durch die Tunnel zu schicken und die Festung von innen heraus anzugreifen, dann würden die Österreicher gezwungen werden, Kräfte von den Mauern abzuziehen, um zu verhindern, dass der Feind aus den Tunneln in die Festung eindringen konnte. Dies wiederum würde die Abwehr an den Wällen empfindlich dezimieren. Wenn man gleichzeitig mit Sturmleitern gegen die Mauern vorging, so zwang man die Verteidiger auf der Festung, an zwei Fronten zu kämpfen. Bestimmt würden die Zugänge zu den Tunneln bewacht werden, da war sich Pirrot sicher. Es hätte also keinen Sinn, nur einen Angriffsweg in Betracht zu ziehen. Doch von zwei Seiten zu stürmen, erhöhte die Chancen erheblich. Ein Mauersturm würde die Verteidiger so sehr beschäftigen, dass ein Angriff durch die Tunnel diese unerwartet treffen würde.

Pirrot eilte so schnell er konnte zurück. Er musste seine Entdeckung sofort melden, denn er war sich sicher, soeben einen Weg gefunden zu haben, die Festung endlich einnehmen zu können.

15. Juli 1809, drei Uhr nachts

Hackher und Cerrini standen auf der Mauer der Torbastei und blickten auf den rauchenden Osthang. Einige Dutzend Leichen lagen herum und die frischen Krater der Granatenexplosionen dampften noch. Vor einer Stunde war unvorhergesehen ein nächtlicher Sturmangriff losgebrochen, doch die Männer auf der Festung waren wachsam gewesen und hatten ihn sofort mit Steinen und Rollgranaten abgeschlagen. Diesmal hatten sich die Franzosen sofort wieder zurückgezogen und das Gefecht hatte nur knapp eine Stunde gedauert. Nun war wieder Ruhe eingekehrt, vereinzelt schossen noch französische Geschütze, trafen allerdings nichts.

„Die Franzosen dachten wohl, uns überraschen zu können", sagte Cerrini. „Außer uns um den Schlaf zu bringen, haben sie aber nicht viel erreicht."

„Wägen Sie sich nicht in Sicherheit, Cerrini. Das war nur ein Scheinangriff. Sie wollten testen, wie gut unsere Verteidigung noch steht, mehr nicht."

„Mehrere Dutzend Gefallene würde ich nicht als Scheinangriff bezeichnen, Herr Major."

„Ich glaube nicht, dass es Broussier interessiert, wie viele Männer er opfert."

„Wie dem auch sei, unsere Soldaten haben sich jedenfalls gut geschlagen. Ich denke, schön langsam gewinnen sie Zutrauen zum Platz."

„Leichtsinnig werden sie!", warf Hackher dazwischen.

Der Festungskommandant wandte sich von der Mauer ab und stieg hinunter zum Platz. Cerrini folgte ihm. Überall waren die Soldaten dabei, die Spuren des nächtlichen Angriffs zu beseitigen. Da dem Sturm diesmal kein Artilleriebeschuss vorausgegangen war, gab es auch keine neuen Schäden, die man hätte beheben müssen. Hackher und Cerrini schritten über den unteren Festungsplatz, als ihnen Hauptmann Mayer keuchend entgegenkam.

„Herr Major, bitte melden zu dürfen, dass wir nur einen Mann verloren haben und zwei weitere verwundet wurden. Einen der Mineure hat es auf der Bürgerbastei schlimm erwischt. Eine Kugel ist ihm durch die Schläfe gedrungen. Dem armen Kerl hängen nun die Augen raus und er ist bei vollem Bewusstsein."

Hackher nickte und setzte seinen Weg unbeeindruckt fort.

„Ich denke, unser Feind hat Respekt vor Ihnen", sagte Cerrini beiläufig.

„Wie kommen Sie darauf?"

„Wäre ich an Broussiers Stelle, hätte ich Respekt."

Hackher verschränkte die Arme hinter dem Rücken und schien eine Weile über die Aussage des Hauptmanns nachzudenken. „Wäre ich Broussier", sagte der Major dann, „wäre ich verdammt wütend."

Hackher und Cerrini hatten gerade den oberen Festungsplatz erreicht, wo die Männer erschöpft im Freien lagen und ihre Posten nicht verlassen wollten, aus Angst vor einem weiteren Angriff, als plötzlich mehrere rote Lichter am Himmel zu sehen waren.

„Herr Major!", rief der Soldat Stadlmayer. „Haben Sie das gesehen?" Der Mann stand neben der Zisterne, blickte Richtung Norden und deutete mit der Hand in den Himmel. Sofort bildeten sich Menschentrauben auf dem ganzen Platz und alles starrte in den Himmel.

Cerrini und Hackher waren stehen geblieben und suchten den Nachthimmel ab. „Was haben Sie gesehen?", fragte Cerrini.

„Für einen Moment dachte ich, ich hätte ein rotes Licht gesehen, Herr Hauptmann."

Hackhers Augen weiteten sich und sein Herzschlag wurde deutlich schneller. Plötzlich stiegen in der Nähe des Schöckl, jenem abgeflachten Berg im Norden der Stadt, mehrere Feuerstrahlen auf.

„Raketen!", rief Hackher aus. „Das sind Signalraketen."

Sofort brach Aufregung unter den Männern aus und sie begannen, untereinander zu tuscheln.

„Von wem könnten diese stammen", fragte Cerrini.

„Das muss ein Zeichen sein", sagte Hackher voller Zuversicht. „Unsere Armee ist bestimmt bereits im Anmarsch, um uns auszulösen. Ich tippe auf zwei bis drei Tage, dann sind sie hier."

Sofort brach Jubel unter den Leuten aus, Cerrini allerdings blieb etwas skeptisch, doch ehe er noch etwas sagen konnte, stellte Hackher sich auf eine Munitionskiste, um besser gesehen zu werden. „Männer!", begann er euphorisch zu sprechen, „diese Raketen sind das sichere Zeichen, dass unser Durchhaltevermögen bald belohnt werden wird. Habt Mut! Das Entsatzheer kann nicht mehr weit sein. Es kann sich nur mehr um Tage handeln, dann werdet ihr eure Familien wieder in die Arme schließen können."

Die kleine Ansprache beflügelte die Fantasie der Soldaten und Hackher erntete Jubelrufe für seine Worte. Als er wieder herunterstieg, flüsterte er zu Cerrini: „Sehen Sie, so motiviert man die Männer. Jetzt werden sie kämpfen wie die Löwen." Dann wandte der Major sich wieder zu seinen Soldaten. „Ruhig Leute! Ruhig! Wir wollen doch die Franzosen nicht gleich wieder aufschrecken. Noch ist es nicht überstanden. Also geht auf eure Posten und ruht euch aus, ihr werdet eure Kräfte noch brauchen."

Sofort verstummten die Freudenrufe und die Soldaten begaben sich wieder zu Ruhe, doch die Aufregung war nun sehr groß. Hackher befahl, ebenfalls Raketen zu starten und zog sich dann mit Cerrini in die Kommandantur zurück. Er war sich zwar selbst nicht sicher, was die Raketen zu bedeuten hatten, es hätte genauso gut eine französische Aufklärungseinheit sein können, doch er musste die Situation ausnutzen, um den Männern etwas Mut zu machen. Cerrini hatte seinen Kommandanten durchschaut. Jetzt schöpften die Soldaten zwar neue Hoffnung, doch wenn der Entsatz ausbleiben würde, konnte die Stimmung schnell wieder umschlagen.

„Ausgezeichnet!", rief Broussier aus und klatschte dabei in die Hände. De Montenaux nickte und war beruhigt, dass sein General über die Nachricht erfreut war. Pirrot hatte ihm seine Entdeckung gemeldet und Montenaux war sofort zu Broussier gegangen, um ihm zu berichten.

„Ihr Leutnant Pirrot soll für seinen Einsatz belohnt werden. Dieser Fund ist in der Tat äußerst vorteilhaft. Ich wünschte, ich könnte das Gesicht von diesem Major Hackher sehen, wenn wir die Festung stürmen werden."

„Mon Général, wäre es nicht höflich, dem Feind ein letztes Kapitulationsangebot zu machen? Man soll uns später nicht nachsagen können, unbarmherzig gewesen zu sein. Das würde Ihren Sieg noch unterstreichen."

Broussier grinste. „Ihr Vorschlag gefällt mir, auch wenn dieser Hackher es kaum verdient hat. Aber wir wollen Ehrenmänner sein. Eine letzte Chance will ich ihm geben, und wenn er ablehnt, dann gnade ihm Gott."

„Wie Sie wünschen, mon Général", antwortete De Montenaux und trat salutierend ab. Als er den Raum verlassen hatte, erhob sich Colonel Gambin, der auf einem Stuhl im Eck gesessen hatte und ging auf Broussier zu.

„Mon Général, da wäre noch etwas, das Sie wissen sollten", begann er. „Unsere nördlichen Vorposten haben heute Nacht Raketensignale ausgemacht, die möglicherweise vom Feind stammen könnten."

Broussier stockte kurz der Atem. „Sind Sie sicher, dass es nicht auch General Macdonalds Truppen sein könnten?"

„Nun ja, wir wissen es nicht genau. Ich dachte nur, Sie sollten es wissen."

„Danke, Gambin. Aber das soll uns jetzt nicht kümmern. Wäre eine Feindarmee im Anmarsch, hätte Macdonald uns gewarnt. Ich möchte, dass Sie Hackher morgen mein Angebot überbringen. Geben Sie ihm zwei Stunden Bedenkzeit. Wenn er ablehnt, wovon ich ausgehe, dann beginnen wir heute Abend einen Generalsturm und beenden die Geschichte ein für alle Mal."

Gambin nickte förmlich und trat dann ebenfalls ab. Broussier blickte aus dem Fenster. Er hatte es vor Gambin nicht zeigen wollen, aber die Raketen beunruhigten ihn. Er hatte nur unzureichende Informationen über die Position der Truppen, sowohl der eigenen als auch der feindlichen. Doch er schenkte seinem Zweifel keine Beachtung. Morgen früh würde er die Festung bereits eingenommen haben und dann musste er sich keine Sorgen mehr über irgendwelche feindlichen Kräfte machen.

Gebannt blickte Oberleutnant Schottelius mit dem Fernglas auf die weiße Parlamentärsflagge, welche ein französischer Offizier am Fuß des Schlossbergs trug. Dieser bewegte sich entschlossen die Festungsstraße herauf. Es war zehn Uhr vormittags und die Geschütze schwiegen seit einigen Minuten. Seit den frühen Morgenstunden gab es nur halbherziges Geschützfeuer und irgendwie hatte jeder schon geahnt, dass etwas in der Luft lag. Nun standen die Männer überall auf den Mauern und blickten mit Anspannung auf den Parlamentär, der sich zur Festung hochbewegte.

Schottelius reichte das Fernrohr an seine Offizierskollegen Vorbeck, Lodron, Schlichtnig und schließlich Fähnrich Gödl weiter, die alle neben ihm auf der Mauer standen. Es hatte sich sofort herumgesprochen, dass ein Parlamentär unterwegs war, und jeder wollte sich selbst davon überzeugen. Noch in der Nacht hatte man Raketen ausgemacht und Hackher interpretierte diese als Zeichen für baldigen Entsatz, aber nicht alle Offiziere glaubten ihm. Andererseits konnte die weiße Flagge der Franzosen auch bedeuten, dass diese wirklich mit einer österreichischen Armee rechneten.

„Was meint Ihr?", fragte Schlichtnig misstrauisch.

Der stämmige Kapitänsleutnant Vorbeck hatte das Fernglas an sich genommen und lugte hindurch. Da er der älteste Offizier war, lauschten alle gespannt seiner Meinung.

„Offenbar wollen die Franzosen noch einmal mit uns verhandeln", sagte er.

„Ob sie abziehen werden?", fragte der unerfahrene Fähnrich Gödl.

„Das ist sehr unwahrscheinlich", antwortete Oberleutnant Josef Graf Lodron in seinem typisch herablassenden Tonfall. „Wenn die Franzosen ernsthaft abziehen wollen würden, dann können sie das jederzeit tun, dafür brauchen sie keinen Parlamentär schicken."

„Aber was werden sie dann wollen?", fragte der zierliche Schlichtnig.

„Die wollen mit uns über eine Kapitulation verhandeln",

sagte Schottelius ernst. „Die machen uns das Gnadenangebot, das sag' ich euch."

„Jemand muss den Kommandanten informieren", äußerte sich Gödl erneut.

„Der Major lehnt mit Sicherheit wieder ab. Wenn die uns die Kapitulation anbieten, sollten wir darüber verhandeln", sagte Schottelius grimmig.

Vorbeck warf dem Oberleutnant sofort einen missfallenden Blick zu. „So ein Verhalten geziemt sich nicht für einen Offizier."

„Mein lieber Kapitänsleutnant, so unrecht hat unser Kamerad Schottelius nicht", sagte plötzlich Graf Lodron. „Das ist vielleicht das letzte Mal, dass die Franzosen uns diese Höflichkeit gewähren. Wollen wir wirklich riskieren, dass der Major nur wegen seines eigenen Stolzes unser aller Leben weiter aufs Spiel setzt?" Lodron blickte in die stummen, zustimmenden Gesichter seiner Offizierskollegen.

Nur Vorbeck gefiel die Idee überhaupt nicht. „Bei einer Insubordination beteilige ich mich nicht", sagte er streng.

„Dann sollten wir die anderen Offiziere rufen lassen und darauf bestehen, dem Rapport des Parlamentärs beiwohnen zu dürfen. Dann wird der Major nicht so einfach die Meinungen seiner Offiziere ignorieren können", fügte Lodron hinzu.

Vorbeck blickte nicht gerade glücklich drein. „Na gut, wer ist für den Vorschlag?", fragte er dann.

Alle Offiziere hoben die Hand.

„Dann ist es also entschieden."

„Im Auftrag des Blockadekommandanten Colonel Gambin überbringe ich Ihnen das Angebot von Général Broussier", sagte der Parlamentär in gebrochenem Deutsch. „Der Herr Général bietet dem geschätzten Kommandanten der Grätzer Festung, Herrn Major Hackher, die ehrenhafte Kapitulation mit Kriegsgefangenschaft an. Er versichert, dass alle Offiziere und Mannschaften mit dem größten Respekt behandelt werden. Der Herr Général weist darauf hin, dass der Ehre Genüge getan wurde und dass keine Notwendigkeit besteht, die Stellung weiter zu halten."

Hackher saß hinter seinem Schreibtisch und hatte die Arme vor der Brust verschränkt. Neben ihm stand Cerrini und machte ein äußerst ernstes Gesicht. An der Wand hatten sich die Offiziere und Kommandeure der einzelnen Regimenter aufgereiht und lauschten den Ausführungen des Parlamentärs. Hackher hatte keine andere Wahl gehabt, als der Forderung der Offiziere nachzugeben. Der Major konzentrierte sich weniger auf den Franzosen, der vor ihm stand und seine Meldung machte, als vielmehr auf die Regungen seiner Offiziere. Als der Kurier die ehrenhafte Kapitulation und die gute Behandlung erwähnte, bemerkte der aufmerksame Festungskommandant, wie einige von ihnen erleichtert aufatmeten und sich Blicke zuwarfen.

„Général Broussier möchte den Festungskommandanten weiters auf die Position der französischen Armee aufmerksam machen. Diese steht bei Sümegh und Vásárhely. Der Vizekönig hat sein Hauptquartier in Pápa aufgeschlagen. Ihr Erzherzog Johann hat sich bereits hinter die Donau zurückgezogen. Die Grätzer Festung steht also auf verlorenem Posten und jede Hoffnung auf Entsatz ist vergebens. Weiters macht der Général darauf aufmerksam, dass ihm am Schicksal der braven Garnison gelegen ist und noch genügend Zeit sei, das Schrecklichste von Ihren tapferen Männern fernzuhalten, denn es gibt keine uneinnehmbare Festung, und auch die Ihre wird früher oder später unterliegen müssen. Er bittet Sie, Herr Major Festungskommandant, die ehrenhafte Kapitulation anzunehmen und gewährt Ihnen als Zeichen der Wertschätzung zwei Stunden Bedenkzeit, in der die Waffen schweigen werden."

Der Parlamentär hatte zu Ende gesprochen und übergab Hackher das schriftliche Dokument. Die Offiziere im Hintergrund waren unruhig geworden und hatten leise zu tuscheln begonnen.

„Cerrini, quittieren Sie den Empfang der Nachricht", sagte

Hackher dann.

„Sehr wohl, Herr Major."

Der Hauptmann nahm das Schriftstück, setzte sein Zeichen darunter und händigte es dem Parlamentär wieder aus. Dieser salutierte und trat ab. Kaum war der Franzose durch die Tür verschwunden, brach eine heftige Diskussion unter den Offizieren aus. Hackher blieb untätig und beobachtete nur, während Cerrini versuchte, zu schlichten.

„Ruhe! Ruhe, meine Herren, so kommen wir ja nicht weiter."

Langsam ebbte der Wortschwall ab und alle blickten zu ihrem Festungskommandanten, doch der schwieg.

„Gut, wir haben also bis zwölf Uhr mittags Zeit, eine Entscheidung zu fällen", fuhr Cerrini fort.

„Die Entscheidung wurde schon gefällt", sagte plötzlich Oberleutnant Graf Lodron und trat einen Schritt vor. „Das Offizierskollegium hat sich bereits beraten und ist zu dem Entschluss gekommen, dass wir das Angebot annehmen sollten, denn wie der Parlamentär sagte, besteht keine militärische Notwendigkeit, die Stellung weiterhin zu halten. Wir haben es doch alle gehört, der Erzherzog ist jenseits der Donau. Da kommt niemand mehr, um uns zu befreien."

Ein zustimmendes Murren ging durch die Reihen der Offiziere.

„Der Herr Major wird die Meinungen der Offiziere berücksichtigen, aber ich weise darauf hin, dass nur der Festungskommandant eine Entscheidung treffen kann", antwortete Cerrini etwas streng auf den Vorstoß von Lodron.

„Wir kennen die Haltung des Majors und sind der Meinung, dass er diese überdenken sollte!", sagte Lodron forsch.

Plötzlich schlug Hackher mit voller Wucht die Faust auf den Tisch, sodass alle Anwesenden kurz zusammenzuckten. „Ich lasse mir bestimmt nicht sagen, was ich zu denken habe", polterte der Major energisch hervor. „Ich bin hier der Kommandant und es unterliegt allein mir, über eine Kapitulation zu entscheiden, und jeden, der meine Befehle infrage stellt, bringe ich vor ein Kriegsgericht!"

Die Drohung hatte gesessen. Instinktiv war Lodron einen Schritt zurückgegangen. Doch die Debatte war damit noch nicht beendet.

„Der Ehre wurde Genüge getan, hat der Parlamentär gesagt und es stimmt. Wir haben alle unser Bestes gegeben und unsere Pflicht erfüllt. Niemand kann verlangen, dass wir auf verlorenem Posten unser Leben verlieren sollen", sagte plötzlich der junge Fähnrich Gödl.

Hackher warf dem knabenhaften Offizier einen strafenden Blick zu, sodass dieser sofort beschämt zu Boden blickte.

„Der Fähnrich hat recht", äußerte sich nun Oberleutnant Schlichtnig. „Es hat keinen Sinn mehr. Viele der Männer haben Familie in der Stadt und etwas Besseres als eine gute Behandlung in Kriegsgefangenschaft kann uns nicht passieren. Seien Sie kein Dummkopf, Herr Major!"

„Wenn Sie mich noch einmal beleidigen, dann stelle ich Sie auf der Stelle vor ein Erschießungskommando", fauchte Hackher zu Schlichtnig.

Inzwischen regte sich bei einigen Offizieren Unbehagen. Vor allem die älteren unter ihnen, wie Vorbeck, Hastreiter, Kandelbinder und auch die beiden Hauptleute Mayer und Rüstl fanden den Verlauf des Gesprächs überhaupt nicht zufriedenstellend, der Tonfall ihrer jüngeren Kollegen missfiel ihnen zunehmend. Hackher bemerkte dies sofort und versuchte, aus der Frontenbildung unter den Offizieren Kapital zu schlagen.

„Meine Herren, ich verstehe, dass Sie alle unter enormer Anspannung stehen und Angst haben", sagte der Major dann mit ruhiger Stimme. „So eine Lage durchzustehen, erfordert Nerven und es ist nur menschlich, wenn man unter so großem Druck versucht ist nachzugeben. Es sei Ihnen allen deshalb auch verziehen, aber ich kann und werde nicht kapitulieren. Ein derartiger Verrat an den braven Bürgern der Stadt und an unserem Kaiser werde ich nicht verantworten. Denken Sie doch voraus! Wenn der Krieg vorbei ist, wird man uns allen den Prozess machen, kein Einziger unter uns könnte jemals wieder als respektiertes Mitglied der Gesellschaft in unserem Land leben. Wollen Sie diese Schande wirklich auf sich nehmen? Wollen Sie dies vor den einfachen Soldaten verantworten? Ich will dies sicher nicht! Und aus diesem Grund werde ich nicht kapitulieren, weil es mein ausdrücklicher Befehl vom Erzherzog persönlich ist, die Stellung bis zum letzten Mann zu halten. Vielleicht bedeutet dies meinen Tod, doch dies ist der Preis, den ich akzeptierte, als ich entschied, Offizier zu werden, und lieber sterbe ich ehrenhaft im Kampf, als dass man mich einen Feigling nennt!"

Die Worte Hackhers hatten ihre Wirkung nicht verfehlt. An den Gesichtern der Offiziere konnte der Major erkennen, dass fast alle ihm zustimmten und jene, die es nicht taten, resignierten schweigend. Hackher hatte die Debatte gewonnen, das wusste er, doch nur fürs Erste. Das Vertrauen zu seinen Männern war erschüttert und er musste versuchen, dieses wieder herzustellen, ansonsten konnte er auf seine Offiziere nicht mehr zählen und es bestand die Gefahr, dass die Opposition zu den Mannschaften durchdrang und er am Ende eine Meuterei am Hals hatte. „Aber, ich mache Ihnen ein Angebot", sagte er dann. „Ich will unser aller Leben nicht grundlos aufs Spiel setzen, doch ich will auch meine Befehle nicht missachten. Ich werde daher ein Ansuchen an General Broussier richten, einen Kurier zum Erzherzog schicken zu dürfen, um neue Befehle einzuholen. Sollte es wahr sein, dass die Armee über die Donau gesetzt hat und keine Hoffnung mehr auf Entsatz besteht, so will ich diese Tatsache hinnehmen, und, sofern es mir gestattet wird, ehrenhaft kapitulieren. Doch sollte Broussier dies verweigern oder der Erzherzog keine neuen Befehle erteilen, so werde ich die Stellung weiterhin verteidigen, bis das Schicksal über einen Ausgang entscheidet." Hackher blickte mit fragendem Ausdruck zu seinen Offizieren. Diese stimmten zögerlich zu und nickten.

„Ich denke, dies ist ein sehr ehrenhaftes und faires Angebot, welches uns der Herr Major hiermit macht", äußerte sich schließlich der Artilleriechef Kandelbinder und erntete Zustimmung für seinen Kommentar.

Cerrini hatte die Debatte zuerst sorgenvoll, dann staunend mitverfolgt. Er war immer wieder überrascht, wie es Hackher gelang, die Leute für sich einzunehmen. Cerrini sah die Lage genauso wie Hackher und fühlte sich der Ehre verpflichtet, doch er verstand auch die Argumente der Offiziere, und obwohl sich Hackher eindeutig durchgesetzt hatte, fühlte er sich plötzlich etwas unwohl. Wenn es stimmte, dass Erzherzog Johann so weit weg war, würde ein Kurier mehrere Tage unterwegs sein, bis man mit einer Antwort rechnen konnte. Cerrini konnte sich nicht vorstellen, dass Broussier bereit war, diese Verzögerung hinzunehmen, und nahm an, dass Hackher dies ebenfalls so sah. Es war also ein geschickter Schachzug des Majors gewesen, auf der einen Seite an das Gewissen der Offiziere zu appellieren und ihnen klar zu machen, was ihren Männern nach dem Krieg blühen würde, und gleichzeitig einen scheinbaren Kompromiss einzugehen und vorzugeben, neue Befehle einholen zu wollen. Wenn Broussier das Anliegen ausschlug, was er bestimmt tun würde, so lag die Verantwortung nicht mehr bei Hackher und niemand konnte ihn später beschuldigen, nicht um eine Lösung bemüht gewesen zu sein. Es war irgendwie erdrückend, unter dem Befehl eines derart gerissenen Mannes zu stehen. Hackher war ein Taktiker durch und durch, vielleicht der Beste, den Cerrini jemals kennengelernt hatte, doch das beinharte Kalkül störte ihn auch ein wenig. Von allen Offizieren kannte er Hackher am besten und Cerrini wusste, dass dieser nur von seinem Stolz getrieben war, und er fragte sich, ob es rechtens war, dass ein Kommandant sich so sehr von eigennützigen Gefühlen leiten ließ. Man konnte nur hoffen, dass die Lage nicht noch schlimmer werden würde und sich bald ein Ausweg auftat, bevor in der Festung tatsächlich eine Revolte ausbrach.

„Gut, Sie haben den Major gehört", sagte Cerrini dann. „Gehen Sie wieder auf Ihre Posten und nutzen Sie die Feuerpause, um sich auszuruhen. Wegtreten!"

Die Offiziere salutierten und traten dann geschlossen ab. Cerrini wartete eine Weile ab, und als er sich sicher war, dass draußen im Gang niemand mehr in Hörweite war, drehte er sich zu Hackher um. „Herr Major, vielleicht sollten wir das Angebot Broussiers noch einmal überdenken."

„Nein, Cerrini. Ich weiß, worauf Sie hinaus wollen, aber ich kapituliere nicht", antwortete Hackher gemäßigt.

„Sie wissen genauso gut wie ich, dass die Franzosen auf Ihren Vorschlag, einen Boten zum Erzherzog zu schicken, nicht eingehen werden."

Hackher hob die Hand und unterbrach seinen Hauptmann. „Cerrini, seien Sie doch nicht so naiv. Natürlich werden die Franzosen darauf nicht eingehen, weil sie sich keine Verzögerung mehr leisten können. Broussier versucht, uns mit einer bewussten Falschdarstellung der Situation zu erweichen und zur Aufgabe zu bewegen. Die Raketen von gestern Nacht werden den Franzosen nicht verborgen geblieben sein."

„Herr Major, wie können wir sicher sein, dass die Leuchtsignale wirklich von unserer Armee stammen?", warf Cerrini skeptisch dazwischen.

„Warum sollten die Franzosen Signalraketen abfeuern, wenn der Feind doch schon hinter der Donau ist? Das ergibt keinen Sinn", antwortete Hackher. „Cerrini, ich sage Ihnen, Broussier blufft. Unser Entsatzheer ist nur wenige Tage entfernt.

„Und wenn Sie sich irren, Herr Major?"

Hackher schlug mit der Faust auf den Tisch. „Ich irre mich nicht! Kruzitürken! Sie sind mir unterstellt, Hauptmann, und haben verdammt noch mal meinem Urteilsvermögen zu vertrauen!"

Der hünenhafte Offizier wich einen Schritt zurück und blickte entgeistert auf den Festungskommandanten.

Hackher bemerkte sofort, dass er etwas zu forsch gewesen war, und mäßigte seinen Tonfall. „Cerrini, ich habe schon genug mit der Skepsis der Offiziere zu kämpfen, ich kann es mir nicht leisten, auch noch Ihre Loyalität zu verlieren. Ich brauche Sie."

„Bei allem Respekt, Herr Major, aber Ihrem Großvater müssen Sie nichts mehr beweisen, er ist tot."

„Erwähnen Sie nie wieder meinen Großvater", fauchte Hackher drohend.

„Ich meinte damit nur, dass Sie persönliche Gefühle nicht Ihre Entscheidungen beeinflussen lassen sollten."

„Ich weiß genau, was Sie meinen, Cerrini. Aber ich kapituliere nicht und das ist mein letztes Wort."

„Ich fordere Sie auf, die Lage noch einmal zu überdenken und nicht aus Trotz Ihren Offizieren gegenüber sich einer Lösung zu verschließen."

Hackher stand auf und schlug diesmal mit beiden Fäusten auf den Tisch. „Ich kapituliere nicht, niemals! Das ist meine Festung und ich werde sie dem Feind nicht kampflos übergeben. Wenn Broussier sie haben will, dann muss er kommen und sie mir aus meinen blutigen, toten Händen entreißen, aber ich gönne ihm unter keinen Umständen die Genugtuung einer Kapitulation, nein!"

Cerrini erkannte, dass es keinen Sinn hatte, den Major umstimmen zu wollen. Er hielt zu verbissen an seinem Standpunkt fest. „Jawohl, Herr Major", sagte der Hauptmann enttäuscht und trat ab. Bevor er durch die Tür treten konnte, hielt ihn Hackher noch einmal zurück.

„Cerrini, Sie werden sehen. Nur mehr wenige Tage."

Der Hauptmann wandte seinen Blick ab und verließ den Raum. Hackher blieb allein zurück. Die Opposition Cerrinis hatte ihn unerwartet getroffen und der altbekannte Zweifel kam wieder hoch, doch diesmal schenkte Hackher ihm keine Beachtung. Würde er kapitulieren, so käme er nach dem Krieg vor ein Militärgericht und die Familienehre wäre endgültig besudelt. Eine Wiederholung der Geschichte wollte Hackher auf keinen Fall riskieren, eher war er bereit zu sterben, so wie es jedes Soldaten Pflicht war. Er warf einen Blick auf das Bild des Großvaters und für einen Moment glaubte Hackher, dass dieser stolz auf ihn herabblickte.

Eine Menschenmasse hatte sich auf dem Hauptplatz versammelt und drängte zu den Anschlagtafeln vor dem Rathaus. Auf den großen hängenden Schriftrollen wurden die zweistündige Waffenruhe und das Ultimatum an Hackher verkündet. Die Grätzer Bürger waren ganz versessen darauf, die Nachrichten mit eigenen Augen zu sehen. Es herrschte helle Aufregung und überall sah man besorgte Gesichter. Die Leute diskutierten die wildesten Spekulationen und die Pessimisten unter ihnen wurden nicht müde zu verbreiten, dass es nun den tapferen Soldaten in der Festung an den Kragen gehen werde. Andere meinten, dass der Hackher schon kapitulieren werde, was andere wiederum ausschlossen.

Spreng überflog die Zeilen an der Ankündungstafel und schüttelte fassungslos den Kopf.

„Schau an, den alten Spreng trifft man auch wieder einmal", sagte plötzlich eine Stimme neben ihm.

Der Wirt wandte sich zur Seite und blickte in das bärtige Gesicht des Bäckermeisters Dirnböck aus der Sackstraße. Dieser war ein alter Bekannter von Spreng. Sie kannten sich aus ihrer Zeit bei der Grätzer Bürgerwehr und obwohl sie nicht weit voneinander entfernt wohnten, hatten sich die beiden seit einiger Zeit nicht mehr gesehen.

„Do schau her, der Dirnböck", antwortete Spreng überrascht und gab dem Bäckermeister einen kameradschaftlichen Handschlag. Hinter ihnen drängte schon eine Gruppe alter Frauen und vornehmer Herren zur Anschlagtafel und die beiden alten Freunde mussten zur Seite ausweichen.

„Hab' gehört, bei dir haben sich die Franzosen einquartiert. Haben sie dir schon den letzten Tropfen weggesoffen?", fragte Dirnböck, um ins Gespräch zu kommen.

„Einfach wars nicht, das kann ich dir sagen."

„Es ist ein G'frast mit diesen Franzosen. Wenn des so weitergeht, dann haben wir bald gar nichts mehr. Und so, wie es aussieht, wirds noch schlimmer."

Spreng blickte den Bäckermeister fragend an, da dieser offenbar mehr wusste als er. „Wie kanns noch schlimmer werden?", fragte er.

„Ich hab' von den Rauchfangkehrergesellen gehört, dass die Franzosen schon den Generalsturm planen. Bei denen rechnet niemand damit, dass der Hackher aufgibt."

Plötzlich mischte sich ein elegant gekleideter Herr in das Gespräch ein. Es handelte sich um den Magistratsbeamten Pichler, ein eher unbeliebter Geselle, der keinen Hehl aus seiner Sympathie für die Franzosen machte. „Die Herren sollten wirklich nicht so öffentlich über solche Themen sprechen, die Franzosen sind auch so schon nervös genug."

Spreng und Dirnböck warfen dem Mann einen misstrauischen Blick zu. „Die sollen sich ruhig in Acht nehmen", konterte der etwas hitzköpfige Bäcker. „Wenn die Franzmänner so weitermachen, dann schmeißen wir sie bald selbst aus der Stadt."

„Das würde doch nur ein unschönes Blutbad geben und das wissen die Herren doch. In Zeiten wie diesen muss man sich anpassen und das Fähnchen nach dem Wind drehen. Der Hackher wird ohnehin bald am Ende sein." Pichler wandte sich ab und verschwand stolzierend in der Menge.

„Der wird auch noch sein blaues Wunder erleben", sagte Dirnböck verärgert und warf dem Magistratsbeamten einen verwünschenden Blick nach.

„Der Pichler ist ein ganz falscher Hund", sagte plötzlich die Stimme der Baronin Kaiserstein, die dafür bekannt war, sich immer wieder leger unters Volk zu mischen.

Spreng und Dirnböck machten eine respektvolle Verneigung vor der Grande Dame.

„Tuen S' doch nicht so förmlich", sagte sie süffisant und lächelte. „Wissen S' was, ich hab' gehört, dass die Franzosen angeblich dem Major Hackher zwei Millionen Gulden für die Kapitulation angeboten haben. Das Geld haben sie sich vom Gubernial geholt und die ganzen Speichellecker wie der Pichler haben brav Ja und Amen gesagt."

„Die Frau Baronin scheint ja gut informiert zu sein", sagte Spreng höflich.

„Eine Dame meines Standes hat so ihre Quellen", gab sie in konspirativem Ton zurück. „Ich bin ja eine Verehrerin des tapferen Major Hackhers und hoffe sehr, dass er die Stellung hält." Spreng und Dirnböck warfen sich einen vielsagenden Blick zu, als die Baronin über Hackher beinahe ins Schwärmen geriet wie eine verliebte Jungfer. „Wissen Sie", fuhr die alte Dame fort, „den Franzosen sagt man ja immer nach, so höflich und kultiviert zu sein. Im Gegenteil: furchtbare Rüpel sind das, ganz ungehobelte Burschen, ein richtiges Zigeunerpack. Wenn es nach mir ginge, dann würde ich diesem General Broussier mal ordentlich die Leviten lesen."

„Wenn es stimmt, dass die Franzosen einen Generalsturm planen, könnte der Broussier aber bald selbst in der Festung sitzen", sagte Dirnböck.

Die Baronin blickte ihn schockiert an. „Meine Güte, ein Generalsturm? Das ist ja furchtbar. Wir müssen doch irgendetwas tun können, um dem Major zu helfen!"

Spreng blickte sich kurz um, ob auch kein französischer Soldat in Hörweite stand, und beugte sich dann zu den beiden vor. „Ganz unter uns, ich stehe in Kontakt mit Hackher. Wir sollten ihm eine Meldung zukommen lassen, dass die Franzosen Vorbereitungen für einen großen Angriff treffen."

„Aber wir wissen nicht wann und wo", warf Dirnböck ein. Die Baronin bekam einen konspirativen Gesichtsausdruck und flüsterte nun beinahe. „Das lässt sich herausfinden. Überlassen Sie das nur mir." Ohne ein weiteres Wort zu sagen, stolzierte die Dame in die Menschenmenge davon.

„Mir scheint, die alte Kaiserstein hat den Franzosen gerade den Krieg erklärt", sagte Dirnböck und blickte der Baronin staunend nach.

„Recht hat sie. Wir müssen irgendwas machen", antwortete Spreng. „Trommel ein paar Leute zusammen, die vertrauenswürdig sind. Langsam reichts mir mit den Franzosen."

Die Zeiger des Uhrturms zeigten zwölf Uhr und auf die Sekunde genau begannen die französischen Batterien wieder zu feuern.

Hackher stand auf der Mauer der Torbastei und blickte in die Stadt hinunter. In der Hand hielt er noch das Antwortschreiben von Broussier, in dem ihm der General mitteilte, dass er Hackhers Forderung nach einer Kontaktaufnahme mit dem Erzherzog ausschlug. Daraufhin war die Frist verstrichen und der Major hatte seinen Offizieren klar gemacht, dass es nun keine andere Möglichkeit mehr gab, als zu kämpfen. Überraschenderweise hatten diese die Nachricht mit Fassung aufgenommen, vermutlich, weil ohnehin jeder damit gerechnet hatte, dass Hackher stur bleiben würde. Nun waren alle wieder auf ihren Posten und zum Kampf bereit. Auch unter den Mannschaften hatte es Hoffnungen gegeben, der Festungskommandant werde kapitulieren, doch trotz der Antipathie, die einige Offiziere gegen Hackher hegten, hatten sie ihre Männer für den weiteren Abwehrkampf eingeschworen. Der Major hatte zunächst befürchtet, dass es wirklich zu einer Revolte kommen werde, doch noch genoss er anscheinend das Vertrauen der Männer.

Die französischen Geschütze begannen zunächst nur vereinzelt und mit geringer Schussfrequenz zu feuern. Hackher erkannte darin den Versuch, die Kanonen auf bestimmte Ziele einzuschießen. Obwohl die französischen Kanoniere mittlerweile genügend Gelegenheit gehabt hätten, eine genauere Justierung vorzunehmen, trafen die Geschosse nach wie vor relativ wenig. Ein Großteil davon schlug immer noch in den Felsen ein. Wie Hackher schon früher erkannt hatte, fehlte es den Franzosen an geeigneten Belagerungskanonen. Sie hatten keine Haubitzen, sondern nur Feldgeschütze zur Verfügung. Diese verfügten über einen wesentlich geringeren Neigungswinkel als Haubitzen. Dieser Umstand verhinderte bisher, dass die Verluste auf dem Schlossberg massiv wurden. Am häufigsten war immer wieder das Festungsspital getroffen worden, welches eines der größten Gebäude der Anlage war und auf der Bergspitze angesiedelt ein gutes Ziel abgab. Die Ostwand des Lazaretts wies bereits einige Einschusslöcher auf und ein Teil des Daches war eingestürzt. Auch einige Mannschaftsgebäude waren getroffen worden, doch die Schäden hielten sich im akzeptablen Bereich.

Hackher suchte mit einem Fernrohr das Vorfeld der Stadt ab und schwenkte von einer Geschützbatterie zur anderen. Er wartete, bis die Franzosen ihre Salve abgeschossen hatten und nachladen mussten. Die Batterien nur einzeln nacheinander feuern zu lassen, war eine geschickte Taktik der Franzosen, die dazu führte, dass die Garnison auf dem Schlossberg kaum Gelegenheit hatte, ihre Köpfe aus der Deckung zu nehmen. Zwar war die Schussfolge gering, doch so stand der Berg ständig von irgendeiner Seite unter Beschuss. Hatte die letzte Batterie gefeuert, war die erste bereits wieder nachgeladen und konnte ohne Unterbrechung die Feuerfolge wieder fortsetzen.

Die über den ganzen Schlossberg verstreuten Geschütz-stellungen verständigten sich untereinander mit speziellen Flaggensignalen. Hackher hatte seine Kanonen auf mobile Lafetten gelegt und konnte seine Stellungen versetzen, je nach-dem, wo gerade mehr Feuerkraft benötigt wurde.

Der Schlossbergkommandant steckte das Fernrohr weg und zählte stumm bis drei. Er hatte zwei Salven der Franzosen abgewartet, um sich auszurechnen, wie lange ein Feuerdurch-lauf dauerte und wie lange die Intervalle zwischen den einzel-nen Batteriestellungen waren. Als die letzte Kanone gefeuert hatte, hob der Major den Arm und gab das Signal, das Feuer zu erwidern. Die Flaggenposten gaben den Befehl sofort an die Geschützstellungen weiter.

Als Hackher den Arm wieder runternahm, krachten auch schon die Kanonen auf der Bürgerbastei. Kandelbinder tat sich wesentlich leichter, seine Geschütze auf die französischen Stellungen auszurichten und richtete immer wieder verhee-renden Schaden an. Die soeben abgefeuerte Salve von der Bürgerbastei schlug in dichter Folge in den Stellungen südlich der Stadt ein. Hackher konnte durch das Fernrohr erkennen, dass zumindest eine französische Kanone zerstört worden war und die feindlichen Stückmannschaften ziemlich panisch auseinanderrannten. Liebend gern hätte Hackher auch die zahlreichen Laufgräben unter Beschuss genommen, doch dazu hätte er auch Haubitzen oder Mörser benötigt. So flogen seine Geschosse nur über die dort in Deckung gegangenen Franzosen hinweg. Um eine Kanonenstellung zu treffen, reichte es, aber nicht, um die Truppenbewegungen in den Laufgräben zu unterbinden.

Schon den ganzen Vormittag über beobachtete er, wie die Franzosen immer wieder massive Truppenverschiebungen durch die Laufgräben durchführten. Selbst während der zweistündigen Feuerpause waren Broussiers Soldaten nicht untätig geblieben. Sie hatten die Zeit genützt, um ihre Stellungen neu aufzurüsten und Sturmtruppen strategisch zu positionieren.

Dann krachte wieder eine Salve der Franzosen. Hackher kümmerte es nicht. Er beobachtete weiterhin die Laufgräben, in denen er sehr viel Bewegung ausmachen konnte. Die Gräben mussten mindestens so tief sein wie ein Mann groß war, denn es ragten nur die Zylinderhüte der Soldaten hervor, wenn sie durch die Gänge rannten.

„Cerrini!", rief Hackher und winkte seinen Stellvertreter auf die Mauer.

Der stattliche Hauptmann verließ sofort seinen Posten auf der Bürgerbastei und rannte zum Major hinauf auf die Mauer. „Zur Stelle, Herr Major!", meldete er keuchend, als er bei Hackher ankam. Dieser gab ihm das Fernrohr und deutete mit dem Arm in die Richtung, in die der Hauptmann blicken sollte.

„Sehen Sie sich das einmal an und sagen Sie mir, was Sie davon halten", sagte der Festungskommandant.

Cerrini blickte durch das Rohr und untersuchte die Laufgräben, auf die Hackher deutete. Dort konnte der erfahrene Offizier nicht nur zahlreiche Truppen erkennen, sondern auch Sturmleitern, die aus den Gräben hervorragten und offenbar für einen Sturm bereitgestellt worden waren. Die Ansammlung schien wesentlich massiver zu sein als noch bei den vorangegangenen Angriffen.

„Sieht aus, als würden die Franzosen sich für eine weitere Bestürmung der Festung bereit machen", kommentierte Cerrini seine Beobachtungen und bestätigte damit nur die Erkenntnis, die Hackher schon zuvor gewonnen hatte.

„Die Gerüchte um einen Generalsturm scheinen wohl zu stimmen", sagte der Major und nahm das Fernglas wieder an sich.

Cerrini musterte ihn. Hackher wirkte nach außen hin nicht, als mache er sich sonderlich Sorgen um einen weiteren Angriff, doch Cerrini wusste, dass dies die Maske war, die der Major nur zu gern aufsetzte. Inzwischen hatte er seinen Kommandanten in dieser Beziehung durchschaut. Oft genug hatte Hackher ihm gegenüber erwähnt, wie wichtig es sei, vor den Männern den Schein zu wahren. Ein Kommandant, der immer und überall seine Sorgen und Ängste offen ausspricht, bewirke nur Verunsicherung bei den Soldaten. Die nach außen zur Schau gestellte Kühlheit Hackhers war daher zum Teil etwas gespielt und trotzdem gab es dann immer wieder Momente, in denen das selbstsichere Auftreten seines Kommandanten echt war. Im Augenblick, da war sich Cerrini ziemlich sicher, machte Hackher sich über die französischen Vorbereitungen seine Gedanken und gab seine Unerschütterlichkeit nur vor, um niemanden zu beunruhigen. Vielleicht war es auch etwas Sturheit, um nicht gleich eingestehen zu müssen, dass die Offiziere mit ihrer Vermutung eines Generalsturms recht hatten.

„Was glauben Sie, wann der Feind zuschlagen wird?", fragte der Hauptmann schließlich ganz direkt.

Hackher war durchaus über die offene Frage seines Stellvertreters überrascht. „Sobald es dunkel ist. Zumindest würde ich so handeln. Sie werden erneut versuchen, das Überraschungsmoment zu nutzen, da bin ich mir sicher."

„Sie scheinen dennoch über etwas beunruhigt zu sein, Herr Major", hakte Cerrini mutig nach.

„Wie kommen Sie darauf?", fragte sein Vorgesetzter verblüfft.

„Nun, Sie hätten mich wohl kaum von der Bürgerbastei heraufeilen lassen, nur um meine Meinung einzuholen, wenn Sie nichts beunruhigen würde", konterte Cerrini.

Hackher musste sich eingestehen, dass er dem Hauptmann nichts vormachen konnte, und entschied, offen zu sprechen.

„Diese Laufgräben machen mir Sorgen. Es scheint so, als würden die Franzosen für einen Sturmangriff massive Kräfte sammeln. Sie haben die Wachen in der Stadt reduziert, um die Sturmregimenter aufzufüllen, und die Reiterei ist schon den ganzen Tag zu Pferd. Die Laufgräben verhindern allerdings eine genaue Sicht auf die feindlichen Truppenaufmärsche."

„Sie vermuten, dass es diesmal schwieriger werden könnte, die Angreifer abzuwehren, gehe ich da richtig in der Annahme?", fragte Cerrini.

„Um ehrlich zu sein, das tuen Sie", antwortete Hackher unverblümt. „Bisher haben uns die Franzosen nur an einer Front angegriffen. Da war es leicht, alle Kräfte zur Abwehr heranzuziehen, doch es scheint, als bereite sich der Feind diesmal darauf vor, mehrere Festungsabschnitte gleichzeitig zu attackieren. Das könnte ein Problem werden."

„Die einzige Seite, von der uns ernsthaft Gefahr droht, ist doch nur der Osthang", sagte Cerrini und konnte Hackher nicht ganz folgen.

„Theoretisch, ja. Doch man darf sich nicht auf das Offensichtliche verlassen", antwortete Hackher.

„Wie meinen Sie das?"

„Die Bürgerbastei", antwortete der Major. „Im Schutze der Dunkelheit könnte der Feind Leitern an die Bürgerbastei legen und gleichzeitig den Osthang angreifen. Das würde unsere Abwehrkapazitäten an zwei Stellen binden."

„Aber die Gassen unterhalb der Bürgerbastei sind viel zu schmal, als dass sich starke Kräfte dort unten sammeln könnten", sagte Cerrini.

„Das müssen sie auch nicht. Wenn der Osthang massiv genug attackiert wird, haben wir dort alle Hände voll zu tun. Die Bürgerbastei ist schwer zu verteidigen. Unsere Leute müssten bis an die Brüstung ran, um die Leitern abzuwehren und da geben sie ein gutes Ziel für Schützen aus den Hausdächern ab."

„Ich werde Kapitänsleutnant Kandelbinder von Ihrer Befürchtung berichten", antwortete Cerrini.

Hackher widersprach nicht, aber er stimmte auch nicht zu. Das Schweigen wertete Cerrini allerdings als positive Antwort. Der Hauptmann wollte gerade abtreten, als es plötzlich hinter ihnen einen gewaltigen Krach gab. Cerrini und Hackher drehten sich um und blickten auf den unteren Festungsplatz. Dort hatte eine Gruppe Landwehrsoldaten soeben versucht, einen Munitionswagen die Festungsstraße hochzuziehen, um die Lampelbatterie zu versorgen, als das Rad des Wagens in einem Schlagloch gebrochen war. Daraufhin war das Gefährt umgekippt und die schweren Säcke mit dem Schwarzpulver waren zu Boden gefallen. Einer davon war aufgebrochen und verstreute seinen Inhalt quer über den Platz bis zum angrenzenden Munitionsdepot.

Cerrini erkannte sofort die Gefahr. Der ganze Platz war voll mit Schwarzpulver. Ein Funken würde genügen, um eine Kettenreaktion auszulösen und alles zur Explosion zu bringen. „Schafft sofort den Karren dort weg!", brüllte der Hauptmann zu den perplex dreinblickenden Landwehrsoldaten. Sofort begannen diese unbeholfen, den Wagen wegzuziehen, was aufgrund des gebrochenen Rades nicht klappte.

Cerrini konnte diesen Dilettantismus nicht mitansehen und sprang von der Mauer, um selbst Hand anzulegen. Geistesgegenwärtig scheuchte er die umstehenden Soldaten herbei und trieb die Männer an, das Gefahrengut sofort zu beseitigen. Im nächsten Moment passierte auch schon das, was Cerrini befürchtet hatte.

Hackher hörte das immer lauter werdende Zischen eines Geschosses und plötzlich machte es etwas oberhalb des unteren Festungsplatzes einen *Rumps*. Entsetzt riss der Major die Augen auf und blickte auf die Einschlagstelle, wo soeben eine französische Granate landete. Das Geschoss war auf dem

Steinboden aufgeschlagen, aber nicht explodiert. Die Lunte brannte noch. Nun kullerte die Granate die Festungsstraße hinunter, direkt auf das verstreute Schwarzpulver zu. Hackher stockte der Atem.

Auch Cerrini hatte den Einschlag bemerkt und starrte mit weit aufgerissenen Augen auf die Granate, die nun auf ihn zurollte. Doch er befand sich am unteren Ende des Platzes, und bis er die Kugel erreicht hätte, würde die Lunte bereits abgebrannt sein. Der Funkenflug der Explosion würde das verstreute Pulver sofort entzünden und sich zum Munitionswagen und zum Depot durchbrennen. Das dort lagernde Schwarzpulver würde augenblicklich explodieren. Die Sprengkraft wäre ausreichend, um die halbe Festung in die Luft zu jagen. Das ist das Ende, schoss es Cerrini in den Kopf, und ohne weiter darüber nachzudenken, begann er, auf die Granate zuzurennen. Er musste sie erreichen und die Lunte ausdämpfen, bevor alles zu spät war. Doch Cerrini war viel zu weit weg und die Granate war bereits gefährlich nahe an das verstreute Pulver herangekommen. Der Hauptmann befürchtete schon das Schlimmste.

Plötzlich sprang Soldat Stadlmayer herbei und Cerrini bemerkte sofort, dass dieser auch auf die Granate zurannte. Dieser war allerdings viel näher und erreichte diese gerade noch rechtzeitig, um die Lunte auszudämpfen.

„Hab sie!", schrie Stadlmayer und hielt die Granate triumphierend in die Höhe, nachdem er die Lunte herausgezogen und mit den Füßen ausgetreten hatte.

Cerrini atmete, genauso wie alle anderen Soldaten, erleichtert auf. „Gut gemacht, Stadlmayer!", schallte es von allen Seiten. Diesem war gar nicht bewusst, welches Unglück er soeben verhindert hatte.

Hackher hatte von der Mauer alles mitverfolgt und war in eine gelähmte Starre verfallen. Er hatte das Unglück kommen sehen und zum ersten Mal musste er feststellen, dass er absolut nichts machen konnte, um es zu verhindern. „Mein Gott", murmelte er zu sich selbst, als ihm bewusst wurde, wie knapp sie alle soeben dem Untergang entkommen waren. Das hatte er bisher nicht mit einberechnet. Hackher verließ sich immer auf kühle Fakten und Tatsachen, doch der Vorfall rief ihm mit Schaudern ins Bewusstsein, dass es auch den Faktor Zufall gab und an diesen hatte er bisher nicht gedacht. Doch nun erkannte er, dass jederzeit etwas Unvorhergesehenes eintreten konnte, was die Lage zugunsten der Franzosen verändern könnte. Durch Zufall wäre den Franzosen beinahe ein Bombentreffer gelungen. Wäre das Munitionsdepot explodiert, wäre die halbe Festung zerstört worden. Nicht nur hunderte Soldaten wären vermutlich sofort gestorben, sondern auch die Mauern und Basteien wären eingebrochen, und nichts hätte die Franzosen noch aufhalten können. Zudem hätten die umherfliegenden Trümmer die Stadt getroffen und auch dort erheblichen Schaden verursacht, vielleicht sogar unschuldige Menschenleben gefordert.

In Hackher stieg ein beklemmendes Gefühl hoch, er konnte nicht atmen und begann zu schnaufen, als wäre er gerade einen Marathon gerannt. Sein Selbstzweifel meldete sich zurück und durchbrach die Fassade des Siegers, die er sich nach den bisherigen Erfolgen schon zur Gewohnheit werden hat lassen. Nichts war sicher und beinahe wäre das eingetreten, wovor ihn die Offiziere gewarnt hatten, der Verlust hunderter Menschenleben.

Hackher war immer noch wie erstarrt, als Cerrini zu ihm hochblickte. Der Hauptmann konnte erkennen, dass der Festungskommandant geradezu geschockt war. Die selbstsichere Haltung des Majors war komplett verschwunden. Hackher stand leicht gebückt und mit eingefallenen Schultern dar und war käseweiß im Gesicht. Jeder konnte den Schock in seinen Augen sehen. Von allen Seiten kamen Soldaten und Offiziere angerannt, um nach dem Rechten zu sehen. Gebannt hatte jeder Mann auf der unteren Festung die Szenerie verfolgt.

Cerrini wandte sich von Hackher ab, er würde später mit dem Major reden. Zunächst musste man das Pulver wegschaffen, denn es konnte jederzeit wieder eine Granate einschlagen.

„Steht nicht so dumm rum, Männer! Schafft endlich das Pulver weg!", brüllte Cerrini und sofort erwachten die Soldaten wieder aus ihrer Schockstarre und beeilten sich umso schneller, den Platz wieder zu räumen. Von der Festungsstraße sah Cerrini plötzlich Oberleutnant Lodron und Schottelius herunterlaufen. Offenbar hatten sie ebenfalls alles mitverfolgt.

„Mein Gott, das war verdammtes Glück", rief Schottelius aus, als er den Schlamassel erblickte.

„Ja, wir können von Glück sagen, dass wir noch leben. Dem Herrn Major sei Dank", setzte Lodron zynisch hinzu.

Beide blickten vorwurfsvoll zu Hackher empor. Dieser versuchte sich wieder zu fassen, doch er hatte sich bereits genügend Blöße gegeben.

„Sind Sie jetzt zufrieden, Herr Major", rief Lodron zum Festungskommandanten empor. „Solches Glück hat man nie zweimal. Merken Sie sich das!"

Hackher sagte kein Wort. Darauf gab es auch nichts zu erwidern, denn Lodron hatte recht. Der Major hätte es beenden können, stattdessen ging der Kampf weiter und soeben war alles auf Messers Schneide gestanden. War dies ein Zeichen gewesen? Ein Zeichen, noch rechtzeitig einzulenken? Hackher machte sich Vorwürfe und sein Zweifel begann ihn wieder zu quälen. Hatte er sich falsch entschieden? Hätte er kapitulieren sollen? Die strafenden Blicke seiner Offiziere trafen ihn, doch niemand sprach es offen aus. Im nächsten Moment fasste sich der Festungskommandant wieder und stolzierte von der Mauer herunter und zielstrebig auf Stadlmayer zu. Er würde seinen aufmüpfigen Offizieren sicher keinen moralischen Sieg überlassen, dachte er sich und warf einen scharfen Blick zu Lodron hinüber.

„Ausgezeichnet!", rief er dann dem verdutzten Stadlmayer zu. Hackher nahm die Hand des Soldaten und streckte sie in die Höhe, als würde er einen Sieger küren. „Der Held des Tages!", rief er laut und euphorisch, sodass es jeder auf dem Platz hören konnte. „Dank des heldenhaften Einsatzes von Soldat Stadlmayer wurde ein großes Unglück verhindert. Eine Sonderration Wein für das ganze Regiment! Bravo Stadlmayer!"

Die einfachen Soldaten stimmten sofort in die Bravorufe mit ein und schon war die Kritik an Hackher vergessen.

Die Männer grölten ein altes französisches Soldatenlied und klangen dabei derart betrunken, dass selbst ein Franzose mühe hatte, sie zu verstehen. De Montenaux hatte angeordnet, dass seine Soldaten noch einmal eine ordentliche Portion Wein bekommen sollten, damit sie sich die Sorgen rund um den bevorstehenden Angriff wegspülen konnten. Spreng und seine Tochter Hermine hatten alle Hände voll zu tun, um mit dem Ausschenken nachzukommen. Obwohl es erst später Nachmittag war, hatte sich die Gaststube der Goldenen Pastete bereits bis auf den letzten Platz gefüllt, sehr zum Missfallen des Wirts, der eigentlich eine konspirative Sitzung abhalten wollte.

Während die Franzosen den Großteil der Stube bevölkerten, saß eine kleine Gruppe einheimischer Bürger an einem Tisch einsam im Eck und schmollte stumm vor sich hin. Der Bäckermeister Dirnböck und einige schwarze Gesellen der Rauchfangkehrerzunft blickten immer wieder misstrauisch zu den Franzosen. Eigentlich wollten sie einen Plan aushecken, um Hackher zu helfen, doch dann war ihnen das Saufgelage der Soldaten dazwischen gekommen.

Spreng stellte ein Tablett mit mehreren Bierkrügen auf den Tisch und setzte sich für einen Moment dazu. „Scheiß Franzosen", murmelte er leise. Die anderen nickten murrend.

Dirnböck blickte über seine Schulter und prüfte, ob sie jemand beobachtete, doch die Franzosen waren am feiern. Dann beugte er sich konspirativ zu den anderen nach vor. „Die Baronin hat herausgefunden, dass es heut eine Stunde vor Mitternacht losgeht", flüsterte er leise.

„Da bleibt wenig Zeit", antwortete Spreng.

„Wir machen das", sagte einer der Rauchfangkehrer. „Sobald es anfängt zu dämmern, klettern wir auf die Häuser und stecken den Soldaten auf der Bürgerbastei eine Nachricht zu."

„Aber schaut zu, dass euch die Franzosen net erwischen", ermahnte Dirnböck.

„Das machen wir schon", antworteten die Rauchfangkehrer zuversichtlich.

Pirrot saß am anderen Ende der Stube am Offizierstisch und warf einen misstrauischen Blick hinüber zu der illustren Gruppe. So auffällig geheimnistuerisch, wie sich Dirnböck und die Rauchfangkehrer verhielten, war es ihm nicht entgangen, dass die dort etwas planten. Doch Pirrot sah in den tölpelhaften Bürgern keine Gefahr, vielmehr interessierte er sich für die Wirtstochter. Schon öfters hatte er ein Auge auf sie geworfen und er fühlte sich immer mehr zu dem jungen Ding hingezogen. Außerdem wusste er, dass Hermine eine Liebschaft mit einem Soldaten von der Festung hatte, was sie auch in militärischer Hinsicht interessant machte. Normalerweise trank Pirrot nicht, doch heute machte er eine Ausnahme. Die Wunde am Rücken war gut verheilt, schmerzte kaum und er würde heute noch töten. Diese Vorstellung gefiel ihm und versetzte ihn fast in einen Rausch. Da er den geheimen Tunnel entdeckt hatte, bekam er von De Montenaux die ehrenvolle Aufgabe, den Sturmangriff durch die Stollen zu führen. Pirrot war begeistert. Er würde also den entscheidenden Schwertstoß ausführen, um die Festung zu Fall zu bringen, wenn das mal keine Beförderung wert war. Pirrot hatte ein Hochgefühl und ließ sich gehen. Bereits mehrere Krüge Weißwein hatte er in sich.

Hermine schleppte ein voll beladenes Tablett zu einem Tisch der Franzosen. Ihre Unterarme schmerzten durch das Gewicht, welches sie tragen mussten. Tagsüber durfte sie seit dem Beginn der Angriffe nie das Haus verlassen, ihr Vater hatte es strikt verboten. „Minerl!", hatte er gesagt. „Halt dich von den Soldaten fern! Bleib im Haus, dann passiert dir auch nichts." Abends musste sie dann Schwerarbeit leisten und den Durst der Besatzer befriedigen. Entgegen der allgemeinen Meinung, die Franzosen seien beim Konsumieren von

Alkohol sehr zurückhaltend, soffen die Soldaten jeden Abend eine ordentliche Menge Bier. Kurz vor Mitternacht war dann immer Schluss. Die Offiziere befahlen die Nachtruhe und am nächsten Tag mussten die verkaterten Männer wieder Dienst schieben. Wer am Vorabend zu viel getrunken hatte und beim Morgenappell nicht richtig stehen konnte, der wurde bestraft. So stellten die französischen Offiziere einerseits sicher, dass ihre Männer immer gut bei Laune waren, andererseits sich aber aus Angst vor Bestrafung immer in Acht nahmen, nicht zu viel zu trinken. Und auch an diesem Tag war jede bestellte Runde von den Offizieren genehmigt, die darauf achteten, dass niemand zu viel bekam, schließlich mussten die Soldaten heute noch kämpfen. Leicht angeheitert stritten sie wie furchtlose Löwen, völlig besoffen wie tollpatschige Esel.

Hermine eilte mit dem nächsten Tablett keuchend zum Offizierstisch. „Hier bitte schön", sagte sie und verteilte die Krüge. Bei den Offizieren traute sie sich ein wenig zu sprechen, denn diese galten als anständig, bei den gemeinen Soldaten hielt man besser den Mund und sah zu, schnell wieder wegzukommen. Plötzlich blickte Hermine in Pirrots starrende Augen und der Leutnant ergriff ihre Hand, als sie einen Krug vor ihm hinstellte. Nicht fest, aber gerade fest genug, sodass Hermine sich nicht losreißen konnte.

„Setz dich zu uns, mein Kind. Leiste uns Gesellschaft", forderte Pirrot sie freundlich auf.

Widerwillig zog Hermine einen Stuhl heran, setzte sich und warf dann sofort einen Blick zu ihrem Vater hinüber, der immer noch mit Dirnböck und den Rauchfangkehrern am Tisch redete und ihr den Rücken zuwandte.

„Kurz ausruhen tut doch gut, nicht wahr?", sagte Pirrot schleimig und streichelte ihre Hand. Hermine nickte verunsichert. Pirrot merkte genau, wie ihr Atem schneller geworden war, und blickte auf ihren Ausschnitt und betrachtete die Ansätze ihrer Brüste, wie sie sich hoben und wieder senkten. Hermine wäre am liebsten schreiend weggerannt, doch sie war wie versteinert.

„Schöne weiche Haut hast du", sagte Pirrot dann und lockerte seinen Griff für einen Moment. Sofort zog Hermine ihren Arm zurück.

Pirrot lächelte. „Keine Angst mein Kind, ich tu dir nichts. Ich weiß doch, dass du ja bereits einen Liebhaber hast", sagte er dann und blickte sie grinsend an.

Hermine atmete für einen Moment noch heftiger und riss die Augen auf. Ihrem Gegenüber war diese Reaktion sofort aufgefallen. Pirrot liebte es, wenn er mit anderen Menschen spielen konnte, vor allem mit den Gefühlen junger Mädchen.

„Aber du wirst dir bald einen anderen suchen müssen", sagte er dann in gespieltem einfühlsamen Ton.

„Was meint Ihr?", antwortete sie sofort verunsichert.

„Du brauchst mir nichts zu verheimlichen. Ich weiß, dass dein Liebster Soldat auf der Festung ist. Du musst dir ja furchtbare Sorgen um ihn machen, vor allem wegen des Angriffs." Pirrot schüttelte den Kopf und tat so, als würde er Hermines Sorgen und Ängste voll und ganz verstehen.

„Welcher Angriff?", fragte sie dann ganz perplex.

„Ach, weißt du es noch gar nicht, mein Kind. Die Festung wird heute fallen, vermutlich werden dort alle sterben. Aber vielleicht kann ich etwas tun, damit dein Liebster verschont wird."

Hermine stockte das Blut in den Adern, als sie daran dachte, dass Suller sterben würde. Sie kannte diesen jungen Soldaten noch nicht lange, aber seit der Nacht im Stall liebte sie ihn. Er war ihr Erster gewesen, und auch wenn sie noch gar nicht wusste, ob es mit ihm eine Zukunft gab, wollte sie einfach nicht, dass ihm etwas zustieß.

„Was?", fragte sie plötzlich ganz instinktiv.

Pirrot lächelte und tastete nach ihren Beinen. Als er ihre Oberschenkel unter dem Tisch berührte und ihre zarte weiche Haut spürte, sprang Hermine erschrocken auf und rannte zurück in die Küche. Pirrot lachte nur ob ihrer Reaktion. „Dich krieg ich auch später noch", sagte er sich und nahm seinen Krug. Heute würde er sich durch nichts die Laune verderben lassen, denn morgen schon gab es einen Sieg zu feiern und Hermine würde er sich genau dafür aufsparen. Pirrot stellte sich schon vor, was er dann mit der hübschen Wirtstochter anstellen würde und grinste dabei gierig.

Am anderen Ende des Raumes erhob sich die Gruppe der Grätzer Bürger. Spreng schüttelte jedem die Hand und tauschte letzte konspirative Blicke aus, ehe er wieder hinter die Theke ging und die anderen geschlossen das Gasthaus verließen.

Kapitänsleutnant Kandelbinder hockte neben einer der 6-Pfünder und blickte in den anbrechenden Nachthimmel empor. Es würde eine sternenklare Nacht werden, der Mond schien ungewöhnlich hell und keine einzige Wolke war am Himmel zu sehen. Eine warme Brise wehte dem Artilleriekommandanten von Süden her entgegen. In der Stadt war es ruhig geworden. Keine Menschenseele war mehr in den Gassen und Straßen unterhalb der Bürgerbastei zu sehen. Schon den ganzen Tag über konnte man die Vorbereitungen der Franzosen rund um die Stadt beobachten. Jeder wusste, dass es bald wieder zu einem Angriff kommen würde, doch der Zeitpunkt blieb ungewiss. Unter den Verteidigern auf der Festung herrschte deshalb eine sehr nervöse Anspannung. Es konnte jederzeit passieren. Die grassierende Antipathie der Offiziere gegen den Festungskommandanten hatte sich inzwischen auch zu den Mannschaften durchgesprochen und diese in zwei Lager geteilt. Die einen standen loyal zu Hackher, die anderen teilten die Skepsis der Offiziere. Schon am Nachmittag musste Kandelbinder einmal einen Streit zwischen seinen Kanonieren schlichten, die heftig über die Position Hackhers debattierten. Daraufhin hatte er sofort klargestellt, dass er loyal zum Major stehen würde und das von seinen Männern ebenfalls erwarten würde. Der Zwiespalt war dennoch wenig hilfreich in der momentanen Lage. Viele waren verunsichert und wussten nicht, wem sie jetzt glauben sollten. Hackher, der weiterhin zuversichtlich an einen Sieg glaubte, oder den Offizieren, von denen ein Großteil inzwischen an einem guten Ausgang zweifelte und auf eine Kapitulation drängte. Kandelbinder versuchte die Gedanken beiseitezuschieben, da es ihm ohnehin sinnlos vorkam, jetzt an so etwas zu denken. Es stand definitiv ein Angriff bevor und da richtete man seine Aufmerksamkeit besser auf den Feind als auf die eigenen Leute.

Fast liebevoll streichelte er mit der Hand den glatt polierten Lauf der 6-Pfünder. Die Männer hatten den Kanonen inzwischen Namen gegeben. Mit weißer Kalkfarbe hatte jemand *„Eiserne Jungfrau"* auf den Lauf gepinselt. Ganz so jungfräulich war das Geschütz nicht mehr, dachte sich Kandelbinder. Den Batterien auf der Bürgerbastei waren bisher die effektivsten Treffer gelungen, trotz des ständigen Musketenbeschusses aus den Hausdächern, dem die Kanoniere ausgesetzt waren.

Kandelbinder wollte sich gerade vom Stadtbild abwenden, als er unerwartet ein Pfeifen vernahm. Das Geräusch konnte er sofort unter ihm lokalisieren und so ging er zur Brüstung nach vor und blickte auf die Hausdächer hinunter. Erstaunt entdeckte er dort eine Gruppe Rauchfangkehrer, die auf einem der Dächer stand und ihm zuwinkte.

„Grüß euch, da oben!", schallte es zu Kandelbinder herauf.

„Was machts ihr denn da unten?", rief er zurück.

„Lasst ein Seil runter, wir haben eine Nachricht für'n Major Hackher!"

Kandelbinder erkannte sofort, dass die Männer ein enormes Risiko eingingen, indem sie sich auf das Dach gewagt hatten, doch glücklicherweise schienen gerade keine Franzosen in der Nähe zu sein. Sofort winkte der Kapitänsleutnant zwei seiner Leute herbei und befahl, ein Seil hinabzulassen.

„Pssst! Machts keinen Wirbel!", ermahnte Kandelbinder seine Leute, die alle plötzlich sehr aufgeregt waren.

Der junge Peters kam mit einem Haltetau angerannt und ließ das Seil zusammen mit dem schweigsamen Anton Siegl hinab. Da der Strick etwas zu kurz war, mussten die Rauchfangkehrer eine Räuberleiter bilden, damit einer von ihnen einen Zettel ans Seil binden konnte.

„Bringts die Nachricht gleich zum Hackher!", riefen die schwarzen Gesellen noch hinauf, während Siegl und Peters das Seil wieder nach oben zogen.

„Machen wir! Sonst alles klar in der Stadt?", rief Kandelbinder hinunter.

„Jo, passt schon. Kommen schon z´recht. Alles Gute!", schallte es zurück, woraufhin sich die Rauchfangkehrer sofort wieder vom Dach zurückzogen.

Der Artilleriechef löste die zusammengerollte Nachricht vom Seil und rollte das Schriftstück auf. Neugierig blickten ihm die herbeigelaufenen Kanoniere über die Schulter. Jeder wollte wissen, was es in der Stadt Neues gab.

„Jesus Maria!", rief Kandelbinder hervor.

„Was steht denn drinnen?", fragte der junge Peters ganz aufgeregt.

„Generalsturm eine Stunde vor Mitternacht", antwortete Kandelbinder. Sofort ging ein nervöses Raunen und Getuschel durch die Runde. „Seids ruhig!", befahl der Artilleriekommandant sofort. „Bursche, du bringst das sofort zum Hauptmann Cerrini, aber geschwind!" Kandelbinder drückte Peters den Zettel in die Hand. Dieser nickte hastig und rannte sofort hoch zur Torbastei.

„So, jetzt hört alle gut zu", fuhr der Kapitänsleutnant dann in ernstem Tonfall fort. „Die Stadtler haben uns wissen lassen, dass die Franzosen heute Nacht noch angreifen. Einen Generalsturm soll es geben. Jeder geht auf seinen Posten, aber alles leise und mit der Ruhe. Die Franzosen sollen nicht mitkriegen, dass wir was wissen, verstanden?"

Die Männer nickten und begaben sich stumm auf ihre Posten. Endlich gab es Gewissheit über den Zeitpunkt des Angriffes und dies stimmte die Soldaten zuversichtlich. Munter und ermutigt bereiteten sich die Kanoniere vor.

„Herr Major!", rief Cerrini und stürmte in das Arbeitszimmer des Kommandanten.

„Um Gottes willen, Cerrini, jetzt schreien S' doch nicht so nervös herum", herrschte ihn Hackher an, der gerade einen Eintrag in sein Tagebuch schrieb und vor lauter Schreck einen Strich quer über das Blatt zog.

„Bitte um Verzeihung, Herr Kommandant, aber wir haben soeben eine Nachricht erhalten."

„Von wem?", fiel Hackher dem Hauptmann ins Wort.

„Von den Rauchfangkehrern."

„Wie bitte, von wem?", fragte der Major verwirrt nach.

„Ein paar Rauchfangkehrer sind anscheinend auf das Dach eines der Häuser in der Sackstraße geklettert und haben unseren Leuten auf der Bürgerbastei einen Zettel zukommen lassen und der Kandelbinder hat sofort einen Buben zu mir geschickt."

„Na, die haben Nerven. Und was ist auf dem Zettel gestanden?"

Cerrini reichte das kleine Schriftstück sofort an Hackher weiter, der es zackig aufrollte und las, wobei er kurz darauf ein Gesicht machte, als würden ihm gleich die Augen rausspringen. „Generalsturm!", rief der Kommandant überrascht aus. „Eine Stunde vor Mitternacht!"

„Jawohl, Herr Major", bestätigte Cerrini den Inhalt der Botschaft.

Hackher hatte sofort das Gefühl, einen Vorteil für sich zu sehen. Die Franzosen rechneten wahrscheinlich nicht damit, dass man die Verteidiger vorgewarnt hatte.

Plötzlich kam Hauptmann Mayer aufgeregt und wie immer völlig außer Atem in das Arbeitszimmer gerannt. „Herr Major, die Franzosen. Stellen Sie sich vor, die Franzosen", stammelte der schwitzende Hauptmann hervor.

Hackher verzog das Gesicht und verschränkte die Arme hinter dem Rücken. „Jetzt hab ich Ihnen das schon so oft gesagt. Was sollen Sie machen, wenn Sie bei mir Meldung machen?", fragte er.

„Jessas! Das vergess ich alle Weil", stammelte Mayer keuchend und schlug dann ungeschickt die Fuße zusammen und salutierte vor dem Major. Cerrini stand amüsiert daneben, blickte aber betreten zu Boden, um sich nichts anmerken zu lassen.

„So ists gut, Mayer. Und was ist mit den Franzosen?", fragte Hackher dann.

„Ja, die Franzosen sind da!", stammelte Mayer erneut aufgeregt hervor.

„Aha, ganz was Neues", sagte Hackher etwas zynisch ob der ungenauen Ausdrucksweise des Hauptmannes.

„Sie verstehen nicht, Herr Major. Die Franzosen marschieren schon auf", setzte Mayer nach.

„Wo marschierens auf?", frage Hackher hellhörig.

„Auf dem *Glacis*. Ein paar Dutzend Sturmabteilungen. Leitern, Steigeisen, alles habens dabei!"

Hackher erkannte den Ernst der Lage und warf einen Blick durch das Fenster auf das Ziffernblatt des Uhrturms. Es war drei Stunden vor Mitternacht. Wenn die Franzosen so früh begannen, ihre Truppen in Aufstellung zu bringen, so musste er mit einem massiven Angriff rechnen. „Cerrini, alarmieren Sie sofort die Garnison. Wenn der Broussier einen Generalsturm vorbereitet, dann haben wir die größte Wucht des Angriffes auf der Ostseite zu erwarten. Die Franzosen werden alle Kräfte dort konzentrieren und versuchen, unsere Verteidigung zu überrennen. Wir bringen alles, was wir haben, jeden Mann und jedes Geschütz, auf dem Osthang zum Einsatz."

Der Stellvertreter Hackhers nickte sofort pflichtbewusst und marschierte davon, um die Befehle auszuführen.

„Cerrini, noch etwas", rief ihm Hackher hinterher. „Machen Sie den Männern klar, wenn wir diesen Angriff abwehren, dann haben wir schon so gut wie gewonnen. Die Franzosen müssen alles einsetzen, um eine Aussicht auf Erfolg zu haben. Schlagen wir sie zurück, dann sind ihre Kräfte aufgebraucht. Das eine Mal noch, Cerrini! Und noch etwas. Lassen Sie für die Männer je ein Achterl Wein ausgeben."

Der Hauptmann teilte die Zuversicht seines Kommandanten nicht ganz und auch dem Hauptmann Mayer konnte er ansehen, dass dieser skeptisch war, doch er wusste, dass Hackher die Männer ermutigt wissen wollte. „Jawohl, Herr Major", sagte Cerrini und marschierte ab.

Kapitel 4 - Generalsturm

15. Juni, 23:00 Uhr, auf dem Glacis

Broussier blickte mit einem Fernrohr auf die Umrisse der Schlossbergfestung. Rings um ihn herum herrschte lauter Trommelwirbel. Der französische General konnte trotz der Dunkelheit, die inzwischen eingesetzt hatte, einiges an Bewegung auf den Mauern der Festung ausmachen. Man könnte fast glauben, dass Hackher gewarnt worden war, stellte Broussier fest und klappte das Fernrohr zu. Wie auch immer. Heute Nacht würde die Festung fallen, egal was es kostete. Mit Kollaborateuren aus der Bevölkerung würde er sich später immer noch beschäftigen können.

Der General hatte sein barockes Stadtpalais gegen ein Pferd eingetauscht. Diesen Angriff wollte er selbst leiten. Er konnte nicht das Risiko eingehen, diese wichtige Schlacht seinen Offizieren zu überlassen. Broussier war in allem Maße entschlossen, heute zu siegen. Endlich. Er zog an den Zügeln und wandte sich samt Pferd zu seinen Männern um, die in Reih und Glied Aufstellung genommen hatten. Zufrieden blickte Broussier auf die massive Ansammlung seiner Truppen. Mehrere Schnapsfässer wurden durch die Reihen gereicht und jeder Soldat gönnte sich noch einmal einen kräftigen Schluck. Langt ruhig ordentlich zu, dachte sich Broussier und grinste selbstgefällig. Dann zog er seinen Säbel und streckte ihn siegessicher in die Höhe. Die Männer begannen zu jubeln.

„Heute Nacht werdet ihr Großes vollbringen", begann Broussier zu sprechen. „Heute Nacht wird diese widerspenstige Festung fallen. Diese sturen Österreicher fühlen sich hinter ihren Mauern sicher und blicken lachend auf uns herab. Doch heute Nacht zeigen wir ihnen, mit wem sie es zu tun haben! Kein Pardon, keine Gnade Männer! Morgen schon genießt ihr die Aussicht über die Stadt!"

Erneut brandete Jubel auf. Die Soldaten waren guter Laune und durch den Alkohol ermutigt. Die Stimmung war zuversichtlich. Broussier gab seinem Pferd die Sporen und ritt die Reihen der Sturmabteilungen ab und schwang dabei triumphierend seinen Säbel.

De Montenaux küsste die Klinge seiner Blankwaffe und bekreuzigte sich ein letztes Mal, als Broussier an seiner Dragonerabteilung vorbeigeritten war. Er würde heute die Kavallerie führen. Ein äußerst schwieriger Angriff stand ihm bevor. Er sollte im rechten Moment die Festung hochreiten und den entscheidenden Schlag ausführen. Der Plan war enorm riskant, doch wenn es die Sturmregimenter erstmal geschafft hatten, die äußeren Werke zu nehmen und das Tor aufzubrechen, würde De Montenaux mit seiner Reiterei durch das Tor stoßen und den Feind aus dem Weg räumen. Es musste einfach klappen.

Auf dem Gefechtsvorfeld der Stadt herrschte ein ohrenbetäubender Lärm. Die Marschtrommeln erklangen erneut und die breite Kolonne setzte sich über das Feld in Bewegung. Dann kam das Signal für die Artillerie. Eine Kanonensalve ertönte und gab das endgültige Signal zum Angriff. Befehle wurden gebrüllt und die Sturmreihen gingen in den Laufschritt über.

Broussier hatte sich hinter die Feldbarrikaden begeben und zückte nun sein Fernglas. Zufrieden beobachtete er die ersten Explosionen seiner Geschosse auf dem Schlossberg. Ein Gebäude, so konnte er erkennen, ging auf der Festung in Flammen auf. Gut, das würde Hackhers Männer zusätzlich beschäftigen. In der Dunkelheit konnte er die im Mondlicht schimmernden Bajonette und Säbel seiner anstürmenden Soldaten erkennen.

„Mon Général!", ertönte die Stimme von Colonel Gambin hinter Broussier, der sich augenblicklich umwandte.

„Der Angriff hat an allen Fronten begonnen, Sire".

„Ausgezeichnet!", rief der Oberkommandant der französischen Besatzungstruppen aus. „Lassen Sie weiterfeuern, bis unsere Männer die Anhöhen erreicht haben."

„Sehr wohl Sire. Darf ich Sie daran erinnern, dass die Abteilung Pirrot auf Ihren Befehl wartet."

Broussier warf Gambin einen ernsten Blick zu und verzog dann die Mundwinkel zu einem zynischen Lächeln. „Sagen Sie Pirrot, er kann vorrücken."

Gambin nickte und übergab den Befehl einem Meldereiter.

Bürgerbastei

Kandelbinder traute seinen Augen nicht, als er einen Blick über die Brustwehren warf. Unterhalb seiner Bastion scharten sich in den Gassen mehrere Dutzend Franzosen mit Sturmleitern und waren im Begriff, diese an die Mauern der Festung anzulegen. Dem Kapitänsleutnant blieb die Luft weg. Kurz darauf schlugen mehrere Gewehrsalven rund um ihn herum ein und er warf sich hinter die Brustwehr in Deckung. Die Franzosen hatten das Feuer aus den Hausdächern wieder eröffnet und Kandelbinder wünschte sich in diesem Moment nichts mehr, als die Kanonen auf die Häuser richten zu können und diese verdammten Franzmänner unter Schutthaufen zu begraben, doch er konnte unmöglich zivile Opfer riskieren. Ihm blieb allerdings keine Zeit nachzudenken. Im Schutz der Dunkelheit hatten sich die Franzosen durch die engen Gassen unterhalb der Bürgerbastei herangeschlichen und würden in Kürze ihre Sturmleitern anbringen. Kandelbinder musste etwas tun.

„Navarra!", rief er und winkte den staksigen Unterleutnant zu sich. „Die Franzosen wollen die Bastei bestürmen. Wir brauchen sofort Verstärkung."

Der hagere Unteroffizier nickte und machte sich davon, um Unterstützung anzufordern. Kandelbinder blickte ihm nach, atmete dann tief ein und zog seine Pistole aus dem Gürtelhalfter.

„An die Gewehre, Männer!" brüllte er dann.

Sofort ließen die Kanoniere und die Stückmannschaften die großen Geschütze liegen und griffen zu ihren Blankwaffen, Gewehren und Doppelhacken, die überall verteilt bereitlagen. Unterhalb der Bastei waren lautes Geschrei und Gegröle der Franzosen zu hören, und als sich Kandelbinder wieder umwandte, sah er, wie die erste Sturmleiter an die Mauer angelegt wurde. Die eisernen Hacken am Ende der Leiter verkeilten sich sofort.

Ohne einen weiteren Gedanken zu verschwenden, stand Kandelbinder auf und richtete seine Pistole nach unten und feuerte auf den ersten französischen Soldaten, der die Leiter heraufgeklettert kam. Die Kugel traf den Mann direkt in den Kopf und sprengte ein großes Loch in den Schädel. Blut und Hirnmasse spritzten in einer Fontäne weg und der leblose Körper des Soldaten kippte nach hinten, stürzte die Leiter herunter und riss dabei zwei nachkommende Franzosen mit sich. Nun war das Scharmützel voll im Gang. Die Angreifer legten nun zwei weitere Leitern an die Mauer an und begannen, unter lauten „*Avance*"-Rufen daran hochzuklettern.

Kandelbinder ging wieder in Deckung und begann, seine Pistole nachzuladen. „An die Mauer!", rief er seinen Kanonieren zu. Jene, die ein Gewehr oder einen Doppelhacken ergattert hatten, sprangen nach vor und gingen an beiden Seiten ihres Kommandeurs in Deckung. Als der Kapitänsleutnant das Laden seiner Pistole beendet hatte, warf er seinen Leuten einen entschlossenen Blick zu. Die Gesichter der Männer zeigten Zuversicht und Kampfeslust. Selbst der 16-jährige Peters klammerte sich an ein Gewehr und schien furchtlos zu sein. Kandelbinder nickte dem Jungen väterlich zu und holte dann noch einmal tief Luft.

„Jetzt!"

Die Schützen hinter der Mauer erhoben sich und legten allesamt auf die Franzosen unterhalb der Bastei an und feuerten. In der engen Gasse unterhalb der Bastei standen die Franzosen dicht gedrängt und beeilten sich, die Leitern hochzukommen. Kandelbinder entlud seine Pistole und traf erneut einen Angreifer in den Kopf. Die Feuersalve der Verteidiger schlug eine große Bresche in die Reihen der Franzosen. Dutzende Blauröcke gingen zu Boden.

Kurz darauf kam die Antwort. Aus den Hausdächern krachten die Musketen der gegnerischen Scharfschützen. Diese hatten in der Dunkelheit ihre Mühe, Ziele auf der Bürgerbastei auszumachen, doch diesmal mussten sie nur auf die Umrisse der Mauer feuern.

„Deckung!", brüllte Kandelbinder und warf sich sofort, nachdem er gefeuert hatte, wieder in Deckung. Die meisten seiner Männer taten es ihm nach, doch einige waren zu langsam. Zwei Schützen wurden mehrfach in die Brust getroffen und fielen kopfüber von der Mauer.

Der dicke Kanonier Kessler hatte sich viel zu langsam umgedreht und bekam ebenfalls mehrere Kugeln in den Rücken. Die massige Gestalt des hässlichen Mannes brach augenblicklich zusammen und krachte heftig auf den Steinboden. Es machte ein knackendes Geräusch und Kandelbinder vermutete, dass es die Schädeldecke des Mannes gewesen sein musste. Wenn ihn nicht die Kugeln umgebracht hatten, so bestimmt der Aufschlag seines Kopfes auf dem Pflasterstein.

„So ein verdammter Mist!", fluchte der Artilleriekommandant und begann, seine Pistole wieder nachzuladen, doch wenn nicht bald Navarra mit der Verstärkung hier sein würde, war die Bürgerbastei verloren. Er hatte viel zu wenige Schützen und bei jeder Salve waren sie dem Gewehrfeuer aus den Hausdächern ungeschützt ausgesetzt. Kandelbinder war mit seinen Leuten deutlich in der Unterzahl. Größeres Geschütz musste her.

„Siegl!", rief der Kapitänsleutnant zu einem der Kanoniere. „Schnappen Sie sich zwei Leute und laden Sie eine 6-Pfünder mit Kartätschen. Los!"

Der Kanonier Anton Siegl nickte und klopfte zwei seiner Kollegen auf die Schulter als Zeichen, dass diese ihm folgen sollten. Sofort begann das Trio, eines der Geschütze zu beladen und versuchte dabei, möglichst in Deckung zu bleiben.

Kandelbinder hatte seine Pistole erneut feuerbereit gemacht und wollte schon den Schießbefehl geben, doch die meisten seiner Schützen lagen noch am Boden. Außerdem war es bereits zu spät. Als sich der erfahrene Artillerist umdrehte, sah er schon den Fuß des ersten Franzosen, der über die Mauer kam. Sofort schoss ihm Kandelbinder in den Unterleib. Der Mann brach kreischend über ihm zusammen und war tot.

Kaum war der tote Leib des Franzosen beiseite gerollt, sprang bereits der nächste Soldat mit einem lauten Kriegsschrei über die Mauer. Kandelbinder versuchte sich aufzurappeln, doch der Mann stürzte bereits mit dem Bajonett auf ihn zu. Sofort griff er zu seinem Säbel, doch er würde zu langsam sein. Kandelbinder schloss bereits die Augen und erwartete den tödlichen Stahl.

Der Franzose brüllte wie ein Verrückter und wollte gerade auf den Offizier einstechen, als ihn eine Kugel mitten im Gesicht traf. Kandelbinder spritzte das Blut des Mannes ins Gesicht und er wandte sich angewidert ab, doch im nächsten Moment fragte er sich, woher der Schuss kam und blickte über seine Schulter.

„Gott sei Dank", stieß der Artilleriechef aus, als er Navarra und Oberleutnant Schottelius erblickte, die mit mehreren Dutzend Soldaten vom Haupttor herbeigerannt kamen. Die professionellen Schützen des 16. Linieninfanterieregiments formierten sich sofort in zwei Reihen und feuerten auf die Franzosen, die in immer größerer Zahl über die Mauer kamen.

„Köpfe runter!", schrie Kandelbinder. Über ihm flogen die Kugeln hinweg und hinter ihm schlugen diese in die Körper der Angreifer ein.

„Attacke!"

Wild schreiend preschten die Soldaten geführt von Schottelius an die Mauer vor und versenkten ihre Bajonette in die Bäuche der Franzosen. Eine wilde Keilerei entstand.

„Pünktlicher hätten S' nicht hier sein können", rief Kandelbinder seinem Unterleutnant zu. Navarra nickte und stürzte sich ebenfalls in den Kampf. Der Ansturm der Franzosen war vorerst gestoppt, doch zurückgeschlagen war er noch nicht. Kandelbinder raffte sich auf und sprang hinüber zu Anton Siegl. „Wie weit seit ihr?", rief er dem Kanonier zu.

„Fertig geladen, Herr Kapitänsleutnant", bestätigte dieser ganz ruhig, als wäre alles nur eine Übung.

„Los. Rollt das Geschütz an die Mauer!"

Kandelbinder und die Kanoniere packten an und rollten die Lafette an den Mauervorsprung. Glücklicherweise konzentrierte sich das Scharfschützenfeuer der Franzosen gerade auf die Soldaten von Schottelius, die tapfer an der Mauer fochten. Kandelbinder gelang es ungestört, das Geschütz an die Brustwehr zu fahren.

„Wir müssen die Lafette anheben!", befahl er.

Siegl und die beiden anderen Männer griffen an und hoben das Geschütz hoch, sodass sich der Lauf über die Mauer hob und sich nach unten neigte.

Kandelbinder richtete das Rohr auf die Mitte der französischen Reihen, die sich nach wie vor in der Gasse drängten. Dann griff er nach einem Feuerstock und entzündete das Pulver in der Zündpfanne.

„Weg!", brüllte er. Im Augenblick des Schusses ließen die Kanoniere die Lafette los und sprangen zur Seite. Das Geschütz machte einen unkontrollierten Satz nach hinten und schien für einen Moment in der Luft zu stehen. Der Schuss war ungenau, doch er verfehlte seine Wirkung nicht. Die Ladung der Kartätsche schlug in den französischen Reihen ein und mähte Dutzende Angreifer nieder.

Als Kandelbinder über die Mauer blickte, sah er eine mit Leichen übersäte Gasse unter ihm. Der Angriff der Franzosen war zurückgeschlagen und die Überlebenden zogen sich außer Schussweite zurück.

„Sie haben es geschafft!", rief Siegl zu seinem Kommandanten.

„Das verschafft uns nur etwas Luft. Die kommen wieder", antwortete Kandelbinder und blickte auf das Geschützrohr. Die Kanone war aus der Lafette gesprungen und der Länge nach aufgerissen. Damit hatte der Artilleriechef gerechnet. Besonders oft konnte er seine Geschütze auf diese Weise nicht einsetzen, wenn er nicht wollte, dass sie ihm bald ausgehen würden.

„Laufen Sie hoch zum Depot und besorgen Sie uns ein paar Granaten. Die werden wir hier unten noch brauchen", befahl Kandelbinder und versuchte im nächsten Moment, die Lage zu überblicken.

Etwa 20-30 Franzosen waren noch auf der Mauer und wurden von Schottelius und seinen Soldaten in Schach gehalten. Die Kanoniere und Stückleute hielten sich im Hintergrund oder lagen irgendwo in Deckung, was Kandelbinder gut verstehen konnte, denn schließlich waren sie wesentlich schlechter bewaffnet und im Nahkampf ungeübter als die Linieninfanteristen.

Der Mauervorsprung war bereits übersät mit mehreren Leichen, hauptsächlich Franzosen. Die Gefechtsteilnehmer mussten teilweise auf den toten Körpern herumtrampeln. Kandelbinder hatte drei Männer verloren, die Franzosen ein Vielfaches davon. Doch immer wieder schlugen die Kugeln der Häuserschützen überall auf der Bürgerbastei ein. Die Scharfschützen waren immer noch das größte Problem. Wenn es zu einem zweiten Ansturm kommen sollte, dann war es im Moment nicht möglich, ihn aufzuhalten, da alle verfügbaren Männer beschäftigt waren. Irgendwie musste man diese Leitern wieder loswerden, befand Kandelbinder. Nur wie? Die Enterhacken, die am Ende der Sturmleitern angebracht waren, hatten sich in das Mauergestein geschlagen und waren so leicht nicht rauszuhauen, doch das musste man auch nicht. Es genügte, die Holzstreben zu zerschlagen.

Sofort blickte er sich nach einem geeigneten Schlagwerkzeug um, einer Hacke, einem Hammer oder einer Schaufel, doch in der Dunkelheit konnte er nichts finden. Im nächsten Moment hörte Kandelbinder erneut die Sturmrufe der Franzosen, die durch die Gassen strömten und mit frischer Stärke angriffen.

Osthang

Die Schützenreihen der Franzosen waren unter schnellem Marsch bis zum Fuß des Berges vorgerückt und hatten sich dann in aufgelöster Formation daran gemacht, die Anhöhe zu erstürmen. Erst als die vordersten Linien die halbe Höhe erreicht hatten, ebbte das Kanonenbombardement der französischen Artillerie ab und heftiges Gewehrfeuer wurde aufgenommen.

Cerrini hatte alle Hände voll zu tun. Fast im Sekundentakt

waren die Granaten herbeigeflogen und donnerten gegen die steinernen Wälle der Festung, wo sie zwar wenig Schaden anrichteten, aber den Verteidigern jedes Mal einen enormen Schrecken bereiteten. Bei jeder Detonation schien der ganze Berg zu beben und die braven Soldaten an den Mauern waren kurz davor, panisch auseinanderzurennen. Doch die Anwesenheit Hackhers mahnte die Männer zur Disziplin. Der Festungskommandant stand am Platz und schien nur auf den Feind zu warten, während Cerrini und seine Männer sich an den Mauern drängten und versuchten, die Köpfe unten zu halten.

Als das Kanonenfeuer aufhörte, wollte schon leichter Jubel unter den Verteidigern ausbrechen, doch als Cerrini seinen Kopf hob und über die Mauer blickte, sah er die im Mondlicht schimmernden Bajonette der Franzosen, die den Hang heraufstürmten. Cerrini wich im ersten Augenblick entsetzt zurück. Er hätte nicht gedacht, dass Broussier es wagen würde, seine Männer über die Nordostseite zu schicken, die im Gegensatz zur Ostseite sehr zerklüftet war. Noch entsetzter war er, als er erkannte, dass die Franzosen auch von der Stadtseite her kamen und im Begriff waren, eine Zangenbewegung auszuführen.

„Sie kommen von zwei Seiten, Herr Major!", rief er von der Mauer zu Hackher hinunter. Dieser reagierte sofort und eilte zu Cerrini hoch und ließ sein scharfes Auge über den Hang spähen. Wegen der Dunkelheit war es unmöglich, die genaue Feindanzahl abschätzen zu können, doch es war zumindest deutlich zu erkennen, dass der Hauptteil der Franzosen von Nordosten kam und ein weiterer über den Karmeliterplatz. Beide Abteilungen waren bereits bis zur Hälfte der Anhöhe herangerückt und näherten sich weiterhin schnell. Doch Hackher erkannte sofort, dass die Franzosen in loser Formation vorrückten. Dadurch wurde ihr Vorstoß zwar schneller, aber er verlor auch an Schlagkraft, und dies hielt er für eine Schwachstelle, die er nutzen wollte.

„Cerrini, schaffen Sie ein paar Geschütze zur Torbastei und lassen Sie die Lampelbatterie mit Kartätschen feuern. Die Franzosen werden sich entlang der äußeren Werke vorbeikämpfen und sich bei der Flesche treffen. Sie zwingen uns, unsere Kräfte zunächst auf die ganze Hangseite zu verteilen, wodurch wir für einen starken punktuellen Angriff verwundbar werden. Sie werden alle Kräfte schließlich zum Festungstor hin konzentrieren und versuchen, unsere Schwäche auszunutzen. Das darf nicht geschehen!"

Cerrini erfasste den Sinn von Hackhers Ausführungen sofort und war erstaunt, wie schnell dieser die Taktik der Franzosen durchschaut hatte, doch es klang absolut plausibel. Das Tor und die vorgelagerte Flesche waren die einzigen Punkte, wo der Feind durchkommen konnte. Hätte dieser vorgehabt, die Mauern zu bestürmen, so wie es bei den vorangegangenen Sturmangriffen der Fall war, so hätten sie geschlossen vorrücken müssen, um überhaupt eine Wirkung erzielen zu können. Doch der ungeordnete Vorstoß hatte nur einen Zweck: möglichst schnell an der äußeren Verteidigung vorbeizukommen und beide Angriffswellen dann an einem Punkt, mit voller Wucht, zu vereinigen.

Cerrini verlor keine Zeit und sprang einfach von der Mauer und brüllte Befehle in alle Richtungen. Sofort wurden zwei Kanonen herbeigeschafft und am Tor positioniert.

Hackher versuchte weiterhin, die Lage einzuschätzen und er musste erkennen, dass diese neue Taktik der Franzosen eine erhebliche Gefahr darstellte. Sein Blick ging am Torhaus vorbei, entlang der Kurtinenmauer, die sich bis auf die Bergspitze hochschlängelte. Darunter lagen die vorgelagerten Werke, die aus Holzpalisaden und Spanischen Reitern bestanden, und an denen sich der Feind vorbeibewegen würde. Dabei fiel dem erfahrenen Festungsstrategen auf, dass er zu wenig Soldaten hatte, um die gesamte Breitseite zu verteidigen sowie auch noch einen Sturmangriff am Tor abzuwenden. Hackhers Blick schwenkte hinunter zu den vorderen Werken und beobachtete, wie eine Gewehrsalve der dortigen Verteidiger den anstürmenden Franzosen entgegenschoss. Entlang der Palisaden stiegen Rauchschwaden auf und nahmen Hackher die Sicht. Durch den Pulverdunst blitzten die Feuersalven der Franzosen auf, doch deren Wirkung konnte der Festungskommandant nicht mehr feststellen. Hackher gefiel das überhaupt nicht und ehe er sich versah, schlugen auch schon rings um ihn herum die Kugeln ein. Sofort warf sich der Major hinter der steinernen Brustwehr in Deckung. Durch eine Schießscharte konnte er erkennen, dass die zweite Sturmabteilung der Franzosen, die vom Karmeliterplatz kam, in Schussreichweite war und soeben das Feuer auf die Mauern eröffnet hatte. Dann ertönten laute „Avance"-Rufe der Franzosen und Hackher vermutete, dass diese nun in den Sturmlauf übergegangen waren.

„Cerrini, wo bleiben die Kartätschen!", brüllte Hackher in Richtung des Hauptmannes, der eifrig dabei war, mit einer Handvoll Männer die Geschütze in Position zu bringen, doch dieser schien ihn nicht gehört zu haben. Hackher musste selbst eingreifen und als er sich wieder erhob und zur Stiege lief, fiel sein Blick zu allem Übel auch noch in Richtung der Bürgerbastei hinunter, und er musste erkennen, dass diese ebenfalls bestürmt wurde. „Herr, steh uns bei!", murmelte er und bekreuzigte sich hastig. Die Festung wurde nun von drei Seiten angegriffen und für einen Moment dachte Hackher daran, die weiße Fahne zu hissen, doch das wäre wohl etwas zu voreilig, sagte er sich dann.

Agil, wie ein junger Bursche, sprang der Kommandant dann von der Mauer und eilte zur Lampelbatterie hinauf, die bisher noch nicht gefeuert hatte. Dort blickte er sich sofort nach Fähnrich Gödl um, der dort das Kommando hatte, und fand den jungen Offizier auch sofort.

„Warum feuern Sie nicht!", rief Hackher ihm aufgebracht entgegen.

„Herr Major, der Rauch nimmt uns die Sicht, wir könnten die eigenen Leute in den vorderen Werken treffen", antwortete Gödl verunsichert.

„Jetzt stellen Sie sich nicht an wie im ersten Jahr auf der Militärakademie!", brüllte Hackher. „Sie werden jetzt sofort alle Geschütze mit Kartätschen laden lassen und dann auf 150 Meter feuern lassen. Zwischen jedem Ladegang sollen die Landwehrschützen mit Steinen und Rollgranaten antworten und das Ganze schnell, sonst ist alles verloren!"

Gödl schluckte und machte sich dann sofort daran, die Befehle auszuführen.

Plötzlich war lautes Kampfgeschrei zu hören und Hackher blickte durch eine der Scharten in der Mauer hinunter auf das Gefechtsfeld. Dort hatte die Hauptkolonne der Franzosen soeben die äußeren Werke erreicht und damit begonnen, die Spanischen Reiter aus dem Boden zu ziehen.

„Sie entfernen die Kavallerieabwehr!", rief Hackher und trieb die Kanoniere an, endlich den Ladevorgang zu beenden. Die Franzosen waren nun nur mehr wenige Meter von den Palisaden entfernt und die wenigen Verteidiger, die Hackher in den vorderen Werken gelassen hatte, feuerten aus allen Rohren, um den feindlichen Ansturm zu stoppen. Doch diesmal schienen die Franzosen bis zum Äußersten entschlossen zu sein.

Dann endlich kam die Bereitschaftsmeldung der Kanoniere. Der Major verlor keine Zeit mehr und gab sofort den Feuerbefehl. Die Lampelbatterie spuckte aus mehreren Kanonenschlündern ihre tödliche Ladung dem Feind entgegen. Zwar konnte Hackher wenig erkennen, doch die vielen schmerzverzerrten Aufschreie der Franzosen schienen ein Zeichen dafür zu sein, dass die Kartätschen ins Schwarze getroffen hatten. Hackher gab Gödl Anweisung, nachladen zu lassen und dann erneut zu feuern. Der Major selbst machte sofort wieder kehrt und rannte zurück zur Torbastei, um dort die Lage zu kontrollieren. Dort schien sich die Situation verschlimmert zu haben. Cerrini und Dutzende Männer standen auf den Mauern und hatten das Gewehrfeuer eröffnet.

Palais Saurau

Das Flackern der Explosionen und Gewehrsalven hüllte den Innenhof des Palais Saurau in ein schauriges Schattenspiel. Der Schlossberg stand in Flammen und es schien, als würden sich alte Götter mit Blitzen und Feuerschlündern ein Gefecht liefern.

Pirrot blickte aufgeregt empor zur Festung. Er konnte es kaum erwarten, endlich selbst in den Kampf zu ziehen und den Österreichern in den Rücken zu fallen. Aus allen Regimentern hatte er sich die besten und härtesten Männer für diesen Einsatz zusammengesucht. Zwischen den Bäumen des Innenhofes tummelten sich nun etwa drei Dutzend grimmige und bis auf die Zähne bewaffnete Franzosen, die nur darauf warteten, endlich mit ihrem tödlichen Handwerk beginnen zu können. Die Männer blickten alle zur Festung hoch und bei jedem Kanonentreffer und bei jeder Explosion jubelten sie auf. Die Schlacht schien gut zu verlaufen und das gab den Soldaten Mut. Jeder war zuversichtlich, dass es heute Nacht zu keiner weiteren Niederlage kommen würde.

Pirrot wandte seinen Blick ab und überprüfte ein letztes Mal seine Waffen. Er hatte sich vier Pistolen umgeschnallt und trug seinen Säbel in der rechten Hand. Außerdem schulterte er einen kurzläufigen Karabiner, der mit Schrot geladen war. Die meisten seiner Männer waren mit einer ähnlichen Bewaffnung ausgerüstet. In den engen Stollen konnte eine Schrotladung enorm hilfreich sein. Neben den Infanteristen gab es auch einige Grenadiere, die sich mehrere Gürtel voller Granaten umgehängt hatten, und ein paar Mineure, die Sprengladungen mit sich führten, für den Fall, dass es notwendig war, sich den Weg freizuräumen.

Das Trampeln eines Pferdes kündigte einen Reiter an, der wenig später mit Galopp um die Ecke kam und in den Innenhof einritt. Pirrot erkannte sofort an der Uniform und der Meldetasche, dass es sich um einen Kurier von Broussier handelte.

„Leutnant Pirrot?", rief der Mann in die Menge und der angesprochene Offizier trat hervor. Der Kurier hatte alle Mühe, sein Pferd ruhig zu halten und drehte sich ständig mit dem störrischen Tier im Kreis. „Ihr habt Befehl vom Général, sofort vorzurücken", verkündete der Bote.

Endlich, dachte sich Pirrot, und nickte dem Reiter zu. „Zu

Befehl! Meine Empfehlung an den Général!"

Der Bote salutierte und ritt dann wieder mit Karacho aus dem Hof.

Pirrot grinste und wandte sich zu seinen Männern um. „Ihr habt es gehört, jetzt verpassen wir den Österreichern ihre letzte Lektion!" Unter Jubel seiner Soldaten schritt Pirrot in den Keller hinunter. Seine Mineure hatten bereits vor Stunden damit begonnen, den verrammelten Eingang zu den unterirdischen Stollen freizuräumen. Die Holzdielen waren entfernt worden und mit Hammer und Meißel hatten sie das Loch vergrößert, sodass ein Soldat leichter hindurchpasste.

Mit einem Wink schickte Pirrot seine Mineure und Grenadiere vor und folgte dann mit den Infanteristen. Zuerst mussten die Männer kriechend vorwärts marschieren, aber bereits nach wenigen Metern wurde der Gang breiter und höher. Es war stockdunkel und Pirrot befahl, eine Fackel zu entzünden. Die Felsen waren feucht und schroff. Vorsichtig setzte sich die Gruppe in Bewegung. Trotz des Lichtes konnte man nur sehr wenig erkennen. Nach einigen Minuten teilte sich der Weg und Pirrot erkannte, dass es nicht so leicht werden würde, wie er gedacht hatte. Es gab keinen direkten Tunnel zur Festung, wie er zuerst annahm, sondern ein unterirdisches Labyrinth aus verzweigten Stollen. Er hätte es wissen müssen, dass es nicht so leicht sein würde, an einen schnellen Vorstoß war jetzt nicht mehr zu denken, nun mussten sie darauf achten, sich nicht in den Gängen zu verlieren.

Pirrot entschied sich für einen Korridor und nach wenigen 100 Metern stellte sich bereits heraus, dass er in einer Sackgasse endete. Also machte die Kolonne kehrt bis zur Gabelung und nahm diesmal den anderen Stollen. Die Männer wurden unruhig und einige litten bereits unter Platzangst. Ständig mussten sie sich durch Engstellen quetschen und gebückt weitermarschieren, weil schroffe Felsen von der Decke hingen. Selbst Pirrot war nicht mehr ganz wohl bei der Sache. Diese Tunnel waren nicht ausgelegt, um viele Männer zu transportieren und es hätte einen Führer gebraucht, der den Weg kannte. Innerlich verfluchte sich der junge Leutnant, warum er den Spion damals nicht gefasst hatte. Dann hätte er ihn foltern können, um den richtigen Weg zu erfahren. Derartige Überlegungen nützten jetzt allerdings wenig, er musste sich konzentrieren, um keinen Fehler zu machen. Die Zeit spielte gegen ihn, doch dann endlich erreichten sie eine große Kammer. Etwas weiter oberhalb gab es einen Eingang, aus dem Licht schimmerte.

„Da ist eine Leiter", rief einer der Männer und deutete auf eine Strickleiter, die von der Öffnung herunterbaumelte. Jetzt war sich Pirrot wieder sicher, dass sie auf dem richtigen Weg waren. Diese Kammer war vermutlich in früheren Zeiten eine Zisterne gewesen, das erklärte auch, warum es hier so feucht und glitschig war.

Sofort befahl er seinen Soldaten, leise zu sein und schickte zwei Männer vor, um die Lage zu erkunden. Als diese die Leiter erklommen hatten und durch die Öffnung spähten, winkten sie nach unten, als Zeichen, dass der Weg frei war. Es dauerte eine Weile, bis der gesamte Trupp hochgeklettert war. Der Gang war ab hier spärlich mit Fackeln beleuchtet und gut ausgehauen. Immer wieder mahnte Pirrot seine Leute, leise zu sein, denn ab hier musste man jederzeit mit einem Wachposten rechnen, und die unterirdische Invasion durfte nicht zu früh bemerkt werden, sonst hatte der Feind genügend Zeit, um die Stollen durch Sprengungen zu versiegeln, und das wäre fatal.

Pirrot übernahm nun die Führung der Gruppe und schlich leise weiter. Der Gang wurde zunehmend breiter und nach einigen 100 Metern konnte man schon die Erschütterungen von der Oberfläche spüren. Sie mussten sich nur mehr wenige Dutzend Meter unter der Festung befinden. Der Gang führte nach einer Weile steil nach oben und endete an einer Gabelung. Vorsichtig spähte Pirrot um die Ecke und er konnte einen breiten Korridor erkennen, der mit steinernen Stufen ausgelegt worden war und offenbar zu einer größeren Kammer hochführte. Von dort oben konnte er Stimmen vernehmen. Behutsam schob Pirrot seinen Säbel aus der Scheide und gab seinen Männern ein Zeichen, sich kampfbereit zu machen. Dann sprang er hervor und schlich schnellen Schrittes den Gang hinauf.

Oberhalb befand sich eine Lagerkammer. Mehrere Landwehrsoldaten hielten hier Wache und schienen ob der Kämpfe auf der Oberfläche nicht sonderlich aufmerksam zu sein. Pirrot spähte mit einem Metallspiegel um die Ecke und er konnte drei Männer erkennen, die sich mit Würfelspielen ablenkten. Zwei weitere standen mitten im Raum und waren mit Musketen bewaffnet. Am anderen Ende der Kammer lungerte eine weitere Wache. Pirrot wollte diese Kerle möglichst lautlos ausschalten und winkte vier seiner besten Männer herbei.

Josef Sackbauer hatte gerade eine Sechs gewürfelt und lachte siegestrunken. Seine beiden Gegner machten betrübte Gesichter. „Jetzt könnts schon euren Sold herrücken!", lachte Sackbauer und nahm einen kräftigen Schluck Wein aus einer Flasche.

„Wenn der Leutnant König draufkommt, dass du im Dienst saufst, dann kannst deinen Sold auch gleich wieder rausrücken", sagte einer der Würfelspieler verärgert.

„Die da oben sind viel zu beschäftigt, da kommt bestimmt keiner runter."

Sackbauer setzte die Flasche wieder ab und wollte sie gerade auf den Boden stellen, als er plötzlich im Glas eine Spiegelung zu sehen glaubte. Verdutzt hielt er die Weinflasche vor seinem Gesicht und wippte sie hin und her.

„Is der Wein sauer?", fragte einer seiner Spielkollegen.

Sackbauer antwortete nicht, sondern blickte durch das Glas über die Schulter seiner Kameraden hinweg. Irgendetwas reflektierte das Fackellicht und brach sich in der Flüssigkeit. Langsam nahm Sackbauer die Flasche runter und riss die Augen panisch auf, als er am anderen Ende des Raumes erkannte, was die Reflexion verursacht hatte. Aus dem dunklen Korridor, der zur alten Zisterne hinunterführte, lugte eine spitze Klinge hervor, die aussah wie die Spitze eines Säbels. Die blank polierte Schneide der Waffe blinzelte im Fackelschein.

Sackbauer blieb die Luft weg und starrte wie angewurzelt auf die Stelle. Instinktiv wanderte seine Hand runter zu seinem Gewehr, das neben ihm auf einem Stein lehnte. Seine Kameraden blickten verdutzt, bemerkten aber die Bewegung und realisierten sofort, dass eine Bedrohung in der Nähe war. Im nächsten Moment sprangen mehrere grimmige Franzosen um die Ecke.

„Alarm!", brüllte Sackbauer wie ein Berserker, riss das Gewehr hoch und schoss in einer blitzschnellen Bewegung einem der Angreifer in die Brust. Dieser taumelte zurück, doch nur einen Wimpernschlag später schossen die anderen Angreifer und trafen Sackbauer mehrmals in den Oberkörper. Sofort spuckte der Landwehrsoldat Blut und sackte auf die Knie. Seine Kameraden wirbelten herum und wollten ebenfalls feuern, doch alles ging rasend schnell. Bevor sie sich richtig umgedreht hatten, waren schon zwei Franzosen herangestürmt und schlitzten ihnen die Bäuche der Länge nach auf.

Die zwei bewaffneten Männer, die in der Mitte der Kammer gestanden hatten, waren in Deckung gegangen und feuerten ihre Musketen ab, doch verfehlten ihr Ziel. Im nächsten Augenblick sahen sich die Männer einem Ansturm von Dutzenden Angreifern gegenüber und wurden schlichtweg überrannt. Tapfer versuchten sie sich mit den Bajonetten ihrer Musketen zu wehren und es gelang ihnen wohl, den einen oder anderen Franzosen zu verwunden, doch die Angreifer waren in der Überzahl und von allen Seiten bohrten sich die Klingen in ihre Körper. Leblos brachen sie zusammen.

Pirrot stürmte herbei und gab einem der Männer den Gnadenstoß. Sofort blickte er sich um. Die drei Würfelspieler lagen tot und blutüberströmt am Boden. Ebenso die beiden Soldaten in der Mitte des Raumes. Doch es waren sechs gewesen, sagte sich Pirrot. Die Wache am Ausgang war verschwunden.

„Einer konnte fliehen", rief ein Grenadier.

„*Merde!*", fluchte Pirrot. Die entkommene Wache würde in Kürze Alarm schlagen, jetzt hieß es, keine Zeit mehr zu verlieren.

„Los, vorwärts!", brüllte Pirrot und trieb seine Männer an. Jetzt musste alles schnell gehen. Auf das Überraschungsmoment konnte er nicht mehr setzen, also musste der Feind überrumpelt werden. Mit lautem Kriegsgeschrei stürmten die Franzosen der geflohenen Wache hinterher.

Flesche

Cerrini konnte nicht glauben, was er sah. Trotz des beherzten Einsatzes von Rollgranaten und Steinen waren die Franzosen unter hohen Verlusten bis auf wenige Meter an das Festungstor herangerückt. Von den Mauern schossen die Verteidiger mit allem, was sie hatten, doch die feindliche Lawine war nicht zu stoppen. Der verlorene Posten, wie die Flesche genannt wurde, die der Torbastei vorgelagert war, schien diesmal wirklich verloren zu sein.

Cerrini sah, wie die Männer hinter dem Wall der Flesche unermüdlich schossen. Die beiden Angriffswellen der Franzosen hatten sich vereinigt und drängten nun mit ganzer Kraft auf das Tor zu. Aus den hinteren Reihen wurden bereits Fackeln und Sprengladungen nach vorn gebracht, um das Festungstor zu durchbrechen. Nur noch die 50 Männer in der Flesche standen zwischen den Franzosen und dem Tor.

Panik machte sich bei den Verteidigern auf den Mauern breit, die alle mitansehen mussten, dass ihre beherzten Bemühungen, den Feind zurückzudrängen, diesmal nicht fruchteten.

Hackher kam auf die Mauer gehechtet. Der Major versuchte, überall gleichzeitig zu sein und wirkte bereits abgekämpft und müde. „Wie ist die Lage?", rief er zu Cerrini. Obwohl er direkt neben ihm stand, musste er schreien, denn der Lärm der Geschütze und der Musketen war ohrenbetäubend laut.

„Die Franzosen stehen vor der Flesche und auf der Bürgerbastei werden unsere Leute abgeknallt wie die Hasen. Ich weiß nicht, wie lange wir noch halten können", antwortete ihm der Hauptmann.

Hackher biss sich besorgt auf die Lippe. Diesmal schien sich das Blatt gegen ihn zu wenden. Für einen Moment wurde ihm übel und er musste kurz innehalten und tief durchatmen. Er wusste, dass er sich jetzt keinen Fehler erlauben durfte. Niemals hätte er mit einer solchen Entschlossenheit der Franzosen gerechnet und Hackher verfluchte sich für seinen Egoismus. Er hätte die Warnungen seiner Offiziere ernst nehmen sollen. Jetzt stand das Leben aller seiner Männer auf dem Spiel. Hackher schwitzte. Salzige Schweißtropfen sammelten sich auf seiner Lippe. Er merkte, wie seine Knie weich wurden und sein Körper an Kraft verlor. Benommen blickte er auf den Steinboden. Schweißperlen tropften herab und landeten auf seinen blutverschmierten Stiefeln. Die Zeit schien sich zu verlangsamen. Er hörte das Zischen von vorbeifliegenden Kugeln. Er spürte die Wärme der glühenden Geschosse, wenn sie über ihn hinwegsausten. Er blickte auf die Soldaten auf der Mauer. Sie kamen ihm wie Maschinen vor, die wie am Fließband dem Töten nachgingen. Laden und schießen. Er sah einen Mann, der eine Kugel in die Brust bekam und von der Mauer stürzte. Im Fallen schien er den Major anzusehen. Sein Blick war leer und voller Trauer. Für Hackher dauerte der Moment eine Ewigkeit. Dann schlug der Mann auf dem Steinboden auf.

Cerrini schrie, doch der Festungskommandant schien ihn nicht zu hören. Hackher sah die flache Hand des Hauptmannes ausholen und ihm nächsten Moment schlug sie auf seiner Wange auf. Ein brennender Schmerz durchfuhr ihn und holte ihn in die Realität zurück.

„Herr Major!", brüllte Cerrini. „Sie müssen etwas unternehmen, sonst sind wir verloren!"

Hackher war käsebleich geworden und ohne es gemerkt zu haben, war er auf die Knie gesunken. Er stützte sich mit den Händen ab und richtete sich wieder auf.

„Cerrini, ziehen Sie die Schützen von der Kurtinenmauer ab, das sinnlose Schießen muss aufhören und dann sehen Sie zu, dass die Franzosen von der Flesche zurückgedrängt werden."

„Und wie in alles in der Welt soll ich das bewerkstelligen?", rief Cerrini aufgebracht.

Hackher packte den Hauptmann am Kragen und blickte ihn

energisch an. „Mit einem Ausfall."

„Was?", stammelte Cerrini und dachte zunächst, sich verhört zu haben. „Ein Ausfall ist blanker Selbstmord, Herr Major!"

„Nein, ist es nicht, weil der Franzose damit niemals rechnen wird", antwortete Hackher.

„Jawohl, Herr Major!" Cerrini wandte sich wütend ab und scharrte sofort alle verfügbaren Männer um sich. Ein buntes Gemisch aus Landwehrsoldaten, Professionellen und Kanonieren sammelte sich auf dem unteren Festungsplatz. Cerrini zog seinen Säbel und atmete schwer, während er wartete, dass sich der Trupp formiert hatte. Er blickte in die angestrengten und erschöpften Gesichter von Stadlmayer, des stämmigen Soldaten Fleischer und des brutalen Prammer, der diesmal fast wie ein verschrecktes Kind wirkte. Alle hatten sie gekämpft und ihr Bestes gegeben, nun waren sie im Begriff, eine Verzweiflungstat zu begehen und den Feind vor den Toren anzugreifen. Cerrini sah in den Gesichtern die Furcht der Männer. Es war dieselbe Furcht, die auch er in diesem Moment verspürte. Er streckte seinen Säbel in die Höhe und bekreuzigte sich mit der anderen Hand. Plötzlich sah er Hackher neben sich, der ihn mit freundschaftlicher Vertrautheit anblickte. Der Major trat neben den Hauptmann und zog dann auch seinen Säbel.

„Wir stehen das gemeinsam durch, Cerrini", sagte Hackher und klopfte ihm auf die Schulter.

Dann blickte der Major zu seinen Männern. Voller Entschlossenheit und mit der Kaltschnäuzigkeit eines alten Kriegers reckte er seinen Säbel in die Höhe und rief: „Männer! Zeigen wir den Franzosen, dass wir noch lange nicht am Ende sind!"

Vor den Toren der Festung

De Montenaux preschte mit seiner Reiterei den Hang empor. Die Schlacht verlief äußerst günstig und bald war der Moment für den entscheidenden Dolchstoß gekommen. Ohne

Rücksicht auf Verluste waren die Soldaten vorgerückt. Die Taktik, von zwei Seiten vorzustoßen, war ein genialer Schachzug von Broussier gewesen, wie De Montenaux dem eitlen General zugestehen musste. Fast hätte er schon an den Führungsqualitäten seines Kommandanten gezweifelt, doch nun schien sich das Blatt endlich gewendet zu haben. Nur noch eine kleine vorgelagerte Bastion stellte das letzte Aufgebot der Verteidiger dar. Die französischen Soldaten hatten das keilförmig hervorragende Mauerwerk umzingelt und nahmen es von allen Seiten unter Beschuss.

De Montenaux bemerkte, dass kaum noch Schüsse von den Mauern abgegeben wurden. Offenbar hatten die Österreicher genug und verließen bereits ihre Posten. Diese Gelegenheit wollte er nutzen. Er gab Zeichen an die Mineure, die Sprengladungen an das Tor heranzubringen. Sobald der Zugang zur Festung freigesprengt war, würde er mit seiner Kavallerie durchpreschen und den verwirrten Feind in die Flucht schlagen. Seine Dragoner hatten bereits ihre Karabiner und Pistolen bereit gemacht. Die berittenen Schützen waren eine äußerst effektive Waffe der napoleonischen Armee. Obwohl Dragoner zur leichten Kavallerie zählten und im Feld hauptsächlich als Vorhut eingesetzt wurden, waren sie wendig und äußerst schnell. Sie konnten im Galopp eine feindliche Schützenlinie einfach niederreiten, blitzschnell wenden und nach allen Seiten feuern. Sobald seine Reiter durch das Tor gebrochen waren, würden sie den unteren Festungsplatz besetzen, absteigen und als normale Infanteristen weiterkämpfen. Durch ihre verkürzten Karabiner konnten Dragoner im Nahkampf wesentlich schneller laden. Außerdem waren sie mit ihren Säbeln gegenüber den Bajonetten der Linieninfanteristen im Vorteil. De Montenaux sah es schon vor sich. Die Eroberung der Festung würde ein Gemetzel werden. Mit Sicherheit würden die Österreicher bis zum letzten Mann kämpfen. Nun sah der Colonel den entscheidenden Moment gekommen. Er bahnte sich mit seiner Reiterei einen Weg durch die eigenen Männer nach vor, dann schickte er die Mineure mit den Pulverfässern zum Tor. Jeweils zu zweit rollten diese zwölf

Fässer nach vor. Das Ganze musste schnell gehen, um ja nicht ins feindliche Feuer zu geraten.

Im Augenwinkel sah De Montenaux, dass die Linieninfanteristen bereits zum Sturm der Flesche ansetzten und versuchten, den schrägen Steinwall zu erklimmen. Zwar wehrten sich die wenigen Verteidiger dahinter noch verbissen, doch es war nur eine Frage der Zeit, bis sie dem gewaltigen Druck der anstürmenden Franzosen nachgeben mussten und überrannt wurden.

Diesmal ist der Sieg gewiss, ging es dem Colonel durch den Kopf. Inzwischen musste Pirrot auch schon mit seinen Männern durch die Stollen gedrungen sein. Vielleicht hatte der Feind deshalb seine Soldaten von den Mauern abgezogen, um die Festung gegen den Ansturm von innen zu verteidigen. De Montenaux war wirklich erstaunt, wie gut der Plan offenbar funktionierte. Broussier hatte es ja vorausgesagt. Hackher würde seine Männer abziehen müssen, um die Stollen zu verteidigen, und damit die Mauern entblößen. Mit einem Wink beorderte der erfahrene französische Offizier einen Kurier zu Pferd herbei.

„Meldung an Général Broussier. Der Feind hat die Mauern geräumt und das Tor ist sturmreif. Die Reserven sollen sofort in Marsch gesetzt werden."

Der Kurierreiter salutierte und ritt wagemutig den Berg hinunter. De Montenaux blickte ihm einen Moment nach und stellte sich das zufriedene Grinsen von Broussier vor, wenn er die Nachricht erhalten würde. Als er sich dann wieder zum Tor umdrehte, traute er seinen Augen nicht.

Das Festungstor schwang auf und eine Schützenreihe streckte mit einer Salve die Mineure nieder, die nur mehr wenige Meter vom Tor entfernt waren. Im nächsten Augenblick stürmten mehrere Dutzend Angreifer, laut schreiend, mit den Bajonetten auf die völlig verdutzten Franzosen zu. De Montenaux Pferd wieherte, bäumte sich auf und warf den überraschten Colonel ab.

Cerrini feuerte seine Pistole ab und schoss einem anstürmenden Franzosen ins Gesicht. Der Feind war durch den Ausfall völlig überrascht worden. Nun strömten die Männer durch das Tor und fielen den verdutzten Franzosen in den Rücken. Diese hatten den Nachteil, bergauf angreifen zu müssen und waren vielmehr mit der Flesche beschäftigt gewesen. Als die Franzmänner die neue Gefahr bemerkten, drehten sie sich um und rannten den Angreifern entgegen.

Hackher war ebenfalls vorgestürmt, ließ sofort eine Schützenreihe bilden und auf die Franzosen feuern. Das Tor durfte nicht völlig entblößt werden. Im nächsten Augenblick sah er sich mit mehreren anstürmenden Franzosen konfrontiert, die mit ihren Bajonetten auf ihn zurannten. Hackher entleerte seine beiden Pistolen und zog dann seinen Säbel, um sich in den Nahkampf zu werfen. Trotz seines Alters entpuppte sich der Major augenblicklich als beherzter Kämpfer, was seine Soldaten zusätzlich ansporte. Hackher rannte auf einen Franzosen zu, wehrte den Stoß des Bajonettes ab und hieb dem Mann in den Hals. Das Blut spritzte wie ein Wasserfall und der Mann brach tot zusammen. Sofort sah sich der Major zwei weiteren Angreifern gegenüber, die laut brüllend auf ihn einstechen wollten. Hackher blockte den Stoß, gab einem der Männer einen Tritt und schlitzte dem anderen den Bauch auf. Der taumelnde Franzose erholte sich sofort und stach wieder auf Hackher ein. Diesmal musste der Major zurückspringen, um nicht aufgespießt zu werden, doch dann schlug er dem Angreifer das Gewehr aus der Hand und rammte den Säbel durch Bauch und Rücken. Der Mann japste und war sofort tot.

Einige Meter vor sich erkannte Hackher Cerrini, der mit seinen Leuten die Franzosen an der Flesche in Schach hielt. Der Feind war sichtlich überrascht worden und für einen Moment sah die Lage vielversprechend aus, doch die Franzosen erholten sich von ihrem Schrecken schnell. Hackher beobachtete, wie Cerrini zurückweichen musste. Dieser duellierte sich gerade tollkühn mit drei Franzosen und schaffte es immer wieder, die Bajonettstöße abzuwehren, wurde dabei aber zurückgedrängt.

Hackher griff nach seiner Pistole und lud diese nach. Anschließend richtete er sie auf einen der Angreifer Cerrinis und feuerte. Die Kugel traf den Mann nur ins Bein, doch dies reichte aus, um ihn außer Gefecht zu setzen.

Nun zeigten auch die Männer in der Flesche Initiative. Sie warfen sich über den Wall und stürmten auf die Franzosen zu. Doch der Feind war zu zahlreich. Der Ausfall wurde immer mehr zum Tor zurückgedrängt und Hackher befürchtete schon, dass sein Plan scheitern würde.

Plötzlich kamen die völlig aufgebrachten Herrschaften Hauptmann Mayer und Hauptmann Rüstl auf ihn zugerannt. „Herr Major! Die Franzosen greifen an!", riefen sie aufgebracht.

„Als ob mir das entgangen sein könnte", antwortete Hackher zynisch.

„Nein, die Franzosen kommen durch die Stollen. Sie fallen uns in den Rücken!"

Hackher blieb die Spucke weg. „Was?!", brüllte er geschockt. „Die Franzosen sind in den Stollen?" Damit wurden Hackhers schlimmste Befürchtungen Realität. Schon von Anfang an hatte er dafür gebetet, dass die Franzosen niemals den Zugang zum verdeckten Gang finden würden, doch anscheinend hatten sie ihn nun gefunden. „Kruzitürken noch mal!", fluchte Hackher. „Das gibts ja nicht! Schnappen Sie sich sofort alle Männer, die entbehrlich sind, auch jeden aus dem Lazarett, der eine Waffe halten kann, und verteidigen Sie die Stollen um jeden Preis, meine Herren! Diese Festung wird nicht fallen, nur über meine Leiche!"

„So weit gefehlt ist es darum im Moment nicht", sagte Rüstl ironisch.

Hackher hatte den Wink verstanden und sagte besser nichts darauf. „Tuen Sie Ihr Bestes, meine Herren", befahl er. Mayer und Rüstl salutierten und machten kehrt.

Die Lage schien nun völlig aussichtslos. Hackher fühlte seine Kraft schwinden. Er hatte alles getan, um die Festung zu halten, doch nun schien jegliche Mühe vergebens gewesen zu sein. Er blickte auf seine Männer, die sich mit zunehmender Verzweiflung verteidigten. Er sah den kühnen Soldaten Stadlmayer und erinnerte sich an seine Ankunft auf der Festung, als Stadlmayer Wache vor der Kommandantur gestanden hatte. Von Anfang an hatte Hackher von dem Mann einen guten Eindruck gehabt und erst vor wenigen Stunden hatte dieser durch seinen Einsatz die Explosion eines Munitionswagens verhindert. Jetzt sah er den tapferen Soldaten umringt von grimmigen Franzosen, wild um sich schlagend und um sein Leben kämpfend. Stadlmayer schrie aus Leibeskräften. Gleich daneben war der muskulöse Fleischer, den Hackher ebenfalls vom ersten Tag an kannte. Der Mann war ein Bär und schleuderte einen Franzosen mit den Händen den Hang hinunter. Es schien, als könne er es mit zehn Leuten gleichzeitig aufnehmen, doch auch er focht um sein Leben. Hackher sah, wie in Zeitlupe, wie ein Dragoner dem tapferen Fleischer mit dem Säbel über die Brust hieb und dieser schmerzverzerrt aufschrie. Irgendwo am Boden erblickte der Major das blutende Gesicht des Landwehrsoldaten Maierhofer am Boden liegen. Seine Augen waren leblos nach oben gedreht.

Hackher schloss die Augen und wandte sich ab. Für einen Moment wünschte er sich, ein Bajonett würde in seine Brust eindringen und ihn endlich von dieser Pflicht erlösen. Er hörte die Stimme seines Großvaters. *„Erweise dich als würdig!"*

Hackher sah seinen alten Herren vor sich. Enttäuschung war in seinen Augen. So wie damals, als der Großvater sich am Sterbebett ein letztes Mal vom Enkelsohn abgewendet hatte.

Hackher ballte die Fäuste. „Ich werde nicht versagen", murmelte er leise. „Ich werde nicht versagen."

„Beweis es!", fauchte der Großvater ihn an.

„Ist es nicht Beweis genug, dass ich hier stehe und dem Tod ins Auge blicke? Was willst du noch? Was erwartest du von mir?"

„Stirb!"

„Ist es das? Ist es das, was du von mir willst? Zu sterben?"

„Erfülle deine letzte Pflicht, bevor du als alter Mann endest!"

„So wie du? Ist es das, was dich all die Jahre so verbittert hat, dass es dir nicht vergönnt war, heldenhaft zu sterben, Großvater?"

„Ich war verbittert, weil es einem kleinen Jungen nicht vergönnt war, mit seinem Vater aufzuwachsen!"

„Ist es das, was du willst? Ich soll in der Schlacht sterben wie dein Vater?"

„Erweise dich als würdig, mein Sohn, und stirb wie ein Mann. So wie mein Vater. Werde deinen Vorfahren gerecht!"

„Gerecht werden? Wem soll ich gerecht werden? Einem alten Mann, der seinem Enkel nie auch nur einen Funken Liebe zuteilwerden ließ, der den Sohn vom Vater trennte, nur um selbst den Vater spielen zu können?"

„Stirb, so wie ich immer sterben wollte und mach einen alten Mann glücklich."

„Dich glücklich machen?"

„Erweise dich als würdig, lass los und komm heim zu deinem Vater."

„Es ist und war nie meine Aufgabe, dich glücklich zu machen, und du bist nicht mein Vater! Nein, ich werde dir nicht folgen, so wie du deinem Vater folgen wolltest. Diese Genugtuung gönne ich dir nicht, alter Mann!"

„Du bist und warst es immer: eine Enttäuschung!"

„Nein, nicht ich als Enkel war enttäuschend, sondern du als Großvater! Ich werde mich als würdiger erweisen, als du es jemals warst, ich werde nicht aufgeben und ich werde nicht versagen!"

Hackher öffnete die Augen. Sein Blick war entschlossen und voller Zorn. Seine Fäuste bluteten. Er hatte seine Fingernägel so tief in die Haut gebohrt, dass diese gesprungen war. Dann fiel sein Blick wieder auf Cerrini und seine Männer, die an der Flesche in Bedrängnis geraten waren. Hackher nahm all seinen Mut zusammen und stürmte wutentbrannt und schreiend auf den Franzosenhaufen zu, schlug einem Franzmann eine tiefe klaffende Wunde in den Rücken und schlitzte dem Nächsten mit einer gekonnten Drehung die Kehle bis zur Hälfte durch, sodass der Kopf des Mannes nach hinten klappte. Dann sah er sich zwei spitzen Bajonetten gegenüber, die der Major gekonnt ablenkte und ihre Besitzer ins Leere stechen ließ. Ebenso gekonnt stach er zuerst dem einen Angreifer in den Rücken und dem anderen in die Seite. Hackher verschnaufte einen Moment, als die beiden auf den Boden knallten, und schlug sich dann weiter zu Cerrini durch. Mit einem schnellen Hieb seines Säbels streckte er einen Franzosen nieder, der den Hauptmann gerade arg bedrängte.

„Vielen Dank, Herr Major", keuchte Cerrini sichtlich erleichtert.

„Gern geschehen", antwortete Hackher. „Ziehen Sie Ihre Männer zurück in die Festung und schaffen Sie die Geschütze heran."

Cerrini nickte und brüllte dann: „Rückzug, Männer!"

De Montenaux rammte seinen Säbel einem Österreicher in den Magen. Dieser erbrach sofort Blut und fiel kopfüber zuckend zusammen. Das Gesicht des Colonels war von oben bis unten blutverschmiert. Er wusste längst nicht, ob es sein eigenes oder das der Gegner war. Er stemmte sich mit dem Fuß gegen den toten Angreifer und zog seinen Säbel wieder aus dem Leib des Mannes. Die Klinge war blutrot. Als er sich nach dem nächsten Opfer umsah, bemerkte De Montenaux, dass sich die Österreicher langsam zurückzogen. Den Moment musste er nutzen. Sein Vorstoß war gestoppt worden und für kurze Zeit sah es nicht gut aus, doch nun tat sich eine günstige Möglichkeit auf, endlich in die Festung einzudringen. Mit einem Pfiff rief er sein Pferd herbei und sprang sofort auf. „Sie ziehen sich zurück, neu formieren!", brüllte er und versuchte seine Männer, die teilweise schon davonlaufen wollten, wieder zur Umkehr zu bewegen.

Die Dragonerreiterei scharte sich sofort um De Montenaux. Dieser blickte hoch zum Festungstor und sah, wie die Verteidiger ein *Carret* am Eingang gebildet hatten, um die Franzosen aufzuhalten. Es waren etwa fünfzig Meter bis zum Tor. Trotz der Steigung würde die Distanz ausreichen, um mit der Reiterei genügend Schwung zu bekommen, um durch die Verteidigungsstellung zu reiten. Die Infanteristen allein würden wahrscheinlich nicht durchbrechen, diese mussten bergauf angreifen und waren nach wie vor im Nachteil. De Montenaux musste jetzt alles riskieren, um das Blatt zu wenden.

„Dragoner, Keilformation!", befahl der Colonel. Dann streckte er den Säbel aus und brüllte: *„Attaque!"*

De Montenaux schlug seinem Pferd in die Seiten. Das Tier bäumte sich auf und galoppierte im nächsten Moment wild schnaubend auf das Festungstor zu, gefolgt von einer ganzen Schwadron wild brüllender Dragonerreiter.

Als die französischen Infanteristen die Reiterei bemerkten, wichen sie sofort aus, um den Weg freizugeben. De Montenaux hielt schnurgerade auf das *Carret* vor dem Tor zu und machte sich bereit, im nächsten Moment über die Verteidiger hinwegzuspringen. Er war sich so sicher in dem, was er tat und konnte sich schon durch das Tor reiten sehen, als plötzlich die Österreicher ihre Stellung verließen und sich durch das Torhaus zurückzogen. Noch besser, dachte sich De Montenaux, sie fliehen bereits. Er erreichte den Eingangsbogen und ritt durch den engen Korridor. Die Durchfahrt durch das Torhaus hatte eine leichte Steigung am Ende und als De Montenaux endlich über den Rand blicken konnte, sah er in die Mündungen zweier 6-Pfünder, die auf den Tordurchlass gerichtet waren. Entsetzt riss er die Augen auf und zog sein Pferd augenblicklich zurück. Das Tier strauchelte, rutschte einige Meter auf den glitschigen Pflastersteinen dahin und stürzte dann kopfüber.

Die nachkommenden Reiter wichen sofort aus oder sprangen über die Unglücksstelle, doch da krachten die Kanonen und ein Schrapnellregen entlud sich in die enge Tordurchfahrt. Pferde und Reiter wurden augenblicklich umgemäht wie nasses Gras. Einen Wimpernschlag später brach das volle Chaos aus.

De Montenaux wandte sich unter seinem Tier hervor und taumelte benommen zurück zum Torausgang. Die verletzten

Pferde drehten durch und rannten gegen die Nachkommenden. Der Colonel wurde von hinten niedergerannt und mitgeschleift. Der Angriff der Dragoner war vollkommen zusammengebrochen. Alles, was noch stehen und laufen konnte, ergriff die Flucht.

Vor dem Tor waren die Infanteristen nachgerückt in der Erwartung, die Reiterei würde den Weg schon freiräumen. Doch nun sprang ihnen eine Herde verletzter und panischer Schlachtpferde entgegen und ritt die Männer einfach nieder. Es war ein grauenhaftes Bild, das sich den Franzosen bot. Soeben war die euphorisch angreifende Dragonerschwadron im Torbogen verschwunden und schon kamen ihre Reste zerstreut wieder zurück und trampelten die eigenen Leute nieder. Die Panik übertrug sich sofort in die nachrückenden Reihen und die ohnehin bereits angeschlagene Infanterie verlor den letzten Rest Kampfeswillen und ergriff ebenfalls die Flucht.

Festungsspital

Suller schüttete Sand auf den blutgetränkten Steinboden. Das Schreien der Verwundeten hörte er inzwischen nicht mehr. Im Lazarett herrschte ein unerträglicher Gestank und es war fürchterlich heiß. Sullers Kehle war trocken und kratzig. Er musste husten. Dann griff er nach dem Eimer mit den abgetrennten Gliedmaßen und brachte ihn weg. In einer großen Truhe wurden die chirurgischen Abfälle aufbewahrt. Suller hielt sich ein Tuch vor die Nase und warf den Inhalt des Eimers hinein.

Als er sich etwas zu schnell umdrehte, verspürte er einen stechenden Schmerz im Bein. Seine Verletzung meldete sich wieder. Eigentlich hätte er noch das Bett hüten sollen, wenn es nach dem Oberarzt Müller gegangen wäre, doch im Spital wurden dringend ein paar helfende Hände gebraucht und so drückte der Mediziner ein Auge zu, als Suller darauf bestand, sich nützlich machen zu können.

Plötzlich stürmte ein vollkommen aufgebrachter Kapitänsleutnant Vorbeck die Treppe herunter. „Die Franzosen sind in den Stollen. Herrgott noch mal, wir brauchen jeden Mann!", brüllte dieser mit inbrünstiger Stimme.

Der schmächtige Müller drehte sich vom Operationstisch weg und schritt auf Vorbeck zu. „Habts Ihr da oben keine Leut mehr übrig. Sie sehen doch, dass ich hier nur einen Haufen Verletzte hab."

„Der Major braucht alle Kräfte am Haupttor, um die Franzleut draußen zu halten. Jeder, der stehen und eine Waffe halten kann, soll mitkommen."

Suller hatte zugehört und streckte sofort seinen Arm in die Höhe. „Auf mich können S' zählen, Herr Hauptmann."

Vorbeck nickte und warf dann einen Blick durch das Lazarett. „Wer noch?"

An der Wand erhoben sich zwei fiebrige Landwehrsoldaten, die zwar kränklich aussahen, aber anscheinend keine Verwundung hatten. Neben dem Operationstisch streifte Oberleutnant Hastreiter die blutbefleckte Schürze ab und nickte Vorbeck zu. Gleich daneben erhob sich Unterleutnant Hofer, der noch vor Kurzem angeschossen worden war und dessen Wunde immer noch blutete.

Vorbeck ließ den Blick noch einmal durch den Raum schweifen. Insgesamt waren es gerade einmal acht Männer, die er auftreiben konnte. Der Rest war zu schwer verwundet und wäre beim besten Willen keine Hilfe gewesen. „Los, auf zum Mayer und zum Rüstl!", brüllte Vorbeck und eilte die Treppe wieder hoch, gefolgt von der halbinvaliden Kampftruppe.

Im Laufmarsch ging es durch den Verbindungskorridor hinunter zur Stallbastei. „Beeilung, Beeilung!", brüllte Vorbeck immer wieder. Vor dem Eingang zu den unteren Stollen wurden die Waffen verteilt. Suller, der sich hier inzwischen bestens auskannte, ging voran. Nach wenigen Minuten traf man auf die Truppe von Hauptmann Mayer und Hauptmann Rüstl, die eine Weggabelung sicherte.

„Ich hab die Verstärkung aus dem Lazarett mitgebracht", meldete Vorbeck, als er ankam.

„Wie viele?", fragte Rüstl.

„Acht."

„Das macht 56 insgesamt", sagte Mayer.

„Was? Mehr sind wir nicht?", fragte Hastreiter verunsichert.

„Der Hackher braucht alle Leut' beim Haupttor."

„Pssst!", fauchte einer der Männer aus den vorderen Reihen zurück.

Suller erkannte den Mann im Fackelschein. Es war Corporal Tüchler, einer der Mineure. Der Mann war wegen seiner Launenhaftigkeit bei den Soldaten bekannt und auch wegen seiner Kampfeslust. Bei der Schlägerei während der Essensausgabe war er dabei gewesen und hatte ohne Skrupel ausgeteilt. Generell wurde er schon wegen seiner Visage gefürchtet, die zahlreiche Narben aufwies. Es ging das Gerücht um, dass er sich für jeden getöteten Feind einen Schnitt ins Gesicht machte.

Tüchler beugte sich hinunter und legte seinen Kopf auf den Boden und horchte. „Die Franzosen müssen eine Etage unter uns sein", sagte er.

„Dann sind s' bald da", sagte Suller.

„Wir rücken bis zur nächsten Kreuzung vor. Die Franzosen werden a Zeitl brauchen, bis sie den richtigen Weg durch die Stollen finden. Wir blockieren den Eingang zu den Versorgungsstollen und halten sie so lange auf, bis die Mineure alles vermint haben. Dann sprengen wir den Zugang zum Zisternentunnel", sagte Rüstl mit ungewohnter Entschlossenheit.

„Aber wenn wir die Stollen sprengen, dann verlieren wir die Verbindung mit der Stadt", warf Suller ein.

„Jetzt, wo die Franzosen davon wissen, ist der verdeckte Gang sowieso wertlos. Wir müssen sprengen, damit da sicher keiner mehr raufkommt", entgegnete Vorbeck.

„Also gut. Suller, Sie gehen voraus. Der Rest folgt leise."

Die Männer nickten und setzten sich in Bewegung. Die Stollen waren spärlich mit Fackeln beleuchtet, doch das Licht reichte kaum aus, um viel mehr als Umrisse zu erkennen.

Suller umklammerte seine Pistole mit der einen Hand und hielt mit der anderen den Griff seines Säbels, stets bereit, die

Klinge zu ziehen und gegen den Feind zu richten. Langsam näherte er sich der nächsten Abbiegung. Hier führte ein Tunnel wieder steil nach oben und endete unterhalb der Stallbastei. Suller wusste, dass dies ein alter Versorgungszugang für das Festungsgefängnis war. Unter ihnen lagen die alten Lagerstollen, wo Lebensmittel und andere Vorräte in kühlen Steinkammern für lange Zeit aufbewahrt werden konnten. Benutzt wurden diese schon seit Langem nicht mehr. Als man die Festung im 17. Jahrhundert modernisierte und ausbaute, wurden neue Versorgungskammern gebaut. Die alten Tunnel und Stollen waren die letzten Überbleibsel der alten mittelalterlichen Herrschaftsburg, die einst hier stand.

Der zweite Gang führte hier weiter hinunter, machte danach eine Kurve und endete einige Meter weiter beim Eingang zum Zisternenstollen. Diese Tunnel waren noch älter und führten zu einem alten Wasserspeicher. Suller hatte diesen Weg immer genommen, wenn er auf Botengang war, und er wusste, dass dort unten ein Labyrinth aus Korridoren und Kammern bestand. Außerdem gab es nur einen Wachposten, den die Franzosen bereits überwältigt haben mussten.

Als er sich der Biegung näherte, hörte er plötzlich Stimmen. Suller stoppte augenblicklich, doch ehe er feststellen konnte, woher das Geräusch kam, stürmten auch schon die ersten Franzosen wild brüllend um die Ecke und auf ihn zu.

„Angriff!", brüllte Vorbeck, der zwar nicht das Kommando hatte, aber im Angesicht des Feindes dies offenbar vergaß.

Sofort stürmten die Männer mit gezückten Säbeln und Bajonetten auf den Feind los.

Suller ließ einen Kampfschrei los und wartete, bis er das Weiße in den Augen des ersten Franzosen sehen konnte. Dann schoss er seine Pistole ab und traf einen Angreifer in die Brust. Sofort zog er seinen Säbel und stürzte sich ins Gefecht. Pistolen und Musketen krachten und Männer schrien und fielen. Im nächsten Moment herrschte eine chaotische Keilerei im Stollen.

Suller rammte seine Klinge einem weiteren Angreifer in den

Bauch. Das Herausziehen kostete Zeit, und ehe er sich versah, hatte er ein spitzes Bajonett vor sich, das nach ihm stach. Er taumelte zurück und fiel unsanft auf den Boden. Der Franzose, dem das Bajonett gehörte, brüllte triumphierend auf und hob die Muskete, um auf den Unterkämpfer einzustechen. Doch plötzlich schlug eine Kugel im Gesicht des Mannes ein und warf ihn rückwärts von den Beinen.

„Das ist die falsche Zeit zum Ausruhen!", rief Hastreiter und half Suller wieder auf die Beine. Im nächsten Moment stürmten bereits wieder zwei Franzosen auf sie zu. Suller parierte den Schlag eines feindlichen Säbels und Hastreiter beförderte den Besitzer mit einem Stoß in die Leiste ins Jenseits. Der zweite Franzose stellte sich etwas geschickter an und verpasste Suller eine Schnittwunde am Arm. Doch plötzlich brach auch er zusammen und ein keuchender Hauptmann Mayer tauchte hinter ihm auf. „Solche G´fraster!", fauchte er, während er seinen Offiziersäbel aus dem Rücken des Mannes zog.

„Schaun wir, dass wir die G´fraster wieder nach unten drängen", sagte Hastreiter erschöpft.

„Es sind zu viele!", schrie Suller, der schon mit dem nächsten Angreifer beschäftigt war.

„Dann sprengen wir gleich hier und jetzt", rief Mayer zu den Mineuren.

Kaum hatte Tüchler den Befehl bestätigt, explodierte eine Granate. Suller wurde zu Boden gerissen und er verlor für einen Moment die Besinnung. Die drei Mineure, die beim Corporal gestanden hatten, lagen blutend am Boden. Hastreiter und Mayer waren gegen die Wand geschleudert worden und waren entweder tot oder bewusstlos.

Langsam kehrte Sullers Kraft wieder zurück und er richtete sich wieder auf. Dort, wo die Granate explodiert war, brannte nun lichterloh ein Feuer und er konnte das ganze Ausmaß des verwirrenden Gefechts nun erblicken. Es stand nicht gut. Von den Offizieren war niemand mehr zu sehen und zahlreiche Männer lagen tot am Boden. Erst jetzt erkannte Suller, dass sich die eigenen Leute zurückgezogen hatten und sich weiter oben neu formierten. Er stand nun ganz allein gegen die anstürmenden Franzosen. Als Soldat war er schon oft in so einer Situation gewesen und er würde sich auch diesmal rauskämpfen, so wie immer.

Suller ergriff den Säbel und hieb wild auf die Angreifer ein. Plötzlich erhielt er einen Schlag auf den Kopf und er stürzte zu Boden. Als er aufblickte, sah er sich einem französischen Leutnant gegenüber, der lachend über ihm stand. Suller war schwindelig und er fühlte eine feuchte Stelle auf seiner Stirn. Schemenhaft erkannte er, wie die Franzosen weiter voran stürmten, doch der Leutnant kam langsam auf ihn zu.

Pirrot grinste. Er war in einen Rausch verfallen. Jedes Mal, wenn er einem Österreicher den Säbel in den Bauch rammte, verspürte er Befriedigung. Seine Männer hatten die Oberhand gewonnen und drängten die Verteidiger immer weiter zurück. Nun blickte Pirrot auf den am Boden liegenden Soldaten, der so närrisch war, sich allein seinen Männern in den Weg zu stellen. Pirrot wollte sich Zeit lassen, den Moment des Tötens hinauszögern, bis er dem Kitzel des Blutrausches nicht mehr widerstehen konnte. Der Mann am Boden wirkte benommen und der französische Leutnant stand breitbeinig über ihm und lachte verhämend.

Suller kroch langsam zurück, bis er an der Wand anstieß. Seine Sinne klarten langsam wieder auf und aus dem trüben Nebel wurden wieder klare Konturen. Als sich Pirrots Gesicht vor seinen Augen zu formen begann, hätte es Suller fast einen Schlag versetzt. Er erkannte den französischen Leutnant sofort. Es war jener Mann, der ihn und Hermine beinahe inflagranti erwischt hatte und nun starrte er in dessen selbstverliebtes, grinsendes Gesicht. Suller packte die Wut und mit ihr kam seine Kraft zurück. Blitzschnell griff er nach seinem Säbel und wollte dem Franzosen einen Hieb verpassen.

Doch Pirrot war aufmerksam gewesen und trat die am Boden liegende Klinge mit dem Fuß beiseite, ehe Suller sie greifen konnte. Wieder lachte er, doch sein Kontrahent hatte schnell eine neue Waffe im Auge und griff nach einer Muskete.

Mit einem Wutschrei stieß Suller, mit dem Bajonett voraus, auf Pirrot ein, der erschrocken zurücksprang und den Bauch einzog. Beinahe hätte ihn dieser gewöhnliche Soldat aufgespießt. Nun packte auch den französischen Offizier die Wut und er verspürte Lust zu kämpfen. In seiner Raserei schlug er wild mit dem Säbel auf Suller ein, der die Schläge gerade noch rechtzeitig mit der Breitseite seines Gewehrs abblocken konnte. Die Wucht der Hiebe schleuderte ihn jedes Mal wieder zu Boden, bis der hölzerne Lauf der schlanken Schusswaffe durchtrennt war.

„Mist", entfuhr es Suller und er warf die beiden Gewehrteile seinem Gegner einfach ins Gesicht. Pirrot taumelte ein paar Schritte zurück und gab Suller die Gelegenheit, aufzustehen und erneut nach dem Säbel zu greifen.

„So, du Mistkerl", schrie ihn dieser an. „Jetzt kämpfen wir von Angesicht zu Angesicht."

Pirrot grinste und verspürte diese eigenartige Lust in ihm aufsteigen. Sein Gegner zeigte Parole und das gefiel ihm. „Umso befriedigender wird es sein, den kalten Stahl in dich hineinzubohren", entgegnete Pirrot mit französischem Akzent.

„Das muss dir erst mal gelingen", gab Suller zurück und schlug mehrmals auf den feindlichen Offizier ein. Pirrot parierte die Schläge und konterte mit einem Stoß, dem Suller auswich und auf die Seite sprang.

„Sehr gut", verhöhnte ihn der Leutnant und lachte dabei.

„Dir wird dein Gelächter noch vergehen!" Suller machte einen Satz nach vor und stieß auf Pirrot ein. Dieser schlug den Säbel seitlich weg und machte eine gekonnte Pirouette, sodass er plötzlich hinter Suller stand. Dieser drehte sich augenblicklich um, doch die kurze Zeit, in der er dem Gegner abgewandt war, reichte aus, um ihm eine Schnittwunde am Rücken zu verpassen. Suller schrie auf. Er spürte warmes Blut aus der Wunde hervorquellen. Seine Muskeln zuckten zusammen und sein Herz pochte wie wild. Nun musste er aufpassen. Mit einer Verwundung war er wesentlich langsamer als sein Gegner, der zuvor weder Kopfschläge noch Schnittwunden einstecken musste. Suller erkannte, dass er gegen diesen Franzosen nicht so hitzköpfig vorgehen konnte, wenn er nicht sein eigenes Leben verlieren wollte. Also wartete er ab und musterte Pirrot genau. Dieser fühlte sich siegessicher, das war vielleicht seine größte Schwäche. Langsam bewegte sich Suller zur Seite. Beide Kontrahenten begannen, sich lauernd zu umkreisen. In Pirrots Augen konnte er dessen steigende Ungeduld erkennen, doch Suller verharrte in der Defensive, denn er wollte seinem Gegner nicht die Genugtuung eines Angriffs geben.

„Was ist? Hat dich der Mut verlassen? Halt still, damit ich dich abstechen kann wie ein Schwein!", sagte Pirrot herausfordernd.

„Wer spricht hier von Mut? Greif du doch an!", konterte Suller ebenso provozierend.

Dann riss der französische Geduldsfaden und Pirrot wirbelte mit wilden Schlägen vorwärts. Die Attacke kam schnell und Suller konnte ihr nur im letzten Moment ausweichen, doch nun nutzte er die Gelegenheit für einen Konter und rempelte Pirrot an, sodass dieser beinahe ins Feuer gestürzt wäre. Jetzt war die Gelassenheit aus dem Gesicht des Leutnants gewichen. In Raserei verfallend, drehte er sich sofort um und schlug erneut auf Suller ein. Klirrend trafen die beiden Klingen aufeinander und sprühten Funken. Ein Schlag ging ins Leere und blieb in einem Holzstreben stecken. Suller versuchte zu kontern, doch Pirrot verpasste ihm einen Fußtritt, ehe er zum Konter ausholen konnte, und im nächsten Moment hatte er seinen Säbel bereits wieder befreit. Wieder ging der Franzose wild auf den bereits geschwächten Gegner los. „Halt still und ich erspare dir unnötiges Leid."

„Haben alle Franzosen so ein großes Mundwerk?"

„Deines werde ich dir gleich mit meiner Klinge stopfen!", rief Pirrot und startete eine neue Attacke. Suller parierte die Schläge und stieß den vorlauten Leutnant zurück. „Von einem Frauenschänder wie dir lass ich mir bestimmt nichts reinstopfen", rief Suller konternd zurück.

Plötzlich dämmerte es Pirrot ebenfalls. Als er Hermine und Suller beim Liebesakt in jener Nacht beobachtet hatte, konnte er wegen der Dunkelheit die Gesichter nicht deutlich sehen, doch nun erkannte er, wen er vor sich hatte. Pirrot grinste verschlagen. „Ich werde deine kleine Wirtstochter trösten, wenn ich ihr berichte, wie ich ihren Liebhaber aufgeschlitzt habe."

„Den Teufel wirst du!", brüllte Suller und stürmte wild auf Pirrot zu. Dieser hatte mit so einer Reaktion gerechnet und verpasste ihm einen weiteren Hieb auf den Rücken. Suller brüllte vor Schmerzen auf und fiel auf die Knie, doch noch war er nicht am Ende.

Pirrot lachte triumphierend und setzte zum Gnadenstoß an, doch als er mit dem Säbel ausholte und zustechen wollte, drehte sich sein Gegner plötzlich blitzschnell um und versetzte ihm einen Stoß in den Unterleib. Pirrot blieb die Luft weg. Suller hatte ihn von unten herauf getroffen und der kalte Stahl steckte einige Zentimeter tief in seinem Bauch.

Diesmal lachte Suller, doch ehe er seinen Säbel weiter in den Leib des Franzosen treiben konnte, taumelte dieser zurück. Im nächsten Moment ertönten Schreie und Schüsse. Dann liefen ein paar verzweifelt dreinblickende Franzosen an Suller vorbei. Als er sich umwandte, erkannte er, dass sich das Blatt gewendet hatte. Mehrere österreichische Infanteristen, angeführt von Hauptmann Rüstl und Hastreiter, stürmten durch die Gänge und drängten den fliehenden Rest der Franzosen zurück. Suller wusste nicht, was passiert war, doch allem Anschein nach konnte man den Angriffswillen des Feindes brechen.

Pirrot sank auf die Knie und hielt sich seine klaffende Wunde zu. Eine unsägliche Wut überkam ihn, doch sein Körper fühlte sich schwach an. Er zitterte und seine Glieder wurden schwer. Als er sah, wie seine Männer sich zurückzogen, hätte er am liebsten vor lauter Wut aufgeschrien, doch er brachte die Kraft nicht mehr auf. Benommenheit überkam ihn und er merkte nur noch, wie er von zwei seiner Leute gepackt und fortgezerrt wurde. „Ich krieg dich, du Hund! Ich krieg dich", stammelte er schwach und reckte mit letzter Kraft die Hand Richtung Suller.

Hackher fiel erschöpft auf seine Pritsche. Seine Uniform war vollkommen durchgeschwitzt und mit Blut und Dreck verunreinigt. Doch er hatte nicht mehr die Kraft, sich seiner Jacke zu entledigen, geschweige denn seine Stiefel auszuziehen. Vor seinen geschlossenen Augen spielten sich die Bilder des Kampfes ab. Jede einzelne Sekunde konnte er in seiner Vorstellung nacherleben.

Der Sturm war kurz nach Mitternacht abgebrochen, und als Hackher sich sicher war, dass kein weiterer Angriff folgen würde, verkündete er mit heiserer Stimme den Sieg und verordnete eine Ruhepause. Seit einer halben Stunde schwiegen nun die Waffen. Die Erleichterung stand allen ins Gesicht geschrieben, doch zum Jubeln fehlte jedem die Kraft. Die Männer waren völlig erschöpft und hätten die Franzosen noch einmal ein Herz gefunden, um erneut zu stürmen, Hackher hätte freiwillig aufgegeben, nur um endlich seine Ruhe zu haben.

Über dem Schlossberg hing noch immer eine dicke Rauchschwade und überall, wo man stand, lag der Geruch von Schwefel in der Luft. Trotz seiner Müdigkeit konnte Hackher nicht einschlafen. Sein Geist war noch zu aufgewühlt vom Gefecht. Beinahe wäre alles verloren gewesen, doch irgendwie gelang es, das Blatt doch noch einmal zu wenden und die Franzosen zu schlagen. Für Broussier musste es eine bittere Niederlage gewesen sein und Hackher fragte sich, wie es nun weitergehen würde. Hatten die Franzosen noch einmal die Kraft für einen großen Sturmangriff, oder waren ihre Kräfte nun auch am Ende?

Die Schlossberggarnison war jedenfalls am Ende. Das wusste Hackher. Obwohl die Zahl der Toten nicht sonderlich hoch gewesen war, so waren doch beinahe alle seiner Männer blessiert oder verletzt. Einen weiteren Sturm dieser Art würde er nicht überstehen, ging es dem Major durch den Kopf. Ihm fehlte einfach die Kraft, sich selbst und seine Männer noch einmal zum Widerstand zu motivieren.

„Was sagst du jetzt, Großvater", murmelte Hackher und

blickte zu dem Gemälde an der Wand, doch es hing dort nicht mehr. Durch eine der Erschütterungen musste es vom Haken gefallen sein. Das Bild lag am Boden und hatte einen Riss. Irgendwie empfand Hackher in diesem Moment eine innere Befriedigung. Er hatte nicht nur eine Schlacht gewonnen, sondern dieses verdammte Bild war auch endlich kaputt. Auf eine Art und Weise fühlte sich der Major befreit. Er hatte in einer aussichtslosen Situation die Oberhand behalten und einen überlegenen Gegner geschlagen. Zum ersten Mal seit der Übernahme des Kommandos der Festung hatte er das Gefühl, seine Pflicht erfüllt zu haben. Mehr konnte man von ihm nicht mehr verlangen. Er hatte bis zum letzten Atemzug gekämpft und nun sollte das Schicksal über ihn entscheiden. Entweder hatten die Franzosen ebenfalls genug oder sie würden noch einmal angreifen. So oder so, Hackher hatte seiner Ehre mehr als Genüge getan. Sterben wollte er jetzt nicht mehr, dafür hatte er in der letzten Stunde zu energisch versucht, am Leben zu bleiben. Jetzt doch noch getötet zu werden, schien ihm eine unglaubliche Vergeudung seiner Anstrengungen zu sein.

Beinahe wäre Hackher zufrieden eingeschlafen, doch das Schicksal schien ihm noch keine Ruhe zu gönnen. Ein vehementes Klopfen an der Tür veranlasste ihn, die Augen wieder zu öffnen.

„Herein!"

Es war Hauptmann Cerrini, der ebenso von der Erschöpfung gezeichnet war und mit einem hinkenden Fuß eintrat. Er begnügte sich mit einem knappen Salut.

Hackher richtete sich auf und rückte seine Uniform wieder zurecht. Für einen Moment wurde ihm schwarz vor Augen, als er wieder auf den Beinen stand. Doch das Gefühl ging schnell vorüber, als sich sein Körper an den Zustandswechsel gewöhnt hatte.

„Herr Major, bitte Bericht erstatten zu dürfen", sagte Cerrini mit gedrückter Stimme.

Hackher verschränkte die Arme hinter dem Rücken und nickte dem Hauptmann bestätigend zu.

„Wir haben vorläufig zwölf Tote und mehrere Dutzend Verletzte, wobei anzumerken ist, dass Oberarzt Müller nicht glaubt, dass alle die Nacht überleben werden. Weiters haben wir schwere Schäden überall auf der Festung. Das Spital wurde mehrmals getroffen und ist derzeit unbenutzbar. Ein Teil der Leichtverletzten wurde daher in der Stallbastei untergebracht. Die größten Verluste hat die Bürgerbastei hinnehmen müssen. Kapitänsleutnant Kandelbinder ersucht darum, seine Männer von der Bürgerbastei abziehen zu dürfen, da sie dort dem Scharfschützenfeuer der Franzosen beinahe schutzlos ausgeliefert sind."

Hackher nahm die Meldung mit einem Nicken zur Kenntnis. „Sonst noch etwas?

„Nein, Major."

„Wie ist der Zustand des Offizierskorps?"

„Hastreiter, Rüstl und Mayer sind verletzt. Vorbeck und Schottelius haben leichte Blessuren, sind aber einsatzfähig. Ansonsten keine Ausfälle."

„Das ist gut zu hören. Es ist schon schlimm genug, wenn uns Munition und Männer ausgehen."

„Herr Major, was ist mit dem Ersuchen von Kandelbinder?", fragte Cerrini nach, nachdem Hackher sich schon abwenden wollte.

„Er soll seine Männer abziehen, aber in Bereitschaft halten."

Cerrini nickte und trat kurz mit den Füßen auf der Stelle, als fühle er sich etwas unangenehm. „Herr Major, darf ich offen sprechen?", fragte er dann.

Hackher blickte ihn an und nickte.

„Ich wollte Ihnen nur sagen, dass Sie mich heute im Gefecht sehr beeindruckt haben. Ich habe noch nie gesehen, wie der beherzte Einsatz eines Kommandanten so sehr zur glücklichen Wende einer Schlacht beigetragen hat. Und ich denke, Sie sollten wissen, dass auch die Männer beeindruckt waren und es sehr zu schätzen wissen, dass Sie mit ihnen Seite an Seite gestanden haben."

„Ich danke Ihnen Cerrini, aber es ging mir nicht darum, jemanden zu beeindrucken. Wir hatten heute Glück. Meine Torheit hätte genauso gut zu einem anderen Ausgang führen können. In diesem Sinne danke ich Ihnen, Cerrini, dass Sie den Ausfall so umsichtig durchgeführt haben."

„Ich tat nur meine Pflicht, so wie Sie, Herr Major."

„Sie taten etwas mehr als das. Ihre Motive waren aufrichtig, doch meine waren zeitweise von übertriebenem Ehrgeiz und von Sturheit geleitet. Kein verantwortungsvoller Kommandant hätte von seinen Männern verlangt, in dieser Situation einen Ausfall zu führen. Es war reines Glück, dass wir das alle überlebt haben."

Cerrini machte einen Schritt auf Hackher zu und legte ihm die Hand kameradschaftlich auf die Schulter. „Gehen Sie nicht so streng mit sich ins Gericht. Manchmal muss man etwas riskieren, um etwas zu gewinnen. Und Sie haben gewonnen."

Hackher wandte sich mürrisch ab. Die Lobhuldigung Cerrinis war ihm unangenehm. „Nur Narren klopfen solche Sprüche", sagte der Major.

„Der Spruch stammt von Ihnen", antwortete Cerrini und rang sich ein leichtes Lächeln ab.

„Das bestätigt nur, dass ich ein Narr bin", sagte Hackher und ließ sich hinter dem Schreibtisch in seinen Stuhl fallen.

Cerrini lächelte. „Alle großen Männer waren irgendwie auch Narren, Herr Major. Was letztendlich zählt, ist das Resultat und nicht, was hätte sein können."

„Sie bedenken mich mit zu frühem Lob, Cerrini. Noch haben wir die Belagerung nicht überstanden und ich fürchte, dass unser Kräfteeinsatz in dieser Nacht so groß war, dass wir einem weiteren Sturmangriff nicht mehr widerstehen können."

„Ich gebe dem Major zu bedenken, dass der Kräfteeinsatz der Franzosen ebenfalls enorm war."

„Enorm, ja. Aber sind sie deswegen so am Ende wie wir? Wohl kaum. Broussier hält die Stadt, hat Zugang zu allen Spitalseinrichtungen und Verpflegemagazinen. In zwei bis drei Tagen kann er seine Truppe wieder ausreichend gestärkt haben, um erneut einen Generalsturm durchführen zu können. Wir hingegen können nur zusehen, wie Munition und Vorräte mit jedem Tag schwinden. Cerrini, ich gebe uns höchstens noch vier bis fünf Tage, dann sind wir endgültig sturmreif."

„In ein paar Tagen könnte bereits ein Entsatzheer in Reichweite sein, das haben Sie doch selbst gesagt."

Hackher verschränkte die Arme vor der Brust und wippte mit dem Stuhl gedankenverloren hin und her. „Dessen bin ich mir nicht mehr sicher", antwortete der Major.

Cerrini musterte seinen Kommandeur für einen Moment. Hackhers Glaube an einen Sieg schien merklich geschwunden zu sein. Das letzte Gefecht hatte ihn verändert. Vielleicht hatte es ihm etwas Demut beschert, dem Tod ins Auge gesehen zu haben, doch Hackher schien mehr verloren zu haben als nur seine Zuversicht. Cerrinis Blick fiel auf das beschädigte Bild von Hackhers Großvater. Es war ihm immer ein wenig so vorgekommen, als beziehe der Major seine ganze Kraft und seinen Durchhaltewillen sowie seine unerbittliche Sturheit von diesem Bild. Als stünde er dermaßen im ewigen Konflikt mit seinem Großvater, dass der bloße Anblick des Abbildes dem Major genügend Wut verschaffte, um diese in immer neue Kraft und Entschlossenheit umzusetzen.

Cerrini wendete sich wieder Hackher zu, der mürrisch vor sich herschaukelte. „Ruhen Sie sich etwas aus, Herr Major. Wir werden noch früh genug sehen, wie es weitergehen wird, und solange die Franzosen dort unten sind und wir hier oben, sind wir noch nicht am Ende." Cerrini wandte sich zum Gehen, warf aber noch einmal einen Blick auf das Gemälde. Bevor er den Raum verließ, hob er das Bild hoch und hängte es wieder auf den Haken an der Wand.

Hackher war in Gedanken versunken gewesen, und erst als er hörte, wie sich hinter Cerrini die Tür schloss, blickte er auf und sah das Gesicht seines Großvaters an der Wand.

Der alte Mann blickte ihn mit den verbitterten, aber scharfen Augen herausfordernd an. *„Du glaubst also, dein Bestes gegeben zu haben? Glaubst damit, aus deiner Pflicht entlassen zu* *sein? Jämmerlich!"*

Die imaginäre Stimme des Großvaters durchdrang Hackhers Verstand. Wütend ballte er seine Fäuste. „Wäre es nach dir gegangen, hätte ich mich töten lassen sollen, also wer ist hier jämmerlich?"

„Du gibst dich billigen Ausreden hin, mein Sohn! Du glaubst tatsächlich, alles getan zu haben, was in deiner Macht steht. Ich sage dir, dies ist eine faule Ausrede, so wie damals, als du deinen Freund Laurenzi nicht retten konntest."

„Laurenzi war nicht zu retten!"

„Tatsächlich? Was macht dich so sicher?"

Hackher kaute auf seiner Lippe herum. Seine Augen wanderten verwirrt im Raum umher.

„Siehst du. Du zweifelst. Du hättest ihn retten können, wärst du damals nicht so feige davongerannt. Und jetzt willst du ebenfalls davonrennen! Sehr bequem, seine Anstrengungen selbst als ausreichend zu deklarieren, nicht wahr? Ob die anderen auch so darüber denken werden?"

„Was willst du, ich habe getan, was ich konnte. Der Feind wurde zurückgeschlagen. Es kommt der Punkt, an dem man sich eingestehen muss, dass nicht mehr möglich war."

„Jämmerlich! Was möglich ist und was nicht, bestimmen wir selbst!"

„Soll ich alle meine Männer opfern? Für eine marode unbedeutende Festung, während die Hauptmacht des Feindes längst vor den Toren Wiens steht?"

„Wenn jeder Kommandeur so denken würde, dann würde schon längst der Halbmond vom Steffl wehen. Ein Mann muss seine Pflicht tun und diese ist erst beendet, wenn er Erfolg hat oder tot ist!"

„Du würdest also wortwörtlich kämpfen bis zum letzten Mann."

„Ja, das würde ich, denn so lautet der Befehl. Und selbst wenn anderenorts über den Ausgang des Krieges entschieden wird, so findet dein ganz persönlicher Krieg hier statt, hier auf diesem Stück Felsen und diese Festung ist dein Reich und du sein Herrscher. Es

geht nicht um die anderen, es geht einzig und allein um dich! Die anderen mögen verlieren und sich in Ausreden flüchten, warum nicht mehr möglich war, doch du wirst siegen, und es ist nicht irgendein unbedeutender Sieg, fernab der großen Schlachtfelder, es wird dein persönlicher Sieg sein! Eugen wurde erst zur Legende, als er das Unmögliche möglich machte und die Festung Belgrad wider allen Umständen nahm. Hätte er sich von den Tatsachen abschrecken lassen, dass die Festung als uneinnehmbar galt, das türkische Heer im Anmarsch war und seine Truppen hoffnungslos in der Unterzahl waren, so wäre er nur als ein General unter vielen Generälen in die Geschichte eingegangen. Doch er flüchtete sich nicht in faule Ausreden, sondern nahm die Festung!"

„Eugen war ein Genie, ich bin das nicht."

„Jämmerlich! Eugen hat nicht gesiegt, weil er sich ständig selbst mit Geringschätzung strafte. Reiß' dich zusammen und halte deine Stellung, mein Junge, oder willst du mir doch noch Grund zur Enttäuschung geben?"

„Ich habe dir nie Grund dazu gegeben, was dich aber nicht davon abhielt, trotzdem enttäuscht zu sein!"

„Dann beginne nicht, mir jetzt einen Grund zu liefern, wenn in dir nur ein Funken Selbstachtung glüht!"

Hackhers Faust schlug mit großer Wucht auf den Schreibtisch und ließ das Holz knarren. Mit feurigen, wutentbrannten Augen starrte er auf das Gemälde seines Großvaters. „Ich werde dir niemals diese Genugtuung geben, armseliger alter Mann!" Hackher vergrub seine Finger in seiner Hand und die Zeiger des Uhrturms schlugen zur vollen Stunde. Kurz darauf ertönte erneut das Donnergrollen der französischen Kanonen.

„Siehst du, dein Feind gibt nicht auf. Gibst du auf?"

„Niemals!"

De Montenaux marschierte schnellen Schrittes den langen Korridor entlang. Sein Gesicht war zerschürft und seine Uniform hatte schon einmal bessere Tage gesehen. Ein Diener öffnete die große Flügeltür am Ende des Ganges und der Colonel betrat den Barocksaal. „Mon Général, erbitte, Meldung machen zu dürfen."

Broussier war in seinen thronartigen Stuhl gesunken und blickte zusammengeknirscht zu De Montenaux auf. Seine Miene verriet Gereiztheit. Mit einer lässigen Handbewegung deutete er De Montenaux fortzufahren.

Nervös zappelte der Colonel hin und her und schien sich gerade äußerst unwohl zu fühlen. „Mon Général, ich bedaure melden zu müssen, dass unser zweiter Sturmversuch ebenfalls gescheitert ist."

„*Bastard!*", brüllte Broussier auf und schmetterte ein Tintenfass auf De Montenaux, das auf seiner Brust beim Aufprall zerbrach und dessen Uniform Blau färbte. „Wie kann es sein, dass die unbesiegbare Armee Napoleons von ein paar provinzialen Bergbauern immer und immer wieder vorgeführt wird?!"

„*Sire*, die Männer trifft keine Schuld. Sie haben tapfer gekämpft, doch der Gegner legt eine derartige Hartnäckigkeit an den Tag, die ich selten gesehen habe."

„Schön", fuhr ihn Broussier sarkastisch an. „Es freut mich, dass Sie von unserem edlen Gegner so beeindruckt sind, aber ich frage mich, warum unsere Truppen nicht denselben Nachdruck verfolgen und diesen Hackher endlich von diesem Felsen fegen?"

De Montenaux blickte beschämt zu Boden. Er hatte keine Lust, seine Position weiter vor seinem General verteidigen zu müssen, also gönnte er Broussier das letzte Wort.

Dieser sprang hinter seinem Schreibtisch hervor und begann, nervös auf und ab zu gehen. „Uns läuft die Zeit davon", murmelte er vor sich hin. „Aus Wildon melden meine Husaren, dass die Österreicher bereits die Straße Richtung Marburg gesperrt haben. Glaubt man den Gerüchten auf der Straße, so ist Feldmarschall Chasteler mit 10.000 Mann nur wenige Tagesmärsche entfernt und Graf Gyulais Armee rückt auf Wildon vor." Broussier strich sich über das raue Gesicht. Seit zwei Tagen verzichtete er auf seine peinlich genaue Morgentoilette. Ein rauer Bartansatz war bereits zu erkennen und ließ ihn etwas verwildert aussehen.

Laute Schritte waren aus dem Korridor zu hören und im nächsten Moment schwang die Flügeltür auf und die Colonels Gambin und Fieret traten ein. Broussier würdigte die beiden nur eines kurzen verächtlichen Blickes. Gambin wirkte in seiner engen Uniform lächerlich wie eh und je und Fieret machte ein eingeschlafenes, wenig geistreiches Gesicht. Broussier stöhnte innerlich über seine glorreichen Kommandeure und gab ihnen insgeheim die Schuld für sein Versagen.

„Mon Général", meldete Gambin und rang dabei hektisch nach Luft. „Wir haben den permanenten Beschuss der Festung wieder aufgenommen, wie Sie befohlen haben."

Fieret räusperte sich und trat einen kleinen Schritt vor. Gambin stockte und blickte dann zu Boden, denn er wusste, dass sein Offizierskollege keine guten Nachrichten überbringen musste. Der Kommandant der Artillerie schwitzte und atmete schwer.

„Général, ich muss Ihnen mitteilen, dass unsere Munitionsvorräte mit den jüngsten Angriffen empfindlich aufgebraucht wurden. Ich muss Sie daher ersuchen, neue Requisitionen von Materialien zur Pulvererzeugung zu veranlassen."

Broussier blickte Fieret an und musterte den Colonel von oben bis unten. Die Meldung bestärkte seine größten Ängste, denn er wusste, dass in der Stadt nicht mehr viel zu holen war, und sollte ein Entsatzheer wirklich nur mehr wenige Tage entfernt sein, musste er genügend Reserven zurückhalten, um dieses bekämpfen zu können. Ansonsten würde seine gesamte Armee in Gefangenschaft geraten. „Veranlassen Sie alles Notwendige", sagte Broussier reserviert zu Fieret, als würde ihn die schlechte Nachricht kaum kümmern. Der Colonel nickte und trat wieder einen Schritt zurück in die Reihe. Broussier schritt wieder auf und ab und spielte dabei Selbstsicherheit vor.

„*Messieurs*, ich komme also zu dem Schluss, dass diese Festung mit herkömmlichen Methoden des Festungssturms nicht einzunehmen ist. Wir müssen unserem Gegner Respekt zollen, denn er hat sich vortrefflich gegen eine Einnahme gewehrt. Ich wünschte nur, dass wir diese Ehre für uns beanspruchen könnten, aber leider ist dem diesmal nicht so." Broussier kehrte hinter seinen wuchtigen Schreibtisch zurück und setzte sich in seinen Thron. Nachdenklich verschränkte er die Arme ineinander. „Vielleicht haben wir bisher einfach die falsche Strategie verfolgt. Wenn selbst unsere Munitionsvorräte knapp werden, muss die Situation auf der Festung noch wesentlich prekärer sein. Hackhers größte Schwäche ist seine Versorgungslage. Er sitzt nun seit mehr als zwei Wochen in der Festung fest. Inzwischen müssen neben der Munition auch seine Nahrungsvorräte knapp werden. Verkleinerte Rationen, schlechtes Wasser und wenig Schlaf. Die Garnison muss unter enormer Entbehrung leiden. Die Frage ist nur, wie lange halten die tapferen Verteidiger noch durch."

Broussier fand sein Selbstvertrauen wieder und grinste. Er würde seine Männer nicht mehr opfern. Seine Sturmversuche waren vergebens gewesen, das musste er sich eingestehen. Hackher war vielleicht ein ausgezeichneter Festungskommandant, zweifelsohne mit reichlich Erfahrung gesegnet, doch auch er konnte sich den moralischen Problemen einer langen Belagerung unmöglich entziehen. Broussier war sich bewusst, dass ihm nicht mehr viel Zeit bleiben würde, seine Belagerung zu einem Erfolg zu bringen und für einen weiteren Sturm hatte er nicht mehr die Ressourcen. Aber vielleicht war ein weiterer Sturm auch gar nicht notwendig. Broussier war gewillt, zu einem letzten Mittel zu greifen und er wusste, wie verzweifelt es war, aber er konnte es fühlen, dass Hackher nur einen Wimpernschlag von einer Meuterei entfernt war. „Wir werden unsere Anstrengungen auf ein heftiges Bombardement der Festung richten. Colonel Fieret, Sie kümmern sich um die Beschaffung der notwendigen Munitionsvorräte. Sie werden aus allen Rohren zu Beginn des nächsten Tages feuern und der Festung keine Atempause gönnen. Die Österreicher müssen kurz vor der Aufgabe stehen, wir werden ihnen die Entscheidung etwas erleichtern."

Fieret nickte stumm.

„Mon Général", äußerte sich De Montenaux. „Ich gebe zu bedenken, dass unser bisheriges Artilleriefeuer aufgrund der besonderen Begebenheit des Berges wenig effektiv war. Wenn Sie darauf spekulieren, dass der Kampfeswille und die Disziplin der Garnison durch stetigen Beschuss gebrochen werden können, so glaube ich, unterschätzen Sie unseren Gegner."

Broussier schaute zu De Montenaux mit scharfem Blick auf und einen Moment lang war er versucht, den spitzen Brieföffner auf dem Tisch nach dem vorlauten Offizier zu werfen, doch dann besann er sich. De Montenaux besaß eine gute Auffassungsgabe und seine Meinung war nicht unwesentlich. „Was veranlasst Sie, das zu glauben", fragte Broussier.

De Montenaux machte einen Schritt nach vorn. „Der Kommandant der Festung. Er veranlasst mich, das zu glauben. Dieser Major Hackher führt seine Truppen ebenso mit Leidenschaft wie Klugheit. Ich habe mit eigenen Augen gesehen, wie er gegen jede Vernunft einen Ausfall gegen meine Truppen führte. Es bedarf großen Geschicks und Führungsstärke, um ein derart riskantes Manöver durchführen zu können. Ich habe selbst gesehen, wie der Major zuerst mit Leidenschaft angreifen ließ und sich dann ebenso schnell und kühn zurückzog, und ich gebe zu, seiner Täuschung erlegen und direkt in das feindliche Kartätschenfeuer geritten zu sein. Hackher muss großes Vertrauen unter seinen Männern genießen, um in solch hitzköpfigen Gefechten die Disziplin wahren zu können. Daher gehe ich in der Annahme, dass dieser Festungskommandant seine Truppe in fester Hand hat und sicher nicht zulassen wird, dass die Moral gebrochen wird. Mon Général, bei allem Respekt, aber Ihr Gegner hat Erfahrung und Genie bewiesen. Ich denke nicht, dass er sich durch einen Bluff aus der Ruhe bringen lassen wird."

Broussier blickte De Montenaux versteinert an. Die Kritik war eindeutig gewesen, doch den Colonel dafür zu bestrafen würde Broussier nur weiter entblößen. „Ich danke Ihnen für diese Anekdote, Colonel, doch wir werden sehen, ob Major Hackher jener Mann ist, den Sie glauben in ihm zu sehen. Der Beschuss wird wie befohlen durchgeführt."

De Montenaux trat wieder in die Reihe zurück und schüttelte kaum merklich den Kopf. Broussier war ein Idiot, dachte er sich und empfand in diesem Moment mehr Sympathie mit seinem Feind als mit seinem eigenen Kommandeur. Broussier übersah in seiner Arroganz die Tatsache, dass Hackher bereits wesentlich schwierigere Situationen während dieser Belagerung gemeistert hatte, als jetzt vor einem übertriebenen Artilleriebeschuss zu kuschen.

„Mon Général, da wäre noch etwas", äußerte sich Colonel Gambin. „*Commisaire ordonnateur* Celin hat mit Besorgnis gemeldet, dass in der Stadt zu wenige Krankenpfleger zur Verfügung stehen. Wie mon Général wissen, hat sich die Anzahl der im Lazarett befindlichen Soldaten seit heute Vormittag wieder empfindlich erhöht."

„*Oui, oui, oui!*", lallte Broussier und fiel Gambin mit genervtem Tonfall ins Wort. „Veranlassen Sie die Rekrutierung von entsprechendem Personal unter der Stadtbevölkerung."

Gambin nickte und verbeugte sich etwas zu tief, um es ehrlich zu meinen, vor Broussier.

„Noch etwas?", fragte Broussier genervt.

Die drei Colonels schüttelten die Köpfe und wurden anschließend mit einem abfälligen Wink von Broussier nach draußen geschickt.

Die Tür schloss sich mit einem Knarren hinter Gambin, Fieret und De Montenaux, und die drei Offiziere atmeten erleichtert auf. Sie hatten den Rapport endlich hinter sich gebracht und ihre gegenseitigen Blicke verrieten, dass sich keiner wirklich wohlfühlte in Broussiers Gegenwart.

„Hackher wird nicht nachgeben", sagte De Montenaux, während die drei Herren den Gang wieder zurückmarschierten.

Gambin und Fieret nickten zustimmend.

„Wir haben bereits unsere besten Karten verspielt. Es braucht wesentlich mehr Truppen und wesentlich mehr Zeit, um diese Festung nehmen zu können. Broussier steht der Lage viel zu naiv gegenüber, denn er ist nicht tagtäglich in den Laufgräben und hinter den Artilleriestellungen, denn sonst wüsste er, dass unsere Position weniger vorteilhaft ist, als er annimmt", äußerte sich Fieret frustriert.

„Wir sollten nicht zu laut Kritik äußern. Broussier ist mächtig und hat gute Kontakte zum *Empereur*. Wir mögen es vielleicht besser wissen, doch wir sind immer noch Offiziere Frankreichs. Es liegt auch an uns, Siege zu erringen, und ich schlage deshalb vor, dass wir selbst unseren Einsatz erhöhen, sodass man uns später keinesfalls Untätigkeit und Zaudern nachsagen kann, auch wenn Broussiers Strategie nicht aufgehen sollte", sagte De Montenaux.

„Weise gesprochen", antwortete Gambin. „Dennoch, es wird ein Wunder benötigen, um uns einen Erfolg zu bescheren. Und unter uns, Messieurs, wie Broussier selbst betont, uns läuft die Zeit davon. Die Bevölkerung ist gut informiert, trotz der vielen Straßensperren und der Nachrichtenzensur. Das österreichische Heer kann in wenigen Tagen hier sein und dann werden wir gezwungen sein, die Stadt zu verlassen und auf offenem Feld zu kämpfen, sollten wir bis dahin die Kontrolle über die Festung noch nicht errungen haben."

Fieret und De Montenaux nickten und gingen schweigend weiter, denn sie wussten, dass Gambins Worte etwas Vorsehendes an sich hatten. Nur mehr wenige Tage, das stand fest.

17. Juni

Der Schlossberg war in eine dichte Rauschschwade gehüllt. In der Mittagshitze schien der Pulverdunst wie Nebel aufzusteigen.

Seit den frühen Morgenstunden hatten die Franzosen eine neuerliche Bombardierung eröffnet und bis zur Mittagsstunde durchgefeuert. Der Beschuss war besonders heftig gewesen und Hackher hatte 90 Schuss die Stunde gezählt. Zeitweise hatte der Boden so stark gebebt, dass bei einigen Bürgerhäusern am Fuß des Berges die Schornsteine einstürzten. Trotz dessen waren die Verluste auf der Festung gering. Hackher musste nur einen Toten beklagen und ließ das Feuer unerwidert, um seinerseits Munition zu sparen.

„Männer!", rief der Kommandant des Schlossbergs und stellte sich auf eine Kiste, um besser gesehen zu werden. „Die letzten Tage waren für uns alle besonders hart und in der vergangenen Nacht hat der Feind erneut versucht, uns mit einem Höllenbeschuss weichzuklopfen", fuhr Hackher fort und blickte in die ermatteten und zerschundenen Gesichter seiner Soldaten. „Aber wir werden durchhalten. Der Franzose kann uns nicht ewig belagern und irgendwann geht auch ihm die Munition aus."

Hackher blickte kurz betreten zu Boden und versuchte, die richtigen Worte zu finden für die unangenehme Botschaft, die er seinen Männern gleich verkünden musste. „Leider sind auch unsere Ressourcen knapp geworden. Der Generalsturm der Franzosen hat uns einiges abverlangt. Leider wissen wir auch nicht, wie lange wir noch auf Entsatz warten müssen."

Schon ging ein unzufriedenes Raunen durch die Reihen der Soldaten und Hackher machte eine kurze Pause, damit seine Leute den ersten Schock verdauen konnten.

„Ich bin aber überzeugt, dass es sich nur mehr um einige Tage handeln kann", warf er wenig glaubwürdig klingend hinterher. „Daher ist es wichtig, dass wir alle jetzt besonnen bleiben und die Disziplin wahren. Wir müssen die Rationen leider verringern, um länger auszukommen. Dies betrifft sowohl die tägliche Fleischration als auch den Wein."

Sofort ging ein noch unzufriedeneres Murren durch die Reihen und Hackher sah seinen Männern an, dass er ihnen damit keine Freude machte. Er wusste, dass dies der Moral nicht gerade auf die Sprünge helfen würde, trotzdem war er zu diesem Schritt gezwungen.

„Männer! Durch Raunzerei ändert sich nichts an unserer Situation", fuhr Hackher nun mit deutlich strengerem Tonfall fort. Die Männer mussten nach dieser schlechten Neuigkeit wieder dringend an ihre Pflicht erinnert werden, damit ja niemand auf die Idee kam, jetzt alles hinschmeißen zu wollen. „Ich erwarte weiterhin Disziplin und Pflichtbewusstsein von jedem Einzelnen unter euch, und wer glaubt, dass er sich jetzt abseilen kann oder sich in schlechter Kameradschaft vergeht, der macht schnell Bekanntschaft mit dem Prügelstock! In einer Situation wie dieser dulde ich keine Vergehen!"

Hackher hob drohend den Zeigefinger in die Höhe und ließ einen strafenden Blick durch die Runde streifen. Das Gemurre war sofort verstummt und die Männer blickten nun wieder ehrfürchtig und kleinlaut zu ihrem Kommandanten auf. Vor Hackher hatten die Männer mehr Respekt als je zuvor. Dass der Major sich selbst ins Gefecht geworfen hatte und mit Leidenschaft und Taktik das Blatt doch noch herumriss, sprach sich schnell herum. Den einfachen Soldaten war ihr Kommandant furchtlos und unerschrocken vorgekommen und dementsprechend heroisch ausgeschmückt erzählten sich die Männer von ihrem Major. Einige verglichen ihn sogar mit Friedrich dem Großen, der einst ebenfalls die Regimentsfahne ergriffen und seine Männer doch noch zu einem heroischen Sieg geführt haben soll.

Als Hackher und Cerrini am Vormittag, während des starken Beschusses, gelassen die Festungsstraße hinaufspazierten, glaubten die Soldaten, die diese Szene miterlebten, kaum ihren Augen. Während sich alles hinter den Mauern verschanzte und hoffte, ja keine Kugel abzubekommen, stolzierten der Major und der Hauptmann ganz unbekümmert mitten auf der Straße daher. Als dann auch noch eine Granate vor Hackhers Füßen landete und er einfach unbeeindruckt an ihr vorbeiging, machte dies gehörigen Eindruck auf die Soldaten.

In Wahrheit war diese Kaltschnäuzigkeit Hackhers bewusst

zur Schau gestellt, denn er wollte, dass die Männer in ihm eine Leitfigur sahen. Und er wusste auch, dass die einfachen Soldaten leicht zu beeindrucken waren. Die meisten seiner Offiziere hingegen durchschauten die Maskerade des Kommandanten durchaus. Obwohl sich vorerst keiner traute, offen wieder Partei gegen Hackher zu ergreifen, hielten viele von ihnen, ganz besonders Schottelius und Lodron, die Vorgehensweise des Majors für absolut leichtsinnig.

Cerrini trat vor, hustete kurz und ließ die Mannschaft dann wegtreten. Mit betretenen Mienen stapften die Männer weg und gingen wieder auf ihre Posten. Hackher stieg von seinem Rednerpodest herunter und trat neben Cerrini, der abermals ein krächzendes Husten von sich gab. „Sie klingen, als würden Sie versuchen, Kartätschen aus Ihrer Lunge zu schießen, Cerrini."

„Verzeihen Sie, Herr Major, aber ich fürchte, die Anstrengungen der letzten Nacht haben bei mir ein paar Spuren hinterlassen."

„Naja. Geben Sie ein wenig auf sich Acht, mein lieber Cerrini. Nicht, dass Sie mir nach all dem an einer Lungenentzündung verloren gehen." Hackher klopfte dem Hauptmann aufmunternd auf die Schulter und blickte dann zu den Hauptleuten Mayer und Rüstl, die in diesem Moment auf ihn zugeeilt kamen. Hackher fragte sich, ob die beiden wohl überall zu zweit hingingen, und ständig schienen sie aus der Puste und völlig durch den Wind zu sein.

„Herr Major, die Blumentöpfe", brabbelte Mayer unverständlich daher.

„Hauptmann Mayer, wie gehts Ihrer Verletzung?", fragte Hackher fürsorglich nach, ohne zuerst auf die Meldung einzugehen.

„Ist auf dem Weg der Besserung, Herr Major."

„Das freut mich zu hören. Dann können S' ja gefälligst salutieren!", konterte Hackher etwas schroff.

Die beiden Hauptleute schlugen sofort ihre Hacken, wobei Mayer etwas wehleidig jammerte.

„Was der Herr Hauptmann Mayer sagen will, ist", fuhr Rüstl

dann aufgeregt fort, „dass die Baronin ihre Blumentöpfe auf der Veranda umgestellt hat."

Hackher und Cerrini blickten sich für einen Moment verwirrt an. „Ach so, der Blumentelegraf", sagten dann beide fast im Chor. Die aufmüpfige Baronin Kaiserstein versuchte durch spezielle Anordnung ihrer Blumen auf dem Balkon ihres Hauses, Botschaften für die Schlossberggarnison zu übermitteln, doch bislang waren die Informationen nicht von sonderlicher militärischer Bedeutung gewesen. Darunter waren so nützliche Nachrichten wie die genauen Frühstückszeiten von General Broussier. Deshalb gab Hackher nicht viel auf den sogenannten Blumentelegrafen.

„Und, was sagt uns die alte Kaiserstein?", fragte der Major. „Hat der Broussier wieder zwei Eier zum Frühstück gehabt?"

Diesmal blickten sich Mayer und Rüstl verwirrt an und konnten mit der Äußerung des Kommandanten nicht viel anfangen und beschlossen, einfach nicht weiter darauf einzugehen.

„Die Baronin Kaiserstein telegrafiert. Kann man da *telegrafiert* in dem Fall sagen?", fragte Mayer unsicher.

„*Wurscht!*", fiel ihm Hackher dazwischen. „Wie lautet die Botschaft?"

„Die Franzosen bauen eine weitere Batterie bei der neuen Bruck'n", kam Rüstl endlich zum Punkt.

„Eine Artilleriestellung mitten in der Stadt?", entfuhr es Cerrini.

„Was haben die Franzosen jetzt schon wieder vor", murmelte Hackher mehr zu sich selbst.

„Wahrscheinlich planen s' etwas", antwortete Mayer konspirativ.

„*Na no, na net*", sagte Hackher. „Cerrini, sagen S' dem Kandelbinder, er soll mit den Kaminfegern Kontakt aufnehmen und wegen der neuen Batterie eine Bestätigung einholen."

„Sehr wohl, Herr Major", bestätigte Cerrini und stapfte hustend weg.

Der Mann neben Pirrot musste sich furchtbar übergeben und schien dabei alle seine Innereien hervorzuwürgen. Der Offizier drehte sich angewidert auf die andere Seite seiner Bettstelle. Im Spital herrschte ein übler Geruch. In den letzten Tagen waren immer mehr verletzte Franzosen eingelangt und mittlerweile war der Krankensaal zum Bersten voll. Auf jedem Zentimeter des kalten Steinbodens lag ein Verwundeter oder Kranker. Pirrot hielt das Gejammere und das Geschreie rund um ihn bald nicht mehr aus. Zudem plagten ihn selbst Schmerzen und die unglaubliche Wut, die er nach wie vor im Bauch trug. Der sichere Sieg war ihm geraubt worden. Hätte er sich nicht mit diesem gemeinen Bastard duelliert und stattdessen weiter seine Männer angeführt, wäre es bestimmt nicht zur Niederlage gekommen, redete Pirrot sich ein. Er schwor, sich an diesem Bastard zu rächen.

Der Mann auf dem Nebenbett erbrach sich abermals und mehrere Krankenschwestern eilten herbei. Pirrot konnte die Würgegeräusche nicht mehr ertragen und wandte sich genervt um. „Würde endlich jemand die Güte haben, das arme Schwein nach draußen zu bringen!", fauchte er zunächst auf Französisch.

Die Pflegerinnen blickten ihn verwirrt an. Offenbar hatte keine von ihnen verstanden, was er gerade von sich gegeben hatte.

„Hot ane von eich vastond`n, wos des Maundsbüld g`sogt hot?", fragte dann eine der Frauen die anderen in einem Dialekt, den Pirrot beim besten Willen nicht dem Deutschen zuordnen konnte. Die Damen waren Steirerinnen, Einheimische, kam es dem Leutnant dann in den Sinn.

„Der Mann braucht frische Luft", sagte er dann auf Deutsch zu den Krankenpflegerinnen.

Diese verstanden nun den französischen Offizier und schleppten den Patienten ins Freie. Dabei wurde Pirrot die Sicht auf die ekelhafte Pfütze Erbrochenes freigegeben und er hielt sich kurz die Hand vor den Mund.

„Hermi!", rief eine der Pflegerinnen durch den Saal und winkte eine junge Frau herbei.

Pirrot wollte sich schon wieder umdrehen, als er seinen Augen nicht traute. Die herbeieilende Pflegerin namens Hermi kam ihm doch sehr bekannt vor. Pirrot zog ein verräterisches Grinsen auf und drehte sich schnell auf die andere Seite, um nicht gleich erkannt zu werden.

Hermine Spreng huschte verängstigt und verunsichert zwischen den Kranken und Verwundeten hindurch und packte einen Eimer mit Wasser und einen Lappen, um das Erbrochene wegzuwischen. Aufgrund der überfüllten Spitäler der Stadt und des Mangels an Pflegepersonal hatte man auf Anordnung von General Broussier am Morgen überall in der Stadt geeignetes Personal zwangsrekrutiert, darunter auch Hermine. Ihr Vater wollte sie zuerst nicht außer Haus lassen, doch er musste sich den Franzosen beugen, wenn er nicht wollte, dass man ihn in das städtische Gefängnis warf. Die Tochter des Pastetenwirtes war nur einige von vielen Mädchen und Frauen, die für den Spitalsdienst verpflichtet worden waren. Hermine verstand allerdings nichts von Medizin und stellte sich zunächst völlig unbeholfen bei der Wundversorgung an, sodass die Oberschwester sie genervt zur Putzarbeit verdonnert hatte. Zu was anderes sei so ein patschertes Ding nicht fähig, hatte die alte Elisabethinerin gemeint.

Am liebsten hätte sie auf der Stelle losheulen können. Noch nie zuvor hatte Hermine so viele Kranke und Verwundete auf einem Fleck gesehen. Jedes Mal, wenn sie in die Gesichter der lädierten Soldaten blickte, lief ihr ein Schauer über den Rücken, und beim Anblick der amputierten Arm- und Beinstummel musste sie aufpassen, dass ihr selbst nicht übel wurde.

Die Männer, die hier lagen, machten Hermine Angst. In ihren Augen war nichts von der Warmherzigkeit, wie sie es von ihrem Vater kannte, sondern Wut und Begierde. Jene Soldaten, die einigermaßen bei Bewusstsein waren, blickten ihr jedes Mal lüstern hinterher und machten dann irgendwelche Bemerkungen auf Französisch, die Hermine nicht verstand. Aber jedes Mal lachten die Franzosen schleimig und sie nahm an, dass sich die Männer unanständige Witze erzählten. Doch sie wusste nicht, was schlimmer war. Von einem Krüppel sexuell belästigt zu werden oder in die leeren und fast schon toten Augen eines Schwerverwundeten zu sehen, der kurz davor war, sein Leben auszuhauchen. Hermine hatte bei einem Sterbenden bemerkt, wie er im Augenblick des Todes die Augen weit aufriss und wie sich seine Pupillen weiteten, als würde er etwas erblicken. Sie konnte sich nicht vorstellen, welche Qualen die Männer durchmachten, doch wenn sie starben, wirkten sie beinahe zufrieden. Für eine 17-Jährige waren die Eindrücke der Kriegsfolgen zu viel und Hermine war mit einem schwachen Nervenkleid ausgestattet. Ihre romantische Vorstellung von einem stolzen Soldaten in schicker Uniform war zerstört. Hier gab es nur gebrochene und traumatisierte Gestalten.

„Du bist Hermine, nicht wahr?", erklang plötzlich eine bekannte Männerstimme hinter ihr. Sofort erstarrte das junge Mädchen und hielt mit dem Putzen inne.

„Nicht so schüchtern. Komm, leiste einem verletzten Soldaten Gesellschaft", forderte Pirrot sie freundlich auf.

Hermines Instinkt deutete ihr, auf der Stelle wegzulaufen, doch sie war wie gelähmt. Stattdessen drehte sie sich langsam um und blickte in das grinsende Gesicht jenes französischen Leutnants, den sie bereits aus dem Wirtshaus ihres Vaters bestens kannte und vor dem sie aus gutem Grund Angst hatte. Pirrot war ihr nicht geheuer. Er war anders als die anderen Männer, die Hermine bisher kennengelernt hatte. Er blickte ihr nicht einfach nur nach, wenn sie an den Tischen in der Gaststube vorbeieilte, wie es all die anderen taten. Bei den meisten Männern waren diese Blicke harmlos, zwar voller Begierde, doch irgendwie flüchtig. Pirrot jedoch zog sie jedes Mal in seinen Bann. Dieser Mann gaffte ihr nicht nach und es war auch nicht das fleischliche Verlangen, das in seinen Augen aufblitzte, sondern etwas Tiefgründigeres. Pirrot wollte Macht über andere Menschen. Die Macht, jemanden zu kontrollieren und alles mit ihm tun zu können. Eine Weile blickte Hermine in das Gesicht des Franzosen, und obwohl es nur wenige Sekunden waren, so kam es ihr wie die Ewigkeit vor. Sie fühlte sich von seinem Blick gefesselt und wusste nicht, was sie jetzt tun sollte. Was sollte sie sagen? Sollte sie überhaupt etwas sagen oder sich einfach wieder umdrehen und weiterschrubben. Doch Hermine beschloss, in die Initiative zu gehen und diesen lästigen Kerl zur Rede zu stellen. „Was wollen Sie von mir? Ich habe kein Interesse an Franzosen", sagte sie forsch und versuchte, dabei selbstsicher zu klingen.

Pirrot allerdings durchschaute die dünne Fassade von Selbstbewusstsein sofort und blickte sehr deutlich auf die zitternden Hände Hermines. „Ist dir kalt, Mädchen? Oder warum zitterst du?", fragte er mit gespielter Einfühlsamkeit.

Hermine zog ihre zarten Finger sofort zurück und wollte sich schon umdrehen und so schnell als möglich ihre Arbeit zu Ende bringen, doch es war bereits zu spät. Sie hatte sich schon von Pirrot fangen lassen. Als sie ihre Hände zurückzog, hielt er sie plötzlich mit unerwarteter Sanftheit fest. Hermine war verwirrt, denn sie ertappte sich dabei, wie ihr die Berührungen für einen Moment gefielen. Doch dann erinnerte sie sich wieder daran, wer sie hier eigentlich festhielt, und schlug seine Hand forsch zur Seite. „Fass mich nicht an, du Saukerl!", fauchte sie Pirrot an.

Im nächsten Moment machte der Franzose einen Satz und packte Hermine blitzschnell an den Armen. Die junge Dirn' zuckte erschrocken zusammen und für eine Sekunde glaubte sie, Pirrot würde ihr jetzt den Hals umdrehen, doch der Leutnant besann sich sofort und der hasserfüllte Blick verschwand augenblicklich wieder aus seinen Augen. „Nein, bitte bleib bei mir", sagte er und klang dabei fast wie ein romantischer Liebhaber.

Hermine wusste nicht, was sie von dem Mann halten sollte. Auf der einen Seite hatte sie Angst vor ihm, andererseits tat er ihr gerade etwas leid. Vielleicht war er ja wirklich nur ein armer verletzter Soldat, der sich nach ein klein wenig Gesellschaft sehnte. „Nur für ein paar Minuten", sagte sie dann. „Aber nur ein paar Minuten, verstehst du?"

Pirrot lächelte und ließ sie los. Hermine entspannte sich sofort, obwohl ihr nach wie vor unwohl in der Gegenwart dieses Mannes war. „Setz dich", sagte Pirrot und das junge Mädchen, welches ihn so unsicher anblickte, ließ sich auf die Holzkante seiner Pritsche nieder. „Ich denke, wir hatten bisher noch nicht wirklich Gelegenheit, einander etwas kennenzulernen", fuhr er dann fort. „Ich heiße Jacques." Mit einem Lächeln streckte er ihr die Hand entgegen und zaghaft ergriff sie die Wirtstochter.

„Hermine, aber das wissen Sie ja schon", antwortete sie ihm.

„Jetzt, wo wir einander kennen, sollten wir das Förmliche beiseitelassen. Wie sagt man im Deutschen noch gleich? Du? Sag du zu mir, richtig?"

Hermine nickte und war mit der plötzlichen Intimität, die Pirrot versucht war, herzustellen, nicht wirklich einverstanden. Ihr Blick schweifte unkontrolliert ab und sie suchte eine Möglichkeit, das Gespräch in eine andere Richtung lenken zu können. „Wie haben Sie sich eigentlich verletzt?", fragte sie dann.

„Du, du! Wie hast du dich verletzt", korrigierte sie Pirrot und lächelte dabei.

Hermine seufzte und kam nicht umhin, mit den Augen zu rollen. „Wie hast du dich verletzt?", fragte sie noch mal zum sichtlichen Amüsement ihres Gegenübers.

Diese Frage kam Pirrot nur recht und die Antwort darauf würde er vollends auskosten, wusste er doch, dass die Stichwunde an seinem Bauch von Hermines Liebhaber stammte. Er würde mit ihr spielen und ihre Reaktion auskosten. „Wir haben einen geheimen Tunnel gefunden, der auf die Festung führt", begann er zu erzählen und merkte sofort, wie Hermine sich langsam zu verkrampfen begann. „Beinahe hätten wir es geschafft durchzubrechen, doch in den dunklen, feuchten Stollen stießen wir plötzlich auf erbitterte Gegenwehr." Pirrot tat so, als würde er eine schaurig schöne Heldengeschichte erzählen, die man zur Unterhaltung kleinen Kindern vortrug. „Und dann,

dann wurde ich in ein Duell verwickelt mit einem hinterhältigen und abscheulichen Soldaten. Während meine Männer weiter vorwärtsstürmten, gelang es ihm, mich von meiner Gruppe zu trennen und ich war gezwungen, mich ganz allein meinem Gegner zu stellen."

Hermine war plötzlich wie gebannt von Pirrots Erzählung und hatte, ohne es zu wollen, vor Aufregung ihren Mund leicht geöffnet, was sie besonders sinnlich aussehen ließ.

Pirrot bemerkte dies natürlich und ergötzte sich innerlich an der Erregung des Mädchens. Als er mit der Geschichte fortfuhr und begann, seinen Gegner zu beschreiben, und als Hermine ihre Augen vor Schreck kurz weit aufriss, wusste er, dass sie erkannt hatte, wen er hier beschrieb.

„Und, und was ist dann passiert?", fragte sie.

„Zuerst gelang es mir, meinen Gegner zu verwunden, doch dies machte ihn umso wütender. Wir fochten mit voller Härte und schenkten uns nichts, denn wir beide wussten, dass es ein Kampf um Leben oder Tod sein würde. Es konnte nur einer überleben." In Hermines Augen konnte er ihre aufsteigende Panik erkennen. Nun hatte er sie genau da, wo er sie haben wollte. „Mein Gegner war ein guter Fechter, er schaffte es, mich zu verwunden und um ein Haar hätte er mich aufgespießt", fuhr Pirrot weiter fort und stoppte abrupt, um die Spannung zu steigern.

„Was, was ist dann passiert?", fragte Hermine angespannt.

„Nun, es konnte nur einer überleben", antwortete Pirrot trocken.

Hermine blickte ihn erstarrt an und es dauerte ein paar Augenblicke, bis in ihr die Erkenntnis reifte, dass Pirrot seinen Gegner getötet haben musste. Franz Suller war also tot. Ihr Franzl war tot, schoss es Hermine durch den Kopf. Beklommenheit überkam sie. In ihrem Hals stieg ein dicker Knoten auf. Vor ihren Augen begann es zu flimmern und sie konnte den aufkommenden Tränenfluss nicht stoppen. Ihre Hände begannen wieder zu zittern und verwirrt schweifte sie mit ihrem Blick ab. Sie wollte nicht vor diesem Monster in Tränen ausbrechen, sie wollte jetzt keine Schwäche zeigen und ihre Gefühlswelt an diesem furchtbaren Ort offenbaren, doch den Kummer konnte sie nicht mehr abschütteln. Langsam rann ihr ein stetiger Tränenfluss über die Wangen.

Pirrot täuschte sofort Betroffenheit vor und wischte ihr sanft die Tränen weg. „Bitte, nicht weinen. Ich wollte dich mit meiner Geschichte nicht erschrecken", sagte er sanft und zog sie langsam zu sich, um sie zu trösten. Hermine ließ es mit sich geschehen. Sie war paralysiert und geschockt. Die Tatsache, dass sie gerade vom Mörder ihres Liebhabers festgehalten wurde, war ihr im Moment völlig gleichgültig. Sie konnte es immer noch nicht glauben, doch es musste wahr sein. Wie hätte Pirrot sonst überleben können, wenn er Suller nicht getötet hatte? Er musste ihn besiegt haben. In ihr kamen die wenigen, aber schönen Erinnerungen hoch. Als sie im Nachthemd auf der Treppe stand und Suller das erste Mal sah und wie er ihr auf Anhieb gefiel. Als sie sich in der leeren Gaststube trafen und sie sich näher kamen und als sie schließlich in jener Nacht im Hof miteinander schliefen. Niemals würde Hermine diesen sinnlichen Augenblick vergessen, als sie ihre Unschuld verlor. Es war so schön gewesen, und obwohl sie Suller seit dieser Nacht nicht mehr gesehen hatte, sehnte sie sich nach seiner körperlichen Nähe. Wie gern hätte sie ihn noch einmal in den Arm genommen, noch einmal mit ihm dieses berauschende Gefühl der Liebe erlebt, nach dem sie sich in den letzten Jahren immer stärker gesehnt hatte, doch nun war er tot.

Pirrot erkannte, dass Hermine emotional gebrochen war. Er drückte sie sanft an sich und streichelte ihre Schulter. Langsam wurde ihr Atem ruhiger und er konnte fühlen, wie sie langsam entspannter wurde. Dann nahm er ihren Kopf in seine Hände und blickte sanftmütig in ihre traurigen, lethargischen Augen. Sie ließ es mit sich geschehen. Ihre Gedanken waren ganz woanders und was mit ihr passierte oder gemacht wurde, war ihr im Moment egal. Pirrot wusste das. Er hatte es schon öfters bei Frauen beobachtet und er fand es jedes Mal faszinierend, wenn diese zarten weiblichen Geschöpfe durch Verlust und Trauer an den Punkt der völligen Selbstaufgabe kamen.

Sanft streichelte er ihre Wangen und ihre Tränen begannen, langsam zu versiegen. Dann führte er ihren Kopf zu sich und er küsste sie zaghaft auf den Mund. Hermine leistete keinen Widerstand. Pirrot zog sie weiter zu sich und drückte seine Lippen fester auf ihre. Und dann spürte er plötzlich, wie sie endgültig nachgab. Ihr Mund öffnete sich leicht und er drang mit seiner Zunge in sie ein. Es war ein herausragendes Gefühl, dieses hübsche junge Ding zu küssen und zu berühren und sich ihrer Ergebung gewiss zu sein. Nach einigen Augenblicken merkte Pirrot, wie nun auch sie ihre Lippen fester an seine presste. Es gefiel ihr also und dies war für ihn die Einladung noch weiter zugehen. Er packte sie an der Hüfte und zog ihren Unterleib zu sich. Langsam fuhr er mit der Hand unter ihren Rock und tastete sich an ihren zarten Schenkeln hinauf, bis er das zarte Fleisch ihrer Schamlippen erreichte.

Sie war feucht und sie war sein. Er knöpfte seine Hose auf und schob sich langsam unter ihren Rock. Sofort drang er in sie ein. Niemand nahm im lauten und überfüllten Krankensaal Notiz von dem kurzen Geschlechtsakt.

Schlossbergfestung

Ein breiiger Fleischklumpen klatschte in die schlecht ausgewaschene Holzschüssel. Cerrini übergab sich sogleich, als der Geruch des abgestandenen Fleisches in seine Nase fuhr.

„Alles in Ordnung, Herr Hauptmann?", fragte der Koch beiläufig und schenkte weiter aus. Die Soldaten in der Schlange bei der Essensausgabe begannen zu tuscheln, während Cerrini das letzte bisschen Magensäure hochwürgte.

„Geht schon wieder", sagte er dann mit zittriger Stimme.

Der Hauptmann ging einige Schritte weg, bis die Luft wieder klarer wurde, und setzte sich in das nasse Gras, das entlang der Festungsmauer spross. Als das üble Gefühl und der Schwindel verschwunden waren, stand Cerrini auf und stapfte etwas wackelig zum Gebäude des Kommandanten, welches sich einige Meter oberhalb befand.

„Sie schauen aus wie a Leich, Cerrini", begrüßte ihn Hackher, als der Hauptmann wenig später in das Arbeitszimmer des Majors trat.

„Nur eine vorübergehende Übelkeit", beschwichtigte Cerrini. „Herr Major, ich muss mit Ihnen über die Verpflegung sprechen. Das Essen bekommt den Männern nicht und ich gebe zu, selbst davon betroffen zu sein. Unsere Trinkwasservorräte gehen zur Neige und sind bereits abgestanden und faulig, was dazu führt, dass die Männer lieber den sauren Most trinken als das ungenießbare Wasser. Dies bewirkt wiederum, dass die Moral und die Disziplin nachlassen."

Hackher hörte seinem Stellvertreter schweigend zu und verschränkte die Arme vor der Brust.

„Heute Morgen gab es wieder Streit innerhalb der Mannschaft. Die Männer werden langsam unruhig, hinzukommt, dass der Beschuss der Franzosen nach wie vor andauert."

Hackher stand auf und ging einige Schritte auf und ab und schien dabei nachzudenken. Dann wandte er sich zu Cerrini um und verschränkte die Arme hinter dem Rücken, wie er es immer tat, wenn ihm eine Debatte unangenehm war. „Ich bin mir der Probleme sehr wohl bewusst, aber wir haben momentan kaum eine Möglichkeit, dem Abhilfe zu schaffen. Schärfen Sie den Männern ein, dass sie einfach durchhalten müssen."

Cerrini verzog das Gesicht. Mit einer solchen Antwort hatte er gerechnet. „Herr Major, Sie wissen, ich stand immer loyal zu Ihnen, doch ich habe erhebliche Bedenken, was den Zustand der Truppe angeht. Kapitänsleutnant Kandelbinder hat inzwischen bestätigt, dass die Franzosen eine neue Batteriestellung an der neuen Brücke errichtet haben und weiters überall in der Stadt Materialien für die Munitionsherstellung requiriert werden. Ein Großteil der Soldaten ist davon überzeugt, dass die Franzosen einen weiteren Sturm vorbereiten und Oberleutnant Hastreiter hat mir zugetragen, dass einige Stimmen unter den Männern laut werden, in so einem Falle diesmal die Waffen zu strecken."

„Das kommt überhaupt nicht infrage", polterte Hackher sofort lautstark zurück. „Das können Sie den Insubordineuren gleich einschärfen. Wer sich nicht an Befehle hält oder gar desertiert, dem ist der Galgen gewiss."

„Es wäre gut, wenn Sie den Männern sagen, was Sie von ihnen erwarten", konterte Cerrini.

„Das ist nicht meine Pflicht und das wissen Sie", gab Hackher zurück.

„Wie lange wollen Sie es den Männern noch zumuten, Herr Major? Bei allem Respekt, aber sowohl die Soldaten als auch die Offiziere haben tapfer gekämpft und ihre Pflicht mehr als erfüllt. Dass die Garnison nun an Hunger und Krankheit leidet, ist in keinster Weise zu rechtfertigen."

„Es kann sich nur mehr um Tage handeln", gab sich Hackher uneinsichtig.

„Um wie viele? Bei allem Respekt, Herr Major, aber das sagen Sie nun schon seit Tagen, dass es sich nur mehr um Tage handeln kann. Bis auf die Raketensignale im Umland lässt nichts darauf schließen, dass ein Entsatzheer in Reichweite ist und wir können nicht einmal sicher sein, dass die Signale von unserem Heer stammen."

„Cerrini, sehen Sie es nicht? Der Beschuss der Franzosen ist deutlich abgeschwächt. Sie feuern seit Stunden nur mehr aus zwei Batterien, was bedeutet, dass ihnen die Munition ausgeht. Unsere Lage mag nicht zum Besten stehen, aber die Franzosen können keinen Deut besser dran sein."

„Unsere Lage ist beschissen, Herr Major!", fauchte Cerrini Hackher an und übergab sich vor lauter Aufregung im nächsten Moment.

Hackher wich erschrocken zurück und machte ein besorgtes Gesicht. „Mein Gott, Cerrini", rief er schockiert aus. „Sie gehören ja ins Lazarett."

„Es geht schon wieder", stammelte der Hauptmann hervor und musste gleich noch mal würgen. Entsetzt blickte der Schlossbergkommandant auf seinen kränkelnden Vertrauten.

War er tatsächlich dabei, zu übertreiben? Sofort begannen ihn wieder, die Selbstzweifel zu plagen und er fühlte sich für Cerrinis Gesundheitszustand mitverantwortlich. „Ja, das seh ich, wies Ihnen geht, nämlich gar nicht", sagte Hackher und hastete zur Tür und rief in den Gang hinaus; „Stadlmayer! Holen S' mir sofort den Oberarzt Müller, aber flott!"

Dieser hatte vor der Tür des Kommandanten Wache geschoben und eilte sofort los. Hackher half inzwischen Cerrini auf und gab ihm einen Stuhl, wo dieser sich erstmal setzen konnte. „Mein Lieber, Sie hats aber ordentlich erwischt", sagte Hackher feststellend und blickte den käsebleichen Cerrini besorgt an.

Benommen lag der ansonsten stattliche Hauptmann nun wie ein Häufchen Elend im Sessel. Für eine Weile herrschte Schweigen und Hackher machte sich Vorwürfe. Vermutlich hatte Cerrini recht. Er konnte keine Belagerung weiter ausharren, ohne vernünftige Versorgung mit Essen und Trinkwasser. Ein Soldat braucht nicht viel, nur halbwegs gute Verpflegung, sagte sich Hackher.

Hastige Schritte aus dem Gang kündigten das Eintreffen des Arztes an. Der hagere Doktor Müller eilte in das Zimmer und stieß ein Jauchzen aus, als er den kranken Cerrini darniederliegen sah. Sofort überprüfte er Puls, Augen und Mundhöhle des Hauptmannes. „Wir sollten ihn sofort ins Lazarett bringen, der Herr Hauptmann benötigt dringend Erholung", diagnostizierte Müller.

Hackher stimmte nickend zu und sah, wie Stadlmayer Cerrini stützte und unter Begleitung des Arztes hinausbrachte. Der Major drehte sich zum Fenster hin und blickte erwartungsvoll nach draußen. Es musste doch irgendein Zeichen geben, ob das österreichische Heer im Anmarsch war oder nicht, fragte er sich. Die Franzosen waren sichtlich nervöser geworden, das konnte Hackher spüren. Nach den missglückten Versuchen, die Festung zu nehmen, und den schweren Verlusten, die sie erleiden mussten, hatten sie auch allen Grund dazu, doch da war noch mehr, glaubte Hackher zu wissen. Mehrere Reiterabteilungen hatten die Stadt verlassen und waren im Grätzer Umland ausgeschwärmt. Ein Indiz dafür, dass Broussier die Ankunft des Feindes erwartete? Vielleicht. Nein, sogar ziemlich sicher! Warum sollte er sonst Aufklärer in alle Richtungen entsenden? Die Aufmerksamkeit der Franzosen galt nicht mehr einzig und allein der Festung, so wie es noch vor zwei Tagen gewesen war. Irgendwas hatte sich verändert. Irgendetwas beschäftigte die Franzosen so sehr, dass sie bisher keine Anstrengungen unternommen hatten, ihre Sturmabteilungen wieder aufzufüllen. Ganz im Gegenteil. Die Belagerung wurde inkonsequent. Hätte Broussier vor, den Schlossberg erneut zu stürmen, würde er die Reiterei nicht ausschwärmen lassen. Für einen Sturm benötigte er jeden Mann in der Stadt. Während er einen Großteil seiner Soldaten für den Angriff brauchte, benötigte er auch eine große Zahl an Wachpersonal, das die Ordnung in der Stadt aufrecht hält. Nein, so würde sich kein Kommandant verhalten, der eine vernünftige Belagerung im Sinn hatte. Broussier war abgelenkt und diese Ablenkung konnte nur in einer herannahenden Entsatzarmee bestehen, da war sich Hackher sicher.

Aber möglicherweise war den Heerführern nicht bewusst, wie prekär die Lage auf der Festung war, oder sie nahmen vielleicht sogar an, dass diese längst in den Händen der Franzosen sei, und sie ließen sich deshalb so lange Zeit. Das machte Sinn. Würde man annehmen, dass Broussier die Stadt und die Festung kontrolliert – so konnte er eine herannahende Armee der Österreicher bereits lange, bevor diese überhaupt in Reichweite war, mit den Festungskanonen unter Beschuss nehmen –, dann würde jeder Kommandeur zögern, sich der Stadt zu nähern und eher darauf hoffen, die Franzosen auf offenes Feld locken zu können. Selbst Grätz war nicht dauerhaft zu halten. Was, wenn österreichische Truppen die Versorgungswege der Stadt weiträumig blockiert hatten und darauf warteten, dass die Franzosen gezwungen waren, die offene Feldschlacht zu suchen?

Hackher hatte bisher noch nicht an diese Möglichkeit gedacht. Für ihn war es so selbstverständlich, dass er die Festung halten würde, doch in Anbetracht dessen, wie viele Festungen und Sperren sich zu Beginn des Feldzugs den Franzosen ergeben hatten, war es nur logisch, dass man annahm, er hätte auch früher oder später kapituliert. Andererseits mussten die Österreicher doch den dauernden Beschuss der Franzosen hören und ihn so interpretieren, dass die Belagerung noch im Gang war, aber bei der Brillanz der kaiserlichen Heerführung konnte man sich dessen nicht so sicher sein, gestand Hackher.

Draußen wurde es langsam dunkel. Die Sonne blickte nur mehr zur Hälfte über den Steinberg, welcher Teil der östlich von der Stadt gelegenen Hügelkette war.

Hackher drehte sich entschlossen um und rief in den Gang hinaus: „Hauptmann Mayer!"

Dieser hatte sein Arbeitszimmer einige Türen weiter und eilte sofort in den Raum des Kommandanten. „Zu Befehl, Herr Major."

Hackher wollte schon wieder ein grimmiges Gesicht aufsetzen und den notorischen Salutverweigerer rügen, als Mayer ihm zuvorkam und brav die Hacken aneinanderschlug. „Oh, ich hätt' fast schon wieder vergessen zum Salutieren."

Hackher nickte und setzte sich hinter seinen Schreibtisch. „Mayer, in einer halben Stund' ist es finster. Veranlassen S', dass sobald es dunkel genug ist, ein paar Signalraketen abgeschossen werden. Ich mach mir ein wenig Sorgen, dass man eventuell uns hier oben nicht mehr vermutet."

„Eine ausgezeichnete Idee, Herr Major",

„Ja, ja, tuen S' nicht so schleimen, Mayer. Und erkundigen Sie sich bitte über den Zustand von Hauptmann Cerrini, wenn S' das mit den Raketen erledigt haben."

„Jawohl, Herr Major. Darf ich fragen, was denn mit dem wehrten Herrn Hauptmann passiert ist?"

„Der scheint sich einen Virus eingefangen zu haben. Speibt die ganze Zeit herum und schaut aus wie eine Marmorstatue", antwortete Hackher.

„Wie eine Statue?", fragte Mayer verwirrt nach.

„Ja, bleich wie Marmor halt."

„Ach so, ohhh, versteh. Der arme Cerrini. Ich werd mich sofort nach dem Herrn Hauptmann erkundigen und Ihnen dann sofort Meldung erstatten", sagte Mayer besorgt.

„Zuerst kümmern Sie sich um die Raketen."

„Um Gotts willen, hätt' ich jetzt fast schon wieder vergessen. Zuerst Raketen, dann nach dem Hauptmann erkundigen." Wie ein kleiner Schuljunge murmelte Mayer die Reihenfolge der Anweisungen vor sich her, um sie nicht zu vergessen und eilte sofort aus dem Raum. Hackher seufzte und schüttelte den Kopf.

Kapitel 5 - Entsatz

18. Juni

In der Nacht vom 17. auf den 18. Juni fand Hackher seit Langem wieder einen ruhigen Schlaf. Obwohl ihm die plötzliche Erkrankung Cerrinis, die schlechte Versorgungslage und die neuen Artilleriestellungen der Franzosen eigentlich Sorge bereiten sollten, verspürte er eine selige Zuversicht. Womöglich war es aber auch die unendliche Erschöpfung, die den Major in dieser Nacht ganz einfach tief ins Delirium trieb. Seit Beginn der Belagerung hatte Hackher keine Nacht durchgeschlafen und war stets von den frühen Morgenstunden an bis spät in die Nacht auf den Beinen gewesen. Seit Tagen aß er den gleichen unzureichenden Fraß, wie alle anderen auch, der viel zu wenig nahrhaft war, um einen Soldaten satt zu machen. Und dennoch schlief er ruhiger als sonst, wenn auch nicht lange.

Ein entferntes Donnern in den frühen Morgenstunden ließ ihn zunächst im Schlaf aufhorchen. Das Geräusch war bei Weitem nicht so laut, als dass es von den französischen Kanonen herrühren konnte und dennoch war es auch kein Gewitter. Da es keine unmittelbare Bedrohung zu geben schien, entschied der Major, seinen seligen Schlaf fortzusetzen, als es vehement an seiner Tür pochte.

Hätte er sich davon ein Resultat erwartet, dann hätte er den frühmorgendlichen Störenfried vor seinem Zimmer einen göttlichen Blitzschlag gewünscht, da dies aber unwahrscheinlich war und er das drängende Klopfen auch unmöglich ignorieren konnte, schlug er grantig die Wolldecke beiseite.

„Herrgottsakra!", fluchte der Major, während er in seine Stiefel fuhr und schlaftrunken nach seiner Uniformjacke tastete.

„Jetzt kommen S' schon rein, Kruzitürken noch mal!"

Es war der Soldat Jakob Stadlmayer, der voller Aufregung durch die Tür platzte. „Herr Major!", schrie er aufgebracht.

„Jetzt vergessen Sie auch schon aufs Salutieren. Haben S' sich das vom Hauptmann Mayer abgeschaut, oder was?", sagte Hackher etwas ärgerlich.

„Aber Herr Major, des werden S' nicht glauben", stammelte Stadlmayer daher.

„Ja, ich glaub es wirklich nicht. Da stürmt einer mitten in der Nacht bei mir rein und salutiert nicht einmal. Also, was ist!?", gab der Major auffordernd Konter, während er sich die Knöpfe seiner Uniform zumachte.

Stadlmayer salutierte eilig auf und konnte es kaum erwarten, endlich seine Meldung machen zu können. „Herr Major, bitte gnädigst melden zu dürfen, dass Gefechtsfeuer südlich der Stadt gesichtet wurde."

Hackher verstand im Halbschlaf zunächst gar nicht die Tragweite dieser Botschaft und blickte den Soldaten vor ihm kurz unschlüssig an. „Wie, was, Gefechtsfeuer?"

„Jawohl, Herr Major. Gefechtsfeuer südlich der Stadt. Es scheint sich um Gewehrfeuer zu handeln."

„Aber dabei kann es sich nur um einen französischen Vorposten handeln, der im Kampf steht mit …", Hackher hielt kurz nachdenklich inne, ehe ihm die Erkenntnis kam. Sofort sprang der Major auf und streckte fast triumphierend die rechte Hand in die Höhe. „Das Entsatzheer! Dem Prinz Hansl seine Soldaten sind da! Stadlmayer, wecken S' mir sofort die Offiziere!" Mit diesen Worten stürmte der Festungskommandant aus dem Zimmer.

Königsbrunnisches Haus

Oberst Gambin machte keine gute Figur, als er vor lauter Eile vom Pferd sprang und dabei fast aus dem Sattel gefallen wäre. Der beleibte Oberst war, so schnell es ging, zum Hauptquartier seines Kommandanten General Broussier geritten, als er vor etwa zehn Minuten eine beunruhigende Meldung zugestellt bekam. Er schob sich an den Wachen am Tor vorbei und stapfte in das barocke Palais.

„Mon Général belieben noch zu dinieren", sagte der blasierte Diener, der Gambin in der Eingangshalle entgegenkam.

„Ich muss den Général sofort sprechen, es ist sehr dringend."

„Wollen Colonel nicht noch eine Stunde warten?", fragte der Diener etwas vorsichtig nach. Offenbar schien er weniger Furcht davor zu haben, einen französischen Obristen vor den Kopf zu stoßen, als Broussier beim Frühstück zu stören.

„Ich glaube nicht, dass Sie es verantworten können, dem Général meine Nachricht so lange vorzuenthalten", hakte Gambin nach und unterstrich die Wichtigkeit seiner Botschaft.

Der Diener zog den Schwanz ein und führte Gambin zum Speisesaal, wo er ihm die Tür öffnete. „Mon Général, Colonel Gambin wünscht Sie zu sprechen", kündigte der Diener an, doch der Colonel schob sich sogleich an ihm vorbei und betrat den Saal.

Broussier saß am Ende einer unnötig langen Tafel, die so reichhaltig gedeckt war, dass er unmöglich alles allein essen konnte, und war gerade dabei, ein Ei aufzuschlagen. Sichtlich verärgert über den Umstand, dass man ihn beim Frühstück störte, blickte er auf. „Kann das denn nicht warten?", äußerte er sich schnippisch.

„Es tut mir leid, ich habe versucht, dem Colonel zu erklären, dass mon Général noch dinieren, aber …"

„Vor einer halben Stunde wurden uns Kämpfe im Süden der Stadt gemeldet", unterbrach Gambin den Diener.

Broussier verkrampfte die Hand und das Ei in seiner Rechten platzte auf. „Was?!", brüllte er entsetzt.

Gambin räusperte sich und tat so, als hätte er das Missgeschick mit dem Ei nicht bemerkt.

„Unser *Detachement* des 6. Husarenregiments wurde zurückgedrängt. Laut den Meldern handelt es sich um österreichische Vorposten unter Generalmajor Splenyi, welche zur Armee des Feldmarschalls Gyulai gehören. Dieser ist laut Meldung am 15. in Marburg eingetroffen."

Broussier stand erbost auf und schmetterte das zerborstene Ei in seiner Hand auf den Tisch. Mit einer Stoffserviette wischte er sich die Reste von den Fingern, während er ruhelos hin und her ging. „Wissen wir über die Position von Macdonald und Marmont Bescheid?", fragte er dann und versuchte, gelassen zu wirken.

Gambin schüttelte den Kopf. „Ich fürchte, dass uns keine aktuellen Berichte vorliegen. Unsere zuletzt ausgesandten Kuriere sind noch nicht zurückgekehrt und es ist die Annahme begründet, dass diese womöglich ihr Ziel nicht erreicht haben, da die Straßen im Hinterland von österreichischen Streifkommandos immer wieder gesperrt werden."

„Wieso konnte der Feind plötzlich so schnell auf Grätz marschieren, ohne, dass wir davon in Kenntnis gesetzt wurden?", fragte Broussier wütend.

Gambin zuckte unwissend und entschuldigend mit den Schultern.

„Mon Général, das Groß unserer Kräfte konzentriert sich auf den Raum Wien. Der Feind hat vermutlich die entstandenen Lücken genutzt, um von Süden her aufzumarschieren. Die Signalraketen, welche von der Festung abgeschossen wurden, dürften den Banus Gyulai veranlasst haben, seinen Marsch auf Grätz zu beschleunigen."

„Gambin, wissen Sie, was das für uns bedeutet?", fragte Broussier dann kühl.

„Ich kann es mir denken, *Sire*", antwortete der Colonel, ohne Betroffenheit zu zeigen.

Broussier führte seine Frage nicht weiter aus, denn die Antwort kannten die beiden Offiziere ohnehin. Der General wirkte plötzlich gar nicht mehr so stolz und eitel wie zu Beginn der Belagerung. Zerknirscht ließ er sich wieder auf den Stuhl fallen und gab sich einer vulgären Pose hin, mit der Napoleon sich einst auch porträtieren ließ. Die Zernierung der

Festung war so gut wie gescheitert, das wusste Broussier in diesem Augenblick. Der Feind marschierte auf die Stadt zu und er selbst war in dieser gefangen, abgeschnitten von jeglichen Versorgungslinien und ohne Anschluss an den Rest der Armee.

Er wusste auch, dass er die Stadt nicht werde halten können. Er konnte keine Verteidigung organisieren, wenn seinen Truppen Beschuss von zwei Seiten drohte. In der militärischen Theorie gab es nun nur mehr eine Möglichkeit und diese bestand darin, die Belagerung abzubrechen, den Feind auf offenem Feld zu stellen, zu schlagen und dann wieder in die Stadt einzuziehen, wohlgleich Broussier sehr wohl wusste, dass er vermutlich nicht genügend Kräfte hatte, um eine Feldschlacht siegreich bestreiten zu können. Er steckte eindeutig in einer Zwickmühle.

„*Sire*, wie lauten Ihre Befehle?", fragte Gambin vorsichtig nach, denn er wollte keinesfalls die Verantwortung selbst übernehmen.

Broussier blickte auf und wischte seine Gedanken beiseite. Wider besseres Wissen wollte er es einfach nicht akzeptieren, dass die vernünftigste Entscheidung darin liegen würde, die Stadt aufzugeben. Doch ohne Anschluss an die Armee konnte er sein Vorgehen nicht koordinieren. „Alarmieren Sie die Kavallerie", befahl er dann. „Wir müssen zunächst Zeit gewinnen. Schicken Sie Boten aus, ich benötige neue Befehle."

Gambin nickte zuerst und wollte schon wegtreten, als er jedoch etwas verunsichert stehen blieb und sich noch einmal an Broussier wandte. „Mon Général, wie lauten Ihre Anweisungen in Bezug auf die Festung?"

Broussier dribbelte unsicher mit den Fingern auf dem Tisch und schien nachzudenken.

Gambin konnte in seiner Miene eine gewisse Hilflosigkeit erkennen. „Sollen wir die Belagerung abbrechen?", fragte er vorsichtig nach, in der Hoffnung, dem General eine vernünftige Entscheidung in den Mund legen zu können.

Broussiers Gedankenwelt war im Zwiespalt. Sein Verstand

sagte ihm, er solle dem Vorschlag Gambins einfach zustimmen, so würde er einer äußerst bedrängten Situation womöglich noch entgehen können, doch sein Stolz und Ehrgeiz konnten dies nicht mit sich vereinbaren. Die Belagerung aufgeben wäre für Hackher gleichbedeutend mit einem Sieg und Broussier wollte diesem lästigen Gegner ganz einfach nicht dieses Privileg gönnen. Er wollte nicht, dass die Geschichte diesen Major Hackher als Sieger der Belagerung von Grätz verbuchte. Dieser heimtückische und aufmüpfige kleine Major hatte doch nur unverschämtes Glück und Broussier war partout nicht gewillt, einen unverdienten Sieg zu verschenken. Hackher hatte zwar gut gekämpft, aber auch mit unfairen Mitteln. Steine den Berg hinabzurollen war kein ehrenhaftes Mittel im Kampf und schon allein wegen dieser Dreistigkeit wollte Broussier sich die Niederlage einfach nicht eingestehen. Hätte er nur einige Tage mehr Zeit, so würde er bestimmt die Schlossberggarnison zur Aufgabe zwingen können, aber diesen Luxus hatte er nun nicht mehr.

Broussier blickte Gambin scharf an und sprang dann erbost auf. „Die Belagerung abbrechen? Unter keinen Umständen. Ich werde mein Gesicht vor diesem Major Hackher sicher nicht verlieren, indem ich mich zu voreiligen Entscheidungen hinreißen lasse. Was wir brauchen, ist jetzt einen kühlen Kopf, Gambin. Der Beschuss wird wie gewohnt fortgeführt. Die Reiterei soll zu Pferd und unsere Vorposten verstärken. So gewinnen wir etwas Zeit, um die Verbindung mit Marmont und Macdonald wieder herzustellen."

Gambin nickte enttäuscht und verließ ohne ein weiteres Wort den Raum. Er wusste, dass Broussier aus Stolz heraus entschied, Napoleon tat dies auch oft, nur war Broussier kein Bonaparte.

Hackher blickte auf die Landkarte, die über dem gesamten Tisch ausgebreitet lag. In der Mitte der Karte waren der Schlossberg und die Umrisse der Festung eingezeichnet sowie die im Süden sich ausbreitende Stadt und das nähere Umland.

Hackher stand auf der einen Seite des Tisches und hatte die Arme hinter dem Rücken verschränkt. Ihm gegenüber auf der anderen Seite blickten seine Offiziere auf die Landkarte. Durch die kleinen Fenster schien die Morgensonne und wurde von den vielen Staubpartikeln im Raum reflektiert.

Hackher genoss die Wärme auf seinem Gesicht und auch den Moment des Triumphes vor seinen Offizieren, vor allem gegenüber jenen, die sich vor wenigen Tagen noch offen gegen ihn gestellt hatten. In der Mitte hatten sich die Hauptmänner Mayer und Rüstl aufgestellt sowie die Kapitänsleutnante Kandelbinder und Vorbeck. Rechts daneben standen Oberleutnant Schottelius und Graf Lodron, die ein etwas beschämtes Gesicht machten, hatten sie doch am stärksten gegen Hackher opponiert. Auf der linken Seite standen Oberleutnant Schlichtnig, Fähnrich Gödl und Hauptmann Eck. In zweiter Reihe hatten sich die Unteroffiziere aufgestellt, nur Cerrini war nicht anwesend, was Hackher sehr bedauerte.

Der Festungskommandant räusperte sich und ergriff einen Zeigestab. „Heute Morgen wurde von den Wachposten heftiges Gefechtsfeuer im Süden der Stadt, in Richtung Wildon ausgemacht. Die französischen Vorposten, welche hauptsächlich aus Husaren bestanden, wurden darauffolgend bis wenige Kilometer vor die Stadt zurückgedrängt", begann Hackher zu erklären und deutete dabei mit dem Stab auf die entsprechenden Stellen der Karte. „Seit den frühen Morgenstunden konnten wir große Aufregung im Lager der Franzosen beobachten, was mich zu dem Schluss kommen lässt, dass eine Entsatzarmee im Süden vermutlich nur einen Tagesmarsch entfernt ist. Laut den letzten Nachrichten, die wir erhalten haben, könnte es sich um die Armee des Feldmarschalls Gyulai handeln, dessen Aufmarschgebiet im Süden lag. Der Franzose wird sich also anschicken, seine Stellung in der Stadt abzusichern, um für eine Belagerung von Süden her gerüstet zu sein. Unsere Aufgabe wird es demnach sein, diese Bemühungen zu erschweren, um die Ankunft des Entsatzheers bestmöglichst zu decken."

Hackher blickte von der Karte auf. Die Offiziere nickten zunächst bestätigend, doch dann hob Graf Lodron die Hand, um sich zu Wort zu melden. „Herr Major. Gestatten Sie mir die Nachfrage, aber können wir denn sicher sein, dass der Feldmarschall in so kurzer Zeit hier sein kann? Da wir noch keinen Sichtkontakt hergestellt haben, können wir nicht sicher sein, dass der Weg nach Grätz nicht durch französische Kräfte blockiert wird. Es kann genauso gut sein, dass sich ein französisches Heer im Süden sammelt und Gyulais Armee blockieren wird, was bedeuten würde, dass wir nicht mit einem Entsatz in den nächsten Tagen rechnen können."

Die Wortmeldung Lodrons verunsicherte die Offiziere und Flüstern brach unter den Herren aus.

„Der Oberleutnant hat nicht unrecht", äußerte sich dann Schottelius. „Die Franzosen werden wohl nicht so dumm sein und es zulassen, dass ein feindliches Heer so nahe an die Stadt herankommt. Es ist durchaus wahrscheinlich, dass Gyulai durch französische Kräfte gestoppt oder blockiert wird und gezwungen ist, einen Richtungsschwenk zu machen, was bedeutet, dass er wesentlich länger nach Grätz brauchen wird."

Hackher nahm die Skepsis der beiden Offiziere zur Kenntnis. „Sie liegen falsch, meine Herren", konterte er zurück. „Es ist äußerst unwahrscheinlich, dass die Franzosen genügend Kräfte haben, um Gyulai zu blockieren, denn sonst hätten sie wohl kaum so nervös begonnen, die Stadt zu sichern. Das sagt mir, dass sie die Ankunft des Feindes erwarten."

„Aber warum wurde der Beschuss dann nicht eingestellt?", fragte Schottelius nach.

„Das ist ja kein anständiges Artilleriefeuer mehr", fuhr

Kandelbinder dazwischen. „Seit dem gestrigen Tage feuern die Franzosen nur mehr aus zwei Haubitzen und sie haben damit begonnen, bei der neuen Brücke eine neue Stellung auszuheben, die ohne Weiteres auch nach Süden gerichtet werden kann."

Hackher war froh über die Zwischenmeldung des erfahrenen Artilleriekommandanten, vor allem auch deshalb, weil diesmal Cerrini nicht anwesend war, der ansonsten immer mit einer Wortmeldung für ihn in die Bresche sprang. „Ich sehe das genauso", sagte Hackher und nickte Kandelbinder zu. „Der Beschuss dient nur mehr der Ablenkung. Broussier wird die Stadt nicht halten können, wenn Gyulai einmal hier ist. Dafür hat er sich bereits zu viele Zähne an unserer Verteidigung ausgebissen, während Feldmarschall Gyulai großteils frische Kräfte in den Kampf führen wird, da er vermutlich von Ungarn und Kroatien aus verstärkt wurde."

„Ich kann mir nicht vorstellen, dass Broussier abziehen wird", warf Lodron dazwischen.

„Das wird er bestimmt nicht", sagte Hackher. „Broussier ist viel zu eitel. Er wird stattdessen die offene Feldschlacht wagen und versuchen, sich aus dem Kessel zu befreien."

„Er wird aber auch Anschluss an den Rest der französischen Armee suchen. Weiß Gott, wo diese gerade operiert. Was aber heißt, dass er früher oder später Verstärkung bekommen wird. Die Frage ist nur, wie lange Broussier sich gegen Gyulai halten kann", warf Lodron dazwischen.

Hackher zog nachdenklich die Augenlider nach unten, sodass sie zwei enge Schlitze bildeten. „Dass die Franzosen nicht tatenlos zusehen werden, wie Grätz ausgelöst wird, ist anzunehmen. Auch dürfen wir nicht so naiv sein, zu erwarten, dass sich der Krieg in der Steyermark entscheiden wird. Aber so weit wollen wir noch nicht vorausdenken. Momentan haben wir die Chance auf Entsatz und diese sollten wir nützen. Unsere Anstrengungen sollten also dahin gehen, den Franzosen das Leben so schwer wie möglich zu machen, um Gyulai einen Vorteil zu verschaffen, ich denke, damit kann jeder einverstanden sein."

Die ungewohnt milden Worte des Majors fanden die Zustimmung der Offiziere. „Oberleutnant Schottelius, da Hauptmann Cerrini gesundheitlich verhindert ist, übernehmen Sie ab sofort das Kommando über die Schützen der Bürgerbastei", fuhr Hackher dann fort, womit er Schottelius einen deutlichen Vertrauensbeweis ausstellte.

„Jawohl, Herr Major", antwortete dieser und war sichtlich überrascht, diese Aufgabe übertragen zu bekommen.

Dann blickte Hackher wieder mit gewohnter Entschlossenheit in die Runde. „Kapitänsleutnant Kandelbinder, Sie werden die neuen Batterien der Franzosen unter Beschuss nehmen und wenn möglich vernichten. Ansonsten wird weiterhin Munition gespart."

Die Offiziere nickten brav und Hackher wollte mit der Befehlsausgabe fortfahren, als plötzlich Oberleutnant Hastreiter durch die Tür platzte und alle Blicke auf sich zog. „Herr Major, in der Stadt tut sich was", begann er aufgeregt zu sprechen, während er vor dem Festungskommandanten salutierte.

„Und was tut sich?", fragte Hackher mit gewisser Erleichterung nach, denn er hatte schon befürchtet, es ginge um den Zustand von Cerrini.

„Die komplette französische Kavallerie ist aufgesessen und sammelt sich auf dem Lend. Offenbar wollen sie nach Süden hin ausreiten."

„Na, da schau her. Die Franzosen werden nervös", äußerte sich Hackher und erntete zuversichtliche Blicke der Offiziere.

„Kandelbinder … wenn S' dann schon dabei sind", führ Hackher fort und wandte sich an den Kommandanten der Artillerie, „schicken S' den Franzosen ein paar eiserne Grüße von uns."

Leises Gelächter ging durch die Reihen und Kandelbinder bestätigte mit einem Grinsen den Befehl. „Sehr gerne, Herr Major."

„Gut, dann schaun wir mal, was der Tag bringt", sagte Hackher dann und ließ die Offiziere wegtreten.

Als alle den Raum verließen, wandte sich Hauptmann Mayer zu Hackher um. „Herr Major, Sie wollten wissen, wies um den Hauptmann Cerrini steht", begann er zögerlich zu sprechen. Hackher bekam eine ernste Miene und verschränkte wieder die Arme hinter dem Rücken.

„Der Müller hat gesagt, dass es eine Diarrhöe ist und der Hauptmann vorerst nicht mehr diensttauglich ist."

Hackher nickte stoisch, und da er kein Wort erwiderte, drehte sich auch Mayer um und verließ den Raum.

Obwohl der Major sich keinerlei Gefühle anmerken ließ, machte ihn die Erkrankung seines Vertrauten sehr zu schaffen. Er wusste, dass so ein harmloser Durchfall sich sehr schnell zu einer lebensbedrohenden Krankheit entwickeln konnte, vor allem während einer Belagerung, wo es weder sauberes Wasser zum Trinken, noch eine gesunde nahrhafte Kost gab, die den Körper hätte wieder stärken können. Hackher würde es sich nie verzeihen, Cerrini jetzt noch zu verlieren.

Städtisches Spital

Pirrot betrachtete seine Wunde. Der Einstich war genäht worden und verheilte gut. Eine eitrige Kruste hatte sich gebildet, was ein gutes Zeichen der Genesung war. Vorsichtig drückte er auf die Stelle und zuckte kurz darauf vor Schmerz zusammen. Um die Wundstelle nicht weiter zu belasten, wickelte er einen neuen Verband um den Bauch.

Das Spital war nach wie vor überfüllt und Pirrots Verletzung gehörte mitunter zu den harmloseren Fällen, die hier wie Sardinen zusammengepfercht lagen. Die Schwestern hatten ihm eine Wundsalbe und Verbandsmaterial gegeben und gesagt, er solle sich selbst versorgen, andere Patienten würden die Hilfe der Schwestern dringender benötigen.

Pirrot war allgemein in schlechter Stimmung. Viel mehr als seine Wunde schmerzte ihn die aktuelle Lage. Am Vormittag waren zwei Soldaten aus seinem Bataillon ihren Verletzungen erlegen. Er hatte die Männer gekannt, einer von ihnen zog ihn sogar aus dem Stollen und erlitt dabei selbst eine gefährliche Schusswunde. Pirrot hatte keine Gelegenheit gehabt, dem Mann zu danken und das machte ihn wütend. Was für unehrenhafte Hunde waren diese Österreicher? Einem Mann in den Rücken zu schießen, der einem verletzten Offizier zu Hilfe eilt. Zwar hatte Pirrot selbst auf einen am Boden liegenden und verwundeten Mann eingestochen, was auch nicht sonderlich ehrenhaft war – diesem Bastard hatte er auch seine Verletzung zu verdanken –, aber er hatte sich angewöhnt, sein eigenes Verhalten gekonnt zu ignorieren. Für Pirrot war es viel einfacher, dem Feind die alleinige Schuld an der ganzen Misere zu geben. Er war an Niederlagen einfach nicht gewöhnt. Er hatte sich in der republikanischen Armee nach oben gedient und es zum Leutnant gebracht. Seit Napoleon an der Macht war, fühlte sich das französische Offizierskorps überlegen und stets siegessicher. So auch Pirrot. Zu Hause war er niemand gewesen, außer ein schwacher Bauernjunge. Er hatte gelernt, das alte System zu verachten, so wie es ihn und seinen Stand verachtete. Den Adel, schon allein deshalb, weil dieser mit einem überhöhten Selbstverständnis regierte, hasste Pirrot und übersah dabei ganz, dass er insgeheim selbst gern dieses Selbstbewusstsein und diese Macht gehabt hätte. Er hatte die jungen Edelleute in Paris stets beneidet, und weil er wusste, dass es ihm unmöglich war, jemals einer von ihnen zu werden, hasste er sie.

Dann kam die Revolution und in der republikanischen Armee konnte Pirrot endlich seinen Ehrgeiz ausleben. Hier zählte nicht die Herkunft, sondern nur Können und Leistung. Pirrot hatte sich nach oben gedient, weil er gut im Töten war. Er erwarb sich das Wohlwollen seiner Vorgesetzten und wurde geachtet und respektiert. Pirrot hatte seinen Status immer offen zur Schau getragen, denn ohne ihn wäre er immer noch ein einfacher Bauernjunge. Der Geschmack der Niederlage erinnerte ihn an seine eigene Bedeutungslosigkeit.

Plötzlich wurde Pirrot durch ein lautes Donnern aus den

Gedanken gerissen. Der Beschuss der Festung hatte wieder begonnen. Draußen auf den Straßen herrschte Aufregung und Pirrot hörte durch das Fenster, wie ein Soldat eine Verlautbarung verkündete. Den Inhalt konnte er nicht gänzlich verstehen, aber es schien darum zu gehen, dass die Bürger sich nicht in den bevorstehenden Kampf mengen sollten. Pirrot stand auf und ging zu einer Gruppe invalider Soldaten, die am Fenster stand und ebenfalls der Verlautbarung lauschte. „Worum geht es, Männer?", fragte Pirrot.

Die Soldaten machten entmutigte Gesichter und fluchten murrend vor sich hin. „Das wars, wir sind verloren", sagte einer resignierend.

„Zum Glück hats uns schon erwischt, uns kann ja nichts mehr passieren", sagte ein anderer, der sich auf eine Krücke stützte, da ihm das rechte Bein amputiert worden war.

„Was meint ihr mit verloren?", fragte Pirrot verärgert über die Demotivation der Männer.

„Wissen Sie es noch nicht?", sagte einer der Invaliden. „Der Feind marschiert auf die Stadt, wir werden eingekesselt."

Die Antwort trieb Pirrot das Blut in den Kopf. Schlimm genug, dass die Festung noch nicht eingenommen wurde, aber der Gedanke an ein nahendes Entsatzheer versetzte ihn beinahe in Panik. Sofort kam ihm in den Sinn, dass er als Verwundeter in Kriegsgefangenschaft geraten könnte. Diese Schmach konnte er nicht akzeptieren. Während sich die Männer in sinnlose Plauderei vertieften, blickte Pirrot hilflos hin und her. Er musste schleunigst aus diesem Lazarett raus. Wenn eine österreichische Armee im Anmarsch war, so wollte er seinen Beitrag leisten und keinesfalls tatenlos in einem Spital versauern. Broussier wird die Stadt vermutlich nicht halten können, ging es ihm durch den Kopf. Um einer Einkesselung zu entgehen, musste er die Belagerung abbrechen und den Feind auf offenem Feld begegnen. In so einem Fall würde man die Verwundeten zurücklassen, denen unweigerlich die Kriegsgefangenschaft drohte.

Pirrot ging zu seiner Pritsche zurück und warf sich seinen

Uniformrock über. Sollen diese armseligen Kreaturen doch alle in die Hand des Feindes fallen, von Nutzen waren diese Krüppel ohnehin nicht mehr. Ginge es nach Pirrot, so könnte man allen auch gleich den Gnadenschuss geben, dann wären sie zumindest keine Belastung mehr für die Armee.

Pirrot knöpfte seine Uniform zu und schnallte sich den Säbel um. Dann stapfte er zum Ausgang. Die Wache an der Eingangstür zum Krankensaal hielt ihn nicht auf, als er die Leutnantsaufschläge sah.

Der Leutnant trat in den Vorhof hinaus. Auch hier draußen lagen überall Verwundete herum, für die drinnen kein Platz mehr war. Arme Schweine, dachte sich Pirrot und ging, ohne sich umzusehen, einfach weiter, doch dann erblickte er im Augenwinkel Hermine Spreng, die wie ein Häufchen Elend Verbandsmaterial in einem Wasserbottich wusch. Augenblicklich waren seine militärischen Sorgen vergessen und im ersten Moment verspürte er eine Erregung. Dieses zarte Mädchen mit den seidigen, braunen Haaren und diesen großen, sinnlichen Augen zog ihn immer wieder in seinen Bann. Er erinnerte sich daran, wie er sie vor zwei Tagen genommen hatte. Es war ein kurzes Vergnügen gewesen und die Umgebung hätte eine andere sein können, doch Pirrot hatte sie besessen. Sie war ihm vollständig unterlegen gewesen. Doch dann wurde das Lustgefühl von Verachtung verdrängt. Im Grunde war sie doch eine Schlampe, ging es Pirrot durch den Kopf. Sie hatte sich ihm willenlos gefügt. Er hatte alles mit ihr machen können und doch wusste er, dass es keine Liebe war, sondern Resignation und Gleichgültigkeit. Er hatte ihre Gefühlswelt erschüttert und sie in einem Moment der Schwäche ausgenutzt. Was für ein jämmerliches Geschöpf, dachte Pirrot. Gibt sich dem Mann hin, der für den Tod ihres Liebhabers verantwortlich ist, wie erbärmlich. Doch dann fiel Pirrot wieder ein, dass er Suller gar nicht getötet hatte, sondern dies Hermine nur vortäuschte. Die Wahrheit machte ihn noch viel wütender. Er griff nach seinem Säbel und stapfte zu Hermine hinüber.

Als sie Pirrot auf sich zukommen sah, erstarrte sie vor Schrecken und warf dem Franzosen reflexartig einen blutgetränkten Haufen Verbandsstoff entgegen.

Pirrot stieg die blanke Wut in die Augen und er war nun fest entschlossen, sich endgültig an jenem Mann zu rächen, der ihn verwundet hatte und den er für seine Niederlage verantwortlich machte. „*Pétasse!*", brüllte Pirrot, zog seinen Säbel und wollte soeben auf die vor Todesangst zitternde Hermine losgehen, als eine kräftige Hand seinen Schwertarm packte und ihn zurückhielt.

„Pirrot! Was zur Hölle machen Sie da?"

Es war die Stimme von Colonel De Montenaux. Pirrot war völlig überrascht und blickte seinen Vorgesetzten eingeschüchtert an. „Für Ihre verletzten Ehrgefühle ist jetzt keine Zeit, Leutnant. Sollten Sie nicht im Lazarett sein?", fauchte De Montenaux seinen Untergebenen streng an.

„Ja, Colonel … ich …", begann Pirrot zu stammeln.

„Sind Sie diensttauglich?", unterbrach ihn De Montenaux. „Der Feind marschiert mit einer Armee auf die Stadt, wir brauchen jeden Mann."

„Sie können auf mich zählen", bestätigte Pirrot und versenkte seinen Säbel wieder in der Scheide.

„Gut", sagte der Colonel und winkte einen Dragoner mit zwei Pferden herbei. „Aufsitzen! Wir müssen unverzüglich zu Général Broussier."

Pirrot nickte und hievte sich unter Schmerzen in den Sattel. De Montenaux hob die Hand und deutete seinen drei Dragonern, die ihn begleiteten, ihm zu folgen.

Pirrot gab dem Pferd die Sporen und warf einen letzten, verächtlichen Blick auf Hermine, die immer noch vor Schreck erstarrt dastand. „Ich krieg dich noch", fauchte er ihr drohend zu und ritt dann durch das Tor auf die Straße hinaus.

In schnellem Galopp ritten sie durch die Straßen und bogen schließlich auf die Herrengasse ein. Auf der breiten Straße, die vom Hauptplatz nach Süden zum Eisernen Tor führte, herrschte ein Tumult. Ungeordnet liefen Soldaten umher,

Kurierreiter schossen eilig vorbei und verschreckte Zivilisten drängten sich entlang der Hausmauern durch das Gewühl.

Pirrot nahm keine Rücksicht und ritt einfach durch die Menge. General Broussier hatte sein Hauptquartier im Königsbrunnischen Haus, welches in einer Seitengasse kurz vor dem Eisernen Tor lag.

De Montenaux lenkte die Truppe durch die Passanten, als er kurz vor dem Torhaus abrupt anhielt. Entsetzt blickte er auf die offenen Torflügel. Zunächst wusste Pirrot gar nicht, was der plötzliche Stopp zu bedeuten hatte, doch als er sein Ross neben das des Colonels bugsierte, erkannte er den Grund.

Das Tor stand offen und ein Zug aus verwundeten Soldaten und versprengten Reitern eilte fluchtartig in die Stadt. Ein Husarenreiter mit blutigem Gesicht ritt auf De Montenaux zu und grüßte den Colonel. „*Monsieur*, Meldung für den Général", keuchte dieser erschöpft.

„Was ist passiert? Was hat dieser panische Auflauf zu bedeuten?", fragte De Montenaux.

„*Sire*, die Vorposten sind gefallen. Wir konnten die Position nicht mehr länger halten. Die gegnerische Reiterei hat uns bis vor die Tore der Stadt verfolgt."

„Das ist absolut inakzeptabel, nehmen Sie Ihre Männer und halten Sie die Stellung", schrie De Montenaux den Husaren an, der gar nicht wusste, wie ihm geschah.

Kurz darauf war in der Ferne Kanonendonner zu hören.

„Colonel … das ist nicht unsere Artillerie", stellte Pirrot sofort fest.

„Ist der Feind denn schon so nahe?", fragte De Montenaux in Richtung des Husaren.

Dieser nickte und machte dabei ein verzweifeltes Gesicht.

„*Merde!*", rief De Montenaux aus und gab seinem Pferd die Sporen. Die Gruppe ritt eilig am Husaren vorbei und bog schließlich in Richtung des Königsbrunnischen Hauses links in eine Seitengasse ein.

„Ihre Inkompetenz stinkt zum Himmel!", schrie Broussier und schlug mit der Faust mitten auf die Landkarte, die auf dem Tisch ausgebreitet lag.

„Mon Général, ich verwehre mich solcher Anschuldigungen", stotterte ein knallrot gewordener Gambin zurück und wischte sich die Schweißperlen von der Stirn.

„Ihre Aufklärung hat kläglich versagt. Feldmarschall Gyulai steht 15 Kilometer vor der Stadt, das ist nicht einmal einen Tagesmarsch entfernt."

„Ich habe die Vorposten verstärken lassen und wir konnten den Vorstoß des Feindes verlangsamen."

„Das reicht nicht, Gambin!", konterte Broussier. Der General wandte sich vom Kartentisch ab und ging nervös im Raum auf und ab. Die Ratlosigkeit war ihm ins Gesicht geschrieben.

Gambin atmete tief und schwer und mühte sich ab, sein schwitzendes Gesicht abzuwischen. Ebenfalls im Raum waren die Colonels Nagle und Gallet, die Kommandeure des 92. und des 9. Linieninfanterieregiments. Broussier kaute auf seiner Lippe und versuchte nachzudenken, doch desto mehr er den Zangengriff des Feindes spürte, desto schwerer fiel es ihm, einen klaren Gedanken zu fassen. Gerade war er dabei gewesen, sich einen verzweifelten Plan zurechtzulegen, als seine Überlegungen abrupt durch das laute Öffnen der Eingangstür gestört wurden.

De Montenaux und Pirrot schritten hastig herein und salutierten auf. „Mon Général, unsere Vorposten befinden sich gerade in einem ungeordneten Rückzug", meldete De Montenaux sofort.

Broussier richtete sofort seinen scharfen Blick auf Gambin. „Sie haben mir gesagt, der Vorstoß des Feindes sei verlangsamt worden?", tobte der General.

„Das war mein letzter Wissensstand", verteidigte sich der beleibte Offizier.

„Mon Général, ich appelliere an Sie, einen Abbruch der

Belagerung ernsthaft in Betracht zu ziehen", begann De Montenaux auf Broussier einzureden. „Wenn der Feind erst einmal hier ist, dann sind wir in der Stadt eingekesselt, und mit einem Entsatzheer vor den Toren und der Festungsgarnison im Rücken werden wir uns nicht halten können. Ich appelliere an Ihre Vernunft, Général."

„Sagen Sie mir nicht, was vernünftig ist, De Montenaux!", brüllte Broussier plötzlich zurück. „Sie haben zweimal versagt, als es darum ging, die Festung zu erstürmen. Diese missliche Lage, in der wir nun stecken, haben Sie entscheidend mitzuverantworten." Broussier ging auf und ab und schien kurz davor zu sein, einen seiner Tobsuchtsanfälle zu bekommen. „Wir machen uns hier zum Gespött Frankreichs. Überall sonst erringt unsere glorreiche Armee Sieg um Sieg, nur wir lassen uns von einer provinziellen Bauerntruppe lächerlich machen! Außer Steine hat dieser Major Hackher nichts, was er uns entgegensetzen kann, und doch ist er immer noch da oben. Dieses arrogante Bürschchen lacht sich tot über uns. Was glauben Sie, wie die österreichische Kriegspropaganda das ausschlachten wird, wenn wir uns jetzt aus der Stadt zurückziehen. Ein Sieg auf ganzer Linie wäre das für diesen Hackher!"

„Mon Général, ich bitte Sie, Ihre persönlichen Ressentiments zurückzustellen und an das Wohl der Truppe zu denken", versuchte De Montenaux nachzuhaken.

„Halten Sie den Mund", brüllte Broussier. „Ich lasse mir von Ihnen keine Ratschläge mehr geben, Colonel. Sie hatten Ihre Gelegenheit, sich zu profilieren."

De Montenaux blickte wütend zu seinem General und hätte den Mann am liebsten zum Duell herausgefordert, doch ihm war klar, dass dies im Moment nicht hilfreich sein würde. Für einige Augenblicke herrschte Schweigen im Raum. Broussier ging nervös hin und her und kaute dabei seine Lippe. Gambin keuchte immer noch aufgeregt und wischte sich alle paar Sekunden mit einem Tuch den Schweiß von der Stirn. Nagle und Gallet standen stocksteif neben dem Kartentisch und schienen überhaupt nicht zu atmen. Nagle war ein hochgewachsener, schlanker Offizier mit einem zarten Schnurrbart, so wie sie gerade in Paris in Mode kamen. Der adrette Mann wirkte so französisch, dass er unter Franzosen beinahe gar nicht auffiel. Gallet hingegen war eher ein traditioneller Typ, der noch einen Zopf zu tragen pflegte. Beide waren sie die typischen Charaktere, die sich so lange im Hintergrund hielten und nicht auffielen, bis sich eine Gelegenheit ergab, und diese würde sich nun bald auftun.

Gambin war zwar als Kommandant der Blockade ihr Vorgesetzter, aber ansonsten scherten sich Nagle und Gallet wenig um dessen Autorität.

„Mon Général", begann Nagle zögerlich zu sprechen und räusperte sich mehrmals, um Broussiers Aufmerksamkeit zu bekommen.

Dieser blieb endlich ruhig stehen und blickte zu den beiden Colonels. „Ach ja, richtig. Das hätte ich fast vergessen. Colonel Nagle und Colonel Gallet, Sie werden mit Ihren Regimentern einen neuen Sturmangriff versuchen. Colonel Gambin, Sie werden Ihre drei Bataillone für diesen Angriff Nagle und Gallet unterstellen."

Gambin hustete und hätte im ersten Moment fast einen Herzinfarkt bekommen vor Entsetzen. „Mon Général, Sie entziehen mir das Kommando?", fragte er erbost.

„Nein, ich befehle Ihnen nur, Ihr Regiment für einen Angriff zu verleihen", antwortete Broussier. „Werten Sie das als Großzügigkeit meinerseits."

Gambin wäre am liebsten vor Scham tot umgefallen, doch er wahrte seine Fassung. Broussier stellte ihn mit dieser Entscheidung vor den anderen Kommandeuren öffentlich bloß. Das Kommando abgeben zu müssen, hätte den Verlust seiner Ehre bedeutet, da Gambin sein Versagen öffentlich eingestehen hätte müssen. So verlor er sein Ansehen nur hier in diesem Raum, doch dies genügte bereits, um dem eitlen Offizier einen stechenden Schmerz im Herzen zu bescheren, doch Gambin wusste, dass er diese Entscheidung besser schweigend hinnehmen sollte.

„Und nun zu Ihnen, De Montenaux", sagte Broussier und warf dem Mann einen verächtlichen Blick zu. „Kümmern Sie sich um die Verbarrikadierung der Brücken."

De Montenaux nickte. Auch ihn beschämte dieser Befehl zutiefst. Sich um Barrikaden und Sperren zu kümmern, war eine äußerst unwürdige Aufgabe für einen Colonel, die man ansonsten nur niederen Offizieren oder Sergeants auftrug.

„Und jetzt gehen Sie mir alle aus den Augen", schrie Broussier. „Ich will Sie erst wieder sehen, wenn es positive Fortschritte zu berichten gibt!"

Schlossberg, Osthang

Ein Funkenregen entlud sich aus der Mündung der Muskete, als Corporal Franz Suller den Abzug betätigte. Die Bleikugel raste ihrem etwa 100 Meter entfernten Ziel entgegen und schlug am Fuß des Osthanges im Oberkörper eines französischen Offiziers ein.

„Sauber g'mocht!", ertönte die Stimme des schnurrbärtigen und immer leicht betrunkenen Soldaten Knoll, der Suller anerkennend auf die Schulter klopfte.

„Jetzt schuldest mir die Hälft'n von deiner Ration", antwortete der Schütze mit einem Grinsen.

„Jo, Wettschulden sand holt Ehrenschulden", murrte Knoll, während er seine Muskete eher gemächlich nachlud.

„Der Offiziersschädl is jo frei g'stonden, des war jo leicht", äußerte sich der Soldat Binder etwas abfällig über den Schützenerfolg.

„Na dann zeig, dass dus besser kannst", forderte ihn Suller auf.

„Jo, dann pass auf."

Binder war allgemein als einer der besten Schützen unter den Professionellen auf dem Schlossberg bekannt. Immer wieder hatten die Soldaten gewettet, wer wen treffen würde. Seit dem späten Vormittag tobte wieder ein Gefecht rund um den Festungsberg, doch der anfängliche Ansturm der Franzosen verlief sich recht schnell und wurde zu einem halbherzigen Schusswechsel, der keine nennenswerte Gefahr für die Festungsgarnison, die hinter den Mauern in Deckung lag, darstellte. Weil der Sturmangriff so verzweifelt war, hatte Hackher angeordnet, dass nur die geübten Schützen das Feuer erwidern sollten, um keine Kugel zu verschwenden.

Binder legte durch die Schießscharte in der Mauer an und zielte mit dem Lauf den Berghang hinab und suchte sich ein Ziel. Am Fuß des Berges erblickte er einen französischen Offizier, der mit seiner prächtigen Uniform auffällig hervorstach. Die Entfernung war hoch und der Mann war durch mehrere Soldaten halb gedeckt. „Den Offizier dort unten bei der Auffahrt", sagte Binder.

Suller und Knoll lugten prüfend durch ihre Scharten.

„Nie und nimmer, viel z`weit weg. Wennst den triffst, dann kannst dem Herrgott gleich a Vaterunser beten", sagte Knoll.

„Dann passts auf." Binder schloss sein linkes Auge und zielte über das Korn auf den Offizier. Er atmete langsam und gleichmäßig. Kurz vor dem Schuss holte er tief Luft und hielt für einen Moment den Atem an, um möglichst wenig zu wackeln, und schoss.

Die Kugel sauste den Hang hinunter direkt auf den Kopf des Offiziers zu, doch kurz vor dem Einschlag kam ein anderer Soldat ins Schussfeld und wurde direkt in den Kopf getroffen.

Knoll und Suller lachten laut auf, als sie das Glück des anvisierten Offiziers mitverfolgten.

„I glaub, der Franzos` war mit dem Vaterunser schneller als du", sagte Suller spöttisch.

„Sakrament noch mal!", fluchte Binder. „So a Sauglück muasst a amol hom, wie der Offizier. Springt genau im richtigen Moment ana von seine Soldaten dazwischen."

„Aber der Schuss hätt gepasst", fügte Knoll hinzu.

„Was ist hier so amüsant", erklang plötzlich eine autoritäre Stimme von hinten. Die drei Schützen drehten sich um und blickten in das Gesicht von Oberleutnant Schottelius.

„Gar nichts, Herr Oberleutnant", antwortete Suller respektvoll.

Dieser schüttelte leicht den Kopf und blickte kurz über die Mauer. Der Sturm der Franzosen hatte sich auch schon wieder verflüchtigt und wie ein zersprengter Haufen liefen die letzten Angreifer den Berghang hinunter. „Machts keine Dummheiten", sagte Schottelius dann und setzte seinen Kontrollweg entlang der Mauer fort.

Die drei Schützen lachten leise auf und fuhren mit ihrer Blödelei fort. Knoll reichte eine kleine Flasche Schnaps herum, die er verbotenerweise immer bei sich trug und in seinem Stiefel versteckte. Das Schuhwerk eines Soldaten war ein Ort, wo die Offiziere bei einer Kleiderinspektion bestimmt nie nachsahen. Kein Wunder, hatten die Männer doch seit gut drei Wochen die Stiefel nicht gewechselt.

Vom Alkohol angeheitert, stellte sich Suller auf die Mauerbrüstung und streckte die Arme von sich, sodass er ein gutes Ziel abgab. „Wetten, dass die Franzosen mich net treffen", prahlte er und erntete Gelächter seiner Kameraden.

Karmeliterplatz, am Fuße des Schlossbergs

De Montenaux blickte durch sein Fernrohr auf den spottenden Soldaten auf der Mauer und hätte am liebsten mit einer Kanone den Spaßvogel eigenhändig dort runtergeschossen. Die arrogante Pose der Österreicher ärgerte ihn, obwohl er eine gewisse Schadenfreude empfand. Immerhin waren auch Nagle und Gallet mit ihrem Angriff gescheitert und hatten sich sogar noch ungeschickter angestellt. Die beiden Colonels glaubten, sie könnten mit einem schnellen Ansturm bis zu den Mauern vorrücken, doch De Montenaux hatte ihnen bereits zuvor gesagt, dass der Berg zu steil sei, um schnell genug vorrücken zu können. Er habe es bereits einmal auf diese Weise probiert und war gescheitert. Solange die Verteidiger sich darauf beschränken konnten, einfach Steine und Rollgranaten über die

Mauer zu werfen, war an einen erfolgreichen Sturm nicht zu denken, aber das wusste inzwischen ohnehin jeder Offizier bis hinunter zu den Mannschaftsgraden. Gallet und Nagle waren so naiv gewesen zu glauben, sie könnten es besser, doch der gesamte Gefechtsplatz bot den Verteidigern einfach zu viele Vorteile. Hätte man 10.000 Mann rein für die Belagerung zur Verfügung, dann wäre eine Eroberung der Festung realistisch, doch Broussier hatte 3500 Mann unter seinem Kommando. De Montenaux schüttelte fassungslos den Kopf. „Seht euch diese arroganten Hunde an", fluchte er. Er hatte seine Männer auf dem Karmeliterplatz Aufstellung nehmen lassen und war kurz davor, in Richtung Murstadt abzurücken, doch er zögerte, um den Angriff der beiden Colonels mitzuerleben. Er hatte auf eine Blamage gehofft und war innerlich befriedigt.

Pirrot trat neben seinen Kommandanten und blickte zur Festung hoch. „Ein guter Scharfschütze könnte ihn vielleicht treffen", sagte er trocken.

De Montenaux reichte das Fernrohr an den Leutnant weiter. Pirrot blickte hindurch und suchte den Provokateur auf der Mauer und fand ihn schließlich.

„Der Mann sollte Anstand zeigen, ausrutschen und von der Brüstung stürzen", schimpfte der Colonel weiter.

Pirrot überhörte die Bemerkung von De Montenaux beinahe, denn er blickte wie erstarrt durch das Fernrohr. Der Mann, der dort oben auf der Mauer stand und seine Gegner verhöhnte, war niemand anderes als der Liebhaber von Hermine Spreng. Pirrot konnte Suller durch das Fernrohr eindeutig wiedererkennen und sofort begann das Blut in ihm zu kochen. Diesem Mann hatte er seine Niederlage in den Stollen zu verdanken und er hatte geschworen, sich an ihm zu rächen. Pirrot fühlte sich persönlich verhöhnt, doch nach dem ersten Zorn, den er empfand, kam sofort seine Gelassenheit zurück. „Spotte nur, Bürschchen", murmelte Pirrot nebenbei und hatte einen durchtriebenen Einfall. Die junge Wirtstochter Spreng kam ihm in den Sinn und er sah plötzlich eine Möglichkeit, diesem arroganten Hurensohn eine Demütigung zu verpassen, die er nie wieder vergessen sollte. Pirrot klappte das Fernrohr wieder ein und gab es an De Montenaux zurück.

Dieser steckte es in seine Satteltasche und sprang auf sein Pferd. „Pirrot, Sie haben das Platzkommando und rücken mit Ihrer Abteilung ab, sowie Colonel Nagle Sie ablösen lässt."

Pirrot nickte und salutierte vor dem Colonel. De Montenaux erwiderte den Gruß und riss an den Zügeln. „Erste Kompanie, Marsch!", befahl er.

Die Männer drehten sich im Gleichschritt nach links und marschierten auf das Kommando ihrer Offiziere Richtung Sporgasse ab.

Pirrot blieb mit einer kleinen Wachabteilung auf dem Platz zurück. Als De Montenaux mit dem Gros der Kompanie die Gasse hinunter verschwand, wandte er sich seinen Männern zu. „Wachposten besetzen, wegtreten!", befahl er.

Die Soldaten traten weg und eilten zu den Stellungen, die rund um den zentralen Platz errichtet waren.

„Sergeant Bertrand!", rief Pirrot dann in Richtung eines kräftigen, kahlköpfigen Soldaten. Dieser kam sofort angerannt und salutierte vor dem Leutnant.

„Bertrand, sehen Sie diesen Mistkerl dort oben, der es wagt, seinen Feind so respektlos zu behandeln?", fragte Pirrot und deutete zur Festung hoch. Der Soldat nickte.

„Ihm wird das Lachen bald vergehen", fuhr Pirrot fort. „Sie kennen doch die Tochter des Wirtes von der Goldenen Pastete oder?"

„Aber natürlich, Sire. Wunderbarer Hintern", antwortete Bertrand und lachte dabei schmierig.

„Gut, nehmen Sie sich zwei Männer und bringen Sie diese Göre aus dem Lazarett hier her."

Bertrand salutierte, pfiff sich zwei Soldaten herbei und eilte dann im Laufschritt in Richtung des städtischen Spitals.

Pirrot drehte sich zur Festung hin und blickte hoch, wo Suller immer noch auf der Mauer stand und provozierend auf und ab schritt. „So ein Pech, dass du dort oben bist und dein Mädchen hier unten", murmelte Pirrot und verzog die Lippen zu einem Grinsen.

Die steinerne Decke verschwamm zu einem grauen Meer und begann sich, langsam und immer schneller werdend zu drehen. Cerrini war übel und ein wiederkehrender Schwindel machte ihm zu schaffen. Im Verbandslokal hatte man dem Hauptmann eine Bettstelle eingerichtet. Durch einen staubigen Vorhang vom restlichen Krankensaal abgeschottet, wollte man so für eine bessere Genesung sorgen. Doch in der kleinen, nur mit einer Kerze beleuchteten Kammer bekam Cerrini alle Zustände. Es war unglaublich stickig. Ständig musste er deswegen husten. Dann war ihm abwechselnd heiß und wieder saukalt. Oberarzt Müller kam zwar regelmäßig, um nach ihm zu sehen, doch wenn er schwitzte, zog ihm der Arzt die Decke weg, zitterte er, so zog er Cerrini diese bis über die Ohren zu. Hinzu kam ein regelmäßiger, unkontrollierbarer Stuhldrang, der Cerrini mittlerweile so schwach gemacht hatte, dass er es beinahe leid geworden war, deswegen aus dem Bett zu steigen.

Momentan war ihm unerträglich heiß und der Schweiß rannte ihm überall vom Leibe. Auf der Decke über ihm hing ein lästiger Tropfstein, der alle paar Sekunden einen Wassertropfen auf Cerrinis Stirn fallen ließ. Erwartungsvoll zählte er die Abstände zwischen den Tropfen und fühlte jedes Mal etwas Erleichterung, wenn das kühle Nass auf seiner Stirn landete und ihm für eine Weile ein geringes Maß an Kühlung verschaffte. In den wenigen Augenblicken, in denen der Hauptmann eine Besserung verspürte, beobachtete er mit Beklemmung das Treiben im Lazarett.

Der Krankensaal war mittlerweile übervoll. Der Gestank war unerträglich und seit Kurzem mangelte es an frischem Wasser, sodass weder die Verbände gereinigt, noch den Verwundeten etwas zu trinken gereicht werden konnte. Zur Not schenkte man verdünnten Wein oder Schnaps aus, was zwar dazu führte, dass die Verwundeten mehr schliefen, aber dadurch nicht schneller geheilt wurden.

Wie es um die militärische Lage stand, wusste Cerrini derzeit nicht, doch nichts anderes hatte in seinen Gedanken Platz. Er hatte das Gefühl, Hackher durch seine Erkrankung im Stich gelassen zu haben und rang deswegen mit seinem Gewissen.

Jedes Mal, wenn er eine Besserung verspürte, glaubte er, aufstehen zu müssen und seinen Dienst wieder antreten zu können, doch Müller verfrachtete ihn immer wieder auf die Pritsche. Spitalstyphus sei nicht auf die leichte Schulter zu nehmen, sagte der Arzt.

Wie ein dumpfes Pochen hörte Cerrini immer wieder die Einschläge der französischen Artillerie. Diese war inzwischen deutlich schwächer geworden. Auch kamen jetzt nur mehr selten neue Verwundete ins Lazarett, sondern eher Fälle von Durchfall und Übelkeit aufgrund der schlechten Verpflegung.

Essen konnte der Hauptmann im Moment ohnehin nichts. An Fleisch war nicht zu denken. Wenn Cerrini sich die abgestandenen, harten und vielfach aufgekochten Klöße nur vorstellte, wollte er sich am liebsten übergeben. Für ihn gab es nur Haferbrei und trockenes Brot. Mehr konnte er ohnehin nicht bei sich behalten.

Schon seit seiner Ankunft in Grätz hatte Cerrini Magenprobleme gehabt, doch für einen Soldaten waren Durchfall und gelegentliche Übelkeit nicht unbedingt etwas, worüber man sich im Feld sofort Sorgen machte. Wenn man eine Zeit lang diesen Strapazen ausgesetzt war, viel im Freien übernachtete und sich unregelmäßig und unzureichend ernährte, war es völlig normal, dass früher oder später diese Probleme auftauchten, und die meisten Soldaten waren auch daran gewöhnt. Cerrini kannte dies von früheren Kriegsabenteuern und hatte sich auch diesmal wenig Sorgen gemacht. Nie hätte er sich gedacht, dass er sich einen ernsthaften Virus zuziehen würde.

Gerade war wieder ein kühlender Tropfen auf seine Stirn gefallen, da glitt der Vorhang zur Seite und ein besorgt aussehender Major Hackher trat ein.

Cerrini war sein Zustand sofort peinlich, als er den Kommandanten erblickte, und er fühlte sich bemüßigt zu salutieren, doch dazu war er viel zu schwach.

Hackher hielt sich den Ärmel vor den Mund, da er von dem Geruch, der rings um ihn herrschte, angewidert war. Doch als er den kränklichen Cerrini so schwach und hilflos auf der Pritsche liegen sah, vergaß er die äußeren Umstände sofort. „Mein Gott, Cerrini!", stieß er seufzend aus. „Was machen Sie denn für Sachen? Sie sehen ja vielleicht aus."

„Danke der Nachfrage, Herr Major. Ich nehme an, ich sehe so aus, wie ich mich fühle", antwortete Cerrini mit einem zaghaften Schmunzeln.

Hackher griff nach einem feuchten Lappen, der in einer Schüssel voll Wasser lag, und wischte Cerrini den Schweiß von der Stirn. „Wenn ich Sie so sehe, dann würd ich ja am liebsten die weiße Fahne hissen, damit S' in ein ordentliches Spital kommen", sagte Hackher sorgenvoll.

„Wenn der Herr Major wegen mir kapituliert, dann müsst ich gleich ein doppelt schlechtes Gewissen haben."

„Über unsere Kanäle in der Stadt haben wir erfahren, dass der Feldmarschall Gyulai mit seinen Leuten im Anmarsch ist. Die Franzosen sind schon ganz nervös und in Aufbruchsstimmung. Lange wird es nicht mehr dauern, dann ist es vorbei. Halten S' mir ja durch, Cerrini. Es wäre unverzeihlich, wenn Sie mir jetzt noch verloren gehen."

„Herr Major können versichert sein, dass ich mein Bestes gebe", antwortete Cerrini leicht hüstelnd. Die gute Nachricht von Hackher hatte ihn tatsächlich etwas zuversichtlich gestimmt.

„Brauchen S' irgendwas, Cerrini?", fragte dieser wieder besorgt. „Ich lass auch jemanden in die Stadt schleichen, der Medikamente oder frisches Obst fladern soll, wenn Sie mir dadurch wieder g'sund werden. Zur Not schick ich auch einen Parlamentär zu den Franzosen."

Der Hauptmann war beinahe von Hackhers Anteilnahme gerührt. Dessen Besorgnis war doch sehr persönlich und freundschaftlich. Wegen der anderen Offiziere, die sicher nicht weniger geleistet hatten, hatte der Major sich nicht so besorgt gezeigt. Dass Cerrini in diesem Fall ein Exklusivrecht zukam, war ihm beinahe unangenehm. Draußen im Krankensaal war jeder Meter Boden mit Verwundeten belegt, von denen viele wahrscheinlich nicht überleben werden. Wegen dieser Männer hatte Hackher bisher wenig Anteilnahme gezeigt, im Gegenteil. Stets hatte er die Bedenken der Offiziere, was die Belastungen der Soldaten anging, zurückgewiesen und zum erbitterten Durchhalten aufgefordert. Als die Angriffe am schlimmsten waren und die Zahl der Verletzten hinauf schnellte, dachte Hackher keine Sekunde lang an Kapitulation, und nur weil Cerrini jetzt erkrankt war, zeigte sich der Major bereit, die weiße Flagge zu hissen. Wegen eines einzelnen Mannes plötzlich so viel Anteilnahme zu zeigen, während Dutzende im Krankensaal nebenan verrotteten, kam Cerrini sogar etwas zynisch vor, obwohl er die Geste des Majors zu schätzen wusste.

„Ich wäre dem Kommandanten sehr zu Dank verpflichtet, wenn er mir nicht so viel Grund zur Beschämtheit geben würde. Für einen einzelnen Mann alles hinzuwerfen, würde diesen nur seelisch noch mehr belasten, als dass es ihm helfen würde", antwortete Cerrini.

Hackher setzte sich neben das Bett und machte ein betretenes und etwas ratloses Gesicht. „Dann müssen Sie mir versprechen, dass Sie wieder gesund werden, sonst wäre meine Seele belastet", antwortete er.

„Ich fürchte, dass ich Ihnen das nicht versprechen kann."

„Natürlich nicht. Aber ich bitte Sie, Cerrini, den Willen zu haben, durchzuhalten und nicht aufzugeben. Sie waren mir ein so treuer Wegbegleiter, dass ich ungern ohne Sie den Sieg feiern möchte."

„Ist es denn nicht noch etwas zu früh, diesen herbeizureden?"

„Nein, es ist nie zu früh, ihn herbeizureden, Cerrini. Wenn

man zweifelt, hat man schon verloren."

Cerrini prustete ein krampfhaftes Lachen hervor. „Ich kenne Sie, Herr Major. Tun Sie nicht so, als hätten Sie keine Zweifel gehabt."

Hackher schmunzelte. „Ein weiser Mann hat mir einmal gesagt: Zweifel hat man immer, doch sollte man deswegen nicht zweifeln."

„Wie soll man nicht zweifeln, wenn man Zweifel hat? Muss ein Narr gewesen sein, der Ihnen das gesagt hat", antwortete Cerrini amüsiert.

„Ein Narr? Ja, das war er. Aber er war auch mein Großvater."

Erstaunt blickte der Hauptmann zu Hackher auf. „Ich hätte nie gedacht, dass Sie Ihren Großvater als weise bezeichnen würden, nach allem, was Sie mir erzählt haben."

„Nun, ein bisschen schon", antwortete Hackher. „Obwohl er ein Narr war."

Karmeliterplatz

Pirrot war mit morbider Vorfreude erfüllt, als er Bertrand und seine Männer mit Hermine Spreng wieder am Platz ankommen sah. Das junge Mädchen hatte Tränen in den Augen und schien nicht unbedingt freiwillig mitgekommen zu sein. Der glatzköpfige Unteroffizier zerrte sie rücksichtslos hinter sich her, während die beiden anderen Soldaten Hermine an den Schultern festhielten.

„Das ging ja schnell", stellte Pirrot fest.

„Die Göre wollte zuerst nicht mitkommen, wir mussten leider etwas nachhelfen und haben dabei versehentlich ihr Kleid etwas zerrissen", berichtete Bertrand.

Pirrot konnte sich schon vorstellen, wie versehentlich das gewesen sein musste, hatte aber nur ein mattes Grinsen für diesen Umstand parat. „Das macht nichts, Bertrand." Pirrot machte einen Schritt auf Hermine zu und blickte ihr eindringlich in die Augen.

Die Wirtstochter zuckte zusammen und zitterte vor Angst am ganzen Körper. Von beiden Seiten wurden ihre Arme von Bertrands Männern festgehalten und die Szene wirkte, als würde man sie demnächst zum Kreuz führen. Das Geschehen mitten auf dem Platz zog die Neugierde der umstehenden Soldaten und Passanten auf sich. Während die Franzosen eher gleichgültig dem Treiben zusahen, blieben einige vorbeikommende Bürger aus Entsetzen stehen und blickten besorgt zu der kleinen Gruppe auf dem Platz. Ein paar beherzte Stadtbewohner liefen sofort die Sporgasse hinunter zum Gasthaus Zur Goldenen Pastete, um Hermines Vater zu verständigen.

Pirrot allerdings gab den Soldaten, die an den Zugängen zum Platz positioniert waren, ein Zeichen, niemanden durchzulassen, dann wandte er sich wieder Hermine zu. „Auf Erlass Général Broussiers ist die Kollaboration mit dem Feind eindeutig unter Strafe gestellt!", begann er dann laut zu sprechen, sodass jeder in der Umgebung es hören konnte. „Wer dem Feind in irgendeiner Art und Weise hilft oder gar mit ihm Umgang pflegt, macht sich eines Verbrechens schuldig." Pirrot zeigte mit der ausgestreckten Hand auf Hermine. „Dieses Weib hat dem Feind Unterschlupf gewährt und sich daher der Kollaboration schuldig gemacht."

„Nein!", schrie Hermine verzweifelt auf. „Das ist eine Lüge! Ich hab niemanden bei mir versteckt."

„Willst du leugnen, dass du einen feindlichen Spion nächtens in einem Hinterhof entdeckt und dies nicht gemeldet hast? Willst du weiter leugnen, dass du diesem Spion weiters ein Versteck angeboten und dich ihm sogar körperlich hingegeben hast? Leugnest du das!", brüllte Pirrot.

„Er ist kein Spion! Ich liebe ihn", kreischte Hermine hysterisch zurück.

„Also gibst du zu, mit dem Feind zu verkehren?" Pirrot drehte sich zum Schlossberg hin und streckte die Arme aus, als würde er ein neues Evangelium verkünden. „Wir haben ein Geständnis!" Pirrot wartete einen Augenblick ab und vergewisserte sich, dass die Soldaten auf den Mauern der Festung ihn beobachteten. Dann drehte er sich um und stemmte die Hände in die Hüfte.

Während die übrigen Franzosen dem Schauspiel belustigt zusahen, wendeten sich die meisten Bürger angewidert ab. Einige hatten zuvor noch Anstalten gemacht, einzuschreiten, doch die Bajonette der Soldaten waren überzeugende Argumente gewesen, doch lieber den Mund zu halten, und so trollten sich die Leute langsam und beschämt davon und taten so, als würden sie die Szene nicht bemerken.

„Also lasst sie uns bestrafen", sagte Pirrot dann. „Reißt ihr die Kleider runter!", befahl er.

Bertrand packte Hermines Dirndl bei der Oberweite und zerfetzte ihr mit einem kräftigen Ruck den Rock. Seine Männer packten ihr Unterkleid und rissen es ebenfalls ruckartig vom Leib. Nur mehr von einigen Kleiderfetzen bedeckt, fiel das Mädchen auf die Knie.

„Vielleicht sieht unser Spion, der Liebhaber, ja zu und bedauert es, ein junges Ding wie dieses so leichtfertig einem Verbrechen ausgesetzt zu haben. Er hätte es doch besser wissen müssen. Was ist das für ein Mann, der seine Geliebte einer solchen Gefahr aussetzt? Die Bestrafung sind zehn Schläge." Pirrot griff nach einem langen, schlanken Stock.

Hermine begann hysterisch zu kreischen und wandte sich im Klammergriff der Soldaten verzweifelt hin und her.

Das hatte Pirrot erreichen wollen. Das Geschrei konnte unmöglich auf der Festung überhört werden. Dann holte er weit mit dem Stock aus und schlug mit voller Wucht auf Hermine ein.

Das zarte Wesen wurde durch den Schlag förmlich zu Boden geschmettert. Pirrot begann, die Hiebe auf Französisch laut mitzuzählen.

„*Un!*"

Bertrand hob das Mädchen wieder hoch, wobei sie nur mehr schlaff herabhing.

„*Deux!*"

Pirrot schlug sofort erneut zu und traf Hermine auf die Brust. Diesmal baumelte sie nach hinten und schlug mit dem Kopf hart auf dem Boden auf. Inzwischen hatten die meisten Soldaten sich verschämt abgewandt und taten so, als ginge sie das alles nichts an. Zunächst hatten viele gedacht, dass Pirrot es nicht ernst meinen würde, doch als sie sahen, mit welcher Intensität der Leutnant die Schläge austeilte, verspürten viele für das junge Mädchen Mitleid.

Doch das half ihr nun wenig. Pirrot ließ den dritten und vierten Schlag auf Hermine herabsausen. Inzwischen bildeten sich blutige Striemen auf ihrem Rücken und sie lag nur mehr regungslos da.

Vom Schlossberg aus waren nun hasserfüllte Schreie und unflätige Rufe zu hören. Pirrot konnte erkennen, dass ein Soldat auf der Mauer heftig tobte und anscheinend von seinen Kameraden zurückgehalten werden musste. Er grinste, denn er hatte erreicht, was er wollte. Nun beschloss er, dem allen ein schnelles Ende zu bereiten. Er stellte sich über die am Boden liegende Hermine und drosch in schneller Reihenfolge die letzten sechs Schläge auf sie ein. Dann drehte er sie mit seinem Stiefel auf den Rücken, blickte ihr kurz verächtlich in das geschundene Gesicht und spuckte dann auf sie. „Schafft Sie weg, Bertrand."

Dieser nickte stumm, hob das Mädchen hoch und trug es auf seiner Schulter davon.

Pirrot hatte indessen plötzlich ein seltsames Gefühl. Er dachte, er würde die übliche Euphorie eines Sieges spüren, nach der er so süchtig war, doch stattdessen fühlte er Beklommenheit und Verunsicherung. Plötzlich wurde ihm klar, dass diese Tat auf die eine oder andere Art Konsequenzen haben würde. Von diesem Gefühl irritiert, eilte er vom Platz.

19. Juni

In Sullers Augen stand der blanke Hass. Sie waren weit aufgerissen und schienen, jeden Moment wie zwei Bleigeschosse sich in den Körper eines Feindes bohren zu wollen. Sein ganzer Körper bebte und seine Hände hatten sich so stark zu Fäusten verkrampft, dass die Adern hervortraten und die Fingerknöchel ganz weiß geworden waren.

Breitbeinig stand Suller vor der Tür des Kommandanten und verlor langsam die Geduld. Gleich am Morgen hatte er sich für einen Rapport beim Major angemeldet. Dafür hatte er die halbe Nacht seine Uniform gereinigt, um ein halbwegs passables Bild abzugeben. Die Minuten, in denen man ihn vor der Tür warten ließ, kamen ihm wie Stunden vor. Noch besprachen sich die Offiziere mit Hackher und Suller konnte dumpf ihre Stimmen hören. Ungeduldig wippte er hin und her und spielte sich mit dem Griff seines Säbels. Mit dem Daumen schob er den Griff immer ein Stück hoch, sodass die Klinge wenige Zentimeter herausfuhr, und ließ sie dann wieder klirrend in die Scheide zurückfallen.

Was er gestern Nachmittag auf der Mauer mitansehen musste, ließ ihn beinahe wahnsinnig werden. Dieser französische Leutnant, mit dem er bereits in den Stollen kämpfte, hatte Hermine öffentlich auf dem Karmeliterplatz ausgeprügelt. Als Knoll ihn entsetzt zur Mauer rief, konnte Suller zuerst gar nicht glauben, was er da sah. Seine Kameraden mussten ihn zu dritt in diesem Augenblick zurückhalten, damit er nicht über die Mauer sprang, zum Platz nach unten stürmte, um diesem französischen Mistkerl eigenhändig den Kopf abzuschlagen. Dieser Offizier wusste aus irgendeinem Grund von Sullers Liebschaft mit der Wirtstochter und nutzte dieses Wissen offenbar auf übelste Weise aus. Das hatte nichts mehr mit diesem Krieg zu tun, denn selbst im erbittertsten Kampf gab es Regeln der Höflichkeit. Es war unehrenhaft, sich an unschuldigen Zivilisten zu vergehen. Von den einfachen Soldaten konnte man dies zwar nicht immer erwarten, doch für einen Offizier war dies ein überaus schandhaftes Verhalten und wurde nicht selten sogar mit dem Tod bestraft, wenn die Vorgesetzten davon Wind bekamen. Für Suller war das eine persönliche Sache geworden. Dieser Leutnant hatte eine Rechenschaft mit ihm offen und hierfür gab es nur eine Lösung.

Die Tür ging auf und ein Schwall von Offizieren entlud sich in den Gang. Suller wurde aus seinen Gedanken gerissen und salutierte stramm. Kaum einer der Hauptleute und Leutnants, die an ihm vorbeigingen, nahmen von ihm wirklich Notiz. Alle waren sie in ihre eigenen Gespräche vertieft. Suller wusste nicht, worum es bei der Besprechung gegangen war, doch er schnappte auf, dass die Franzosen sich offenbar bereit machten, die Stadt zu räumen.

„Corporal Suller!", rief eine Stimme aus dem Inneren des Kommandantenzimmers.

Sofort leistete er der Aufforderung Folge und trat ein.

Hinter dem Schreibtisch saß Major Hackher, der über ein Schriftstück gebeugt war und darauf etwas notierte. Daneben stand Oberleutnant Schottelius, der offenbar den Platz von Cerrini eingenommen hatte. Dieser war krank geworden, wie Suller gehört hatte.

„Herr Major, Corporal Suller meldet sich zum Rapport!"

Hackher nahm zunächst keine Notiz, beendete in aller Ruhe seine Schreibarbeit und blickte dann auf. „Sie wollten mich wegen einer persönlichen Sache sprechen?", sagte der Major.

„Jawohl, das wollte ich", begann Suller und wusste zunächst gar nicht, wie er sein Anliegen vortragen sollte.

„Der Corporal soll sich beeilen. Der Major hat Wichtigeres zu erledigen", forderte Schottelius ihn etwas missmutig auf.

Suller atmete einmal kurz tief durch und beschloss, gleich auf den Punkt zu kommen. „Herr Major. Es gibt ein Mädchen in der Stadt, zu dem ich mich hingezogen fühle, wenn Sie verstehen, was ich meine. Ein französischer Leutnant weiß von dieser Liebschaft und hat diese als Vorwand benutzt, um jenes Mädchen gestern Nachmittag öffentlich der Prügelstrafe zu unterziehen."

„Dagegen können wir nichts machen", unterbrach ihn Schottelius, doch Hackher deutete Suller, weiterzusprechen.

„Ich vermute, dass dieser Leutnant sich bei mir persönlich für einen verlorenen Zweikampf revanchieren will und versucht, mich bewusst zu provozieren. Da ich diesen Affront nicht hinnehmen kann, ohne dabei meine Ehre und mein Gesicht zu verlieren, möchte ich um die Erlaubnis bitten, mich mit dem Leutnant duellieren zu dürfen. Dieser Mann hat mich in einer Weise provoziert, die auf jeden Fall nach einer Genugtuung verlangt. Ich bitte den Herrn Major, mir diese zu gewähren."

Hackher verschränkte die Arme vor der Brust und dachte einen Moment lang nach. „Ich kann Ihre persönlichen Beweggründe durchaus nachvollziehen, Corporal. Unter anderen Umständen würde ich Ihrer Bitte vielleicht entsprechen, doch wir sind immer noch mitten in einer Belagerung. Ich kann Ihnen nicht einfach so erlauben, in die Stadt hinunterzuspazieren. Ich könnte niemals für Ihren Schutz garantieren. Abgesehen davon halte ich persönlich sehr wenig von dieser Art der Ehrenbefriedigung. Was dieser Offizier getan hat, ist falsch, und wenn Gott will, wird er seine gerechte Strafe erhalten, doch es obliegt nicht uns, diese Strafe einzufordern, sondern den städtischen Behörden. Diese müssen das Vergehen an die französischen Kommandanten melden. Es gibt klare Regelungen für solche Fälle und das städtische Gubernial ist zuständig, Übergriffe auf die Bevölkerung zu beeinspruchen. Würde ich Ihnen diesen persönlichen Rachefeldzug gestatten, wirft dies auch ein schiefes Licht auf mich, weil ich Selbstjustiz dem Gubernial vorziehen würde. Das ergäbe ein ganz schlechtes Bild in der Bevölkerung und ich kann nicht verantworten, dass sich durch Ihr Vorbild auch andere angespornt fühlen, mit dem einen oder anderen Franzosen eine persönliche Rechnung zu begleichen."

Suller schluckte. Mit dieser Antwort hatte er nicht gerechnet. Er war davon ausgegangen, dass Hackher ihm das Duell gewähren würde, die Ablehnung enttäuschte ihn und machte ihn wütend. „Herr Major! Der Saukerl hat mein Madl halb tot gschlog`n!", protestierte Suller.

„Meine Antwort lautet: nein!", erwiderte Hackher energisch. „Ich erwarte, dass Sie Ihre persönlichen Befindlichkeiten so lange zurückstellen, wie diese Belagerung noch andauert. Wenn Sie Glück haben, ergibt sich noch eine Gelegenheit, diesen Leutnant im Kampf zu töten, aber das ist die einzige Art der Genugtuung, die ich erlaube."

„Dann bitte ich den Major, mich vom Dienst freizustellen", schoss es aus Suller spontan hervor.

Hackher sprang auf und warf ihm einen vernichtenden Blick zu. „Wie bitte? Ich soll Sie was?!! Haben Sie denn komplett den Verstand verloren!" Der Major schoss hinter seinem Schreibtisch hervor und baute sich vor Suller auf. Diesem war sofort klar, dass er ohne nachzudenken gesprochen hatte und er besser den Mund gehalten hätte. „Suller. Ich habe bisher über Sie nur Gutes berichtet bekommen, daher vergesse ich, was Sie gerade gesagt haben, aber sollten Sie es noch einmal wagen, mich oder einen anderen Vorgesetzten darum zu bitten, vom Dienst befreit zu werden, dann stelle ich Ihren feigen Deserteur-*Oarsch* noch am selben Tag vor ein Standgericht und lass Sie ohne mit der Wimper zu zucken erschießen. Haben Sie das mit Ihrem Scheißkopf verstanden!?", brüllte Hackher auf ihn ein.

„Jawohl."

„Dann ab auf Ihren Posten, Corporal!"

Suller salutierte und machte eingeschüchtert kehrt.

„Und Tür zu!", brüllte ein ebenso erboster Schottelius ihm noch hinterher, als er bereits auf den Gang getreten war.

Was hatte sich Suller nur dabei gedacht, sich mit so einem Anliegen an den Major zu wenden? Mit dieser Reaktion hätte er rechnen müssen. Hackher war unter den Männern für seine Wutanfälle und seine aufbrausende Art bekannt. Suller hatte mehrmals erlebt, wie er einfache Soldaten und sogar Offiziere wegen wesentlich geringeren Vorfällen in Grund und Boden gebrüllt hatte. Dabei galt der Major nicht einmal als ungerecht, sondern war sogar sehr beliebt, doch verscherzen durfte man es sich mit ihm einfach nicht.

Von Hackher konnte sich Suller nichts mehr erwarten, und wenn es stimmte, dass die Franzosen bereits ihren Abzug vorbereiteten, dann würde sich die Gelegenheit, Hermine zu rächen, vermutlich nicht mehr ergeben. Dieser Leutnant würde mit seinen Truppen aus der Stadt ausziehen und ungestraft davonkommen. Neben seiner Wut fühlte sich Suller auch unendlich schuldig. Er hätte dafür sorgen müssen, dass Hermine besser geschützt war. Niemals hätte er das Risiko eingehen dürfen, sich während der Besatzung mit ihr einzulassen. Und gerade weil er sich selbst mitschuldig fand, konnte er diese Tat nicht ungestraft lassen.

Städtisches Spital

Am Nachmittag hatte es in Strömen zu regnen begonnen. Es war ein warmer Sommerregen, der den Schmutz und den Schweiß der letzten Tage wegschwemmte.

Der Wirt Michael Spreng war vollkommen durchnässt, als er vor dem Eingangsportal des Spitals ankam. Seine graue Lodenjacke hatte sich an seinem Körper festgesaugt und hing wie ein schweres Kettenhemd an ihm herab.

Als man ihm die Nachricht überbrachte, dass seiner Tochter etwas zugestoßen sei, war er so schnell wie möglich hierher gerannt. Normalerweise herrschte zurzeit eine Ausgangssperre, doch die Franzosen waren so sehr mit anderen Problemen beschäftigt, dass sich niemand um den besorgten Wirt kümmerte.

„Was ist passiert?", herrschte er die Oberschwester an, als sie ihm am Eingang entgegenkam.

„Ich habe sofort nach Ihnen rufen lassen, weil ich ja weiß, dass die Hermi Ihre einzige Tochter ist", stammelte die alte Frau mitleidig daher.

„Mein Gott, was is g`schehn?" Spreng drängte sich an der alten Frau vorbei in die Eingangshalle und blickte sich verwirrt nach allen Seiten um und suchte den Weg zum Krankensaal.

„Herr Spreng, Ihre Tochter liegt im Separee." Die Oberschwester führte den vor Sorge völlig aufgelösten Pastetenwirten durch einen schmalen Korridor, danach eine Treppe hinunter und hielt vor einer großen Holztür.

Spreng drängte sich durch die Tür, als die Schwester diese öffnete, und blickte voller Entsetzen auf ein einzelnes Krankenbett, in dem Hermine lag und von zwei Ordensschwestern gerade verpflegt wurde. „Minerl!", rief er aus, stürzte zum Bett und brach augenblicklich in Tränen aus. „Was haben s' dir nur angetan?!" Spreng vergrub sein Gesicht in die Wolldecke, die über Hermine geschlagen war. Die Schwestern waren pietätvoll zurückgewichen und schenkten Spreng mitleidvolle Blicke. Hermines Gesicht war mit zahlreichen blauen Flecken und Blutergüssen übersät und war zu einem Klumpen angeschwollen. Überall auf dem Oberkörper waren tiefrote Striemen und Prellungen. „Wer hat das getan?", fauchte Spreng plötzlich voller Hass und blickte zur Oberschwester.

„Die Franzosen haben sie niedergeschlagen. Als Bestrafung haben sie gesagt."

„Was? Was hat denn meine Minerl getan, dass sie so was verdient hat?", schluchzte Spreng.

Die Oberschwester faltete die Hände zusammen und versuchte, einen verständnisvollen Blick aufzusetzen. „Sie ist beschuldigt worden, mit dem Feind Kontakt gehabt zu haben und wegen Unzucht. Ihr habt das selbst zu verantworten. Ihr wisst doch, wovon ich spreche?"

Spreng blickte ungläubig zur Oberschwester und konnte kaum fassen, dass diese ihn mit solcher Gelassenheit und Selbstverständlichkeit der Mitschuld bezichtigte.

Plötzlich wurde ihm ganz anders. „Auf welcher Seite stehts ihr Klosterweiber eigentlich? Die Minerl hat überhaupt niemand etwas getan, und was soll das heißen, sie hat Umgang mit dem Feind gehabt? Der Feind sind die Franzosen und net die Leut vom Hackher dort oben."

Die alte Oberin blickte plötzlich streng und rigide. „Es haben etliche Leute davon gewusst, dass Ihr für die Schlossberggarnison Nachrichten geschmuggelt habt. Ihr habt also selbst eure Tochter dieser Gefahr ausgesetzt", sagte die Alte belehrend.

„Ihr falschen Weiber ihr!", brüllte Spreng los und wäre der alten Schachtel am liebsten an die Gurgel gegangen. „Ihr habts versprochen, dass ihr auf meine Tochter aufpassts und net an die Franzosen ausliefts.

„Ein französischer Offizier hat beobachtet, wie die Hermine Unzucht mit einem Spion von der Festung gehabt haben soll", sagte die Oberschwester verteidigend. „Das ist eine Straftat, das hätte eure Tochter wissen müssen, bevor sie so eine Dummheit begeht."

„Schleichts euch *auße*, ihr falschen Weiber ihr!", brüllte Spreng. „Lassts mich mit meiner Minerl allein und wehe, ihr greifts sie noch einmal an!"

Die Oberschwester schüttelte den Kopf und deutete den beiden Pflegerinnen, ihr zu folgen. Mit einem Krachen flog die Tür hinter den drei Nonnen wieder zu und Spreng war nun allein mit Hermine in dem Raum. Nach einer Weile griff er nach einer Schüssel mit Wasser, die neben dem Bett stand, und begann, die Wunden seiner Tochter mit einem Tuch zu kühlen.

„Es tut mir so leid. Ich hätte niemals zulassen dürfen, dass dir das Gleiche widerfährt wie deiner Mutter."

20. Juni

Die nach Südwesten gerichteten Kanonen der Schlossbergfestung spuckten Feuer und Hackher beobachtete vom Glockenturm aus, wie die Geschosse rund um die Murbrücke einschlugen. Aus Richtung Feldkirchen war eine Abteilung Reiter und mehrere 100 Mann französischer Infanterie anmarschiert, die nun Anstalten machten, die Brücke bei der Murvorstadt zu überqueren, um in Grätz einzumarschieren. Hackher hatte Befehl erteilt, jede Bewegung der Franzosen über die Brücken zu verwehren. Er wollte nicht, dass diese Verstärkung aus dem Umland in die Stadt brachten, um sich eventuell für eine Belagerung durch Feldmarschall Gyulai zu rüsten.

Erst am frühen Morgen hatte Hackher aus zuverlässiger Quelle erfahren, dass angeblich Napoleon persönlich äußerst verärgert über den Widerstand der Grätzer Schlossbergfestung sei – er habe diese verächtlich bicoque genannt – und deshalb vorhabe, schweres Geschütz aus Wien nach Grätz zu bringen.

Zwar hatte Hackher diese Nachricht mit ein wenig Stolz aufgenommen, aber er hoffte inständig, dass Gyulai den Franzosen nicht mehr so viel Zeit lassen würde, um diese Geschütze tatsächlich noch herbeischaffen zu können.

Nachdem er von Unterleutnant Navarra die Meldung erhalten hatte, dass die Franzosen erfolgreich an der Passierung der Murbrücke gehindert wurden und sich diese in die Murvorstadt zurückgezogen hätten, klappte Hackher das Fernrohr ein und stieg die Treppen des Turms wieder nach unten. Seit gestern Abend schossen die französischen Geschütze wieder unentwegt und auch das Gewehrfeuer war wieder aufgeflammt. Die morgendliche Besprechung mit den Offizieren war wieder sehr von Opportunismus geprägt gewesen. Nach den Berichten und Beobachtungen der letzten Tage hatten alle erwartet, dass die Angriffe langsam zu einem Ende kommen würden und die Besatzungstruppen sich für den Abmarsch aus der Stadt vorbereiteten. Dass jetzt das Beschießen der Festung wieder sehr lebhaft aufgenommen wurde, deuteten viele der Offiziere als schlechtes Zeichen. Schottelius, den Hackher eigentlich auf seine Seite ziehen wollte, indem er ihn nach dem Ausfall von Cerrini zum Kommandanten der Bürgerbastei ernannte, äußerte seine Bedenken wieder ganz offen und forderte Hackher auf, mit den Franzosen in Verhandlung zu treten. Ein Großteil der Offiziere machte sich Sorgen und befürchtete, dass Gyulai durch unbekannte starke französische Kräfte irgendwo im Süden gebunden sein könnte und deshalb noch nicht vor Grätz erschienen sei. Dies, so argumentierte die Opposition unter den Offizieren, würde erklären, warum Broussier die Belagerung wieder mit Nachdruck verfolgen würde. Aufgrund der schlechten Versorgungslage, die mittlerweile auf der Festung herrschte, solle Hackher über eine Kapitulation nachdenken.

Der sture Major hatte wie immer alle Argumente zurückgewiesen und war in seiner Haltung hart geblieben, obwohl ihm dies ohne die Rückendeckung Cerrinis schwergefallen war.

Die Appovisionierung der Festung war inzwischen kritisch, das wusste er. Militärverpflegeadjunkt Daler hatte Hackher empfohlen, die Fleischration weiter zu kürzen und auf ein sechstel Pfund pro Kopf herabzusetzen. Die Männer hatten dies murrend zur Kenntnis genommen. Inzwischen war der überwiegende Großteil unzufrieden mit der Lage, aber der Respekt vor Hackher war noch groß genug, dass niemand aufbegehrte und jeder seine Pflicht weiterhin erfüllte.

Der Major stapfte zurück in die Kommandantur. Über ihm zischten einige Geschosse hinweg und schlugen auf dem oberen Festungsplatz ein. Dort warfen sich einige Soldaten verschreckt in Deckung. Unbeeindruckt marschierte Hackher über den Platz. Am Morgen, gleich nach der Besprechung mit den Offizieren, hatte er Cerrini einen Besuch im Lazarett abgestattet und ihm seine Sorgen gebeichtet. Dabei hatte ihm der Hauptmann geraten, nicht an Strenge zu verlieren und weiterhin gegenüber den Männern Unerschrockenheit zu demonstrieren. Dies nahm sich der Major bei jeder Granate, die im Anflug war, zu Herzen und hütete sich davor, wie ein besudelter Hund in Deckung zu gehen.

In der Kommandantur angekommen, warteten bereits Mayer und Rüstl auf ihn. „Herr Major, stimmt es, dass Napoleon nach Grätz kommt, um die Festung zu erobern?", fragte Mayer verunsichert.

„Ich kann mir kaum vorstellen, dass der Franzosenkaiser uns persönlich beehren wird", kommentierte Hackher gelassen und nahm hinter seinem Schreibtisch Platz.

„Unter den Offizieren erzählt man sich aber Gerüchte, dass Sie eine Nachricht vom Spreng erhalten hätten?", fragte Rüstl nach.

„Meine Herren, machen Sie sich nicht verrückt wegen eines kleinen Franzosenzwergs in Wien. Selbst wenn Napoleon schweres Geschütz nach Grätz bringen will, dauert das mehrere Tage und ich bin überzeugt, dass die ganze Sache nicht mehr so lange dauern wird."

Mayer und Rüstl, die ansonsten eher auf Hackhers Seite waren, blickten sich diesmal skeptisch an. „Aber Sie wissen schon, Herr Major, unsere Festungsgewölbe sind gegen Feldgeschütze einigermaßen sicher, aber wenn die Franzosen Belagerungsgeschütze einsetzen, dann *tscheppert* hier alles z`ammen."

„Das ist mir bewusst", beschwichtigte Hackher, der jetzt keine Lust hatte, sich mit den beiden Hypochondern eindringlicher zu unterhalten. „Gehen S' wieder auf Ihre Posten, wir werden ja sehen, was auf uns zukommt."

Mayer und Rüstl salutierten und traten ab.

Hätte er doch bloß nichts von der Nachricht über Napoleon erwähnt, dachte sich Hackher. Eigentlich wollte er das Offiziersgremium damit etwas motivieren, stattdessen war es nun verunsicherter als je zuvor.

Hackher schlug mit der flachen Hand auf den Tisch. Schön langsam nervte ihn diese Belagerung auch. Er konnte seinen Männern nicht ewig erzählen, dass es nur mehr ein paar Tage dauern würde. Spätestens, wenn die Fleischrationen ganz zur Neige waren, dann würde er einen Aufstand am Hals haben. Ein Soldat konnte vieles ertragen, aber wenn es kein Fleisch mehr gab, dann war Schluss mit lustig. So mancher Krieg ging in der Vergangenheit aufgrund solcher Lappalien verloren. Aber mehr als weiterhin durchhalten konnte Hackher nicht tun.

Die Kommandanten De Montenaux, Nagle und Gallet hatten sich im Foyer des Palais eingefunden und wirkten ziemlich angespannt. Es herrschte generell eine nervöse Stimmung im Haus. Während die drei Colonels in feinster Uniform auf dem Marmorboden auf- und abgingen, huschte immer wieder eilig ein Bediensteter vorbei. Schon zweimal war ein Kurier aus dem oberen Stockwerk nach unten gerannt, hatte im Vorbeieilen die Offiziere gegrüßt und war im Hof gekonnt auf ein Pferd gesprungen und davon galoppiert.

De Montenaux konnte das Warten nicht mehr ertragen. Es war ein Affront, dass Broussier sie so lange warten ließ. Vermutlich wollte sich der General nicht der unausweichlichen Auseinandersetzung mit seinen Kommandeuren stellen. „Wir sollten einfach nach oben gehen und den Général vor die Wahl stellen", meinte De Montenaux.

Nagle und Gallet schnaubten verächtlich auf und blickten dann kommentarlos zu Boden.

De Montenaux konnte die beiden parfümierten Lackaffen nicht leiden und dies schien auf Gegenseitigkeit zu beruhen. In seinen Augen hatten die beiden sich beschämend zurückgehalten und waren stets auf ihren eigenen Vorteil bedacht gewesen. Mit solchen Kommandeuren konnte man keinen Sieg erringen. Inzwischen musste sich De Montenaux eingestehen, dass die Arroganz und das egoistische Selbstverständnis in der französischen Armee es verhinderte, auf Widerstände mit Verstand zu reagieren. Napoleon förderte das Wetteifern seiner Generäle im Glauben, dadurch zu Höchstleistungen anzuspornen. Bis jetzt war dies gut gegangen, doch dieses Konkurrenzdenken in der eigenen Armee konnte nicht auf ewig gut gehen. Wenn die Offiziere anfangen, sich nur mehr gegenseitig die Schuld an Niederlagen zuzuschieben, anstatt zusammenzuarbeiten, kann ein Heer nicht effektiv geführt werden.

Gambin wippte unruhig hin und her. „Wir sollten bloß

nichts Unüberlegtes tun. Der Général wird so schon genug aufgebracht sein", ermahnte er De Montenaux.

Plötzlich kam ein Diener die Treppe herunter. „Der Général wird Sie nun empfangen, meine Herren. Er bedauert die Wartezeit, doch sein Frühstück hat heute ungewöhnlich viel Zeit in Anspruch genommen."

De Montenaux konnte seine Empörung nicht verstecken und folgte dem Lakaien nach oben.

Broussier griff nach einer Schale Oliven, die auf dem langen Tafeltisch stand, und schnippte sich eine davon in den Mund.

Die vier Colonels betraten gerade rechtzeitig den Raum, um die vulgäre Geste noch mitansehen zu können. Zwei Hausdiener waren damit beschäftigt, die Reste des Frühstücks zu entfernen. Broussier hatte sich offenbar nicht geniert, sein Mahl über der großen Lagekarte einzunehmen, die auf der langen Tafel ausgebreitet lag und nun mit allerlei Speiseresten bekleckert war. Als er seine Kommandeure eintreten sah, setzte sich der General sofort aufrecht in seinen Thron und bemühte sich, Autorität auszustrahlen. „Was kann ich für Sie tun?", fragte er und gab sich desinteressiert.

De Montenaux war kurz davor, dass ihm der Kragen platzte. Er konnte den blasierten Habitus seines Generals einfach nicht mehr ertragen, doch zum Glück kam ihm Gambin zuvor und ergriff das Wort. „Mon Général, ich muss Sie davon in Kenntnis setzen, dass auch die letzten Versuche, sich mit Mannschaft der Festung zu nähern, gescheitert sind und dass unsere Munition für die Artillerie aufgebraucht ist. Da unter diesen Voraussetzungen eine Fortführung der Belagerung sinnlos geworden ist und um einer ungünstigen Einschließung in der Stadt zu entgehen, sind die Kommandanten der Belagerungsregimenter zur einstimmigen Auffassung gelangt, dass mon Général den Abzug der Truppen ernsthaft in Erwägung ziehen sollte."

De Montenaux war beinahe etwas erstaunt über Gambins mutigen Vorstoß, Broussier die Meinung zu sagen, obwohl er dabei gestottert hatte wie ein kleiner Schuljunge.

„So, so. Sie plädieren also für einen Abzug", kommentierte Broussier trocken. Der erwartete Wutausbruch blieb zunächst aus. Stattdessen blickte der General stumm und nachdenklich auf seine vor ihm aufgereihten Kommandeure und begann, nach einer Weile nervös mit den Fingern auf der Tischplatte herumzuklopfen.

Dies war ein weiterer Wesenszug, den De Montenaux an Broussier nicht mochte, seine Unberechenbarkeit. Anstatt wie üblich die Argumente seiner Offiziere wütend zurückzuweisen und im Alleingang völlig konträre Entscheidungen zu treffen, verhielt sich dieser diesmal gelassen und ruhig, was bei Broussier wirkte, als führe er etwas im Schilde.

Schließlich brach dieser sein Schweigen, stand auf und stellte sich ans Fenster. „Ich komme nicht umhin, diesem Major Hackher etwas Respekt einzugestehen. Obwohl er in der viel schwierigeren Lage war, hat er es offenbar geschafft, sich die Loyalität seiner Männer zu sichern, was entweder von der Dummheit seiner Männer oder doch von einem gewissen Maß an Führungsstärke zeugt." Mit diesem kleinen Seitenhieb auf seine eigenen Offiziere drehte sich Broussier um und verschränkte reserviert die Arme hinter dem Rücken, ohne dabei zu wissen, dass er damit dieselbe Haltung einnahm, wie es sein Kontrahent oft zu tun pflegte. „Ich hatte angenommen, dass die Garnison meutern würde, wenn die Belagerung nur lange genug andauern würde. Mit dieser Annahme habe ich meinen Gegner offenbar unterschätzt", gestand sich Broussier ein. „Napoleon wird nicht erfreut sein, das kann ich Ihnen jetzt schon sagen", fuhr der General beschwörend fort. „Aber, es gibt keinen Grund zur Selbstbeleidigung, daher nennen wir es keinen Rückzug, sondern eine taktische Gefechtsfeldverlagerung, um einem zahlenmäßig überlegenen Gegner auf günstigerem Terrain begegnen zu können. Ich nehme an, *Messieurs* sind mit dieser Formulierung einverstanden?", fragte Broussier mit Kalkül. Mit eisernem Blick schaute er dabei zu seinen Kommandeuren und denen war damit klar, dass Sie besser damit einverstanden sein sollten.

„Ich denke, diese Formulierung trifft es auf den Punkt", kommentierte Gambin und wischte sich mit dem Ärmel die Schweißperlen von der Stirn, die sich dort schon wieder gebildet hatten.

Schlossbergfestung

Zu Fuß stieg der Parlamentär die Festungsstraße hoch, flankiert von einem jungen Fähnrich, der die undankbare Aufgabe hatte, die weiße Fahne hochzuhalten.

„Hoffentlich schießen uns diese Barbaren nicht über den Haufen, so wie den letzten Parlamentär", sagte der Fähnrich beiläufig und spielte auf einen kleinen Vorfall an, der sich während der Belagerung ereignet hatte, denn bereits einmal hatte der Übermut der Landwehrsoldaten dazu geführt, dass diese einen Parlamentär auf der Hälfte des Weges angeschossen hatten.

„Wir werden ja sehen", antwortete der offizielle Kurier und wirkte dabei nicht sehr zuversichtlich.

Als sie sich den Mauern näherten, konnten sie Dutzende Musketenmündungen erkennen, die aus den Schießscharten hervorragten und auf sie zielten. Misstrauische Blicke der Männer auf den Festungswerken begleiteten die französische Abordnung. Es herrschte eine gespenstische Ruhe. Auch unten in der Stadt schwiegen die Gewehre und Kanonen. Es war ein Moment, in dem jeder den Atem anzuhalten schien.

Schließlich erreichte der Parlamentär das Festungstor und durch eine kleine Tür trat ein grimmig dreinblickender Offizier heraus. Beide Seiten salutierten voreinander, dann streckte der Parlamentär einen Korb entgegen, den dieser mit sich geführt hatte. „Im Auftrag von Blockadekommandant Colonel Gambin überbringe ich dem Kommandanten der Grätzer Festung Grüße von Général Broussier", begann dieser dann in gebrochenem Deutsch zu sprechen.

Der Offizier, welcher kein anderer als Oberleutnant Schottelius war, nahm den Korb verblüfft entgegen. Damit schien der Parlamentär auch schon seine Pflicht erfüllt zu haben, salutierte und marschierte wieder des Weges zurück.

Schottelius machte ebenfalls kehrt und verschwand wieder in der Festung.

„Herr Oberleutnant, was haben S' denn in dem Korb da?", rief der Soldat Knoll etwas lallend von der Mauer.

„Des geht Sie gar nix an, Knoll! Nachricht für den Kommandanten!", rief Schottelius streng zurück und schritt die Festungsstraße hoch.

Sofort begann auf den Mauern das Getuschel.

„Des is a Kapitulationsangebot, gounz sicha", raunte einer der Soldaten und heizte somit die Gerüchte.

Schottelius wurde auf seinem Weg die Festungsstraße hoch andächtig von den Soldaten beobachtet. Niemand hatte damit gerechnet, dass die Franzosen noch einmal einen Parlamentär schicken würden und viele hofften, dass man Hackher erneut ein Angebot machte, die Festung zu übergeben und dass dieser es nun annehmen würde. Wie der Überbringer einer Trophäe schritt der Oberleutnant schließlich über den oberen Festungsplatz und ging auf den Eingang der Kommandantur zu, wo Hackher zusammen mit Mayer und Rüstl ihn bereits erwarteten.

„Was haben S' da für einen Korb", fragte der Major verwundert.

„Herr Kommandant, melde gehorsamst eine Nachricht vom französischen General."

„Aha?" Sofort war Hackhers Interesse erweckt. Er nahm das Präsent entgegen und entfernte das weiße Tuch, welches bis dato den Inhalt verhüllt hatte. Zum Vorschein kamen neben zwei Schriftstücken zwei Flaschen Rosoglio und Rum sowie Kaffee, ein Zuckerhut und ein Laib frisches Brot.

„Na da schau her", entfuhr es Hackher, der sofort das erste Schreiben auffaltete und überflog. „Schon wieder in Französisch", schimpfte er und wandte sich dann zu Mayer und

Rüstl. „Ist der Hauptmann Cerrini schon halbwegs auf den Beinen?"

„Heute Morgen hat er das Bett zumindest schon verlassen", antwortete Mayer.

„Dann bringen S' mir sofort den Cerrini, der muss des da übersetzen", befahl Hackher.

Sofort wurde jemand ins Lazarett geschickt. Inzwischen verteilte der Major den Inhalt des Korbes. „Verteilen S' den Wein an die Mannschaften. Schauen S', dass jeder was kriegt. Den Rum und das Brot bringen S' ins Lazarett."

Schottelius bestätigte und marschierte mit den kostbaren Naturalien ab. Kurz darauf erschien auch schon Cerrini, der immer noch etwas bleich war und einen zittrigen Gang hatte.

„Da sind Sie ja, mein lieber Cerrini, wie gehts Ihnen?", begrüßte Hackher den Hauptmann.

„Dem Major sei die Nachfrage gedankt. Sie wollten mich sehen?"

„Die Franzosen haben uns Rum und einen Wein geschickt und zwei Schreiben, die diese Halunken wieder nur in Französisch verfasst haben." Hackher übergab die beiden Umschläge an Cerrini und hoffte, dass etwas Positives darin stehen würde.

Der Hauptmann warf sofort einen Blick darauf und murmelte vor sich hin und zog dann erstaunt eine Augenbraue hoch. „Der Herr General Broussier lässt Ihnen, Herr Major, mit diesem Geschenk einen Beweis seiner besonderen Hochachtung zukommen. Weiters lässt er Sie wissen, dass das Feuer von ein Uhr bis drei Uhr eingestellt wird. Außerdem sendet er Ihnen einen Armeebefehl der französisch-deutschen Armee sowie ein Exemplar der Wiener Zeitung mit", berichtete Cerrini.

Zunächst war in allen Gesichtern Unschlüssigkeit zu lesen. Hauptmann Mayer räusperte sich und meldete sich als Erster.

„Was bedeutet das jetzt?"

„Ich meine, dass die Franzosen schon wieder etwas planen", warf Rüstl dazwischen.

Hackher war sich ebenfalls nicht sicher, was er von dem Schreiben halten sollte. Einerseits war es eine freundschaftliche Geste von Broussier, andererseits waren zwei Stunden Waffenstillstand nicht gerade viel Zeit und es lag der Verdacht nahe, dass man von etwas ablenken wollte. Der Major blickte zu Cerrini. „Was halten Sie davon?"

Diesem stand die Ratlosigkeit auch ins Gesicht geschrieben. Noch einmal las er sich das Schreiben durch und meinte dann; „*Le feu cessera aujourd'hui d'une heure à trois.* Mir ist nicht ganz klar, was Broussier mit diesem Satz genau meint", gestand Cerrini. „Ich gebe zu, es klingt mir auch nach einer List."

Hackher ging einige Male auf und ab und dachte fieberhaft nach. Dann blieb er stehen und wandte sich wieder an den gebrechlich dastehenden Hauptmann. „Lieber Cerrini, setzen Sie ein Antwortschreiben auf und bitten Sie um Erläuterung dieses Satzes. Der Kurier soll sich mit der Überbringung nicht sonderlich beeilen. Lassen Sie Broussier darin weiters wissen, dass ich keinerlei Handlungen unternehmen werde, bis ich erneut Antwort bekommen habe. Vielleicht gelingt es uns so, die zwei Stunden Waffenstillstand etwas hinauszustrecken."

„Ich werde mich sofort an die Arbeit machen", bestätigte Cerrini und marschierte ab.

„Hauptmann Mayer, sagen Sie dem Kapitänsleutnant Kandelbinder, er soll die Vorgänge in der Stadt in den nächsten Stunden genauestens beobachten und unterrichten Sie alle Offiziere über die Waffenruhe", befahl Hackher und begab sich anschließend wieder in die Kommandantur.

Der Major war verwirrt. Die erhoffte Nachricht, dass die Franzosen abziehen werden, war dies nicht gewesen. Das so freundschaftlich wirkende Schreiben von Broussier konnte tatsächlich eine Finte sein. Weshalb gewährte er so plötzlich zwei Stunden Waffenruhe und ließ dies Hackher auch noch durch die Überbringung von Geschenken mitteilen? Vielleicht war dies ein Versuch, neue Kräfte in die Stadt zu bringen. Erst am Morgen hatte Hackher befohlen, eine Abteilung Reiter, gefolgt von Infanteristen, an der Überquerung der Murbrücke zu hindern. Die Franzosen könnten im Schutz einer mehrstündigen Waffenruhe versuchen, erneut frische Kräfte in die Stadt zu beordern. Auf der anderen Seite hatte es sich am Morgen nur um ein paar Hundert Mann gehandelt, die keineswegs ins Gewicht fielen.

Wie auch immer. Hackher beschloss abzuwarten und ließ sich den von Broussier geschenkten Kaffee zubereiten. Die nächsten Stunden sollten ereignislos vergehen und eine weitere Antwort der Franzosen blieb aus. Hackher konnte seine Enttäuschung nicht ganz verbergen, als um drei Uhr wieder der Beschuss einsetzte. Da es aber kein Gewehrfeuer mehr gab, ordnete der Major an, die Garnison nicht zu alarmieren. Die Männer sollten in ihren Baracken bleiben und abwarten. Dies sollte die Moral etwas heben, denn auch unter den Soldaten waren die Erwartungen groß gewesen. Als es sich durchgesprochen hatte, dass es kein Angebot von Broussier gegeben habe, sondern lediglich eine Ehrenbezeugung an Hackher, war die Stimmung wieder auf dem Tiefpunkt angekommen. Die Franzosen würden allem Anschein nach vorerst nicht abmarschieren. An Entsatz glaubte nun niemand mehr. Hackher hatte sich in den Augen der Männer verkalkuliert.

Mannschaftsunterkunft

Von der Decke rieselte Staub. Soeben war irgendwo eine Granate eingeschlagen und ließ die Mannschaftsunterkunft erbeben. Verschreckt blickten alle nach oben, doch auch diesmal fiel ihnen das Dach nicht auf den Kopf.

Die Soldaten lenkten sich mit Würfel- oder Kartenspiel ab oder nutzten die Gelegenheit, um etwas Schlaf zu finden. Die Stimmung war angespannt, doch man versuchte, das Beste daraus zu machen. Zumindest gab es für den Moment keinen Alarm, was bedeutete, dass die Franzosen nicht angriffen. Jeder wusste, dass die Granaten des Feindes nur gefährlich waren, wenn man sich im Freien aufhielt. In den Stollen und geschützten Unterkünften richteten sie nur wenig Schaden an.

Suller hatte das Warten satt. Er saß in einer Ecke und wetzte seinen Säbel. Seine Gedanken waren bei Hermine und ihren Peinigern. Dass Hackher ihm das Duell versagt hatte, wurmte den jungen Corporal gewaltig. Er empfand keine Loyalität mehr gegenüber seinem Kommandanten und auch keine Bindung an seine Pflicht als Soldat. Es schien, als würde diese Belagerung niemals enden. Alles erschien einfach sinnlos, alles außer Hermine.

In einem Moment der Unachtsamkeit glitt Suller mit dem Wetzstein ab und schnitt sich an der scharfen Klinge in die Hand. Verwundert blickte er auf den kleinen Schnitt. Er hatte die Schneide nur leicht berührt, doch es hatte ausgereicht, um eine stark blutende Wunde zu hinterlassen. Doch seltsamerweise empfand er keinen Schmerz. Er blickte auf das rote Rinnsal auf seiner Hand und ließ das Blut zu Boden tropfen.

Das war es, schoss es ihm durch den Kopf. Allmählich blutete die Garnison in der Festung aus. Die Franzosen saßen unten in der Stadt, hatten Speis und Trank und konnten sich die Zeit mit leiblichen Vergnügungen vertreiben. Sie mussten gar nicht mehr angreifen. Sie konnten die Festung einfach aushungern lassen. Angeblich soll der französische General dem Major Hackher einen Korb mit Essen und Getränken geschenkt haben. Vermutlich war dies eine zynische Anspielung auf die Aushungerungstaktik, die die Franzosen nun verfolgten.

Suller ballte die blutende Hand zur Faust. Er würde sicher nicht am Hunger oder Durchfall krepieren, während dieser feige Leutnant in der Stadt sich den Wamst vollschlagen und sich an jungen Mädchen vergreifen konnte. Die bloße Vorstellung brachte Suller zur Weißglut. Er hatte genug. Unvermittelt stand er auf, schnallte sich den Säbel an den Gürtel und verließ die Baracke. Von den übrigen Männern nahm davon niemand Notiz. Erstens waren alle mit sich selbst beschäftigt, zweitens ging immer wieder jemand nach draußen, um ein menschliches Bedürfnis zu erledigen.

Suller allerdings hatte nichts dergleichen vor. Er lief die Festungsstraße hinunter. Wie erwartet, waren nur die Wachmannschaften auf ihren Posten und diese kümmerten sich nicht um einen herumlaufenden Corporal, sondern hatten den Blick auf die Stadt gerichtet.

Die Kurtinenmauer war an ihrer niedrigsten Stelle etwa drei Meter hoch. Suller vergewisserte sich, dass ihn niemand sah, kletterte auf die Mauer und sprang kurzerhand über die Brustwehren hinunter.

Die Landung war hart und er rollte sogleich einige Meter den Felshang hinab. Hinter sich hörte er plötzlich Schreie. Irgendjemand hatte ihn bemerkt. Sofort stand Suller wieder auf den Beinen und rannte im Schutz der Felsvorsprünge den Hang hinunter. Die äußeren Werke waren nicht besetzt und um nicht gleich von den Franzosen bei seiner Flucht entdeckt zu werden, schlich er sich entlang der schmalen Verbindungsmauer zum äußeren Paulustor hinunter. Mehrmals warf er einen prüfenden Blick zurück oder ging vor einem Granatenbeschuss in Deckung. Zwar hatte einer der Wachen wohl seine Flucht bemerkt, doch das anhaltende Artilleriefeuer schien die Männer auf den Mauern davon abzuhalten, nach ihm zu suchen.

Ein beschämendes Gefühl überkam Suller. Für seine Kameraden war er nun ein Deserteur, und würden sie ihn erwischen, dann musste er damit rechnen, von jenen Leuten erschossen zu werden, mit denen er bisher Seite an Seite gekämpft hatte. Doch er hatte sich zu diesem Schritt entschlossen, ein Zurück gab es jetzt nicht mehr.

Schließlich erreichte er die angrenzende Stadtmauer und schlich sich im Schutz der Bürgerhäuser zur Paulusgasse hinunter. Das Torhaus war von Franzosen bewacht, doch Suller kannte die Schleichwege durch die Stadt. Schon zuvor hatte er sich am helllichten Tag an den Wachposten vorbeistehlen müssen. Demnach hatte er auch diesmal keine Schwierigkeiten und verschwand alsbald im Hinterhof eines der angrenzenden Palais.

Die hinteren Gassen und die schmalen Verbindungswege zwischen den einzelnen Höfen wurden von den Franzosen nicht kontrolliert. Diese konzentrierten sich lediglich auf die Hauptstraßen und hatten von den Hintergassen oft kaum Kenntnis. Erst als er in einer dunklen Nische eines Torbogens Rast machte, kam ihm in den Sinn, dass er nicht wusste, wo er nun hin sollte. Er hatte keine Ahnung, wo Hermine sich derzeit befand. Vermutlich hatte man sie in ein Lazarett gebracht, doch davon gab es in der Stadt viele und er konnte unmöglich alle absuchen. Er wusste auch nicht, wo sich der Leutnant aufhielt, an dem Suller sich rächen wollte, doch dann viel ihm ein, dass dieser im Gasthaus *Zur Goldenen Pastete* einquartiert gewesen war. Die Gaststätte lag nur wenige Meter unterhalb des inneren Paulustores und war somit nicht weit von ihm weg. Er musste nur irgendwie an den Wachposten am Tor und am oberhalb gelegenen Karmeliterplatz vorbeikommen. Diese waren gut bewacht, doch Suller würde sich etwas einfallen lassen. Er warf seinen Uniformrock ab, der ihn sofort als feindlichen Soldaten verraten hätte, und schnappte sich von einer Wäscheleine in einem der Hinterhöfe einen schwarzen Wollmantel. Damit sah er auf den ersten Blick wie ein normaler Zivilist aus, sofern man nicht seine Soldatenstiefel und den Säbel an seinem Gurt beachtete.

Karmeliterplatz, inneres Paulustor

Pirrot übergab das Platzkommando an einen Leutnant von der Division Nagle und marschierte dann mit seinem 20 Mann starken Trupp Richtung Sporgasse ab. Auf dem kleinen Platz unterhalb des inneren Paulustores ließ er die Abteilung nochmals Aufstellung nehmen und nach einer Kontrolle der Ausrüstung wegtreten.

Sichtlich erleichtert zogen sich die Männer in ihre Unterkunft im Gasthaus *Zur Goldenen Pastete* zurück. Es war ein harter Tag gewesen. Der Wachdienst gestaltete sich zunehmend als Belastung für die Soldaten. Stundenlang mussten sie auf ihren Posten stehen, ohne dass etwas passierte. Außerdem machte das Gerücht die Runde, dass man ohnehin bald abziehen werde und die Aussicht auf eine offene Feldschlacht mit den Truppen Gyulais war nicht gerade sehr motivierend. Natürlich verbot es die französische Disziplin, offen darüber zu sprechen, doch inzwischen fragten sich viele, was man mit der Belagerung eigentlich erreicht hatte?

Doch heute sollte dies die Männer wenig kümmern. De Montenaux hatte angeordnet, dass eine Extraportion Wein an alle ausgegeben wurde. Der französische Soldat war nicht anders als der österreichische: bei einer Sauferei in Gesellschaft der Kameraden ließen sich die Sorgen hervorragend vergessen und in Alkohol ertränken.

Pirrot folgte seinen Männern nicht in die Gaststube, sondern verharrte noch im Freien. Es betrübte ihn, dass bei dieser Belagerung nicht mehr für ihn herausgesprungen war. Er hatte sich erhofft, einige militärische Erfolge erringen und diese Stadt vielleicht als *Capitaine* verlassen zu können. Wenigstens würde er keine offenen Rechenschaften hinterlassen. Den Österreichern war er in keinster Weise etwas schuldig geblieben und der Gedanke daran war immerhin ein kleiner Trost für die nicht erreichte Beförderung.

Plötzlich war ein eigenartiges Geräusch zu hören. Pirrot horchte alarmiert auf. Es hatte geklungen wie eine Klinge, die auf einen Metallgegenstand geschlagen wurde. Pirrot hatte dieses Geräusch schon oft in einer Schlacht gehört und wusste es daher einzuordnen.

Im nächsten Moment sah er aus dem Augenwinkel, wie eine der Wachen am inneren Paulustor weggezerrt wurde, doch als er genauer hinblickte, war dort nichts zu sehen.

Wahrscheinlich waren die Wachen wieder betrunken, dachte sich Pirrot und stapfte zum Torbogen hoch. Normalerweise standen dort zwei Soldaten. Einer auf dem Balkon des Torhauses und einer in der Durchfahrt darunter. Insgesamt waren fünf Mann beim inneren Paulustor stationiert, die sich in Schichten abwechselten. Zwei waren stets auf Wache, während die anderen beiden im Torhaus schliefen oder sich anderweitig die Zeit vertrieben. Der Fünfte war der Wachkommandant, ein Mann namens Servage, von dem Pirrot zufällig wusste, dass dieser ein heimlicher Trinker war. Die Gelegenheit, einen Untergebenen zurechtweisen zu können, kam ihm gerade recht. Als Pirrot beim Tor ankam, bemerkte er plötzlich am anderen Ende der Durchfahrt eine Gestalt. Da die Sonne schon tief stand und die gesamte Sporgasse im Schatten lag, konnte er zunächst nicht erkennen, um wen es sich handelte, doch es war nicht die Torwache, soviel stand fest. Einen ungehorsamen Bürger zu schelten, war für Pirrot noch verlockender, denn es war untersagt, das Tor zu passieren, ohne sich vorher auszuweisen. Mit schnellem autoritären Schritt ging Pirrot auf den vermeintlichen Zivilisten zu. „Ihr da!", rief er schroff. „Was macht Ihr da? Weist Euch sofort aus!"

Die Person reagierte nicht, sondern ging langsam auf Pirrot zu. Erst als diese in der Mitte des Torbogens war und das Licht der Laternen auf sie schien, erkannte Pirrot, wen er vor sich hatte. „Du!", stieß er hasserfüllt hervor.

Suller stand im Schein der Laterne mitten im Torbogen. Dicht am Körper hielt er seinen Säbel, mit dem er kurz zuvor der Torwache die Kehle durchtrennt hatte. Nun sah er endlich eine Gelegenheit, sich zu revanchieren. „Franzose!", rief er. „Wir haben unseren letzten Kampf nicht beendet! Ich bin gekommen, um das nachzuholen!"

Pirrot war zunächst etwas schockiert, doch dann überkam ihn wieder eine innere Hochstimmung. Dieser Tag würde doch noch interessant werden, dachte er sich und verzog die Mundwinkel zu einem zynischen Grinsen. „Sehr zuvorkommend, hier zu erscheinen. Schade, dass deine kleine Göre wieder nicht dabei ist, um zu sehen, wie du stirbst."

Suller bekreuzigte sich und ging dann zielstrebig auf Pirrot zu. „Worte werden dir nichts nützen, Franzose."

Pirrot grinste und verengte die Augen wie ein Raubtier, das

seine Beute anvisiert. „Worte vielleicht nicht, aber das hier." Im nächsten Moment griff er unter seinen Uniformrock, zog eine kleine Pistole hervor und schoss.

Suller reagierte blitzschnell und warf sich zur Seite. Die Kugel zischte nur wenige Zentimeter an ihm vorbei und flog ins Leere. Als Pirrot erkannte, dass seine List fehlgeschlagen war, griff er sofort nach seinem Offizierssäbel und zog die Klinge in einer ruckartigen Bewegung aus der Scheide.

Während Suller noch am Boden lag und gerade versuchte, sich wieder aufzurichten, stürmte sein Gegner auch schon wild schreiend auf ihn zu. Liebend gern hätte er jetzt auch eine Pistole gezogen und aus nächster Nähe auf Pirrot geschossen, doch Sullers einzige Waffe war sein kurzer Corporalssäbel.

Dummerweise hatte der Schuss nicht nur bewirkt, dass er sich in Deckung werfen musste und nun in der schlechteren Position war, sondern er hatte auch jeden Franzosen in der Umgebung alarmiert. Doch Suller hatte ein viel unmittelbareres Problem, nämlich den angreifenden Pirrot.

Dieser schwang den Säbel über seinen Kopf und schlug mit einer großen Ausholbewegung auf Suller ein. Die Klinge durchtrennte den Mantel und um ein Haar hätte sie auch seinen Hals erwischt, doch es gelang ihm rechtzeitig, einen Satz nach hinten zu machen.

Pirrot allerdings setzte sofort nach und stach mehrmals auf Suller ein, der nur mit Mühe der spitzen Klinge ausweichen konnte. „Kämpfe fair, du Bastard!", rief er.

Pirrot runzelte die Stirn. „Wieso sollte ich?"

Im nächsten Moment kamen von oben und von unten mehrere Dutzend Franzosen angelaufen, die durch den Schuss alarmiert worden waren. Als die Kommandeure erkannten, was im Torbogen vor sich ging, wollten sie sofort mit ausgestrecktem Bajonett auf Suller zustürmen lassen, um diesen Eindringling an Ort und Stelle aufzuspießen, doch Pirrot hob die Hand. „Halt!", rief er. „Keiner greift ein!"

Die Franzosen stoppten sofort und blickten unentschlossen zu ihrem Leutnant.

„Aber *Leutenant*?", rief ein Unteroffizier.

„Keiner unternimmt etwas ohne meinen Befehl. Das ist eine Ehrensache!", setzte Pirrot nach. „Dieser Mann hat mich zum Duell gefordert und er soll Genugtuung bekommen. Bildet einen Kreis!"

Sofort machten die Soldaten ein paar Schritte zurück und bildeten einen Ring um Pirrot und Suller. Wenn es Zuseher gab, konnte ein französischer Offizier unmöglich zu unehrenhaften Mitteln greifen. In der Armee Napoleons wurde die Ehre hochgehalten und die Offiziere hatten den Ruf, durch und durch ehrenhafte Persönlichkeiten zu sein, denen die einfachen Soldaten gern gefügig waren. Es ging also nicht, dass sich ein Offizier ehrlos verhielt, dies hätte einen sofortigen Gesichtsverlust bei seinen Untergebenen bedeutet und die Generalität war sehr darauf bedacht, dass ihre Kommandeure einen ehrenhaften Ruf hatten und damit dem Ansehen Frankreichs und Napoleons nicht schadeten.

Suller stand auf und warf seinen Mantel beiseite. Grimmig wendeten sich die beiden Duellanten einander zu und begannen sich langsam zu umkreisen. Jetzt, wo der Kampf wieder ausgeglichen war, zögerte Pirrot und versuchte, seinen Gegner aus der Reserve zu locken.

Die Soldaten verfolgten das Duell mit Spannung und einige begannen, ihren Leutnant anzufeuern, doch einer der Unteroffiziere befahl ihnen sogleich zu schweigen.

Suller kannte diese defensive Taktik von Pirrot bereits. Er hatte aus dem Nahkampf in den unterirdischen Stollen des Schlossbergs gelernt. Sein Gegner versuchte, ihn aus der Reserve zu locken, um blitzschnell kontern zu können. Suller allerdings hatte seine Lehren aus dem ersten Gefecht mit Pirrot gezogen. Dieser versuchte stets, die Wucht des Angreifers auszunutzen, um einen Treffer zu landen, traute sich aber selbst kaum, in die Initiative zu gehen. Doch dieses Mal würde Suller den Spieß umdrehen. Dass mehrere Dutzend Franzosen zusahen, würde er zu seinem Vorteil ausnutzen. Pirrot konnte sich vor seinen Männern nicht als zaghafter und feiger Kämpfer präsentieren.

Suller begann hämisch zu lachen. „Was ist? Jetzt, wo wir Publikum haben, traust du dich nicht anzugreifen. Hast du etwa Angst, Franzose?!", rief er Pirrot provozierend zu.

„Ich werde dir eigenhändig die Zunge rausschneiden", knurrte dieser und machte einen Satz nach vor.

Suller stellte zufrieden fest, dass es ihm gelungen war, Pirrot zu einem Angriff zu verleiten. Dieser stieß mehrmals mit seinem Säbel auf ihn ein, doch verfehlte ihn jedes Mal. Dann, im richtigen Augenblick, konterte Suller, blockte Pirrots Stoß ab und schlug im selben Atemzug auf dessen Hals ein. Der listige Franzose war allerdings geschickt und tauchte unter dem Hieb von Suller hinweg. Im nächsten Moment trafen sich beide Klingen. Wild um sich schlagend, fochten die beiden hin und her, jeder bemüht, beim anderen einen Treffer zu landen.

Suller hatte den Nachteil, den kürzeren Säbel zu haben. Pirrots Offizierssäbel war gut einen halben Arm länger. Suller ließ ihn deshalb immer herankommen und hoffte auf eine Gelegenheit, seinen Gegner aus nächster Nähe angreifen zu können, doch Pirrot hatte diesen Vorteil ebenfalls erkannt und blieb auf Distanz. Suller musste ihn noch etwas mehr provozieren. „Bei wehrlosen Mädchen traut er sich, aber bei einem ebenbürtigen Gegner kuscht er wie ein altes Weib!", rief er.

Unter jenen Franzosen, die des Deutschen mächtig waren, brach Gelächter aus.

„Ich dachte immer, französische Offiziere sind stolze Kämpfer? Kein Wunder, dass ihr die Festung noch nicht erobert habt, wenn euch solche feigen Säue, wie der einer ist, in die Schlacht führen!"

Erneut lachten einige Soldaten, wurden aber durch ein paar Rutenschläge ihrer Kommandeure zum Schweigen gebracht.

Für Pirrot allerdings war das Fass voll. Dieser dreckige Hund von einem Österreicher wagte es, ihn vor seinen eigenen Soldaten zu beleidigen und lächerlich zu machen. „Dafür lass ich dich auf dem Rathaus aufhängen!", brüllte Pirrot und hieb wild schreiend auf Suller ein. Dieser blockte die Schläge ab, wurde aber immer weiter an den Rand des Kreises gedrängt. Pirrot schlug mit einer solchen Wucht zu, dass die Funken flogen, wenn sich die beiden Klingen trafen.

Plötzlich war Suller an der Wand angekommen und sein Gegner erkannte seine Chance. Suller konnte nun weder nach links noch nach rechts ausweichen. Pirrot setzte zum letzten Schlag an und machte einen kräftigen Stoß nach vor, um seinem Gegner die Klinge in den Bauch zu rammen.

Plötzlich ging alles blitzschnell.

Im nächsten Moment riss Pirrot die Augen auf und blickte starr ins Leere. Wie gelähmt stand er einige Augenblicke dar. Jeder schien den Atem anzuhalten und die Soldaten blickten entsetzt und erstarrt auf die Szenerie. Dann quoll Blut aus Pirrots Mund. Ein paar Mal zuckte sein Körper noch, dann fiel er leblos nach vor und prallte hart auf dem Steinboden auf. Ein Knacken war zu hören und kurz darauf ergoss sich eine Blutlache um den toten Leutnant.

Suller hielt den blutbeschmierten Säbel wie angewurzelt fest und blickte auf seinen am Boden liegenden Gegner. Er hatte Pirrots Stoß im letzten Moment pariert und sich in einer blitzschnellen Drehung hinter seinen Angreifer gebracht und diesem seinen Säbel mit voller Wucht durch den Rücken gestoßen. Nun stand er da und blickte auf die Leiche seines Widersachers herab. Ein Gefühl des Triumphes und der Genugtuung überkam ihn. Er hatte Hermine gerächt.

Als die Soldaten ihn von allen Seiten packten, war ihm das gleichgültig. Suller fühlte sich befriedigt und lächelte, als man ihn festnahm und abführte. Pirrot war tot und das war das Einzige, was in diesem Augenblick zählte.

21. Juni

In der Nacht wälzte sich der Kommandant des Schlossbergs rastlos hin und her. In seinen Träumen hörte er die

Kanonen donnern und er sah die Franzosen ihre Flagge auf dem Glockenturm hissen. Sein Unterbewusstsein verarbeitete die Angst des Scheiterns und ließ ihn unruhig schlafen und murrende Laute von sich geben.

Wie lange noch? Wie lange noch würde er halten können? Die Unsicherheit nagte an ihm. Hackher drehte sich erneut auf die andere Seite seiner Pritsche, in der Hoffnung, seine Gedanken dadurch zu zerstreuen, doch sie folgten ihm. Er war weder müde noch wach. Sein Körper wollte Schlaf finden, doch sein Geist war in rasender Aufregung. Verkriechen hätte er sich wollen. Hackher vergrub sein Gesicht in das mit Stroh gefüllte Kissen. Ein kalter Schauer lief ihm über den Rücken. Hastig griff er nach der Stoffdecke und zog sie bis zum Kinn hoch. Seine Uniform kratzte und zwickte überall. Wenn er nicht in fünf Minuten Schlaf finden würde, so schwor er sich, würde er einen Ausfallsangriff starten.

Ein Klopfen war zu hören und Hackher drehte sich erneut in seiner Bettstatt um. Das Pochen wurde lauter und verursachte einen stechenden Schmerz auf seiner Stirn. In seinen Traumbildern hämmerten wütende Franzosen an die Festungstore, jeden Moment würden sie durchbrechen.

„Herr Major!", rief eine dumpfe Stimme, gefolgt von einem noch heftigeren Klopfen.

Erst jetzt dämmerte es Hackher, dass dieses Geräusch nicht von seinen Träumen herrührte, sondern von der Tür seines Zimmers. Hellwach und mit leicht schockiertem Blick richtete sich der Major auf. Er brauchte einige Sekunden, um sich zu orientieren und rieb sich den letzten Rest des ohnehin kaum vorhanden gewesenen Schlafes aus den Augen. „Wer ist da?", rief er dann.

„Stadlmayer, Herr Major", schallte es von der anderen Seite der Tür dumpf zurück.

„Jetzt kommen S' schon rein!"

Sofort sprang die Tür auf und ein aufgeregter Soldat Stadlmayer sprang in das Zimmer.

„*Jessas*! Was machen denn Sie für einen Wirbel!", raunte

Hackher und zog sich erstmal die Stiefel an.

„Herr Major, des werden S' nicht glauben", rief Stadlmayer so laut, als würde er immer noch vor der Tür stehen.

„Um Gottes willen. Seien S' doch leise, Sie wecken ja die ganze Garnison auf und salutieren S' ordentlich, bevor Sie eine Meldung schieben!", befahl Hackher, der sich aufrichtete und in gewohnter Weise seine Hände hinter dem Rücken verschränkte.

Stadlmayer schlug einen eiligen Haken. „Herr Major, bitte Meldung machen zu dürfen!"

„So möge er melden."

„Meldung von Kapitänsleutnant Kandelbinder, Kommandeur der Nachtwache. Die Franzosen sind fort."

„Wie fort?

„Weg!"

„Er meint, die Franzosen sind weg?", fragte Hackher verwirrt nach.

„Jawohl, Herr Major. Die Franzosen sind weg. Um ein Uhr früh in aller Stille Richtung Gösting abgezogen."

„Alle?"

„Jawohl, Herr Major. Alle drei Divisionen."

„Ja Kruzitürken! Wieso sagen S' das nicht gleich? Wie spät haben wirs?"

„Halb zwei, Herr Major."

„Aha, wegtreten."

Stadlmayer stutzte und verließ dann den Raum. Hackher musste sich nach dieser Nachricht erstmal setzen. „Die Franzosen sind weg?!", murmelte er vor sich hin und wusste zunächst gar nicht, wie er auf diese neue Situation reagieren sollte. Erst langsam keimte in ihm die Einsicht auf, dass dies das Ende der Belagerung bedeutete. Er hatte es überstanden. Soeben träumte er noch vom Fall der Festung und nun waren die Franzmänner mit samt ihren Kanonen fort. Ein triumphierendes Lächeln zeichnete sich langsam in das Gesicht des Majors. Dann sprang er auf und hob die Faust zum Sieg.

„Jawohl! Sakrament noch a mal!"

Sofort sprang er auf und rannte Stadlmayer hinterher. Sein Verstand hatte die neue Lage erfasst. Hackher musste sofort reagieren. Die Franzosen hatten die Stadt verlassen, doch dies bedeutete nur eine vorübergehende Atempause, der Krieg war noch nicht beendet. Er musste die Stadt besetzen und sichern, er musste die Festung wieder aufprovisionieren und sich für eine erneute Belagerung rüsten, denn der Abzug könnte auch nur vorübergehend sein. Broussier könnte in einigen Tagen eventuell wieder in die Stadt zurückkehren, dann musste Hackher wieder bereit sein. „Stadlmayer!", rief der Major durch den Gang.

Der angesprochene Soldat drehte sich am anderen Ende um und hielt inne.

„Alarmieren Sie mir die Garnison und die Offiziere sollen sich umgehend bei mir melden!"

„Jawohl, Herr Major!"

Mit diesen Worten rannte Stadlmayer davon, wurde aber noch mal von Hackhers Stimme aufgehalten.

„Und bringen S' mir einen Kaffee ... einen türkischen!"

„Zu Befehl!"

Die Offiziere machten einen mehr als verschlafenen Eindruck, als sie sich eine halbe Stunde später im Raum des Kommandanten einfanden. Hackher wirkte nun erfrischt und munter, fast schon etwas übermütig.

Eine Kanne mit starkem Kaffee wurde herumgereicht und die meisten gönnten sich dankbar einen Schluck. Dicht gedrängt standen die Offiziere im kleinen Zimmer und Hackher freute sich auf den Moment, wenn er ihnen den Abzug der Besatzungstruppen verkünden würde. Auf diesen Tag hatte er gewartet und er war schon auf die reumütigen Gesichter von Schottelius, Graf Lodron und all den anderen aufmüpfigen Offizieren gespannt.

„Meine Herren, vor weniger als einer Stunde sind die Franzosen mit Sack und Pack abgezogen. Die Belagerung ist hiermit beendet", verkündete Hackher dann mit gelassener Stimme.

Die Offiziere machten sofort erstaunte Gesichter und es dauerte einige Augenblicke, bis die Nachricht bei allen angekommen war, doch dann brach Jubel aus. Vor lauter Erleichterung fielen sich die Männer in die Arme und bedachten Hackher mit Glückwünschen. Er ließ sie gewähren. Sie hatten 20 Tage lang einer Belagerung standgehalten, ein wenig Freudentaumel war durchaus angebracht. Es betrübte Hackher nur, dass Cerrini in diesem Moment nicht anwesend war. Zu gern hätte er den tapferen Hauptmann im Moment des Sieges an seiner Seite gehabt.

„Ein dreifaches Hurra für den Major", rief einer durch den Raum und sofort stimmten alle in den Ruf mit ein.

„Hurra! Hurra! Hurra!"

„Beruhigt euch, Männer!", warf Hackher nach einer Weile dazwischen und brachte das Offizierskorps wieder zum Schweigen. „Die Franzosen sind fort, ein großer Sieg, den sich weiß Gott jeder von uns redlich verdient hat. Aber zum Ausruhen haben wir jetzt noch keine Zeit. Der Feind kann in wenigen Tagen wieder hier sein, die genauen Gründe für den Abzug sind uns nicht bekannt. Es sind daher alle Stadttore umgehend durch 40 Mann und einen Offizier zu besetzen. Alle Munitionsvorräte, die die Franzosen zurückgelassen haben, sind umgehend in die Festung zu schaffen, Proviant für einen Monat ist aufzutreiben und die Belagerungswerke des Feindes sind umgehend zu schleifen. Weiters müssen die Brücken über die Mur befestigt werden. Morgen Abend will ich die Festung wieder voll versorgt wissen. Also meine Herren, an die Arbeit!"

Ein einstimmiges „Jawohl" erklang und die Offiziere rückten ab – bis auf Schottelius und Lodron. „Herr Major", begann Schottelius beschämt zu sprechen. „Ich muss mich bei Ihnen in aller Deutlichkeit entschuldigen. Mein Verhalten Ihnen gegenüber war ungebührlich und unverzeihlich. Ich und Oberleutnant Lodron haben uns in schändlicher Weise gegen Sie gestellt, wofür wir Sie um Verzeihung bitten möchten und um unsere Entlassung ansuchen."

Hackher verzog die Mundwinkel zu einem schmalen Grinsen. Jetzt kommen sie angekrochen, dachte er sich, doch obwohl er ein gehöriges Maß an Genugtuung empfand, hatte er kein Interesse daran, jemanden zu bestrafen.

„Auch von meiner Seite her möchte ich mein unendliches Leid ausdrücken, wie sich das Verhältnis zwischen uns entwickelt hat", fuhr Lodron unterwürfig fort.

„Schon gut, meine Herren", unterbrach ihn Hackher, ehe die Schleimspur des verwöhnten Adelssprosses noch dicker wurde. „Es war eine schwierige Lage, die wir zu meistern hatten, der letztendliche Ausgang wird Ihnen ja Lehre genug sein, Ihrem Kommandanten in Zukunft nicht zu widersprechen. Eine Entlassung ist unnötig, Sie beide haben ebenso Anteil an diesem Sieg wie alle anderen auch, ich werde Ihre Opposition nicht namentlich in meinem Bericht vermerken, wegtreten!"

Lodron und Schottelius blickten reuig zu Boden und salutierten dann respektvoll und auch etwas erleichtert ab.

Von draußen drangen kurz darauf laute Jubelrufe herein. Offenbar hatte sich die Nachricht vom Abzug der Franzosen sogleich unter den Männern verbreitet. Hackher warf einen Blick aus dem Fenster hinunter auf den Kasernplatz und rang sich ein Lächeln ab.

Auf dem Platz, wo ansonsten gedrillt und marschiert wurde, warfen die Soldaten die Hüte in die Höhe, tanzten und schossen vor Freude in die Luft. Irgendwo zwischen den Männern spielte jemand ein altes Heimatlied auf einer Schwegelpfeife und einige andere stimmten mit Gesang mit ein. Die Erleichterung war in den Gesichtern der Soldaten und Landwehrmännern deutlich zu sehen und Hackher war beinahe etwas gerührt, seine Leute so im Freudentaumel zu sehen. Zum ersten Mal fühlte er sich dieser Truppe wirklich verbunden und freute sich mit den Männern.

Er konnte sich noch gut erinnern, welch schlechtes Bild er bei seiner Ankunft von der Garnison hatte, doch er hatte es geschafft, aus dem undisziplinierten und chaotischen Haufen eine eingeschweißte Mannschaft zu formen und Kameraden aus ihnen zu machen. Sie alle hatten die Strapazen der Belagerung gemeinsam überstanden, wenn auch nicht jeder von ihnen überlebt hatte. Doch jene, die es taten, würden einmal ihren Kindern viel zu erzählen haben.

Hackher wandte sich glücklich ab und blickte zum Bild seines Großvaters, der stolz auf ihn herabzublicken schien.

Jetzt konnte der Major ohne Wut im Bauch zu seinem Ahnherrn aufsehen. All die bitteren Gefühle waren wie weggewaschen. Hackher fühlte sich gut. Er wusste, dass er eine Tat vollbracht hatte, mit der er in die Geschichtsbücher eingehen würde. Er hatte die Fahne seiner Familie hochgehalten und seiner Ehre Genüge getan. Mit Stolz konnte er somit seinem Großvater in die Augen sehen, ohne von Zweifel und schlechtem Gewissen geplagt zu werden. Hackher fühlte sich befreit, als wäre eine jahrelange, schwere Last soeben von ihm abgefallen.

Sporgasse

Auf den Straßen der Stadt war die Hölle los. Jubelnde Massen zogen die Sporgasse hinauf, um Major Hackher und seine Männer zu feiern. Die Menschen trugen Körbe mit Brot, Flaschen mit Wein und Bier mit sich, um sie den tapferen Verteidigern zu überreichen. Sogar die Baronin Kaiserstein hatte die anderen Adelsdamen überreden können, sich dem Zug anzuschließen, und marschierte euphorisch mit den einfachen Bürgern mit. Alles wälzte sich wie ein Karnevalsstrom die Sporgasse hinauf, nur Franz Suller versuchte, in die entgegengesetzte Richtung zu kommen. Nach seinem Duell mit Pirrot hatten ihn die Franzosen arretiert und ihn die ganze Nacht lang mit einem Stock geprügelt. Als sie überraschend danach abgezogen waren, hatten sie den Gefangenen einfach vergessen. Am Vormittag waren Soldaten vom Bürgerkorps in das städtische Gefängnis gekommen und hatten alle arretierten österreichischen Soldaten freigelassen, ohne zu fragen, weshalb sie eingesperrt waren.

Suller war dies nur recht und er machte sich so schnell als möglich davon, bevor irgendeiner kam und ihn als Deserteur anklagte. Seine Uniform hatte er abgelegt, und sobald es dämmerte, wollte er sich aus der Stadt schleichen, doch zuvor musste er Hermine noch einmal sehen. Seinen Abschied aus der Armee hatte er sich jedenfalls anders vorgestellt. Hätte er gewusst, dass die Franzosen so bald abhauen würden, wäre er nicht aus der Festung geflohen und könnte sich jetzt ebenfalls an den Siegesfeiern erfreuen.

Endlich erreichte er die Goldene Pastete und hämmerte an die Tür, in der Hoffnung, es würde ihm jemand aufmachen. Es dauerte auch nicht lange, bis ihm der Wirt Michael Spreng öffnete. „Du? Was machst du hier?", brüllte er Suller an und war ziemlich ungehalten von seinem Auftauchen.

„Ich muss Hermine sehen? Wie gehts ihr?"

Die Sorge um seine Tochter schien dem Wirten ehrlich zu sein. „Komm rein, bevor dich noch einer sieht!"

Suller wurde an der Schulter gepackt und reingezerrt. Sofort verriegelte Spreng wieder die Tür. Die Gaststube war in einem chaotischen Zustand. Die Franzosen mussten vor ihrer Abreise noch ordentlich gewütet haben. Stühle und Tische lagen kreuz und quer, sofern sie nicht komplett demoliert waren.

Spreng blickte Suller mit Missfallen an. „Herrgott, was hast du dir eigentlich dabei gedacht, aus der Festung zu desertieren? Wenn dich die Bürgerwehrler in die Händ' kriegen, dann stehst heut noch vorm Erschießungskommando."

„Ich musste den Offizier zur Rechenschaft ziehen, der Hermine das angetan hat", antwortete Suller und kassierte im nächsten Moment einen kräftigen Faustschlag ins Gesicht, sodass er auf den Boden sank.

„Du Depp! Glaubst, ich hab das zwischen dir und meiner Minerl nicht mitbekommen? Verführt hast des junge Ding und den Franzosen ausgeliefert hast sie! Wärst du nicht so ein Sautrottel gewesen, dann hätt' dieser Leutnant Pirrot die Finger von der Minerl g'lassen."

Suller spuckte etwas Blut aus und richtete sich langsam wieder auf. „Ich weiß und es tut mir unendlich leid. Ich wollt' das wieder gutmachen und den Franzosen-Offizier bezahlen lassen dafür. Meine Strafe ist ohnehin hoch genug, aber ich will nicht die Stadt verlassen, ohne dass ich die Hermine noch einmal g'sehen hab."

„Geh, halts Maul und komm mit", fuhr ihn Spreng an und führte Suller die Treppe hoch zum Zimmer von Hermine.

Der Raum war abgedunkelt, die Fensterbalken geschlossen. Sonnenstrahlen schienen durch die Lamellen hindurch und ließen den aufgewirbelten Staub funkeln wie kleine Schneeflocken. Hermine lag in einem Holzbett. Ihr Kopf war grün und blau von den Schwellungen, doch sie war bei Bewusstsein und blickte sogleich zur Tür, als ihr Vater und Suller eintraten.

„Du hast Besuch, Minerl", sagte Spreng und beobachtete, wie Hermine zaghaft lächelte.

Suller brach sofort in Tränen aus, als er ihr geschundenes Gesicht sah und stürzte zu ihr. „Es tut mir so leid, ich hätte dich beschützen müssen", stammelte er und flennte in ihre Decke. Spreng konnte den Gefühlsausbruch nicht mitansehen.

„Hör auf, dich wie ein Weib aufzuführen. Was passiert ist, ist passiert, also leb' damit wie ein Mann. Komm jetzt, gesehen hast du sie."

Suller wurde an der Schulter gepackt und von Spreng nach draußen gezerrt.

„Nein, Vater, warte!", rief Hermine und griff nach Sullers Hand, um ihn festzuhalten. „Er darf bleiben."

„Er ist ein Deserteur, der kann nicht bleiben!", brüllte Spreng. „Ich hab schon genug Ärger am Hals."

„Ich will, dass er bleibt, Vater!"

Suller blickte zwischen den beiden hin und her und fasste dann einen Entschluss. Der Gedanke war ihm spontan gekommen, doch er hielt es für das einzig Richtige, was er tun konnte. Entschlossen stand er auf. „Herr Spreng. Meine Fehler sind mir bewusst und ich bereue sie. Ich hätte während der Besatzung keinen Kontakt zu Hermine haben dürfen. Ich war ein eingesetzter Kurier und ich hätte wissen müssen, in welche Gefahr ich Ihre Tochter gebracht habe. Dennoch, es ist passiert und ich habe mich in Hermine verliebt. Ich fühle mich für sie verantwortlich, und nachdem, was passiert ist, ist es das Mindeste, wenn ich in Zukunft für sie Sorge trage. Ich möchte daher um die Hand Ihrer Tochter anhalten."

Spreng war sprachlos und wich einige Schritte zurück. „Du willst meine Tochter heiraten?!", rief er entsetzt hervor.

Hermine richtete sich in ihrem Bett auf und griff nach Sullers Hand. „Ich will es auch", sagte sie. „Ich liebe ihn."

„Ihr kennt euch gar nicht richtig und was wisst ihr schon von Liebe!", fauchte Spreng und wendete sich wütend ab.

„Ich liebe Eure Tochter, soviel weiß ich. Und ich möchte wieder gutmachen, was durch meinen Leichtsinn Hermine widerfahren ist."

Spreng verengte die Augen zu zwei Schlitzen und haute mit der Faust wütend auf den Nachtschrank neben dem Bett. „Du hast meine Tochter zu einer verdammten Soldatenhure gemacht und dafür soll ich sie dir jetzt zur Frau geben?"

„Vater, ich habe bereits mit ihm geschlafen. Wir haben uns geliebt wie Liebende und nicht so, wie du es darstellst."

Spreng blickte starr und mit weit aufgerissenen Augen zu seiner Tochter. „Du hast was?", murmelte er leise hervor. Taumelnd wich er zurück, stieß gegen den Nachtschrank und sank langsam zu Boden. „Meine Tochter", murmelte er gedankenverloren vor sich hin und starrte dabei ins Leere.

Suller und Hermine starrten stumm auf den gebrochenen Vater und wagten kein Wort zu sprechen. Dann fasste sich der alte Wirt wieder und richtete sich auf. Mit der Autorität eines Vaters trat er vor Suller und blickte ihn mit feurigen Augen an. „Meine Tochter heiratet keinen Deserteur und schon gar keinen Feigling, der vor seinem Schicksal davonläuft. Wenn du Hermine wirklich heiraten willst, wenn du sie liebst, wie du sagst, dann erwarte ich, dass du dich deinem Kommandanten stellst und deine Strafe erträgst. Du wirst ihm deine Beweggründe erklären, so wie du sie mir erklärt hast, und wenn Gott will, wird er dich nicht zum Tode verurteilen."

Suller schluckte. Sprengs Bedingungen waren hart, doch sein Entschluss stand fest. Hermine wollte er heiraten, dafür war er bereit, für seine Fehler einzustehen. „Ich werde mich stellen", sagte Suller dann.

Spreng nickte zufrieden und klopfte ihm auf die Schulter. „Gut. Schneid hast du zumindest."

Schlossbergfestung

Hackher ließ die Tore der Festung öffnen. Eine jubelnde Menschenmenge schob sich von der Stadt den Berg hoch, und als der Major die Herzlichkeit sah, mit der die braven Grätzer Bürger die Verteidiger des Schlossbergs feierten, wurde ihm sogar etwas feucht um die Augen.

Trotz der harten Repressalien während der Belagerung brachten die Menschen nun Körbe mit Brot und Esswaren herauf. Die Zünfte der Schmiede, Zimmerer und Rauchfangkehrer hatten alle starken Männer zusammengetrommelt und organisierten den Transport von zurückgelassenem, französischem Kriegsmaterial hoch zur Festung.

Hackher hatte befohlen, die Regimenter auf dem unteren Festungsplatz antreten zu lassen, um die offiziellen Abordnungen der Stadt und der Landesregierung zu begrüßen.

Als der Menschenzug durch das Festungstor kam, konnten sich auch die Soldaten nicht mehr halten und jubelten von den Mauern und auf dem Platz den Leuten entgegen. Vor allem die Männer der Landwehrregimenter, von denen ein Großteil Familie in der Stadt hatte, waren besonders euphorisch und schlossen ihre Liebsten gleich in die Arme. Hackher drückte bei dieser Disziplinlosigkeit ausnahmsweise beide Augen zu und ließ sie gewähren.

„Mein lieber Major Hackher", begrüßte ihn sogleich der Landeshauptmann Ignaz Graf Attems. „Im Namen des gesamten Landtages und aller Bürger und Bürgerinnen von Grätz überbringe ich Ihnen meine aller aufrichtigsten Glückwünsche zu Ihrem Sieg. Diese Heldentat wird in die Geschichte eingehen!"

Hackher salutierte vor dem Graf, doch dieser schüttelte sogleich äußerst energisch seine Hand.

„Aber lieber Hackher, lassen S' das Förmliche", sagte dieser ganz ungezwungen.

Dem Major war diese legere Art etwas suspekt. Als Nächstes begrüßte er die Abordnungen des Magistrates der Stadt und die Adelsvertretungen. Die Baronin Kaiserstein führte die edlen Damen an und drückte dem tapferen Major sofort einen Schwesternkuss auf beide Wangen.

„Mein lieber Major, es ist mir eine außerordentliche Ehre, Sie beglückwünschen zu können. Nach diesen Strapazen müssen Sie ja jetzt erleichtert sein? 20 Tage, einfach herausragend."

Die Baronin warf sich Hackher fast etwas zu anzüglich an den Hals und dieser konnte sich der weiblichen Sympathien kaum erwehren.

Auch die anderen Offiziere hatten Mühe, mit dem Händeschütteln nachzukommen. Es herrschte eine ausgelassene Stimmung auf dem Schlossberg. Hier und dort wurde begonnen, Bier und Wein auszuschenken und bald glich die Szenerie einem Festgelage.

Hackher hatte sich kaum aus den Armen der Baronin gerettet, warf sich auch schon wieder der Graf Attems ihm um die Schulter, der sich inzwischen den einen oder anderen Krug gegönnt haben musste, denn er lallte recht fröhlich.

„Mein lieber Major, damit Sies gleich wissen. Was auch immer Sie brauchen, egal was, es wird Ihnen alles erfüllt werden. Die Landstände haben schon zugesagt, 1000 Fladen Brot zu spenden und für Ihre Leute stehen die Wirtshäuser der Stadt jederzeit offen.

„Ich weiß das sehr zu schätzen", antwortete Hackher, „aber wir werden nicht lange Zeit zum Feiern haben. Die Festung muss approviantisiert und die Stadt gesichert werden, für den Fall, dass die Franzosen wieder zurückkommen."

Sofort blickte ihn der Graf unverständlich mit einem Ausdruck von Panik an.

„Ja, glauben Sie denn, dass diese Teufel wiederkommen?"

„Es ist gut möglich, Herr Landeshauptmann. Der Krieg ist jedenfalls noch nicht zu Ende, nach meinem letzten Wissensstand."

Etwas pikiert dreinblickend wandte sich der Graf Attems sofort einem anderen Thema zu. Offensichtlich war es ihm unangenehm, an die Fakten erinnert zu werden. „Sagen Sie, wo ist denn Ihr tapferer Hauptmann Cerrini?", fragte er stattdessen.

Hackher hatte im Jubel völlig auf den kranken Offizier vergessen und blickte nun etwas besorgt drein. „Der Herr Hauptmann ist leider indisponiert."

Kaum hatte der Major das gesagt, erblickte er im Meer der Menge die hochgewachsene Gestalt Cerrinis, der mit einer grauen Lazarettdecke umhüllt etwas gebückt auf ihn zuging, gefolgt von seinem Kammerdiener Obermayer, der sich in den letzten Tagen um ihn gekümmert hatte.

Hackher bekam ein Lächeln im Gesicht. „Cerrini, schön zu sehen, dass es Ihnen wieder besser geht."

„Herr Major, entschuldigen Sie mein Erscheinungsbild, eigentlich sollte ich noch nicht aus dem Bett, aber als ich die frohe Nachricht bekommen habe, dass die Franzosen abgezogen sind, da wollte ich es mir nicht entgehen lassen, Ihnen persönlich zu gratulieren."

„Ich könnte den Sieg nur halb so genießen, ohne Sie wohl auf den Beinen zu sehen."

Überschwänglich umarmte Hackher den Hauptmann freundschaftlich. „Sie waren mir ein treuer Freund, Cerrini. Ich wüsste nicht, was ich ohne Ihren Rat getan hätte."

„Bewerten Sie meine Rolle nicht über, Herr Major, es war

Ihr strategisches Genie, welchem wir es zu verdanken haben, dass wir so lange durchhalten konnten."

Hackher schmunzelte und klopfte Cerrini auf die Schulter. „Es war weniger mein Genie, sondern vielmehr Glück. Ich hingegen war nur ein sturer Hund."

„Hauptmann Cerrini, auch Ihnen darf ich im Namen der Landesregierung recht herzlich gratulieren", sprudelte es aus dem Grafen Attems hervor, der plötzlich neben die beiden Offiziere getreten war.

„Vielen Dank", antwortete Cerrini, „Sie verzeihen mir, wenn ich Ihnen nicht die Hand reiche, Herr Landeshauptmann."

„Wieso denn das? Verletzter Arm?", fragte dieser besorgt.

„Nein, Diarrhöe."

„Ohh, na dann".

Sofort zog der Graf seine Hand wieder zurück und machte einen kleinen Schritt nach hinten. „Ich hoffe, nicht zu ernst", fügte er schnell hinzu und versuchte, seinen Ekel zu überspielen.

„Überleben werd ichs vermutlich."

„Na wunderbar. Na, ja. Hackher, Sie wissen ja, wenn Sie etwas benötigen, dann lassen Sie es mich wissen. Dem Helden von Grätz soll kein Wunsch verwehrt bleiben. Sie entschuldigen mich jetzt." Plötzlich hatte es der Graf eilig und verschwand in der Menge, um einige andere Offiziershände zu schütteln.

Hackher und Cerrini gingen ein Stück die Festungsstraße hoch, um aus dem Trubel herauszukommen.

„Jetzt feiert man Sie also als Held", kommentierte Cerrini. „Wahrscheinlich schlägt man Sie noch für den Maria-Theresien-Orden vor, so euphorisch, wie der Graf Attems herumprahlt."

Hackher lachte, da ihm diese militärische Würde absurd vorkam, denn schließlich war der Maria-Theresien-Orden die höchste Auszeichnung im ganzen Kaiserreich und dessen Träger kamen aus der allerhöchsten Elite und standen quasi auf einer Stufe mit dem Prinzen Eugen oder dem Feldmarschall

Laudon. Die Verteidigung dieser alten Festung, so abseits der Hauptschauplätze dieses Krieges, erschien Hackher dann bei Weitem nicht würdig genug, um in diese erlauchte Gesellschaft aufgenommen zu werden. „Mein lieber Cerrini, sollte man mich mit dieser Ehre tatsächlich strafen, dann werde ich Sorge tragen, dass auch Sie nicht ungeschoren davonkommen", antwortete er etwas ironisch.

„Ich mache mir keine Illusionen, mir genügt die Freude darüber, dass es nun vorbei und überstanden ist."

„Wenn es das ist?", fügte Hackher besorgt hinzu.

Cerrini blieb stehen und blickte auf den unteren Festungsplatz hinunter. „Hoffen wir, dass Ihre Skepsis unbegründet ist. Die Moral der Männer würde es wohl kaum überleben, wenn es zu einer erneuten Belagerung kommen würde."

„Solange der Krieg andauert, müssen wir damit rechnen."

„Was werden Sie tun, sollten die Franzosen tatsächlich zurückkehren?" Cerrini blickte zu Hackher und hatte tief gerunzelte Sorgenfalten auf der Stirn.

„Ich werde die Festung erneut halten, bis ich vom Erzherzog anderwertige Order bekomme."

„Das bestätigt meine Befürchtung", antwortete Cerrini etwas enttäuscht, was Hackher nicht verborgen blieb.

„Ich bin Offizier und das Einzige, woran ich mich wirklich gebunden fühle, sind und waren meine Befehle."

„Ein Teil von mir hatte gehofft, Sie würden zu einer anderen Erkenntnis gelangt sein."

„Ein sturer Hund ändert sich nicht von heut auf morgen", sagte Hackher lächelnd.

„Also werden Sie weitermachen?", fragte Cerrini, obwohl er die Antwort schon kannte.

Hackher nickte stumm und blickte auf die feiernden Menschen. „Ja, aber gönnen wir den Leuten den Moment."

Plötzlich war ein dumpfes, entferntes Donnern zu hören. Cerrini und Hackher blickten auf. Im Süden konnten sie am Horizont vereinzelt Kanonenblitze ausmachen. Cerrini seufzte. „Es scheint, als würde der Moment nicht lange andauern."

23. Juni, Grätz

Dank der tatkräftigen Mithilfe der Grätzer Bevölkerung war die Festung am Abend des 22. Juni wieder vollständig versorgt. Hackher hatte wie geplant die Stadttore besetzen lassen und konnte sich wieder als Herr über Grätz fühlen. Die Feierstimmung unter der Bevölkerung nahm allerdings gegen Abend hin abrupt ab, als man südlich von Grätz schweres Gefechtsfeuer ausmachte.

Hackher stand an der Mauer der Bürgerbastei und blickte in den wolkenlosen Nachthimmel. Jetzt, wo die Sonne untergegangen war, konnte man die Kanonenblitze im Süden deutlich erkennen. Er war rastlos und blickte nervös zum Horizont. Wie ihm durch Kuriere berichtet wurde, stand die Armee des Feldmarschalls Gyulai bei Wildon in Kämpfen mit Broussiers Truppen. Aus der Entfernung hörte er plötzlich eine Signaltrompete und sein Blick fiel auf einen einsamen Fackelreiter, der sich dem südlichen Neutor näherte.

„Oberleutnant Schlichtnig!", rief Hackher und winkte den Offizier zu sich.

Dieser hatte das Wachkommando und kam unverzüglich vom Torhaus heruntergelaufen. „Herr Major, Sie ließen rufen?", meldete er und salutierte pflichtbewusst auf.

Schlichtnig war in Hackhers Augen eigentlich ein eher ungeeigneter Offizier, der immer nervös wirkte und sich nicht recht durchsetzen konnte bei den Männern, auch wenn sich dies während der Belagerung bereits gebessert hatte. „Da kommt offensichtlich ein Meldereiter am Neutor an. Schicken S' mir einen Mann runter zum Leutnant König. Er soll gleich Meldung erstatten."

„Jawohl, Herr Major!", bestätigte Schlichtnig und rannte wieder eilig davon.

Die Nacht war klar und der Mond strahlte hell genug, um das Grätzer Vorfeld einsehen zu können. Ein Meldereiter um diese Stunde konnte entweder etwas Gutes bedeuten oder auch etwas Schlechtes, jedenfalls musste es dringend sein.

Normalerweise hätte Hackher nicht vor Tagesanbruch mit einer Statusmeldung Gyulais gerechnet und es war zudem unwahrscheinlich, dass sich über Nacht die Lage gravierend verändern würde. Zwar gab es Feuergefechte, doch größere Vorstöße bei Dunkelheit waren im Feld eher unüblich. Hackher richtete seinen Blick nach links zum Festungstor und beobachtete, wie ein Meldereiter den Schlossberg hinunterritt.

„Herr Major, Meldereiter ist wie befohlen zu Leutnant König unterwegs", prustete ein keuchender Schlichtnig plötzlich neben Hackher hervor.

Der Major, der viel zu sehr auf das Beobachten der nächtlichen Umgebung fixiert war, zuckte kurz erschrocken zusammen und blickte dann etwas mürrisch zu seinem Offizier.

„Jetzt schreien S' doch net so", fauchte er Schlichtnig an und merkte gleich darauf, dass der Mann dies etwas zu grob aufnahm.

„Tun S' mir einen Gefallen, bringen S' mir einen Kaffee mit Rum runter."

„Haben der Herr Major vor, die Nacht auf der Bastei zu verbringen?", fragte Schlichtnig etwas schüchtern nach.

„Holen S' den Kaffee und stellen S' nicht so viele Fragen", setzte Hackher nach und versuchte, möglichst sanft zu klingen.

Der verschüchterte Oberleutnant nickte nur und schien einen nervösen Kropf im Hals zu haben. Ohne ein weiteres Wort eilte er recht flink wieder zum Torhaus hinauf.

Hackher wollte sich soeben wieder umdrehen und seinen Blick über die Stadt richten, als mehrere Gewehrschüsse zu vernehmen waren. Die Mündungsfeuer waren in der Nacht deutlich zu sehen und mussten vom Neutor herrühren.

Hackher riss die Augen weit auf und brüllte, so laut er konnte: „Alarm!"

Leutnant König traute seinen Augen nicht, als wie aus dem Nichts eine Schwadron französischer Dragoner vor dem Tor auftauchte und das Feuer auf die vorgelagerten Wachposten eröffnete. Im Schatten der Dunkelheit waren die Franzosen dem Kurier anscheinend gefolgt und tauchten aus der Finsternis so unvermittelt auf, dass den Vorposten keine Zeit zum Reagieren blieb.

Einer der Männer war tödlich getroffen worden und wurde von seinen Kameraden nun eilig Richtung Tor geschleppt.

Der junge König hatte zwar während der Belagerung an Kampferfahrung gewonnen, aber jetzt war er völlig auf sich allein gestellt. Es war etwas anderes, die Befehle von erfahrenen Offizieren auszuführen, als selbst gezwungen zu sein, Entscheidungen treffen zu müssen.

Wie zu einer Säule erstarrt, blickte er von der Brüstung des Torhauses hinunter. Die sich zurückziehenden Vorposten riefen panisch ihren Kameraden zu, das Tor zu öffnen.

König fasste sich und läutete unverzüglich die Alarmglocke und ließ von den Mauern Feuerschutz geben.

Als er die Treppen hinunterstieg, kam ihm panisch der Soldat Zimmermann entgegen.

„Die Franzosen san' do, Himmelherrgott!"

„Beruhigen Sie sich!", herrschte König den Mann an und wirkte dabei selbst alles andere als ruhig. „Machen S' das Tor auf, damit unsere Leut rein können."

Zimmermann eilte wieder davon und plärrte unverständliche Befehle zu seinen Kameraden.

Als König aus dem Torhaus kam, traf soeben der Kurier von Major Hackher ein. Es war der Corporal Simon Rossbauer vom 3. Landwehrbataillon, dem auch der Leutnant angehörte. Der Mann war ein guter Reiter, aber ein derart miserabler Schütze, sodass der Major verlangte, ihn nur noch als Melder für das 3. Bataillon einzusetzen. „Herr Leutnant, der Herr Major wünscht einen Bericht!"

„Sagen Sie dem Kommandanten, die Franzosen sind vor den Mauern, ich empfehle sofortigen Rückzug in die Festung."

„Wie viel Feindschaft soll ich melden?"

„Ja, was weiß ich denn? Es ist finster, man sieht ja keine fünf Meter weit."

„Melde also unbekannte Feindanzahl".

Rossbauer wendete sein nervöses Pferd und preschte die Neutorgasse wieder davon Richtung Festung.

König drehte sich um und rannte zum Tor, wo einige Soldaten gerade dabei waren, den Schlagbaum zu entfernen, um die Kameraden vor der Stadt einzulassen. „Zimmermann, stellen Sie die Leut in einer Reihe auf!", befahl er und zog seinen Säbel.

Der rechte Torflügel schwenkte langsam auf und eine Handvoll blessierter Soldaten rettete sich hinter die sicheren Stadtmauern. Sofort schlugen ringsherum Kugeln ein, die von den heranreitenden Franzosen stammten.

König brachte blitzschnell eine Schützenreihe vor dem Tor in Position und ließ diese auf den Feind anlegen. „Feuer!", brüllte er, als er den ersten glitzernden Helm eines Dragoners sah, der auf das offene Tor zugeritten kam.

Die Musketen krachten und der Reiter fiel samt Pferd zu Boden.

„Los, das Tor wieder schließen!", rief der junge Offizier und herrschte seine Männer an, flott zu sein. Dann befahl er der Schützenreihe das Nachladen. Alles dauerte viel zu lange.

Zwei weitere Reiter tauchten vor dem Tor auf und feuerten. König ging in Deckung und konnte einer Kugel nur knapp ausweichen. Dann schloss sich das Tor wieder und die Dragoner wurden von den Schützen im Torhaus unter Beschuss genommen.

„Feind zieht sich zurück!", rief einer der Männer hinunter.

Erleichtert atmete der junge Fähnrich auf und merkte erst jetzt, dass etwas nicht mit ihm stimmte. Ein stechender Schmerz in der Bauchgegend machte sich plötzlich bemerkbar, und als er mit der Hand nach ihm tastete, fühlte er eine warme Flüssigkeit.

„Jessas Maria!", rief der Soldat Zimmermann und eilte zu seinem Offizier. „Holts einen Arzt, den Leutnant hats erwischt!"

Der junge Offizier realisierte erst jetzt, dass ihn eine der Kugeln getroffen hatte und blickte auf die klaffende Wunde in seinem Bauch. Plötzlich wurde ihm schwarz vor den Augen und er brach unvermittelt zusammen.

Die Geräusche wurden langsam dumpf und entfernten sich immer mehr.

„Befehl vom Hackher… Rückzug in die Festung!", hörte er den Corporal Rossmann rufen, der wieder mit dem Pferd angeritten kam.

„Der Leutnant ist verletzt!" rief jemand, dessen Stimme König nicht mehr erkannte.

Dann hörte er nur mehr ein leises Pfeifen und jegliches Gefühl über seinen Körper schwand dahin. Dann war es still. König lag in den Armen seiner Männer und war tot.

„Meldung an den Major. Leutnant König, tödlich verwundet."

Rossmann ritt eiligst und geschockt davon, um die Nachricht zu überbringen.

Der Rückzug in die Festung hatte begonnen.

25. – 1. Juli

Am Morgen des 25. lag ein Schwefeldunst über der Stadt. In der Nacht vom 23. waren die Franzosen unvermittelt wieder vor den Toren aufgetaucht und Hackher konnte sich nur knapp wieder in der Festung verschanzen. Die Lage war ihm noch angespannter vorgekommen als zu Beginn der ersten Belagerung, und er hatte seine Männer erneut auf eine längere Verteidigung des Schlossbergs eingeschworen. Doch dazu sollte es nicht kommen.

Noch in der Nacht hatte man sich Feuergefechte am Fuß des Berges geliefert, doch bereits am 24. Juni verließ Broussier wieder Hals über Kopf die Stadt.

Erneut hatte Hackher die Kontrolle über Grätz, und obwohl noch immer Unsicherheit herrschte, fühlte man sich langsam zuversichtlich. Die Kämpfe waren nun näher an die Stadt herangerückt und fanden in den umliegenden Hügeln und Wäldern statt. Einerseits blieb damit eine erhebliche Gefahr bestehen, andererseits schöpften auch viele Bürger daraus Hoffnung, denn es bedeutete, dass die Franzosen zurückgedrängt wurden und Feldmarschall Gyulai mit seiner Entsatzarmee immer näher an Grätz heranrückte.

Ignaz Graf Gyulai von Maros-Németh und Nádaska wirkte abgekämpft und ausgelaugt, als er am Abend die Stadt Grätz erreichte. Sein Heer hatte bei St. Peter und zwischen dem Burg- und Paulustor das Lager aufgeschlagen. Der Jubel blieb aus, als er in die Stadt einritt, denn mit ihm kamen ganze Wagenladungen von Verwundeten, die in den Lazaretten versorgt werden mussten. Die Kämpfe im Umland hatten Tribut gefordert und auch so manche Grätzer Familie betrauerte den Verlust von Vätern oder Söhnen, die in Gyulais Armee gefallen waren.

Die Stadt trug Trauer, denn Gyulai brachte die Realität des Krieges mit und diese war alles andere als rosig. Vielleicht war es auch deshalb so niederschmetternd für die Bürger, all die Verwundeten und Toten zu sehen, weil sie vor wenigen Tagen noch so ausgelassen den Abzug der Franzosen gefeiert hatten, ohne dass Hackher größere Verluste hinnehmen musste.

Schon hatten sich die Grätzer stark und unbesiegbar gefühlt und nun wurde ihnen wieder bewusst, wie schlecht es tatsächlich um die eigene Armee bestellt war. Es war naiv von den braven Bürgern gewesen, zu glauben, dass die Verteidigung der Grätzer Festung auch nur irgendeine Relevanz für den Kriegsausgang hätte.

Im Gegenteil. Napoleon stand vor Wien und der Kaiser war so schwach wie noch nie.

Gyulai war mit seinen Truppen zwar zahlenmäßig überlegen, doch seine Leute waren schlechter ausgebildet und Broussier war mit seinem kleineren Heer wesentlich flexibler. Außerdem, was ihm an Mitteln für die Belagerung gefehlt haben mag, machte er mit geschickter Taktik auf offenem Feld wieder weg.

Gyulai ritt langsam die Paulusgasse entlang. Sein Pferd lahmte, deshalb wollte er es nicht unnötig strapazieren. Hinter ihm folgte ein Wagentross mit Verwundeten. Es war kein Bild eines rühmlichen Feldherrn, der in eine zurückeroberte Stadt einzog.

Am Fuß der Schlossbergauffahrt kam ihm Major Hackher zu Fuß entgegen.

„Grüß Gott, der Major", rief ihm Gyulai entgegen und stieg vom Pferd ab. Hackher salutierte vor dem Feldmarschall.

„Ich darf Sie in Grätz herzlich willkommen heißen", antwortete der Major.

Gyulai ließ seinen Blick umherschweifen und betrachtete die vielen Gefechtsschäden an den Gebäuden und die Schlachtspuren am Südosthang des Berges, die noch immer nicht gänzlich beseitigt waren. „Sie haben sich ja tapfer geschlagen, mein Lieber, wie mir scheint."

„Ich habe mein Möglichstes getan, um die Befehle des Generalissimus auszuführen."

Gyulai nickte anerkennend und klopfte Hackher auf die Schulter. „Der Erzherzog spricht in den höchsten Tönen von Ihnen. Ich wünschte nur, alle unsere Kommandeure besäßen Ihren Schneid, dann hätten wir die Franzosen schon vor unseren Landesgrenzen gestoppt."

„Ich fürchte nur, dass mein Ausharren nicht die Bedeutung hat, die Sie mir zugestehen", fügte Hackher etwas verlegen hinzu.

„Seien Sie mal nicht so bescheiden, mein lieber Major."

„Ich sehe keinen Grund, es nicht zu sein, Herr

Feldmarschall."

Gyulai blickte Hackher etwas rätselnd und pikiert an. „Na gut. Meine Truppe hat erhebliche Verluste erlitten. Ich werde meine Ausfälle ersetzen müssen. Stellen Sie mir eine Liste von Männern zusammen, die Sie zu meiner Division abkommandieren können. Leider werde ich nicht lange in der Stadt bleiben."

Hackher räusperte sich. Es gefiel ihm gar nicht, dass er seine, inzwischen erprobte und zusammengeschweißte Truppe nun aufteilen musste. „Herr Feldmarschall mögen bedenken, dass wenn er beabsichtige, die Stadt wieder zu verlassen, ich weiterhin in der Lage sein möge, den Befehlen des Erzherzogs folge leisten zu können und mir genügend Mann zur Verteidigung der Festung bleiben."

„Hackher, wie Sie ja selbst erwähnten, ist die Grätzer Festung von geringerer Bedeutung. Der Franzose wird im Feld geschlagen. Ich brauche eine schlagkräftige Truppe. Männer, die ihr Handwerk verstehen. Ihren Abgang werden wir auszugleichen wissen, keine Sorge."

Besonders zufriedenstellend war diese Zusicherung für den Festungskommandanten nicht. Er wusste, dass Gyulai beabsichtigte, ihm die erfahrenen Männer abspenstig zu machen und mit unerfahrenen zu ersetzen, doch das musste Hackher akzeptieren. Ein Protest dagegen wäre sinnlos und durch übertriebenen Egoismus motiviert. Der Feldmarschall hatte recht. Die Franzosen würde man in einer Feldschlacht besiegen müssen, in Grätz würde sich der Krieg bestimmt nicht entscheiden. Etwas gedemütigt über diese Tatsache führte Hackher Gyulai zu seinem Stadtquartier.

Am Abend durfte er mit ihm dinieren, doch es war dem Major zuwider. Er fühlte sich ebenso naiv wie alle anderen, die im Abzug der Franzosen den großen Sieg sahen.

Hackher hatte mit allen Mitteln und unter widrigsten Umständen diese Festung gehalten, im festen Glauben, damit seinem Land zu dienen und einen Beitrag zu leisten. Nun fühlte er sich ernüchtert durch die Tatsache, dass alle seine Mühe nur eine Fußnote in der Geschichte sein würde. Er las die Berichte der anderen Kriegsschauplätze und ihm wurde bewusst, dass er fernab jeglicher Entscheidung gekämpft hatte. Der Krieg wurde im Norden entschieden, dort wo Napoleon stand. Die Steiermark war Hinterland und die Besetzung von Grätz nur eine Ehrensache der Franzosen, ohne erkennbare militärische Notwendigkeit.

Später am Abend meldete sich der desertierte Soldat Suller zurück und wurde zusammen mit dem Wirten Spreng bei Hackher vorstellig. Hätte Spreng nicht so wertvolle Kurierdienste übernommen und sich dadurch die Schuld des Majors erworben, Hackher hätte diesen Suller erschießen lassen. Er ließ den Mann stattdessen zum einfachen Soldaten degradieren und zu Gyulais Armee versetzen. Dieser nahm das Urteil gelassen auf.

Am Morgen des 27. Juni erreichte Hackher die Nachricht, dass französische Truppen unter General Marmont im Anmarsch seien, woraufhin die Festung sofort in Alarmbereitschaft gesetzt wurde.

Gyulai verließ mit seinen Truppen die Stadt und begegnete dem Feind im Grätzer Umland.

Marmont kam am Nachmittag tatsächlich nach Grätz, doch zu einem Angriff auf die Festung kam es nicht. Stattdessen marschierte der massige Franzosengeneral Richtung Wien ab, nachdem ihn ein Schreiben von Napoleon erreichte, worauf er mit dem 4. Juli dort eintreffen solle.

Hackher versank in Lethargie und wäre da nicht Cerrini gewesen, der ihm immer wieder aufbauend zusprach, er hätte den Sinn hinter allem nicht mehr gesehen.

In der Nacht kam Gyulai noch einmal in die Stadt zurück, um Verwundete abzuliefern und Verpflegung aufzunehmen. Er müsse schnellstens die Verfolgung von Marmont aufnehmen, sonst sei der Kaiser in Wien verloren. Hackher sah da aber nur mehr wenig Hoffnung. Gyulai hatte sich in seinen Operationen um Grätz zu zögerlich verhalten und es verabsäumt, die Franzosen erfolgreich in eine offene Feldschlacht zu verwickeln und dauerhaft zu binden.

Hackher und Gyulai wünschten sich einander viel Glück, mehr blieb dem Major ohnehin nicht mehr zu tun.

20. Juli 1809

Die Sonne schien dem Festungskommandanten ins Gesicht. Es war ein ungewöhnlich heißer Tag. Nur ein laues Lüftchen wehte oben auf der Festung und machte das Wetter angenehm.

Die Besatzung des Schlossbergs sonnte sich vor Langeweile. Etwa die Hälfte der Besatzung war ausgetauscht worden. Die Männer hatten sich rührend von ihren Kameraden verabschiedet, welche das Pech hatten, mit Gyulai ziehen zu müssen. Jeder wusste, dass wenn die Franzosen die steirischen Gefilde verließen und gegen Norden zogen, dass es in Grätz zu keinen Kämpfen mehr kommen würde. Die eine Hälfte von Hackhers Leuten war darüber sehr erleichtert, die andere grämte sich, zurückbleiben zu müssen.

„Herr Major!", erklang eine Stimme neben Hackher.

Erschrocken schlug er die Augen auf und ertappte sich dabei, wie er sich zu einem Schläfchen in der Sonne hat hinreißen lassen. Sofort richtete er sich auf und stieg von der Mauerbrüstung herunter, auf der er gelegen hatte.

Es war Cerrini, der neben ihm stand. Zur größten Freude des Majors hatte sich der Hauptmann wieder vollständig erholt, wenn dieser auch äußerst unglücklich darüber war, Hackher in den letzten Tagen der Belagerung nicht mehr beigestanden zu haben. „Herr Major, eine Nachricht aus Wien", sagte Cerrini und streckte Hackher einen Brief entgegen.

Dieser nahm den Umschlag entgegen und seufzte auf.

„Naja, Zeit ist es ja worden."

Cerrini nickte und blickte zu Boden. „Wollen Sie den Brief wirklich öffnen?", fragte er.

„Mir wird wohl nichts anderes übrig bleiben, mein lieber

Cerrini. Es ist ja nicht so, als hätten wir es nicht erwartet."

„Vielleicht ist es ja nicht das, was wir erwarten, Herr Major."

Hackher blickte Cerrini an und schmunzelte. „Seien S' doch nicht naiv."

Er blickte auf den Umschlag und betrachtete eine Weile das Siegel von Erzherzog Johann. „Vielleicht war die Zeit noch nicht reif genug. Vielleicht braucht es da noch mehr."

„Sie meinen für einen Sieg?"

„Nein. Ich meine für den revolutionären Gedanken, mein lieber Cerrini."

Der Hauptmann blickte Hackher verwirrt an. „Wie darf ich das jetzt verstehen, Herr Major?", fragte er.

„Nun, Cerrini. Diese Franzosen. Das sind doch im Grunde alles sehr zivilisierte und intelligente Burschen. Freiheit, Gleichheit, Brüderlichkeit. Klingt das für Sie verwerflich?"

„Nun, ich würde sagen, nein", antwortete Cerrini und war sich nicht sicher, ob dem Major die Antwort gefiel.

„Sehen Sie, das meine ich. Vielleicht kämpfen diese Franzosen für etwas mehr als nur für ihren kleinen Kaiser und gewinnen deshalb."

„Ich für meinen Teil habe nie gegen das französische Volk gekämpft, sondern nur gegen Napoleon", fügte Cerrini hinzu.

„Ja, aber vielleicht haben wir nur für unseren Kaiser gekämpft und nicht für unser Volk. Ich bin mir nicht mehr sicher, ob es so schlimm wäre, wenn wir von diesen bürgerlichen Idealen uns etwas abschauen. Nicht, dass ich am Stephansplatz eine Guillotine haben möchte oder Gott bewahre, diese jakobinischen Berserker in der Hofburg, aber vielleicht ist nicht alles schlecht an dieser Revolution. Ist es nicht paradox, dass ausgerechnet Prinz Eugen, unser größter Feldherr, eigentlich Franzose war?"

„Ich würde sagen, das ist Ironie der Geschichte."

Hackher schmunzelte und riss den Brief auf. Eilig überflog er die Zeilen, dann faltete er das Papier wieder zusammen.

„Was schreibt der Erzherzog", fragte der Hauptmann.

„Nun Cerrini, unsere Erwartungen wurden diesmal nicht enttäuscht. Der Kaiser hat kapituliert, der Krieg ist aus. Wir haben Order, bis zum 23. Juli die Stadt zu räumen."

„Dann war es mir eine Ehre, Herr Major."

14. Oktober 1809, Schloss Schönbrunn

Hackher stand vor dem Spiegel und straffte seine Uniform. Er hatte etwas zugenommen, doch sein Bart war ordentlich rasiert wie eh und je. Er trug den Backenbart nun länger, wie er eben gerade in Mode kam.

Von seiner Brust hing der Militär Maria-Theresien-Orden und strahlte im Licht der Wandkerzen. Erzherzog Johann hatte ihm diese Ehre zuteilwerden lassen, nachdem Hackher so tapfer den Grätzer Schlossberg gehalten hatte. Empfehlungen hatte es vonseiten der Steirer ja genügend gegeben. Doch so ganz freuen konnte sich der Major über diese Auszeichnung nicht. Einerseits empfand er dies als zu viel der Ehre für ihn und andererseits hätte er sie gern mit Hauptmann Cerrini geteilt, dem die Verleihung des Ordens versagt blieb. Hackher hatte zwar seinerseits ein Empfehlungsschreiben aufgesetzt, doch so wichtig schien dem Erzherzog die Verteidigung von Grätz dann doch nicht gewesen zu sein, um dafür gleich zwei Offiziere auszuzeichnen.

Hackher vernahm ein Klopfen an der Tür und ein schnöseliger Beamter in bester Schönbrunner Tracht, wie man die aufwendige Zeremonienkleidung der Höflinge nannte, trat ein. „Herr Major, man erwartet Sie im Zeremoniensaal."

Hackher machte seinen Kragen zu und gurtete seinen Säbel um. „Ich komme sofort", sagte er.

Der Diener gab sich damit zufrieden und trollte sich wieder nach draußen. Hackher warf einen letzten Blick in den Spiegel. Vor einem halben Jahr wirkte er noch jünger, dachte er sich und strich über ein paar Fältchen auf der Stirn.

Eine lästige Formalität stand ihm nun bevor. Nachdem Hackher gehört hatte, dass Napoleon persönlich darauf bestanden hatte, dass die Grätzer Festung geschleift werden sollte, hatte er es sich erspart, die restlichen Friedensdiktionen des Franzosenkaisers durchzulesen.

Hackher seufzte. Am Ende hatte er doch verloren. Zumindest kam es ihm jetzt so vor. Gut drei Monate waren vergangen, als er am 23. Juli unter dem Jubel der Bevölkerung aus der Stadt feierlich abgezogen war, und er konnte sich daran erinnern, als ob es gestern gewesen wäre. Die Grätzer hatten es ihm gedankt, auch wenn er nichts erreicht hatte.

„Wahrer Ruhm ist nicht immer glanzvoll." Die autoritäre Stimme des Großvaters ging Hackher durch den Kopf.

„Ich nehme an, du bist zufrieden?", fragte er.

„Bist du es selbst?"

„Wie kann ich, der Krieg ging verloren."

„Aber wärst du es, wenn du aufgegeben hättest?"

Hackher runzelte die Stirn und musste dann zaghaft lächeln. „Nein, dann könnte ich da draußen niemanden in die Augen blicken."

„Siehst du und so hast du für dich selbst gesiegt und das ist das Einzige, was zählt. Selbstachtung."

„Ich denke, ich verstehe, Großvater." Hackher schmunzelte, wendete sich vom Spiegel ab und trat in den Flur hinaus.

Der Zeremoniensaal war bereits dicht gedrängt, als er dort eintraf. In der Mitte war ein großer Tisch platziert, auf dem das aufwendig gestaltete Vertragswerk aufgelegt war.

Hackher nahm Aufstellung im Kontingent der österreichischen Offiziere. Es war wie ein Schauprozess.

„Wie geht es Ihnen, Herr Major?", flüsterte plötzlich eine Stimme hinter ihm, just in dem Moment, als Kaiser Franz und Napoleon eintraten und alle applaudierten.

„Mein Gott, Cerrini", rief Hackher beinahe zu laut aus, als er sich umdrehte. „Was für eine Freude, Sie wiederzusehen."

„Ganz meinerseits, Herr Major. Den krönenden Abschluss unseres Werkes konnte ich mir doch nicht entgehen lassen. Er steht Ihnen übrigens gut zu Gesicht."

„Was meinen Sie?"

„Der Orden natürlich", antwortete Cerrini und lächelte.

„Ich hätte mir wirklich gewunschen, dass auch Sie ihn erhalten", gab Hackher etwas verlegen zurück.

„Ich weiß Ihre Bemühungen sehr zu schätzen, aber ich denke, es ist richtig so. Sie haben ihn sich verdient und sollten kein schlechtes Gewissen deswegen haben. Für mich ist Ihre Auszeichnung genug."

Hackher musste lächeln. „Mein lieber Cerrini, ich bezweifle, ob ich jemals einen treueren Freund treffen werde."

Plötzlich brach wieder Applaus aus und Hackher blickte verwirrt nach vor.

„Jetzt haben wir es verpasst", flüsterte Cerrini.

„Was denn?"

„Die Unterzeichnung."

Am Tisch in der Mitte waren Franz I. und Napoleon aufgestanden und reichten sich die Hände. Der Friedensvertrag war besiegelt. Rundherum wurde applaudiert.

„Ach, das hält ja sowieso nicht. Das wird sicher nicht der letzte Friede sein, den wir mit diesem Korsen schließen werden."

„Davon bin ich überzeugt", sagte Cerrini und schmunzelte.

Epilog

Ein Novembertag 1809, Grätz

Michael Spreng stand in der versammelten Menge am Grätzer Hauptplatz und hielt seine Tochter Hermine in den Armen. Alles blickte hoch zum Schlossberg. Eifrige Mitglieder des Bürgerkorps gingen mit Flugblättern durch die Menge.

„Spendet für den Uhrturm! Spendet für den Uhrturm!", riefen die Männer.

Französische Mineure hatten die Festung vermint. Als die Grätzer erfuhren, dass diese komplett gesprengt werden sollte, war ein patriotischer Aufschrei durch die Bürgerschaft gegangen. Die Veteranen vom Bürgerkorps und alle, die unter Hackher während der Belagerung gedient hatten, organisierten einen beispiellosen Spendenaufruf, um zumindest den stolzen Uhrturm und den Glockenturm bei den Franzosen freizukaufen. Der Magistrat hatte die fehlende Summe ausgelegt und noch immer war man um Spenden bemüht.

„Wann ist es denn soweit?", fragte Hermine und blickte zu ihrem Vater auf.

„Bald."

Die Tochter des Wirten hatte inzwischen einen großen verräterischen Bauch bekommen. Es war der fünfte Monat, in dem sie sich befand. Von wem das Kind stammte, ob von Franz Suller oder von diesem französischen Offizier, würde sie vermutlich nie erfahren. Jedenfalls würde sie es allein aufziehen müssen. Der eine war tot, der andere nicht heimgekehrt. Noch immer hoffte sie jeden Tag, dass ihr Franzl vor ihrer Tür auftauchen würde, doch ihr Vater hatte gesagt, sie solle sich keine großen Hoffnungen mehr machen. Der Krieg war nun schon mehr als drei Monate beendet und inzwischen war jeder Überlebende heimgekehrt.

Zuerst hatte es sie bekümmert, doch inzwischen war sie über den Verlust hinweg. Sie würde ein Kind zur Welt bringen und diesem Kind würde sie Liebe schenken, egal, von wessen Vater es stammte.

„*Attention! Dynamitage!*", rief ein Mineur plötzlich durch ein Megafon vom Berg herunter.

Am Platz hielten sich die Leute die Ohren zu und zuckten leicht zusammen. Kurz darauf war ein lauter, dumpfer Knall zu hören und die Schlossbergfestung versank in einer gigantischen Staubwolke. Auf dem Hauptplatz war es andächtig ruhig geworden und alles blickte gespannt nach oben. Erst als die Spitze des Uhrturms sich majestätisch aus den Rauchschwaden erhob, atmeten die Bürger erleichtert auf.

„So, jetzt ist es g`schen", sagte der Bürgerkorpshauptmann Dobler, der sich neben Spreng gestellt hatte.

„Jetzt is sie weg, die Festung."

Spreng nickte.

NACHSPIEL

Das Feuer im Kamin war heruntergebrannt und die letzten Kohlestücke glühten schwach vor sich hin. Die beiden Enkelkinder blickten noch immer gebannt auf den Mund des Großvaters. Dieser lehnte sich zurück und atmete dabei tief ein und aus, fast einem Seufzen gleich. „Ja, so war das damals. Und seither ist der Schloßberg nichts weiter als eine verlassene Ruine. Nichts zeugt mehr von den Heldentaten von damals, verschwunden der ganze Glanz, weggeblasen vom Hauch der Geschichte."

„Was ist denn mit dem Hackher und dem Cerrini und all den anderen dann passiert?", fragte diesmal der ältere der beiden Buben.

„Fragt mich nicht", antwortete der Großvater. „Die Wege der alten Kameraden haben sich inzwischen schon sehr zerstreut. Den Hackher hab ich nie wieder gesehen, nur gehört, dass er in Wien einen Posten bekommen hat. Auch sonst weiß ich nicht viel. Hie und da hab ich mal gehört, dass der eine oder andere Streiter eine Familie gegründet hat oder sich irgendwo niederließ. So ist das nun mal im Leben. Irgendwann gehen alle wieder eigene Wege, doch das gemeinsam Erlebte verbindet uns für immer. Nur der Cerrini, von dem weiß ich genau, wo er ist."

„Wo denn?", fragte der Jüngere wissbegierig. Der Großvater lächelte.

„Der alte Cerrini wohnt gleich oben bei der alten Bürgerbastei. Dort hat er sich ein Haus bauen lassen und schwelgt seither in Erinnerungen.

„Und was ist mit der Hermine passiert und ihrem Kind? Ist der Suller wieder heimgekommen?", wollte der ältere Bursche erneut wissen.

„Heimgekommen ist er nicht mehr, zumindest nicht zur Hermine“, antwortete der Alte.

„Was aus ihm genau geworden ist, weiß keiner. Angeblich ist er zu einem gesetzlosen Herumtreiber verkommen, doch das Kind, welches die Hermine bekam, war wohl zweifelsfrei seines.“

„Woher weißt du das, Opa?“

„Das sieht man“, antwortete der Alte lächelnd.

„Aber an manchen Stellen hast du schon ein *bissal* dick aufgetragen, nicht wahr, Opa?“

Der Großvater lächelte. „Gute Geschichten verdienen es, ausgeschmückt zu werden, mein Junge. So, nun aber ab ins Bett mit euch und morgen erzähl ich euch vom Streit der Aribonen und der Traungauer und wie der Schloßberg einst erbaut wurde.“

Historische Erläuterung

Die Belagerung von 1809

Der Roman basiert auf den historischen Tatsachen rund um die Belagerung der Stadt Graz im Jahr 1809 durch französische Truppen. Dieses Ereignis ist ein ganz besonderer Wendepunkt in der Geschichte der Stadt und prägend bis in die heutige Zeit. Weiters stellt die Belagerung von Grätz (wie Graz damals noch hieß) eine sehr interessante und literarisch bislang unbehandelte Episode der Napoleonischen Kriege dar.

Im Krieg von 1809 wurde der Nimbus der Unbesiegbarkeit von Napoleon erstmals angekratzt. Einerseits durch Niederlagen wie bei Aspern oder auch durch den Aufstand der Tiroler unter Andreas Hofer.

Die Belagerung von Graz im selben Jahr ist bisher weitgehend unbeachtet von den Historikern geblieben und bekam nicht jenen Stellenwert wie der Kampf in Tirol. Dennoch ist auch Major Hackher von seinen Zeitgenossen als Kriegsheld gefeiert worden und der Widerstand der Schloßbergfestung trug entscheidend zum Durchhaltewillen der Bevölkerung bei.

Militärisch gesehen war die Belagerung unbedeutend. Die entscheidenden Schlachten wurden anderenorts geführt und das erbitterte Ausharren von Hackhers Truppen hatte auch keinen Effekt auf den eigentlichen Kriegsverlauf.

Die Wirkung war allerdings eine psychologische. Die *Grätzer* Festung konnte während der gesamten Dauer des Waffenganges nicht erobert werden und stellte somit einen der ganz wenigen nachhaltigen Siege der Österreicher im Krieg von 1809 dar.

Eine besondere Bedeutung hatte die Belagerung für die Stadt Graz selbst. Die Schloßbergfestung war das größte Bollwerk der Habsburger, wenn auch schon militärisch veraltet. Ihre

Hochzeit hatte die Festung zur Zeit der Türkenkriege, als sie ein letztes Mal modernisiert wurde. Ironischerweise wurde die Festung in ihrer Geschichte nie ernsthaft angegriffen und folglich auch nicht erobert. Damals sollen die gigantischen Mauern und die imposante Festung die Türken vor einer Belagerung abgeschreckt haben. Zu allen Zeiten waren sich die Bürger von Graz bewusst, in einer stolzen Festungsstadt zu leben. Man zehrte Selbstbewusstsein aus der Geschichte, als Graz noch Hauptstadt von Innerösterreich und Residenz der Habsburger war.

1809 konnte Major Hackher die Belagerung zwar für sich entscheiden, doch im Friedensvertrag von Schönbrunn wurde vereinbart, dass die Festung zerstört werden sollte. So musste er sie letztendlich doch noch kampflos übergeben.

Napoleon selbst soll über die Schmach von Graz so erbost gewesen sein, dass er extra verlangt hatte, die Festung zu demontieren. Er wollte den Österreichern diesen psychologischen Sieg offenbar nicht gönnen und das Symbol seiner Niederlage – die Festung – aus der Geschichte tilgen. Ein Indiz dafür, dass der Sieg Hackhers doch größere Bedeutung hatte, als man ihm bisher zugestand.

So kam es, dass französische Mineure die Festung sprengten, was für die damalige Stadtbevölkerung ein Trauma war.

Nur durch eine Lösegeldzahlung konnte man drei Bauwerke freikaufen und vor der Zerstörung bewahren. Darunter ist auch das heutige Wahrzeichen der Stadt, der Uhrturm. Weiters blieben auch der Glockenturm und die Stallbastei erhalten.

Heute erinnert nicht mehr viel an die einstige Festung. Der Schloßberg wurde in späteren Zeiten zu einer Parkanlage umgestaltet. Da uns kein Bildnis von Major Hackher überliefert wurde, erinnert heute nur mehr eine Löwenstatue auf dem Schloßberg an seine Heldentaten. Auch über seine Person ist wenig bekannt, sodass der Held von damals heute weitgehend in Vergessenheit geraten ist. Zahlreiche Tagebücher von Zeitgenossen und militärische Akten geben uns jedoch Einblick, wie es damals gewesen sein *könnte*.

DANKSAGUNG

Dieses Buch ist letztendlich nur durch die freundliche, tatkräftige und finanzielle Mithilfe zahlreicher Unterstützerinnen und Unterstützer entstanden. Der besondere Dank des Autors gilt folgenden Personen: **Florian „Papus" Paprstein, Erich Schattauer, Alfred Friesenbichler, Silvia Rothbart, Daniela Petrov, Helmut Jelinek, Daniel Leitner, Sabine Sill, Bernhard Lukas, Alexander Wiener, Adrian Grillich, Günter Lesny, Johanna Tentschert, Ferdinand W. Schnabl, Herbert Rothbart, Elfriede Jaschek-Smolik, Erich Tauschmann, Dirk Carsten Berg, Dominik Stoiser, Lukas Kriwetz, Robert Niessner, Heike Lang, Jörg Vogeltanz**
und
Martina Hierzer :-*

Gewidmet, in liebevoller Erinnerung, meinem Großvater
Johann Rothbart

Das Buch basiert auf realen Ereignissen. Wesentliche Nachschlagewerke für den historischen Ablauf bzw. zu den Biographien der Personen findet man u.a. in:

- Sallinger, Richard, Graz im Jahr 1809, Graz 1909.
- Tepperberg, Christoph, Die Kämpfe um den Grazer Schlossberg 1809, Wien 1987.

Originalquellen sind u.a. im Steiermärkischen Landesarchiv bzw. im Grazer Stadtarchiv zu finden.

www.ingramcontent.com/pod-product-compliance
Lightning Source LLC
Chambersburg PA
CBHW032008110726
47901CB00004B/1011